고전 추리·범죄소설 100선

고전
추리·범죄소설
100선

마틴 에드워즈 지음
성소희 옮김

시그마북스
Sigma Books

고전 추리·범죄소설 100선

발행일 2020년 8월 14일 초판 1쇄 발행
지은이 마틴 에드워즈
옮긴이 성소희
발행인 강학경
발행처 시그마북스
마케팅 정제용
에디터 최윤정, 장민정, 최연정
디자인 김문배, 최희민

등록번호 제10-965호
주소 서울특별시 영등포구 양평로 22길 21 선유도코오롱디지털타워 A402호
전자우편 sigmabooks@spress.co.kr
홈페이지 http://www.sigmabooks.co.kr
전화 (02) 2062-5288~9
팩시밀리 (02) 323-4197
ISBN 979-11-90257-66-4(03800)

이 도서의 국립중앙도서관 출판예정도서목록(CIP)은 서지정보유통지원시스템 홈페이지(http://seoji.nl.go.kr)와

국가자료종합목록 구축시스템(http://kolis-net.nl.go.kr)에서 이용하실 수 있습니다. (CIP제어번호 : CIP2020029847)

* 시그마북스는 (주)시그마프레스의 자매회사로 일반 단행본 전문 출판사입니다.

차례

서문

이 책은 20세기 전반기에 출간된 범죄소설에 관한 이야기를 다룬다. 이 시기 범죄소설에 얽힌 이야기에는 뜻밖의 놀라움으로 가득하다. 그리고 오랫동안 크게 사랑받은 이 장르는 입이 떡 벌어질 정도로 다양하다. 그런데 그동안 고전 범죄소설을 논평했던 숱한 비평가들은 이 장르가 얼마나 다양한지 제대로 알아보지 못했다. 나는 고전 범죄소설의 다양성을 분명하게 보여주기 위해 대표적인 작품 100편*을 골랐다. 이 100편은 20세기 전반기에 등장한 대중 소설의 성과와 한계를 뚜렷하게 보여준다. 추리소설의 주목적은 독자를 재미있게 해주는 것이다. 하지만 최고의 추리소설은 인간 행위를 꿰뚫어 볼 통찰력을 제공할 뿐만 아니라, 문학적 야망과 성취까지 자랑한다. 그러나 오로지 재미와 문학성 때문에 요즘에도 독자 수백만 명이 여전히 고전 범죄소설을 높이 평가하며 애정을 보이는 것은 아니다. 추리소설은 아무리 뻔뻔한 상업적 이유로 쓴 시시한 것이라도, 과거를 이해할 실마리와 오래전에 사라져버린 세상을 들여다볼 창을 제공할 수 있다. 과거 세상은 결함투성이지만, 여전히 우리의 마음을 끌어당긴다.

이 책은 영국 국립 도서관에서 발간한 '고전 범죄소설^{Crime Classics}' 시리즈

---

* 이 책에서 소개하는 작품은 총 102편이다.

를 읽을 때 참고할 안내서로 볼 수 있다. 오래전에 대중의 기억에서 사라졌던 범죄소설이 전 세계에서 널리 찬사받은 이 시리즈로 다시 출간되어 헌신적인 독자층을 새롭게 얻었다. 시리즈의 일부 작품은 베스트셀러 목록에도 올랐고, 크게 호평받는 요즘 스릴러보다 더 많이 필렸다. 이 시리즈의 성공은 추리소설의 재미를 보장하는 반전만큼이나 놀랍고 흐뭇하다. 물론, 지나간 시대를 향한 향수가 성공 요인으로 작용했을 것이다. 하지만 이 시리즈가 영국과 미국, 다른 나라에서 거둔 성공의 주된 이유가 그저 향수뿐이라고 섣부르게 판단할 수는 없다.

그런데 '고전 범죄소설'을 어떻게 정의해야 할까? 오래된 미스터리를 부활시키려고 했던 출판사들은 이 용어를 수년 동안 여러 차례 사용했다. 하지만 옛 작품을 되살리려던 시도가 오랫동안 이어졌거나 크게 주목받은 경우는 거의 없었다. 다른 분야와 마찬가지로 출판업계에서도 유행은 중요하다. 영국 국립 도서관의 고전 시리즈가 성공을 거두자, 여러 출판사가 국립 도서관의 뒤를 따라서 만족스러운 시리즈를 비슷하게 내놓았다. 이제 독자들은 예전에는 찾아보기 힘들었거나 심지어 소재를 확인했더라도 손에 넣기 어려웠던 오래된 추리소설을 서점에서 수십 편씩 발견할 수 있다.

사실, '고전 범죄소설'이나 '빈티지 범죄소설'은 포괄하는 의미가 지나치게 넓은 용어다. 이렇게 손쉽게 붙이는 라벨은 작품의 문학성을, 하다못해 작품 속 수수께끼의 독창성조차 보장해주지 않는다. 하지만 '고전'이라고 일컬을 만한 가치가 있는 책이라면, 먼 과거에 쓰였고 수십 년 동안 망각 속에 파묻혀 있었다는 사실을 뛰어넘는 가치가 반드시 있어야 한다. 이 특별한 가치는 플롯이나 캐릭터, 배경, 유머, 사회적·역사적 의미, 혹은 이 모든 요소의 조합과 관련될 수 있다. 범죄소설은 개방적이고 관용적인 장르다. 그리고 이 폭넓은 개방성 덕분에 전 세계 독자의 마음을 잡아끈다.

나는 이 책에서 '고전' 범죄소설을 '1901년에서 1950년 사이에 출간된 장편소설이나 단편집'을 가리키는 말로 정의했다. 현대의 추리소설 팬들은 (어떤 이유에서든) 이 시기의 작품을 특히나 흥미로워하는 것 같다. 영국 국립 도서관의 고전 시리즈가 선택한 기간은 내가 설정한 기간보다 조금 더 길다. 하지만 지난 세기의 전반기에만 집중하는 편이 이 책의 목적에 더 알맞을 것 같다. 영국 국립 도서관은 '고전 스릴러Classic Thrillers' 시리즈도 출간했다. 이 책은 스릴러보다 범죄소설에 초점을 맞춘다(추리소설도 많이 포함되어 있고, 추리가 이야기의 중심이 아닌 책도 몇 권 있다). '추리소설detective stories'과 '범죄소설crime stories'의 구분, '범죄 픽션crime fiction'과 '스릴러thrillers'의 구분을 주제로 놓고 토론하자면 아마 끝이 나지 않을 것이다. 그러나 이런 책에서는 세세한 내용을 모두 따져가면서 엄격하게 용어를 정의하는 일이 무익할 듯하다. 나는 일부 순수주의자가 못마땅하게 여기는 '미스터리mystery'라는 용어도 '범죄소설'이라는 용어와 구별 없이 사용했다. 또 작가가 본명보다 필명으로 더 잘 알려졌다면, 본명보다 필명을 주로 언급했다. 고전 범죄소설은 출간 제목이 하나 이상인 경우가 많다. 하지만 이 책에서 대표 제목 외 또 다른 제목을 언급하는 일은 대체로 삼갔다. 이렇게 상세한 세부 사항이 귀중할 수도 있지만, 정보가 지나치게 많으면 혼란스럽기 때문이다.

나는 장르의 발전 과정을 이해하기 쉽고, 유익하고, 흥미로운 방식으로 보여주고 싶다는 소망을 담아서 100편을 선정했다. 그리고 수수께끼 풀이법을 알려주는 '스포일러'를 되도록 언급하지 않으려고 애썼다. 박식한 학자이자 저명한 추리소설가였던 마이클 이네스는 문예지《런던 리뷰 오브 북스London Review of Books》1983년 5월 호에 기고한 비평문에서 "이야기의 핵심을 일부러 감추는 것은 효과적인 비평 논의를 틀림없이 방해한다"라고 주장했다. 나는 이네스의 주장에 전적으로 동의하지 않는다. 그리고 어쨌든 나 같은 독자 대다수는 스포일러에 당하는 일을 반기지 않는다고 생각한다.

나는 오래된 추리소설에 어느 정도 관심이 있는 평범한 독자의 흥미를 끌만한 주제에 집중하려고 했다. 널리 인정받는 장르의 전문가들을 염두에 두고 쓴 책은 아니지만, 그런 권위자들도 이 책에서 낯선 작품(과 사소한 정보들)을 발견한다면 좋겠다. 고전 범죄소설을 즐기는 사람들이라면 새로운 작품을 발견하는 일이 매우 즐거운 법이다. 내가 이 책에서 우선으로 고려한 목표는 이런 독자들이 새 작품을 찾아내는 기쁨을 마음껏 누리도록 돕는 것이다.

이 책은 20세기 전반기 '최고' 작품의 목록이 아니며, 내가 개인적으로 가장 좋아하는 작품의 목록도 아니다. 만약 내 취향을 오롯이 반영하려고 했다면, 애거사 크리스티의 책도 더 실어야 했고 도로시 L. 세이어즈의 『살인은 광고된다』와 헨리 웨이드의 『외로운 막달레나Lonely Magdalen』, 로버트 플레이어의 『천재 탐정 스톤The Ingenious Mr. Stone』(72쪽 내용 참조) 같은 소설도 포함했을 것이다. 이 책의 성격을 알려주는 단서는 바로 제목에 있다. 이 책의 목표는 고전 범죄소설에 관한 이야기를 들려주는 것이다. 나는 50년 동안 장르가 발전한 과정을 설명하기 위해 아주 까다롭게 작품을 고르고 추렸다. 그러지 않았더라면 이만한 분량으로 책을 쓰지 못했을 것이다. 이 책은 백과사전이 아니다. 이 매력적인 소설 장르가 인류 역사상 가장 격렬하게 요동쳤던 50년을 거치면서 변한 모든 측면을 탐구하려면 지면이 훨씬 더 많이 필요할 것이다. 다만 본문에서 다루지 않은 책도 각 장의 도입부에 여러 편 언급했으니 장르를 더 깊이 알고 싶다면 조사의 출발점으로 삼기를 바란다.

추리소설의 '황금기'라는 용어도 친숙하지만, 사용하는 사람의 목적에 따라 다르게 정의될 수 있는 모호한 개념이다. 대체로 추리소설의 황금기는 대략 양차 세계대전 사이 시기라고 보며, 나도 이 견해에 동의한다. 하지만 이 책은 황금기보다 훨씬 더 넓은 기간을 다룬다. 그리고 제1차 세계대전 이전에 출간된 주요 소설이 뒤이어 나온 작품에 미친 영향도 살펴본다. 황금기 미스터리가 요즘의 베스트셀러 일부를 포함해 후세대 작품에 영감을 주었듯이, 세계대전 이전의 소설도 후대 소설에 큰 영향을 미쳤다.

이 책은 내가 2015년에 출간한 『살인의 황금기』The Golden Age of Murder와 내용이 일부 겹치지만, 두 책은 아주 다르다. 『살인의 황금기』는 1930년대 추리 클럽the Detection Club 회원들의 생애와 작품을 다룬다. 이 책에서 다루는 작품 중 많은 수도 추리 클럽 회원이 쓴 글이다. 추리 클럽은 세계 최초의 범죄소설가 협회이며, 비밀 투표로 소수의 작가만 받아들이는 엘리트 사교 집단이다. 그러나 장르의 주춧돌은 추리 클럽이 결성된 1930년 이전에 세워졌다. 이 책에서 선정한 작품 100편은 더 넓은 맥락에서 살펴볼 수도 있다. 하지만 나는 독자가 책을 마음대로 펼쳐놓고 특정한 주제나 작품, 작가에 관해서 내키는 대로 띄엄띄엄 읽을 수 있도록 내용을 구성했다.

주목할 만한 범죄소설을 50편이나 100편씩 선정해서 조사한 책은 이전에도 존재했다. 그러나 이 책은 기존의 비슷한 저서들보다 작품이 놓인 맥락을 더 자세히 소개한다. 미국 비평가 자크 바전과 웬델 허티그 테일러는 1976년에 발표한 『1900년~1950년 고전 범죄소설 50선 서문』A Book of Prefaces to Fifty Classics of Crime Fiction 1900–1950에서 선택한 작품의 서문을 한데 모았다. 영국의 소설가이자 비평가 줄리안 시먼스는 1957년부터 1958년까지 범죄소설 걸작 100편을 꼽아서 〈선데이 타임스The Sunday Times〉에 연재했고, 신문사는 이 글을 모아 『최고의 범죄소설 100선The 100 Best Crime Stories』을 출간했다. 나중에 시먼스는 특유의 겸손한 태도로 이 책의 "효용이 의심스럽다"라고 평가했다. 시먼스는 걸작 선집을 미심쩍게 바라보았지만, 그의 친구 H.R.F. 키팅은 선집을 또 한 번 출간하겠다는 계획을 단념하지 않았다. 시먼스의 책이 나오고 40년 정도 흐른 후, 시먼스의 뒤를 이어 추리 클럽의 회장이 된 키팅은 『범죄와 미스터리: 걸작 100선Crime and Mystery: The 100 Best Books』을 펴냈다. 미국의 저명한 권위자인 하워드 헤이크래프트와 엘러리 퀸도 작품 선집의 '초석'이 될 만한 책을 각각 발표했다. 더 최근에는 수전 무디가 범죄소설 작가 협회The Crime Writers' Association를 대표해서 '최고작 100선' 모음집을 편집했다. 인터넷 시대가 된 지금, '걸작 목록'의 목록은 끝이 없다.

이 책에 포함된 작품 중 상당수가 기존에 출간되었던 선집 한 편 혹은 그 이상에 실렸다. 하지만 나는 이런 선집을 기획할 때면 늘 꼽히는 작품들을 모으는 데 만족하지 않았고, 잘 알려지지 않은 작품이라도 아랑곳하지 않고 포함했다. 아마 나의 선택이 유달리 특이해 보일 수도 있을 것이다. 무명 작가의 작품도 선택한 것은 나를 포함해 범죄 장르 팬이 예측 불가능성에 매력을 느끼기 때문이기도 하고, 내가 장르의 다양성을 여지없이 보여주고 싶었기 때문이기도 하다. 독자에게서 잊힌 책 가운데 일부는 정말로 잊힐 만한 이유가 있어서 잊혔다. 다들 책을 펼치자마자 그 이유가 무엇인지 분명하게 알 수 있을 것이다. 하지만 엉성하고 조잡한 작품이라고 해도, 심지어 저자가 의도하지 않았더라도, 인물이나 사회를 들여다볼 수 있는 창을 제공한다. 그래서 나는 문학성을 향한 포부를 숨기지 않을 뿐만 아니라 가끔은 탁월한 업적까지 자랑하는 대가들의 작품은 물론이고 평범한 작가들의 작품도 다루었다.

이 책은 대체로 연대순 구성을 따른다. 의심할 여지없는 고전 『배스커빌 가의 사냥개』로 시작해서 20세기 하반기 영국 범죄소설의 풍조를 확립한 줄리안 시먼스의 소설로 끝난다. 나는 장르에서 발견되는 패턴을 강조하기 위해 주제에 따라 장을 나누었다. 다만 이 책에서 다루는 작품 중 많은 수가 여러 주제를 동시에 선명하게 보여준다는 사실은 짚고 넘어가야겠다. 고전 범죄소설에 관한 이 책의 논의는 이미 잘 다져진 길을 그대로 따르지만은 않는다. 그래서 독자들이 이 책에서 뭔가 참신한 것을 발견할 수 있기를 희망한다. 심지어 나처럼 너무나도 재미있는 문예 오락 장르와 사랑에 빠진 탓에 서점에서 먼지가 자욱이 쌓인 고전 범죄소설 코너를 뒤지면서 젊은 시절을 낭비했고, 앞으로도 남은 평생을 낭비할 사람마저 신선한 정보를 얻어갈 수 있기를 바란다.

이 책에 실린 작품 100편을 분석하면 놀라운 사실을 알 수 있다. 우선, 여러 작품이 공동 집필의 결과다. 또 1920년 이전 출간작 가운데 여성이 쓴 글은 단 2편이지만, 1921년에서 1950년 사이에 출간된 작품 중 여성 작가가 홀로 또는 다른 소설가와 함께 쓴 소설의 비율은 훨씬 높아졌다. 물론 애거사 크리스티만큼 불후의 성공을 거둔 여성 소설가는 없다. 그러나 크리스티는 황금기의 유일한 '범죄소설의 여왕'이 아니었다. 크리스티뿐만 아니라 도로시 L. 세이어즈와 나이오 마시, 마저리 앨링엄 같은 작가들의 업적은 당대 남성 작가들의 성취를 무색하게 할 정도다. 이 여성 소설가들은 더 잘 알려져야 마땅하다.

고전 범죄소설은 오래전부터 장서 수집가들에게 인기 있었다. 이 책에서 논의한 작품 대다수도 마찬가지다. 상태가 좋고 책 커버도 그대로 남아 있는 초판본은 눈이 번쩍 뜨일 만큼 높은 가격에 팔린다. 저자의 서명이나 헌사가 담겨 있다면 가격이 천정부지로 뛴다. 일반 독자 대다수는 손에 넣기도 어려울 만큼 희귀한 책도 있다. 요즘에는 표지 디자인이 무척 아름다운 국립 도서관의 범죄소설 고전 시리즈가 널리 수집되고 있다고 하니, 국립 도서관은 몹시 즐거울 것이다. 나 역시 흐뭇하다.

당연하게도, 영국 국립 도서관이 발행한 시리즈의 소설들은 영국에서 태어났거나 활동했던 작가의 작품이다. 그런데 나는 범죄소설을 선정하면서 딜레마에 빠졌다. 이 책은 다른 무엇보다도 영국의 범죄소설을 다룬다. 하지만 20세기 전반기의 걸출한 범죄소설 중 많은 수가 영국 바깥에서 탄생했다. 다들 이 사실을 자주 간과한다. 섬나라의 편협한 태도 때문이기도 하겠지만, 오늘날에도 외국의 우수한 작품들이 아직 영어로 번역되지 않은 탓이기도 하다. 지면에 한계가 있어서 해외의 범죄소설을 자세하게 다룰 수는 없었지만, 외국 소설을 모두 무시한 채 넘어가고 싶지는 않았다. 결국, 범죄 장르를 향한 나의 애정을 보여주고 장르의 엄청난 범위를 강조할 방법을 고민한 끝에 미국과 다른 나라에서 출간된 핵심 작품을 몇 편 포함했다.

감히 이 책이 범죄소설 장르에 관한 결정적 문헌인 척 내세우고 싶지 않다. 오히려 이 책은 결정적 연구서와 거리가 멀다. 이 책의 가장 중요한 목표는 독자가 새로운 것을 발견하기 위해 직접 항해를 떠날 수 있는 출발점이 되어주는 것이다. 점점 늘어나고 있는 장르 팬들에게 다양하고 풍요로운 고전 범죄소설에서 내가 느끼는 기쁨을 알려주고 싶다.

1

새 시대의 여명

빅토리아 시대가 저물고 10년도 채 이어지지 못했던 우아한 에드워드 7세 시대의 막이 오르던 무렵, 추리소설도 영국처럼 과도기를 지나고 있었다. 독자들은 셜록 홈스의 죽음을 여전히 애도하고 있었다. 아서 코난 도일이 셜록 홈스 집필에만 몰두하고 있다가는 '더 나은 것'을 창작할 수 없으리라고 생각해서 홈스를 라이헨바흐 폭포에서 죽여버린 것이다(혹은 죽은 것처럼 보이게 했다). 도일의 동료 작가들은 셜록 홈스가 사라진 빈자리를 채우느라 무던히 애썼다. 하지만 코난의 매부 E.W. 호닝이 말했듯, "셜록 홈스 같은 탐정은 또 없다". 아서 모리슨은 풍채 좋고 사람 좋은 탐정 마틴 휴잇을 창조했다. 지극히 평범한 마틴 휴잇은 명석하면서도 괴짜 같은 셜록 홈스와 뚜렷한 대조를 보였다. 다시 말해, 마틴 휴잇은 독자의 기억 속에서 쉽게 사라졌다.

호닝이 창조해낸 신사 도둑 A.J. 래플스는 더 특이하고 흥미로웠다. 전통적 도덕 윤리를 따르지 않는 래플스의 이야기는 강한 호기심을 자아냈다. 하지만 래플스는 법질서 수호 기관인 군대에 들어가며 자신만의 위험한 매력을 희생하고 말았다. 결국, 그는 보어전쟁에서 전쟁영웅으로 숨을 거둔다. 이 시기에는 다른 안티히어로들도 등장했다. 주목할 만한 인물은 아서 모리슨이 만들어낸 친절한 소시오패스 호러스 도링턴과, 클리포드 애시다운(R. 오스틴 프리먼과 존 K. 피트케언의 공동 필명)이 창조한 기지 넘치는 롬니 프링글이다. 이런 안티히어로들은 어떤 면에서 보자면 시대를 앞서간 캐릭터지만, 일찌감치 사라지고 말았다.

작가들은 독창적인 작품을 내놓으려고 분투했다. 이들 가운데 바로네스 오르치만큼 열정을 불태운 작가는 없었다. 오르치는 구석의 노인 시리즈에 이어 또 한 번 아마추어 탐정을 창조해냈다. 그 탐정은 핀스베리 광장에서 우중충한 사무실을 운영하는 아일랜드 출신 변호사 패트릭 멀리건이다. 알렉산더 스타니슬라우스 멀린스라는 우스꽝스러운 이름을 지닌 비서가 멀리건이 맡은 사건을 서술한다. 멀리건은 유죄 판결이 확실해 보였던 의뢰인의 사건을 맡아 무죄 선고를 받아내는 재주 덕분에 '마지막 해결사'라는 별명을 얻었다. 그는 사건 해결에 필요하다면 아마추어 탐정 노릇도 마다하지 않는다. 그 때문에 전문가답지 못하다는 이유로 동료 변호사들에게서 따돌림도 받는다. 그는 호감을 주는 사람은 아니지만, 결과는 확실하게 보장한다. 멀리건의 사건들을 모아놓은 단편집 『마지막 해결사Skin O' My Tooth』(1928)는 집념이 대단하지만 때로는 부도덕하기까지 한 변호사-탐정 캐릭터의 잠재력을 분명하게 보여주었다. 이후, H.C. 베일리가 조슈아 클렁크 시리즈에서, 앤서니 길버트(루시 몰리슨의 필명)가 기나긴 아서 크룩 시리즈에서 이 잠재력을 한층 더 키워나갔다.

그런데 바로네스 오르치는 여기에서 멈추지 않았다. 오르치는 런던 경시청의 여성 수장이라는 예상 밖의 캐릭터, 레이디 몰리 로버트슨-커크도 창조해냈다. 여성 형사로서 최고의 자리에 오른 레이디 몰리의 목표는 단 하나, 살인범이라는 부당한 선고를 받고 다트무어 교도소에 투옥된 남편을 석방하는 것이다. 리처드 마시는 주디스 리라는 인물을 만들어냈다. 농아를 가르치는 선생님 주디스 리는 입술이 움직이는 모양으로 말을 알아내는 재능이 범죄 사건을 해결하는 데 대단히 유용하다는 사실을 깨닫는다. 19세기에서 20세기로 전환될 즈음, 여성 탐정이 크게 유행했다. 마티아스 맥도넬 보드킨은 서둘러서 이 유행에 동참했다. 그가 창조해낸 도라 밀은 "유명한 여성 탐정으로, 영리한 기지로 가장 교활한 범죄자들을 물리치고 담대한 용기로 가장 무시무시한 위험에 맞선다". 하지만 보드킨이 애초에 페미니즘을 지지했다고 하더라도, 그는 끝내 태도를 바꾸었다. 도라 밀의 운명은 시리즈의 남자 주인공인 '실전파 탐정' 폴 벡과 결혼하고 가정으로 물러나는 것이다. 도라 밀과 폴 벡의 결합으로 폴 벡 주니어가 탄생한다. 탐정 부모의 피를 물려받은 폴 벡 주니어가 유능한 탐정으로 성장하는 것은 당연한 일이고, 그의 활약상은 『폴 벡 주니어, 부전자전Young Beck, a Chip off the Old Block』(1911)에서 다루어진다.

셜록 홈스나 그의 라이벌 탐정들을 다룬 작품 가운데 가장 훌륭한 것은 모두 단편이다. 윌키 콜린스의 걸작 『문스톤』이 1868년에 등장한 이후 30년 동안, 영국에서 출간된 장편 추리소설 중 일류로 꼽을 만한 작품은 한 손으로도 다 헤아릴 수 있을 만큼 적었다. 범죄소설 작가들은 잇달아 벌어지는 혼란스러운 사건을 해결할 인상적인 탐정 캐릭터와 장편소설 형식을 결합하는 방법을 배운 적이 없었다. 추리소설을 길게 쓰려면 플롯을 복잡하게 구성하거나 캐릭터를 발전시켜야 한다. 혹은 복잡한 플롯과 캐릭터를 모두 구축해야 한다. 하지만 단편이라면, 단 하나의 트릭만으로도 이야기를 훌륭하게 써낼 수 있다.

G.K. 체스터턴은 1901년에 발표한 에세이 「탐정소설에 대한 옹호Defence of Detective Stories」에서 "추리소설은 현대인의 생활에 깃든 시적 감흥을 표현한 최초의, 그리고 유일한 대중문학 형식이다. 바로 이것이 추리소설의 본질적 가

치다"라고 주장했다.

시인이자 언론인인 체스터턴은 브라운 신부 시리즈에서 에드워드 7세 시대 영국의 걸출한 새 탐정을 창조해냈다. 그는 추리소설 장르를 열렬히 지지했다. "추리소설은 예술 형식으로서도 손색이 없을 뿐만 아니라, (…) 공익을 실현한다는 실질적 이점도 지닌다. (…) 경찰 이야기에서 수사관이 홀로 활약할 때 (…) 우리는 진정으로 독창적이고 시적인 인물은 다름 아닌 사회 정의의 대리인이라는 사실을 분명히 기억하게 된다."

범죄소설 작가들은 체스터턴이 발견한 가능성을 탐구하기 시작했다. 그들은 눈이 아찔할 만큼 엄청나게 다양한 주제에 달려들었다. 에드거 월리스는 정치적 소요 사태를, 고드프리 벤슨은 인간 본성에 관한 철학을, R. 오스틴 프리먼은 과학 수사를, 로이 호니먼은 사회 계급 문제를 다루었다. 그러는 동안, 대중의 요구로 셜록 홈스가 부활했다. 하지만 대중은 얼음장 같은 급류도 헤치고 나온 홈스가 결코 예전만 못하다는 데 대체로 동의했다.

시대가 변하고 있었다. 1912년, '침몰하지 않는' RMS 타이태닉호가 침몰하며 미국에서 가장 재능 있는 추리소설 작가 중 하나로 꼽히던 자크 푸트렐이 목숨을 잃었다. 이 비극은 추리소설계가 확신과 자신감의 시기에서 불안과 분화실성의 시기로 이행하리라는 것을 예고하는 듯했다. 이와 동시에, 『빌라 로즈에서』 같은 소설은 범죄소설의 본질이 변하고 있다는 사실을 암시했다. A.E.W. 메이슨은 현실에서 벌어진 살인사건에 영감을 받아서 이 소설을 완성했다. 마리 벨록 로운즈 역시 실제 살인사건을 토대로 『하숙인』을 썼다.

이제 장편 추리소설이 단편을 밀어내고 주류가 되어가고 있었다. 범죄소설 작가들은 긴 소설 내내 서스펜스와 미스터리한 분위기를 유지해야 한다는 문제와 씨름했다. 이들은 훗날 후계자들이 세련되게 다듬을 기법들을 실험하기 시작했다. 장편소설로의 변화는 단순히 작품의 글자 수가 늘어났다는 사실만을 의미하지 않았다. 추리소설이라는 장르가 겪고 있던 변화는 완전히 새로운 범죄소설을 쓸 기회를 활짝 열어놓았다.

1. 『배스커빌 가의 사냥개』[1902] – 아서 코난 도일

셜록 홈스라고 하면 대중은 빅토리아 시대의 가스등 불빛이 어른거리는 안개 낀 런던 거리를 떠올린다. 그래서 아서 코난 도일이 셜록 홈스 이야기를 19세기가 아니라 20세기에 더 많이 썼다는 사실을 알면 놀란다. 마찬가지로, 셜록 홈스가 맡은 사건은 1893년 작 「마지막 사건」에서 그가 라이헨바흐 폭포에서 떨어져 사망한 것으로 보이는 사고 이전이 아니라 사고 이후에 더 많이 기록되었다.

『배스커빌 가의 사냥개』에 관한 아이디어는 버트램 플레처 로빈슨이라는 (가끔 범죄소설을 쓰던) 젊은 신문 기자에게서 나왔다. 로빈슨은 도일에게 다트무어 지방 사람들을 공포로 몰아넣었던 거대한 사냥개에 관한 전설을 말해주었다. 둘은 소설을 함께 쓸까도 생각해봤다. 하지만 이야기는 강력한 중심인물을 주축으로 구성되어야 했다. 도일은 이야기 소재가 셜록 홈스와 어울린다고 판단했고, 어쩔 수 없이 혼자서 책을 썼다. 다만 수익금은 두 사람이 나누어 가졌다. 셜록 홈스 전문가들은 이 이야기의 배경이 되는 정확한 시기를 두고 의견이 분분하다. 하지만 도일은 자기가 이 작품 이전에 명탐정을 이미 죽여버렸다는 사실을 문제로 여기지 않았다. "홈스가 남긴 서류나 홈스의 전기작가 머릿속에 있는 회고담은 무궁무진했다."

이야기는 베이커가 221b번지의 방문객 제임스 모티머 박사가 두고 간 증거에 관한 대단히 훌륭하고 절묘한 추리에서 시작한다(그 증거는 야자나무로 만들고 머리 부분에 봉을 박은 지팡이 '페낭 로이어'다). 모티머는 다시 돌아와서 홈스와 왓슨에게 배스커빌 가문에 대대로 전해 내려오는 오랜 저주에 관한 고문서 내용을 읽어준다. 그리고 모티머의 친구이자 환자인 찰스 배스커빌 경의 기이한 죽음을 보도한 최근 신문 기사도 들려준다. 배스커빌 경의 시신에서는 폭행의 흔적이 전혀 발견되지 않았지만, 그의 "얼굴은 믿기 어려울 정도로 일그러져 있었다". 모티머는 자기가 시신 근처에서 발자국을 발견했다고 털어놓는다. "홈스 씨, 그건 거대한 사냥개의 발자국이었습니다!"

배스커빌 가문의 마지막 후계자인 헨리 배스커빌 경은 다트무어에 있는 가문의 저택에 들어가 살기로 마음먹는다. 하지만 모티머는 "다트무어로 가는 배스커빌 가 사람은 누구든 악운을 마주친다"라며 두려워한다. 배스커빌 가 사람들은 사악한 저주에 희생당한 것일까, 아니면 이 사건을 더 이성적으로 설명할 수 있을까? 홈스는 사건을 맡아 조사하기로 한다.

미스터리한 분위기로 가득하고 눈을 떼지 못할 만큼 흥미로운 『배스커빌 가의 사냥개』는 셜록 홈스 시리즈의 장편 네 편 가운데 최고다. 그러나 소설의 구조는 썩 훌륭하지 않고, 홈스는 너무 오랫동안 이야기에 등장하지 않는다. 대대로 전해 내려오는 저주 같은 멜로드라마적 요소는 빅토리아 시대의 '선정 소설'*을 상기시키며, 범인의 정체도 쉽게 알아낼 수 있다. 하지만 코난 도일이 쓰던 소설은 앞으로 탐정소설의 황금기에 굉장한 인기를 끌 구성이 탄탄한 추리물이 아니었다. 그는 죽음과 관련된 섬뜩한 것들에 매료되

---

* novel of sensation, 폭력과 멜로드라마, 개연성 없는 일화 등 선정적인 요소가 가득한 소설을 가리키며, 주로 영국 빅토리아 시대에 유행했다.

었고, 인물과 장소를 잊을 수 없을 만큼 날카롭게 묘사할 수 있었기에 단편소설을 쓰는 데 더할 나위 없이 적합했다.

아서 코난 도일 경은 논픽션은 물론이고 역사소설과 공포물, 초자연소설도 썼다. 하지만 그는 모든 탐정 중 가장 유명한 탐정을 창조해낸 데서 주로 명성을 얻었다. 『배스커빌 가의 사냥개』가 발행된 직후(이 소설은 1901년에 《스트랜드 매거진Strand Magazine》에 연재되었고 이듬해에 단행본으로 출간되었다), 거액의 원고료에 마음이 움직인 도일은 1903년 작 「빈집의 모험」에서 죽은 홈스를 되살려냈다. 그리고 셜록 홈스 시리즈는 1927년까지 계속 이어졌다. 셜록 홈스 시리즈를 각색한 영화와 TV 드라마도 대성공을 거두었다. 또 수많은 작가들은 왓슨이라는 화자의 독특한 목소리로 홈스라는 매력적인 캐릭터를 이야기하는 것이 저항하지 못할 만큼 강력하다고 느끼며 끝없이 모방 소설을 내놓았다. 이들 작품에 힘입어 명탐정 셜록 홈스는 오늘날까지도 전 세계적인 인기를 누리고 있다.

2. 『네 명의 의인』¹⁹⁰⁵ – 에드거 월리스

에드거 월리스는 『네 명의 의인』 덕분에 열화와 같은 세간의 관심과 스캔들에 휩싸인 대중 소설가의 길을 걷게 되었다. 일간지 〈데일리 메일Daily Mail〉의 기자로 일하던 월리스는 색다른 범죄소설을 쓰겠다는 생각을 했다. 그는 대중에게 미스터리를 해결하도록 요청할 생각이었다. 무모하리만치 자신감이 넘쳤고, 또 그만큼 에너지와 생생한 상상력이 대단했던 월리스는 폭발적인 속도로 단숨에 소설을 써 내려갔다. 하지만 출판사의 관심을 끄는 일은 예상보다 더 어려웠다.

월리스는 뜻을 굽히지 않고 직접 출판사 '탈리스 프레스'를 세워서 소설을 출간했다. 또 광고 캠페인도 대대적으로 진행하며, 미스터리 해결방법을 정확하게 추론하는 독자들에게 상금 총 500파운드를 주겠다고 제안했다. 책 뒤편에는 떼어낼 수 있는 응모 용지가 붙어 있었다. 그런데 대중의 참여를 유도하는 떠들썩한 광고가 지나치게 성공해버린 탓에 월리스는 거의 파산할 뻔했다. 정확한 해결책을 써서 보낸 독자가 많았고, 그는 상금을 모두 줄 형편이 안 되었다.

월리스가 당선자 발표를 미루자, 그는 사기꾼처럼 보이는 지경에 이르렀다. 결국 파산을 피하려고 〈데일리 메일〉의 소유주 앨프리드 함스워스에게 돈을 빌려야 했다. 소설 저작권을 싼값에 팔아넘겼고, 그 이후로는 책 판매로 이익을 얻지 못했다.

『네 명의 의인』은 훗날 추리소설에서 인기 있는 특징이 된 (상금 지급을 없앤) '독자에게 도전하기'의 혁신적 사례가 되었다. 월리스의 스릴러는 처음 등장했던 당대에 매우 시의적절했을 뿐만 아니라, 이민자와 국제 테러리즘을 다룬다는 점에서 세월이 한 세기 넘게 흐른 후에도 놀랄 만큼 현대적으로 보인다.

정체가 베일에 싸인 집단 '네 명의 의인'은 영국 외무장관 필립 레이먼 경이 외국인 (정치범) 본국 송환 법안을 철회하지 않는다면 그를 살해하겠다고 협박한다. 그들은 이 새로운 법률이 "폭군과 독재자의 박해를 피해서 현재 영국에 망명한 사람들을 복수심에 불타는 부패 정부에 넘겨줄 것"이라고 주장한다. 냉혹하지만 대담한 레이먼은 위협에 굴복하지 않았고, 당국은 그를 보호하기 위해 모든 예방책을 동원한다. 월리스는 무정부 상태와 암살에 대한 공포에 사로잡힌 런던의 과열된 분위기를 재현하며 긴장을 고조시킨다.

결국, 살인이 벌어진다. 그런데 살인은 밀실에서 일어났고, 어찌 된 영문인지 설명할 수 없는 것처럼 보인다.

네 명의 의인의 태도는, 아무런 과장 없이 말하더라도, 도덕적으로 모호해 보인다. 월리스는 속편에서 네 명의 의인을 부활시키며 이들의 태도를 법질서 수호 기관의 입장에 더 가깝게 바꾸었다. 인물이 나중에 고결한 태도로 변하는 모습은 이제까지 주로 스릴러 장르의 안티히어로들에게서 나타났다. 하지만 이 규칙의 주요한 예외가 눈에 띈다. 퍼트리샤 하이스미스의 소설 리플리 시리즈에 등장하는 톰 리플리는 가장 인상적이고 끝까지 흥미로운 살인자 주인공으로 남는다.

네 명의 의인의 양면적 본성에는 이들을 창조한 저자의 성격이 반영되어 있다. 리처드 호레이쇼 에드거 월리스는 단지 베스트셀러 작가가 아니라 대중의 관심을 한 몸에 받는 유명인사가 되었다. 하지만 그는 문학계를 떠받치는 기둥이 아니라 이단아이자 아웃사이더로 남았다. 월리스는 생생하게 꿈틀대는 문장 몇 줄만으로도 장면과 인물을 포착하는 재능으로, 성급하게 쓴 탓에 엉성해진 수많은 작품을 보완했다. 그는 큰 성공을 거두었으나 낭비벽 때문에 빚더미에 앉았다. 그리고 할리우드에서 영화 〈킹콩〉 시나리오를 작업하던 도중에 세상을 떴다. 소설 속 거대한 고릴라처럼, 월리스도 비범한 존재였고 너무도 일찍 삶을 마감할 운명이었다.

3. 『미스 엘리엇 사건』[1905] – 바로네스 오르치

1901년, 바로네스 오르치는 단편 「펜처치 거리의 수수께끼The Fenchurch Street Mystery」를 발표하며 유별나고 독특한 탐정 '구석의 노인'을 소개했다. 이 단편은 잡지에 연재되었던 『런던 미스터리Mysteries of London』 여섯 편 중 첫 번째 작품이다. 얼마 지나지 않아, 같은 시리즈의 단편 일곱 편이 더 탄생했다. 이 일곱 편은 런던 대신 리버풀이나 글래스고, 더블린 같은 다른 주요 도시에서 벌어지는 미스터리 사건을 다루었다. 구석의 노인 시리즈는 마침내 개정을 거쳐 세 권짜리 전집으로 출간되었다. 『미스 엘리엇 사건The Case of Miss Elliott』은 시리즈 속 시간 순서상 두 번째지만, 전집 중에서는 첫 번째로 출판되었다.

구석의 노인은 노퍽 거리와 스트랜드 거리가 만나는 모퉁이의 ABC 찻집 (에어레이티드 브레드 컴퍼니가 운영하는 인기 있는 셀프서비스 찻집 체인)에서 언제나 똑같은 테이블에 앉는다. 노인은 찻집에서 우유를 마시고 치즈케이크를 먹으며 잠시도 가만히 있지 않고 실오라기를 만지작거린다. 노인은 '안락의자 탐정'* 역할을 맡는다. 그리고 처음에는 익명이었으나 나중에 폴리 버튼이라는 이름을 얻는 여성 기자가 '왓슨' 역할을 맡는다. 이야기의 초점은 범인이 죗값을 치르게 하는 것이 아니라 사건의 수수께끼를 푸는 것이다. 노인은 정의감에 불타는 탐정이 아니다. 그는 법질서 유지 기관을 경멸하고, 경찰은 "외부인이 도출해낸 결론이라면, 아무리 논리적이더라도 미스터리를 언제나 더 선호한다"라고 주장한다.

표제작 「미스 엘리엇 사건」은 전체 시리즈의 전형적인 특징을 모두 보여 준다. 런던의 고급 주거지역 마이다 베일에서 젊은 여성 미스 엘리엇의 시신이 발견된다. 그런데 시신은 목이 베여 있고, 손에 수술용 칼을 꽉 움켜쥐고 있다. 처음에는 그녀가 자살한 것인지 살해당한 것인지 분명하지 않았다. 미스 엘리엇은 요양원의 원장이었다. 그런데 요즘과 마찬가지로 당시에도 요양

---

* armchair detective, 사건 현장을 살펴보거나 증인과 면담하는 등 직접 움직여야 하는 수사 방법은 피하고, 기사나 다른 사람의 말을 통해 사건의 진상을 추리하는 탐정 캐릭터를 일컫는다.

시설의 재정 상태는 몹시 위태로웠다. 폴리 버튼과 이 사건에 관해 이야기를 나누던 노인은 직접 검시 심리에 참석한다. 그리고 그곳에서 얻은 정보를 토대로 완벽해 보이는 알리바이의 진실을 추론해낸다.

노인은 자만심이 강하고 인간을 혐오한다. 심지어 살인을 저지르고도 처벌을 교묘히 모면할 수 있을 사람처럼 보인다. 이야기 구성 방식은 본질상 제한적이기는 하지만, 깔끔하고 독창적이다. 『미스 엘리엇 사건』은 상당한 인기를 누렸다. 1915년에 탐험가 어니스트 섀클턴 경은 결국 불운하게 끝날 남극점 탐험을 떠나면서 다른 책 몇 권과 함께 이 단편집을 챙겨가기도 했다. 오르치는 나중에 구석의 노인에 관한 이야기 몇 편을 더 썼고, 1925년에 시리즈의 세 번째 책『풀리지 않는 매듭Unravelled Knots』을 펴냈다. 하지만 노인의 인기가 이미 시든 후였다.

바로네스 오르치는 '에무스카Emmuska'로 불리기를 좋아했다. 그녀의 본명은 엠마 마그돌나 로잘리아 마리아 요제파 보르발라 오르치 디 오르치다. 오르치는 헝가리의 귀족 집안에서 태어났고, 1880년에 가족과 함께 영국으로 이주했다. 그녀는 미술에도 재능을 보였다. 하지만 결국 소설가로 명성을 얻었고 마침내 모나코의 몬테카를로에서 부동산을 사들일 만큼 큰돈을 벌었다. 오르치는 점점 역사소설을 집필하는 데 몰두하며 제1차 세계대전 이후로는 주목할 만한 범죄소설을 거의 쓰지 않았다. 영국의 미스터리 작가들이 1930년에 결성한 '추리 클럽'의 창립 회원이 되지만, 이즈음 오르치가 누렸던 명성은 일명 '스칼렛 핌퍼넬'로 불리는 퍼시 블레이크니 경에 관한 소설 시리즈 덕분이다.

4. 『눈 속의 자취』[1906] - 고드프리 R. 벤슨

고드프리 벤슨은 범죄소설의 영역으로 단 한 번 모험을 떠나기 이전에도, 이후에도 저명인사였다. 『눈 속의 자취: 어느 범죄의 역사Tracks in the Snow' Being the History of a Crime』는 화자인 시골 교구 목사 로버트 드라이버의 사무적인 진술로 시작된다. "1896년 1월 29일 아침, 유스터스 피터스가 살해당한 채 침대에서 발견되었다. (…) 사망 당시 정황에는 이해할 수 없는 미스터리가 많았다. 나는 우연히 이 미스터리를 해결할 실마리를 얻었다."

영사관이었던 유스터스 피터스는 아시아에서 몇 년 근무한 후 일찍 퇴직했다. 그 후 그렌빌 콤브라는 시골 저택을 물려받아 살면서 에드워드 7세 시대의 신사들이 즐기던 여가활동에 푹 빠져 지냈다. 피터스는 세상을 뜨기 전 마지막 밤에 로버트 드라이버와 캘러핸이라는 아일랜드인, 탈베르크라는 독일 사업가, 수수께끼에 휩싸인 부자 윌리엄 베인-카트라이트를 그렌빌 콤브에 초대했다. 이튿날 아침 드라이브가 눈을 떠보니, 그렌빌 콤브 바깥은 눈으로 덮여 있었고 집주인은 칼에 찔려 죽어 있었다. 눈 속에서 발견한 발자국으로 짐작해보건대, 피터스의 정원사 루번 트레트위가 범인인 듯했다. 트레트위는 최근에 피터스를 죽이고 싶다고 말한 적도 있었다. 결국, 트레트위가 체포된다. 하지만 얼마 지나지 않아 범행의 진상이 모두의 추측과 다르다는 사실이 분명해진다.

피터스의 죽음에 관한 진실을 파헤치는 과정은 에드워드 7세 시대답게 느긋한 속도로 전개된다. 고인의 유언 집행자로 지명된 드라이버는 피터스의 만찬 손님 중 한 명을 범인이라고 지목하는 편지를 우연히 발견한다. 질투와 복수가 뒤얽힌 이야기는 몇 번이나 독자의 예상을 뒤엎으며 전개되지만, 범인의 정체는 쉽게 파악할 수 있다. 벤슨은 복잡하게 구성된 추리물을 쓰려던 게 아니었다. 작품의 부제가 암시하듯이, 그는 그저 먼 과거에, 영국에서 아득하게 먼 땅에 뿌리를 내린 범죄에 관한 이야기를 들려줄 생각이었다.

범인이 마침내 법의 심판을 받기까지는 1년 넘게 걸린다. 그러나 그사이에 위기가 가끔 닥쳐오며 긴장감을 자아낸다. 예를 들어, 드라이버는 살인을 두 차례 저지른 것으로 보이는 사내와 함께 저녁 산책에 나선다. "궁지에 몰려 발악하는 사람을 대하는 일은 위험하다. 하지만 그 사람을 측은하게 여기지만 않는다면, 불쾌하기만 한 일은 아니다."

고드프리 래스본 벤슨은 옥스퍼드대학교의 윈체스터 컬리지와 베일리얼 컬리지에서 공부했고, 베일리얼 컬리지의 철학 강사가 되었다. 재주가 많았던 벤슨은 자유당 소속으로 우드스톡 지역 하원의원을 지냈다. 나중에는 리치필드 시장을 비롯해 다양한 공직도 맡았다. 그가 집필한 에이브러햄 링컨 전기는 성격 분석과 정치 철학에 집중한 훌륭한 전기로 꼽히며 오늘날까지 찬사를 받는다. 벤슨은 1911년에 귀족 작위를 받았고, 이후에 출간된 『눈 속의 자취』 판본에는 저자명이 '찬우드 경'으로 기록되었다. 『눈 속의 자취』는 세월이 흐르며 망각 속으로 가라앉았다. 하지만 이 책에는 벤슨이 정성 들여서 훌륭하게 완성한 산문, 인간 행동을 꿰뚫어 보는 통찰력, 자유의지나 영국의 식민지배가 불러온 여파 같은 주제를 문학작품에서 다루는 방식이 잘 결합되어 있다. 벤슨이 범죄소설 장르에 잠시 도전하고 거둔 성과는 분명히 주목할 만하다.

5. 『이스라엘 랭크』[1907] – 로이 호니먼

우아하고 독특한 『이스라엘 랭크[Israel Rank]』는 블랙 코미디다. 냉소적이고 무자비한 화자는 재산을 상속받을 속셈으로 수차례나 살인을 저지른다. 이 작품을 각색한 영화는 20세기 영국에서 탄생한 명작 영화 가운데 하나로 꼽힌다. 하지만 놀랍게도 범죄소설 역사가들은 이 소설을 자주 간과했다. 이 책에는 '어느 범죄자의 자서전'이라는 부제가 붙어 있다. 자전적 화자 이스라엘 랭크가 서두에 쓴 글에는 도덕성을 전혀 아랑곳하지 않는 풍자적 분위기가 절묘하게 구현되어 있다. "확신하건대, 예로부터 수많은 사회는 때때로 인간 장애물을 제거해야 한다고 생각했다. 또 아무에게도 들키지 않고, 양심의 가책에 시달리지도 않고 인간 장애물을 제거해왔다. 사회는 그 자신을 두려워하며 우리가 양심의 가책을 믿게 만든다. 하지만 양심의 가책은 죄인을 기다린다."

이스라엘 개스코인 랭크의 어머니는 "자기보다 신분이 낮은 사람과 결혼"했다. 그녀는 귀족 개스코인 가문의 딸이지만, 유대인 외판원과 결혼했다. 음흉하지만 잘생긴 청년으로 성장한 랭크는 세례를 받은 기독교인이나 반유대주의에 시달린다. 그는 자기가 개스코인 가문의 친척이라는 사실에 길수록 집착하고, 친척 여덟 명만 없애버리면 자기가 백작 지위를 차지할 수 있다는 정보를 알아낸다. 랭크는 신분 상승을 방해하는 사람이라면 누구든 제거하겠다는 결정을 냉정하게 설명한다. "나는 타고난 사악함이 내 행동을 더럽히고 타락시켰다고 생각하지 않는다. 내가 저지른 일은 중요한 존재가 되고 싶다는 무한한 욕망에서 비롯한 결과일 뿐이다."

목표를 향해 맹렬하게 달려가는 이스라엘 랭크의 이야기는 눈을 뗄 수 없을 만큼 강렬한 서사를 만들어낸다. 하지만 호니먼이 세상을 뜰 때쯤 『이스라엘 랭크』는 대중의 기억 속에서 사라져버렸다. 출판사 편집인이었던 그레이엄 그린은 부당하게 잊힌 책들을 모아 재판한 시리즈 '금세기 총서'에 『이스라엘 랭크』를 포함했다. 그리고 이 소설이 재발간된 이듬해인 1949년, 창조적 희극 영화의 산실인 일링 스튜디오가 이 작품을 각색해서 블랙 코미디 영화 〈친절한 마음과 화관Kind Hearts and Coronets〉을 제작했다. 감독 로버트 해머가 쓴 시나리오는 원작과 크게 달랐다. 유대인 외판원의 아들 이스라엘 랭크는 이탈리아 오페라 가수의 아들 루이스 마치니로 바뀌었다. 결말도 완전히 새롭게 (그리고 더 멋지게) 달라졌다. 당시는 제2차 세계대전이 끝난 직후였고, (아무리 매력적이라고 해도) 잔혹하고 이기적인 살인마가 유대인이라는 설정을 그대로 남겨둔다면 반유대주의라는 논쟁을 일으킬 수도 있었기에 원작의 내용을 수정한 듯하다.

소설은 신랄하고 도발적이다. 어쩌면 저자의 복잡한 성격이 반영되어 있을 수도 있다. 호니먼은 대중의 지지를 별로 얻지 못한 대의명분에 거의 평생 헌신하며 격렬한 캠페인을 벌였다. 모든 면을 종합해볼 때 『이스라엘 랭크』는 반유대주의를 지지하는 작품이 아니라 규탄하는 소설로 보는 것이 합당할 듯하다. 또 아이러니로 가득한 이 책에는 상당히 현대적인 면도 있다.

로이 호니먼은 해군 경리관의 아들로 태어나서 배우이자 극작가가 되었다. 그는 크리테리온 극장에서 거주하는 극장 관리인이기도 했다. 부유한 독신남이자 오스카 와일드의 팬, 채식주의자이자 생체 해부 반대론자, 검열 반대 운동가인 호니먼은 다양한 자선 사업, 특히 동물 복지와 관련된 사업에 깊이 참여했다. 또 그는 민간 철도회사가 부당하게 이익을 얻는다는 사실을 알고 혐오감을 느껴서 『철도회사가 전쟁 비용을 치르게 하는 방법How to Make the Railway Companies Pay for the War』을 펴내기도 했다. 이 책은 초판, 재판에 이어 삼판까지 출간되었다. 그가 집필한 다른 책 중에는 『독사The Viper』(1928)도 있다. 이 책에도 유산을 노리고 살인을 저지르는 소시오패스 사기꾼이 등장한다. 하지만 호니먼이 성취해낸 다채로운 작품 중에서는 여선히 『이스라엘 랭크』가 최고다.

6.『거래 일계표』¹⁹⁰⁸ – E.F. 벤슨

모리스 애슈턴은 4년 동안 케임브리지에서 생활하다가 어머니와 함께 살기 위해 브라이턴의 아늑한 집으로 돌아온다. 그는 큰 재산을 물려받을 상속인이다. 어머니가 허락하는 사람과 결혼하기만 한다면 25살에 돈을 물려받을 것이다. 그는 동업하는 변호사 두 명, 언변 좋고 인정 많아 보이는 에드워드 테이턴과 더 젊고 날카로운 고드프리 밀스에게 유산 관리를 위탁한다.

테이턴은 애슈턴에게 신탁 재산의 장부를 꼼꼼하게 살펴보라고 제안하지만, 애슈턴은 거절한다. 사실 테이턴은 애슈턴이 제안을 거절하기를 바랐다. 테이턴은 만약 애슈턴이 장부를 점검한다면 어떤 일이 벌어질지 잘 알고 있다. 그는 동료 밀스에게 이렇게 말한다. "아르헨티나 말고는 우리가 발을 붙일 데도 없을 걸세. 그것도 운이 좋아서 아르헨티나에 무사히 도착할 수 있을 때 얘기지." 두 변호사는 어리석게도 애슈턴의 돈을 남아프리카 광산에 모조리 쏟아부었다. 그런데 그 광산은 가망 없는 투자처였고, 손실을 만회해보려던 시도는 재정 파탄으로 끝났다.

에드워드 7세 시대 영국에서 부유층이 보여주었던 느긋한 생활 방식을 반영하듯, 이야기는 느릿하게 전개된다. 그러나 끝내 살인이 벌어지고, 마지막 장면에서는 법정 드라마가 펼쳐진다. 인물이 그다지 많이 등장하지 않는 만큼 사건 해결방법은 전혀 놀랍지 않다. 하지만 저자의 글솜씨가 훌륭한 덕분에 독자는 멈추지 않고 페이지를 넘기고 싶어진다.

에드워드 프레더릭 벤슨은 별나기는 해도 유력한 가문 출신이다. 참고로 『눈 속의 자취』(31쪽)의 저자 고드프리 R. 벤슨과는 아무 관계도 없다. 그의 아버지는 캔터베리 대주교였고, 어머니는 당대 정치가 글래드스턴의 표현을 빌리자면 '잉글랜드에서 가장 영리한 여인'이었다. 육 남매 중 어려서 목숨을 잃지 않고 무사히 살아남은 '프레드' 벤슨과 다른 형제 세 명은 각자 선택한 분야에서 출중한 재능을 발휘했다. 벤슨은 케임브리지대학교 재학생 시절에 첫 번째 저서를 출간했다. 소설 데뷔작은 아테네에서 고고학자로 활동하던 1893년에 발표했다. 만년에는 서식스의 소도시 라이에서 시장직을 지냈고, 세상을 뜨기 전까지 책을 거의 백 권이나 펴냈다. 그는 피겨 스케이팅 실력도 뛰어나서 잉글랜드 대표 선수로도 활약했을 뿐만 아니라 피겨 스케이팅을 다룬 책도 펴냈다. 벤슨이 쓴 소설 중 가장 인기 있는 작품은 영국 상류층의 생활을 재미나게 그려낸 '맵과 루시아Mapp and Lucia' 시리즈다. 이 시리즈는 두 차례 TV 드라마로 각색되었고, 두 번 모두 성공을 거두었다.

가끔 벤슨은 더 밝고 가벼운 작품에서도 죽음과 관련된 오싹한 것들을 향한 열렬한 관심을 드러냈다. 그는 호평받은 유령 이야기를 여러 편 썼고, 때로는 괴담에서 유머러스한 분위기를 자아내기도 했다. 그중 「버스 차장The Bus-Conductor」은 1945년에 제작된 옴니버스 형식의 고전 공포영화 〈악몽의 밤 Dead of Night〉의 다섯 에피소드 중 하나로 각색되었다. 1901년, 벤슨은 범죄소설을 시도하며 『베일 가의 행운The Luck of the Vails』을 집필했다. 『거래 일계표The Blotting Book』를 제외하면, 벤슨이 완성한 장편 범죄소설은 이 작품이 유일하다.

1987년에 간행된 『거래 일계표』의 재판에 서문을 쓴 스티븐 나이트는 이 소설이 애거사 크리스티에게 영향을 주었을 수도 있다고 주장했다. 나이트는 『거래 일계표』를 이렇게 해석했다. "유명한 사람들 사이에서 벌어지는 심리극이나 다름없다. 범죄소설가 A.B. 콕스의 방법론, 특히 그가 프랜시스 아일즈라는 필명으로 발표한 작품의 방법론을 기대할 수 있다. 이 작품 속에는 진정한 탐정이라고 할 만한 인물이 없다. 피기스 경정은 대체로 입을 헤벌린 채 생각에 잠겨 있다. (…) '단서-퍼즐 풀이'라는 고전적 요소도 존재한다. 추리 클럽 작가들의 다른 소설처럼 이 작품에서도 시간과 장소는 중요하다." 플롯의 정교함을 따지자면, 『거래 일계표』는 양차 세계대전 사이 황금기에 등장했던 작품들에 한참 못 미친다. 하지만 훌륭한 인물 묘사가 빈약한 플롯을 충분히 보완한다.

7. 『브라운 신부의 순진』[1911] – G.K. 체스터턴

『브라운 신부의 순진』은 브라운 신부 시리즈 중 첫 번째이자 가장 훌륭한 단편집이다. 키가 작달막한 브라운 신부는 인간 본성을 꿰뚫어 보는 통찰력 덕분에 결코 얕잡아볼 수 없는 아마추어 탐정으로 활약한다. 체스터턴은 실제 친구인 브래드퍼드 교구 사제를 모델로 삼았다. 체스터턴은 "친구를 마구잡이로 다루었다. 그의 모자와 우산을 찌그러뜨리고, 옷매무새를 흐트러뜨리고, 지성미가 돋보이는 외모를 우둔해 보이는 둥글넓적한 얼굴로 바꾸어서 오코너 신부를 브라운 신부로 변장시켰다." 저자의 인류애와 역설에 대한 강렬한 흥미를 고스란히 빼닮은 브라운 신부는 체스터턴이 편하게 내세울 수 있는 대변인이 되었다.

첫 번째 단편 「푸른 십자가」에는 이름난 대도 플랑보와 그를 뒤쫓는 경찰 발랑탱이 등장한다. 브라운 신부는 플랑보보다 한 수 앞선다. "아무래도 나는 독신 서약을 한 얼간이이기 때문일 거요… 하는 일이라고는 온갖 죄악에 대한 고해를 듣는 것이 전부인 사람이 인간의 사악함을 모를 리 없다고 생각해본 적은 없소?" 브라운 신부는 사제인 척 위장한 플랑보의 정체를 간파한다. 이성을 공격하는 플랑보의 주장이 '잘못된 신학'이나 다름없기 때문이었다.

브라운 신부는 다른 단편에서도 똑같이 인상적이고 설득력 있는 주장을 펼친다. 「보이지 않는 사람」에서 브라운 신부는 영문을 알 수 없어 당혹스러운 살인사건을 해결한다. 신부는 사람들이 일상에서 마주치는 평범한 노동자를 의식하지 않는다고 지적한다. 이런 노동자들은 '사람들 마음속에서 보이지 않는 사람'이 될 수 있다. 따라서 이들은 사건 현장에 있었더라도 증인의 기억에 남지 않을 수 있다. "어째서인지 아무도 우체부를 의식하지 않지요. 하지만 우체부도 다른 사람과 마찬가지로 격정적인 감정을 품을 수 있습니다."

브라운 신부 이야기는 단편 형식에 적합했다. 그리고 체스터턴은 현명하게도 이 소재로 장편도 써보겠다고 도전하지 않았다. 다만 1914년에 독특한 실험작을 내놓았다. 바로 훗날 추리소설의 황금기에서 흔하게 찾아볼 수 있는 '게임 플레이'의 전신인 「도닝턴 사건The Donnington Affair」이다. 범죄소설과 미스터리물을 여러 편 발표한 기자, 맥스 펨버턴 경이 「도닝턴 사건」의 첫 부분을 써서 잡지에 실었다. 그리고 체스터턴에게 미스터리를 풀어보라고 요청했다. 체스터턴은 도전을 받아들였고, 브라운 신부가 사건을 해결한다.

길버트 키스 체스터턴은 탐정 이야기를 무척 좋아했다. 하지만 체스터턴의 전기작가 마이클 핀치는 "체스터턴이 자기 작품 중 제일 대수롭지 않게 여겼던 작품으로 가장 잘 알려졌다니 참 아이러니하다"라고 말했다. 만년에 체스터턴은 대개 다른 일을 하는 데 필요한 자금을 마련하려고 브라운 신부 이야기를 썼다. 선배 작가 아서 코난 도일처럼, 그리고 추리소설의 황금기에 활약했던 G.D.H. 콜처럼, 체스터턴도 자신의 미스터리가 다른 작품을 제치고 더 오랫동안 대중의 기억 속에 살아남을 것이라고 전혀 기대하지 않았다. 하지만 필자가 이 글을 쓰고 있던 당시, 브라운 신부 시리즈를 각색한 아침 TV 드라마가 방영 중이었다. 브라운 신부를 1950년대로 데려와서 원작과 상당히 다른 줄거리를 펼쳐놓은 이 드라마는 체스터턴의 예상과 달리 인기를 끌었다.

체스터턴은 다른 탐정 캐릭터도 만들어냈다. 1922년 작 『나는 비밀을 알고 있다』The Man Who Knew Too Much에는 혼 피셔가 등장한다(똑같은 제목이 붙은 앨프레드 히치콕의 영화 두 편은 이 소설과 아무 관련이 없다). 1929년 작 『시인과 광인들』The Poet and the Lunatics에서는 가브리엘 게일이 활약한다. 1908년에 발표한 소설 『목요일이었던 남자』는 형이상학적인 스릴러다. 평생의 벗 E.C. 벤틀리에게 바치는 시로 서문을 장식한 이 소설에는 환상적인 대상에 열광했던 체스터턴의 관심사가 녹아 있다. 체스터턴은 추리물에 대한 믿음이 확고했다. "센세이셔널한 이야기에서 가장 중요한 점은 비밀이 단순해야 한다는 것이다. 전체 이야기는 단 한순간의 충격을 위해 존재한다. (…) 어찌 된 영문인지 20분 동안이나 구구절절 설명해서는 안 된다." 추리소설의 황금기를 풍미했던 장편 추리물의 난해하게 뒤엉킨 플롯은 체스터턴과 어울리지 않았다. 그는 1930년에 앤서니 버클리의 요청을 받아들여서 추리 클럽의 초대 회장이 되었고, 클럽 활동에 특유의 열정을 쏟았다.

8. 『빌라 로즈에서』¹⁹¹⁰ – A.E.W. 메이슨

범죄소설 작가들은 작품을 구상할 때면 언제나 현실 속 사건을 참고한다. 에드거 앨런 포와 윌키 콜린스, 아서 코난 도일 모두 눈길을 끌었던 '실제 범죄 사건'을 바탕으로 추리소설을 썼다. 오늘날 수많은 작가도 마찬가지다. 흔해 빠져 시시해 보이는 사건이라도 재능 있는 소설가의 손길을 거치면 흥미진진한 미스터리로 다시 태어날 수 있다. 작품의 중심은 플롯일 수도 있고, 인물일 수도 있고, 배경일 수도 있다. 혹은 삼박자가 전부 중요할 수도 있다.

A.E.W. 메이슨은 당시 명성이 자자했던 리치먼드의 스타 앤 거터 호텔에 방문했다가 창유리에서 다이아몬드 반지로 새겨놓은 이름 두 개를 발견했다. "하나는 마담 푸제르다. 이 부유한 노부인은 지난해에 프랑스 남동부 엑스레뱅에 있는 별장에서 살해당했다. 다른 하나는 마담 푸제르의 가정부이자 말동무의 이름이다. 그녀는 (…) 클로로폼으로 마취당해 침대에 묶인 채로 발견되었다." 메이슨은 이 사건에 깊은 인상을 받았고, 시골의 마술 공연, 런던의 중앙 형사 법원에서 열린 살인사건 재판, 제네바의 어느 레스토랑을 방문하며 추리소설의 플롯을 구성할 글감을 더 얻었다. 또 프랑스 경시청의 아노 경위라는 캐릭터를 구상했다. 아노 경위는 "셜록 홈스와 최대한 정반대"인 인물이다. 그리고 '왓슨 박사'의 역할을 담당할 인물로 런던의 자산가이자 괴팍한 딜레탕트인 줄리어스 리카도라는 캐릭터를 만들어냈다.

『빌라 로즈에서^{At the villa Rose}』는 엑스레뱅에서 여름을 보내는 리카도의 이야기로 시작한다. 카지노를 방문해 바카라를 즐기던 리카도는 영국인 청년 해리 웨더밀을 만난다. 웨더밀은 애정을 느끼는 여인, 아름답지만 궁핍한 셀리아 할랜드와 함께 있다. 그런데 이틀도 채 지나지 않아서 웨더밀이 리카도에게 도움을 요청한다. 할랜드를 이야기 상대로 고용했던 마담 두브레가 목이 졸려 살해당한 것이다. 가정부는 마취약에 취해서 의식을 잃은 채 묶여 있었다. 실종된 할랜드가 명백한 용의자로 지목된다. 그러자 리카도는 면식이 있었던 아노 경위에게 사건을 수사해달라고 요청한다. 전설적인 형사는 전혀 예상하지 못했던 진범의 정체를 밝혀낸다.

이미 널리 인정받는 소설가이자 극작가였던 메이슨은 "실제로 벌어진 사건을 소설로 쓰면서, 그저 수수께끼를 풀고 범인을 밝히는 것보다 더 흥미진진하고 극적인 이야기를 구성하고 (…) 오싹하게 전율이 이는 범죄 이야기와 놀라움을 자아내는 탐정 이야기를 결합"하고자 했다. 메이슨은 이 원대한 목표를 이루고자 진범의 정체를 책의 중반에서 폭로했다. 그리고 책의 후반부는 사건의 진상을 설명하는 기나긴 회상 장면으로 채웠다.

앨버트 에드워드 우들리 메이슨은 다재다능한 팔방미인이다. 그는 작가일 뿐만 아니라 배우이자 정치가, 스파이이기도 했다. 1902년에 발표한 모험 소설 『포 페더스The Four Feathers』는 일곱 번이나 영화로 각색되었다. 아노는 쉽게 잊을 수 없는 캐릭터다. 아노와 리카도의 우정 역시 독자의 마음을 잡아끈다. 탐정과 그를 존경하는 조력자라는 테마는 추리소설의 역사 초기에 다양하게 등장했고, 그 가운데 아노와 리카도의 관계가 가장 매력적이다. 세계 각지를 배경으로 삼아 이야기가 펼쳐지는 것도 흥미롭다. 플롯에는 현실에서 가져온 소재와 사이비 심령술, 종잡을 수 없어 당황스럽지만 논리적인 수사 과정, '절대로 범인이 아닐 것 같은' 악당 캐릭터가 뒤섞여 있다. 『빌라 로즈에서』의 가장 큰 결점은 불균형한 이야기 구조다.

메이슨은 『빌라 로즈에서』를 발표하고 10년 넘게 지난 1924년에서야 『독화살의 집』에서 아노 경위를 복귀시켰다. 이번에 그는 "미스터리가 모두 해결된 후에도 추가로 설명해야 하는 내용을 가능한 한 없애겠다"라고 다짐했다. 그 결과, 훨씬 더 훌륭한 소설이 탄생했다. 하지만 추리소설 장르의 기념비로 꼽을 만한 작품은 바로 『빌라 로즈에서』다. 메이슨은 『독화살의 집』이후, 드문드문 아노 시리즈를 세 편 더 발표했다. 마지막 작품은 1946년에야 출간한 『로드십 레인의 집』The House in Lordship Lane』으로, 아노가 유일하게 영국에서 맡았던 사건을 다룬다.

9. 『오시리스의 눈』[1911] - R. 오스틴 프리먼

『오시리스의 눈』은 미국 매사추세츠주 보스턴에서 벌어진 실제 살인사건의 정보와 과학 수사 방법, 이집트학, 로맨스를 한데 뒤섞었다. 그 결과, 법의학 전문가인 존 손다이크 박사는 결코 잊을 수 없는 난관과 맞닥뜨린다. 손다이크 박사는 20세기 범죄소설 장르에 처음으로 등장한 주요 과학적 탐정이다.

프리먼은 손다이크 시리즈를 집필할 때 종종 실제 미스터리 사건을 참고했다. 『오시리스의 눈』에서 손다이크는 친구 저비스에게 1849년 보스턴에서 무일푼의 대학교수 존 웹스터가 기업가 조지 파크먼을 살해한 사건을 이야기한다. 그는 웹스터의 유죄판결과 공개교수형으로 마무리된 이 사건에서 과학 수사가 어떻게 승리를 거두었는지 설명한다. 범인이 시신 일부를 불태워버렸기 때문에, "사실상 불에 타고 남은 잿더미에서 모은 유해로 피해자의 신원을 규명해야 했네". 하지만 손다이크의 말대로 인체는 "아주 놀라운 대상"이다. "인체를 아무런 변함없이 보존하는 것은 극도로 어렵다네. 그러나 완전하게 파괴하는 것은 훨씬 더 어려운 법이지."

손다이크가 맡은 사건을 서술하는 화자는 주로 저비스지만, 『오시리스의 눈』에서는 폴 버클리라는 젊은 의사가 화자 역할을 맡는다. 2년 전, 부유한 이집트학자 존 벨링엄이 기이하고 복잡한 유언장 하나만 남겨둔 채 실종되었다. 벨링엄의 조카딸 루스는 아버지 고드프리와 함께 궁핍하게 지낸다. 그리고 버클리가 루스와 사랑에 빠지면서 벨링엄 실종 사건에 휘말린다. 어느날, 사람의 유해가 발견된다. 손다이크 박사는 시신의 신원을 알아내야 하고, 더 나아가 존 벨링엄에게 무슨 일이 왜 일어났는지도 파헤쳐야 한다.

프리먼은 수수께끼를 영리하게 구축했다. 또 독자가 손다이크 박사의 수사를 깊이 신뢰할 수 있도록 법의학에 관한 세부 사항을 꼼꼼하게 다루었다. 하지만 글에는 눈길을 사로잡을 재기가 부족하고, 이야기는 느릿하게 전개된다. 등장인물의 '연애사'라는 부차적 플롯도 그다지 매력적이지 않다. 프리먼의 열성적인 팬을 자처한 추리소설가 도로시 L. 세이어즈조차 연애요소를 못마땅하게 여기며 탄식했다. 하지만 손다이크는 이런 반응에 아랑곳하지 않는 듯하다. 프리먼의 대변인이라고 할 수 있는 손다이크는 당당하게 주장한다. "만약 우리가 성과 사랑이라는 가장 중요한 (…) 문제를 업신여긴다면, 형편없는 생물학자와 더 형편없는 의사가 될 걸세. 눈에 보이고 귀로 들리는 모든 것에서 사랑을 발견하지 못한다면 눈과 귀가 먼 것이나 다름없지."

리처드 오스틴 프리먼은 의사로 일하다가 식민지청에 들어갔고, 아프리카에서 근무했다. 그는 건강이 나빠진 탓에 더는 의사로 일할 수 없게 되자 수입에 보태려고 글을 쓰기 시작했다. 손다이크 시리즈를 집필하기 이전에 필명을 사용해서 다른 작가와 함께 추리소설 단편집을 두 권 냈다. 1912년에 발표한 단편집 『노래하는 백골』에서는 '도서 추리물'*이라는 혁신적 구조

---

* inverted detective story. '도서(倒敍)'는 '도치 서술'의 줄임말이다. 누가 범인인지 밝히는 데 집중하는 일반적인 추리소설과 달리, 범인이 이미 밝혀져 있고 그를 어떻게 잡을 것인가 하는 문제에 주력한다.

를 선보였다. 이 작품에서는 손다이크가 미스터리를 해결하려고 나서기도 전에 범인의 정체와 범행 계획이 모두 드러난다. 하지만 이 책의 독창성과 중요성은 오랫동안 인정받지 못했다.

과학 수사는 의사가 화자로 등장하는 셜록 홈스 시리즈에서 이미 중요한 특징이었다. 또 L.T. 미드와 로버트 유스터스가 공저한 소설에서도 과학 수사가 중심 역할을 맡았다. 하지만 과학은 프리먼의 소설에서 훨씬 더 큰 권위를 부여받았다. 프리먼의 소설과 전혀 다른 유형의 범죄소설을 쓴 작가 레이먼드 챈들러는 어느 편지에서 프리먼을 이렇게 평가했다. "대단한 고수 (…) 사람들의 얄팍한 평가보다 훨씬 더 뛰어난 작가다. 그는 굉장히 여유 넘치는 글에서도 전혀 예상하지 못했던 서스펜스를 한결같이 성취해낸다."

10. 『하숙인』¹⁹¹³ - 마리 벨록 로운즈

『하숙인』은 처음에 단편으로 세상에 나왔다. 창작의 실마리는 저자가 디너파티에서 우연히 들은 대화였다. 파티에 참석한 어느 손님은 어머니가 고용한 집사와 요리사가 결혼해서 하숙집을 차렸다고 했다. 그런데 이 부부가 자기 집에 잭 더 리퍼가 하룻밤 머물렀다고 확신한다는 것이다. 이 이야기에 강한 호기심을 느낀 마리 벨록 로운즈는 연쇄살인범과 한 지붕 아래서 같이 생활한다는 아이디어를 떠올렸다. 그녀는 1911년에 단편 「하숙인」을 미국 잡지 《맥클루어스McClure's》 12월호에 실었다. 이후 〈데일리 텔레그래프Daily Telegraph〉에서 신문에 연재할 소설을 의뢰하자, 벨록 로운즈는 「하숙인」을 장편으로 발전시키고 싶다고 제안했다. 신문사 측도 이 의견에 동의했다. 그 결과, 주목할 만한 초기 심리 서스펜스 소설이 탄생했다.

『하숙인』의 강점은 충격적이고 극단적인 범죄 사건 대신 하숙집에 감도는 긴장에 집중했다는 것이다. 로버트와 엘런 번팅 부부는 (실제로 잭 더 리퍼가 살인을 저지른 화이트채플이 아니라) 웨스트 런던의 "끔찍하리만치 불결하지는 않더라도 제법 지저분한" 거리에서 살고 있다. 이들은 안락하게 결혼생활을 꾸려가는 부부의 전형처럼 보인다. 하지만 겉모습은 모두 거짓이다. 번팅 부부는 극심한 생활고에 시달린다. "주린 배를 움켜쥐고 지낸 지는 오래되었고, 이제는 추위에 떨며 지내야 했다."

길쭉하고 여윈 몸에 "소매 없는 망토를 걸치고 유행이 지난 실크해트를 쓴" 사내가 번팅 부부의 집을 찾아오며 가난에서 벗어날 길이 열린다. 그는 조용한 방을 찾고 있고, 가격은 얼마든지 기꺼이 치를 생각이다. 자기 이름을 슬루스라고 소개한 이 사내가 습관처럼 성경 구절을 읊자, 번팅 부인은 그가 점잖은 사람이라고 생각한다. 그런데 지난 2주간 자칭 '복수자'라는 자가 런던에서 네 차례나 잔혹한 살인을 저질렀다. 오래지 않아 번팅 부인은 하숙인이 아주 어두운 비밀을 숨기고 있다는 사실을 깨닫는다. 하지만 그녀는 그를 고발하기를 주저한다.

『하숙인』은 베스트셀러가 되었고, 인기는 오래도록 사그라지지 않았다. 세월이 흐르고 어니스트 헤밍웨이와 거트루드 스타인도 『하숙인』 팬의 대열에 합류했다. 이 소설은 연극으로 각색되었고, 네 번이나 영화로 제작되었다 (그중에는 히치콕의 작품도 있다). 심지어 1960년에는 영국 작곡가 필리스 테이트의 음악과 방송인 데이비드 프랭클린의 대본으로 오페라가 제작되었다.

마리 애들레이드 벨록 로운즈는 영국인 어머니와 프랑스인 아버지 사이에서 태어났다. 시인이자 풍자작가인 남동생 힐레어 벨록은 G.K. 체스터턴과 가까운 친구이고, 범죄소설의 요소가 녹아 있는 가벼운 소설을 취미 삼아 쓰기도 했다. 어머니처럼 페미니스트로 성장한 마리 벨록 로운즈는 여성 작가 참정권 연맹에 일찌감치 가입했다. 『하숙인』에는 이런 구절이 등장한다. "그녀는 시민이 아니라 신민이므로, 그녀가 문명사회의 구성원으로서 짊어져야 하는 의무는 그리 무겁지 않을 것이다."

벨록 로운즈는 실제로 일어난 범죄 사건에 매혹되었다. 괴팍한 노처녀를 독살해서 기소된 세던 부부the Seddons의 재판에 참석하고 일기에 기록을 남기기도 했다. "죄수를 관찰하는 일은 무척 흥미로웠다. 그 부부는 지극히 점잖고 평범해 보이는 사람들이었다." 그녀는 몬테카를로에서 벌어진 마리 라뱅 살인사건에서 착상을 얻어 1912년에 『갑옷의 틈The Chink in the Armour』을 발표했다. 또 빅토리아 시대의 미해결 살인사건인 찰스 브라보 사건을 참고해서, 1926년에 『정말로 무슨 일이 일어났는가What Really Happened』를 출간했다. 1931년에는 매들린 스미스 사건을 토대로 『레티 린턴Letty Lynton』을 완성했다. 『레티 린턴』은 이듬해 조앤 크로포드 주연 영화로 각색되었다. 벨록 로운즈는 에르퀼 포푸 탐정 시리즈도 만들었다. 훗날 애거사 크리스티가 첫 소설의 주인공인 벨기에 탐정의 이름을 '에르퀼 푸아로'로 지었다는 사실을 생각해 보면, '에르퀼 포푸'는 당시 크리스티의 무의식에 숨어 있었을지도 모른다.

11. 『맹인탐정 맥스 캐러도스』¹⁹¹⁴ – 어니스트 브래머

맥스 캐러도스 이야기는 시리즈의 첫 번째 단편집에 실린 「디오니시우스의 동전」에서 시작한다. 이야기의 첫머리에서 사설탐정 루이스 칼라일은 고대 화폐 전문가의 집을 방문한다. 서재로 안내받아 들어간 그에게 화폐 전문가 맥스 캐러도스는 혹시 이름이 루이스 콜링이냐고 물었고 그는 깜짝 놀란다.

알고 보니 둘은 오래전에 친구였고, 그간 서로 다른 이유로 이름을 바꾼 터였다. 칼라일은 원래 변호사였지만, 신탁 장부 위조라는 죄명으로 부당하게 고소당한 후 변호사 자격을 박탈당했다. 그는 외모를 바꾸고 사설탐정이 되었다. 맥스 윈은 성을 캐러도스로 바꾼다는 조건으로 미국에 사는 친척에게서 재산을 물려받았다. 그런데 칼라일이 오랜만에 만난 캐러도스는 맹인이 되어 있었다. 그는 말을 타던 도중 나뭇가지에 눈을 찔려서 흑내장을 앓았고 시력을 완전히 잃었다. 캐러도스는 칼라일의 바뀐 외모가 아니라 변함없는 목소리로 친구를 알아보았다. "눈은 지나치게 자신만만해서 실수를 저지르기도 하지."

캐러도스에게 남은 다른 감각은 몹시 예리하다. 캐러도스는 친구에게 탐정이 되고 싶다는 속마음을 털어놓는다. 처음에 칼라일은 회의적으로 반응한다. 하지만 그는 조사 중이던 사기 사건의 단서인 고대 그리스 동전을 캐러도스에게 건네준 후 깜짝 놀란다. 앞을 볼 수 없는 캐러도스가 셜록 홈스에 비견될 만큼 극적으로 사건을 해결하기 때문이다. "[범인을] 체포하게. (…) 이탈리아 파두아의 경찰 당국에 연락해서 헬레네 브루네시에 관한 자세한 서면 정보를 요청하게. 그리고 시스토크 경에게 런던으로 돌아와서 캐비닛에 보관해둔 물건을 더 도둑맞지 않았는지 살펴보라고 하게나."

칼라일은 탐정이지만, '왓슨' 역할을 맡는다. 그리고 캐러도스의 하인 파킨슨이 사진처럼 정확한 기억력을 자랑하며 사건 해결을 돕는다. 캐러도스는 수사 과정을 크리켓과 비슷한 게임이라고 생각한다. 그리고 '어둠 속에서 벌이는 게임'에서 그는 불을 모두 꺼버리고 악당들보다 우위에 선다. 이후 수많은 예술작품이 이 플롯 장치를 빌려 썼다. 대표적인 예는 나이젤 밸친이 쓴 시나리오 〈베이커가로 가는 23걸음²³ Paces to Baker Street〉이다. 밸친은 필립 맥도널드의 소설 『사라진 보모The Nursemaid Who Disappeared』(1938)를 각색하면서 원작에 등장하는 탐정 앤서니 게스린을 맹인 주인공으로 바꾸었다.

어니스트 브래머는 1923년에 후속작 『맹인탐정 맥스 캐러도스 2』를 내놓았다. 이 단편집에서 브래머는 맹인들이 수년간 거둔 놀라운 성취를 묘사하고, "모두 사실이지만, 그동안 전혀 사실 같지 않다고 여겨져서 소설로 옮겨지지 못한 이야기"라고 설명을 덧붙였다. 캐러도스는 소설에 등장하는 유일한 맹인 탐정이 아니다. 캐러도스 이야기가 세상에 나올 때쯤, 미국의 클린턴 H. 스태그도 손리 콜턴이라는 맹인 탐정 캐릭터를 창조했다. '체스 문제 연구가'로도 불리는 콜턴은 단편 여덟 편과 장편 한 편에 등장한다. 하지만 저자 스태그가 26세에 자동차 사고로 세상을 떠나면서 콜턴의 활약상도 막을 내린다. 반면에 캐러도스의 경력은 1934년까지 이어진다. 캐러도스의 마지막 사건은 시리즈의 유일한 장편 『런던의 자객The Bravo of London』에서 다루어진다.

어니스트 브래머 스미스는 가업을 물려받아 농장을 경영했지만, 실패를 겪었다. 농장일을 하면서 글을 쓰기 시작한 브래머는 1894년에 첫 번째 책 『영국의 농업, 내가 발견한 것들English Farming, and Why I Turned it Up』을 출간했다. 그가 쓴 작품 중에서는 중국의 떠돌이 이야기꾼 '카이 룽'에 관한 시리즈가 큰 인기를 끌었다. 하지만 오랜 세월에도 변함없이 건재한 작품은 캐러도스 시리즈를 포함한 추리 단편들이다. 추리소설 장르에 대한 기준이 엄격했던 조지 오웰은 캐러도스 시리즈가 아서 코난 도일과 R. 오스틴 프리먼의 작품과 함께 "에드거 앨런 포 이후 유일하게 읽을 만한 추리소설"이라고 평가했다.

2

황금기의 도래

E.C. 벤틀리는 모든 것을 속속들이 아는 탐정이라는 개념을 조롱하며 추리에 완벽하게 실패하는 탐정 캐릭터를 창조했다. 아마 벤틀리는 이런 시도가 어떤 결과를 불러올지 상상하지 못했을 것이다. 벤틀리의 장편소설 『트렌트 마지막 사건』(52쪽)은 날개 돋친 듯 팔린 베스트셀러가 되었을 뿐만 아니라, 추리물 장르에 길이길이 영향력을 미친 소설이 되었다. 독자는 물론이고 다른 작가들도 이 작품의 영리한 플롯과 섬세한 이야기 전개에 열광했다. 1914년부터 1918년까지 제1차 세계대전, 이른바 '모든 전쟁을 끝낼 전쟁'이 전 세계를 집어삼켰다. 전쟁의 대학살을 목격한 사람들은 현실에서 도피해 즐길 거리를 점점 더 간절하게 찾았다. 그리고 독창적인 살인 미스터리물에 반색하며 달려들었다.

벤틀리의 소설 주인공 필립 트렌트는 '탐정의 정정당당한 스포츠맨십'에 관해 이야기한다. 그리고 바로 여기에서 '페어플레이' 미스터리라는 개념이 유행하기 시작했다. "게임은 이미 시작되었네!" 「애비 그레인지 저택」에서 셜록 홈스는 셰익스피어를 인용하며 이렇게 외쳤다. 하지만 셜록 홈스가 벌이던 게임에서 독자는 동료 선수가 아니라 구경꾼이었다. 셜록 홈스의 팬들은 왓슨 박사와 마찬가지로 홈스보다 먼저 사건의 진실을 알아낼 기회조차 얻지 못했다. 코난 도일의 작품은 언제나 미스터리한 분위기로 가득했고, 눈을 떼지 못할 정도로 흥미진진했으며, 소름 끼치도록 섬뜩했다. 하지만 정교하게 구성된 '페어플레이' 추리소설은 아니었다. 또한, 홈스가 조사한 사건은 대개 살인사건이 아니었다. 단편이라면, 작가는 처음부터 마지막까지 독자의 시선을 사로잡기 위해 극악무도한 범죄를 다룰 필요가 없었다.

윌키 콜린스를 제외하면, 복잡한 장편 추리소설이라는 도전 과제를 훌륭하게 완수한 빅토리아 시대 작가는 거의 없다시피 했다. 이들 작가에 이어 20세기 초반에 활동한 소설가들은 독자의 관심을 오랫동안 지속시키려면 보석 도난 사건보다 불가사의한 살인사건을 다루는 편이 더 낫다는 사실을 깨달았다. 살인은 최악의 범죄이기 때문이다. 또 장편소설에서는 용의자와 단서, 가짜 실마리를 더 많이 제시할 수 있었다. 훌륭한 단편 '페어플레이' 추리소설은 비교적 드물었지만, 복잡한 장편 추리물을 쓰려는 소설가들이 등장하기 시작했다. 그리고 이들 중 대다수가 『트렌트 마지막 사건』의 성공에 영향을 받았다.

범죄 심리학이 발전하면서 새로운 범죄소설을 쓸 가능성이 열렸다. 곧 수많은 작가가 범죄 심리학에 허울 좋은 찬사를 보내기 시작했지만, 이 가능성을 효과적으로 활용한 작가는 많지 않았다. 소설가들은 대체로 경찰 수사의 세부 사항에 집중했다. 전쟁에 지친 대중은 현실 도피와 흥미진진한 게임을 원했다. 그러자 점점 더 많은 추리소설 작가들이 소설 속 탐정과 지혜를 겨루어보라고 독자를 초대하기 시작했다. 오락거리로 즐기는 가벼운 문학의 새 시대가 이렇게 탄생했다. 오늘날까지 우리는 이 시대를 범죄소설의 '황금기'로 기억한다.

12. 『트렌트 마지막 사건』 1913 - E.C. 벤틀리

벤틀리는 『트렌트 마지막 사건』을 구상하며 "새로운 유형의 탐정 이야기를 쓰고자" 했다. 저널리스트였던 그는 이미 젊어서 유명인의 이름을 풍자하는 '인물 4행시' 형식을 고안해내기도 했다. 새로운 추리소설을 쓰겠다는 목표에 뛰어든 벤틀리는 상상을 뛰어넘는 대성공을 거두었다. 하지만 그는 전통적인 방식으로 작업에 착수했다. 그는 추리소설을 쓰는 데 필요한 일반적 요소의 목록을 만들었다. "백만장자 - 당연히 살해당함, 사건을 해결하는 데 실패하는 경찰, 경찰에 이어 수사를 맡는 재능 있는 아마추어, 완벽해 보이는 알리바이, (…) 늘 용의선상에 오르는 인물들 - 피살자의 아내, 비서, 가정부, 집사, 다른 사람들 앞에서 피살자와 자주 싸웠던 사람 한 명, (…)"

벤틀리의 천재성은 아이러니한 반전에서 드러난다. "주인공이 어렵사리 찾아낸 미스터리 해결방법이 명백히 올바른 것처럼 보이지만, 결국에는 완전히 틀렸다는 사실을 밝힐 것." 그는 셜록 홈스 같은 '명탐정'이 절대 틀릴 리 없다는 통념을 조롱했다. 하지만 독자들이 소설에서 정말로 깊은 인상을 받은 요소는 따로 있었다. 독자들은 벤틀리가 세련되고 우아한 글솜씨와 영리한 미스터리 해결책을 결합한 데 감탄했다. 소설은 미국의 무자비한 대부호 시그스비 맨더슨을 맹렬하게 비난하는 대목으로 시작한다. 『트렌트 마지막 사건』이 출간되고 한 세기 넘게 흐른 지금에도 이 도입부는 전혀 힘을 잃지 않았다. 도입부를 읽으면 예나 지금이나 자본가는 변함없이 미움받는다는 사실을 새삼스레 깨닫는다.

"[맨더슨은] 파업을 진압하려고, 혹은 수많은 노동자를 보유한 기업의 소유권을 거머쥐려고 '권력을 휘두를' 때마다 엄청나게 많은 영세 가정을 짓밟

왔다. 만약 광부나 철광 노동자나 소몰이꾼들이 그의 명령을 거역하고 소란을 일으키면, 그는 법 따위는 모두 무시하고 더 무자비하게 굴었다. (…) 수만 명의 빈민은 아마 그의 이름을 저주하겠지만, 자본가와 투기꾼은 그를 그다지 증오하지 않았다. 재산의 힘을 보호하고 멋대로 부리려는 그의 손길은 미국의 구석구석에까지 뻗쳐 갔다. 고압적이고, 냉정하고, 일에서는 조금도 실수하지 않는 그는 강대국으로 발돋움하려는 국가의 욕망에 봉사했다. 그리고 국가는 감사해하며 그에게 '거인'이라는 칭호를 하사했다."

맨더슨은 동정심이 들지 않는 피해자 캐릭터 중 가장 두드러지는 예다. 범죄소설의 황금기 작가들에게 이런 캐릭터는 더없이 귀중했다. 맨더슨 같은 혐오스러운 인물을 등장시키면 그럴듯한 살인 동기를 제시할 수 있다. 게다가 이런 인물의 죽음은 그다지 안타깝지 않기 때문에 독자들은 연민에 빠지지 않고 탐정과 지혜를 겨루는 데 집중할 수 있다.

주인공 필립 트렌트는 전문 탐정이 아니다. 그는 취미 삼아 저널리즘과 아마추어 탐정 일에 잠깐 손을 대본 화가다. 심지어 그는 맨더슨의 미망인과 사랑에 빠지기까지 한다. 소설의 결말에서 그는 자기가 맨더슨의 죽음을 잘못 이해했다는 사실을 깨닫고 당혹스러워한다. "'저는 이제 깨달았습니다. 다시는 불가사의한 범죄 사건에 손대지 않을 겁니다. 맨더슨 사건은 필립 트렌트의 마지막 사건이 될 겁니다. 저의 도도한 자존심이 마침내 무너지고 말았습니다.' 트렌트가 별안간 다시 미소지었다. '인간의 이성이 무력하다는 사실을 알고 나니 아무것도 감당할 수 없을 것 같습니다.'"

트렌트는 시그스비 맨더슨의 죽음에 관한 진실을 잘못 판단했듯이, 자신의 미래에 관해서도 잘못 판단했다. 그는 두 번 다시 불가사의한 범죄 사건에 개입하지 않겠다고 다짐했지만, 시리즈의 두 번째 장편 『트렌트 자신의 사건Trent's Own Case』(1936)과 단편집 『트렌트 끼어들다Trent Intervenes』(1938)에서 다시 등장했다.

에드먼드 클레리휴 벤틀리는 평생의 벗 G.K. 체스터턴의 뒤를 이어서 추리 클럽의 두 번째 회장이 되었다. 그는 나중에 도로시 L. 세이어즈가 창조한 귀족 탐정 피터 윔지 경을 패러디해서 단편 「탐욕스러운 밤Greedy Night」을 쓰기도 했다. 그러나 추리소설 장르에 영원히 공헌한 벤틀리의 작품은 바로 장편 데뷔작 『트렌트 마지막 사건』이다. 이 소설은 세 차례 영화로 제작되었다. 그 가운데 가장 유명한 영화는 오손 웰즈가 맨더슨으로 분했던 1952년 작품이다. 『트렌트 자신의 사건』은 벤틀리가 허버트 워너 앨런과 함께 집필한 소설이다. 와인광이었던 워너 앨런은 이 소설 이전에 이미 탐정으로 활약하는 와인 무역상 캐릭터를 만들어냈다. 그는 벤틀리에게 경의를 표하며 이 인물의 이름을 '윌리엄 클레리휴'로 지었다. 윌리엄 클레리휴는 『트렌트 자신의 사건』에도 등장해서 트렌트를 도와준다. 워너 앨런은 클레리휴 시리즈 외에도 『무수한 시간The Uncounted Hour』(1936)이라는 탐정소설도 썼다.

13. 『밤중에』1917 – 고렐 경

이상하게도 수많은 범죄소설 역사가들은 『밤중에In the Night』를 소홀하게 생각하고 잊어버렸지만, 사실 이 작품은 페어플레이 추리소설의 초창기 표본이다. 고렐 경은 추리소설에 대한 신념을 소설의 서문에서 분명하게 밝혔다. "모든 필수적인 정보는 발견되어야 의미가 있다. 가능한 한 독자에게도 탐정의 눈과 진실을 발견할 균등한 기회를 제공해야 한다."

도로시 L. 세이어즈는 1928년에 출간한 『추리·괴기·공포소설 단편 명작

선Great Short Stories of Detection, Mystery and Horror』의 서문*에 범죄소설의 역사를 설명하면서 『밤중에』와 『트렌트 마지막 사건』, 조지 플레이델의 『웨어 사건The Ware Case』을 같은 범주로 묶었다(플레이델의 소설이자 희곡은 1913년에 출간되었고, 세 차례 영화로 각색되었다). 그리고 이들 작품은 추리물 작가들이 독자를 속이기 위해 동원했던 핵심 전략 중 하나를 훌륭하게 활용했다고 소개했다. 그 전략은 바로 "탐정이 관찰하고 추론한 내용을 독자에게 모두 알려주는 대신, 나중에 그 관찰과 추론이 부정확했다고 밝히는 것이다. 그래서 작가는 세심하게 만들어놓은 깜짝 선물이 기다리는 마지막 장으로 독자를 이끌고 갈 수 있다."

고렐은 시골 저택에서 벌어진 불가사의한 살인사건을 이야기한다. 시골 저택 살인사건은 범죄소설의 황금기에 굉장히 인기를 끌게 된다. 로저 펜터턴 경은 대저택 솔팅 타워스의 주인이자 부유한 사업가로, 벗은 적지만 적은 많은 사람이다. 그런데 그가 머리에 상처를 입고 목숨을 잃은 채로 저택 복도에서 발견된다. 마침 그 지역에서 휴가를 보내고 있던 런던 경시청의 에마뉘엘 험블손 경위가 수사에 나선다.

펜터턴 경의 방탕한 아들이 용의선상에 오른다. 하지만 집사가 범인일 수도 있다. 곧 "숨길 수 없는 생기와 매력을 내뿜는" 에벌린 템플이라는 젊은 여성이 사건에 뛰어들어 아마추어 탐정 노릇에 열중한다. 하지만 템플도 필립 트렌트처럼 추리를 잘못했다는 사실이 마지막에 드러난다. 험블손이 지적하듯이 "똑같은 사실이라도 여러 가지 다른 방식으로 설명될 수 있기 마련"이다.

고렐은 독자가 범죄 현장의 배치를 세세하게 파악할 수 있도록 솔팅 타워

---

* 국내에서는 이 책의 서문만 『탐정은 어떻게 진화했는가』(북스피어, 2013)로 출간되었다.

스의 평면도를 책에 실었다. 곧 건물 평면도와 지도는 추리물에서 '가장 범인일 것 같지 않은 의외의 인물'이 진범으로 밝혀지는 결론만큼이나 흔한 요소가 되었다.

제1차 세계대전의 대살육은 소설의 줄거리를 방해하지 않는다. 하지만 전쟁은 이 소설이 출판되던 해에 저자의 삶을 영영 바꾸어놓았다. 고렐 남작 1세의 둘째 아들인 로널드 고렐 반스는 소총 여단에서 복무했고 무공 십자 훈장을 받았다. 1917년 1월, 전투에서 목숨을 잃은 형을 대신해서 그가 아버지의 작위를 물려받고 고렐 남작 3세가 되었다. 고렐 경은 다재다능했다. 그는 언론인이자 시인, 크리켓 선수였다. 또 데이비드 로이드 조지 총리가 이끈 연립 내각에서 항공성 차관으로도 근무했다. 그는 1925년에 자유당을 떠나서 램지 맥도널드가 당수였던 노동당으로 전향했다. 그러나 훗날 노동당에서 퇴출당한다.

고렐 경은 꾸준히 집필 활동을 이어가지는 않았지만, 계속해서 범죄소설을 썼다. 아서 코난 도일이 자신의 1928년 작 『삼키는 불The Devouring Fire』을 읽으면서 "미스터리를 알아맞히는 데 푹 빠졌다"라고 말했다며 자랑하기도 했다. 에벌린 템플은 1935년에 발간된 『붉은 라일락』에서 마침내 귀환한다. 이 소설에서는 템플의 사촌과 결혼한 고약한 사내가 살해당한다. 세이어즈는 "고렐 경은 대화를 훌륭하게 구성할 줄 알고, 섬세하고 유려하게 묘사한다"라며 이 책에 찬사를 보냈다. 세이어즈가 고렐 경을 모델로 삼아서 귀족 탐정 피터 윔지 경을 창조했으리라고 추측하는 이들도 있다. 그러나 고렐 경이 추리소설 장르에서 세운 가장 중요한 업적은 이 소설들이 아니라 『밤중에』이다.

14. 『미들 템플 살인사건』¹⁹¹⁹ - J.S. 플레처

요즘 독자라면 『미들 템플 살인사건』을 J.S. 플레처의 '획기적' 범죄소설이라고 묘사할 것이다. 미국의 28대 대통령 우드로 윌슨은 병석에서 이 소설을 읽고 격찬했다. 그러자 미국 출판사 측이 홍보에 대통령의 찬사를 최대한 활용했다. 플레처의 책은 날개 돋친 듯 팔려나갔다. 미국에서는 한동안 플레처를 아서 코난 도일 이후에 등장한 가장 훌륭한 범죄소설 작가로 꼽았다.

1912년 6월의 이른 아침, 신문사 〈워치맨〉에서 일하는 프랭크 스파고는 사무실에서 나와 집으로 향한다. 그는 미들 템플 레인에 있는 법원 입구에서 시신이 막 발견되었다는 소식을 듣는다. 피해자인 노인은 심하게 구타당해서 죽었다. 그런데 그 노인의 시신은 젊은 법정 변호사 로널드 브레턴의 이름과 주소가 적힌 종잇조각을 움켜쥐고 있다. 놀랍게도 래스버리 경위가 사건에 관한 내부 정보를 스파고에게 선뜻 제공하고, 스파고는 젊은 기자다운 열정을 쏟아부어서 직접 사건을 조사한다. 그는 살해당한 노인이 최근에 호주에서 영국으로 돌아왔다는 정보를 입수한다. 그리고 노인이 하원의원 스티븐 애일모어와 함께 있는 모습이 목격되었다는 사실도 알아낸다. 곧 애일모어가 노인의 오랜 지인이라는 사실이 드러난다. 그는 미심쩍게도 수사에 협조하지 않고, 결국 체포된다. 하지만 스파고는 끈질기게 수사를 이어나가고, 범인을 쫓아 잉글랜드 북부의 고지대에 발을 들여놓는다. 그곳에서 그는 마침내 살인범의 정체를 발견한다.

조지프 스미스 플레처는 1863년에 웨스트 요크셔의 핼리팩스에서 태어났다. 플레처는 (프랭크 스파고처럼) 신문사 기자와 부편집장으로 일했고, 가끔 기사에 본명 대신 필명 '대지의 아들'ᴬ Son of the Soil을 썼다. 그는 여행안내서와 시집, 전기, 역사소설을 썼고, 고향 요크셔의 방언으로도 소설을 몇 편 지었다. 고향에 관한 내용을 글에 자주 녹여낸 덕분에 '요크셔 하디'*라는 별명도 얻었다. 20세기의 여명이 밝아올 무렵, 플레처는 범죄소설을 쓰는 데 전념하기 시작했다. 1909년에는 요크셔에서 활약하는 탐정에 관한 단편집『하운드 탐정 아처 다우의 모험The Adventures of Archer Dawe, Sleuth Hound』을 펴냈다. 그는 이 단편집에 실린「관 속의 내용물The Contents of the Coffin」의 구성 요소를 고쳐서 『미들 템플 살인사건』에 활용했다.

스파고는『미들 템플 살인사건』이후 어떤 소설에도 출연하지 않았다. 그 대신 '범죄학 전문가' 폴 캠펜헤이가 새로운 단편집에 등장했다. 나중에 플레처는 유행에 굴복해서 런던을 기반으로 활약하는 새로운 탐정 로널드 캠버웰 시리즈를 다시 만들어냈다. 그는 1935년에 마지막 장편소설『토드먼하우 그레인지Todmanhawe Grange』를 미완으로 남기고 눈을 감았다. 〈옵서버The Observer〉의 십자말풀이 편집자이자 범죄소설 논평가인 에드워드 포이스 매서스가 1937년에 이 소설을 완성했다. '토르케마다'라는 별명으로도 잘 알려진 매서스는 책의 서문에서 플레처가 "세 번째 살인사건의 개요를 설명하고, 첫 번째와 두 번째 살인사건을 저지른 이들을 밝히고, 심지어 책의 마지막 문장까지 적어둔 명확한 메모"를 남겼다고 설명했다.

플레처는 평생에 걸쳐 200권이 훌쩍 넘는 책을 썼다. 워낙 다작한 만큼, 작품의 질은 기복이 심했다. 그는 애거사 크리스티를 비롯해 추리소설의 황금기를 풍미했던 주요 작가들보다 한 세대 앞선 사람이다. 그의 작품은 그가 살아서 활동하던 당대에서도 이미 유행에 뒤떨어진 것처럼 보이기 시작했

---

* the Yorkshire Hardy; 'hardy'는 '강인한', '튼튼한', '배짱 좋은' 등의 의미로 사용된다. '요크셔 하디'는 '요크셔 사나이' 정도로 해석할 수 있을 듯하다.

다. 1935년에 플레처가 세상을 떠난 후, 그의 명성은 급격히 추락했고 오늘날까지 완전히 회복되지 못했다. 하지만 지금도 『미들 템플 살인사건』은 당시에 탄생한 가장 재미있는 범죄소설 가운데 하나로 꼽힌다. 플레처는 다른 작품에서도 가짜 신분과 먼 과거의 사기 사건이라는 플롯 구성 요소를 자주 활용했다. 하지만 이런 요소를 가장 능수능란하게 엮은 작품은 『미들 템플 살인사건』이다. 쉴 틈 없이 이야기가 전개되다가 마지막에서 예상치도 못했던 진범의 정체가 드러나며 반전을 보여주는 이 소설은, 대통령이 편치 않은 몸과 공무에 대한 근심을 잠시 덜 수 있었을 정도로 재미있다.

15. 『곁쇠』[1919] – 버나드 케이프스

버나드 케이프스가 범죄소설 장르에 남긴 유일한, 그러나 중요한 발자취가 그의 사후에야 세상에 나왔다는 사실은 성공했으나 불운한 그의 삶을 압축적으로 보여주는 듯하다. 케이프스는 1918년에 유행성 독감에 걸려 쓰러진 후 심부전으로 사망했다. G.K. 체스터턴은 『곁쇠The Skeleton Key』를 소개하며 저자의 필력을 강조했다. "처음부터 그의 산문은 강력한 시적 요소를 품고 있다." 영국의 시인이자 평론가, 추리 작가인 줄리안 시먼스는 아주 독창적인 추리소설 연구서 『블러디 머더』에서 이 작품을 "외면받은 역작"이라고 일컬었다.

소설은 주인공 비비안 비커다이크가 쓴 원고의 발췌문으로 시작한다. 초반 이후에는 비커다이크의 서술과 3인칭 화자의 서술이 혼재되어 있다. 케이프스는 서로 다른 시점을 활용해서 서스펜스를 강화하고 수월하게 반전을 만들어냈다. 윌키 콜린스도 오래전에 『문스톤』에서 똑같은 전략을 사용했고, 장차 애거사 크리스티와 도로시 L. 세이어즈를 비롯해 셀 수 없이 많은 작가가 똑같은 전략을 사용할 터였다. 21세기 작가 길리언 플린도 같은 방식을 활용해서 베스트셀러 『나를 찾아줘』를 집필했다.

소설에서 화려한 매력을 내뿜는 요소는 파리에서 펼쳐지는 장면이다. 비커다이크는 파리에서 돈내기 체스 시합을 벌이는 붙임성 좋은 모험가, 르 사주 남작을 만난다. 그리고 교통사고가 난다. 이 사고의 의미는 결말 부분에서야 밝혀진다. 일 년 후, 비커다이크와 르 사주 남작은 캘빈 케넷 경의 햄프셔 저택 와일드쇼트에서 열린 파티에 참석한다. 르 사주 남작과 동행한 하인 루이 카바니가 와일드쇼트에서 일하는 매력적인 가정부에게 홀딱 반하지만, 그녀는 카바니를 뿌리친다. 만찬이 열리고 사람들이 대화를 주고받는 가운데 긴장이 고조된다. 이 자리에서 르 사주는 "성공적인 범죄란 탐정이 진상을 파악할 수 없는 범죄가 아니라, 애초에 전혀 범죄처럼 보이지 않는 범죄"라고 주장한다.

다음날, 사냥 모임이 열린다. 사냥 모임은 시골 저택 미스터리를 쓰는 작가들에게 귀중한 소일거리였다(사냥 모임이 등장하는 작품의 예를 들어보자면, 안톤 체호프가 1884년에 발표한 재미있는 소설 『사냥 모임The Shooting Party』처럼 기발한 작품부터, 존 퍼거슨의 1934년 작 『뇌조 사냥터 미스터리The Grouse Moor Mystery』와 J.J. 커닝턴의 1934년 작 『하하 사건The Ha-Ha Case』처럼 더 관습적인 소설까지 다양하다). 그런데 모임이 끝나고 보니, 와일드쇼트*의 가정부 한 명이 총에 맞아 죽어 있다.

런던 경시청의 리지웨이 경사가 사건 수사를 맡는다. 비커다이크는 "어느 유명한 작가는 전문 탐정이 어리석다고 믿었다. 하지만 내가 보기에는 그 자

---

* 저자는 '르 사주'의 집에서 일하는 사람이 죽었다고 적었지만, 이는 실수인 듯하다. 작품에서 실제로 살해당한 사람은 와일드쇼트 저택에서 일하는 가정부이자, 르 사주의 하인 카바니가 반했던 애니 에번스다.

신이 독보적인 아마추어라는 사실을 자랑할 속셈이었던 것 같다"라고 말한다. 사인을 규명하기 위한 심리 과정이 기나긴 한 챕터 내내 장황하게 이어진다(이런 구성 방식은 황금기 추리소설에서 흔하게 발견할 수 있다). 그런데 루이 카바니가 범인이라는 배심원의 결론은 얼마 지나지 않아 틀린 것으로 드러난다.

섬세하게 구성된 플롯과 인물 묘사 덕분에 『곁쇠』는 범상치 않은 작품으로 발돋움했다. 이 소설은 체스터턴의 주장을 분명하게 뒷받침한다. "추리소설은 특별한 의미에서 정신적인 비극으로 볼 수 있다. 도덕적 연민조차 의심스러울 수 있는 이야기이기 때문이다. 추리소설은 영웅이 악당으로 드러나거나 악당이 영웅으로 드러나는 거의 유일한 소설 형식이다."

버나드 케이프스는 차 중개상으로 일하다가 슬레이드 미술대학에 진학했다. 그는 《씨어터The Theatre》라는 정기 간행물의 편집자로도 일했고, 나중에는 잠깐 토끼 농장을 운영하고 실패를 맛봤다. 40대가 되어서야 문학을 쓰기 시작한 케이프스는 장편과 단편소설을 거침없이 쏟아냈다. 특히 굉장히 훌륭한 '괴담'을 많이 썼다. 모순과 역설에 열광했던 체스터턴은 케이프스가 "통속적인 글에 뛰어난 재주를 발휘한 탓에 기량에 걸맞은 평가를 받지 못했다"는 역설을 지적한 바 있다.

16. 『통』1920 - 프리먼 윌스 크로프츠

『통』은 1912년, 런던의 세인트 캐서린 부두에서 벌어진 사소한 사고를 이야기하며 시작한다. 부두 노동자들이 유럽 대륙에서 갓 도착한 화물을 하역하던 중에 통 하나를 떨어뜨린다. 노동자들이 살짝 깨진 통 안을 들여다보니 금화가 있다. 그런데 금화 사이로 여자의 손이 보인다. 경찰이 신고를 받고 출동하지만, 도착해보니 통이 사라지고 없다. 정체를 알 수 없는 프랑스인이 그 통을 자기 물건이라고 주장하며 가져갔다는 것이다.

"코난 도일과 오스틴 프리먼, 다른 대가들의 추리소설을 읽은" 순경이 멋지게 도와준 덕분에 런던 경시청의 번리 경위는 펠릭스 레옹이라는 그 프랑스인과 통을 찾아낸다. 통 안에는 목이 졸려 죽은 아름다운 여인의 시신이 들어 있다. 수사와 과장을 배격했던 크로프츠는 냉철하고 건조한 문체로 이 장면을 묘사했지만, 장면의 이미지는 기억에서 지워지지 않을 만큼 생생하다.

이 여인은 누구일까? 그리고 어떻게 죽음을 맞았을까? 번리 경위와 동료들은 해답을 찾기 위해 기나긴 수사를 시작한다. 유일한 용의자는 난공불락처럼 보이는 알리바이를 대고, 경찰은 이 알리바이를 깨려고 분투한다. 그 과정에서 사건은 영국과 프랑스 사이를 오가며 전개된다. 경찰은 도움을 청하기 위해 '런던에서 가장 영리한 사설탐정' 조르주 라 투셰를 방문한다. 영국인과 프랑스인 부모에게서 태어난 라 투셰는 세계 각지의 정취가 곳곳에 스며 있는 미스터리를 해결하는 데 핵심 역할을 맡는다.

치밀한 수사 과정 묘사와 독창적인 알리바이 구성(과 해체)은 프리먼 윌스 크로프츠를 상징하는 특징이다. 그리고 바로 이런 특징 때문에 크로프츠의 데뷔작 『통』은 경쟁작들과는 전혀 다른 독특한 소설이 되었다. 『통』은 발행 이후 20년 동안 10만 부 이상 팔렸다.

더블린 태생의 크로프츠는 우연한 기회에 범죄소설 작가의 길에 들어섰다. 원래 철도 엔지니어였는데 "오랜 병환에서 회복하는 동안 지루함을 달래려고" 책을 쓰기 시작했다. 처음 쓴 글은 수정을 숱하게 거친 후 출판되었고, 즉시 성공을 거두었다. 그러자 계속해서 글을 쓰겠다고 마음먹었다. 후속작에서도 흥미로운 외국 도시를 작중 배경으로 삼았다. 실망스럽게도 용두사

미로 끝나버린 1921년 작 『폰슨 사건The Ponson Case』에서 태너 경위는 포르투갈을 여행한다. 1923년 작 『그루트 공원 살인사건The Groote Park Murder』의 전반부 배경은 남아프리카다. 육로나 기차, 배, 비행기를 통한 여행은 크로프츠의 많은 소설에서 중요한 역할을 담당한다. 여행 시간에 관한 속임수는 범인이 영리하게 구축한 알리바이에서 결정적인 요소가 된다.

크로프츠가 만들어낸 탐정 캐릭터 중 가장 유명한 인물은 다섯 번째 소설에 등장하는 선량하지만 집요한 조지프 프렌치 경감이다. 1920년대가 끝나갈 즈음, 크로프츠는 T.S. 엘리엇 같은 거장 못지않은 명성을 얻었다. 그는 벨파스트&북부 주 철도회사에서 퇴직한 후 전업 작가가 되어 잉글랜드에 정착했다. 크로프츠의 작품 같은 추리소설을 전혀 좋아하지 않았던 레이먼드 챈들러조차 크로프츠가 "최고로 꾸준하게 세부 묘사를 하는 작가"라고 인정했다. 크로프츠는 『통』의 재판 서문에서 성격 묘사가 빈약하고 군더더기가 지나치게 많다는 단점을 겸허하게 인정했다. 하지만 『통』은 추리소설의 발전 과정에서 등장한 획기적인 작품이다.

17. 『붉은 저택의 비밀』1922 - A.A. 밀른

우리는 A.A. 밀른이라고 하면 '곰돌이 푸'와 아동문학을 떠올린다. 그래서 밀른이 푸와 이요르, 피글렛, 티거를 만들기 전에 엄청난 인기를 끌었던 탐정소설을 썼다는 사실을 알면 깜짝 놀란다. 시골 저택 미스터리물인 『붉은 저택의 비밀』은 절묘한 작품이라고 널리 찬사받았다.

붉은 저택의 부유한 집주인 마크 애블레트는 파티를 열어 손님들을 대접하고 있다. 그때 앤토니 길링엄이 애블레트의 파티에 가 있는 오랜 친구 빌

베벌리를 만날 수 있을까 해서 붉은 저택을 방문한다. 여행을 많이 했고 붙임성 좋은 청년 길링엄은 이 저택에서 밀실 살인 현장을 우연히 목격한다. 마크의 '골칫덩이' 형 로버트가 미간에 총을 맞아 목숨을 잃은 채 발견된 것이다. 그런데 이기적인 술고래 마크는 온데간데없이 사라지고 없다. 길링엄은 수사에 뛰어들고, 그의 친구 베벌리가 '왓슨' 역할을 맡는다.

『붉은 저택의 비밀』이 세상에 나올 무렵, 밀른은 유머 잡지 《펀치Punch》에 기고하던 유머러스한 글로 유명했다. 밀른은 추리소설이라는 전혀 다른 장르에 도전하면서도 특유의 밝고 가벼운 문체를 버리지 않았다. 피비린내 진동했던 전쟁의 여파가 이어지는 가운데, 퍼즐 풀이 같은 추리물은 대중이 현실에서 도피할 수 있는 이상적인 수단이었다. 빌 베벌리는 마크 애블레트를 "도주한 살인자, 법망을 피해 달아난 탈주자"로 보기 어렵다고 생각한다. "모든 일이 어제와 다름없이 흘러가고 있고, 태양이 눈부시게 빛나고 있어…. 그러니 이 사건은 진짜 비극이 아니라 그저 그자와 앤토니가 벌이는 유쾌한 추리 게임일 뿐이라고 생각할 수밖에 없지 않을까?"

밀른은 이 소설 이후 아동문학으로 넘어갔지만, '추리소설을 향한 열정'은 그대로 간직했다. 그리고 『붉은 저택의 비밀』이 1926년에 새로운 판본으로 출간될 때 위트 넘치면서도 예리한 서문을 덧붙였다. 밀른은 추리소설을 "이해하기 쉬운 말"로 써야 한다고 주장했다. 그는 추리소설에서 '연애사' 때문에 복잡한 문제가 벌어지는 것도 몹시 싫어했다. 밀른은 아마추어 탐정과 페어플레이를 선호했고, "탐정이 독자보다 특별한 지식을 더 많이 알고 있어서는 안 된다"라고 강조했다. 독자도 탐정의 머릿속에 있는 내용을 알아야 한다. 그래서 '왓슨' 캐릭터는 더없이 중요하다. 탐정은 반드시 "'왓슨'처럼 행동하거나 혼잣말해야 한다. '왓슨'처럼 행동한다는 것은 대화를 통해 정보를 알린다는 말이다. 따라서 독자는 이 방식을 더 쉽고 재미있게 읽을 수 있다".

곰돌이 푸가 워낙 유명한 탓에, 우리는 앨런 알렉산더 밀른이 극작가와 시나리오 작가로서도 성공을 거두었다는 사실을 자주 잊는다. 밀른이 1929년에 발표한 희곡 『제4의 벽The Fourth Wall』은 범죄 장르의 경계에 걸쳐 있는 작품이다. 그는 단편 범죄소설도 여러 편 지었다. 『붉은 저택의 비밀』의 결말은 앤토니 길링엄이 앞으로도 범죄 사건과 씨름하리라는 것을 암시하지만, 밀른은 더는 장편 추리소설을 쓰지 않았다. 아마 E.C. 벤틀리처럼 밀른도 재미있는 데뷔작보다 더 나은 작품을 쓰느라 애먹었을 것이다.

3

명탐정들

제1차 세계대전이 종식되고 10년 동안, 새로운 추리소설 작가 세대가 등장했다. 이 작가들은 대개 젊었다. 마저리 앨링엄은 겨우 열아홉 살에 첫 장편 소설을 발표했다. 또 야심만만했고 정력적이었다. 이들은 전쟁의 대살육을 겪고 살아남았다. 하지만 무탈하게 전쟁에서 벗어난 사람은 아무도 없었다. 많은 이들이 가족과 친구를 잃었다. 몸소 전쟁터에 나갔다가 다친 사람들도 있었다. 하지만 평화가 찾아오자, 대중처럼 즐길 거리와 게임을 찾았다.

애거사 크리스티, 도로시 L. 세이어즈, 필립 맥도널드와 다른 동료 작가들은 독자의 지혜를 시험할 강렬한 미스터리물을 쓰고자 했다. 그들의 과업은 전후 '명탐정'의 화신을 창조하는 것이었다. 작가들은 극도로 복잡한 퍼즐을 그 누구보다도 먼저 풀어낼 수 있는 존재를 만들어내려고 했다. 하지만 이 명탐정들과 이들의 창조주들은 셜록 홈스와 아서 코난 도일이 한 번도 맞닥뜨리지 않았던 장애물을 뛰어넘어야 했다. 페어플레이 추리소설을 쓰려면 이야기 속에 단서를 모두 심어놓아야 했다. 그래야 진실이 마침내 드러나기 전에 독자가 자신의 추리 능력을 시험해볼 수 있기 때문이다.

작가가 장편 형식을 선택하면서 더 넓은 무대를 펼쳐놓고 수많은 단서를 빠짐없이 제시하는 일이 가능해졌다. 이제 정확한 단서는 물론이고 가짜 실마리도 아주 많이 등장하게 되었다. 용의자 수도 늘어났고, 독자를 현혹할 방법도 함께 늘어났다(이제까지 용의자들은 시골 저택의 파티에 참석한 손님들처럼 대체로 '제한된 집단'이었다). 작가들이 독자를 속이기 위해 개발한 기법들도 점점 더 정교해졌다. 이런 기법을 가장 많이 고안해낸 작가는 애거사 크리스티였다. 크리스티는 복잡하고 어려워서 대중이 쉽게 이해하지 못하는 과학기술 전문 지식을 동원하지 않고도 수없이 독자를 속일 수 있는 특별한 재능을 자랑했다. 크리스티가 R. 오스틴 프리먼 같은 작가들과 가장 다른 점이 바로 이 재능이다. 도로시 L. 세이어즈는 프리먼의 작품 주인공인 손다이크 박사를 이렇게 설명했다. "손다이크 박사는 자기가 발견한 것을 모두 독자에게 친절히 알려줄 수 있다. 하지만 독자는 지역 연못에 서식하는 동물군, 벨라도나 독초가 토끼에게 미치는 영향, 혈액의 물리적·화학적 특성, 열대성 질환, 금속 공학, 상형문자, 그 외 다른 사소한 지식을 잘 모른다면 손다이크의 설명을 듣고도 전혀 이해하지 못할 것이다."

세이어즈는 페어플레이 추리소설을 향한 '근대 혁명'이 셜록 홈스의 영향에서 후퇴해 『문스톤』과 그 당대의 작품들로 회귀하는 것과 마찬가지라고 생각했다. 그런데 『문스톤』의 커프 경사는 인상적이고 중요한 캐릭터지만, 후대의 황금기 명탐정들처럼 작품을 완벽하게 지배하지는 않았다. 절대 실수하는 법 없는 명석한 에르퀼 푸아로와 비교하자면, 커프 경사는 훨씬 더 자주 오류에 빠진다. 심지어 필립 트렌트조차 커프 경사보다 에르퀼 푸아로에 더 가깝다. 물론 트렌트의 잘못된 추론은 『트렌트 마지막 사건』 서사의 핵심이다. 그러나 그는 곧 자기가 뛰어난 탐정이라는 사실을 다시 증명해낸다. 황금기 추리소설의 독자에게 문제는, 만약 난해한 수수께끼나 범인의 정체, 범행 방법에 관한 단서를 모두 알 수 있다면 명탐정이 모든 사실을 낱낱이 드러내기 전에 앞서 자신의 날카로운 지성으로 해결책을 생각해낼 수 있느냐

없느냐였다.

무엇보다도, 『문스톤』의 커프 경사는 실존 인물인 잭 위처 경위를 바탕으로 창조된 전문 경찰이다. 반면에 황금기의 명탐정들은 거의 대체로 범죄학에 매혹된 아마추어다. 전문 탐정이라고 하더라도 경찰이 아니라 경찰과 함께 일하는 탐정이다. 아마추어 명탐정 캐릭터는 아주 다양했다. 예를 들어보자면, 세이어즈의 피터 윔지 경, H.C. 베일리의 레지 포춘, 크리스토퍼 부시의 루도빅 트레버스, 패트리샤 웬트워스(도라 에이미 엘즈의 필명)의 모드 실버가 있다. 모드 실버는 가정교사였지만, 은퇴 후 수입에 보태려고 사설탐정이 된다. 그녀는 전혀 다른 분야로 직업을 바꾸고서도 크게 성공하며, 낭만적인 정취가 깃든 미스터리를 해결한다.

예외도 있다. J.J. 커닝턴이 창조한 클린턴 드리필드 경은 황금기 명탐정이지만, 특이하게도 경찰서장이다. 드리필드 경은 35세라는 젊은 나이에 고위직에 올랐을 정도로 재능이 뛰어나다. 커닝턴이 로스 경정이라는 새로운 경찰 탐정 캐릭터를 실험해보는 동안, 드리필드 경은 퇴직하고 잠시 아마추어 탐정 노릇을 즐긴다. 하지만 커닝턴은 이내 마음을 바꾸어서 드리필드 경을 원래 자리로 복귀시킨다. 프리먼 윌스 크로프츠가 증명했듯이, 소설에 전문 경찰을 등장시키려면 현실적인 수사 절차와 수사 능력을 묘사하는 데 적어도 어느 정도는 유의해야 한다. 나이오 마시 같은 작가가 만들어낸 경찰 캐릭터조차 가끔은 번뜩이는 추리 실력을 발휘한다.

1928년 장르에 대해 쓴 글에서 세이어즈는 '연애요소'는 추리소설의 성공을 방해할 수도 있다고 주장했다. 하지만 그녀는 시대가 변하고 있다는 사실도 인정했다. "탐정이 감정이라고는 없고 절대 실수하지 않는 사람이 아니라, 우리처럼 약점과 감정을 지닌 사람으로 바뀌면서 경직된 예술 기법도 조금 확장될 수밖에 없다." 세이어즈가 쓴 범죄소설에서도 이런 변화가 잘 드러난다. 피터 윔지 경은 버티 우스터*의 탐정 버전이나 다름없는 인물에서 더 성숙하고 원만한 인물로 변모한다. 심지어 윔지는 '연애사'도 겪는다. 그는 해리엇 베인과 오랫동안 교제하며, 마침내 1935년 작『대학축제의 밤Gaudy Night』에서 결혼이라는 행복한 결말을 맞는다. 2년 후, 세이어즈는 새 소설을 발표하며 피터 윔지 경이 결혼했다고 해서 그의 탐정 경력이 끝난 것은 아니라는 사실을 보여주었다. "이 세상에서 피터가 사라질 것 같지 않다⋯. 내게는 나 자신의 일보다 피터의 일이 더 현실적이다." 그러나 세이어즈는 앞날을 잘못 보았다. 그녀는 1957년에 세상을 뜰 때까지 계속 글을 썼지만, 윔지 경의 경력은 1937년 소설을 마지막으로 끝났다.

결코 잊을 수 없는 명탐정을 끝내 창조해낸 작가는 그리 많지 않았다. 오래전에 잊힌 앤서니 배서스트는 브라이언 플린의 1927년 작『당구장 수수께끼The Billiard Room Mystery』에 처음 등장한다. 크리켓 주간 동안 시골 저택에서 벌어지는 사건을 다룬 이 소설에서 배서스트는 다른 추리소설 속 탐정들을 트집 잡는다. 상당히 경솔한 행동이었다. 더욱이 배서스트의 활약상을 담은 후속작『앤젤의 음모Conspiracy at Angel』(1947)는 미국 비평가 자크 바전과 웬델 허티그 테일러에게서 "순전히 졸작"이라고 비판받기까지 했다. 그러나 브라이언 플린이 고안해낸 미스터리가 모두 '졸작'은 아니었다. 배서스트는 기발한 미스터리를 해결하며 오랫동안 사설탐정 경력을 이어갔다. 하지만 명탐정이라는 개념은 추리소설의 황금기에서도 진부하게 느껴지기 시작했다.

＊ P. G. 우드하우스의 코믹 소설에 등장하는 영국 신사. 선량하고 친절하지만 부유하고 우아한 생활을 즐기는 것 외에는 세상사에 큰 관심을 두지 않는다. 연애나 결혼에도 아무런 흥미가 없다. 현명하고 충실한 하인 지브스의 도움으로 곤란한 문제에서 자주 탈출한다.

앤서니 버클리는 E.C. 벤틀리처럼 오류에 빠지는 탐정 로저 셰링엄을 창조했다. 벤틀리와 버클리처럼 더 독창적인 소설가들은 이제 명탐정 개념을 전복하는 데서 즐거움을 느끼기 시작했다. 이 작가들이 선택한 방법은 주로 패러디였다. 하지만 명탐정 개념을 뒤엎은 소설 중 가장 독창적인 작품은 1945년에서야 탄생했다. 바로 로버트 플레이어의 『천재 탐정 스톤』이다.

플레이어는 황금기의 관습을 깔끔하게 비틀었다. 소설에는 서로 다른 화자가 세 명 등장한다. 이들은 잉글랜드 남부 토키의 여학교 교장이 살해된 일과 여기에 얽힌 사건을 느긋한 태도로 이야기한다. 독특한 사립탐정 라이샌더 스톤은 유럽의 수많은 탐정 중에서도 이번 살인사건 수사에 제격인 인물로 꼽힌다. 하지만 그는 이야기가 절반 가까이 흐를 때까지 정식으로 등장하지 않는다. 기묘하고 도발적인 사건들이 혼란스럽게 이어지고, 독자는 도대체 무슨 일이 벌어지는지 갈피조차 잡지 못한다. 마지막에 나이 지긋한 브래드퍼드 부인이 "라이샌더 스톤이 랭던-마일스 문제를 해결한 방법을 설명"하고 나서야 의문이 모두 해소된다. 서로 확연히 다른 화자 세 명이 반전과 위트로 가득한 이야기를 들려주는 덕분에 소설을 읽는 재미가 쏠쏠하다. 하지만 『천재 탐정 스톤』은 추리소설 황금기의 끝을 알리는 작품이다. 에르퀼 푸아로와 동료 탐정들은 제2차 세계대전이 끝나고도 오랫동안 부지런히 범죄 사건을 해결하지만, 그들의 전성시대는 이미 막을 내린 후였다.

18. 『스타일즈 저택의 괴사건』1920 – 애거사 크리스티

제1차 세계대전은 1920년대에 그림자를 길게 드리웠다. 전쟁이 삶에 미친 영향은 애거사 크리스티가 1916년부터 집필하기 시작한 데뷔작 초반에서 분명하게 드러난다. 이어 헤이스팅스 대위는 서부전선에서 부상을 얻고 막 고향으로 돌아왔다. 그는 친구에게서 병가 동안 스타일즈 저택에 머물며 함께 지내자고 초대받는다. 평화로운 에식스의 전원 지대를 찾은 헤이스팅스는 그리 멀지 않은 곳에서 전쟁이 벌어지고 있다는 사실이 도무지 믿기지 않는다. "느닷없이 다른 세계로 잘못 들어선 것만 같았다." 그는 스타일즈 저택 사람들에게 전쟁이 모두 끝나면 "꼭 탐정이 되고 싶다고" 속마음을 털어놓는다. 얼마 후 그는 우연히 키가 작은 신사와 마주친다. 그 신사는 수년 전 벨기에에서 헤이스팅스에게 탐정이 되고 싶다는 소망을 심어준 장본인, 에르퀼 푸아로다.

한때 저명한 탐정이었던 푸아로는 전쟁 피난민이 되었다. 그와 다른 벨기에인들은 에밀리 잉글소프 부인의 도움을 받아 스타일즈 저택 인근에서 지내는 중이다. 스타일즈 저택의 부유한 안주인인 잉글소프 부인은 최근 훨씬 더 젊은 남자와 결혼한 일 때문에 집안사람들과 마찰을 빚었다. 잉글소프 부인이 스트리크닌으로 독살당하자, 헤이스팅스는 푸아로에게 도움을 청한다. 곧 푸아로와 헤이스팅스는 홈스와 왓슨 같은 협력 관계로 발전한다.

헤이스팅스는 푸아로를 "범상치 않게 생긴 남자"라고 묘사한다. 푸아로는 키가 작고, 머리가 달걀 모양이며, 왁스로 빳빳하게 정리한 카이젤 콧수염을 자랑한다. 또 "옷차림은 어찌나 단정한지 믿기지 않을 정도다." 헤이스팅스는 추리소설에 잘 어울리는 비유를 들어 의견을 강조한다. "그는 총상보다 옷에 묻은 먼지 하나가 더 고통스러울 사람이다." 푸아로는 자만심이 강하고, 질서와 체계에 집착한다. 또 그는 수수께끼 같은 발언의 대가다. 푸아로가 정말로 어디에 혐의를 두고 있는지 늘 알쏭달쏭하게 말하는 탓에 독자는 물론이고 헤이스팅스마저 그의 말을 오해한다.

크리스티는 건물 평면도, 원본을 복사한 문서, 복잡한 유산 문제, 타인 사칭, 위조, 법정 드라마 등 추리소설의 다양한 요소를 풍부하게 뒤섞었다. 하지만 크리스티의 접근법에서 정말로 독창적인 면은 놀라운 해결책의 극적인 공개를 그 무엇보다도, 이를테면 성격 묘사나 배경 설명보다도 중요하게 여겼다는 것이다.

이 작품에서 크리스티의 문장은 문학적이기보다는 경제적이다. 하지만 『스타일즈 저택의 괴사건』은 크리스티가 나중에 창조해낼 수많은 장편소설의 패턴을 확정했다. 1923년, 푸아로는 프랑스에서 이야기가 펼쳐지는 『골프장 살인사건』에서 성공적으로 귀환한다. 1924년에는 단편소설집인 『푸아로 사건집』이 세상에 나왔다. 그러나 이 작품을 보면, 가짜 실마리 사이에 진짜 단서를 숨겨놓는 크리스티의 방법이 단편보다는 장편에 더 적합하다는 사실을 알 수 있다. 1926년에 간행된 시리즈의 세 번째 장편 『애크로이드 살인사건』은 오늘날에도 추리소설 역사상 가장 유명한 작품 가운데 하나로 꼽힌다. 이 작품은 잠시 논란을 불러일으켰을 만큼 대담한 미스터리 해결방법으로 널리 알려졌다. 저자 크리스티와 주인공 푸아로 모두 이 작품으로 명성을 확고하게 다졌다. 키 작은 벨기에 탐정은 세상 모든 탐정 중에서 셜록 홈스에 버금가는 지위를 차지했다.

애거사 메리 클래리사 크리스티(결혼 전 성은 밀러)는 제1차 세계대전 중 약국에서 일했다. 그녀는 약국에서 얻은 독극물 지식을 『스타일즈 저택의 괴사건』과 다른 작품에서 영리하게 활용했다. 크리스티가 결혼생활에서 위기를 맞았던 1926년에 잠시 실종되었던 일은 널리 알려졌으나, 그 이유는 아직도 밝혀지지 않았다. 하지만 크리스티의 명성은 세상을 떠들썩하게 했던 행방불명 사건이 아니라, 작품이 전 세계에서 누리는 식을 줄 모르는 인기 덕분이다. 크리스티만큼 꾸준하게 독창적인 추리물을 쓴 작가는 없다. 크리스티만큼 세계적인 판매고를 올린 작가도 없다. 크리스티가 세상을 떠나고 반세기 넘게 흐른 지금에도 그녀는 여전히 누구나 다 아는 작가다.

19. 『증인이 너무 많다』¹⁹²⁶ – 도로시 L. 세이어즈

피터 윔지 경은 돈에 쪼들리는데다 또 한 번 연애에 실패한 젊은 작가의 의도적인 현실 도피가 빚어낸 결과물이다. 덴버 공작의 차남, 피터 데스 브레든 윔지는 작가의 판타지를 실현해줄 인물로 태어났다. 윔지 경은 부유하고, 잘생겼고, 매력적이다. 그리고 무엇보다도 굉장히 지적이다. 그는 이튼스쿨에서 뛰어난 크리켓 선수라는 평판을 얻었고, 옥스퍼드대학교의 베일리얼 컬리지에서 그 평판을 한층 더 확고하게 굳혔다. 대학에서는 역사를 공부하고 당연히 우등으로 졸업했다. 제1차 세계대전 때는 "독일 전선의 배후에서 위험을 무릅쓰고 훌륭한 정보 작전을 수행"한 공을 인정받아 무공 훈장을 받았다. 그러나 그는 전장에서 포탄이 터지며 생긴 구멍에 파묻힌 적이 있어서 (요즘 말로) 외상후 스트레스 장애를 앓았다. 윔지는 저자를 닮아서 음악과 책을 무척 좋아하며, 트라우마에서 회복할 때도 음악과 책에 의지했다. 현재는 런던의 피커딜리 아파트에서 생활한다. 전쟁 당시 윔지와 같은 여단에서 부사관으로 복무했던 머빈 번터가 헌신적인 집사가 되어 그를 보좌한다.

윔지는 '어텐버리 에메랄드 사건'을 해결하려고 탐정 일에 뛰어들고, 그의 삶은 새로운 국면으로 전개된다(질 페이턴 월시는 2010년에 세이어즈 재단의 허락을 받아서 이 사건으로 『어텐버리 에메랄드The Attenbury Emeralds』라는 소설을 썼다). 새로운 취미에 푹 빠진 윔지는 런던 경시청의 찰스 파커와 친분을 맺는다. 하지만 윔지의 외삼

촌은 그런 조카의 모습이 탐탁지 않다. "피터가 빠진 새로운 취미에는 문제점이 딱 하나 있다. 이 일은 단순한 취미 이상이 될 수밖에 없다는 것이다. (…) 그저 탐정 놀이나 즐기겠답시고 살인범들을 교수형에 처할 수는 없지 않은가. 피터의 지성과 신경증은 그를 서로 다른 방향으로 잡아당겼다. (…) 사건이 하나씩 끝날 때마다 오래된 악몽과 전쟁 신경증을 또다시 마주쳐야 했다. 그런데 이제 덴버(피터 윔지의 형인 제럴드 덴버 공작)가 (…) 살인 혐의로 기소되어서 어리석게도 상원에서 재판을 받겠다고 고집을 부린다."

피터 윔지 시리즈의 두 번째 작품 『증인이 너무 많다』는 덴버 공작이 살인범으로 몰린 사건을 다룬다. 윔지는 코르시카에서 느긋하게 휴가를 보내던 중 여동생 메리의 약혼자인 데니스 캐스카트 대위가 사망했다는 소식을 듣는다. 캐스카트는 총에 맞아 숨진 채로 발견되었다. 그런데 그 시각은 하필 그가 덴버와 말다툼을 벌인 직후였다. 사인을 규명하는 심리에서 배심원은 덴버가 살인범이라는 평결을 내린다. 윔지와 파커는 수사에 뛰어든다. 그리고 덴버와 메리 모두 무언가 숨기고 있다는 사실을 알아차린다.

윔지는 미국에서 수사를 마친 후 재판에 참석하기 위해 황급히 대서양을 건넌다. 변호사 임피 빅스 경은 윔지가 "드넓은 대서양 위로 창공을 가르며 다가오고 있다"라고 묘사한다. "이 추운 겨울 날씨에 윔지 경은 누구라도 간담이 서늘해질 위험에 용감하게 맞서고 있습니다. 윔지 경과 그가 고용한 세계적으로 유명한 비행기 조종사는 이런 위험에 조금도 움츠러들지 않습니다. 그는 고결한 형이 뒤집어쓴 끔찍한 누명을 벗겨내기 위해 잠시도 지체할 수 없었습니다." 윔지 경은 명탐정일 뿐만 아니라, (푸아로와 달리) 대담한 행동가이기도 하다. 이 초기작에서 세이어즈는 주인공을 마치 캐리커처하듯 묘사했다. 하지만 그녀는 점차 추리소설 작가로서 자신감이 붙자 등장인물을 더 깊이 있게 표현했다. 인물 묘사의 전환점이라 할 만한 작품은 1930년에 출간된『맹독』이다. 이 작품에서 윔지는 연인을 살해했다는 혐의를 받는 해리엇 베인과 사랑에 빠진다.

도로시 L. 세이어즈는 한창 기교를 배우고 깨우쳐 가던 중에『증인이 너무 많다』를 완성했다. 하지만 이 소설에서 이야기 솜씨를 훌륭하게 발휘한 덕분에 곧 명성을 얻었다. 옥스퍼드대학교를 졸업한 지식인 세이어즈는 추리물 장르 역사가이자 비평가로도 명망을 쌓았다. 세이어즈가 〈선데이 타임스〉에 기고한 추리소설 비평문에는 박학다식함과 에너지, 열정이 골고루 드러난다. 그녀는 앤서니 버클리와 함께 추리 클럽을 결성하는 데 적극적으로 나섰고, 광고업계에서 근무했던 경험을 살려서 클럽의 명성을 쌓았다. 또 1949년에는 E.C. 벤틀리의 뒤를 이어 클럽의 회장직을 맡았다. 세이어즈의 추리소설은 갈수록 규모가 커지며 야심만만해졌다. 그녀의 작품이 얼마나 대단한 성공을 거두었는지를 놓고 여전히 의견이 갈린다. 하지만 그녀는 추리소설 장르가 발전하는 데 분명히 크게 이바지했다. 1930년대 말, 세이어즈는 추리소설 장르를 떠나서 종교적인 글을 집필하고 단테의 글을 번역하는 데 전념했다.

20.『줄』[1924] - 필립 맥도널드

1920년대에 범죄 사건을 해결한 명탐정 가운데는 '정의로운 전쟁'을 겪은 이들도 몇 명 있다.『줄The Rasp』에서 처음 등장한 앤서니 러스벤 게스린 대령이 가장 적절한 예다. 게스린은 "별난 사람, 행동하는 도중에도 꿈을 꾸는 행동가이자 꿈을 꾸는 도중에도 행동하는 몽상가"로 묘사된다. 게스린의 아버지는 '사냥을 좋아하는 시골 신사'이자 우수한 수학자고, 스페인 출신 어머니는 무용수이자 모델, 배우, 초상화가다. 다소 과장되기는 했지만 생생한 인물 묘사는 저자가 아직 수습생 딱지를 떼지 못한 젊고 원기 왕성한 소설가라는 사실을 잘 보여준다. 『줄』을 집필하던 당시 맥도널드는 불과 20대 초반이었다.

용감하고 잘생기고 겸손하고 호감 가는 인물인 것으로도 모자라는지, 게스린은 뛰어난 스포츠맨이고 수학에 재능이 출중한 옥스퍼드 졸업생이기까지 하다. 게다가 그는 "역사가이자 고전의 대가로도 이름을 알렸다". 그는 변호사 자격을 얻었고, 소설과 시를 썼고, 정치인으로도 활동했다. 그리고 보병대에서 복무하며 공훈을 세웠고, 전장에서 부상을 입었다. 첩보 기관에 스카우트된 게스린은 스파이가 되어 독일에서 작전을 수행하기까지 했다. 첩보 작전은 "이상야릇한 일, 기묘한 일, 음지에서 벌이는 일, 괴이한 곳에서 벌이는 일이었다". 그는 "공로에 감사하는 정부"가 주는 훈장을 수두룩하게 받았고, "다른 곳(외국)에서도 훈장을 13개"나 받았다. 큰 재산을 물려받은 게스린은 〈오울〉이라는 신문사에 돈을 투자했다.

세상을 떠들썩하게 한 존 후드 살인사건이 벌어지자, 〈오울〉의 편집자가 게스린에게 사건을 조사해보라고 강력하게 설득한다. 게스린은 재빨리 기회를 잡는다. 후드는 대영제국의 재무부 장관이다. 황금기 추리소설의 숱한 피살자들은 후드처럼 정치인이다. 정치인을 살해할 동기를 지닌 사람은 무수했기 때문일 것이다. 후드는 시골 저택 애버트셀의 서재에서 나무 줄칼로 심하게 구타당해서 죽었다. 게스린은 범죄 현장의 강 건너편에 사는 젊은 미망인 루시아 르메슈리에와 사랑에 빠진다. 게스린은 르메슈리에에게 구애하지만, 그녀의 자매가 사랑하는 남자가 유력한 용의자로 지목되면서 사건이 복잡하게 꼬인다.

게스린은 다른 추리소설을 자주 언급한다. 그는 손다이크 박사가 처음 등장하는 1907년 소설 『붉은 엄지손가락 지문』에서 전문적인 과학 지식을 얻었고, 이를 토대로 지문에 관한 수수께끼를 푸는 데 성공한다. 황금기 추리소설에서는 이런 상호텍스트성을 흔하게 찾아볼 수 있다. 마침내 게스린은 연기력을 발휘해서 진범의 정체를 폭로하고, 루시아 르메슈리에의 마음을 얻는다. 읽는 맛이 쏠쏠한 문장은 소설이 성공을 거두는 데 일조했다. 그뿐만 아니라 결말에서 게스린이 장황하게 늘어놓는 설명 같은 결점도 보완했다. 1920년대에 A.A. 밀른이나 도로시 L. 세이어즈 같은 순수주의자들은 탐정소설에서 '연애요소'를 발견하면 눈살을 찌푸렸다. 하지만 맥도널드의 소설 속 로맨스 서브플롯은 시대를 앞서갔다. 다른 황금기 탐정들도, 심지어 세이어즈의 피터 윔지 경조차 게스린의 뒤를 따라서 살인사건을 해결하는 동안 만난 여성과 결혼했다.

맥도널드는 여러 차례 게스린을 복귀시키며 서스펜스를 구축하는 재능을 증명했다. 1930년 작 『올가미The Noose』에서 게스린은 교수형을 선고받은 무고한 사람을 구하기 위해 시간과 싸움을 벌인다. 그리고 『결쇠』(59쪽)에 등장하는 미스터리 해결법의 변형이라 할 수 있는 놀라운 해결책을 찾아낸다. 게스린은 1930년대 중반 이후로는 자주 출현하지 않았고, 1959년 『에이드리언 메신저The List of Adrian Messenger』에서 작별 인사를 하고 떠났다. 연쇄살인을 다루는 이 비범한 작품은 존 휴스턴 감독의 영화로 각색되었다.

필립 맥도널드는 저명한 문학가 집안 출신이다. 그의 할아버지 조지 프레이서 맥도널드는 체스터턴과 C.S. 루이스에게 영감을 준 작가다. 아버지 로널드 맥도널드는 필립 맥도널드의 첫 번째와 두 번째 소설을 함께 집필했다.

맥도널드는 조셉 제퍼슨 파전과 함께 『줄』을 각색한 시나리오를 썼다. 이 시나리오를 바탕으로 전설적인 영화감독 마이클 파웰이 1932년에 영화를 제작했다. 맥도널드는 다재다능한 시나리오 작가가 되었고, 영국 최초의 뮤지컬 영화 〈지붕을 높여라Raise the Roof〉를 비롯해 다양한 작업에 참여했다. 나중에는 미국에 진출해서 히치콕의 〈레베카〉와 프레드 윌콕스의 〈금지된 세계 Forbidden Planet〉 같은 고전 영화의 시나리오를 썼다. 그가 할리우드에서 성공을 거둔 이후, 새로운 맥도널드 표 범죄소설은 영영 세상에 나오지 못했다.

21. 『포춘 씨, 부탁입니다』[1927] – H.C. 베일리

「사라진 남편The Missing Husband」은 『포춘 씨, 부탁입니다Mr. Fortune, Please』에 실린 여섯 단편 중 첫 번째 이야기다. 이 단편에서 레지 포춘은 "흐드러진 블루벨 사이로 사과꽃이 활짝 핀 과수원"에 걸어놓은 해먹에서 느긋하게 게으름을 부리고 있다. 하지만 얼마 지나지 않아 저자 H.C. 베일리는 삶에 어두운 면도 존재한다는 사실을 독자에게 상기시킨다. 포춘은 "정부 측 의학 전문가 자격으로 가공할 미국인 범죄자 커멘수스가 저지른 역사적 범죄 사건을 조사하다가 패혈증"을 얻어서 요양하는 중이다. 그런데 포춘의 친구이자 영국 경찰청 범죄 수사과의 수장 시드니 로머스가 도움을 청한다. 실종자 수색은 곧 살인사건 수사로 바뀌고, 로머스는 지역 경찰이 수사를 맡는다면 범인이 법망을 피해 달아나고 말 것이라고 이야기한다. 그러자 포춘은 늘 그렇듯, 생각에 잠긴 채 느릿느릿하게 혼잣말한다. "영악한 범죄자들이 얼마나 많이 달아날 수 있을지 궁금한데?"

레지 포춘은 제1차 세계대전 이후 등장한 명탐정 가운데 특이한 캐릭터다. 장편소설보다는 단편에 훨씬 더 적합한 인물이기 때문이다. 레지 포춘 시리즈의 단편은 전형적인 단편 추리소설보다 길고, 인간의 강렬한 감정을 자주 탐구한다. 1920년대 베일리의 동료 작가들은 이런 무거운 테마를 거의 다루지 않았다.

「말 없는 숙녀The Quiet Lady」에서 포춘은 연로한 의사와 함께 범행 동기에 관해서 논한다. "다들 그를 아주 중요한 놈으로 여깁니다. 그러니 자기가 가진 것보다 더 많이 가져야 했겠지요. 자기 뜻대로 움직여야 했을 테고요. 그래서 다 차지하려고 든 겁니다…. 자만심이지요…. 자기가 얼마나 대단한 놈인지 보여주려는 욕망, 사람들의 목숨을 쥐고 흔드는 권력을 증명하고 싶은 욕망 말입니다. 어떤 이들은 이 욕망을 위해 무슨 일이라도 저지릅니다." 간결한 문체로 전개되는 대화와 범인의 소름 끼치는 행동은 레지 포춘 시리즈만의 특징이다. 포춘은 "그리 딱한 일은 아니다"라고 사건을 간략하게 요약한다. 늙은 의사는 포춘을 "지독한 사람"이라고 비난한다. "확신이 들지 않는다면, 자비심이라도 가지게." 그러자 포춘은 냉랭하게 대꾸한다. "자비심이라. 그건 제 소관이 아닙니다. 저는 정의를 위해 일하죠."

「작은 집The Little House」에서 포춘은 "충격과 공포를 느꼈던 드문 사건 중 하나"와 씨름한다. 당황스럽기는 해도 별일 아닌 것처럼 보였던 고양이 실종 사건에는 잔혹하고 음울한 이야기가 숨어 있었다. 이 단편의 소재인 아동 학대 사건은 베일리의 다른 작품에서도 되풀이된다. 레지 포춘의 신랄한 냉소주의도 마찬가지다. "나는 오직 증거만 다룹니다. 그래서 변호사와 경찰과 잘 지내지 않는 겁니다."

헨리 크리스토퍼 베일리는 낭만적인 역사소설을 집필하며 작가 경력을 시작했다. 옥스퍼드대학교를 졸업하고 얼마 후에 첫 번째 소설을 발표했다.

이후 기자가 되어 수년 동안 〈데일리 텔레그래프〉에서 일했다. 당시 그의 동료가 바로 E.C. 벤틀리다. 베일리는 제1차 세계대전이 종식되고 나서 추리소설의 영역으로 발을 들여놓았다. 아마 벤틀리의 추리소설이 거둔 성공에 어느 정도 자극을 받았을 것이다. 또 크리스티나 세이어즈 같은 젊은 작가들에게서도 영향을 받았을 것이다. 하지만 그는 독자들과 복잡한 게임을 벌이는 데 관심이 없었다.

영국 내무성의 자문 레지 포춘은 여덟 권이나 되는 단편집에만 등장하다가 1934년에서야 처음으로 장편 『벽에 비친 그림자^{Shadow on the Wall}』에 출현한다. 레지 포춘의 수많은 팬 가운데는 애거사 크리스티도 있다. "이야기의 성패를 좌우하는 것은 포춘이다. 포춘 시리즈에서 정말로 매혹적인 면은 사건 자체가 아니라 포춘의 사건 처리다. 포춘이 실로 대단한 인물이기 때문이다. (…) 그의 수사 방법은 칼의 방법이라고 할 수 있다. 무자비하고 예리하다. (…) 포춘 시리즈 중 가장 훌륭한 작품은 사소한 단일 사건에서 거대하고 지독한 범죄가 자라나는 과정을 추론해낸다." H.C. 베일리는 조슈아 클렁크 변호사를 주인공으로 내세운 다른 시리즈도 창조했다. 오랫동안 인기를 끈 이 시리즈에서 클렁크는 가끔 레지 포춘과 마주친다. 베일리는 추리소설의 황금기 동안 손에 꼽히는 탐정소설 작가다. 하지만 제2차 세계대전이 끝난 이후로 그의 명성은 급격하게 추락했다. 베일리의 문체는 매너리즘에 빠지면서 유행에 크게 뒤떨어졌고, 다시는 유행하는 스타일로 돌아가지 못한 것 같다. 하지만 오늘날, 베일리가 범죄소설 작가로서 관심을 기울였던 주제는 당대 작가들의 관심사보다 더 현대적으로 보인다.

22. 『독 초콜릿 사건』[1929] - 앤서니 버클리

앤서니 비클리가 창조한 로저 셰링엄은 명탐정 가운데 실수를 가상 자주 저지르는 탐정이다. 버클리는 모든 것을 빠짐없이 알고서 범죄를 해결하는 탐정 개념이 잘못되었다고 폭로하길 원했고, 여러 작품에서 이 욕망을 숨김없이 드러냈다. 『트렌트 마지막 사건』(52쪽)의 필립 트렌트처럼 로저 셰링엄도 당혹스러운 미스터리를 풀어낼 독창적 해결책을 생각해낸다. 하지만 결국 자신의 가설이 완벽하게 틀렸다는 사실을 발견한다. '사망한 스트래턴 부인'이라는 별칭으로도 잘 알려진 1933년 작 『점핑 제니Jumping Jenny』에서 셰링엄은 명탐정 개념에 관해 곰곰이 생각한다. "그게 바로 구식 탐정 이야기의 문제다. 각 사건에서 단 하나의 추리만 도출하고, 그 추리는 언제나 정확하다. 지난날의 명탐정들은 운이 좋았다. 현실에서는 단 하나의 사건에서 타당한 추리를 백 가지나 도출할 수 있다. 그리고 그 추리 백 가지 모두 틀릴 수 있다."

이런 생각을 『독 초콜릿 사건』보다 더 재미있게 보여준 탐정소설은 없다. 『독 초콜릿 사건』의 플롯은 기발한 단편 「우연이라는 이름의 복수The Avenging Chance」에서 출발했다. 이 단편에서 로저 셰링엄은 잔 베레스퍼드 살인사건을 해결한다. 하지만 비클리는 단편을 획장하면서 셰링엄의 해결책이 틀렸다는 사실이 드러나도록 이야기를 바꾸었다. 그런데 뜻밖의 엉뚱한 일을 자주 일으킨 버클리의 외고집 때문인지, 장편 『독 초콜릿 사건』이 단편 「우연이라는 이름의 복수」보다 먼저 출판된 듯하다. 아마 버클리는 자신의 아이디어가 획기적이라는 사실을 깨닫고 장편을 먼저 발표해야 판매에 도움이 되리라고 생각했던 것 같다.

로저 셰링엄은 범죄학에 푹 빠진 사람들의 만찬 모임인 '범죄 서클'을 만들었다. 입회 조건이 까다로운 이 모임의 회원은 셰링엄을 제외하면 오직 다섯 명뿐이다. 그들은 유명한 변호사와 일류 여성 극작가, 저명한 범죄소설가, 온순하고 겸손한 앰브로즈 치터윅, 셰링엄의 오랜 스파링 상대 모르즈비 경감이다. 모르즈비 경감은 객원 자격으로 모임에 참여한다. 회원들의 설득에 모르즈비 경감은 절대 해결할 수 없을 것 같은 초콜릿 독살 사건에 관해서 자세하게 털어놓는다. 셰링엄과 회원 다섯 명은 차례대로 미스터리 해결방법을 제시한다. 치터윅을 제외하고 나머지는 실제 범죄 사건을 들어서 자신의 이론을 뒷받침한다(이는 저자 버클리가 실제 범죄 사건에 깊은 흥미를 보였다는 사실을 반영한다). 하지만 겉으로는 타당해 보였던 설명들이 차례차례 논박당한다.

버클리의 친구이며, 제2차 세계대전 이후 추리 클럽의 회원으로 뽑힌 크리스티아나 브랜드는 1979년에 독 초콜릿 살인사건을 해결할 일곱 번째 방법을 생각해냈다. 2016년에는 바로 이 필자가 여덟 번째 방법을 발표했다. 새롭게 제시된 미스터리 해결책은 사건의 증거를 타당하게 해석할 방법이 거의 무한하다는 주장을 한층 강화했다. 미국의 비평가 제임스 샌도는 『독 초콜릿 사건』과 같은 해에 발표된 소설 『데인 가의 저주』에서 저자 대실 해밋이 하나의 미스터리를 최소한 네 번이나 "해결했다"라고 지적했다. 같은 해에 출판된 두 작품이 이렇게 똑같은 형식을 사용한 것은 아마도 틀림없이 우연의 일치였을 것이다. 하지만 해밋은 버클리의 소설 가운데 적어도 한 편을 비평했고, 로저 셰링엄 캐릭터가 재미있다고 생각했다.

이후로도 추리소설 속 어리석은 인물들은 계속해서 수상쩍은 초콜릿을 먹었고, 예상대로 비참한 결말을 맞았다. 독살이라는 장치를 사용한 뛰어난 작가들의 작품은 다양하다. 예를 들자면, 애거사 크리스티의 1934년 작 『3막의 비극』, 미국 작가 헬렌 맥클로이의 1942년 작 『전화하신 분은 누구시죠

Who's Calling?』, 에드먼드 크리스핀이 무려 1948년에 발표한 소설 『즐거운 살인 Buried for Pleasure』이 있다.

로저 셰링엄의 삶은 저자 버클리의 삶과 놀라울 만큼 닮았다. 셰링엄도 옥스퍼드대학교에 다녔고, 참전해서 부상을 입었다. 그리고 여러 직업을 전전하다가 마침내 소설을 써서 뜻밖의 성공을 거두었다. 또 셰링엄은 버클리와 마찬가지로 범죄학에 매료되었다. 범죄학은 "그의 드라마에 대한 감각뿐만 아니라 캐릭터를 묘사하는 재능도 움직였다." 셰링엄이 조직한 '범죄 서클'의 모델도 버클리가 왓퍼드 자택에서 주최했던 만찬 모임이다. 버클리의 만찬 모임은 훗날 그가 결성하는 추리 클럽으로 발전했다. 추리소설 작가들이 모인 이 명망 높은 조직은 비밀 투표로 회원을 뽑는다. 회원으로 뽑힌 작가는 입회 의식에서 해골에 손을 얹고 서약을 맹세한다.

앤서니 버클리는 앤서니 버클리 콕스의 필명이다. 버클리는 제1차 세계대전에 참전한 후 프리랜서 저널리스트로 일했다. 추리 클럽의 동료 작가 A.A. 밀른과 로널드 녹스처럼 버클리도 《펀치》에 유머 칼럼을 기고하다가 추리소설 작가로 전향했다. 그는 추리소설을 발표하자마자 독창적이고 혁신적인 플롯으로 찬사받았다. 그러나 갈수록 범죄 심리학에 흥미를 보였다. 특히 그가 '프랜시스 아일즈'라는 필명으로 발표한 소설에서는 범죄 심리가 핵심을 차지한다(329쪽).

23. 『푸줏간의 수수께끼』[1929] – 글래디스 미첼

명탐정은 아주 독특한 캐릭터다. 하지만 베아트리스 아델라 레스트랭 브래들리 부인만큼 독특한 캐릭터도 없다. 시리즈의 두 번째 작품인 『푸줏간의 수수께끼The Mystery of a Butcher's Shop』에서 브래들리 부인은 이렇게 묘사된다. "몸집이 작고, 쭈글쭈글하고, 가냘픈 여자. 서른다섯 살일 수도 있고, 아흔 살일 수도 있다. 마코앵무새 깃털처럼 파란색과 샛노란색이 섞인 점퍼를 입고 다닌다." 브래들리 부인은 "보통 왕족에게서나 찾아볼 법한 은혜라도 베푸는 듯한 태도로" 완들스 파르바의 교구 목사에게 인사를 건넨다.

브래들리 부인은 『정신분석학 안내서』를 저술한 심리학자다. 그녀는 같은 해에 출간된 시리즈의 첫 번째 작품 『속달 살인Speedy Death』에서 범죄 사건을 해결한 후, 완들스 파르바의 스톤 하우스로 막 이사한 참이다. 『속달 살인』에서 브래들리 부인은 평생 남자로 변장하고 살았던 탐험가의 죽음을 둘러싼 수수께끼를 해결했다. 그뿐만 아니라 범상치 않은 방법으로 또 다른 살인을 막기까지 했다. 완들스 파르바에는 협박범이 소유한 대저택, 온갖 흉악한 일들이 벌어지는 숲, 고대 이교도들이 세운 환상열석이 있다. 이 환상열석에는 피범벅이 된 '희생 제물의 돌'도 있다. 협박범이 실종되고, 사람의 유해가 마을의 푸줏간에서 발견된다. 목이 떨어져 나가고 사지가 토막 난 시신이 등장하지만, 이야기는 시종일관 장난기 어린 어조를 유지한다.

브래들리 부인은 몹시 특이한 가치관의 소유자다. 그녀는 사람을 죽인 죄인과 사생아 출산을 도운 의사를 비교하면서 남다른 관점을 내보인다. "이 나라는 인구가 지나치게 많아요. 그러니 지극히 상식적인 관점에서 보자면, 인구를 줄이는 사람이 인구를 늘이는 사람보다 훨씬 더 공익을 위하는 사람입니다. 따라서 그에 합당한 대우를 받아야 하죠."

빈정대는 어조로 불가사의한 살인사건의 해결방법을 여럿 제시하는 글래디스 미첼의 작품은 앤서니 버클리의 소설에 비견될 만하다. 미첼은 작품에 풍자적인 반전까지 더했다. 사건의 진상이 결말에서 모두 드러나기 전, 명백한 용의자는 결코 진범일 리 없는 사람으로 교묘하게 변한다. 미첼의 추리소설은 애거사 크리스티가 떠오를 만큼 독창적이면서도 아주 독특한 묘미를 자랑한다. 미첼은 우연의 일치가 겹치며 복잡하게 이어지는 사건의 가닥들을 하나로 모으기 위해 전형적인 황금기 추리소설에서처럼 주인공의 추리 수첩 내용을 공개했다. 더 나아가 시골 지역의 평면도까지 두 개 더 제공했다.

미첼은 데뷔작에서도, 『푸줏간의 수수께끼』에서도, 자신만만하게 관습에 정면으로 도전했다. 그녀는 브래들리 부인의 입을 통해서 공장주가 "남성과 정확히 똑같은 일을 하는 여성에게 임금을 절반만 주는 것"이 올바르다고 아이들에게 가르치는 것은 "퇴보"라고 분명히 밝혔다. 또 미첼과 브래들리 부인은 "교회에 가는 지식인이 거의 없다는 사실은 확실한 진보의 징후"라고 보았다. 노동자들이 부당한 조건을 참고 견디게 하려고 재벌과 부호가 들먹이는 것이 바로 '하늘의 뜻'이기 때문이다.

글래디스 미첼은 교사였다. 그녀는 프로이트부터 마법까지 아주 다양한 주제에 관심을 보였고, 다채로운 관심사를 소설 속에 자주 녹여냈다. 또 '맬컴 토리'라는 필명으로 괴기 소설을, '스티븐 호커비'라는 필명으로 역사소설도 발표했다. 브래들리 부인은 예순여섯 편이나 되는 장편소설과 그에 못지않게 많은 단편소설에 등장했다. 워낙 시리즈의 작품 수가 많은 탓에 작품의 질은 편차가 매우 크다. 하지만 시리즈에서 가장 훌륭한 작품은 재미있고 독창적이다. 이 시리즈는 1998년에 BBC 방송국의 TV 드라마 〈브래들리 부인의 미스터리The Mrs Bradley Mysteries〉로 잠깐 방영되었다. 전설적인 배우 다이애나 리그가 드라마의 주연을 맡았다는 사실은 브래들리 부인 시리즈의 수많은 플롯만큼이나 비현실적으로 느껴진다.

24. 『목사관 살인사건』¹⁹³⁰ – 애거사 크리스티

애거사 크리스티가 창조해낸 두 번째 명탐정, 제인 마플은 키 작은 벨기에 탐정과 무척 다르다. 에르퀼 푸아로가 세상에 처음 등장한 지 10년도 채 지나지 않아 탄생한 제인 마플은 노련한 전문 탐정이 전혀 아니다. 나이 지긋한 마플은 평생 런던 인근의 조용한 시골 마을 세인트 메리 미드에서 독신으로 살았다. 하지만 마플은 아방가르드 소설가로 활동하는 거들먹거리는 조카 레이먼드 웨스트에게 말한다. "얘야, 너는 인생을 모른단다." 마플은 인간 본성을 이해하는 특별한 재능을 지녔다. 종잡을 수 없는 범죄 사건을 둘러싼 정황을, 직접 겪었던 사람과 사건에 비교한다. 세상 경험이 빈약해 보이지만, 겉으로는 세상사에 더 밝아 보이는 다른 이들이 해결하지 못했던 수수께끼를 풀어낸다.

『목사관 살인사건』의 화자는 세인트 메리 미드의 교구 목사인 레오너드 클레멘트다. 클레멘트는 마플의 유머 감각을 높이 산다. 또 마플의 재주도 알아차린다. 마플은 "온화하고 호감 가는 백발 성성한 할머니"지만 "늘 모든 것을 보고 있다. 정원 가꾸기는 아주 좋은 연막이다. 성능 좋은 망원경으로 새를 관찰하는 취미 역시 언제든 그럴듯하게 둘러댈 수 있는 구실이다". 마플은 냉소를 조금도 숨기지 않는다. 목사관의 서재에서 프로더로 대령이 살해된 채 발견되자 경찰서장에게 이렇게 말한다. "세상에는 사악한 것이 많답니다. 당신처럼 강직하고 명예로운 군인은 이런 것들을 잘 모를 거예요."

크리스티는 허세에 가득 찬 레이먼드 웨스트와 열성적이지만 편협한 슬랙 경위를 상당히 유머러스하게 풍자한다. 살인범은 물론 웨스트와 슬랙까지 마플의 날카로운 통찰력을 과소평가하지만, 마지막에 웃는 사람은 마플이다. 마플은 딱 알맞을 때에 경찰의 허점을 찌르며 범인을 폭로한다. 여기에 한술 더 떠서, 범인의 죄를 입증할 증거를 얻기 위해 덫을 놓자고 제안하기까지 한다.

크리스티는 시골 생활을 묘사하면서도 짓궂은 재치를 생생하게 드러냈다. 레이먼드 웨스트가 세인트 메리 미드를 물이 흐르지 않고 고인 웅덩이에 빗대자, 마플은 고인 웅덩이의 수면 아래에 생명이 들끓는 법이라고 지적한다. 마플만큼이나 호기심이 많은 나이 든 이웃들은 가십거리를 꼬치꼬치 캐묻고 다니며 시시한 스캔들에 푹 빠져 지낸다. 또 세인트 메리 미드는 외도의 온상이기도 하다. 심지어 이 동네에는 고고학자인 체 행세하는 유명한 금고털이범도 산다.

크리스티는 제인 마플이 푸아로 시리즈의 대표작 『애크로이드 살인사건』에 화자로 등장하는 의사의 누이와 닮았다고 인정했다. 수다스러운 노처녀 캐롤라인 셰퍼드는 크리스티가 창조해낸 인물 가운데 가장 원숙하고 호감 가는 캐릭터로 꼽을 수 있다. 하지만 캐롤라인 셰퍼드는 마플과 달리 탐정이 아니며, 로저 애크로이드를 살해한 범인을 추리하는 데 실패한다. 제인 마플이 처음 세상에 나왔을 때, 작은 시골 마을에서 범죄를 해결하는 할머니가 추리소설을 상징하는 탐정 중 하나로 받돋움하리라고 상상했던 사람은 거의 없었다. 마플의 아마추어 탐정 경력은 늦게 꽃피었지만, 오래오래 이어졌다. 제인 마플 이야기는 라디오와 TV 드라마, 영화로도 각색되어 성공을 거두었다. 세월이 흐르면서 크리스티의 인물 묘사는 부드럽게 변했고, 연로한 마플은 독자의 예상을 뛰어넘어 모험을 즐기는 인물로 바뀌었다. 제2차 세계대전 이후 발행된 시리즈 속 마플은 런던의 어느 호텔에서, 버스 여행을 다니던 중에, 심지어 카리브해에서 휴가를 즐기다가 미스터리를 해결한다.

크리스티가 진정한 자기만의 방식대로 구현해낸 제인 마플은 그 누구도 명탐정이 아니라고 의심하지 못할 인물이 되었다.

25. 『작고한 피그 사건』¹⁹³⁷ – 마저리 앨링엄

자신의 수사 과정을 직접 들려주는 명탐정은 드물다. 셜록 홈스가 자신의 수사를 몸소 이야기하는 작품 두 편은 그리 인기를 끌지 못했다. 이 두 편은 재능이 훨씬 더 뛰어난 친구가 세운 업적에 감탄하며 이야기를 서술하는 화자 '왓슨'의 존재가 얼마나 유용한지 일깨워주었다. 하지만 『작고한 피그 사건^{The Case of the Late Pig}』은 일반적인 규칙을 깨고도 성공했다. 소설이 성공을 거둔 이유에는 여러 가지가 있겠지만, 무엇보다도 초반부터 주인공 앨버트 캠피언의 독특한 목소리가 잘 포착되기 때문이기도 하다.

"늘 생각했던 건데, 자서전을 쓸 때 가장 중요한 점은 빌어먹을 겸손한 태도로 전체 이야기를 망쳐서는 안 된다는 것이다. 이 모험은 내 것이다… 나 때문에 나 자신은 물론이고 늙은 러그까지 거의 죽을 뻔했고, 지금도 그 사건을 생각하면 어김없이 천국의 하프 5중주가 들려오는 것 같다. 그래도 나는 내가 제법 똑똑하다고 꽤 확신한다."

앨버트 캠피언 시리즈 중에서 캠피언이 1인칭 화자 역할을 맡은 작품은 이 소설이 유일하다. 그리고 의미심장하게도 이 소설은 짧다. 명탐정들은 동료들에게 속마음을 터놓지 않는 것처럼 독자와도 거리를 둔다. 명탐정의 마법 같은 수법은 관찰자들이 멀찍이 떨어져 있을 때 가장 효과적으로 작동한다. 만약 탐정의 시점으로 사건을 서술한다면, 어떻게 깜짝 놀랄 일을 끝까지 숨겨둘 수 있을까? 또 마지막까지 사건의 진상을 감출 수 있다고 하더라

도 어떻게 저자가 이를 합리화할 수 있을까?『작고한 피그 사건』에서 이야기
는 빠르게 전개되며 서둘러 마무리되기 때문에 저자의 실험적인 서술 형식
이 성공할 수 있었다. 그러나 캠피언은 쾌활하지만 순진해 빠진 경찰서장에
게 자기 생각을 설명해주지 않겠다면서 약을 올리기도 한다.

　"'이봐요, 레오.' 내가 말했다. '나는 첫 번째 살인이 어떻게 일어났는지
압니다. 범인이 누구인지도 알 것 같군요. 하지만 지금은 증명하는 게 불가
능해요…. 시간을 하루 이틀만 더 주시죠.'"

　알쏭달쏭한 수수께끼가 이야기의 첫머리에 등장한다. 누가 보냈는지 알
수 없는 편지가 도착해서 캠피언의 호기심을 자극한다. 편지에는 '피그' 피
터스의 장례식에 참석해달라는 요청이 적혀 있다. 피그는 캠피언이 보톨프
수도원 부속학교를 다니던 시절에 앙숙이었다. 다섯 달 후, 캠피언은 친구의
연락을 받고 케페세이크 교구로 향한다. 그런데 그곳에서 '피그' 피터스의
시신과 마주친다. 두 번 사망한 남자를 둘러싼 미스터리는 잉글랜드 시골 지
역을 생생하게 묘사하는 글 덕분에 한결 더 강화된다. "케페세이크는 햇빛
이 내리비치는 낮에 보면 정말로 그림처럼 아름다운 마을이다. 하지만 인공
조명이 들어온 밤에 보니 기이하고 수상쩍어 보였다. 높이 자란 나무는 어둠
에 깊이 잠겨 있었다. (…) 투명한 하늘을 향해 솟아 있는 교회의 네모난 탑은
땅딸막하고 위협적으로 보였다. 우리가 섬뜩한 일을 서둘러 해치우려고 간
곳은…, 바로 이 비밀스러운 마을이었다."

　이야기가 점점 복잡하게 전개되면서 친숙한 시골 풍경은 소름 끼치게 변
한다. "800미터 정도 떨어진 곳에 풋옥수수가 허리춤까지 자란 밭이 있다.
밭 한가운데에는 허물어져 가는 허수아비가 서 있다. 기이하고 괴상한 존재
다…. 그런데 이 허수아비에는 뭔가 다른 점이 있다. 물론 허수아비 위에는

떼까마귀가 잔뜩 들러붙어 있다." 캠피언은 망원경으로 허수아비를 바라보다가 구역질과 현기증을 느낀다. 망원경 렌즈 너머로 실종된 남자가 보였기 때문이다.

『작고한 피그 사건』은 원래 페이퍼백으로 출간되었고, 영국에서는 반세기가 넘게 흐른 후에야 양장본이 나왔다. 하지만 이 소설은 마저리 앨링엄의 전성기를 대표하는 작품이다. 소설의 명랑한 분위기는 빈약한 플롯을 감추는 수단이 아니라 극도로 흥미로운 수수께끼를 보완하는 요소다. 앨링엄은 정통을 거부한 소설가고, 따라서 발표한 작품의 질도 고르지 않았다. 하지만 앨링엄의 팬들은 여전히 아주 많으며 마저리 앨링엄 협회는 오늘날에도 번창하고 있다. 저명한 소설가 A.S. 바이어트는 앨링엄의 1941년 작 『배신자의 지갑Traitor's Purse』이 "놀랍도록 훌륭하다"라고 평가했다. 그리고 주인공 캠피언이 기억을 잃는 이 소설은 "내가 읽어본 스릴러 중에서 가장 놀라운 플롯"을 자랑한다고 덧붙였다. 애거사 크리스티도 러시아의 미스터리 팬을 위해 쓴 글에서 분위기를 선명하게 환기하는 앨링엄의 재능에 찬사를 보냈다. "책을 덮고도 작품의 불길한 힘을 계속 느낄 수 있다. 앨링엄의 캐릭터들은 책을 멀리 치워버린 후에도 오랫동안 독자의 기억 속에서 생명을 이어간다."

26. 『폴 템플을 불러오라』¹⁹³⁸ - 프랜시스 더브리지와 존 듀스

폴 템플은 황금기 명탐정 중 유일무이한 존재다. 책이 아니라 라디오 드라마에서 데뷔한 탐정이기 때문이다. 폴 템플 이야기는 BBC 방송국에서 라디오 드라마를 (미들랜즈 지역에서만) 처음 방송한 직후에 소설 『폴 템플을 불러오라Send for Paul Temple』로 탄생했다. 소설의 각 장은 꼭 드라마 에피소드 한 회처럼 손에 땀을 쥐게 하는 아슬아슬한 결말로 마무리된다. 대화가 지나치게 많고, 인물의 성격이나 다른 세부 사항은 꼭 필요한 내용이 아니라면 거의 묘사되지 않는다는 점은 원작이 라디오 드라마라는 사실을 잘 보여준다.

군인 출신의 런던 경찰국장 그레이엄 포브스 경은 하비 경정과 데일 경감과 함께 연쇄 다이아몬드 강도 사건을 상의한다. 경찰이 가장 최근에 범죄 현장을 급습했을 때, 그곳의 야간 경비원이 클로로폼에 중독되어 죽어 있었다. 그런데 경비원은 가명을 사용하고 있었고, 독살도 내부인의 소행으로 보였다. 아무래도 강도 조직의 일원인 듯한 그 경비원은 죽어가면서 마지막으로 "초록색 손가락!"이라고 외쳤다. 이전 사건에서도 범인들과 한통속으로 보이는 사내가 똑같은 말을 내뱉고 숨을 거두었다. 경찰은 "유럽에서 가장 큰 범죄 조직 중 하나"가 벌인 일이라고 결론짓는다. 그들은 수수께끼 같은 '다잉 메시지'를 단서로 얻었지만, 아무리 머리를 쥐어 짜내도 범죄단을 일망타진할 방법이 떠오르지 않는다.

경찰이 아무런 힘도 쓰지 못하자, 언론은 "폴 템플을 불러오라!"라고 강력하게 요구한다. 우아하고 잘생긴 폴 템플은 원래 저널리스트로 활동하다가 스릴러 희곡 작가로 전향했다. 그의 희곡이 어마어마한 대성공을 거두면서 템플은 누구나 다 아는 유명인사가 되었다. 돈방석에 앉은 그는 런던에 아파트 한 채, 이브섬에 시골 저택 한 채도 사들였다. 템플은 범죄학 분야에도 발을 들여놓았다. 부업으로 신문사의 의뢰를 받아서 세상을 뒤흔든 범죄 사건을 조사했고, 악명 높은 범죄자들을 줄줄이 잡아들여 공을 세웠다.

예상대로 하비 경정이 템플을 찾아가서 도움을 청하기로 한다. 그는 템플의 시골 별장과 가까운 여관 리틀 제너럴에 방을 예약한다. 그런데 얼마 후, 하비가 여관에서 총에 맞아 숨진 채로 발견된다. 그의 죽음은 명백히 자살처럼 보인다. 하지만 템플은 현명하게도 안이한 설명에 만족하지 않는다. 그는 루이즈 하비라는 젊고 대담한 신문 기자의 도움을 얻어서 미스터리를 해결한다. 루이즈 하비는 사망한 하비 경정의 누이로, 스티브 트렌트라는 필명을 사용한다.

모든 사건의 원흉이 밝혀지자, 템플은 스티브 트렌트와 결혼한다. 이들의 결합은 아마 당시에 인기를 끌었던 부부 탐정 캐릭터 닉과 노라 찰스에게서 영향을 받았을 것이다. 닉과 노라 찰스는 1934년에 발표된 대실 해밋의 마지막 소설『그림자 없는 남자The Thin Man』와 영화 스핀오프에서 부부 콤비로 활약했다. 놀라거나 화가 날 때면 다른 비속어 대신 오로지 "어이쿠!"라고 외치는 폴 템플과 스티브 트렌트는 지금까지도 철저하게 영국적인 커플의 이상형으로 꼽힌다. 이 부부는 애거사 크리스티가 창조한 토미와 터펜스 베레스퍼드 부부만큼 용감하고 모험심이 강하다.

프랜시스 헨리 더브리지는 BBC 방송국에서 다양한 극본과 촌극을 쓰다가 25세에 폴 템플을 만들어냈다. 더브리지는 소설『폴 템플을 불러오라』를 존 듀스와 함께 집필했다. 아무래도 존 듀스는 찰스 해턴의 가명인 듯하다. 『폴 템플을 불러오라』 이후에 간행된 템플 시리즈 네 권을 더브리지와 함께 쓴 사람이 바로 찰스 해턴이기 때문이다. 더브리지는 이야기 소재를 자주 재활용했다. 그는 폴 템플 이야기를 연극과 영화로 각색했고, 1951년에는 시리즈의 첫 번째 소설을『조니 워싱턴을 조심하라Beware of Johnny Washington』라는 제목으로 다시 썼다. 더브리지는 라디오 드라마 각본에 이어서 TV 드라마 대본까지 굉장히 많은 글을 썼고, 나중에는 연극에 전념했다. 여러 차례 반전을 거듭하며 숨 쉬지 못할 정도로 조마조마하게 전개되는 추리물로는 더브리지에 대적할 작가가 거의 없었다.

4

"플레이 업!
플레이 업!
플레이 더 게임!"

이 장의 제목은 헨리 뉴볼트 경의 시 「생명의 횃불Vitai Lampada」에 나오는 구절이다. 「생명의 횃불」은 장차 조국의 병사가 될 남학생이 그 유명한 클린턴 컬리지 클로즈라는 크리켓 대회에서 자기희생과 헌신을 배우는 과정을 노래한다. 불굴의 애국자였던 아서 코난 도일은 한때 유명했던 이 시를 틀림없이 좋아했을 것이다. 도일은 이 시도, 크리켓과 다른 스포츠도 열렬히 좋아했지만, 셜록 홈스 시리즈에서 저자와 독자의 경쟁이라는 '게임'을 벌이지는 않았다. 명탐정 셜록 홈스는 추리할 때 독자가 알 수 없는 정보를 자주 활용했다. 저자와 독자의 '게임 플레이'는 제1차 세계대전 이후에야 추리소설에서 두드러지게 된다. 게임 플레이는 전쟁의 대학살과 상실을 겪은 사람들의 반응을 잘 보여주는 징후였다. 사람들은 간절하게 현실 도피를 원했고, 독자들은 추리소설 속 수수께끼를 풀 기회를 맞아 대단히 즐거워했다.

게임이 벌어지는 곳에는 반드시 규칙이 있어야 한다. 미국의 문예 비평가 윌러드 헌팅턴 라이트('S.S. 반 다인'이라는 필명으로 흥행에 성공한 정교한 탐정소설을 집필했다.)와 A.A. 밀른, T.S. 엘리엇 등 장르의 권위자들은 페어플레이 추리소설의 필요조건에 관해 글을 발표했다. 1920년대가 끝나갈 무렵, 영국 대주교이자 소설가인 로널드 녹스는 '추리소설 십계'를 고안했다. 때때로 비평가들은 녹스보다 더 진지하게 이 계율을 받아들였다. 첫 번째 계율은 "범인은 이야기 초반에서 언급된 인물이어야 하되, 독자에게 생각이 모두 드러난 인물이어 서는 안 된다"이다. 이 계율은 추리소설 장르에 타당한 규칙이다. 반면에 다섯 번째 계율 "중국인을 등장시켜서는 안 된다"는 엉뚱해 보인다. 하지만 이 계율은 동양의 사악한 귀신을 내세워서 이야기를 비현실적으로 구성하고 때로는 외국인 혐오증을 자아내는 스릴러 작가들을 가볍게 비난한 것으로 보아야 마땅하다. 일곱 번째 계율 "탐정 본인이 범인이어서는 안 된다"는 타당성이 아주 미심쩍다. 추리소설의 황금기에도, 그 이전과 이후에도 소설가들은 이 계율을 멋지게 어기고 훌륭한 작품을 완성했다. 페어플레이의 중요성은 추리 클럽에서 내세운 규칙과 클럽의 재미있는 입회 의식에도 반영되어 있다. 사실, 로널드 녹스는 추리 클럽의 창립 회원이다.

필립 맥도널드는 게스린 시리즈의 가장 훌륭한 장편 가운데 하나로 꼽히는 『신원미상Persons Unknown』의 서문에서 자기가 페어플레이 추리소설을 집필하는 데 심혈을 기울였다고 강조했다(이 소설은 1931년에 출간되었지만, 이듬해에 수정을 거쳐 『미로The Maze』로 다시 간행되었다). "이 책을 쓸 때 완벽한 페어플레이를 만들고자 분투했다. 오직 탐정만 아는 정보는 단 하나도, 정말로 하나도 없다. 더욱이 독자는 탐정과 정확히 똑같은 방식으로 정보를 얻을 것이다. 다시 말해, 독자 역시 증거에 관한 보고를 한 글자도 빼놓지 않고 받게 될 것이다." 가끔 J.J. 커닝턴 같은 작가들은 단서를 너무 많이 제공해서 교묘한 범죄를 저지른 범인을 지나치게 일찍 드러내기도 했다. 하지만 이런 실수가 독자에게 필수적인 정보를 감추는 것보다 더 낫다. 한창때는 재미있는 수수께끼를 만들어낼 줄 알았던 버넌 로더가 종종 이런 죄를 저질렀다. 아마 바로 이 때문에 그는 결코 추리 클럽 회원으로 뽑히지 못했을 것이다(버넌 로더는 존 조지 헤이즐렛 바헤이의 필명이다. 그는 '헨리에타 클랜던'이나 다른 필명도 여러 개 사용했다).

가장 단순한 형태를 보자면 추리 수수께끼는 문학과 아무런 상관이 없거나 혹은 거의 상관없는 실내 게임이다. 전통적인 형식의 흥미로운 추리소설을 쓴 저명한 소설가이자 범죄학자 F. 테니슨 제스는 1930년에 간행된 『추리 퍼즐 북The Baffle Book』의 영국 출판본을 편집했다. 『추리 퍼즐 북』은 미국의 래시터 렌과 랜들 맥케이가 다양한 미스터리 퍼즐을 한데 모아놓은 시리즈 세 권 중 첫 번째 책이다. 이 책에는 독자가 미스터리 열다섯 개를 직접 해결할 수 있도록 도표와 지도, 범죄 현장 평면도, 중요한 부분이 찢겨 나가서 감질나게 하는 편지 조각이 제시되어 있다. 사진과 화가의 스케치처럼 흔치 않은 단서도 제공된다. 암호 역시 상당수 포함되어 있다. 다만 증거를 해석하는 방법을 장황하고 지루하게 설명했다는 점이 흠이다.

도로시 L. 세이어즈와 로버트 유스터스는 『사건 문서』(238쪽)에서 서술 구조를 실험해보았다. 훨씬 덜 알려진 작품이지만, 로버트슨 할킷(E.R. 펀션의 필명)이 1936년에 발표한 스릴러 『문서 증거Documentary Evidence』에서도 비슷한 형식 실험이 돋보인다. 두 소설에서 이야기는 편지와 신문 기사, 다른 서류 형식을 통해서만 서술된다. 데니스 휘틀리와 J.G. 링크스가 편찬한 1936년 작 『마이애미 앞바다 살인사건Murder off Miami』은 이 형식을 극단으로 밀고 나갔다. 이 책은 '살인사건 서류집' 시리즈 네 편 중 첫 번째 작품이다. 이 서류집에는 머리카락 샘플과 성냥, 도해 같은 물적 증거는 물론이고 전보와 경찰 보고서 팩스 등도 담겨 있다. 교묘한 장치를 가득 담은 이런 문서집을 제작하는 데는 비용이 많이 들었다. 하지만 이 시리즈가 흥행하자 미국에서 모방작이 잇달아 생겨났다. 리처드 윌슨 웹과 휴 휠러는 'Q. 패트릭'이라는 필명으로 '사건 파일' 시리즈 중 두 편을 만들었다. 사건 서류집 형식은 금세 인기가 사그라들었고, 제2차 세계대전이 발발한 이후 더는 세상에 나오지 못했다.

〈옵서버〉의 추리소설 논평가 '토르케마다'가 엮은 1934년 작 『토르케마다 퍼즐 북The Torquemada Puzzle Book』에는 사건 서류집만큼이나 형식이 독특한 중편소설 「카인의 턱뼈Cain's Jawbone」가 담겨 있다('토르케마다'라는 별명으로 유명한 에드워드 포이스 매서스는 암호 십자말풀이 편집자로도 활동했나). 「카인의 턱뼈」가 자랑하는 독특한 특징은 페이지가 잘못된 순서로 인쇄되었다는 것이다. 독자가 올바른 순서를 파악하더라도 이야기를 제대로 이해하기란 지극히 어려웠다. 게다가 아무런 도움도 받지 않고 순서를 맞춘 사람은 거의 없었다.

고전 범죄소설의 요소들, 이를테면 불가능해 보이는 범죄와 수수께끼 같은 다잉 메시지는 독자에게 초인적인 노력을 발휘해서 불신을 잠시 유예*하라고 요청한다. 독자가 기꺼이 그 요청에 응하느냐 마느냐는 저자의 능력에 달려 있다. 애거사 크리스티와 앤서니 버클리, 존 딕슨 카는 자주 이 어려운 문제에 덤벼들었다. 이들은 독자와 공정하게 겨루는 경쟁을 진지하게 받아들였다. 물론, 크리스티의 1926년 작 『애크로이드 살인사건』은 '범인일 가능성이 가장 낮은 사람'을 범인으로 만들어서 수수께끼를 해결한 탓에 논란을 불러일으켰다. 하지만 대중은 크리스티가 독자를 배반하지 않았다고 의견을 모았다. 도로시 L. 세이어즈가 지적했듯이, 독자는 모두를 의심해야 하기 때문이다. 버클리와 밀워드 케네디, 루퍼트 페니는 미국 소설가 엘러리 퀸이 가장 좋아했던 장치 '독자에게 도전하기'를 활용했다. 엘러리 퀸은 소설에 모든 단서가 언급되었으니 독자들도 범인을 한번 찾아보라는 도전 문구를 작품에 적어두었다.

가끔 독창적인 작가들은 독자들이 둔하게도 소설 속 단서를 놓쳤다는 사

---

* 독자가 독서의 즐거움을 위해 사실주의에 입각한 비판을 멈춘다는 뜻이다.

실을 명명백백하게 드러내서, 운 나쁜 독자들의 상처에 소금을 뿌려댔다. 이 작가들은 핵심 정보가 언급된 페이지를 알려주는 각주나 표, 안내문 등 '단서 발견하기' 항목을 소설 마지막에 실었다. J.J. 커닝턴이 1929년 소설 『박물관의 눈The Eye in the Museum』에서 처음 고안한 것으로 보이는 '단서 발견하기' 항목은, 곧 다른 작가들도 즐겨 사용하는 장치가 되었다. 대표적인 예를 하나 들어보자면, 프리먼 윌스 크로프츠의 가장 훌륭한 소설 중 하나인 『호그스 백 미스터리The Hog's Back Mystery』(1933)가 있다. 크로프츠 외에도 존 딕슨 카와 루퍼트 페니, 엘스페스 헉슬리가 '단서 발견하기'를 활용했다. 헉슬리는 소설가이자 평론가 올더스 헉슬리의 친척으로 식민지 케냐 전문가다. 추리소설을 그다지 많이 쓰지 않은 엘스페스 헉슬리의 대표작으로는 1938년 소설 『사파리 살인사건Murder on Safari』과 '아프리카 독살 사건The African Poison Murders'으로도 알려진 1939년 작 『아리아인의 죽음Death of an Aryan』이 꼽힌다.

가장 정교한 '단서 발견' 장치는 C. 달리 킹의 1935년 소설 『창공의 오벨리스트Obelists Fly High』에서 확인할 수 있다. 비행기에서 발생한 총격 사건을 이야기하는 이 미로 미스터리는 에필로그로 시작하고 프롤로그로 끝난다. 황금기의 작위적인 추리소설을 혹독하게 비판했던 줄리안 시먼스조차 이 소설의 충격적인 독창성에 감탄하지 않을 수 없었다. 시먼스는 이 소설이 "추리소설을 끝낼 추리소설"이라는 평을 받은 캐머런 맥케이브의 『편집실 바닥의 얼굴The Face on the Cutting-Room Floor』(1937)과 어깨를 나란히 한다고 여겼다. 『편집실 바닥의 얼굴』의 주인공 뮐러는 추리소설의 본질을 숙고하는 기나긴 에필로그에서 "어떤 추리소설이든 다르게 끝을 맺을 가능성은 무한하다"라고 말한다. 이 대사에는 버클리를 연상시키려는 저자의 의도가 뚜렷하게 보인다(여러 소설가와 비평가 중에서도 버클리의 작품관은 지금도 자주 논의된다).

스텔라 타워의 1933년 작 『말 못 할 복수Dumb Vengeance』는 아주 색다른 술 책을 보여준 인상적인 소설이다. 사건의 배경이 시골 저택이라는 설정을 보면 별다를 것 없는 평범한 작품처럼 보인다. 하지만 화자 젠킨스 양이 개라는 사실이 곧 드러난다. 동물 탐정이라는 개념은 장편보다는 단편에 더 적합하겠지만, 저자의 훌륭한 글솜씨가 얄팍한 플롯을 보완한다. 『말 못 할 복수』에 뒤이어 동물 탐정, 특히 고양이 탐정이 활약하는 범죄소설이 계속 탄생했고, 이들 작품은 놀랍게도 인기를 끌었다.

가장 뛰어난 작가들은 추리소설의 규칙을 모두 통달한 후 능란하게 규칙을 위반하기 시작했다. 이런 흐름을 주도한 인물은 애거사 크리스티와 앤서니 버클리다. 1930년대가 저물던 시기, 게임 형식 추리소설이 한물가기 시작한 듯했다. 제2차 세계대전과 그 여파는 제1차 세계대전과 마찬가지로 장르를 영영 바꾸어놓았다. 추리소설은 꾸준히 세상에 나왔고 사랑받았다. 하지만 새로운 퍼즐 미스터리의 대가들이 계속해서 무대에 올랐다.

범죄소설은 세월이 흐르며 진화를 거듭했다. 독자에게 도전하고 소설 마지막에 '단서 발견' 항목을 추가하던 시대는 오래전에 막을 내렸다. 하지만 저자와 독자의 게임 플레이는 장르를 대표하는 특징으로 남았다. 제2차 세계대전 직후 등장한 범죄소설 작가 중에서 가장 중요한 두 명이 남긴 말을 잠시 살펴보자. 이들의 글은 과거와 단절한 작품으로 널리 인정받았고, 실제로도 그랬다. 성공한 소설가 퍼트리샤 하이스미스는 추리물을 쓰는 데 관심이 거의 없었다. 혹은 추리물에 소질이 거의 없었다. 그러나 하이스미스는 1966년에 발표한 『긴장감 넘치는 글쓰기를 위한 아이디어』에서 분명하게 선언했다. "소설 쓰기는 게임이다. 따라서 작가는 이 게임에 참여하는 내내 즐거워야 한다." 가끔 황금기 추리소설 전담 혹평가로 보였던 줄리안 시먼스마저 1980년에 출간한 『현대 범죄소설The Modern Crime Story』에서 "내가 쓴 소설은 우리 모두 인생에서 게임을 벌이는 중이라는 개념에 아주 철저히 입각했다는 사실을 깨달았다"라고 인정했다. 시먼스의 가장 훌륭한 소설 가운데 한 편이 황금기 추리소설 중 최고의 작품들과 다양한 면에서 닮았다는 사실은 우연이 아니다. 시먼스의 소설 속 사건은 악명 높은 실제 살인사건(무어스 살인사건)에 영향을 받았다. 또 소설에서는 이름을 알 수 없는 범인의 일기 내용도 공개된다. '범인일 가능성이 가장 낮은 사람이 범인'이라는 해결책도 영리하게 활용되었다. 이 작품은 1972년에 출간된 『플레이어와 게임The Players and the Game』이다.

27. 『떠다니는 제독』[1931] – 추리 클럽

1930년에 설립된 '추리 클럽'은 영국의 훌륭한 범죄소설가들, 더 나아가 위대한 범죄소설가들을 끌어모았다. 클럽의 초대 회장은 G.K. 체스터턴이었고, 창립 회원에는 E.C. 벤틀리와 A.A. 밀른, A.E.W. 메이슨, 바로네스 오르치 등이 있다. 추리 클럽을 움직이는 원동력은 이들보다 더 젊은 작가들이다. 젊은 작가들은 에너지와 열정이 넘쳤고, 상업적 감각이 비상했으며, 독자와 겨루는 게임 플레이를 아주 좋아했다. 이들의 선봉에 선 인물은 클럽을 창립하는 데 주도적 역할을 맡은 앤서니 버클리와 도로시 L. 세이어즈였다. 추리 클럽 회원들은 처음부터 협업에 몰두했고, 여러 명이 릴레이 형식으로 추리소설 두 편을 완성했다. 회원 여섯 명은 힘을 모아 1930년에 중편 「막후에서Behind the Screen」와 1931년에 중편 「스쿱The Scoop」을 발표했다. 두 작품은 BBC 방송국에서 방송되었고, BBC가 간행하는 주간지 《리스너The Listener》에 연재되었다. 그리고 1983년에 마침내 하나로 묶여서 단행본으로 출판되었다.

릴레이 소설이라는 모험이 인기를 끌며 성공하자 클럽 회원들은 훨씬 더 큰 야심을 품었다. 그들은 장편소설을 공동 집필하기로 마음을 모았다. 첫 삽을 뜬 작가는 세이어즈였다. 처음에 세이어즈는 「스쿱」을 확장하려고 했다. 그러나 얼마 후 작가들은 완전히 새로운 줄거리를 구상하기로 마음을 바꾸었다. 그 결과가 바로 『떠다니는 제독The Floating Admiral』이다. 세이어즈는 소설의 서론에서 각 작가의 접근법을 설명했다.

"우리는 진짜 추리 문제에 최대한 가까운 문제를 만들어냈다. 그림처럼 생생한 프롤로그를 가장 마지막에 쓴 체스터턴을 제외하면, 집필에 참여한 모든 작가는 앞 장을 완성한 작가가 남겨둔 미스터리와 씨름했다. 이때 먼저 글을 쓴 작가가 생각해둔 해결책에 관해서는 아무런 힌트도 얻지 못했다. 규칙은 딱 두 가지였다. 첫째, 각 작가는 자기가 맡은 장을 완성할 때 확실한 해결책을 구상해두어야 한다. 다시 말해서, 단순히 '사건을 더 복잡하게 만들 목적으로' 새로운 문제를 추가해서는 안 된다. (…) 둘째, 각 작가는 먼저 글을 쓴 작가들이 남긴 문제를 하나도 빠짐없이 충실하게 다루어야 한다.

먼저 글을 쓰는 작가는 글에 단서를 심어두면서, 그 단서가 오직 단 하나의 방향만 분명하게 가리키리라고 예상했을 것이다. 하지만 뒤를 이어 글을 쓰는 작가들은 그 단서가 정확히 반대 방향을 가리키게 하는 데 용케도 성공했다. 아마 바로 이 지점에서 우리의 게임이 현실에 가장 가까이 다가갔을 것이다. 우리는 겉으로 드러난 행동을 보고 서로 판단하지만, 그 행동 아래 숨은 동기를 대체로 잘못 판단한다. 우리는 문제를 볼 때 개인적인 해석에 사로잡히기 때문에 행동 뒤에 숨은 여러 가능한 동기 중에서 단 하나밖에 보지 못한다. 그래서 우리가 생각해내는 해결책은 꽤 논리적일 수도 있고, 꽤 타당할 수도 있고, 꽤 틀렸을 수도 있다."

체스터턴이 쓴 프롤로그는 홍콩을 배경으로 이야기가 펼쳐진다. 빅터 L. 화이트처치가 쓴 첫 번째 장 「어이, 시신이다Corpse Ahoy!」에서 배경은 시골 강가로 바뀐다. 이곳에서 페니스톤 제독의 시신을 태운 작은 보트가 발견된다. 이후 이름만으로도 절로 감탄이 나오는 대가들이 팀을 이루어 이야기를 역동적으로 끌고 나간다. 집필에 참여한 작가는 모두 열네 명으로, 체스터턴과 화이트처치, G.D.H. 콜과 M. 콜, 헨리 웨이드, 애거사 크리스티, 존 로드, 밀워드 케네디, 도로시 L. 세이어즈, 로널드 녹스, 프리먼 윌스 크로프츠, 에드거 젭슨, 클레멘스 데인, 앤서니 버클리다. 버클리가 쓴 기나긴 마지막 장의 제목은 그럴듯하게도 「난장판 수습Clearing Up The Mess」이다.

부록에는 작가들이 각자 고안한 미스터리 해결책이 담겨 있다. 다만 첫 번째와 두 번째 장을 쓴 작가 둘은 해결책을 제안하지 않았다. 크리스티는 복장 도착에 관한 아이디어를 냈다. 추리소설에 '중국인'을 등장시키면 안 된다는 계율로 유명한 녹스는 중국과 관련된 캐릭터가 다섯 명이나 나온다고 푸념했다. 부록에는 존 로드가 보트의 계류용 밧줄에 관해서 쓴 주석도 포함되어 있다. '피츠제럴드의 유언장에 관한 변호인 의견서'와 작품의 배경인 와인마우스와 주변 지역 지도도 나온다. 이런 형식으로 집필한 책이라면 틀림없이 색다르기 마련이다. 『떠다니는 제독』은 지금도 생동감 넘치고 재미있는 릴레이 추리소설의 대표작으로 여겨진다. 이 책이 세상에 나오고 85년 후인 2016년, 추리 클럽의 현세대 작가들은 이 작품에 경의를 표하며 새로운 릴레이 추리소설 『가라앉는 제독The Sinking Admiral』을 썼다.

28. 『사일로의 시신』¹⁹³³ – 로널드 녹스

로널드 녹스보다 더 철저하게 독자와 벌이는 게임을 준비한 추리소설 작가는 없었다. 유명한 암호 해독가의 형제이자 아크로스틱*에 관한 책을 집필한 저자, 셜록 홈스 연구가인 녹스는 추리소설가들이 지켜야 할 '십계'도 고안해냈다. 녹스의 여섯 번째 범죄소설 『사일로의 시신^{The Body in the Silo}』은 시골 저택 미스터리물이다. 이 소설에는 애스트베리 홀의 경내를 보여주는 지도, 핵심 사건들의 발생 순서를 정리한 타임라인, 초기 속기 형식에 기반한 암호, 단서를 확인할 수 있는 각주가 모두 들어 있다. 심지어 「게임의 규칙^{The Rules of the Game}」이라는 장까지 나온다.

녹스의 작품에 단골로 등장하는 탐정은 마일스 브레던이다. 기민하고 십자말풀이를 무척 좋아하는 브레던은 인디스크라이버블 보험회사의 조사관으로 일한다. 크로프츠가 창조한 프렌치 경감처럼 무신경한 경찰들을 제외하면, 황금기 추리소설 속 탐정들은 대개 가족관계를 걸림돌로 여기는 것 같다. 하지만 브레던의 아내 앤젤라는 남편의 사건 수사에 적극적으로 참여한다(후세대 소설에서는 브레던 부부처럼 행복한 결혼생활을 누리는 탐정을 찾아보기 힘들어졌다). 『사일로의 시신』에서 브레던 부부는 잘 알고 지내는 할리퍼드 부부의 초대로 헤리퍼드셔의 하우스 파티에 참석한다.

그들은 물건 찾기나 보물찾기와 비슷한 '도망자 찾기' 게임에 참여한다. 그런데 다음 날 아침, 손님 중 한 명이 저택의 곡물 저장고에서 숨진 채 발견된다. 범인은 도망자 찾기 게임으로 살인을 완벽하게 감추었다. 브레던의 말

---

* acrostics, 각 행의 첫 글자, 혹은 첫 글자와 끝 글자를 맞추면 일정한 문구가 만들어지는 유희 시 형식.

처럼 "다른 사람들이 모두 재미를 꾀할 때 범죄의 징조를 계획할 수 있는 법"이다. 저자 녹스는 범인의 심리 기질까지 설명해서 이야기를 아주 치밀하고 정교하게 만들었다. 범인은 본디 잔인한 사람이지만, 동시에 비위가 약한 사람, "폭력적인 죽음, 엉망이 된 범죄 현장, 시신의 경련을 보면 깜짝 놀라서 움츠러드는" 사람이기도 하다.

미스터리가 지나치게 복잡한 탓에 브레던의 사건 풀이가 담긴 페이지는 끝도 없이 이어진다. 하지만 녹스의 소설답게 냉소적이고 섬뜩한 코미디도 잘 녹아 있다. 아이러니하게도, 두 차례 일어난 사망 사건은 사실 실수 때문이었다. 급기야 독자들이 호감을 느낄 만한 인물이 의도치 않게 살인을 저지른다. 하지만 마일스 브레던은 그를 안심시킨다. "방금 일어난 일보다 더 정당한 일은 아마 없을 거요. 계획이 틀어지면 사람이 죽을 수도 있지요. 다만 아무런 악의가 없는 낯선 이가 아니라 범인이 죽음을 맞게 됩니다." 『사일로의 시신』은 체스터턴식 역설이 가득하다. 실제로 녹스는 체스터턴의 친구이자 팬이었고, 이 위대한 작가의 장례식에서 추도 연설을 읊었다.

로널드 아버스넛 녹스는 수재가 많은 집안 출신이다. 그는 이튼스쿨과 베일리얼 컬리지에서 공부했고, 특히 고전에 뛰어났다. 그는 성공회 사제가 되었다가 1918년에 가톨릭으로 개종했다. 녹스는 라틴어로 쓰인 불가타 성경을 영어로 번역했고, 방대한 주제에 관한 글을 썼다. 녹스가 1911년에 장난스러운 논문 「셜록 홈스 문학 연구Studies in the Literature of Sherlock Holmes」를 발표하자, 아서 코난 도일은 "나보다 훨씬 더 많이 안다"라며 그를 추어올렸다. 로널드 녹스는 추리 클럽의 창립 회원이지만, 결국에는 추리소설을 쓰는 데 질려버렸다. 그는 방송인으로도 활약하며 인기를 끌었다. 녹스가 진행했던 라디오 프로그램 〈바리케이드에서 보내는 방송Broadcasting from the Barricades〉은 BBC 개국 초기에 센세이션을 일으켰다. 그는 가짜 뉴스를 다루는 이 장난스러운 프로그램에서 혁명이 영국에서 벌어지고 있다고 전했다. 하지만 너무도 많은 청취자가 녹스의 농담을 진지하게 받아들이는 바람에 문제가 생겼다.

29. 『그녀는 틀림없이 가스를 마셨다』*1939 – 루퍼트 페니

애거사 토플리는 이스트 앵글리아의 온천 도시 크레이본에서 소박한 하숙집을 꾸리는 미망인이다. 토플리 부인은 유일한 하숙인인 젊은 여성 앨리스 카터가 믿을 만한 사람인지 걱정스럽다. 그녀는 하숙인을 직감적으로 불신한다. 게다가 카터는 하숙비도 밀려 있다. 카터에게 엘리스라는 수수께끼 같은 남자가 찾아오고 얼마 후, 토플리 부인은 카터가 가스를 흡입하고 숨진 것을 발견한다. 아무래도 자살이 아니라 타살인 것 같다. 그런데 카터의 시신이 사라져버린다. 도대체 무슨 일이 일어나는 걸까? 한편, 유명한 범죄소설 작가의 버릇없는 조카딸도 실종되었다. 이쯤 되면 독자들은 조카딸이 하숙집에서 이중생활을 하고 있었다고 생각하기 마련이다. 하지만 루퍼트 페니의 소설에서 단순한 것은 하나도 없다.

페니의 작품에 단골로 등장하는 탐정, 서글서글한 빌 경위가 사건을 수사한다. 추리소설에서 늘 그렇듯이 '왓슨' 역할을 하는 인물도 존재한다. 그는 주식중개인이자 저널리스트로 일하는 친구 토니 퍼던이다. 하지만 조력자로서 퍼던은 그다지 유용해 보이지 않는다. 루퍼트 페니는 독자와 공정하게 게임을 벌일 수 있는 소설을 쓰려고 애썼다. 그는 결말에서 진실을 모두

---

* She Had to Have Gas

107

밝히기 전에 '독자에게 도전한다'라는 문구를 삽입했고, 독자가 단서를 확인할 수 있는 각주도 군데군데 제시했다.

루퍼트 페니는 어니스트 바실 찰스 소넷의 필명이다. 소넷은 '마틴 태너'라는 필명으로도 스릴러를 한 편 발표했다. 그는 십자말풀이 퍼즐에 열광했다. 제2차 세계대전 당시에는 영국 정부의 암호 해독 기관인 브레츨리 파크에서 암호 해독가로 활동했고, 전쟁이 종식된 후에도 정부 통신 본부에서 계속 일했다. 이때 암호 해독의 대가이자 유명한 체스 챔피언인 C.H.O'D. 알렉산더 밑에서 수년간 근무하기도 했다.

당연하게도 페니는 빌 경위가 풀어야 할 비상한 미스터리 퍼즐을 쉽게 고안해냈다. 페니가 쓴 소설의 플롯은 황금기 기준으로 보아도 특출날 정도로 정교하다. 또 그의 작품은 지도와 도표, 시간표 등 추리소설 장르를 뒷받침하는 장치가 굉장히 풍부하다. 페니는 독자를 약 올리는 일을 대단히 좋아했다. 대표적인 예는 1937년 작『갑옷 입은 경찰관Policeman in Armour』의「막간Interlude」에 적어놓은 '독자에게 도전하기' 문구다. "누가 레이먼드 에버렛 경의 칼에 찔렀을까? 그리고 어떻게 칼에 찔렀을까? 앞서 언급한 증거들을 살펴보면 해답을 발견할 수 있으니, 필자가 이런 질문을 던진다고 해서 불공정하다고 말하지는 못할 것이다. 독자 열 명 가운데 적어도 한 명은 5분쯤 주의 깊게 사건을 들여다보리라고 기대한다. 그리고 백 명 가운데 한 명 이상이 만족스러운 결과를 얻으리라고 희망한다. 수수께끼를 직접 고안해낸 이 필자와 필자의 소설 속 꼭두각시들만 풀 수 있는 수수께끼라면 별 의미가 없다." 페니의 1941년 소설『밀실 살인사건Sealed Room Murder』에서는 도저히 해결할 수 없을 듯한 범죄가 발생한다. 1938년 작『경찰관의 증거Policeman's Evidence』도 마찬가지다. 심지어 이 작품에는 극도로 난해해서 아무도 풀지 못할 것 같은 암호까지 포함되어 있다.

페니는 교묘한 퍼즐을 만들어내겠다는 욕심에 종종 자제력을 잃고 지나치게 복잡한 플롯을 쓰기도 했다. 하지만 그의 소설을 읽다 보면 이곳저곳에서 반가운 유머를 만날 수 있다. 만약 페니기 10년 더 일찍 소설을 집필했더라면 아마 상당한 명성을 쌓았을 것이다. 1936년, 그의 첫 번째 추리소설 『수다스러운 경찰관The Talkative Policeman』이 세상에 나왔을 때는 이미 세이어즈와 버클리를 비롯한 여러 작가가 지적인 게임 플레이에서 시선을 거두기 시작한 후였다.

페니는 자기의 기량을 발휘할 수 있는 퍼즐 풀이식 추리소설이 유행에 뒤처지고 있다는 사실을 깨달았다. 심지어 그는 데뷔작의 서언에서 추리소설이 맞을 운명을 논하기까지 했다. "추리소설은 본질상 현재를 위한 소설이다. 어쩌면 미래를 위한 소설이기도 할 것이다. 추리소설이 품을 수 있는 가장 큰 희망은 모든 쓰레기가 필연적으로 맞는 운명을 허락받을 때까지 (…) 쓰레기통에서 청소부에게로, 다시 쓰레기통으로 전해지는 것이리라. 탐정은 그가 수사하고 추리하고 가설을 제시했던 시체와 마찬가지로 마침내 숨을 거둘 것이다."

페니는 셜록 홈스가 유일한 예외라고 생각했다. 그리고 어쩌면 피터 윔지도 생명을 잃지 않는 탐정이 될지도 모른다고 여겼다(당시 세이어즈는 피터 윔지의 마지막 사건을 집필하고 있었다). 하지만 페니의 예측은 틀렸다. 에르퀼 푸아로와 제인 마플도 불후의 탐정이 되었고, 고전 추리소설의 인기는 사그라지지 않았다. 페니의 작품이 나오고 80년이 지난 요즘, 종이 커버가 그대로 남아 있는 그의 소설 초판은 수천 파운드에 팔린다. 이 사실을 알면 페니는 아마 깜짝 놀랄 것이다. 어쩌면 큰 충격에 빠질 수도 있다. 페니는 정력적으로 집필하며

6년 동안 소설 아홉 권을 발표했지만, 1940년대 초반에 소설 창작을 그만두었다. 이후 페니의 저술 활동은 그가 원로로 있는 영국 붓꽃 협회의 연간 간행물을 편집하는 것으로 그쳤다.

5

기적 같은
살인사건

밀실에서 시신이 발견된다. 살인이 분명하다. 하지만 살인범의 흔적은 전혀 찾아 볼 수 없다. 심지어 살해 도구의 흔적조차 없다. 불가능한 범죄다. 이런 사건이 어떻게 발생할 수 있었을까? 이 곤혹스러운 역설의 매력은 강렬하고 영원하다. 밀실 미스터리가 독자를 매혹하고 즐겁게 해준 역사는 추리소설의 역사만큼이나 오래되었다. 요즘에는 인기 있는 TV 드라마 시리즈에도 불가능해 보이는 범죄 사건이 등장한다. 영어권 작가뿐만 아니라 폴 알테르 같은 프랑스 작가나 시마다 소지 같은 일본 작가도 불가능 범죄 사건을 자주 다루었다.

밀실 범죄나 불가능 범죄를 다룬 소설은 독창적인 플롯을 대단히 높이 샀던 황금기에 번성했다. 영국 예찬론자였던 미국 작가 존 딕슨 카는 오늘날에도 밀실 미스터리물의 최고 거장으로 널리 인정받는다. 카는 특유의 스타일을 살려서 밀실 미스터리의 매력을 압축적으로 보여주었다. "거장의 기발한 일격에 허를 찔려서 우리의 의심이 잘못된 방향을 향했다는 사실이 멋지게 드러나면, 저자에게 경의를 표하는 것으로도 모자라 감탄하는 마음에 절로 튀어나오는 욕설을 뱉으며 책을 덮을 수밖에 없다."

에드거 앨런 포가 1841년에 발표한 단편 「모르그 가의 살인」은 최초의 추리소설로 꼽힌다. 이 작품에서 포가 창조한 명탐정 C. 오귀스트 뒤팽은 대단히 흥미롭고 매혹적인 문제와 맞닥뜨린다. 파리에서 여성의 시신이 발견된다. 놀랍게도 시신은 안에서 잠긴 실내에 있었고, 범인이 그 방에서 탈출할 길은 전혀 없어 보였다. 그런데 「모르그 가의 살인」은 최초의 밀실 사건 이야기가 아니었다. 포의 단편보다 두 해 앞서서 셰리던 르 파누가 단편 「아일랜드 백작 부인의 비밀 이야기 속 한 구절A Passage in the Secret History of an Irish Countess」을 익명으로 출간했다. 물론, 이 괴담은 추리소설로 보기 어렵다. 앤 래드클리프가 1794년에 발행한 『우돌포의 비밀The Mysteries of Udolpho』과 E.T.A. 호프먼이 1819년에 발표한 중편 「마드무아젤 드 스쿠데리Mademoiselle de Scuderi」도 밀실 미스터리의 선구자격 작품으로 볼 수 있다.

윌키 콜린스의 단편 「정말 이상한 침대」에서 펼쳐지는 상황은 12세기의 궁정시인 크레티앵 드 트루아의 「마차의 기사 랜슬럿Lancelot, le Chevalier de la Charrette」 속 상황을 희미하게 연상시킨다. 19세기의 마지막 10년 동안에도 밀실 미스터리의 고전이 탄생했다. 1892년에는 이스라엘 장윌의 소설 『빅 보우 미스터리』가 출간되어 널리 호평받았다. 셜록 홈스 단편 중 최고로 손꼽히는 「얼룩 끈의 비밀」 역시 밀실 미스터리의 잠재력을 활용해서 눈부신 효과를 만들어냈다. 조지프 콘래드조차 단편 「두 마녀 여인숙The Inn of the Two Witches」에서 콜린스의 단편과 유사해 보이는 불가능 범죄 이야기를 기법게 다루었다.

20세기로 접어들자 많은 작가가 불가능 범죄와 밀실 트릭이라는 소재를 비상하게 활용해서 다양한 변형을 만들어냈다. 이 소재를 더 능란하게 다룬 작가로는 미국의 자크 푸트렐과 프랑스의 가스통 르루를 들 수 있다. 푸트렐은 S.F.X 밴 두젠 교수라는 캐릭터를 창조했다. 일명 '사고 기계'로 불리는 밴 두젠은 두뇌형 명탐정의 전형이다. 르루의 1907년 작 『노란 방의 미스터리』에서는 조제프 룰르타비유라는 기자가 탐정으로 활약한다. 영국에서는

G.K. 체스터턴이 브라운 신부 시리즈에서 불가능해 보이는 범죄 이야기를 자주 다루었다. 불가능 범죄는 체스터턴이 역설을 향한 사랑을 마음껏 표현할 수 있는 장치였다.

크리스티와 세이어즈, 앨링엄, 나이오 마시 등 수많은 황금기 소설가가 불가능 범죄 이야기 창작이라는 유혹을 이기지 못하고 도전에 나섰다. 특히 앤서니 윈은 불가능 범죄 이야기가 전문이었다. 무수히 많은 작품을 쏟아낸 프랭크 킹(클라이브 콘래드의 필명)은 밀실 미스터리를 네 권 발표했다. 가장 잘 알려진 소설은 1927년 작 『스타웁스 저택의 공포Terror at Staups House』다. 폭풍이 불어닥친 어느 겨울밤, 혐오스러운 수전노이자 장물 취득인 에이머스 브랜커드는 밀실에서 마땅한 천벌을 받는다.

시인 에드윈 마컴의 아들 버질 마컴도 미스터리를 썼다. 마컴의 소설 가운데 최고작은 젊은 작가다운 당돌함과 대담함으로 충만하다. 1928년에 출간된 『황혼의 죽음Death in the Dusk』에는 비범한 플롯과 으스스한 고딕 분위기가 잘 어우러져 있다. 이야기는 잉글랜드와 웨일스의 경계 지역 래드너셔에서 펼쳐진다. 서문에서 등장인물 한 명이 소설의 내용을 소개하며 독자의 흥미를 돋운다. 이 인물은 소설이 "악령에 쓴 롤리 목사, 우유 배달부의 광기 어린 행동, 눈에 보이지 않지만 어디에나 존재하는 브룩 모티머 경, 신비로운 뼈에 관한 수수께끼, 파라몬드 경의 썩지 않는 팔에 얽힌 전설, 최고의 계략가가 세운 권모술수에 관한 개요서"라고 설명한다. '들람브르 자매의 사악한 고양이'도 이 목록에 보태야 할 듯하다. 『황혼의 죽음』의 핵심 반전은 완전히 독창적이지는 않지만, 교묘하게 숨겨져 있다. 마컴이 1930년에 발표한 소설 『쇼크Shock!』에는 '웨일스 해안 근처 케스트럴 이리 성에 사는 앤서니 베리얀 경 상속자들의 운명에 관한 미스터리'라는 기나긴 부제가 붙어 있다(미국에서는 『검은 문The Black Door』이라는 제목으로 발표되었다). 이 소설의 중심 이야기는 불가능해 보이는 실종 사건이다. 콜린스 크라임 클럽 출판사에서 간행한 초판에는 "대단한 스릴러"라는 홍보 문구가 적혀 있다. 이 초판에는 세인트 데이비드 섬과 램지 섬의 지도뿐만 아니라 "웨스트몰랜드 고니스턴 파크 출신 호러스 베리얀의 후손들"을 상세하게 열거한 가계도까지 포함되어 있다. 1932년 작 『악마가 재촉할 때The Devil Drives』도 전작들과 마찬가지로 호평받았다. 이 소설은 밀폐된 오두막에서 벌어진 익사 사건을 다룬다. 마컴은 1936년에 발표한 여덟 번째 추리소설을 마지막으로 짧은 추리소설가 경력을 마무리했다.

존 딕슨 카는 추리물 작가 경력을 훨씬 더 오래 이어갔다. 그는 성공을 거둔 미스터리 시리즈 세 편에서 가장 좋아하는 주제를 다양하게 변주했다. 영국을 무척 좋아했던 존 딕슨 카는 거의 언제나 영국을 작중 배경으로 삼았다. 하지만 카는 물론이고, 마컴을 비롯해 불가능 범죄를 다룬 추리소설의 대가들은 대체로 미국인이다. 불가능 범죄 전문가로서 카에 대적할 가장 강력한 경쟁자는 프로 마술사 클레이턴 로슨이었다. 로슨이 창조해낸 명탐정, 그레이트 멜리니 역시 마술사다. 로슨은 '스튜어트 타운'이라는 필명을 써서 돈 디아볼로라는 마술사 탐정도 만들어냈다. 역시 미국 소설가인 헤닝 넴즈는 1944년에 '헤이크 탤벗'이라는 필명으로 가장 훌륭한 불가능 범죄소설 가운데 하나인 『구덩이의 가장자리Rim of the Pit』를 발표했다. 하지만 불가능 범죄 이야기는 제2차 세계대전 이후 인기가 급격히 추락했다. 헤이크 탤벗은 후속작을 발행해줄 출판사를 끝내 찾지 못했다.

'불가능 범죄'라는 장치는 본질상 작위적이기 때문에 어느 정도든 리얼리즘을 표방하는 소설에는 적합하지 않다는 인식이 생겨난 듯하다. 하지만 추리소설에서는 언제나 보이는 것이 다가 아닌 법이다. 불가능 범죄는 헬렌 맥클로이의 1968년 작 『미스터 스플릿풋Mr. Splitfoot』처럼 심리 서스펜스에 집중하는 소설이나, 에드 맥베인의 87분서 시리즈 중 하나인 1959년 작 『살의의 쐐기』 같은 경찰 소설에서도 중심일 수 있다. 스웨덴의 마이 셰발과 페르 발뢰는 열 편짜리 경찰 소설 시리즈를 썼다. 스웨덴 사회를 향한 마르크스주의 비평이나 다름없는 이 시리즈는 어마어마한 파급력을 자랑했다. 그리고 저자 셰발은 종종 '노르딕 누아르의 대모'로 일컬어진다. 셰발은 시리즈의 아홉 번째 책인 1973년 작 『밀실The Locked Room』을 자기 작품 중 가장 좋아한다고 밝혔다. 셰발과 발뢰는 이 작품에서 강도 사건 수사에 마르틴 베크 형사가 밀실 살인의 진실을 파헤치는 과정을 결합했다.

추리소설의 황금기가 막을 내리면서 밀실 미스터리도 종말을 맞았다는 견해는 20세기 후반과 21세기 초반에 힘을 잃었다. 영국과 미국 양쪽에서 〈탐정 바나첵Banacek〉, 〈명탐정 몽크Monk〉, 〈조나단 크릭Jonathan Creek〉, 〈데스 인 파라다이스Death in Paradise〉 같은 TV 드라마가 흥행했기 때문이다. 또 불가능 범죄라는 소재가 전 세계에서 인기 있다는 사실은 시마다 소지가 1981년에 발표한 『점성술 살인사건』이 입증했다. 이 작품은 엄청나게 히트했지만, 일본에서 출간된 지 20년 이상 지난 후에야 영어로 번역되었다. 이 인상적인 소설은 밀실 미스터리와 '독자에게 도전하기' 등 황금기 추리소설이 독자의 마음을 사로잡았던 장치들과 앤서니 윈이나 존 딕슨 카는 상상조차 하지 못했을 충격적인 폭력 묘사를 하나로 묶었다.

30. 『메드버리 요새 살인』¹⁹²⁹ – 조지 림넬리우스

조지 림넬리우스의 범죄소설 데뷔작『메드버리 요새 살인^{The Medbury Fort Murder}』
은 결코 잊을 수 없는 배경과 강력한 인물 묘사, 탄탄한 플롯을 자랑한다. 이
밀실 미스터리는 평온하게 시작되며, 먼저 배경과 인물이 길게 묘사된다. 육
군 의무부대의 휴 프리스 소령은 리피언 소위가 진찰을 받으러 찾아오자 과
거에 그를 만난 적이 있다는 사실을 깨닫는다. 그러자 경솔했던 젊은 시절의
기억이 되살아난다.

한창때 프리스는 야심에 끝이 없었던 프루넬라 레이크라는 쇼걸에 푹 빠
져 있었다. 그런데 전쟁이 터지면서 프리스와 레이크의 관계가 끝났다. 이후
둘 다 다른 사람과 결혼했지만, 이들은 끝내 재회했다. 그리고 이 재결합의
여파는 먼 미래에까지 이어진다. 한편, 프리스는 서아프리카에서 복무하던
중에 친구이자 동료인 빅터 웨이프가 살인을 저지르고도 처벌을 피하는 것
을 보았다.

과거의 죄는 긴 그림자를 드리운다. 프리스는 메드버리 요새에서 군의관
으로 근무하기 시작하면서 이 사실을 깨닫는다. 메드버리 요새는 템스강과
메드웨이강 방어선을 형성하는 요새 중 하나로, 템스강 어귀에 서 있다(나중
에 해안 방어 포대가 개선되며 이 방어선은 쓸모 없어진다). 프리스와 웨이프는 리피언 소위
와 친분을 쌓는다. 얼마 지나지 않아 리피언은 프리스의 어두운 비밀을 알고
있는 악랄한 협박범이 바로 자기라는 사실을 밝힌다.

프리스는 리피언을 살해할 마음을 품기에 이른다. 그리고 이스라엘 장월
의 유명한 밀실 미스터리『빅 보우 미스터리』에서 아이디어를 얻어 범행을
계획한다. 그런데 프리스가 범행을 저지르기도 전에 리피언이 숨진 채 발견

된다. 놀랍게도 리피언의 죽음을 둘러싼 정황은 프리스의 범행 계획과 흡사하다. 런던 경시청이 사건 수사에 뛰어들고, 곧 프리스가 뭔가 숨기고 있다는 사실이 드러난다. 하지만 반전이 잇달아 일어나면서 수사가 복잡하게 꼬여간다. 메드버리 요새에서 리피언을 살해할 동기가 있는 사람은 프리스만이 아니었다. 범인과 범행 수단, 범행 동기를 모두 밝혀내야 하는 경찰은 예상외로 골치 아픈 수수께끼에 부딪힌다.

용의자 수는 그리 많지 않다. 하지만 저자 림넬리우스는 자신만만하고 침착하게 서사를 이끌어나가면서 독자가 쫓는 이와 쫓기는 이 모두에게 공감하게 만든다. 림넬리우스는 섹스와 폭력도 현실적으로 다루었다. 이는 섹스와 폭력을 은근슬쩍 덮고 넘어가는 보수적인 황금기 '코지' 추리소설과 전혀 다른 면이다. 림넬리우스가 성격 묘사에 심혈을 기울였다는 사실도 역시 놀랍다. 추리소설 역사가들이 그동안 이 소설을 간과한 이유 자체가 미스터리다. 하지만 밀실 미스터리와 불가능 범죄의 대가, 작고한 로버트 애디는 이 소설의 가치를 오랫동안 옹호했다.

독자는 군 생활과 군부대 분위기가 소설 내내 실감 나게 묘사되는 것으로 미루어서 저자의 진짜 신분을 짐작할 수 있다. 굉장히 풍부한 세부 사항을 보면, 림넬리우스가 군 관련자라는 사실이 명백해진다. 그의 본명은 루이스 조지 로빈슨이다. 그는 군에서 경력을 길게 성공적으로 쌓아서 대령까지 진급했지만, 건강이 나빠져서 퇴역했다. 1934년 작 『필사본 살인The Manuscript Murder』을 포함해서 소설을 몇 권 발표했다. 1935년에 출간한 『선을 넘은 장군 The General Goes Too Far』이라는 소설의 제목에서 알 수 있듯이, 군 복무 경험과 군 생활을 소설에서 꾸준히 활용했다. 그 가운데 『메드버리 요새 살인』은 림넬리우스가 범죄소설 장르에서 세운 가장 걸출한 업적으로 꼽힌다.

31. 『귀부인 살인사건』[1931] - 앤서니 윈

복잡하게 뒤얽힌 이 소설은 저자의 고향 스코틀랜드를 무대로 섬세하고 극적인 방식으로 시작된다. 지방 검찰관이 늦은 밤에 존 맥컬른 대령을 방문한다. 그는 메리 그레고르가 인근 더칠런 성에서 칼에 찔려 사망했다는 소식을 전한다. "그렇게 끔찍한 상처는 처음 봤소." 메리 그레고르의 시신은 침대 곁에서 웅크리고 있었다. 그런데 살해 도구의 흔적이 전혀 없었다. 침실의 문도, 창문도 모두 잠겨 있었다.

두 번째 살인이 뒤이어 발생하고, 몇 안 되는 용의자들도 연달아 나타난다. 소설의 또 다른 제목 '은비늘 수수께끼The Silver Scale Mystery'가 알려주듯이, 범죄 현장에는 영문 모를 청어 비늘이 떨어져 있다. 다행히도 맥컬른이 유스터스 헤일리 박사를 초청한다. 헤일리 박사는 불가능해 보이는 범죄 사건을 해결하는 재주가 있다. 소설의 수수께끼는 교묘하게 고안되었고, 수수께끼 풀이도 전혀 실망스럽지 않다(밀실 미스터리에서는 트릭 설명이 실망스럽게 끝나는 경우가 잦다).

유스터스 헤일리는 이렇게 주장한다. "탐정의 일은 퍼즐을 푸는 것과 같소. 해결책은 우리 눈앞에 있지만, 우리가 보지 못할 뿐이오. (…) 어떤 세부 사항은 다른 것들보다 더 강렬하오. 우리는 그런 것들에 시선이 쏠려서 핵심 사항을 놓치는 겁니다." 헤일리는 범죄자의 심리에, 특히 살인범이 범죄를 저지르기 이전에 느끼는 "특별한 압박감"에 초점을 맞춘다. 헤일리는 탐정 경력을 오래도록 유지했다. 그는 1920년대 중반부터 단편에서 활약하기 시작했고, 1950년에 나온 장편소설『그림자의 죽음Death of a Shadow』에서 작별 인사를 고했다. 윈은 1934년에 발표한 에세이에서 헤일리가 경찰과 관계없이 독립적으로 일하기를 좋아하는 이유를 설명했다. "나는 오로지 흥미를 느끼는 범죄만 연구하오. (…) 수사를 진행할 때도, 왜 그렇게 수사하는지 이유를 정확히 알지 못할 때가 있소. 모든 수사 과정을 설명하고 왜 그 과정이 필요한지 일일이 밝혀야 한다면 견디기 힘들 것이오." 뜻밖에도 원은 이런 견해도 덧붙였다. "내가 보기에 범죄 수사는 의술처럼 과학이라기보다는 기술이다."

유스터스 헤일리의 창조주도 의술을 잘 알았다. 앤서니 원의 본명은 로버트 맥네어 윌슨이다. 스코틀랜드 글래스고 태생의 윌슨은 심장 질환 전문 내과 의사였고, 거의 30년 동안 〈타임스The Times〉의 의학 전문 기자로 활동했다. 그는 과학과 의학, 역사 등 다양한 주제로 글을 썼다. 정치에도 관심이 깊어 두 번이나 자유당 후보로 의원 선거에 나섰지만, 모두 낙선했다. 또 윌슨은 경제학에도 꾸준히 흥미를 보였다. 1934년에 출간한 『은행가의 죽음Death of a Banker』에서는 경제학에 관한 논의를 골치 아픈 불가능 범죄 이야기와 결합했다. 이 소설의 초판본 커버에는 이런 광고문이 적혀 있다. "우리 대다수는 은행가를 살해할 마음을 한 번쯤 품어봤을 것이다…. 이 소설에서 저자 원은 어떻게 은행가를 살해해야 하는지 알려준다. 물론, 사건을 해결할 유스터스 헤일리 박사가 존재하지 않아야 가능한 일일 것이다!" 같은 해에 윌슨은 '은행가의 죽음'보다 덜 자극적인 제목으로 논픽션 『지급 약속: 대형 금융 거래라고도 불리는 현대판 마술의 원칙과 관습 조사서Promise to Pay: An Inquiry into the Principles and Practice of the Latter-Day Magic Sometimes Called High Finance』를 펴냈다.

로버트 애디는 밀실 미스터리라는 하위장르에 관한 최고의 연구서 『밀실 살인Locked Room Murders』에서 원의 장편과 단편을 무려 23편이나 소개했다. 원의 작품에서는 불가능 범죄 소재, 특히 '보이지 않는 존재가 저지른 살인' 이야기가 두드러진다. 유스터스 헤일리 시리즈는 상당히 독창적이고 기발했지만,

기디언 펠 박사와 헨리 메리베일 경이 활약하는 존 딕슨 카의 소설만큼 인기를 끌지는 못했다. 카의 소설은 죽음과 관련된 섬뜩한 소재, 눈부신 글솜씨로 자아내는 미스터리한 분위기, 풍부한 유머를 모두 갖춘 덕분에 매력을 내뿜었다. 반대로 원의 소설에는 생기를 불어넣을 요소가 부족했다. 하지만 『귀부인 살인사건Murder of a Lady』은 즐겁게 읽을 수 있는 소설이다. 이 소설을 보면 원의 작품에 활기가 부족한 것은 원이 재주가 없어서가 아니라 글을 너무 많이 쓴 탓이라는 사실을 짐작할 수 있다(지나친 다작은 황금기 작가들의 공통된 결점이다).

32. 『세 개의 관』[1935] - 존 딕슨 카

존 딕슨 카는 『세 개의 관』이 시작되자마자 앞으로 무슨 일이 닥쳐올지 독자에게 알려준다.* 순식간에 독자의 마음을 사로잡는 첫 문단에서 카는, 그리모 교수 살해 사건과 카글리오스트로 가에서 벌어진 불가능 범죄가 기디언 펠 박사가 수사한 다른 사건만큼이나 당혹스럽고 경악스럽다고 분명하게 밝힌다. "살인이 두 건 벌어졌다. 그런데 살인범은 다른 사람 눈에 보이지 않을 뿐만 아니라 공기보다 더 가볍기까지 한 존재임이 틀림없다. 증언에 따르면, 이 자는 첫 번째 피해자를 죽이고 말 그대로 사라져버렸다. 그리고 다시 증언에 따르면, 그는 텅 빈 거리 한가운데서 두 번째 피해자를 죽였다. 길거리 양쪽 끝에 사람들이 있었지만, 범인을 본 사람은 아무도 없었다. 눈 위에 발자국조차 남지 않았다."

---

* 영국 출판본의 제목은 『투명인간(The Hollow Man)』이다.

수수께끼는 교묘하게 구성되었다. 하지만 이 소설을 고전 미스터리 최고 작의 반열에 올려놓은 일등 공신은 오싹한 분위기를 그려내는 카의 글솜씨다. 생생한 묘사와 섬세하고 능란한 필치가 도무지 종잡을 수 없는 비현실적 사건의 전반적 인상을 만들어낸다(심지어 그리모나 카글리오스트로 같은 이름조차 쉽게 잊지 못할 정도로 인상적이다). 소설 속 범죄는 기적처럼 보인다(흡혈귀의 소행일까? 카는 원래 제목을 '흡혈귀 탑'으로 정하려고 했다). 그러나 이 이야기가 눈을 떼지 못할 만큼 흥미진진해질 수 있었던 것은 이성적인 해결책을 제시하겠다고 약속하기 때문이다.

카는 놀라울 정도로 대담한 선택을 한다. 펠 박사는 17장에서 독자에게 직접 말을 건네며 밀실 미스터리에 관해 강의를 펼친다(펠의 강의는 이후 밀실 미스터리에 관한 논고로 자주 출간되었다). "우리는 추리소설에 등장하는 인물이오. 아닌 척하면서 독자를 기만하지 않겠소. (…) 소설 속 등장인물에게 허락된 가장 고귀한 일을 맡았다는 사실을 솔직하게 기뻐합시다. (…) 완전한 밀실을 다룬 작품이 다른 추리소설보다 훨씬 더 흥미롭다고 말한다면, 그건 그저 편견일 뿐이오. 나는 내가 등장하는 이야기에서 살인사건이 자주 일어나는 게 좋소. 그것도 유혈 낭자하고 기괴한 사건이면 좋겠소. 이야기의 플롯에서 색채가 생생하게 빛나고 상상력이 번뜩였으면 좋겠소. 단지 실제 사건처럼 보인다는 것만으로는 독자의 마음을 사로잡을 수 없을 테니 말이오." 펠은 더 나아가 밀실 트릭의 종류를 분석한다. 이 대목이 어찌나 인상적이고 상세한지, 독자는 읽지 않고 그냥 넘어가지 못할 것이다.

기디언 펠의 거대한 체격과 주름진 얼굴, 허풍 떠는 성격을 보고 있노라면 G.K. 체스터턴이 떠오른다. 실제로 카는 체스터턴을 무척 존경했다. 추리소설 독자 중 가장 통찰력 있는 독자로 꼽을 수 있는 도로시 L. 세이어즈도 카의 소설에서 체스터턴의 흔적을 포착했다. "캐릭터와 플롯에서 느껴지는 과장된 특징, 상징주의와 역사적 연관성, (…) 기이하고 모순된 존재가 주는 미칠 듯한 공포에 대한 감수성 또한 체스터턴풍이다."

『세 개의 관』은 널리 찬사받은 소설을 이미 열 권 넘게 발표한 저자의 재능과 독창성, 필력을 몹시 자신만만하게 보여준다. 그런데 놀랍게도 이 소설이 세상에 나왔을 때 존 딕슨 카는 서른도 채 되지 않았다. 이 사실은 우리가 자주 간과했던 진실을 알려준다. 황금기 추리소설 중 최고작 대다수는 비교적 젊은 작가들의 작품이다. 작품의 질에 지대하게 공헌한 것은 바로 젊은 작가들의 끝을 모르는 에너지와 열정, 대담함이었다.

카는 1930년에 소설 『밤에 걷다』로 눈부시게 데뷔했다. 이 소설에서 활약하는 주인공은 음침한 프랑스인 수사관 앙리 방코랭이다. 헨리 메리베일 경 시리즈도 대체로 펠 시리즈에 뒤지지 않을 만큼 수준 높다. 메리베일 경역시 불가능 범죄를 해결해내는 재주를 자랑한다. 메리베일 시리즈의 대표작은 1938년 소설 『유다의 창』이다. 카는 주로 '카터 딕슨'이라는 이름으로 메리베일 시리즈를 발표했다. 또 그는 '로저 페어베언'이라는 필명도 사용했다. 제2차 세계대전이 끝난 후 카는 갈수록 역사 미스터리물에 흥미를 보였다. 카가 1972년에 출가한 마지막 작품 『굶주린 고블린』The Hungry Goblin에는 윌키 콜린스가 탐정으로 등장한다. 그러나 안타깝게도 이 소설은 카가 경력 초기에 완성한 걸작만큼 훌륭하지 않다.

6

에덴동산의 뱀

영국의 범죄소설 작가들은 조국의 아름다운 전원 지대가 범죄와 미스터리의 배경이 될 수 있다는 사실을 오래전에 알아차렸다. 윌키 콜린스는 『문스톤』에서 시골 저택과 시골 지역의 신비롭고 음산한 분위기를 절묘하게 활용했다. 요크셔에 자리 잡은 베린더 집안의 저택은 기이하고 위험한 시버링 샌즈 요새에 가깝다. 코난 도일의 「너도밤나무 집」에서 홈스는 왓슨에게 이렇게 말한다. "왓슨, 런던에서 가장 누추하고 빈곤한 골목보다 미소 짓듯 아름다운 시골 지역에서 더 지독한 범죄가 일어나는 법일세. 나는 이 사실을 경험을 통해 알고 있네. (…) 그런 곳에 지옥만큼 잔인한 짓거리가, 남모르는 사악한 짓거리가 몇 년이고 계속 벌어진다고 생각해보게. 그런다 한들 아무도 알아채지 못하겠지."

목가적인 전원은 도시민뿐만 아니라 탐정의 마음도 힘껏 사로잡았다. 하지만 조용한 곳에서 평화를 즐기길 바라며 시골이나 해안으로 떠난 탐정들은 살인사건에서 벗어나기 어렵다는 사실을 깨닫는다. 애거사 크리스티의 『애크로이드 살인사건』에서 에르퀼 푸아로는 은퇴 후 킹스 애벗에서 호박을 키우며 한가롭게 지내려고 한다. 하지만 그의 은퇴 생활은 오래가지 못한다. 푸아로의 활약을 이야기하는 화자는 시골 마을의 의사다. 카터 딕슨의 1943년 작 『그녀는 귀부인으로 죽었다 She Died a Lady』에서도 시골 의사가 화자로 등장한다. 전쟁이 벌어지던 시기, 데번에서 불명예스러운 불륜을 저지른 기혼녀와 젊은 배우가 사망한다. 이들은 동반 자살한 것처럼 보인다. 때마침 인근에서 요양 중이던 헨리 메리베일 경이 기발한 미스터리를 해결하러 나선다.

밀워드 케네디는 시골 미스터리의 대가다. 1932년 작 『슬립의 살인범The Murderer of Sleep』에서 정체가 베일에 싸인 외지인은 강에서 노를 젓다가 겉으로는 한가로워 보이는 시골의 충격적인 모습을 발견한다. 그는 "교회 마당 옆 수양버들 아래에 목이 졸린 채 앉아 있는 슬립의 교구 목사"와 마주친다. 1935년 소설 『시골 교구의 독약Poison in the Parish』에서는 노파의 시신이 발굴된다. 검시 결과, 노파는 비소로 독살되었다는 사실이 밝혀진다. 특이하게도, 이 소설의 첫 장을 여는 「프롤로그 혹은 에필로그」는 드라마의 결말을 폭로한다. 이 형식뿐만 아니라 살해 동기와 마지막 반전도 독특하고 훌륭하다.

영국 시골을 배경으로 삼은 추리소설에서 흔한 요소가 된 '지옥만큼 잔인한 짓거리' 가운데 하나는 악의를 품고 보낸 익명의 편지다. 마플 시리즈 중 1942년에 출간된 『움직이는 손가락』에서 이야기는 장이 서는 소도시에서 펼쳐진다. 이 소설의 깔끔한 플롯에서는 젠더에 관한 고정관념을 활용해서 독자를 속이는 크리스티의 재능이 여지없이 드러난다. 카터 딕슨의 1950년 작 『모킹 위도우에서 보낸 밤Night at the Mocking Widow』과 에드먼드 크리스핀의 1951년 작 『긴 이혼The Long Divorce』, 퍼트리샤 웬트워스의 1955년 작 『펜에 묻은 독Poison in the Pen』에서도 중상모략 편지가 중심 소재로 다루어진다. 이 세 작품은 1950년대에 세상에 나왔지만, 황금기의 세태를 반영하는 것 같다. 추리소설의 황금기인 양차 세계대전 사이 시기는 불명예스러운 일을 저질렀다는 낌새가 희미하게 보이기만 해도 평판이 추락하고 사회적으로 배척받을 수 있는 시대였다.

시골 생활의 중심은 교회였다. P.R. 쇼어가 1929년에 발표한 소설『빗장The Bolt』에서는 부목사 로저 카트라이트가 살인사건 수사를 보조한다(메수엔 출판 사에서는 책의 표지 안쪽에 붙은 면지에 링스홀 마을과 인근을 묘사한 멋진 지도를 실었다). 살해 당한 사람은 동네 대지주의 아내로, 평판이 좋지 않아 마을에서 손가락질받 았다. 카트라이트와 함께 사건을 수사하는 아마추어 탐정이자 소설의 화자 인 메리언 레슬리는 젊은 제인 마플처럼 느껴진다. 쇼어는 헬렌 매들린 레이 스의 필명이다. 레이스는 '엘리너 스콧'이라는 필명으로도 책을 여러 권 썼 다. 하지만 그녀가 쓴 추리소설은『빗장』을 제외하면 1932년 작『죽음의 영 화The Death Film』가 유일하다.

성직자들은 추리소설에서 살인 피해자와 용의자, 탐정 역할을 골고루 맡 았다. 때로는 성직자가 시골의 범죄 사건을 이야기하는 추리소설 작가가 되 기도 했다. 성직자 집안에서 태어나 마찬가지로 목사가 된 제임스 레지널드 스피털은 '제임스 퀸스'라는 필명으로 소설을 세 권 썼다. 그 가운데 1935년 작『우발적인 학살Casual Slaughters』은 교구 교회 협의회의 회의로 시작하고 끝난 다. 존 퍼거슨은 철도회사 직원이었지만, 인생의 진로를 바꾸고 성직자가 되 었다. 그는 1931년에 부임지 건지섬을 배경으로 소설『죽음이 페리고르에 오 다Death Comes to Perigord』를 썼다. 시릴 아르젠틴 앨링턴은 왕실 예배당의 목사였 고, 더럼 대성당의 주임 사제직에까지 올랐다. 앨링턴은 1939년 작『케닛 강 위의 범죄Crime on the Kennet』를 포함해 추리소설을 몇 권 집필했다. 영국 국교 회의 성직자로 대성당 참사회원이 된 빅터 L. 화이트처치는 1930년에 발표 한 소설『야외극 살인Murder at the Pageant』에서 시골 야외극을 배경으로 삼았다. 로널드 녹스 신부가 1925년에 발행한 첫 추리소설『육교 살인사건The Viaduct

Murder』에서는 골프를 치던 네 사람이 골프장 페어웨이 근처에서 시신을 우연히 발견한다.

허버트 애덤스의 소설에서는 골프 시합과 살인사건이 자주 겹친다. 1935년 작『벙커 속의 시신The Body in the Bunker』과 1936년 작『페어웨이에서의 죽음Death off the Fairway』, 1939년 작『열아홉 번째 홀 수수께끼The Nineteenth Hole Mystery』에서 애덤스는 골프와 살인이라는 가장 좋아하는 주제를 부단히 변주했다. 시릴 헤어가 1938년에 집필한『죽음은 스포츠맨이 아니다Death is No Sportsman』는 낚시가 중심 소재로 나오는 추리소설이다. 나이오 마시의 1935년 작『정의의 저울Scales of Justice』과 해리엇 러틀랜드의 1940년 작『피 흐르는 낚싯바늘Bleeding Hooks』도 낚시 미스터리다. 해리엇 러틀랜드는 대중에게 그리 익숙한 이름이 아니다. 하지만 올리브 신웰은 이 필명으로 꽤 뛰어난 추리소설을 세 권 발표했다.

사냥 모임에서는 살인 기회를 훨씬 더 확실하게 붙잡을 수 있다. 사냥 모임을 중심 소재로 삼은 작품 가운데는 J.J. 커닝턴의『하하 사건』과 헨리 웨이드의 1937년 작『주장관The High Sheriff』이 있다. 절제된 표현이 돋보이는 불가능 범죄 이야기인 퍼거슨의『뇌조 사냥터 미스터리』역시 사냥 모임을 다룬다. 퍼거슨의 소설처럼 세실 M. 윌스의 1936년 소설『어느 수사관의 패배Defeat of a Detective』도 스코틀랜드 시골에서 이야기가 전개된다. 이 작품에서는 총기 식별이 플롯의 중심이다. 책의 면지는 글래스고 크레이갤로크 숲을 담은 멋진 지도로 장식되어 있다. 이 지도는 작품의 주인공인 전직 수사관 보스코벨이 그린 것으로 되어 있다. 얀테 제롤드가 1930년에 쓴『죽은 남자의 채석장Dead Man's Quarry』에서 노라와 친구들은 웨일스 접경 지역의 시골에서 자전거를 타며 휴일을 즐긴다. 그런데 이들이 근처 채석장에서 찰스 프라이스 경의 시신을 발견하면서 여유로웠던 휴일이 엉망으로 변한다. 다행히도, 미스터리 해결에 푹 빠진 부유한 딜레탕트 존 크리스마스가 근처에서 휴가를 보내는 중이다. 황금기 탐정들이 으레 그러듯이, 크리스마스도 자신을 다른 추리소설 속 탐정과 비교한다. "명탐정은 모두 소박한 농사일에 취미를 붙였다네. 셜록 홈스는 꿀벌을 쳤지. 커프 경사는 장미를 길렀고. 나는 은퇴하면 과꽃을 기를 생각이네."

별것 아닌 도보 여행도 위험천만할 수 있다. 해리엇 베인은 도로시 L. 세이어즈의 『시체를 되찾아라Have His Carcase』에서 이 사실을 깨닫는다. 베인은 잉글랜드 남서부 해안을 활보하다가 살인사건 피해자의 시신을 우연히 발견한다. 이 작품은 1932년에 세상에 나왔다. 바로 같은 해에 청년 공산주의자 동맹을 주축으로 한 대규모 군중이 더비셔의 고원 킨더 스카우트에 무단으로 출입한 사건이 일어났다. 틀림없이 이 사건은 영국 역사에서 가장 성공한 시민 불복종 중 하나다. 무단출입에 참여한 군중은 '출입할 권리'*를 행사하면서 분노와 갈망, 지주들의 출입 제한 조치에 품은 적대감을 분명하게 보여주었다.

이런 사건이 보여준 갈등과 긴장은 R.C. 우드소프가 1935년에 발표한 『작은 마을 살인사건Death in a Little Town』에서도 확연히 드러난다. 첫 번째 장에서 지역 주민들은 지주 더글러스 보너가 대중의 통행을 막으려고 세운 울타리를 무너뜨리고자 '직접 행동'에 나선다. 그런데 얼마 후 보너가 죽은 채로 발견된다. 보아하니 죽을 때까지 삽으로 두들겨 맞은 듯하다. 살해 도구가 삽이라니, 지독히도 불쾌한 인물이 시골에서 최후를 맞았다는 사실이 잘 드러난

---

* freedom to roam 혹은 right to roam. 운동이나 오락을 위해 특정 공공장소나 사유지에 접근할 수 있는 대중의 권리를 가리킨다.

다. 그런데 범인은 결국 교수형을 피한다. 놀랍게도 이런 결말은 황금기 추리소설에서 흔했다. 많은 이들이 추리소설의 목적은 살인으로 혼란에 빠진 사회에서 질서를 회복시키는 것이라고 주장했다. 하지만 우드소프는 크리스티나 버클리, 동시대의 많은 작가처럼 법률 제도로는 진정한 정의를 실현하시 못할 때도 있다는 사실을 잘 알고 있었다.

양차 세계대전 사이 시기에 영국 시골에서 살아가는 일은 대개 힘겨웠다. 실업자가 급증했고, 수많은 실직자가 목숨을 부지하기 위해 시골 지역을 배회하며 쓰레기 더미를 뒤졌다. 추리소설에도 이런 이들이 불쑥 등장하기도 했다. 이 '지나가던 부랑자'들은 자주 범인으로 몰렸지만, 거의 항상 무고하다는 사실이 밝혀졌다. 부랑자들이 추리소설에서 맡은 일은 대체로 독자를 헷갈리게 하는 가짜 실마리 역할이다. 사회적 코미디에 재능이 뛰어났던 우드소프는 1935년 작 『다운스 언덕에 드리운 그림자The Shadow on the Downs』에서 매력적이고 지적인 부랑자 캐릭터를 출연시켰다. 이 소설에서도 시골 생활을 혼란에 빠뜨리는 살인사건이 발생한다. 이번에는 서식스 다운스에 경마장을 건설하던 도중에 문제가 터진다.

황금기 추리소설의 매력이 어찌나 대단했던지, 미국 시인 W.H. 오든은 에세이 「죄 많은 목사관The Guilty Vicarage」에서 "배경이 영국 시골이 아닌 [추리]소설은 (…) 너무도 읽기 힘들다"라고 고백하기까지 했다. 오든은 추리소설의 요소를 분석하며 이렇게 주장했다. "자연은 그곳에서 살아가는 인간을 반영해야 한다. 즉, 자연도 대단히 선한 공간이어야 한다. 에덴동산을 닮은 공간일수록 살인과 대비가 더 두드러지기 때문이다. 시골이 도시보다 더 바람직하다."

한 세대 후, 황금기 소설을 그다지 좋아하지 않았던 범죄소설기 콜린 왓슨은 전통적인 추리소설의 전형적인 배경을 가리키는 말로 '메이헴 파르바 Mayhem Parva'라는 용어를 고안해냈다. 메이헴 파르바에는 "여러 지역을 돌아다니는 탐정이 적당한 가격에 머물 수 있는 여관, 마을 회관, 도서관, 다양한 가게가 있다. 또 제초제와 염색약을 손쉽게 구할 수 있는 약국도 있다. (…) 버스 편이 편리한 덕분에 꾸준히 근처 마을로 나가서 수상쩍은 만남을 이어갈 수 있다." 왓슨이 보기에 메이헴 파르바는 "신비로운 왕국"이다. 이 왕국은 "사라예보에서 오스트리아 황태자 부부가 암살당하던 바로 그 순간*부터 서서히 사라지기 시작했던 사회의 가치와 관습에서 유래했다."

현대로 접어든 후에도 다양한 작가가 시골 배경을 탁월하게 활용했다. W.J. 벌리는 콘월을, 앤 클리브스는 노섬벌랜드와 셰틀랜드를, 레지널드 힐은 요크셔와 컴브리아를 작중 배경으로 삼고 플롯에 성공적으로 통합했다. 이들의 작품은 황금기 추리소설에서 거의 찾아볼 수 없었던 사실주의까지 어느 정도 성취했다. 그리고 TV 드라마로도 각색되어 많은 시청자에게서 사랑받았다. ITV 방송국의 〈미드소머 머더스Midsomer Murders〉 속 사망자 수는 아마 터무니없이 많을 것이다. 소도시 미드소머가 배경인 이 드라마는 1997년에 방영을 시작해 20여 년째 100회 넘게 이어지고 있기 때문이다. 필자가 이 글을 쓰고 있는 시점에도 이 드라마를 향한 대중의 애정은 전혀 식은 것 같지 않다. 영국 시골을 무대로 펼쳐지는 범죄소설의 매력은 영원한 듯하다.

---

* 1914년 6월에 발생한 이 사라예보 사건은 제1차 세계대전의 도화선이 되었다.

33. 『하이 엘더셤의 비밀』¹⁹³⁰ – 마일스 버턴

마일스 버턴의 두 번째 소설 『하이 엘더셤의 비밀^{Secret of High Eldersham}』은 외딴 이스트 앵글리아 생활의 불길한 면을 생생하게 재현한다. 하이 엘더셤은 "지역 전설이 무궁무진한" 으스스한 곳이다. 어느 늦은 밤, 마을 순경이 로즈 앤 크라운 펍에 들린다. 그는 왕년에 런던 경찰국의 경사였던 펍 주인 새뮤얼 화이트헤드가 칼에 찔려 목숨을 잃은 것을 발견한다.

이스트 앵글리아의 경찰서장은 즉시 런던 경시청에 소식을 알린다. 하이 엘더셤에 온 영 경위는 "맞서 싸울 수 없는 불가사의한 힘에 둘러싸였다"라고 느낀다. 결정적으로 보였던 실마리가 아무것도 아닌 것으로 드러나자, 영 경위는 어떻게든 수사를 진척시키려고 애쓰다가 부유하고 붙임성 좋은 친구 데스먼드 메리언에게 도움을 청한다. 군인이었던 메리언은 전투 중에 심각하게 다친 후 해군 정보사령부로 자리를 옮겼고, "평범한 사람은 아무것도 모르는 갖가지 은밀한 주제에 관한 걸어 다니는 백과사전"이 되었다.

하이 엘더셤에 도착한 메리언은 전시에 면식을 쌓았던 사람을 우연히 만난다. 그 지인은 하이 엘더셤의 대지주 윌리엄 오워턴 경의 딸 메이비스과 결혼하고 싶어 한다. 메리언도 모험심이 강하고 매력을 한껏 내뿜는 메이비스에게 반한다. 하지만 그는 수수께끼를 깊이 파헤칠수록 오워턴 부녀가 하이 엘더셤에서 벌어지는 기이하고 은밀한 일에 연루된 것이 아닌지 의심스러워진다.

마일스 버턴은 '하이 엘더셤의 수수께끼^{The Mystery of High Eldersham}'라는 제목으로도 알려진 이 소설에서 비교적 단순한 추리 플롯에 스릴러의 요소를 잘 녹여냈다. 이 작품은 같은 해에 먼저 출간된 그의 첫 소설 『하드웨이 다이아몬드 수수께끼』The Hardway Diamonds Mystery』보다 한층 더 발전했다. 범죄소설 비평서 『범죄 카탈로그』A Catalogue of Crime』를 함께 저술한 자크 바전과 웬델 허티그 테일러는 메리언이 처음 등장하는 『하이 엘더섬의 비밀The Secret of High Eldersham』이 "이 장르의 귀감"이라며 극찬했다(『범죄 카탈로그』는 1971년에 출간되었고, 1989년에 개정판이 나왔다). 고전 추리소설 장르의 가장 유명한 팬들도 오랫동안 바전과 테일러의 의견에 동의했다. 요즘에는 시골 사람들의 기벽이 시시해 보일 수 있다. 하지만 바전과 테일러는 마일스 버턴이 앤 래드클리프가 시작한 고딕 전통을 따랐다고 분석했다. 그리고 버턴은 추리소설 장르에서 고딕 전통을 계승한 '현대 작가' 중 최초라고 덧붙였다.

　메리언은 다름 아닌 하이 엘더섬에서 결혼하고 정착한다. 그는 독자들에게 굉장히 좋은 인상을 심어준 덕분에 오랫동안 시리즈의 중심인물로 활약했다. 하지만 메리언의 주요 조력자는 영 경위에서 곧 아널드 경위로 바뀌었다. 버턴의 가장 독창적인 작품 가운데 하나로 꼽히는 1939년 작 『죽음은 명함을 남기지 않는다Death Leaves No Card』에서는 이례적으로 아널드가 복잡하게 꼬인 밀실 미스터리(잠긴 욕실 미스터리)를 혼자서 풀어낸다. 메리언의 활약은 1960년까지 이어졌다. 1960년에는 『죽음의 유산Legacy of Death』과 『죽음이 그린 그림Death Paints a Picture』도 출간되었다. 하지만 이때까지도 마일스 버턴의 진짜 정체는 하이 엘더섬의 실체보다 더 철저하게 감추어져 있었다. 저자가 세상을 뜬 후에야 마일스 버턴은 세실 존 스트리트의 필명이라는 사실이 밝혀졌다. 스트리트는 '존 로드'라는 필명으로 더 잘 알려졌다. 로드 역시 그가 사랑했던 영국 시골 지역을 배경으로 소설을 수십 편이나 썼다.

34. 『항해 중의 죽음』[1932] - C.P. 스노

암 전문가인 로저 밀스는 친구들과 함께 노퍽 브로즈에서 항해하며 휴가를 즐긴다. 그런데 밀스가 배의 키 근처에서 심장에 총을 맞고 숨진 채로 발견된다. 화자 이언 케이플은 친구 핀보우에게 연락해서 이 사건을 해결해달라고 부탁한다. 핀보우가 도착하고, 케이플은 그의 '왓슨'이 된다. 부유한 집안 출신에 케임브리지대학교 졸업생인 핀보우는 크리켓과 중국 시에 푹 빠져서 인생을 즐기며 살아간다. 또 그는 웬지 아마추어 신사 탐정 학교 소속이다. 그러나 핀보우는 평범한 아마추어가 아니다. 그는 우스꽝스러운 인물로 그려지는 지역 경찰서의 경사보다 훨씬 더 그럴싸한 탐정이다.

핀보우의 이름은 한 번도 언급되지 않는다. 신기하게도 추리소설 장르에서는 너무도 많은 탐정의 성과 이름이 미스터리에 둘러싸여 있다. 또 황금기 추리소설에서는 다른 작품 속 탐정을 이야기하는 식의 상호텍스트성이 유행했다. 저자 C.P. 스노도 이 소설에서 도로시 L. 세이어즈의 피터 윔지와 S.S. 밴 다인의 파일로 밴스를 지나가듯 슬쩍 언급했다. 그러자 세이어즈도 『대학축제의 밤』에서 스노의 1934년 작 『수색The Search』을 잠시 언급하며 고마운 마음을 나타냈다. 핀보우는 가장 유명한 추리소설 중 한 편의 줄거리를 이야기하며 앞으로 펼쳐질 일을 예측하기까지 한다. "아주 훌륭한 생각일세. 다섯 명이 살인 용의선상에 올랐네. 그렇다면 누가 진짜 범인일까? 정답은 '모두'라네."

초판본의 표지에는 열광적인 광고 문구가 적혀 있다. "『항해 중의 죽음Death Under Sail』의 저자보다 더 비범한 추리소설 작가는 존재하지 않을 것이다. 26세의 케임브리지대학교 '교수' C.P. 스노 박사는 인류에게 지극히 중요할 실험을 진행하느라 여념이 없었다. 그는 물리적 방법으로 비타민을 합성하고 파괴하는 데 (…) 이미 성공했다. (…) 스노 박사는 이런 과업에 열중하면서 당연히 큰 압박감을 느꼈다. 그는 잠시 머리를 식히러 노퍽 브로즈로 짧은 휴가를 떠났고 친구의 요트로 항해했다. 이곳에서 스노 박사는 특별한 지적 오락물을 창조해냈다. 세상에서 굶주림을 추방하고 인류에게 건강을 선사할 일에 몰두하는 남자가 즐길 만한 오락거리였다. 그는 '스릴러'를 쓰기 시작했다. (…) 그는 타고 있는 요트처럼 물 샐 틈 없는 플롯, 빈틈없는 줄거리를 구상했다. 그리고 마침내, 할리 스트리트의 암 전문가가 미소를 띤 채 사망한 사건을 해결할 가장 영리한 방법을 고안했다. 그 누구도 과학자는 상상력이 없다고 말하지 못하리라!"

이 광고 문안은 상당히 과장되었다. 기근과 굶주림은 아직 정복되지 못했다. 하지만 우리의 젊은 교수는 여러 분야에서 눈부신 업적을 쌓았다. 안타깝게도 추리소설은 스노가 탁월한 성취를 거둔 분야가 아니다. 찰스 퍼시 스노는 화학과 물리학을 전공했고, 훗날 고위 공직에 올랐다. 그는 정계에서도 활발하게 활동했고, 나중에는 세습할 수 없는 귀족 작위도 받았다. 그는 대세 작가가 되어서 인기를 끌었고, 『이방인과 형제Strangers and Brothers』 소설 시리즈로 명성을 얻었다. 스노가 몸소 고안해서 저서의 제목으로 삼은 '권력의 회랑'*이라는 용어는 요즘에도 널리 쓰일 만큼 유명하다. 하지만 이보다 훨씬 더 잘 알려진 용어는 따로 있다. 스노가 1959년에 BBC 라디오 방송국에서 진행한 강좌 '두 문화The Two Cultures'는 과학문화와 인문문화의 단절에 관한 광범위한 논쟁을 불러일으켰다. 이 강좌의 제목은 곧 저서의 제목이 되었

---

* the corridors of power, 정치 권력의 중심으로 여겨지는 정계나 관계의 상층부

고, 대중에게도 널리 알려졌다. 스노의 아내 파멜라 핸즈포드 존슨 역시 작가다. 존슨은 첫 번째 남편인 저널리스트 닐 스튜어트와 함께 '냅 롬바르드'라는 필명으로 가벼운 추리소설을 두 편 발표했다.

스노는 추리소설로 문학계에 데뷔했지만, 전문적인 추리소설 작가가 될 마음이 전혀 없었다. 하지만 그는 마지막 소설을 쓰며 문학 경력의 출발점으로 다시 돌아갔다. 1979년에 발표한 『니스칠 한 겹A Coat of Varnish』은 범인을 밝히는 데 집중하는 추리소설이라기보다는 음산한 범죄소설에 더 가깝다. 이야기의 중심 소재는 런던의 고급 주택 지구 벨그레이비어에서 벌어진 살인 사건이다. 스노는 데뷔작을 집필할 때보다 더 야심만만하게 마지막 소설을 썼지만, 결과는 썩 만족스럽지 못했다.

35. 『서식스 다운스 살인』¹⁹³⁶ - 존 뷰드

존 뷰드의 세 번째 탐정소설 속 배경은 추리물 장르 팬들에게 특별한 의미를 지닌 곳이다. 명탐정 셜록 홈스가 은퇴하고 런던 베이커가 221b번지를 떠나서 꿀벌을 치러 가는 곳이 바로 서식스의 사우스다운스이기 때문이다. 당시 소설가들은 흔히 '다운셔'나 '미들셔'라고 모호하게 이름 붙인 가상의 자치주를 시골 미스터리의 배경으로 삼았다. 이들과 달리 뷰드는 유명한 여러 시골 지역을 초기 추리물의 배경으로 활용했다. 뷰드가 1935년에 발표한 첫 번째 소설과 두 번째 소설의 배경은 각각 코니쉬 코스트와 레이크 디스트릭트라는 이름난 지역이다. 이를 보면 그가 군이 셜록 홈스와의 연관성을 마케팅 전략으로 이용하려고 서식스 다운스를 배경으로 선택한 것은 아닌 듯하다. 뷰드는 유명한 시골 지역을 작중 배경으로 선택한 덕분에 세상을 떠나고 반세기 넘게 흐른 후 뜻밖의 이익을 얻었다. 영국 국립 도서관에서 뷰드의 시골 미스터리를 페이퍼백으로 재출간한 것이다. 표지에 아름다운 삽화가 들어간 이 판본은 초판본보다 훨씬 더 많이 팔렸다.

『서식스 다운스 살인The Sussex Downs Murder』에서는 공간을 묘사하는 뷰드의 재능이 선명하게 드러난다. 줄거리도 기존 작품보다 더 정교하고 흥미진진하다.

뷰드는 로더 가족의 농가 초클랜즈와 주변 지역을 마치 사진처럼 생생하게 묘사했다. 또 황금기의 관습을 따라서 책에 지도를 실었다. 독자는 지도를 보며 존 로더가 실종된 이후에 전개되는 사건들을 이해할 수 있다. 처음에 존 로더의 행방불명은 애거사 크리스티의 실종 사건을 연상시키는 것처럼 보인다(하지만 이는 속임수다).

뷰드는 소설을 여러 권 발표하며 추리소설 작가로서 점점 자신감을 얻은 듯하다. 뷰드의 자신감은 반전이 거듭되며 독자의 마음을 사로잡는 이야기에서 확실하게 나타난다.『서식스 다운스 살인』에는 등장인물이 많지 않다. 하지만 한 인물이 용의자로 지목되었다가 혐의가 벗겨지고, 다시 다른 인물이 혐의를 받는 과정이 교묘하게 구축되어 있다. 뷰드는 영리하게도 이야기의 아주 초반에 중요한 단서를 심어놓았다. 심지어 책의 제목마저 의미심장하다.

윌리엄 로더를 리틀햄턴 종합병원으로 꾀어낸 메시지를 보면, 소설이 나오기 다섯 해 전에 벌어진 그 유명한 윌리스 사건*의 핵심인 거짓말이 떠오른다. 수수께끼 같은 메시지는 메러디스 경위가 마주한 수많은 문제 중 겨우 하나일 뿐이다. 메러디스 경위는 뷰드의 두 번째 소설 『레이크 디스트릭트 살인The Lake District Murder』에서 처음 등장했다. 그는 컴벌랜드의 레이크 디스트릭

---

* 윌리엄 허버트 윌리스가 리버풀의 자택에서 아내 줄리아를 살해한 사건을 말한다. 그는 살인으로 유죄판결을 받았지만, 범죄 항소법원에서 증거 재검사 후 판결을 번복했다.

트에서 활약하다가 이번 소설에서 서식스로 활동 무대를 옮겼다. 메러디스의 모델은 프리먼 윌스 크로프츠가 창조한 프렌치 경감이다. 메러디스도 프렌치처럼 근면하고, 가정생활에 만족하고, 근사한 식사를 무척 좋아한다. 하지만 메러디스는 프렌치와 달리 유머 감각이 훌륭하다. 메러디스의 아들도 아마추어 탐정 노릇을 즐긴다. 아들의 활약 덕분에 줄거리는 한결 더 풍성해지며, 아들의 인간적인 면은 소설의 결말에서 중요한 역할을 맡는다.

뷰드의 본명은 어니스트 카펜터 엘모어다. 그는 기이하고 공상적인 소설을 두 편 쓴 후 범죄소설로 시선을 돌렸고, 범죄소설이 크게 성공하자 아예 전업 작가로 나섰다. 1953년 본 파이어 나이트*에 뷰드는 존 크리시를 포함한 소수의 작가와 함께 내셔널 리버럴 클럽에 모여서 범죄소설 작가 협회를 창립했다. 제2차 세계대전이 끝나고 영국 독자들의 취향이 변하자 뷰드는 영국의 이름난 지방에서 미스터리를 펼쳐놓는 방식을 포기했다. 1952년 작 『리비에라에서의 죽음Death on the Riviera』과 1956년 작 『르 투케에서 온 전보A Telegram from Le Touquet』 등에서 메러디스는 영국 해협을 건너 유럽 대륙으로 진출한다. 뷰드는 안타깝게도 1957년에 때 이른 죽음을 맞았다.

36. 『시니스터 크랙』¹⁹³⁸ - 뉴턴 게일

암벽 등반 중에는 살인을 저지를 기회가 숱하게 많다. 당연히 여러 작가가 암벽 등반을 범죄소설의 중심 소재로 활용했다. 가장 주목할 만한 작가는 산악인 프랭크 쇼웰 스타일즈다. 그는 1950년대부터 글린 카라는 필명으로

---

* Bonfire Night 혹은 Guy Fawkes Night, 영국에서는 매해 11월 5일 밤이면 1605년의 의사당 폭파 계획을 기념하며 모닥불을 밝히고 불꽃놀이를 즐긴다.

미스터리 시리즈를 발표했다. 물론, 글린 카 이전에도 산에서 벌어진 살인사건을 다룬 작품이 있었다. 가장 흥미로운 작품을 하나 꼽아보자면, 뉴턴 게일의 소설 다섯 권 중 마지막 작품을 들 수 있다. 『시니스터 크랙Sinister Crag』에서 이야기가 펼쳐지는 곳은 워너데일의 레이크 디스트릭트 계곡이라는 가상의 공간이다. 남자 세 명이 시니스터 크랙, 즉 '불길한 낭떠러지'라는 이름이 붙은 바위산을 오르다가 사망했다. 사고였을까, 아니면 살인이었을까?

게일의 소설 시리즈에서 활약하는 탐정 짐 그리어는 등산객들이 살해당했으리라고 의심한다. 그리어는 소설 내내 친구 로빈 업우드와 함께 시니스터 크랙을 오르며 사건을 조사한다. 또 용의자가 여럿 묵고 있는 허드윅 호텔에서 숙박하기까지 한다. 그는 이야기의 화자이자 '왓슨'인 업우드에게 풀어야 할 난제를 이렇게 설명한다. "세 명이 살해당했네. 그런데 이 셋 중에서 살인범이 정말로 죽이려고 했던 대상이 누구인지 모르겠어…. 이 셋은 등산을 좋아한다는 것만 빼면 인생에 아무런 공통점도 없는 것 같네…. 그러니 살해 동기를 알아내서 사건을 해결하려 한다면 풀어야 할 숙제가 세 배로 늘어나는 셈이지." 그리어의 성격은 뚜렷하게 묘사되지 않았지만, 분명히 유능한 탐정이다. 그는 '알리바이 도표'까지 작성한다.

저자가 공들여서 생생하게 묘사해놓은 레이크 디스트릭트는 범죄와 악행을 저지르기에 이상적인 장소다. 그리어도 이렇게 말한다. "이곳 전체가 계곡과 절벽으로 뒤덮인 황무지일세. 날씨가 좋은 날에도 마음만 먹으면 다른 사람의 눈길을 피해 완벽하게 몸을 숨길 수 있지." 등산에 관한 정보가 지나치게 많아서 산에 열광하지 않는 독자라면 지루하게 느낄 듯하다. 하지만 저자는 목가적인 시골과 바위산 바깥의 세상도 잊지 않았다. 누가 신문을 읽다가 경악하며 내팽개치자 업우드가 물어본다. "또 전쟁 이야깁니까? 전쟁이

난다는 소문이 또 실렸습니까?" 게다가 투옥된 후로 밀실 공포증을 얻은 인물의 예로 무솔리니가 언급되기도 한다.

뉴턴 게일이라는 이름은 사실 소설을 함께 쓴 작가 두 사람의 필명이다. 이들 둘은 혼치 않은 경력을 자랑한다. 무니 리는 미국 시인이자 페미니즘 운동가이고, 모리스 기네스는 영국의 석유회사 중역이다. 시인과 석유회사 간부의 조합은 아주 기묘했고, 둘이서 함께 쓴 미스터리도 특이했다. 『시니스터 크랙』은 짐 그리어의 영국 내 활약상을 다룬 작품 중에서도 아주 독특한 소설이다. 소설에서 엿보이는 훌륭한 글솜씨는 틀림없이 리가 세운 공이다. 기네스는 주로 이야기 소재를 제시했다. 등산에 열광했던 기네스는 『시니스터 크랙』에서 자신의 취미를 멋지게 활용했다. 리가 푸에르토리코에서 오래 살았던 덕분에 이곳은 1936년 작 『28:10 살인Murder at 28:10』의 배경이 되었다. 파괴적인 허리케인이 들이닥치는 시간에 사건이 벌어지는 이 작품은 뉴턴 게일의 여러 소설 중에서도 유달리 색다르다. 리는 나중에 미국 국무부에서 문화 정책 전문가로 활동했다. 기네스는 1960년에 '마이크 브루어'라는 필명으로 스릴러를 세 편 발표했다.

7

대저택 살인사건

『트렌트 마지막 사건』(52쪽)이 대성공을 거두자, 황금기 추리소설에서 패턴이 하나 만들어졌다. 이 소설에서 시그스비 맨더슨은 그의 시골 저택 마당에서 살해된 채 발견된다. 이렇게 '대저택에서 벌어진 살인' 이야기를 쓰면 소설가는 용의자 집단을 대개 저택을 방문한 손님들로 손쉽게 한정할 수 있다. S.S. 밴 다인은 '대저택 살인'을 논하면서 속물처럼 들리는 주장을 펼치기까지 했다. "집사나 시종, 사냥터 지기, 요리사 같은 하인을 절대 범인으로 선택해서는 안 된다. (…) 범인이 하인이라면 너무 쉬운 해결책이다. (…) 단연코 범인은 확실하게 가치 있는 인물이어야 한다." 통념과 달리 '집사가 범인'인 추리소설은 몹시 드물었다.

시골 저택에는 거의 언제나 화려하고 고풍스러운 서재가 있다. 서재는 자주 범죄 현장이 되었다. 그러나 서재의 역할은 여기에서 그치지 않는다. 웅장한 서재는 소설의 결말까지 목숨을 부지한 이들에게 명탐정이 범인과 범행 동기를 밝히는 장소로도 알맞았다. 에르퀼 푸아로와 앨버트 캠피언, 클린턴 드리필드 경, 로더릭 앨런은 물론이고 무수한 탐정 시리즈의 첫 번째 이야기가 모두 대저택에서 발생한 살인사건인 것은 우연의 일치가 아니다. 앤서니 버클리는 데번에서 린턴 힐즈라는 시골 별장을 사들인 후, 즉시 1930년 작 『두 번째 총성The Second Shot』에서 이곳을 배경으로 활용했다.

애거사 크리스티는 언니 부부와 함께 체셔의 애브니 홀에서 지낸 덕분에 시골 저택을 잘 알았다. 『장례식을 마치고』와 단편집 『크리스마스 푸딩의 모험』의 표제작 속 배경이 애브니 홀이라는 사실에는 의심의 여지가 없다. 강렬한 스릴러 『침니스의 비밀』과 『세븐 다이얼스 미스터리』의 배경인 위풍당당한 저택 침니스의 모델도 아마 애브니 홀이었을 것이다. 크리스티도 버클리처럼 시골 별장을 사들였다. 데번에 있는 크리스티의 별장 그린웨이는 이제 사적 보호 단체인 내셔널 트러스트가 관리한다. 『커튼』에서 푸아로는 탐정 경력을 시작했던 스타일즈 저택에서 경력을 끝낸다(크리스티는 제2차 세계대전 동안 이 글을 썼지만, 1975년에 출간했다. 이 소설은 저평가된 걸작이다). 1942년 작 『서재의 시체』에서는 세인트 메리 미드의 가싱턴 홀에서 소녀의 시체가 발견된다. 집주인 밴트리 부부는 제인 마플에게 수수께끼 같은 이 사건을 수사해달라고 부탁한다. 1960년대에 가싱턴 홀에서 다시 살인사건이 발생하고, 제인 마플이 돌아온다. 하지만 1962년 작 『깨어진 거울』에서 밴트리 부부는 이미 세상을 뜬 지 오래였고, 가싱턴 홀은 영화배우 마리나 그레그의 소유로 넘어간 후였다.

크리스마스 파티는 '대저택 살인사건' 소설에서 흔하게 찾아볼 수 있다. 대표적인 작품을 몇 편 꼽아보자면, 마비스 도리엘 헤이외 1936년 작 『산타 클로스 살인』The Santa Klaus Murder과 크리스티의 1938년 작 『크리스마스 살인』이 있다. G. 벨턴 코브의 초기 소설인 1936년 작 『독살범의 실수』The Poisoner's Mistake에는 조금 색다르게 새해 이브 파티가 등장한다. 이 파티는 손님 중 한 명의 죽음으로 막을 내린다. 프랜시스 던컨이 1949년에 『크리스마스 살인』Murder for Christmas을 발표할 즈음, 시골 저택을 유지하는 비용은 감당할 수 없을 정도로 막대했던 것 같다. 은퇴한 담배 가게 주인이자 아마추어 탐정인 모디카이 트레메인은 "위풍당당했던 가문이 서서히 잊혀가는" 슬픔을 곰곰이 생각해본다. 던컨은 필명이고, 저자의 본명은 윌리엄 월터 프랭크 언더힐이다. 그는 원래 빚 수금업자로 일하다가 경제학 강사가 되었다. 그가 펴낸 여러 소설 중에는 1944년에 출간된 '도서 미스터리'『그들은 절대 찾지 못한다They'll Never Find Out』도 있다.

시골 저택 미스터리가 인기를 끌면서 고전 범죄소설에는 귀족이 지나치게 자주 등장했다. 귀족을 등장시키면 그를 살해하고 유산을 차지하겠다는 범행 동기를 제시하기도 쉬웠다. 그래서 귀족은 대개 그 누구도 죽음을 슬퍼하지 않는 살인 피해자가 되었다. 조젯 헤이어는 1942년에 내놓은 『펜할로우Penhallow』에서 대저택의 주인 펜할로우가 얼마나 가증스럽고 혐오스러운 사람인지 보여주는 데 엄청나게 많은 페이지를 할애했다. 그 때문에 펜할로우가 마침내 살해당했을 때 독자는 오히려 안도감을 느낀다.

남의 일에 사사건건 참견하기 좋아하는 레이디 캠버스는 황금기 추리소설의 전형적인 살인 피해자다. 그녀는 E.R. 펀션의 1935년 소설 『캠버스에게 죽음이 찾아오다Death Comes to Cambers』에서 목이 졸려 죽는다. 소설에는 그녀가 죽기를 바라는 사람들이 수두룩하다. 펀션의 소설에 단골로 등장하는 탐정 바비 오언 경사가 때맞추어 미스터리를 해결하러 나선다. 그는 레이디 허플의 손자가 캠버스 저택에 묵고 있을 때 "속마음을 감춘 채 레이디 캠버스에게 (…) 도둑을 조심하라고 조언"했던 사실을 알아낸다. 펀션은 작품에 귀족을 자주 출연시켰다. P.G. 우드하우스처럼 펀션도 스스로 노력해서 쌓은 재산이 아니라 손쉽게 물려받은 재산으로 안락한 삶을 누리는 인물을 즐겨 조롱했다.

그 어떤 추리소설 작가도, 심지어 고렐 경도 헨리 웨이드만큼 시골 저택의 생활 방식을 낱낱이 알고 이해하지는 못했다. 헨리 웨이드는 헨리 랜슬 럿 오브리-플레처 경의 필명이다. 그는 준남작 6세이자 빅토리아 상급 훈작 사, 영국군 무공 훈장 수훈자다. 게다가 주장관과 버킹엄셔의 주지사도 지냈 다. 웨이드는 (고렌과) 편션과 달리 타고난 보수주의자였고, 보수주의를 버릴 마음도 전혀 없었다. 그는 1931년에 발표한 소설『한 방울 남기는 친절도 없 이No Friendly Drop』에서 기회를 놓치지 않고 가혹한 과세 정책을 비판하기도 했 다. 이 작품에서 런던 경시청의 존 풀 경위는 그레일 경이 자택 타사트 홀에 서 독살당한 사건을 수사한다. 소설의 줄거리로 판단해보건대, 웨이드는 드 넓은 영지를 소유한 상류층이 예상을 뛰어넘어 제1차 세계대전 이후로도 오 래 존속하고 있다는 사실을 분명히 인식하고 있었다.

웨이드는 황금기의 관습에 따라 1933년에 발표한 소설『목을 매단 대위 The Hanging Captain』에 범죄 현장 페리스 코트의 평면도를 포함했다. 크리스티가 침니스를 삶과 죽음으로 가득 찬 집으로 묘사한 반면, 웨이드는 페리스 코 트를 돌이킬 수 없이 퇴락한 곳으로 그렸다. "페리스 코트로 말할 것 같으면, 스테런 가문이 12대째 살고 있는 튜더 양식 저택이다. (…) 정원만 힐끗 쳐다 봐도 이 고상하고 낡은 저택에 그늘이 드리워졌다는 사실을 충분히 짐작할 수 있다. 화단과 오솔길은 잡초로 뒤덮였고, 나무는 다듬지 않아 제멋대로 가지를 뻗었고, 관목도 보기 흉하게 자랐다. 정원은 이 가문이 궁핍하다는 사실을 말해준다. 어쩌면 정신이 무너진 탓에 집안 관리를 소홀히 내버려 둔 것일지도 모른다." 이 저택을 소유한 가문도 저택만큼이나 쇠락했다. 허버 트 스테런 경은 조상 대대로 물려받은 집에서 커튼줄로 목을 맨 채 발견되 기 오래전에 이미 인생이 모두 파탄 나 있었다.

제2차 세계대전 이후, 시골 영지의 미래에 관한 웨이드의 뿌리 깊은 비관

주의가 옳았다는 것이 드러났다. 크리스티의 1956년 소설『죽은 자의 어리석음』에도 이 비관주의가 반영되어 있다. 어느 여름 축제 기간, 졸부가 사들인 시골 저택의 마당에서 '살인범 추적' 놀이가 열린다. 그리고 당연히 이 게임에서 실제 살인사건이 발생한다. 다행히 에르큘 푸아로가 현장에 있어서 정의를 바로 잡는다.

경제가 어려워지고 사회가 변하면서 삶의 방식도 송두리째 위협받았다. 시골 저택 미스터리는 금욕적인 전후 시대에 뒤떨어지고 부적절해 보이게 되었다. 가혹한 과세 제도를 향한 웨이드의 변치 않은 분노는 1953년 작『너무 이른 죽음Too Soon to Die』의 중심 플롯이 되었다. 이 주목할 만한 소설은 재산을 잃고 빈곤해진 상류층에 관한 '도서' 미스터리다. 저자는 '상속세'라는 무시무시한 제목이 붙은 두 번째 장에서 브랙턴 저택에 사는 제러드 가문의 불행을 이야기한다. "이 나라에서 가장 유서 깊은 가문 중 하나로 (…) 한 번도 귀족 작위를 받은 적이 없었고, 명예롭고 유능한 평민 이상이 되지 못했다. (…) 하지만 이들은 제러드 가문이다. 차례차례 재무장관직에 오른 이들이 제 아무리 그 어떤 수탈 정책을 고안해내든, 그들은 목숨이 붙어 있는 한 브랙턴 저택을 지킬 것이다." 제러드 가문은 재정 파탄을 막지 못할 것 같자 교활하게 사기를 꾸며 재정난을 해결해보려고 한다. 하지만 국세청이 제러드 집안을 의심하기 시작한다. 그리고 경감으로 승진한 존 풀이 모습을 드러내면서, 제러드 가족의 브랙턴 저택 소유권은 위태로워진다.

37.『다이애나 웅덩이의 범죄』[1927] – 빅터 L. 화이트처치

어딘가 수수께끼 같은 전직 외교관 필릭스 네일랜드는 수년 동안 외국에 나가 있다가 막 잉글랜드로 돌아왔다. 그는 시골 저택을 사들여서 아직 시집 가지 않은 누이와 함께 생활한다. 네일랜드의 플레상스 저택은 코플스윅 마을을 옆에 두고 솟아오른 언덕 아래에 아늑하게 자리 잡고 있다. 널찍한 경내에는 나무가 울창하게 우거진 숲과 개울도 있다. 개울을 둑으로 막아둔 탓에, 땅이 움푹 꺼진 곳 두 군데에는 물이 고여 깊은 웅덩이가 생겼다. 네일랜드는 마을 주민과 안면을 트고자 정원에서 여름 파티를 연다. 카운티의 경찰서장인 챌로우 소령과 젊은 목사 해리 웨스터햄도 파티에 참석한다.

네일랜드는 그린 알바니아 밴드와 웨스턴 글리 밴드를 섭외해서 손님들을 즐겁게 대접한다. 잉글랜드의 여름이 늘 그렇듯 난데없이 폭우가 쏟아져서 파티가 중단된다. 그런데 알바니아 밴드 멤버 한 명이 사라진다. 챌로우와 웨스터햄이 자리를 떠서 저택 경내를 돌아다니다가 웅덩이에 박혀 있는 남성 시신 한 구를 발견한다. 하지만 시신의 주인은 밴드 멤버가 아니라 네일랜드다. 네일랜드는 칼에 찔려 죽어 있었다. 곧 플레상스 저택은 가든파티가 아니라 사인 심리를 위한 배경으로 바뀐다.

날카로운 관찰력을 자랑하는 웨스터햄이 경찰 수사를 돕는다. 경찰은 당연히 사라진 밴드 멤버를 용의자로 지목한다. 이야기가 전개되면서 남미에서 생활했던 네일랜드의 과거사가 드러난다. 여기서 우리는 철저하게 영국적인 시골 저택 미스터리에 이국적 정취를 가미한 화이트처치의 취향을 알아볼 수 있다. 성직자이기도 했던 화이트처치는 목사 웨스터햄의 입을 빌려서 본인의 생각을 말한다. "이상하게도 사람들은 대개 사제가 평범한 사람과 뭔가 다를 거라고 생각하지요. 사제는 종교에 둘러싸여 다른 사람들과 완전히 떨어져서 산다고 말입니다." 웨스트햄은 한술 더 떠서 이렇게까지 말한다. "사제도 사업가가 골머리를 앓을 다양한 문제를 오랫동안 고민하면서 지내지만, 아무도 알아주지 않아요." 웨스터햄은 붙임성이 좋을 뿐만 아니라 총명하기까지 하다. "글로 써보고 싶은 아이디어"도 있다는 그는 어쩌면 저자의 젊은 시절을 빼닮았을지도 모른다.

빅터 로렌조 화이트처치는 『다이애나 웅덩이의 범죄The Crime at Diana's Pool』의 서문에서 당시에는 정통이 아니었던 접근법을 채택해 글을 완성했다고 설명했다. "(…) 실제로, 범죄 문제를 해결하려는 사람은 결말을 모른 채 수사를 시작해야 하고, 처음에는 의미를 완전히 파악하지 못한 단서들을 살펴보며 수사를 진행해야 한다. (…) 나는 전체 줄거리를 전혀 구상해두지 않고 소설을 쓰기 시작했다. 첫 번째 장을 쓰고 나서도 왜 범죄가 일어났는지, 누가 범인인지, 어떻게 범죄를 저질렀는지 모르고 있었다." 화이트처치는 '페어플레이 추리소설'을 쓸 생각이 없었다. 하지만 그의 접근법은 캐릭터나 배경을 묘사하는 데 집중하기보다 수수께끼를 고안하려는 작가가 선택하기에는 확실히 위험한 방법이었다. 세이어즈가 불평했듯이, 화이트처치는 독자가 "탐정과 대등한 입장에서 단서를 남김없이 발견할 수 있도록" 허락하지 않았다. 세이어즈는 화이트처치의 소설이 "무례한 전통"으로 되돌아갔다고 생각했다. 하지만 '페어플레이'가 아니라는 점만 제외하면 탁월한 작품이라고 인정했다.

화이트처치는 회원 투표로 추리 클럽에 뽑혔고, 『떠다니는 제독』(102쪽) 집필에 참여했다. 옥스퍼드 교구의 사제였다가 크라이스트처치 대성당의 명예 참사회원이 되었고 에일즈베리 지방 구역장에까지 올랐다. 그는 기차에서 벌어지는 사건을 수사하는 '철도 탐정' 두 명을 창조했다. 그가 쓴 범죄소설 가운데 가장 호평받은 작품도 1912년에 발표한 단편집 『철도 스릴러Thrilling Stories of the Railway』다. 화이트처치가 1932년에 출간한 마지막 탐정소설 『대학 살인사건^{Murder at the College}』은 옥스퍼드대학 범죄 이야기의 초기 예시로 꼽을 수 있다. 하지만 화이트처치는 이 소설의 배경을 '엑스브리지'*라고 불렀다.

38. 『누군가는 지켜봐야 한다』¹⁹³³ - 에델 리나 화이트

열아홉 살 먹은 헬렌은 고상하게 '레이디 헬프'라고 불리는 가정부 자리를 맡아서 워런 가족이 사는 외딴 시골 저택으로 들어간다. 서밋 저택은 "시골 벽지, 잉글랜드와 웨일스의 경계 지대에 자리 잡고 있다." 이 저택은 "황량한 풍경과 어울리지 않아서 기묘해 보인다." 이곳이 바깥세상과 단절된 외딴곳인 탓에 정말로 절실하지 않고서는 가정부 자리를 맡겠다는 사람이 없었다. 헬렌은 정말로 절실했다.

젊은 여성인 헬렌은 경기 침체의 희생양이다. "그녀가 유일하게 두려워하는 것은 실직이었다. (…) 여자는 인력 시장에서 인기가 없었다." 헬렌이 열네 살에 구한 첫 번째 일자리는 부잣집 개를 산책시키는 일이었다. 그 개는 헬렌보다 더 잘 먹고 살았다. 고통스러운 실직에서 갓 해방되어 서밋 저택으로 온 헬렌은 숙식을 해결할 수 있고 보람도 있는 일자리에 그저 감사할 뿐이다. "그동안 몇 주를 돈에 쪼들리며 지냈다. 그러나 레이디 헬프의 사전에서는 '굶주림'이라는 말을 찾을 수 없었다." 저자 에델 리나 화이트는 1930년대 사회 현실을 직시하며 소설의 플롯에 녹여냈다.

헬렌의 새 일자리는 믿기지 않을 만큼 좋아 보인다. 그리고 얼마 후, 가정부 일이 실제로 수상쩍다는 것이 밝혀진다. 처음에 헬렌은 서밋 저택이 매

---

* 옥스퍼드대학교와 케임브리지대학교를 함께 일컬어서 '옥스브리지(Oxbridge)'라고 한다. 화이트처치는 이 단어를 한 번 더 비틀었다.

력적이면서도 어딘가 으스스하다고 생각한다. "위험이 (…) 어디에서든지 도사리고 있는 것 같았다. 위험은 공기 중에도 떠다녔고, 집 안에도 집 밖에도, 나무가 빼곡히 들어찬 컴컴한 계곡에도 감돌고 있었다."

하지만 이 소설은 그저 그런 시골 저택 추리소설이 아니다. 소설에서는 연쇄살인범이 주인공 근처에서 날뛴다. 그는 벌써 젊은 여성을 네 명이나 죽였다. 불길하게도 서밋 저택 가까이에서 다섯 번째 살인이 벌어진다. 병약한 워런 부인을 돌보는 성미 고약한 간호사가 헬렌에게 경고한다. "살인범은 제힘으로 생계를 꾸리는 젊은 여자만 노린다는 거 모르겠어? (…) 시골에는 여자가 바글바글해. 꼭 구더기 같지. 일자리란 일자리는 죄다 파먹거든. 그래서 남자는 굶어 죽잖아." 잔혹한 살인마가 헬렌에게 접근하고, 저자는 절제된 솜씨로 긴장을 고조시킨다. 그리고 인과응보가 결말에서 펼쳐진다.

『누군가는 지켜봐야 한다Some Must Watch』는 1946년에 로버트 시오드맥 감독의 영화로 제작되었다. 이때 미국의 각본가 멜 디넬리가 쓴 시나리오는 다시 각색을 거쳐 1962년에 연극 무대에도 올랐다. 1975년에 영국 배우 재클린 비셋이 헬렌 역할을 맡은 영화가 다시 제작되었고, 2000년에도 또 영화가 만들어졌다. 이 소설이 이렇게 장수하는 것을 보면, 에델 리나 화이트가 결코 잊을 수 없는 '위험에 빠진 여성' 서사를 고안하는 재능이 뛰어나다는 사실을 분명히 알 수 있다. 화이트의 장편과 단편에서는 위기에 처한 여성의 이야기가 늘 돋보였다. 화이트의 소설을 각색한 영화 가운데 가장 유명한 작품은 히치콕의 고전 〈반드리카 초특급〉이다. 히치콕은 화이트가 1936년에 발표한 소설 『헛돈 차바퀴The Wheel Spins』를 각색했다. '마음을 졸이며'라는 별명이 붙은 1942년 소설 『미드나잇 하우스The Midnight House』는 덜 알려진 작품이지만, 이를 각색한 〈언씬The Unseen〉은 무려 하드보일드 추리소설의 거장 레이먼드 챈들러가 시나리오를 썼다.

에델 리나 화이트는 『누군가는 지켜봐야 한다』 속 배경과 그리 멀지 않은 웨일스의 에버게이브니 출신이다. 그녀는 성공한 건축업자의 딸로 태어났고, 형제자매 아홉 명과 함께 웨일스인 보모의 손에 자랐다. 그녀는 런던의 연금·국민보험 부처에서 일했지만, "단편소설 원고료로 10파운드를 주겠다는 제안에 힘입어" 일을 그만두었다. "그리고 첫 장편소설이 출간되기 전까지 꽤 오랫동안 단편을 쓰며 겨우겨우 입에 풀칠했다." 화이트가 가장 좋아하는 취미는 영화 감상이다. 어쩌면 영화를 보면서 서스펜스가 넘치는 장면을 생생하게 그려내는 요령을 익혔을지도 모른다.

39. 『의뢰받은 죽음』[1935] – 로밀리 존과 캐서린 존

이 시골 저택 추리소설은 『목사관 살인사건』(88쪽)처럼 성직자가 화자로 등장한다. 조지프 콜체스터 목사는 26년간 웜퍼쉬의 교구 목사를 지냈다. 점잔을 빼며 까다롭게 구는 그의 독특한 목소리는 이 책에서 맛볼 수 있는 부수적인 즐거움 중 하나다. 소설은 사색에 잠긴 콜체스터의 이야기로 시작한다. "펜을 쥐자니 두렵기도 하고 내키지 않기두 한다. (…) 죄악과 참혹함으로 가득한 기억을 영원히 글로 남겨놓는 일이 과연 정말로 쓸모 있을까? 어떤 이들이 내 이야기를 그저 심심풀이 오락거리로 읽을 수도 있다고 생각하니 경악스럽다." 콜체스터는 프리어스 크로스 저택에서 3년 전에 일어난 사건을 상세히 설명한다. 프리어스 크로스의 집주인인 매슈 베리는 콜체스터의 옥스퍼드대학교 동기이자 친구다.

3년 전, 프리어스 크로스에서 만찬이 열린다. 필리스 윈타라는 젊은 여성,

화려한 매력이 넘치지만 어딘가 비밀스러운 앤 페어팩스 부인, 베리의 학창 시절 친구인 로런스 대령, 호색한 몰번 경 등이 만찬에 참석한다. 그들은 식사 자리에서 살인과 사형제도의 윤리에 관해 토론을 벌인다. 다음 날 아침, 몰번 경이 침실에서 죽은 채로 발견된다. 그는 가스를 마시고 사망했으며, 사고사나 자살이 아니라 타살이라는 사실도 곧 밝혀진다.

고인의 아들이 곧 유력한 용의자로 몰린다. 협박에 소질이 꽤 뛰어난 사회주의자인 집사 프램턴도 용의선상에 오른다. 콜체스터는 자기가 "사회주의 운동에 상당히 공감"한다고 밝힌다. 이 놀라운 태도는 콜체스터가 전형적인 황금기 추리소설 속 사제들과 다른 면 중 하나일 뿐이다. 경찰 수사를 지휘하는 로킷 경위는 메슈 베리의 아들 에드워드에게 의심의 눈길을 보낸다. 가장 활발하게 사건을 수사하는 사람은 페어팩스 부인과 협력하는 사설 탐정 니콜라스 해턴이다. 프리어스 크로스에 머무는 이들 대부분과 마찬가지로 페어팩스 부인 역시 비밀을 감추고 있다. 놀라운 수수께끼 '해결책'이 결말에 제시된 후, 에필로그에는 완전히 독창적이지는 않더라도 상당히 재미있는 반전이 등장한다. 저자는 재기발랄하게 소설을 썼고, 특히 로런스 대령의 익살스러운 면을 훌륭하게 표현했다.

저자 로밀리 존은 저명한 후기 인상파 화가 아우구스투스 존의 일곱 번째 아들이다. 그는 1932년에 펴낸 자서전 『일곱 번째 아이』^{The Seventh Child}에서 부모님이 관습을 깨고 독특하게 자녀를 양육했다고 설명했다. 그의 부모님은 공교육에 별 관심이 없었지만, 로밀리 존은 케임브리지대학에 입학했고 장래의 아내 캐서린을 만났다. 둘은 대학을 졸업하기도 전에 결혼식을 올렸다. 캐서린 존은 주간 잡지 《일러스트레이티드 런던 뉴스^{Illustrated London News}》의 비평가가 되었고, 스칸디나비아 도서 번역가로도 활동했다. 로밀리는 전시에 공군에 복무했고, 잠시 공무원으로도 일했다. 그는 시를 쓰기도 했고, 취미 삼아 물리학에 손을 대보기도 했다. 존 부부는『의뢰받은 죽음Death by Request』이후 더는 범죄소설을 쓰지 않았다.『의뢰받은 죽음』은 젊은 작가다운 패기가 넘쳐흐르는 작품이라, 이들이 계속해서 범죄소설을 쓰지 않았다는 사실이 안타까울 뿐이다.

40.『생일 파티』1938 – C.H.B. 키친

C.H.B. 키친의 이 시골 저택 미스터리는 아주 색다른 소설이다. 추리소설 역사가들이 이 작품을 잊어버리고 넘겼다는 사실이 의아할 정도다. 칼라이스 애비 저택과 관련 있는 인물 네 명이 잔잔하게 흘러가지만 눈을 뗄 수 없을 만큼 흥미진진한 이야기를 저마다의 관점으로 설명한다. 작품 속 실마리는 물질적 단서라기보다 심리적 단서에 더 가깝다. 독자는 변하는 시점에 따라서 이야기의 핵심에 놓인 인간관계에 관한 생각을 이리저리 바꾸다가 결국 결말에서 음울한 아이러니와 마주한다.

이자벨 칼라이스는 명석하고 재치 있는 독신 여성이며, 저택의 정원을 진심 어린 애정으로 가꾼다. 그런데 과거의 비극이 칼라이스 애비 저택을 덮친다. 12년 전, 이자벨의 오빠 클로드 칼라이스가 총기실에서 벌어진 수수께끼 같은 사고로 목숨을 잃었다. 타살은 아니었지만, 사고사인지 자살인지는 아직도 밝혀지지 않았다. 만약 자살이라면, 도대체 무슨 까닭이었을까? 클로드의 미망인 도라는 여전히 칼라이스 애비에서 지낸다. 그런데 도라의 오빠 스티븐이 저택을 찾아온다. 실패한 소설가로 생활고에 시달리던 스티븐은 동생의 도움으로 가난에서 벗어날 수 있기를 기대한다. 클로드의 아들 로니의 스물한 번째 생일이 점점 다가오며 칼라이스 애비에는 긴장이 감돈다. 옥스퍼드대학교를 졸업한 로니는 공산주의를 신봉하는 이상주의자다. 그는 성인이 되어 칼라이스 애비를 물려받으면 무엇을 할지 계획을 전부 세워두었다. 이 소설이 세상에 나왔던 1930년대 후반에는 공산주의가 유행했다. 추리소설 작가인 마거릿 콜은 러시아로 여행을 떠났고, 혁명 후 러시아 사회에서 스탈린이 거둔 성공을 목격하며 경탄했다. 로니 칼라이스도 스물한 번째 생일 직전에 러시아를 방문한다. 임박한 전쟁이 소설에 음울한 그림자를 드리운다. 파멸이 다가온 음침한 분위기를 환기하는 섬세한 필치를 보고 있노라면 키친이 뛰어난 소설가라는 사실을 새삼 깨달을 수 있다.

추리소설 작가 키팅의 말대로, 클리퍼드 헨리 벤 키친은 "은수저를 물고, 그것도 한 움큼이나 물고 태어났다". 키친은 옥스퍼드대학교를 졸업하고 법정 변호사가 되었고, 이후 몬테카를로의 카지노와 경견장(그레이하운드를 키웠다), 런던 증권 거래소에서 도박을 하며 재산을 더욱더 불렸다. 재능이 뛰어난 고전학자이자 식물학자, 피아니스트이기도 했다. 1919년에 시집을 발표했고 1925년에 호평받은 장편소설 『물결치는 리본Streamers Waving』을 출간했다. 하지만 키친은 내성적인 성격을 타고난데다 동성애 사실도 남몰래 숨겼기 때문에 주류 사회에서 눈에 띄는 인물이 되지 못했다. 추리소설 두 편을 포함해서 키친의 초기 저작은 레너드와 버지니아 울프 부부가 설립한 호가스 프레스에서 출판했다. 울프 부부는 키친이 "일상의 감정과 폭력적인 재앙을 결합하는 기법"을 실험하자 몹시 흥미로워했다.

키친이 시리즈 주인공으로 삼았던 탐정 맬컴 워런은 1929년 작 『우리 숙모의 죽음Death of My Aunt』에 처음 출연했다. 워런의 아마추어 탐정 경력은 스무 해 동안 이어지지만, 그의 활약상을 이야기하는 책은 네 권밖에 없다. 워런은 저자 키친처럼 주식중개인이다. 워런의 두 번째 사건을 다루는 1934년 작 『크리스마스에 일어난 범죄Crime at Christmas』에서는 주식 거래와 사업 흥계가 아주 중요한 역할을 맡는다. 키친은 추리소설의 수사학을 훌륭하게 사용했지만, 관습적인 수사학을 참신하게 활용하려고 애썼다. 『크리스마스에 일어난 범죄』의 범상치 않은 종결부에서 워런은 골똘히 생각에 잠긴 채 추리소설이 '가치 있는 진짜 이유'에 관해 혼잣말을 한다. 그는 추리소설이 "일상생활에 제한적이지만 철저한 시각을 제공한다. 일상의 한결같은 흐름은 폭력적이고 격렬한 사건 때문에 중단되지만, 바로 이 사건을 통해 더 날카롭게 느껴진다"라고 말한다.

줄리안 시먼스는 『블러디 머더』에서 "키친은 정감 가는 익살꾼으로서 작게나마 자리를 차지했지만, 그의 소설은 범죄소설 장르에서 새로울 게 없었다"라고 평가했다. 아무래도 시먼스는 『생일 파티Birthday Party』를 읽어보지 못한 것 같다. 『생일 파티』는 키친의 문학 경력을 압축적으로 보여주는 작품이다. 키친의 전성기에도 그가 쓴 가장 훌륭한 작품은 마땅히 받아야 할 관심을 제대로 누리지 못했다.

8

런던의 범죄 사건

셜록 홈스 시리즈가 어마어마한 인기를 누린데다 아서 코난 도일이 눈부신 필력으로 작품에 미스터리한 분위기를 불어넣은 덕분에, 20세기가 시작할 때쯤 런던은 이미 추리소설 배경 중 가장 중요한 곳이 되어 있었다. 체스터턴은 에세이 「탐정소설에 대한 옹호」에서 이 현상을 열광적으로 이야기했다. "추리소설 속 주인공이나 수사관이 마치 요정 나라 이야기 속 왕자처럼 고독함과 자유를 품은 채 런던을 가로지른다는 사실을 누구라도 알아차릴 수 있다. (…) 도시의 불빛은 헤아릴 수 없이 많은 고블린의 눈처럼 빛나기 시작한다. 아무리 투박하다고 한들, 도시의 가로등은 작가는 알고 독자는 모르는 비밀을 지키는 파수꾼이다. (…) 런던이라는 시詩를 깨닫는 일은 결코 하찮지 않다. (…) 좁디좁은 골목의 굽이마다 그 골목을 만든 사람의 영혼, 아마 무덤에 들어간 지 오래되었을 인간의 영혼이 깃들어 있다."

체스터턴의 글에서 느껴지는 서정적 분위기와 그 아래 깔린 테마는 레이먼드 챈들러가 1944년에 발표한 유명한 에세이 『심플 아트 오브 머더』 속 주장과 크게 다르지 않다. 챈들러는 고독한 사설탐정을 모험을 찾아 방랑하는 현대의 편력 기사로 묘사했다. "이 비열한 거리에서 홀로 비열하지 않은 사내, 때 묻지도 않고 두려워하지도 않는 사내는 떠나야 한다." 챈들러의 표현을 보면 아서 모리슨의 소설 『비열한 거리 이야기Tales of Mean Streets』가 떠오른다.

런던의 이스트 엔드에서 이야기가 펼쳐지는 모리슨의 이 작품은 1894년에 출간되었다. 바로 같은 해에 모리슨은 홈스와 같은 런던 시민이자 홈스의 주요 라이벌인 사설탐정 마틴 휴잇을 창조했다.

『네 명의 의인』(26쪽), 『하숙인』(44쪽), 『미들 템플 살인사건』(57쪽) 같은 소설은 저마다 런던을 범죄 현장으로 활용해서 훌륭한 효과를 거두었다. 런던은 무슨 일이든 일어날 수 있는 도시였다. 연쇄살인마가 화이트채플에서 매춘부들을 잔혹하게 살해할 수도 있었고, 겉으로 유순해 보이는 남편이 아내를 죽이고 토막 낸 후 힐드롭 크레센트의 아늑한 집 지하실에 묻을 수도 있었다. 1910년, 크리펜 박사가 아내를 살해하고 집의 지하실에 파묻은 사건은 온 세상을 떠들썩하게 했다. 1922년 런던 교외 일포드에서 내연 관계였던 프레더릭 바이워터스와 에디스 톰슨이 에디스의 남편을 살해한 사건도 마찬가지다. 이 두 사건은 겉으로는 고상해 보이는 런던 가정생활의 표면 아래서 활활 타오르는 격정적인 감정을 분명하게 보여주었다. 그리고 고전 추리소설 작가들의 상상력에 불꽃을 일으켰다.

남아프리카 출신 작가 윌리엄 플로머는 1929년에 런던으로 이주해서 베이스워터 지역의 하숙집에서 지냈다. 그때 하숙집 주인 제임스 스타가 질투심에 사로잡혀 제정신을 잃고 동거하는 여성의 목을 칼로 그어버렸다. 일본인과 미국인 부모 사이에서 태어난 제임스 스타의 실제 성은 '어츄Achew'였고, 그는 원래 카바레 연기자였다. 살해당한 여성은 시빌 다 코스타로, 스타보다 스물두 살 더 어린 매력적인 가수였다. 1932년, 플로머는 아슬아슬하게 살인을 피했던 끔찍한 경험을 소설 『경우가 변했다The Case is Altered』에 녹여냈다. 이 작품에는 독자가 풀어야 할 수수께끼나 퍼즐이 부족하지만, 저자는 양차 세계대전 사이 런던에서 찾아볼 수 있었던 동성애 관계와 계급 갈등을 세심하게 탐구하면서 결함을 보완했다. 플로머는 심지어 인종적 편견 문제까지 슬쩍 다루었다. 제임스 스타는 시빌 다 코스타가 플로머와 바람을 피웠으리라고 의심했다. 『경우가 변했다』는 스타의 의심이 그저 착각에 지나지 않았던 이유를 은근히 암시한다. 플로머는 사실 동성애자다.

범죄소설 장르는 아니지만, 대단히 흥미로운 소설 두 편이 런던의 어두운 면을 생생하게 묘사했다. 하나는 클로드 휴턴의 1930년 작 『나는 조너선 스크리브너다I Am Jonathan Scrivener』이다. 소설 속 화자는 부유하지만 기이한 구석이 있는 스크리브너의 개인 비서다. 그는 스크리브너의 진짜 정체를 알아내려고 분투한다. 이 작품은 P.G. 우드하우스, 그레이엄 그린, 헨리 밀러, 휴 월폴 같은 다양한 작가들의 마음을 사로잡았다. 하지만 휴턴은 단 한 번도 주류 문학계로 '입성'하지 못했다. 또 다른 작품은 패트릭 해밀턴의 1941년 소설 『행오버 광장Hangover Square』이다. 살인과 자살을 포함해 온갖 음울한 이야기가 펼쳐지는 이 소설은 전쟁이 코앞으로 다가온 런던의 지저분한 술집 생활을 선명하게 묘사한다. 책의 부제는 '암울한 얼스 코트 이야기'다. 공교롭게도 얼스 코트는 해밀턴이 끔찍한 교통사고를 당해서 심각하게 다친 곳이다. 그는 이 사고 이후 알코올 중독에 빠지고 말았다. 소설 속 주인공인 조지 하비 본 역시 술꾼으로 나온다.

조세핀 벨의 1938년 소설 『런던항 살인사건The Port of London Murders』은 더 전통적인 추리소설에 가깝다. 이 작품 역시 가난에 찌든 런던 시민의 절망을 포착해냈다. 이뿐만 아니라 급진적 견해나 사회적 통찰력이 없다시피 했던 황금기 미스터리의 미숙한 고정관념에서 탈피해 가난과 나쁜 건강 상태의 상관관계를 뚜렷하게 보여주었다. 벨의 본명은 도리스 벨 콜리어 볼이다. 그녀는 의과대학에 다니고 의사로 일하면서 쌓은 지식과 경험을 소설에 반영했다.

런던의 랜드마크는 무수히 많은 미스터리에서 가장 두드러지는 요소가 되었다. 밀워드 케네디는 기마 근위대 퍼레이드 한가운데에 회색 수염을 기른 남자의 시신을 던져둔다는 단순한 내용을 고안해낸 덕분에 소설의 제목을 무시무시한 말장난으로 지을 수 있었다. 그가 1929년에 발표한 소설의 제목은 바로 『시신 근위대 퍼레이드Corpse Guards Parade』다. 이 소설이 출간되고 이듬해, 케네디의 공저자였다가 친구가 된 A.G. 맥도넬이 '닐 고던'이라는 필명으로 『빅 벤 알리바이The Big Ben Alibi』를 펴냈다. 개성 넘치고 재미있는 이 미스터리는 소설가 탐정의 불운한 좌충우돌을 이야기한다. 존 롤런드의 1938년 소설 『박물관 살인Murder in the Museum』에서 온화한 헨리 페어스트는 대영박물관의 돔 천장 열람실에서 자료를 조사하다가 잠든 것처럼 보이는 붉은 머리 사내가 사실은 청산가리로 독살당했다는 사실을 발견한다. 마비스 도리엘 헤이는 1934년 작 『지하의 살인자Murder Underground』에서 벨사이즈파크 지하철역에 시체를 놓아두었다. 이 지하철역은 헤이가 남편과 함께 살았던 벨사이즈 레인에서 겨우 몇백 미터 떨어진 곳이었다. 레너드 그리블이 쓴 수많은 책 가운데 가장 충격적인 작품은 1939년에 출간된 축구 추리소설 『아스널 스타디움 미스터리The Arsenal Stadium Mystery』다. 영국의 영화감독 소롤드 디킨슨이 1939년에 이 소설을 영화로 만들었다.

발 길거드와 홀트 마벨은 그들의 직장인 BBC 방송국의 본사 건물 브로드캐스팅 하우스를 살인사건의 무대로 삼으며 즐거워했다. 도로시 L. 세이어즈는 1933년 작 『살인은 광고된다』에서 런던 킹스웨이에 있는 광고 회사 벤슨스를 작중 배경으로 삼았다. 세이어즈는 이 광고 회사에서 카피라이터로 근무했다. 크리스티아나 브랜드는 제2차 세계대전 초기에 런던의 한 가게에서 일하던 중 동료 직원들에게서 괴롭힘을 당했다. 이후 그녀는 1941년에 발표한 소설 『하이힐 살인Death in High Heels』에서 원수를 살해하며 카타르시스를 느꼈다. 다만 원래 가게는 리젠트 거리의 양장점으로 바꾸어서 혹시 모를 불상사를 예방했다. 저널리스트로 일한 경력이 있었던 크리스토퍼 세인트 존 스프리그와 R.C. 우드소프는 각각 1933년 작 『플리트가의 사망자Fatality in Fleet Street』와 1934년 작 『플리트가의 단검A Dagger in Fleet Street』에서 언론사가 밀집해 있던 플리트가, 일명 '수치의 거리'를 조롱했다.

런던은 숱한 '젠틀맨 클럽'의 본고장이었다. 이런 사교 클럽 역시 자주 추리소설 속 범죄 현장이 된다. 신사들의 사교 클럽을 다룬 작품 가운데 가장 주목할 만한 소설은 세이어즈의 『벨로나 클럽에서의 불미스러운 일The Unpleasantness at the Bellona Club』이다. 리처드 헐은 독신남으로 사교 클럽 '유나이티드 유니버시티즈'에서 지냈다. 그는 1935년에 발표한 두 번째 장편소설 『입 다물어주시오Keep it Quiet』에서 가상의 사교 클럽을 꾸며내고 작중 배경으로 활용했다. 소설 속 사교 클럽의 회원 한 명이 목숨을 잃는다. 그는 클럽의 요리사에게 독살당한 것 같다. 클럽의 총무는 의사인 다른 회원의 도움을 받아 이 참사를 조용히 덮으려고 필사적으로 노력한다. 헐은 범인이 누구인지 밝히는 데 주력하지 않았다. 그는 과연 범인이 처벌을 모면할 수 있을지, 그리고 이야기가 끝나기 전에 클럽 회원이 얼마나 더 많이 죽어 나갈지 궁금증을 자아내는 데 초점을 맞추었다. 헐은 뜻밖에도 라트비아 법률까지 끌고 와서 익숙한 미스터리 해결책에 교묘한 변화를 주었다.

도시의 심장부는 범죄의 무대 중에서도 인기 있었다. 앤서니 버클리가 1929년에 발표한 기발한 소설 『피커딜리 살인The Piccadilly Murder』은 앰브로즈 치터윅이 호화로운 피커딜리 팰리스 호텔에서 무시무시한 친척 아주머니와 차를 마시는 장면으로 시작한다. 이 호텔은 추리 클럽의 릴레이 소설 「스쿱」과 크리스티의 『에지웨어 경의 죽음』에도 등장한다. 찰스 킹스턴의 1936년 소설 『피커딜리에서의 살인Murder in Piccadilly』에서는 피커딜리 지하철역이 살인 현장으로 변한다. 찰스 킹스턴은 아일랜드 출신 작가 찰스 킹스턴 오마호니의 필명이다. 그는 범죄소설을 쓰기 전에 실제로 일어난 범죄 사건에 관해 글을 썼다. 킹스턴이 『피커딜리에서의 살인』에서 구사한 스타일은 황금기 기준으로 보아도 구식이다. 하지만 이 작품은 활기 넘치는 스릴러로 볼 수 있다. 존 G. 브랜든의 1940년 작 『소호의 비명A Scream in Soho』도 비슷하게 평가할 수 있다. 유달리 다작했던 브랜든은 명탐정 섹스턴 블레이크 시리즈를 집필했던 여러 작가 가운데 한 명이다. 홈스처럼 베이커가에 사는 블레이크의 활약상을 담은 시리즈는 수십 년 동안 인기를 끌었다.

추리소설은 '가짜 전쟁'*의 초기에 적의 야간 공습을 대비해서 등화관제를 시행한 런던의 으스스한 분위기도 잘 포착했다. 주목할 만한 작품은 브랜든의 『소호의 비명』과 도로시 바우어스의 1940년 작 『이름 없는 행동A Deed Without a Name』이다. 『이름 없는 행동』에서 아치 미트퍼드는 등화관제 때문에 커튼을 친 어두컴컴한 방에서 목을 맨 채 발견된다. 미트퍼드는 자살한 것처럼 보인다. 하지만 최근에 정체를 알 수 없는 누군가가 그의 목숨을 세 번이나 노렸다. 런던 경시청의 최연소 경감인 댄 파도는 처음부터 미트퍼드의 죽음이 살인이라고 의심한다. "사람은 밝은 곳에서 죽으려 하는 법이죠." 마침내 파도는 미트퍼드가 남겨놓은 아리송한 '다잉 메시지'를 발견한다. 저자는 독자와 정정당당하게 대결할 수 있는 작품을 쓰는 데 심혈을 기울였다. 초판의

---

* phoney war. '겉치레 전쟁'이나 '전투 없는 전쟁'이라고도 한다. 제2차 세계대전이 발발한 1939년 9월부터 1940년 5월까지 프랑스·영국 연합군과 독일군이 마지노선과 지그프리트선을 사이에 두고 제대로 된 공격을 하지 않았던 기간을 가리킨다

커버에 선명하게 새겨진 득의양양한 광고 문구가 저자의 노고를 강조한다. "감탄이 나오는 추리소설. 속임수는 단 하나도 없다." 바우어스는 재주가 뛰어난 작가다. 전도유망했던 그녀의 문필 경력은 1940년대 후반에 유행했던 폐결핵 때문에 너무나 일찍 끝나고 말았다.

글래디스 미첼은 1943년 작 『소호의 석양Sunset Over Soho』에서 전시 런던의 분위기를 생생하게 재현했다. E.C.R. 로락이 1945년에 발표한 『성냥불 살인 Murder by Matchlight』에서도 전쟁 당시의 런던 분위기가 선명하게 드러난다. 이 소설에서는 등화관제가 플롯의 중심이다. 그러나 황금기 소설가 중 마저리 앨링엄보다 더 매혹적인 방식으로 런던의 특징을 포착한 작가는 아마 없을 것이다. 앨링엄의 1934년 작 『유령의 죽음Death of a Ghost』 초판본의 면지에는 "런던 베이스워터, 래프카디오 하우스와 리틀 베니스의 스튜디오" 지도가 대문짝만 하게 실려 있었다. 늘 그렇듯, 주인공 앨버트 캠피언은 살인사건을 수사하다가 호기심을 느낀다. "살인범이 대개 리틀 베니스에서 범행을 저지르는데, 어째서 도나 베아트리스는 죽음을 피할 수 있었지?" 독창적인 플롯을 자랑하는 이 책은 앨링엄의 작품 가운데 최고다.

해리포터 시리즈로 잘 알려진 작가 J.K. 롤링은 세이어즈와 피터 윔지 경의 팬이었지만, 앨링엄의 팬이기도 했다. 롤링은 앨링엄을 격찬하면서, 런던을 배경으로 삼은 앨링엄의 소설 『연기 속의 호랑이The Tiger in the Smoke』를 "경이롭다"고 평가했다. 롤링은 '로버트 갤브레이스'라는 필명으로 추리소설도 집필했다. 갤브레이스의 사설탐정 코모란 스트라이크는 런던의 덴마크 거리에서 탐정 사무소를 운영한다. 홈스와 윔지, 푸아로와 캠피언은 오래전에 사라졌지만, 런던에서 활약하는 탐정과 완성도 높은 추리소설의 전통은 사라지지 않았다. 롤링이 이 사실을 확실하게 보여주었다.

41.『브로드캐스팅 하우스에서의 죽음』[1934]
– 발 길거드와 홀트 마벨

BBC 방송국은 개국한 지 10여 년 만에 런던 사보이 힐의 부지가 좁아질 만큼 성장했다. 결국, BBC는 1932년에 처음부터 방송국 본사 목적으로 지은 포틀랜드 플레이스의 브로드캐스팅 하우스로 이전했다. 그때 BBC에서 프로그램 프로듀서로 근무했던 발 길거드는 훗날 회고록에서 새 건물에 대한 감회를 밝혔다. BBC의 새 본사가 '허세'에 가득 차 있고 '외관이 이상야릇'하다며 조롱하는 이들도 있었지만, 길거드가 보기에 "철강과 콘크리트로 건설한 건물은 (…) 방송국 활동의 전문성을 새롭게" 대표했다.

길거드와 동료 에릭 마쉬위츠는 브로드캐스팅 하우스가 당시 큰 화젯거리였던 '직장 미스터리'의 완벽한 배경이 될 수 있겠다고 생각했다. 두 사람 모두 배우와 작가로 활동한 이력이 있었고, 이미 1933년에 추리소설『런던 지하Under London』를 함께 써보았다. 소설을 쓸 때 마쉬위츠는 '홀트 마벨'이라는 필명을 사용했다. 길거드와 마벨의 BBC 미스터리 속 중심 소재는 생방송 라디오 드라마 〈스칼렛 하이웨이맨〉이다. 로드니 플레밍이라는 각본가가 드라마 대본을 쓰고, 방송은 당시 관례처럼 여러 스튜디오에서 돌아가며 녹음한다. 그런데 어느 날 방송이 끝난 직후, 시드니 파슨스라는 성우 한 명이 7C 스튜디오에서 목이 졸려 죽은 채 발견된다. 프로듀서 줄리언 케어드는 BBC 국장에게 이야기한다. "그 드라마 청취자들은 전부 파슨스가 죽어가는 상황을 틀림없이 들었을 겁니다. 알고 계십니까? 그 때문에 이 사건은 범죄 사건의 연대기에서도 유일무이한 사건이 되었습니다."

스피어스 경위가 경찰 수사를 지휘한다. 그런데 현장에서 활동하는 수사관들과 캐번디쉬 부국장 같은 상관들 사이에 긴장감이 흐른다. 캐번디쉬 소령처럼 군 출신인 상관들은 "규율이 최우선이고, 그에 비해 결과는 전혀 중요하지 않은 것 같았다".

저자는 복잡하게 꼬인 플롯을 서서히 풀어가면서, 무려 세 페이지에 걸쳐 브로드캐스팅 하우스의 평면도를 상세하게 묘사한다. 도로시 L. 세이어즈는 길거드와 마벨의 필력, 페어플레이 게임을 만드는 데 저자가 쏟은 노력, 비상하고 독창적인 플롯에 찬사를 보냈다. 하지만 세부 사항에도 빈틈없이 주의를 기울이는 그녀답게 사소한 문제를 두고 트집을 잡았다. "복도를 통과해서 방으로 들어서는 데 45초나 걸린다는 것은 말도 안 된다. (1초는 우리 생각보다 훨씬 더 길다. 나는 45초 안에 스무 계단을 내려가서 뒷문을 통과하고, 등 뒤로 문을 닫고 나서 정원 한가운데로 걸어갈 수 있다.)"

『브로드캐스팅 하우스에서의 죽음^{Death at Broadcasting House}』을 재미있게 읽은 독자는 세이어즈만이 아니었다.* 길거드와 마벨은 이 소설을 영화로 각색하면 '흥행 보증수표'가 되리라고 생각했다. 브로드캐스팅 하우스는 여전히 사람들 입에 오르내리는 현대 건축물이었을 뿐만 아니라 '트릭으로 가득한 건물'이기도 했기 때문이다. 처음에는 후원자를 찾느라 애를 먹었지만, 마침내 소설을 각색한 영화가 제작되었다. 다만 촬영지는 포틀랜드 플레이스가 아니라 웸블리에 있는 크기가 적당한 스튜디오였다. 29일간 촬영하는 동안 길거드는 프로듀서 케어드 역을 직접 연기했다.

『브로드캐스팅 하우스에서의 죽음』은 수많은 황금기 미스터리와 마찬가지로 세간의 관심이 뜨거웠던 장소를 배경으로 삼은 덕분에 성공할 수 있

---

* 미국에서는 『런던 콜링(London Calling)!』으로 출간되었다.

었다. 그런데 이 소설은 최초의 방송 미스터리가 아니다. 이미 1928년에 월터 S. 매스터맨이 BBC의 전신인 라디오 방송국 '2LO'를 작중 배경으로 삼아 경쾌한 스릴러 『2엘오^{2LO}』를 발표했다. 매스터맨은 수산청에서 자금을 횡령하고 징역형을 살았던 경험 때문에 범죄자들의 삶을 구석구석 알고 있었다. 그렌빌 로빈스의 「방송 살인The Broadcast Murder」은 불가능 범죄를 다룬 재미있는 단편이다. 이 작품에서는 무선 생방송 도중에 살인이 벌어지지만, 피살자가 흔적도 없이 사라져버린다.

길거드와 마쉬위츠는 미디어 업계에서 오랫동안 성공적인 경력을 이어갔다. BBC의 동료들은 폴란드 혈통이었던 두 사람을 '폴란드 회랑'*이라고 불렀다. 두 사람은 소설 다섯 편을 함께 썼다. 하지만 마쉬위츠는 낭만적인 노래 〈나이팅게일이 버클리 광장에서 노래했네A Nightingale Sang in Berkeley Square〉와 〈이 어리석은 일들These Foolish Things〉의 작사가로 더 잘 알려졌다. 길거드는 계속해서 추리소설을 썼고, 1975년에 마지막 소설을 발표했다. 또 길거드는 존 딕슨 카와 함께 라디오 드라마를 써서 성공을 거두기도 했다. 이들의 라디오극은 1940년대에 방송되었다. 그로부터 60여 년이 지난 후 토니 메더워가 각본을 모아서 2008년에 단행본 『교수대까지 13걸음13 to the Gallows』으로 발표했다. 길거드는 세이어즈와도 협업해서 멋진 성과를 얻었다. 그는 세이어즈의 소설을 수차례 라디오 드라마로 각색했을 뿐만 아니라, 세이어즈가 직접 대본을 쓴 라디오극 〈왕이 되기 위해 태어난 남자The Man Born to Be King〉도 제작했다. 1941년부터 1942년까지 방송된 이 라디오 드라마는 엄청나게 인기를 끌었다.

———

* the Polish Corridor. 폴란드 비슬라강 하구의 띠 모양 지역을 가리키는 표현으로, 나치는 이곳의 영유권 문제를 구실로 삼아 폴란드를 침략했다.

42. 『종탑의 박쥐』[1937] - E.C.R. 로락

브루스 애틀레턴의 호주인 친척 앤서니 펠이 영국을 방문했다가 교통사고를 당해 죽었다. 장례식이 치러지고, 애틀레턴이 후견하는 매력적인 아가씨 엘리자베스도 참석한다. 그녀는 분위기를 밝게 해보려고 애쓰다가 사교 모임에서 즐겼던 '살인 게임'에 관해 이야기한다. 이 게임에서 승자는 가장 훌륭한 시신 처리법을 찾아내는 사람이다. 그러자 아름답지만 냉담한 배우인 사이빌라 애틀레턴이 시신을 건물의 뼈대 안에 영영 감추는 방법이 가장 좋겠다고 말한다.

브루스 애틀레턴은 친척의 죽음에 크나큰 충격을 받는다. 게다가 부유한 증권 거래인 토머스 버로스가 아내 사이빌라에게 눈독을 들인다는 사실도 근심스럽다. 설상가상으로 그는 디브렛이라는 미지의 인물에게 협박당해 돈을 빼앗기고 있다. 애틀레턴의 친구인 극작가 닐 로킹엄이 젊은 로버트 그렌빌에게 이 사실을 털어놓으며 노팅힐에서 활동한다는 디브렛의 정체를 파헤쳐달라고 부탁한다. 얼마 후 그렌빌은 디브렛이 조각가라고 자처하며, 노팅힐 주민들 사이에서 '시체 보관소'라고 불리는 기이한 곳에 산다는 정보를 알아낸다.

알고 보니 시체 보관소는 원래 종교 시설이었고, 지금은 과거 정체성을 반영해 '벨프리(종탑) 스튜디오'라는 이름이 붙었다. 스튜디오는 "웨스트 엔드의 네온사인 불빛이 비치는 (…) 음산한 탑"이다. 그렌빌은 벨프리 스튜디오를 "동양풍 세부 양식과 비잔틴 장식이 마구 뒤섞인 빅토리아 시대 고딕 건물 중 가장 괴상한 허섭스레기"라고 묘사한다. 그는 스튜디오를 방문했다가 디브렛에게 쫓겨난다. 하지만 포기하지 않고 다시 돌아갔다가 건물의 지하 석탄 창고에서 애틀레턴의 서류 가방을 발견한다. 얼마 후 디브렛이 실종되고 애틀레턴도 함께 행방불명되자, 로킹엄은 런던 경시청에 신고한다.

맥도널드 경위의 지휘에 따라 경찰은 실종된 두 사람을 수색하다가 마침내 시신을 한 구 발견한다. 누구의 시신일까? 서글서글하지만 강단 있고 강인한 맥도널드는 체계적으로 수사를 펼치는 경찰관이다. 그는 크로프츠의 프렌치 경감에서 시작된 경찰 캐릭터 계보에 들 만한 인물이지만, 프렌치와 달리 독신이다. 소설의 플롯은 정교하게 조직되었고, 인물의 성격은 명쾌하게 묘사되어 있으며, 어두운 런던 거리의 분위기는 선명하게 구현되어 있다.

E.C.R. 로락은 이디스 캐롤라인 리벳이 가장 자주 썼던 필명이다. 리벳은 가족과 친구들이 불러주는 애칭 '캐럴Carol'의 철자를 거꾸로 써서 필명 '로락Lorac'을 만들었다. 그녀는 1931년에 발표한 소설 『버로우스 살인The Murder on the Burrows』에서 맥도널드 경위를 처음 소개했다. 맥도널드는 무려 48편이나 되는 소설에서 활약했다. 맥도널드 시리즈 중 마지막 편은 작가의 사후에 출간되었다. 이디스 리벳은 '캐럴 카르나크'라는 필명을 써서 줄리언 리버스 경감을 주인공으로 내세운 긴 시리즈도 집필했다.

런던 토박이이자 교사인 이디스 리벳은 기량이 뛰어난 작가다. 그녀의 작품은 지금보다 더 많이 알려져야 마땅하다. 그녀가 로락이라는 필명으로 발표한 초기 작품 가운데는 1934년에 출간된 『세인트 존 숲속의 살인Murder in St John's Wood』과 『첼시 살인사건Murder in Chelsea』이 있다. 『세인트 존 숲속의 살인』은 황금기 추리소설의 주요 테마인 자본가 살인사건을 반복했지만, 혹독한 평가로 유명한 미국 비평가 바전과 테일러에게서 찬사를 받았다. 도로시 L. 세이어즈는 로락의 1935년 작 『오르간이 말하다The Organ Speaks』가 "완전히 독창적이고, 대단히 기발하고, 미스터리한 분위기를 자아내는 글솜씨가 두드러지고, 캐릭터를 설득력 있게 발전시켰다"라며 높이 평가했다. 런던 리전트 파크의 공연장을 배경으로 삼은 이 소설의 초판본은 '발트슈타인 홀에 있는 4단 건반 오르간의 콘솔을 설명하는 도해'를 자랑한다.

로락은 『종탑의 박쥐Bats in the Belfry』가 출간되던 해에 추리 클럽의 회원으로 뽑혔고, 클럽의 총무를 맡았다. 그녀는 잉글랜드 북서부의 룬 계곡과 주변 지역을 무척 좋아했고, 훗날 여러 소설의 배경으로 활용했다. 그녀는 세상을 뜰 때쯤 기존에 썼던 어느 시리즈에도 속하지 않는 새로운 추리소설을 집필하던 중이었다. 역시 말년에 썼던 추리소설 『쌍방 살인Two-Way Murder』은 아직도 출판되지 않았다.

43. 『무엇이 유령을 불렀나?』1947 – 더글러스 G. 브라운

60대 남성의 시신이 런던 하이드 파크의 서펜타인 연못에서 발견된다. 사망자는 윌리 위치코드다. 그는 7년 전 '하이드 파크 유령'을 목격하고 일약 유명해졌다. 1940년 공습 도중, 디머레스트 부인이 해군 제복을 입은 아들 휴고의 유령을 하이드 파크에서 보았다고 주장했다. 휴고 디머레스트는 타고 있던 잠수함이 침몰하면서 동료 전원과 함께 목숨을 잃은 터였다. 슬픔에 잠긴 디머레스트 부인은 심령술에 빠졌고, 수상쩍은 영매를 찾아갔다. 그런데 디머레스트 부인의 가사 도우미가 유령 이야기가 사실이라며 거들고 나섰다. 하이드 파크에서 노숙하고 있던 위치코드도 유령을 보았다고 증언했다. 위치코드는 사망하기 얼마 전에도 다시 유령을 목격했다고 주장했다. 그러나 이제는 디머레스트 부인이 하이드 파크 유령을 목격한 사람 중 유일한 생존자다.

위치코드가 사망하고 얼마 후, 클리프와 코린 리어블리 부부가 하이드 파크 건너편에 있는 집에서 디너 파티를 연다. 검찰청의 고위직인 하비 튜크가 아내 이베트와 함께 파티에 참석한다. 기이하게 디자인된 리어블리 부부의 집은 원래 디머레스트 부인의 소유였다. 밤이 더디게 흘러가고 파티에서 술잔이 몇 차례 돌자 다들 신경이 날카로워진다. 마침내 코린 리어블리가 손님들을 남겨둔 채 자리를 뜬다. 그러자 하비 튜크는 파티 내내 감돌던 영문 모를 긴장감과 휴고 디머레스트의 유령을 둘러싼 수수께끼를 곰곰이 헤아려본다.

하이드 파크의 서펜타인 연못에서 또 시신이 발견된다. 그러자 하비 튜크는 호기심을 느끼며 수사에 착수한다. 무시무시해 보이는 생김새와 날카로운 지성을 갖춘 튜크는 검찰총장 브루턴 케임스 경과 함께 유쾌한 수사 콤비를 이룬다. 호들갑스럽고 허풍을 떠는 브루턴 케임스는 카터 딕슨이 창조한 헨리 메리베일 경을 판에 박은 듯 닮았다. 튜크와 케임스 콤비의 수사는 하이드 파크와 런던의 비열한 거리뿐만 아니라 도시의 은밀한 지하 세계에까지 이어진다. 저자 더글러스 G. 브라운은 실제 범죄 사건에 관한 지식을 활용해서 『무엇이 유령을 불렀나What Beckoning Ghost?』 플롯을 구성했지만, 결과물은 단순했다. 하지만 긴장감 넘치는 지하 추격 장면 등 추리소설에서 상투적으로 등장하는 장면들이 길게 이어지며 단조로운 플롯을 교묘하게 감춘다.

더글러스 고던 브라운은 찰스 디킨스가 '보즈'라는 필명으로 발표한 글에 삽화를 그린 하블럿 K. 브라운, 일명 '피즈'의 손자다. 브라운은 학교를 졸업하고 나서 미술을 공부했고, 제1차 세계대전이 발발한 후에는 영국 최초의 전차병 중 한 명이 되었다. 범죄학에 늘 관심이 많았던 브라운은 실제 범죄 사건을 다룬 책을 몇 권 펴냈다. 또 병리학자 버나드 스필스버리 경의 전기를 E.V. 툴렛과 함께 집필하기도 했다. 그는 1956년에 지문을 다룬 책인 『런던 경시청의 발흥The Rise of Scotland Yard』과 판사 트래버스 험프리스 경의 전기도 출간했다. 1948년에 브라운은 20세기 초에 벌어진 모트 농장 살인사건을 토대로 『가축 도둑의 끝Rustling End』을 완성했다. 그리고 1950년에는 유명한 월리스 사건에서 아이디어를 얻어 『영원한 죽음Death in Perpetuity』을 집필했다.

1934년, 신학자이자 저술가인 찰스 윌리엄스는 브라운의 초기 스릴러 『플랜 XVIPlan XVI』와 대실 해밋의 『그림자 없는 남자』를 나란히 놓고 논평했다. 심지어 윌리엄스는 브라운과 해밋이 서로 유사한 작가라고 보았다. "남다른 재능을 지닌 해밋과 브라운은 만약 상상력이라는 용기가 있다면 살인의 전진을 앞당길 것 같다." 세월이 흐르며 브라운보다 해밋의 명성이 훨씬 더 높아졌다. 하지만 마저리 앨링엄은 『플랜 XVI』을 읽느라 거의 밤을 지새웠다고 일기에 적었다. 전성기의 브라운은 분명히 독자의 마음을 사로잡을 줄 아는 작가였다. 브라운이 1935년에 발표한 소설 『거울 살인The Looking-Glass Murders』에는 아마추어 탐정으로 활약하는 고고학자 모리스 헤미요크 소령이 등장한다. 도로시 L. 세이어즈는 이 작품이 "아주 만족스러운 예술적 통일성"을 성취했다며 칭찬했다. 케임브리지대학교에서 이야기가 전개되는 1937년 작 『조정 경기 주간 살인사건The May-Week Murders』에서는 하비 튜크가 헤미요크의 수사를 이어받는다. 역시 하비 튜크가 탐정으로 등장하는 1946년 작 『사촌이 너무 많다Too Many Cousins』는 '다음 희생자는 누구?' 살인 미스터리의 전형이다. 이 소설에서는 통찰력이 날카로운 사망 기사 전문 기자가 튜크에게 한 집안에서 세 명이나 잇달아 치명적 사고로 목숨을 잃었다는 사실을 지적한다.

9

휴양지 살인사건

휴가를 떠나면 모든 일에서 벗어나 푹 쉴 수 있다. 하지만 어떤 휴양지든, 명탐정이 도착하면 여지없이 살인사건이 벌어진다. 범죄소설 작가들은 오랫동안 휴양지를 추리소설의 배경으로 즐겨 활용했다. 몸소 여행하는 도중에 영감을 얻었기 때문이기도 했다. 게다가 휴가나 여행을 소재로 삼으면, 플롯을 끝도 없이 다채롭게 구상할 수 있었다. 새로운 경험을 찾아 떠난 여행자는 어떤 위험이든 맞닥뜨릴 수 있기 때문이다. 휴가지 미스터리 중 초기 대표작은 브리티페 콘스터블 스코토위가 1886년에 발표한 『갑작스러운 죽음 Sudden Death』이다. 이 소설에서는 부유한 화자 잭 뷰캐넌이 홈부르크를 장기간 여행하는 도중 결정적인 사건이 터진다. 외국을 소설의 배경으로 삼으면 신비로운 분위기를 한결 더 강화할 수 있다. 시대를 앞서서 성적 모호함이라는 숨은 메시지를 자랑하는 『갑작스러운 죽음』에도 이국적 정취가 가득 스며들어 있다. 스코토위는 『갑작스러운 죽음』 이후 범죄소설을 더 쓰지 않았다. 하지만 1887년에 『간략한 의회 역사 A Short History of Parliament』와 역대 하노버 왕들에 관한 책을 펴냈다.

스코토위의 범죄소설이 출간된 이듬해, 셜록 홈스가 『주홍색 연구』에서 데뷔했다. 1910년에 출간되었으나 작중 배경은 1897년인 단편 「악마의 발」에서 홈스도 휴가를 떠난다. 그는 할리 거리의 의사에게서 "지독한 신경쇠

약에서 벗어나고 싶다면 사건일랑 모두 제쳐두고 푹 쉬어야 한다"라는 조언을 듣는다. 홈스와 왓슨은 콘월반도의 끝에 서 있는 작은 오두막으로 떠난다. 하지만 얼마 지나지 않아 교구 목사가 "정말로 괴이하고 비극적인 사건" 소식과 함께 찾아오며 둘의 휴가는 중단된다. "선생이 때마침 이곳에 있다는 것은 특별한 하늘의 뜻이라고 생각할 수밖에 없소. 우리에게 필요한 사람은 온 잉글랜드를 다 뒤져도 바로 선생뿐이기 때문이오." 우리의 명탐정은 당연히 '콘월 공포' 사건을 수사하고 싶다는 유혹을 뿌리치지 못한다.

범죄소설 작가들은 휴양지의 범죄 사건이라는 테마를 즐겨 변주했다. 1929년에 출판된 『무어 살인사건Murder in the Moor』에서 탐정 페레그린 클레멘트 스미스는 다트무어와 흡사한 지역을 도보로 여행하다가 수수께끼 같은 사건을 마주친다. 비평가들은 이 소설이 위트 있고 독창적이라고 호평했다. 하지만 저자 토머스 킨던에 관해서는 알려진 바가 거의 없다. 그저 킨던 역시 프리먼 윌스 크로프츠나 존 로드, 프랜시스 에버턴처럼 공학 분야에 정통했으리라고 짐작할 수 있을 뿐이다.

애거사 크리스티는 휴가 미스터리의 대가다. 1932년 작 『엔드하우스의 비극』에서 에르퀼 푸아로와 헤이스팅스 대위는 세인트 루로 떠난다. 헤이스팅스는 세인트 루가 "휴양지의 여왕"이라고 소개한다. "만약 이런 날씨가 계속 이어지기만 한다면, 우리는 정말로 완벽한 휴가를 즐길 수 있을 겁니다." 푸아로는 휴식을 위해 내무장관의 의뢰까지 거절한다. 하지만 그는 목숨이 위태로워 보이는 젊은 여성 닉 버클리를 만나고 만다. 푸아로는 자기가 은퇴했다고 우기지만, 얼마 안 가서 교묘하게 계획된 살인사건에 휘말린다.

1941년 작 『백주의 악마』에서 푸아로는 스머글러스 아일랜드의 해변에서 여유를 즐기려고 한다(이 섬의 모델은 데번의 버그 섬이다). 이번에도 푸아로는 세인트 루에서와 비슷한 운명과 마주친다. 푸아로가 묵는 졸리 로저 호텔의 투숙객들은 해변에서 일광욕하는 사람들을 흐뭇하게 관찰한다. 푸아로는 그들과 이야기를 나누다가 "태양 아래 어디든지 악이 도사리고 있다"라고 주장한다. "당신에게 적이 하나 있다고 합시다. 만약 당신이 그 사람의 아파트나 사무실에서, 아니면 거리에서 그를 찾아다닌다면 (…) 당신이 왜 그곳에서 그를 찾는지 해명해야 할 거요. 하지만 여기 해변에서는 그 누구도 자기가 왜 이곳에 있는지 이유를 댈 필요가 없소." 아니나 다를까, 일광욕을 몹시 즐기는 관능적 여인 알레나 스튜어트가 해변에 축 늘어진 모습으로 발견된다. 누군가가 그녀의 목을 졸랐다.

도로시 L. 세이어즈의 1931년 소설 『의혹』에서는 피터 윔지 경이 낚시를 즐기러 스코틀랜드 갤러웨이로 떠난다. 세이어즈 역시 남편과 함께 갤러웨이에서 몇 차례 휴가를 보냈다. 갤러웨이의 아름다운 풍경에 마음을 빼앗긴 예술가들은 수두룩했다. 『의혹』에서는 화가 한 명이 갤러웨이의 어느 강가에서 머리가 으스러진 채 발견된다. 시신 곁에는 절반쯤만 그려놓은 그림이 남아 있다. 세이어즈는 이 소설에서 용의자 집단이 한정된 퍼즐 미스터리를 시도했다. 이 미스터리의 성패를 좌우하는 알리바이 트릭은 한 해 먼저 출간된 J.J. 커닝턴의 『두 티켓 퍼즐The Two Tickets Puzzle』에서 정교하게 고안된 플롯 장치와 유사하다.

1932년, 세이어즈는 훨씬 더 흥미롭고 매혹적인 휴가지 미스터리 『시체를 되찾아라Have His Carcase』를 발표했다. 해리엇 베인은 휴가를 맞아 해변을 거닐다가 뜻밖에 목이 베인 시신을 발견한다. 세이어즈는 다른 작품들에서와 마찬가지로 이번에도 '범인은 어떻게 살인을 저질렀는가'라는 문제를 다루며 상상력을 발휘했다. 그리고 피터 윔지가 풀어내야 하는 복잡한 암호 등 세부 요소를 고안하는 데도 공을 들였다. 베인이 발견한 시신의 주인은 근처의 리스플렌던트 호텔에서 일하던 외국인이다. 그 호텔은 "꼭 독일의 판지 장난감 제조업자가 설계한 것 같은 해변의 거대한 건물 중 하나였다. 유리로 장식된 현관에는 온실 식물이 빽빽하게 들어차 있었다. 리셉션 홀에서는 푸른색 벨벳을 씌운 호화로운 가구 사이로 솟아난 금박 벽기둥이 우뚝 솟은 돔 천장을 떠받쳤다." 리스플렌던트 호텔은 범죄가 싹트는 온상이었다.

관광산업에 의존하는 휴양지 리조트에서 연쇄살인은 곧 재앙이나 다름없다. 프랜시스 비딩의 『죽음은 이스트렙스를 걷는다』(287쪽)에서는 '이스트렙스 악령'이 리조트를 덮친다. 마거릿 웨더비 윌리엄스가 '마거릿 어스킨'이라는 필명으로 1938년에 발표한 첫 소설 『그리고 죽음^{And Being Dead}』에서도 연쇄살인이 발생한다. 바람둥이 화가의 죽음을 시작으로, 해안 마을 콜드히스에 살인사건이 마치 전염병처럼 퍼져나간다. 셉티무스 핀치 경위는 콜드히스의 리조트가 "런던 사교계 인사들 사이에서 최근 인기 있는 놀이터"라는 정보를 듣는다. 하지만 그가 콜드히스에 도착해보니 리조트는 "딱 살인범을 위한 장소"로 보인다.

『그리고 죽음』에서 살해당한 화가는 주민들의 지지를 받지 못했던 콜드히스 개발 사업에 관어했다. E.R. 펀션이 1934년 작 『십자말풀이 수수께끼_{Crossword Mystery}』에서도 비슷한 개발 계획이 중요한 역할을 맡는다. "해변에 대형 골프 리조트를 짓는다는 계획이었다. (⋯) 따로 수영장을 만들 필요도 없이, 서프 바이 코브의 만 자체가 근사한 수영장이 될 것이다. 근처 지형을 조사할 권리는 뇌물을 먹여서 얻을 작정이었다. 낚시를 즐기거나 보트를 탈 수 있는 곳도 많이 만들 것이다. 물론 일류 재즈 밴드도 데려올 작정이다. (⋯) 심지어 아이스링크도 하나 설치할까 고려했다. (⋯) 리조트는 금광이 될 것이다." 아치볼드 윈터턴은 개발을 반대한다. 그리고 코브 만에서 익사한 채 발견된다.

비행기 여행과 크루즈 여행, 기차를 통한 장거리 이동이 더 흔해지면서, 범죄소설에서도 해외 휴양지의 출현이 폭발적으로 증가했다. 이번에도 애거사 크리스티가 이 흐름을 주도했다. 기차와 비행기, 배를 타고 떠나는 외국 여행은 에르퀼 푸아로가 맡은 주요 사건 세 건의 배경이 되었다. 바로 1934년 작 『오리엔탈 특급 살인』, 1935년 작 『구름 속의 죽음』, 1937년 작 『나일강의 죽음』이다.

고전 범죄소설의 시대가 저물고 오랜 세월이 지났지만, 수많은 크리스티 팬이 지금도 호화로운 버그 아일랜드 호텔에 하룻밤 머물기를 간절히 바란다. 전 세계 관광청은 매력적인 관광 명소를 배경으로 삼은 범죄소설이 성공을 거두면 반갑게도 지역 경제를 부양할 수 있다는 사실을 깨달았다. 앤 클리브스가 최근에 펴낸 지미 페레즈 형사 시리즈가 가장 대표적인 예다. 셰틀랜드 군도를 배경으로 펼쳐지는 이 시리즈는 TV 드라마로도 제작되어 대성공을 거두었다. 페레즈 시리즈가 얼마나 인기 있었던지, 클리브스는 셰틀랜드에 관한 책까지 출간했다. 풍경 사진을 아낌없이 담은 이 커피 테이블 북*은 소설과 달리 실제로는 범죄가 드문 셰틀랜드 군도의 황량한 아름다움을 찬미한다.

---

* 사진과 그림을 많이 실어 화려하게 만든 책으로, 꼼꼼하게 읽기보다는 커피 테이블에 전시해두는 경우가 많아 이런 이름이 붙었다.

44. 『붉은 머리 가문의 비극』¹⁹²² - 이든 필포츠

런던 경시청에서 높이 평가받는 젊은 형사 마크 브렌던은 런던을 떠나 다트무이로 향힌다. 그는 송어를 낚으며 휴가를 즐길 계획이다. 일벌레인 브렌던은 최근 미래를, 결혼하고 자식을 낳아 가정을 꾸리는 일을 고민하고 있다. 그는 프린스타운에서 포깅토르 쿼리로 가던 길에 아름다운 여인과 잠깐 마주친다. 이후 그는 붉은 머리 남자와 함께 낚시하며 하루를 보낸다. 하지만 살인사건이 터지면서 브렌던의 휴가도 끝난다. 브렌던이 만난 여인과 붉은 머리 남자는 그의 수사에서 핵심 역할을 맡는다.

브렌던과 마주친 여인은 제니 펜던이다. 레드메인 가문 출신인 그녀는 브렌던에게 사연 많은 레드메인 집안에 얽힌 이야기와 그녀의 부유한 할아버지가 남긴 '이상한 유서'에 관해 들려준다. 또 그녀가 전쟁이 터졌을 때 복무를 회피했던 마이클 펜던과 결혼하는 바람에 집안에서 갈등이 빚어졌다는 사실도 알려준다. 마이클 펜던은 제니의 삼촌인 로버트 레드메인 대위에게 살해당한 것 같다. 알고 보니 로버트 레드메인은 바로 브렌던과 함께 낚시했던 붉은 머리 남자였다. 하지만 로버트 레드메인이 종적을 감추고, 마이클 펜던의 시신은 어디에서도 찾을 수 없다.

제니 펜던에게 호감을 느끼던 브렌던은 마침내 그녀에게 온 마음을 사로잡힌다. 하지만 브렌던의 구애도, 경찰의 로버트 레드메인 추적도 모두 실패한다. 브렌던은 제니 펜던에게 애정을 갈구하는 라이벌, 주세페 도리아와 마주친다. 대담한 이탈리아인인 도리아는 제니 펜던의 또 다른 삼촌 벤디고 레드메인 밑에서 일하는 뱃사공이다. 얼마 지나지 않아 다시 살인사건이 레드메인 가문을 덮친다. 이야기는 느긋하게 진행된다. 하지만 인물과 배경을 생생하게 묘사하는 서정적 문체와 만족스러운 반전 덕분에 재미있게 글을 읽을 수 있다. 마크 브렌던도 호감 가는 주인공이다. 그러나 책의 후반부에서 브렌던은 조연으로 물러나고, 코담배를 즐기는 명탐정 피터 갠즈가 주인공으로 부상한다. 퇴직한 미국 경찰인 갠즈는 제니 펜던의 또 다른 삼촌인 앨버트 레드메인과 오랜 친구 사이다.

저자 이든 필포츠는 작가가 되기 전에 보험회사에서 일했다. 그는 일찍이 성공을 거둔 덕분에 사랑하는 데번에 정착할 수 있었고, 그 이후 거의 데번을 떠나지 않았다. 필포츠는 수줍음을 많이 탔고 말수가 적었다. 그는 인터뷰도 늘 피했고, 공식 석상에 모습을 드러낸 적도 거의 없었다. 다만 엑서터 대성당에서 역사소설 『로나 둔Lorna Doone』의 저자 R.D. 블랙모어의 기념 유리창을 공개하는 제막식이 열렸을 때 딱 한 번 대중 앞에 모습을 드러냈다. 필포츠가 막 작가로 첫걸음을 내디뎠을 때 격려해준 이가 바로 블랙모어이기 때문이다. 그는 사람들과 어울리는 일도 꺼렸지만, 이웃이었던 애거사 크리스티의 부모님과는 친분을 쌓았다. 그는 크리스티가 쓴 첫 소설의 원고를 읽고 조언해주었으며 출판 에이전트를 소개해주기도 했다. 나중에 크리스티는 자서전에 "그에게 얼마나 감사한지 말로는 다 할 수가 없다"라고 썼다.

전원소설 작가로 널리 이름이 알려진 필포츠는 시와 희곡도 여러 편 집필했다. 그 가운데 두 편은 딸 애들레이드와 함께 썼다. 그는 본명뿐만 아니라 '해링턴 헥스트'라는 필명으로도 추리소설을 발표해서 한때 극찬을 받았다. 필포츠처럼 불가능 범죄를 고안하는 데 열정을 쏟은 작가 존 롤런드는 에세이를 써서 필포츠에게 찬사를 보내기도 했다. 롤런드는 『붉은 머리 가문의 비극』이 윌키 콜린스의 작품에 필적할 만하다고 평가했다. 또 아르헨티나의 전설적인 시인이자 평론가 호르헤 루이스 보르헤스는 필포츠가 포와 체스터턴, 콜린스와 어깨를 나란히 한다고 보았다. 보르헤스는 위대한 문학작품 100선 목록에 『붉은 머리 가문의 비극』을 포함하기까지 했다(하지만 이 목록은 끝내 완성되지 못했다). 바전과 테일러는 『붉은 머리 가문의 비극』을 "『트렌트 미지막 사건』보다 딱 한 수 아래"라고 평했다. 90세까지 장수했던 필포츠가 눈을 감고 반세기가 흐르는 동안, 그의 명성은 서서히 희미해졌다. 하지만 필포츠의 범죄소설이 재평가받을 기회가 드디어 무르익은 것 같다.

45. 『린든 샌즈의 미스터리』¹⁹²⁸ - J.J. 커닝턴

모든 명탐정은 부단하게 수수께끼 같은 범죄의 진실을 파헤쳤다. 하지만 영국의 법률 제도가 정의에 목마른 명탐정이 바라는 대로만 작동하는 것은 아니었다. 그래서 명탐정은 때때로 법 위에 섰다. 탐정은 엄밀히 따지면 죄인인 이들에게 온정을 베풀기도 했고, 법률이 무능하다고 드러날 때면 직접 범인을 처벌하기도 했다. 심지어 탐정이 몸소 살인을 저지르는 일도 있다. 하지만 이때도 탐정은 어떻게든 범인보다 도덕적으로 우월한 위치에 선다. J.J. 커닝턴이 창조한 클린턴 드리필드 경은 냉혈한 같은 탐정을 가장 잘 보여주는 예다. 드리필드 시리즈 중 한 편이 미국에서 『무자비한 복수Grim Vengeance』라는 제목으로 출간된 데도 다 그럴 만한 이유가 있는 법이다.

   클린턴 드리필드 경은 경찰서장이지만, 그가 등장하는 소설은 평범한 경찰 소설이 아니다. 드리필드는 독자에게 정확히 밝히지 않은 첩보 임무를 수행하기 위해 시리즈 중반에 경찰서장직에서 잠시 물러나기까지 한다. 저자 J.J. 커닝턴은 화학 교수였고, R. 오스틴 프리먼의 추리물을 대단히 좋아했다. 『린든 샌즈의 미스터리Mystery at Lynden Sands』는 경찰 수사 절차의 세부 사항보다는 전문적인 과학기술에 중점을 두는 커닝턴의 소설을 대표하는 작품이다.

드리필드는 양차 세계대전 사이에 출간된 추리소설에서 흔히 찾아볼 수 있는 일반적 경찰서장과 다르다. 다른 추리소설에서 경찰서장직을 맡은 인물은 대개 드리필드보다 나이가 한참 많고, 또 대체로 군인 출신이다. 서른다섯쯤 된 드리필드는 남아프리카에서 경찰 고위직을 지내다가 최근에 잉글랜드로 복귀했다. 드리필드의 친구 웬도버, 일명 '대지주 나리'는 붙임성 좋은 시골 신사다. 건장한 체구를 자랑하는 웬도버는 겉모습과 달리 지성이 날카롭다.

드리필드와 웬도버는 해변에서 골프를 치며 잠시 여유를 누린다. 그런데 노인의 시체가 발견된다. 곧 드리필드와 웬도버는 실종된 상속자, 악랄한 신탁 관리인, 의도치 않은 이중 결혼, 협박과 갈취가 뒤얽힌 수수께끼에 휘말린다. 저자 커닝턴은 빅토리아 시대에 센세이션을 일으켰던 티크본 클레이먼트 사건*에서 영감을 얻어 서사를 풍부하게 조직했다. 또 그는 린든 샌즈의 지형을 톡톡히 활용해서 해변과 유사流沙, 기이한 바위층을 범죄 현장으로 꾸미고 극적 클라이맥스를 만들어냈다. 소설에서는 커닝턴 특유의 냉소적 어투도 두드러진다. 아르센 뤼팽이나 셜록 홈스, 에르퀼 푸아로가 운 나쁜 조력자를 약 올리듯이, 드리필드도 웬도버에게 잔소리를 퍼붓는다. "아주 훌륭한 조사요, 대지주 나리. 다만 중요한 점은 죄다 빠뜨리셨습니다." 사악한 범죄자가 고통스러운 죽음을 맞이할 때도 드리필드는 전혀 연민을 느끼지 않는다. "이런 일은 나의 인도주의 본능을 조금도 일깨우지 못하오."

---

* Tichborne Case, 토머스 카스트로 혹은 아서 오턴이라는 자가 준남작 지위를 물려받아야 하는 티크본 가문의 실종된 후계자라고 주장하면서 벌어진 사건이다. 그의 주장은 법정에서 인정받지 못했고, 그는 위증죄로 장기 복역했다.

『린든 샌즈의 미스터리』가 세상에 나올 때쯤, 범죄소설의 열광적인 팬인 T.S. 엘리엇은 이미 커닝턴을 추리소설 작가 중 일류로 꼽아두고 있었다. J.J. 커닝턴은 앨프리드 월터 스튜어트의 필명이다. 스코틀랜드 글래스고 출신으로 교수였던 그는, 1923년에 디스토피아 소설 『노던홀트의 밀리언Nordenholt's Million』을 출간해서 호평받았다. 이후 그는 페어플레이에 중점을 둔 추리소설로 분야를 옮겼다. 클린턴 드리필드 경은 1927년 작 『미로 속의 살인Murder in the Maze』에서 데뷔했다. 출판사에서는 대담하게도 이 시골 저택 미스터리가 "이 재미있는 문학 장르의 걸작 대여섯 권"에 필적할 만한 작품이라고 주장했다. 드리필드 경은 범인의 정체를 알아내자 어떻게든 살인범이 "그 자신의 사형집행인이 되도록" 만들었다. "내 방법이 단순한 교수형보다 더 엄혹했다." 그는 자신의 방법이 정통이 아니라는 사실을 인정하면서도 당당한 태도를 잃지 않는다. "나는 양심에 거리낄 게 없다는 것 외에는 할 말이 없소." 보통 명탐정들은 자기만의 방식대로 악인에게 정의를 실현한다. 하지만 클린턴 드리필드 경만큼 무자비하게 정의를 구현한 탐정은 없었다.

46. 『흑백 살인』1931 – 에블린 엘더

남프랑스에서 이야기가 펼쳐지는 이 휴가지 미스터리에서 저자는 독자와 한바탕 게임을 벌인다. 옥내 테니스 시합이 줄거리에서 중심 역할을 맡은 덕분에 정정당당하게 경쟁하는 분위기가 한층 뚜렷해진다. 소설은 모두 4부로 구성되어 있다. 저자 에블린 엘더는 서문에서 "독자가 제3부까지 다 읽고 나면 문제를 해결하는 데 필요한 정보를 모두 얻었을 것"이라고 설명했다. 제1부는 칵테일 파티가 배경이다. 젊은 건축가이자 아마추어 화가인 샘 호더가 파티에 참석한다. 그는 그림같이 아름다운 생탕드레-쉬르-메르에서 카니발을 즐기다가 휴가를 끝내고 돌아온 참이다. 호더는 파티 손님들에게 일종의 프랑스식 시골 저택 미스터리에 관한 소식을 전한다. 생탕드레 성에서 가장무도회가 열렸을 때 살인이 벌어진 것이다. 검은색과 흰색으로 차려입은 루이드 비니가 "사실상 그의 눈 바로 앞에서" 소총 탄환에 맞아 죽었다. 그런데 이 살인사건은 불가능 범죄처럼 보였다.

제2부에는 샘 호더의 스케치북에 담긴 그림이 실려 있다. 범죄가 일어난 생탕드레 성의 평면도 한 점, 성 밖 해안에 떠 있는 배의 갑판 '플라잉 브리지' 스케치 한 점, 팡티용 탑 그림 한 점, 구시가지의 정경을 그린 스케치 네 점, 바다에서 바라본 범죄 현장 그림 한 점, 해안에서 바라본 성의 그림 한 점이다. 호더가 그린 스케치는 미스터리를 풀 수 있는 시각적 단서를 제공한다. 프랜시스 비딩은 1935년 작 『노리치의 피해자들The Norwich Victims』을 쓸 때 이 재미있는 장치를 빌려 가서 조금 바꾸었다. 비딩은 소설의 서문에 용의자들의 사진을 실었다. 독자는 이 사진을 꼼꼼하게 살펴봐야 한다.

소설의 알맹이는 제3부에 담겨 있다. 샘 호더는 살인을 둘러싼 사건들을 자세하게 설명하고, 마지막으로 미스터리의 문제를 압축해서 정리한다. 만약 경찰이 세운 가설을 인정하지 않는다면, "세 명 중 딱 한 명만 소총을 쏠 수 있었다. 그런데 이 셋 중 아무도 소총을 갖고 있지 않았다. 혹은 총을 숨길 수 없었다." 아마추어 탐정 노릇을 하는 헨리 에블린이 샘 호더가 알려준 정보를 바탕으로 무슨 일이 벌어졌는지 추론한다. 에블린은 호더의 스케치를 참고해서 직접 간략하게 도해를 그려보기까지 한다.

'독자에게 도전하기' 장치와 그림이라는 예술적 단서의 결합은 기발한 혁신이었다. 결국, 저자는 황금기 주요 소설가의 대열에 들었다. 소설에 실린

스케치를 실제로 그린 사람은 저자의 친구이자 건축가 겸 화가였던 오스틴 블룸필드였다. 블룸필드의 아버지 역시 옥스퍼드대학교 내에 설립된 최초의 여자대학 레이디 마거릿 홀 건물을 지은 저명한 건축가다. 저자 에블린 엘더는 사실 밀워드 케네디의 필명이다. 그는 『흑백 살인Murder in Black and White』 이후 곧바로 1932년에 두 번째 소설 『상자 속의 천사Angel in the Case』를 내놓았다. 하지만 이 소설은 실망스럽다.

밀워드 로던 케네디 버지는 1924년부터 국제노동사무국의 런던 사무국장을 지냈고, 한가한 시간에 소설을 쓰기 시작했다. 그는 1928년에 친구 A.G. 맥도넬과 함께 '로버트 밀워드 케네디'라는 필명으로 스릴러 『블레스턴 미스터리The Bleston Mystery』를 썼다. 이 작품 이후로는 홀로 추리소설을 집필했고 추리 클럽의 창립 회원이 되었다. 앤서니 버클리의 독창적이고 혁신적인 작품을 굉장히 좋아했던 그는 장르를 다양하게 실험해보았다. 그 결과, 대단히 흥미로운 작품이 때때로 탄생했다. 하지만 밀워드 케네디는 소설을 한 편 쓸 때마다 작법에 변화를 주었기 때문에 성공적인 시리즈 캐릭터는 한 번도 만들어내지 못했다. 다만 콘퍼드 수사관은 책 몇 권에 등장했고, 정중하고 자신만만한 사기꾼 조지 경과 레이디 불도 여러 소설에 출연했다.

10

살인 조롱하기

E.C. 벤틀리는 『트렌트 마지막 사건』(52쪽)에서 명탐정이 절대 오류에 빠지지 않는다는 통념을 풍자하려고 했다. 이 책에서 가장 놀라운 반전은 저자가 전통적인 추리소설을 쓰는 주요 틀을 버렸다는 사실이다. 제1차 세계대전 이후 나타난 추리소설에서는 '게임 플레이' 요소가 중요했기 때문에 유머 작가들도 추리소설에 도전할 기회를 잡을 수 있었다. 1920년대에 등장한 주요 추리소설가 중 일부가 유머 잡지 《펀치》에 정기적으로 글을 기고하던 작가들이었던 것은 우연이 아니다. 로널드 녹스의 형인 E.V. 녹스는 17년 동안 《펀치》의 편집자로 활동했고, 단편 「타워스 살인사건The Murder at the Towers」을 썼다. 아마 이 글은 전통적인 추리소설을 패러디한 단편 중 가장 재치 있는 작품일 것이다.

P.C. 우드하우스가 유머 소설로 성공을 거둔 일도 앤서니 버클리나 애거사 크리스티 같은 작가들에게 영향을 주었다(우드하우스는 추리소설의 열렬한 팬이었다). 버클리는 1927년에 우드하우스의 유머 소설 스타일을 빌려와서 재미있는 오락물이자 미스터리인 『프리스틀리 씨의 문제Mr. Priestley's Problem』를 발표했다. 버클리의 기존 추리 시리즈에 속하지 않는 이 소설에서는 야심만만한 젊은이들이 앰브로즈 치터윅을 연상시키는 체구가 작고 온순한 남자에게 '살인 장난질'을 친다. 『침니스의 비밀』과 『세븐 다이얼스 미스터리』 같은 크리

스티의 초기작도 버클리의 소설만큼이나 재기발랄하다. 크리스티의 글에서는 유머가 꾸준히 두드러졌지만, 이 특징은 늘 과소 평가받았다. 크리스티의 1929년 작『부부 탐정』에는 코믹한 탐정 명콤비, 토미와 터펜스 베레스퍼드 부부가 활약한다. 크리스티는 이 소설에서 당시 인기 있었던 추리소설 작가들의 작품을 패러디했다. 크리스티가 희화화한 대상 중에는 G.K. 체스터턴과 에드거 월리스, 버클리처럼 이름난 작가도 있고, 이사벨 오스트랜더와 클린턴 H. 스태그처럼 지금은 기억하는 이가 거의 없는 미국 작가도 있다.

소설에서 유머, 특히 익살맞은 농담은 심각하리만치 유행에 뒤떨어지기 쉽다. 또 풍자는 풍자의 대상이 독자의 기억 속에서 희미해지면 짜릿하고 얼얼한 공격력을 잃기 마련이다. 하지만 황금기 추리소설 중 최고의 패러디 작품은 오늘날에도 재미있게 읽을 수 있다. 그 가운데 대표로 꼽을 만한 E.C. 벤틀리의 단편「탐욕스러운 밤」은 도로시 L. 세이어즈의 1935년 장편소설『대학축제의 밤』에서 제목을 따왔다. 마거릿 리버스 라미니와 제인 랭슬로가 1937년에 발표한『피투성이 기사^{Gory Knight}』도 역시 옥스퍼드대학교를 배경으로 펼쳐지는 세이어즈의 '세태 소설'에서 제목을 빌려왔다.*

황금기의 패러디 소설 중 가장 혁신적이고 야심만만한 작품은 1933년에 출판된『경찰에게 요청하세요^{Ask a Policeman}』다. 추리 클럽 회원 여섯 명이 이 소설을 함께 집필했으며, 그 가운데 네 명은 서로의 탐정 캐릭터를 맞바꾸어서 글을 썼다. 이 소설에서 살해당하는 사람은 신문 업계 거물이고, 용의자 중에는 대주교와 경찰국장, 정부의 원내대표까지 있다. 내무부 장관이 일류

---

* 이 작품은 한국에서 '대학축제의 밤'이라는 제목으로 주로 알려졌지만, 원제는 'Gaudy Night'이다. 원제를 직역하자면 '야단스러운 밤'이다. 세이어즈와 벤틀리의 소설 제목 속 'Night'와 라미니와 랭슬로의 소설 제목 속 'Knight'는 발음이 똑같다.

아마추어 탐정 네 명에게 수사를 의뢰하고, 이들 넷은 각자 다른 미스터리 해결책을 제시한다. 존 로드와 밀워드 케네디가 주고받은 서신이 소설의 첫머리를 연다. 로드는 전체 이야기를 소개하는 도입부를 길게 썼다. 케네디는 다른 작가들이 먼저 쓴 내용을 종합해서 논리적인 결말을 완성해야 했다. 그가 엄격한 페어플레이를 희생하면서까지 해결해야 했던 까다로운 도전과제였다.

로드가 배경을 모두 차려놓자, 뒤를 이어받은 헬렌 심슨이 글래디스 미첼의 탐정인 브래들리 부인을 주인공 삼아 이야기를 펼쳐나간다. 그러자 미첼은 심슨이 소설가 겸 극작가 클레멘스 데인과 함께 창조한 탐정 존 사모레즈 경을 등장시켜서 화답한다. 소설의 하이라이트는 앤서니 버클리가 피터 윔지 경을 주인공으로 삼아서 쓴 대목이다. 세이어즈가 버클리의 호기심 많은 아마추어 탐정 로저 셰링엄을 주연으로 선택해서 연출한 부분은 만족할 만하지만, 눈을 떼지 못할 만큼 강렬하지는 않다. 이 책은 삶의 환희가 약동하는 매력적인 작품이다. 그러나 무엇보다도 전성기에 오른 작가들이 글솜씨를 입증했다는 사실 자체가 가장 인상적이다.

캐릭터나 상황 때문에 웃음을 자아내는 범죄소설이 애초부터 오로지 유머만을 노린 범죄소설보다 대체로 더 큰 성공을 거둔다. 현실에서 벌어지는 살인은 등골이 서늘할 정도로 끔찍한 범죄이며 말로는 다 못 할 고통을 안겨주는 사건이기 때문이다. 무미건조하지 않게 살인을 조롱하려면 단순히 살인사건을 소재로 삼을 때보다 더 세심하고 노련하게 접근해야 한다. 유머러스한 추리소설 작가 경력을 유지하는 일은 특히나 힘겹다.

예를 들어보자. 앨런 멜빌은 재미있는 추리소설을 몇 편 발표하고 재치가 뛰어나다는 평판을 얻었다. 하지만 그는 금방 추리소설 장르를 떠나서 방송인 겸 극작가로 직업을 바꾸었다. 덴질 배철러도 작가 경력 초기였던 1936년에 추리소설 『테스트 매치 살인The Test Match Murder』을 발표했지만, 결국 저널리스트 겸 방송인, 극작가로 돌아섰다. 이 소설에서는 잉글랜드의 스타 크리켓 타자가 시드니에서 경기를 뛰던 중 배팅 크리스로 걸어 나가다가 사망한다. 그의 배팅 장갑에 쿠라레 독약이 묻어 있었기 때문이다. 가볍게 즐길 수 있는 이 유쾌한 스릴러는 명탐정 캐릭터를 익살맞고 우스꽝스럽게 묘사한다. 하지만 마약 범죄 조직과 심지어 불가사의한 중국인까지 등장하면서 분위기가 바뀐다. 전설적인 크리켓 선수 C.B. 프라이의 비서였던 배철러는 소설가보다는 스포츠 기자로 이름을 알렸다.

케릴 브람스와 S.J. 사이먼은 함께 신문 연재만화에 캡션을 쓰다가 유머러스한 미스터리를 실험해봤다. 그들이 1937년에 펴낸 『발레단의 총알A Bullet in the Ballet』은 첫 문장부터 전체 분위기를 분명하게 보여준다. "제목에 총알이 날아다니는 책이라면 조만간 시체를 한 구 만들어내기 마련이다. 여기에도 시체가 있다." 두 저자는 블라디미르 스트로가노프 단장과 애덤 퀼 수사관이 등장하는 소설을 두 권 더 발표했다. 1938년 작 『카지노 팝니다Casino for Sale』에서는 밀실 미스터리 사건이 벌어진다. 하지만 브람스와 사이먼의 전문 분야는 복잡한 수수께끼로 독자를 당황하게 하는 것이 아니라 유머로 웃음을 자아내는 것이었다. 브람스의 본명은 도리스 캐롤라인 에이브러햄스다. 브리지 게임 챔피언이었던 '스키드' 사이먼은 세카 야샤 스키텔스키라는 이름으로 만주 하얼빈의 러시아인 집안에서 태어났다. 사이먼이 단명하는 바람에 굉장히 성공적이었던 코믹 소설 공동 집필도 일찍 끝나고 말았다.

버클리가 프랜시스 아일즈라는 필명으로 발표한 작품에 자극받아 아이러니한 소설을 집필한 작가 가운데 가장 꾸준히 재미있는 글을 쓴 사람은 리처드 헐이다. 헐이 1937년에 출간한 『몬티의 살인자들The Murderers of Monty』을 대표로 살펴보자. 유쾌하게 시작하는 이 소설에서 전문직 네 명이 말 많고 따분한 친구 몬티 아처를 죽일 목적으로 회사를 차린다. 왜 회사 이름이 '몬티의 살인자들 Ltd.'*일까? 그야 당연히 살인 대상이 오직 몬티로 한정되어 있기 때문이다. 그런데 몬티가 죽은 채 발견되면서부터는 유머러스한 분위기가 역효과를 낳는다. 책의 핵심인 재미있는 아이디어만으로는 장편소설 전체를 지탱할 수 없기 때문에 결국 작품의 질이 서서히 나빠지고 말았다.

존 딕슨 카가 카터 딕슨이라는 필명으로 발표한 헨리 메리베일 경 시리즈는 슬랩스틱 코미디를 이용해 필수적인 플롯 정보에서 독자의 주의를 돌리고 집중력을 흐트러뜨린다. 카를 신봉했던 작가 중 가장 왕성하게 활동한 소설가는 에드먼드 크리스핀이다. 크리스핀은 기발할 뿐만 아니라 희극적 요소가 풍부한 추리소설을 썼다. 하지만 크리스핀도 앨런 멜빌처럼 너무 일찍 추리소설 장르에 흥미를 잃었다.

이들과는 정반대의 길을 걸은 작가도 있다. 특히 주요 은행에 장기간 근무했던 이들이 유머러스한 추리소설을 써서 비열한 금융계에서 도피하려고 했다. 클리포드 위팅은 원래 로이드 은행의 직원이었다. 그가 1941년에 출판한 『살해 수단Measure for Murder』에서는 〈복수〉라는 연극을 상연하는 아마추어 극단에서 사건이 벌어진다. 이때 소설의 전반부를 이끌어가는 화자는 은퇴한 은행원이다. 위팅의 소설은 제2차 세계대전 초기 영국의 소도시 생활을 흥미롭게 묘사한다. 또 1941년에는 조지 벨레어스가 『휴가를 떠난 리틀존Littlejohn on Leave』으로 데뷔했다. 벨레어스는 맨체스터 지역 은행의 매니저인 해

---

* 회사명 뒤에 붙는 'Ltd.'는 'Limited'의 약자로, 유한 책임 회사라는 뜻이다. 'limited'에는 '제한된', '한정된'이라는 뜻도 있다.

럴드 블런델의 필명이다. 그는 거의 40년 동안 추리소설을 집필했다. 벨레어스는 리틀존 경위가 맡은 범죄 사건이 코미디에 잠식되지 않도록 신경 쓰며 작품을 쓴 덕분에 추리소설 작가로서 장수할 수 있었다.

오랜 세월에도 변함없이 건재할 코미디 범죄소설을 쓰는 일은 몹시 어렵다. 줄리안 시먼스는 유쾌하고 가벼운 데뷔작 『비실체적 살인사건The Immaterial Murder Case』이 형편없는 소설이므로 다시는 재출간되어서는 안 된다고 못박았다(시먼스는 다른 작가들이 쓴 저급한 작품은 물론 자기 자신의 작품에도 가치 없이 혹평을 퍼부었다). 추리소설에서 범죄소설로 장르가 진화했다고 생각했던 시먼스는 이 변화를 반영하고자 점차 진지한 소설을 썼다.

제2차 세계대전이 끝난 후, 파멜라 브랜치가 1951년에 『나무로 만든 외투The Wooden Overcoat』를 발표했다. 흡입력이 대단한 이 소설은 법정의 잘못으로 무죄를 선고받고 풀려난 살인자들의 모임을 다룬다. 브랜치도 위트 넘치는 소설가지만, 역시 지구력이 부족했다. 그녀는 1958년에 네 번째 소설을 발표하고 추리소설 작가 경력을 마무리했다. 조이스 포터는 작품을 더 많이 집필했다. 하지만 그녀의 수많은 작품 중 단연코 가장 훌륭한 작품은 게으르고 밉살스러운 도버 경감이 출연하는 초기작이다.

콜린 왓슨이 1958년에 펴낸 『새것이나 다름없는 관Coffin, Scarcely Used』은 플랙스버러 연대기 시리즈를 연 작품이다. 이 시리즈 열두 편의 배경은 뜻밖에도 살인이 자주 벌어지는 소도시다. 이 시리즈는 1977년에 TV 드라마 〈머더 모스트 잉글리쉬Murder Most English〉로 각색되었다. 이보다 5년 더 앞선 1972년에는 플랙스버러 연대기 시리즈의 네 번째 작품인 『외로운 독신녀 4122Lonelyheart 4122』가 TV 영화 〈사기당한 마음The Crooked Hearts〉으로 제작되었다. 틀림없이 왓슨은 20세기 하반기 영국에 등장한 코믹 범죄소설가 중 가장 성공한 작가일 것이다. 저널리스트였던 왓슨은 최초로 풍자 잡지《프라이빗 아이Private Eye》에서 명예훼손 배상금을 받은 인물로도 일컬어진다.《프라이빗 아이》는 왓슨의 글이 "농담이 빠진" 우드하우스의 소설 같다고 평가했다. 유머 감각이 남달리 뛰어난 사람이라도 모진 비평 앞에서는 웃음기가 싹 달아나기 마련이다.

47. 『퀵 커튼』¹⁹³⁴ – 앨런 멜빌

『퀵 커튼Quick Curtain』은 관객으로 꽉 찬 그로스브너 극장의 초연 무대로 시작한다. 각계 명사들이 〈블루 뮤직〉을 보러 왔고, 런던 경시청의 윌슨 경위도 기자인 아들과 함께 왔다. 오늘 밤 상연될 공연은 전설적인 더글러스 B. 더글러스가 감독한 '코미디 오페레타'다. 더글러스는 "어떤 작품이든 흥행시키는 재주, 자기에게 필요한 것은 무엇이든 찾아내는 소질, 순전히 평범한 것을 진정으로 환상적인 것이라고 대중을 속여넘기는 재능"을 갖춘 예술가다. 각본과 음악을 완성한 이는 이보르 와친스다. 와친스는 "아침 식사로 자몽을 먹은 후에, 그리고 아침 식사가 끝나자마자 이어지는 점심 식사로 토마토 주스를 한 잔 들기 전에" 각본을 완성했다.

〈블루 뮤직〉의 주연은 브랜던 베이커와 그웬 애스틀이다. 브랜던 베이커는 몸매를 잘 가꾼 덕분에 거의 30년 동안 '소녀팬들의 우상' 자리를 차지하고 있다. 그웬 애스틀은 이제까지 귀족 두 명을 포함해서 모두 여섯 명과 결혼했고, 최근에 미국 백만장자의 아들과 약혼했다. 〈블루 뮤직〉의 빈약한 줄거리에는 남자 주인공이 총에 맞는 상황도 있다. 그런데 브랜던 베이커는 진짜 총알을 맞고 죽는다. 몇 분도 지나지 않아 범인으로 추정되는 인물이 분장실에서 죽은 채로 발견된다. 보아하니 목을 매서 자살한 듯하다. 그러자 윌슨 경위 부자가 코믹한 '홈스와 왓슨' 콤비가 되어서 사건에 숨겨진 진실을 파헤친다.

도로시 L. 세이어즈는 〈선데이 타임스〉 비평문에서 저자 멜빌이 "프로듀서부터 공연 비평가까지, 공연계를 이끄는 주요 인물들을 모두 겁에 질리게 해놓고 한바탕 즐겼다"라고 평했다. 그러나 세이어즈는 멜빌이 "추리소설의 엄숙한 구조를 하늘 높이 날려버렸다"라며 걱정스러워했다. 공연계 내부 사정에 훤했던 멜빌은 줄줄이 꿰고 있는 정보를 유쾌하게 활용했다. 세이어즈는 멜빌의 풍자 소설에 "노골적인 인신공격"까지 들어 있다고 생각했다. 하지만 21세기의 독자들은 행간에 숨은 의미를 파악해서 저자가 풍자하고자 했던 대상이 누구인지 알아내는 데서가 아니라 전형적인 인물들을 위트 넘치게 묘사한 글을 읽는 데서 즐거움을 느낄 것이다. 멜빌은 공연 프로듀서와 배우들뿐만 아니라 〈모닝 헤럴드〉의 따분한 공연 비평가 제임스 애머시스트 같은 인물도 재치있게 묘사했다. 애머시스트는 공연에 제대로 집중하지도 않고 판에 박은 듯 똑같은 비평문을 남발하는 인물이다.

세이어즈가 지적했듯이, 멜빌은 "범죄 수사를 전부 멋진 농담"으로 여기고 구경만 한다. 하지만 멜빌의 농담은 책이 끝날 때까지 유지되었을 뿐만 아니라, 세월이 한참 흐르고 나서도 힘을 잃지 않았다. 앨런 멜빌의 본명은 윌리엄 멜빌 케이버힐이다. 그는 다재다능한 작가다. BBC의 각본가 겸 라디오 프로듀서로도 일했고, 오락 삼아 잠깐 추리소설을 쓰기도 했다. 심지어 노래 가사와 희곡까지 썼다.

멜빌은 1934년에 발표한 첫 번째 미스터리 『트래클리에서 보낸 주말Week-end at Thrackley』을 연극으로 각색했다. 이 작품은 1952년에 〈뜨거운 얼음Hot Ice〉

이라는 영화로도 제작되었다. 멜빌은 1930년대 중반에 미스터리를 모두 여섯 편 집필했지만, 결국 다른 영역으로 눈길을 돌렸다. 텔레비전의 시대가 도래하자 그는 BBC의 정보 프로그램인 〈브레인 트러스트The Brains Trust〉의 의장을 맡았고 시사 풍자극 시리즈 〈A-Z〉를 진행했다. 또 여러 패널이 참여하는 게임 쇼 〈내 입장은What's My Line?〉의 패널로도 활약했다. 배우이기도 했던 멜빌은 영국의 유명 극작가이자 배우 노엘 카워드가 직접 희곡을 쓰고 연출한 연극 〈소용돌이The Vortex〉에 출연했다. 또 그는 시청률이 굉장히 높았던 BBC의 1980년대 시대극 〈쪼개진 검으로By the Sword Divided〉에서도 연기를 선보였다. 이 드라마가 방영될 때쯤, 그가 출간했던 추리소설은 이미 잊힌 지 오래였다.

48. 『세 탐정 사건』¹⁹³⁶ – 레오 브루스

명탐정 세 명을 성공적으로 패러디하면서 얽히고설킨 밀실 미스터리까지 제시하는 일은 그리 만만하지 않다. 하지만 레오 브루스는 첫 번째 추리소설에서 이 어려운 과제를 제법 훌륭하게 완수했다. 『세 탐정 사건Case for Three Detectives』의 주인공은 비프 경사다. 이야기의 화자 라이오넬 타운센드는 상스러워 보이고, 맥주 통에 빠져 살고, 다트 놀이를 즐기는 비프의 수사 능력을 늘 얕본다.

타운센드는 친절하고 선량해 보이는 서스턴 박사 부부의 시골 저택에 초대를 받는다. 서스턴 박사와 손님들은 실제 살인과 소설 속 살인의 차이점에 관해 이야기를 나눈다. 그런데 여자의 비명이 들려오고, 서스턴 부인이 잠겨 있는 침실에서 목이 베인 채 발견된다. 자살일 리가 없다. 하지만 누가 어떻게 서스턴 부인을 살해했을까? 마을 경찰인 비프 경사가 사건 수사를 맡는다. 하지만 "지칠 줄 모르는 명석한 두뇌를 자랑하는 사설탐정" 세 명이 이내 수사를 가로챈다. 이들 탐정은 "살인사건이 일어나면 늘 근처에 있는 것 같다".

수사에 뛰어든 탐정 사이먼 플림솔 경과 에이머 피컨과 스미스 몬시뇰은 각각 피터 윔지 경과 에르퀼 푸아로와 브라운 신부를 대놓고 패러디한 인물이다. 이들은 버릇과 말투, 수사 방법까지 원본의 모델들을 빼다 박았다. 저자는 유명한 명탐정 캐릭터의 특징을 노련하게 포착해서 소설에 재치있게 구현했다. 윔지 경에게 머빈 번터가 있듯이, 플림솔 경에게도 침착한 조력자 버터필드가 있다. 버터필드도 번터처럼 부지런히 탐문 수사를 벌인다. 피컨은 푸아로처럼 영어에 서투르다. 키가 작고 수수께끼 같은 말을 일삼는 스미스는 살인범들과 수도사 사이에 흥미로운 유사점이 있다는 사실을 알아낸다.

용의자는 금욕주의자면서 지나치게 음탕한 교구 목사, 아무짝에도 쓸모없는 젊은 남자, 점잔 빼며 잘난 체하는 변호사, 어딘가 불길한 집사, 걸핏하면 싸우는 성마른 가정부, 전과가 있는 운전기사다. 혹시 이들 모두가 범죄에 가담하지는 않았을까? 라이오넬 타운센드는 명탐정 세 명의 '왓슨'이 되기를 자처하고, 각 명탐정은 타운센드의 도움을 받아 차례대로 숨이 턱 멎을 만큼 절묘하게 사건을 풀이해낸다. 하지만 마지막에 웃는 사람은 바로 비프 경사다.

유쾌한 비프와 타운센드 콤비는 『세 탐정 사건』 이후로도 장편소설 일곱 편에서 더 활약했다. 그뿐만 아니라 단편소설에도 드문드문 등장했다. 저자 레오 브루스는 앤서니 버클리만큼이나 열정적으로 추리소설의 형식과 관습을 실험했다. 『세 탐정 사건』은 사건 하나에 해결책이 여러 개 제시되는 미스터리의 대표작 『독 초콜릿 사건』(83쪽)의 훌륭한 후계자로 꼽을 만하다. 브루스의 1939년 작 『네 광대 사건Case with Four Clowns』은 버클리의 1932년 작 『지하실 살인Murder in the Basement』과 형식이 같다. 두 소설 모두 살인범의 정체를 미리 알려주는 대신 피살자의 신원을 밝혀야 하는 '후워즈더닛'*의 대표작이다. 1939년 소설 『결론 없는 사건Case with No Conclusion』에서는 비프가 사설탐정 사무소를 차려서 타운센드가 깜짝 놀란다. 이 소설 역시 고전 탐정소설을 재미있게 패러디했다. 1947년 작 『비프 경사 사건Case for Sergeant Beef』은 도서 미스터리라는 개념을 영리하게 해석했다.

레오 브루스는 루퍼트 크로프트-쿡의 필명이다. 여러 방면에서 재주가 뛰어난 작가인 그는 직접 쓴 글 가운데 추리소설보다 다른 장르의 작품을 훨씬 더 중요하게 생각했다. 당대 작가들은 대개 자신의 추리소설을 대수롭지 않게 생각했다. 하지만 세월이 흐르면서 그들이 오래도록 빛을 발하는 추리소설의 매력을 과소평가했다는 사실이 분명해졌다. 크로프트-쿡은 세계 각지를 여행했고, 모로코에서 15년간 살았다. 그는 1953년에 동성애로 유죄를 선고받고 징역형을 살기도 했다. 이 재판 때문에 영국 사회에서는 큰 논쟁이 일어났고, 관련 법률을 자유화하라는 압박이 이어졌다. 그는 석방된 후로 더는 비프 경사 시리즈를 쓰지 않았다. 하지만 그의 창작력은 조금도 꺾이지 않았다.

그는 출소하자마자 교사 카롤루스 딘이 활약하는 새로운 탐정 시리즈를 만들었다. 그리고 감옥살이 후에도 성공적으로 소설을 쓰는 범죄소설 작가들의 모임에 회원으로 뽑혔다. 회원 중에는 월터 S. 매스터맨도 있었다. 역시

---

* 보통 추리물은 범죄를 저지른 범인이 누구인지 파헤치는 데 초점을 맞춘다. 이런 서사를 '후더닛(whodunit, 즉 who done it?의 준말)'이라고 칭한다. 반대로 범죄의 피해자가 누구인지 밝히는 데 초점을 맞춘 서사는 '후워즈더닛(whowasdunin, who was done it?의 준말)'이라고 부른다.

이 모임의 회원인 로버트 포사이스는 첫 번째 추리소설을 복역하던 중에 쓰기 시작한 듯하다. 포사이스는 등기소 본청인 서머싯 하우스 사취 공모를 주도했다. 그가 '로빈 포사이스'라는 필명으로 소설을 발표한 것으로 보아, 범죄 행적을 감추는 데 그리 능숙하지 않았던 것 같다. 레오 브루스는 1974년까지 카롤로스 딘 시리즈를 무려 스물세 권이나 출간했다. 그는 당시 유행을 좇아 시리즈의 마지막 작품명을 『불량소년의 죽음Death of a Bovver Boy』으로 지었다. 카롤로스 딘 시리즈도 능란하게 구성된 추리소설이지만, 재기발랄한 데뷔작 『세 탐정 사건』을 뛰어넘지 못했다.

49. 『움직이는 장난감 가게』¹⁹⁴⁶ – 에드먼드 크리스핀

순수한 재미와 에너지 면에서 에드먼드 크리스핀의 가장 유명한 미스터리에 필적할 만한 범죄소설은 거의 없다. 독자를 약 올리는 듯한 불가능 범죄 상황, 꿈꾸는 첨탑의 도시* 가운데 감탄이 나올 만큼 훌륭하게 재현된 배경, 가장 뛰어난 명탐정들의 계보를 잇는 아마추어 탐정이 하나로 결합해 숱한 독자들에게서 사랑받은 소설을 만들어냈다. 『움직이는 장난감 가게The Moving Toyshop』는 제2차 세계대전이 끝난 직후 출간되었지만, 이 소설의 줄거리는 양차 세계대전 사이 황금기 추리소설의 정신을 고스란히 반영한다.

옥스퍼드를 방문한 시인 리처드 캐도건은 어느 날 밤에 이플리가에서 우연히 장난감 가게를 발견한다. 가게의 차양이 내려와 있었지만, 캐도건은 문이 열린 것을 보고 안으로 성큼 들어선다. 그런데 가게 안에는 노파의 시신

* 'the city of dreaming spires'는 영국 시인 매슈 아널드가 옥스퍼드에 붙인 아주 유명한 애칭이다.

이 있고, 캐도건은 정체불명의 괴한에게 머리를 얻어맞는다. 캐도건은 의식이 돌아오자마자 급히 경찰서로 달려가서 신고한다. 하지만 경찰과 함께 사건 현장으로 돌아와 보니 장난감 가게는 식료품 가게로 바뀌어 있다. 경찰이 이야기를 믿어주지 않자 캐도건은 세인트 크리스토퍼 컬리지의 저베이스 펜 교수에게 도움을 청한다. 이로써 물불 가리지 않는 무모한 범죄 수사가 시작된다.

크리스핀은 추격 장면을 즐겨 썼다. 『움직이는 장난감 가게』에도 주목할 만한 추격 장면이 두 번 나온다. 한 번은 캐도건이 범인을 추격하다가 양 갈래 길을 맞닥뜨리자 왼쪽을 선택한다. 크리스핀은 사회주의자였던 출판인 빅터 골란츠를 놀리려고 이 장면에 "어쨌거나 골란츠가 이 책을 출판할 테니까"라는 대사를 써넣었다. 크리스핀도 존 딕슨 카처럼 '제4의 벽'*을 깨부수며 즐거워했고, 출판인의 정치적 신념을 조롱하며 재미를 느꼈다. 두 번째 추격 장면은 주인공이 통제 불능 상태의 로터리와 마주치는 보틀리 장터에서 끝난다. 앨프레드 히치콕은 이 추격 장면을 사용할 권리를 사서 퍼트리샤 하이스미스의 『열차 안의 낯선 자들』을 각색한 영화에 활용했다. 『움직이는 장난감 가게』도 시나리오로 각색되었지만, 영화는 끝내 제작되지 못했다. 다만 BBC가 이 작품을 바탕으로 1964년에 TV 드라마 〈탐정Detective〉을 제작해서 크게 호평받았다(안타깝게도 방송사에서 방영분 대부분을 보존하지 않았다).

크리스핀은 『움직이는 장난감 가게』를 친구이자 세인트존스 컬리지의 동기인 필립 라킨에게 헌정했다. 이 소설의 아이디어를 제공한 사람이 바로 라킨이었다. 시인 겸 범죄소설 작가였던 라킨은 옥스퍼드에 차양이 펄럭거리

---

* the fourth wall. 연극에서 무대와 객석 사이에 존재하는 가상의 벽을 의미한다. 이 벽을 사이에 두고 극 중 인물과 관객은 서로 간섭할 수 없는 것으로 여겨진다.

는 가게가 있다고 알려주며 크리스핀의 상상력을 자극했다. 크리스핀은 리처드 캐도건에게 라킨과 닮은 면을 많이 부여했고, 소설에 시에 관한 농담도 풍부하게 곁들였다. 심지어 소설에서 문학 교수인 저베이스 펜은 라킨의 이름을 언급하며 "이 세상 모든 시인 중 무의미한 조화를 끝까지 찾아다니는 가장 끈질긴 시인"이라고 설명하기까지 한다.

에드먼드 크리스핀은 브루스 몽고메리의 필명이다. 그는 소설뿐만 아니라 작곡에도 재능이 출중했다. 크리스핀은 대학을 채 졸업하기도 전인 1944년에 첫 번째 추리소설 『금빛 파리 사건The Case of the Gilded Fly』을 집필했다. 그는 기말고사를 대비해야 하는 부활절 방학 열흘 만에 폭발적인 속도로 데뷔작을 완성했다. 크리스핀이 추리소설 작가로 데뷔하자마자 그의 기상천외하고 경쾌한 미스터리를 좋아하는 팬들이 생겨나기 시작했다. 시골 미스터리 『즐거운 살인Buried for Pleasure』에서 저베이스 펜 교수는 무소속으로 의원 선거에 출마한다. 펜을 만난 어느 추리소설 작가는 "등장인물의 성격 묘사는 소설에서 지나치게 과대평가된 요소 같습니다. 인물 묘사는 형식을 제한하거든요"라고 말한다. 이 작가는 틀림없이 에드먼드 크리스핀의 대변인일 것이다.

크리스핀은 추리 클럽을 지탱하는 대들보가 되었다. 하지만 그는 10년 만에 장편 여덟 편과 단편집 한 권을 출간한 이후 범죄소설 작가로서 창의력을 모두 소진하고 말았다. 그는 슬럼프로 힘겨워하다가 알코올 중독에 빠졌고 건강마저 해쳤다. 결국, 크리스핀은 세상을 뜨기 10년 전인 1977년에야 저베이스 펜 시리즈의 아홉 번째 작품 『밤의 세계The Glimpses of the Moon』를 발표했다. 크리스핀의 마지막 소설이기도 한 이 작품은 독자의 기대에 전혀 미치지 못했다.

11

교육, 교육, 교육

제1차 세계대전이 끝난 이후, 작가들은 직장이 추리소설의 배경이 될 수 있다는 사실을 점차 깨닫기 시작했다. 소설의 배경으로 등장하는 시골 저택은 서로 판에 박은 듯 닮았다. 하지만 직장을 작중 배경으로 삼으면, 여전히 용의자 집단을 소규모로 한정하기 쉬우면서도 참신하고 흥미로운 이야기를 만들 수 있다. 그런데 작가들이 잘 아는 직장은 그리 많지 않았다. 작가가 몸소 체험한 일터가 많지도 않은데다가 다른 사람의 근무지를 철저하고 상세하게 조사하기도 쉽지 않았기 때문이다.

각각 기자와 광고 카피라이터, 철도 엔지니어로 먹고살았던 J.S. 플레처와 도로시 L. 세이어즈, 프리먼 윌스 크로프츠는 소설에서 직장 경험을 탁월하게 활용했다. 하지만 범죄소설 작가 대다수는 기업 환경을 전혀, 혹은 거의 겪어보지 못했다. 그들에게는 교육 기관이 훨씬 더 친숙했다. 작가들은 대체로 대학교를 졸업했고, 일부는 학교나 대학에서 교편을 잡았기 때문이다.

이 당시 범죄소설 작가들은 대개 런던이나 런던 인근의 카운티 출신이다. 1939년 추리 클럽의 회원 명부를 보면, 회원 중 잉글랜드 북부에 사는 사람은 단 한 명도 없었다. 다만 휴 월폴 경이 런던 피커딜리뿐만 아니라 레이크 디스트릭트에 부동산을 갖고 있을 뿐이다. 마찬가지로, 이들의 교육 경험 역시 영국 인구 전체를 대표하지 못했다. 극소수 예외를 제외하면, 소설가들은 주로 유복한 집안에서 태어났다. 이들은 대개 기숙사가 딸린 사립학교에 다녔고 옥스퍼드대학교나 케임브리지대학교에 진학했다. 추리 클럽의 창립 회원 스물여덟 명 가운데 네 명(로널드 녹스, 더글러스 콜, 고렐 경, 에드거 젭슨)이나 옥스퍼드대학교에서 가장 오래된 대학인 베일리얼 컬리지에서 공부했다. 세이어즈도 피터 윔지 경의 모교로 베일리얼 컬리지를 선택했다(윔지의 모델이 컬리지의 교목이라는 말이 있지만, 고렐 경은 자기가 모델이라고 생각했다). 1930년대에 추리 클럽의 회원으로 뽑힌 R.C. 우드소프와 존 딕슨 카도 베일리얼 컬리지를 졸업한 탐정 캐릭터를 만들어냈다. 바로 니콜라스 슬레이드와 그보다 훨씬 더 유명한 기디언 펠 박사다.

추리소설 작가들이 살아가던 세상은 여러모로 좁은 엘리트주의 세상이었다. 바로 이 때문에 고전 범죄소설에는 노동자 계급 사람들의 대화를 발음 그대로 표기한 문장이 자주 나왔다. 요즘 독자들은 이런 문장을 보면 민망해서 움찔한다. 고등 교육을 받은 저자들이 소설에서 명백히, 혹은 은근히 보여준 사고방식 중에는 21세기에서 용납하기 어려운 것들도 있다. 예를 들어, 유대인이나 동성애자를 향한 당시 작가들의 태도는 받아들이기 힘들다. 이 작가들의 세상이 아주 좁았을 뿐만 아니라, 지금 우리 세상과 너무도 달랐다는 사실을 기억해두자. 지난날의 영국, 어떤 면에서는 요즘과 영 딴판인 영국을 살펴볼 수 있다는 것도 고전 범죄소설을 읽으면서 얻을 수 있는 즐거움 중 하나다.

크리스토퍼 부시와 니콜라스 블레이크, R.C. 우드소프, F.J. 웨일리, 글래디스 미첼은 교직 생활 경험을 활용해서 배경이 학교인 미스터리를 사실적으로 그려냈다. 프랜시스 존 웨일리는 이 네 명 가운데 가장 덜 알려졌지만, 그의 데뷔작인 『직원 감축Reduction of Staff』은 지금까지도 비평가들에게서 높이 평가받는다. 글래디스 미첼은 평생 전통적인 학교에서 아이들을 가르쳤다. 하지만 미첼은 진보적 학교 '서머힐'을 설립하고 자유주의 교육을 실천한 알렉산더 A.S. 니일의 논란 많은 교육관에 매료되었다. 미첼은 1934년 작 『오페라 극장에서의 죽음Death at the Opera』에서 남녀공학 힐마스턴 학교를 배경으로 제시하며 자유주의 교육관을 반영했다(이 소설은 『비에 젖은 죽음Death in the Wet』으로도 알려져 있다).

우드소프의 1932년 데뷔작 『사립학교 살인사건The Public School Murder』은 도로시 L. 세이어즈에게서 호평받았다. "교사 휴게실 풍경을 멋들어지게 묘사한 덕분에 당대 가장 훌륭하고 유머러스한 추리소설이 되었다." 그런데 이 소설은 출간되고 몇 년 만에 깜짝 놀랄 만한 악명을 얻었다. 1934년 9월, 미국 매사추세츠 노스필드에 있는 사립학교인 마운트 허먼 남자 고등학교의 교장 엘리엇 스피어 목사가 숨진 채로 발견되었다. 그런데 스피어 목사의 죽음을 둘러싼 정황은 『사립학교 살인사건』 속 상황과 소름 끼칠 정도로 닮았다. 스피어 역시 저녁에 서재에 있다가 열린 창문으로 날아 들어온 총알에 맞아 사망했다. 기묘하게도, 스피어는 『사립학교 살인사건』을 한 권 갖고 있었다. 그리고 그가 사망하기 얼마 전에 같은 학교 학장인 토머스 E. 엘더에게 책을 빌려주었다는 소문이 돌았다. 전통주의자였던 엘더는 장로교 학교의 엄격한 제도를 자유롭게 바꾸었던 스피어에게 적대적이었다. 정황 증거는 엘더가 범인이라고 지목했지만, 정황만으로는 엘더를 체포할 수 없었다. 엘더는 결국 학교를 떠났다. 6년 후 그는 마운트 허먼 학교의 옛 동료를 산탄총으로 위협했다는 혐의로 재판을 받았지만, 무죄 판결을 받았다. 스피어 살인사건은 미해결 사건으로 남았다. 따라서 우리는 범인이 우드소프의 소설에서 살해 방법을 빌려왔으리라고 그저 짐작할 수 있을 뿐이다.

페이스 울슬리의 1936년 작 『죽음은 어느 길로 왔나^{Which Way Came Death}?』는 빼어난 글솜씨가 눈에 띄는 소설이다. 저자는 주요 등장인물 중에서도 특히 사립학교 교장의 아내를 절묘하리만큼 입체적으로 묘사했다. 사실, 저자는 허스트피어포인트 길리지 교장의 아내였다. 그녀는 아마 이 사실을 숨기려고 필명을 선택했을 것이다. 울슬리는 필명을 사용하기 전에 본명 '스텔라 타워'로 책을 두 권 발표했다.

애덤 브룸이 1929년에 출간한 『옥스퍼드 살인사건^{The Oxford Murders}』은 이 유서 깊은 대학교를 배경으로 삼아 최대한 이용한 추리소설 중 첫 번째 작품이다. 브룸은 1936년에 『케임브리지 살인사건^{The Cambridge Murders}』도 발표했다(브룸은 고드프리 워든 제임스의 필명이다). 1945년, 웨일스 태생의 고고학자이자 케임브리지대학교 교수인 글린 대니얼도 '딜윈 리스'라는 필명을 써서 『케임브리지 살인사건^{The Cambridge Murders}』이라는 책을 출판했다. R.E. 스워트와웃의 1933년 작 『보트 레이스 살인^{The Boat Race Murder}』과 어세이튜나 그리핀의 1934년 작 『펀트배 살인^{The Punt Murder}』은 조정 경기가 배경으로 등장하는 케임브리지 미스터리다(케임브리지대학교의 조정 선수였던 스워트와웃은 이 책을 발표하기 3년 전에 보트 레이스에서 옥스퍼드대학교를 무찔렀다. 키잡이였던 그는 이 기록을 세운 최초의 미국인이었다).

옥스퍼드대학교는 오랜 리이벌 케임브리지대학교보다 더 지주 고전 범죄소설의 배경이 되었다. 이는 J.C. 매스터맨의 1933년 작 『옥스퍼드의 비극^{An Oxford Tragedy}』의 영향 덕분이기도 하다. 학구적 논쟁으로 뜨거웠던 옥스퍼드대학교에서 어느 날 평판 나쁜 교수가 학생처장의 방에서 살해된 채 발견된다. 어리석은 학생처장이 방에 장전된 총을 보관했을 뿐만 아니라 교수진에 이 사실을 말하기까지 했기 때문이다. 매스터맨은 옥스퍼드대학교를 졸업했고, 옥스퍼드대학교의 강사로 일하다가 마침내 부총장 자리에까지 올랐다. 그 덕분에 매스터맨이 이야기하는 교수 휴게실 풍경은 굉장히 사실적이다.

더모트 모라가 1933년에 출간한 유일한 추리소설 『미라 사건The Mummy Case』은 20여 년 전에 먼저 출간된 R. 오스틴 프리먼의 『오시리스의 눈』(42쪽)과 비슷하다. 모라도 이집트학과 범죄 수사를 매력적으로 결합했다(이 소설은 『미라 사건 미스터리The Mummy Case Mystery』로도 알려졌다). 추리소설 장르에 대한 지식은 혀를 내두를 정도지만, 작품마다 번번이 악평을 퍼붓기로 유명한 비평가 자크 바전과 웬델 허티그 테일러는 매스터맨의 소설을 걸작으로, 모라의 소설을 대성공으로 평가했다.

매스터맨이 범죄소설을 집필해서 성공을 거둔 데 자극받은 마이클 이네스는 1936년에 직접 추리소설을 발표했다. 이네스가 거둔 성공은 다시 에드먼드 크리스핀에게 영향을 미쳤다. 크리스핀은 세인트 크리스토퍼 컬리지의 영어영문학 교수이자 원기 왕성한 아마추어 탐정 저베이스 펜을 창조해내서 장편소설 아홉 편과 단편집 두 권을 출판했다. 대학생은 당연히 시리즈에 계속 출연하는 등장인물이 될 수 없었다. 하지만 마비스 도리엘 헤이가 1935년에 발표한 유일한 옥스퍼드 미스터리 『처웰에서의 죽음Death on the Cherwell』에서는 여학생 4인조가 주인공으로 활약한다. 이들은 페르세포네 컬리지에서 아무도 좋아하지 않았던 회계 담당자의 죽음을 조사한다.

옥스퍼드의 세인트 힐다 컬리지를 졸업한 헤이는 모교를 모델로 삼아서 여학교 페르세포네 컬리지를 상상해냈다. 『처웰에서의 죽음』이 출간된 해에 도로시 L. 세이어즈도 대학교를 배경으로 삼은 『대학축제의 밤』을 발표했다. 세이어즈 역시 모교인 옥스퍼드대학교의 서머빌 컬리지를 토대로 가상의 대학교를 만들어냈다. 세이어즈가 졸업하고 아주 오랜만에 대학 동창회의 주빈이 되어서 학교에 돌아갔던 것처럼, 해리엇 베인도 졸업하고 몇 년 후에 슈

루즈베리 컬리지의 축제에 초대받아 모교로 돌아간다. 그런데 학생처장이 중상모략 편지를 보내고 학교에 악의적 낙서를 한 사람이 누구인지 밝혀달라고 부탁한다. 세이어즈는 이 소설에서 미스터리 요소를 부각하는 데 주력하지 않았다. 저자의 목표는 '탐정이 등장하는 세태 소설'을 집필하는 것, 그리고 플롯과 '지적 진실성'이라는 주제를 조화시키는 것이었다. 책의 부제 '범죄 수사가 끼어든 사랑 이야기'가 암시하듯이, 소설의 핵심은 범죄나 사건 해결이 아니다. 세이어즈가 언제나 몰두했던 문제는 대체로 남녀 관계, 특히 윔지와 베인의 관계였다. 세이어즈 팬들은 보통 『대학축제의 밤』을 그녀의 소설 가운데 가장 뛰어난 작품으로 꼽지만, 이 작품에 대한 평가는 여전히 엇갈린다. 그러나 추리소설로 가장한 이 러브레터는 꿈꾸는 첨탑의 도시로 끝없이 밀려든 가상의 범죄 사건을 다룬 그 어떤 소설에도 뒤지지 않는다.

50. 『학교 살인사건』[1931] - 글렌 트레버

콜린 레벨은 아직 20대지만, "옥스퍼드대학교의 학부모들이나 전도유망한 교원들이나 똑같이 절망감에 사로잡힐 만큼 '눈부신' 경력을 쌓고 있다." 그는 '절묘한 미스터리 해결사'라는 평판을 얻고 일주일에 4파운드씩 봉급 외 수입도 얻는다. 게다가 그는 틈틈이 글을 써서 소설까지 한 권 출판했다. 사람들은 "그러면 당연히 그럴 수 있었겠지"라고 말한다. 그런데 레벨의 모교인 오킹턴 학교 기숙사에서 학생이 한 명 사망하고, 교장이 레벨에게 도움을 청한다.

숨진 소년이 수수께끼 같은 '유서'를 남겼지만, 그의 죽음은 분명히 사고처럼 보인다. 그런데 몇 달이 지난 후, 레벨은 오킹턴 학교에서 학생이 또 사망했다는 소식을 듣는다. 그 학생은 어리석게도 밤중에 수영하다가 사고로 익사한 것 같다. 하지만 불길하게도, 사망한 두 소년은 하필 형제였다. 형제가 모두 세상을 떠났기 때문에, 형제의 사촌인 기숙사 사감이 십만 파운드를 상속할 권리를 얻는다. 그렇다면 사감이 교묘하게 살인사건을 꾸며낸 것은 아닐까? 레벨의 불운한 사건 수사 이야기에는 프랜시스 아일즈의 영향이 느껴지는 아이러니가 스며들어 있다. 하지만 『학교 살인사건Murder at School』의 플롯은 아일즈의 『살의』(329쪽)와 같은 급이라고 보기 어렵다.

출판인 어니스트 벤은 『학교 살인사건』을 노란색 커버로 싸서 출간했다. 커버의 스타일은 한때 벤의 상사였던 유명 출판인 빅터 골란츠가 개척해낸 스타일과 흡사하다. 골란츠는 직접 출판사를 차리면서 세이어즈와 J.J. 커닝턴 같은 작가들을 옛 직장에서 낚아채 왔고 즉시 성공을 거두었다. 전설적인 마케팅 능력을 자랑했던 골란츠는 프랜시스 아일즈의 진짜 정체를 비밀로 감추었다. 그 덕분에 영국 독자들 사이에서는 아일즈의 정체를 두고 갖가지 잘못된 추측이 분분했다. 저자 장본인은 이런 상황을 대단히 즐겼다.

어니스트 벤도 골란츠의 마케팅 방식을 모방했다. 소설 커버의 광고 문구는 이 "특출나게 독창적인 스릴러"에 "특별히 주목"해달라고 외친다. 또 표지의 뒷날개에는 1932년 1월 1일에 공개될 저자 글렌 트레버의 진짜 정체를 가장 먼저 알아맞힌 독자에게 상금 10파운드를 주겠다는 문구가 실려 있다. 어니스트 벤은 힌트도 잊지 않았다. 그는 저자의 본명이 "장르에 안목이 있는 독자에게는 예리한 관찰이 돋보이는 인물 묘사로 유명한 소설을 여러 편 발표한 작가로 알려져 있다"고 소개했다. 또 저자의 가장 최근 작품 역시 어니스트 벤이 출판했다고 덧붙였다.

정답은 바로 제임스 힐튼이다. 힐튼이 『학교 살인사건』 이전에 출간한 책 가운데 1925년 작『심판의 여명Dawn of Reckoning』은 살인 재판 이야기를 담은 주류 소설이다. 이 작품은 훗날 범죄 영화 〈천국으로 가는 장의사Rage in Heaven〉로 각색되었다. 제임스 힐튼의 아버지는 월섬스토에 있는 학교의 교장이었다. 그 덕분에 학교생활을 속속들이 알았던 힐튼은 1934년 소설『굿바이 미스터 칩스』에서 다시 학교를 배경으로 활용했다. 이 짧고 감상적인 책은 베스트셀러가 되었고, 쉽사리 잊을 수 없을 만큼 인상적인 영화로도 제작되었다. 그가 1933년에 출간한『갑옷 없는 기사Knight without Armour』와『잃어버린 지평선』역시 영화로 각색되었다. 목가적인 샹그릴라가 배경인『잃어버린 지평선』은『굿바이 미스터 칩스』만큼 유명한 작품이 되었다. 힐튼은 눈앞에 장면이 생생하게 펼쳐지는 듯한 글솜씨와 재미있는 이야기를 고안해내는 재주 덕분에 할리우드로 진출했다. 그리고 마침내 〈미니버 부인Mrs. Miniver〉의 시나리오를 집필해서 아카데미상을 받았다. 미국에서는『학교 살인사건』이『살인이었을까Was it Murder?』로 출간되었다. 책 표지에는 저자의 필명이 아니라 본명이 실렸다. 그러나 콜린 레벨이 처음으로 맡은 사건은 필립 트렌트와 달리 그의 마지막 사건이 되고 말았다.

51. 『케임브리지 살인』¹⁹³³ – Q. 패트릭

『케임브리지 살인Murder at Cambridge』의 화자는 열정적이고 호감 가는 대학생 힐러리 펜턴이다. 케임브리지대학교 올 세인츠 컬리지에 다니는 펜턴은 필라델피아 태생의 미국인이지만, "하버드대학교에서 4년 지내는 동안 생겨났을지도 모르는 별난 구석을 모조리 지워버리기 위해" 영국으로 왔다. 펜턴은 남아프리카의 오렌지 자유주에서 유학하러 온 학우 줄리어스 바우먼과 친해진다. 똑똑하지만 어딘가 음침한 바우먼은 펜턴에게 비밀을 지킬 것을 맹세하라고 요구하더니, 만약 자기가 별안간 학교를 떠나는 상황이 벌어지면 서류 한 통을 봉투에 적힌 주소로 부쳐달라고 부탁한다. 그리고 얼마 후, 폭풍우가 몰아치던 날에 바우먼이 기숙사 방에서 죽은 채 발견된다. 그는 총에 맞아 숨졌고, 그의 손 근처에는 리볼버가 떨어져 있다.

바우먼이 살해당했다고 생각한 펜턴은 친구가 홀딱 반했던 젊은 여성이 범인이라고 속단한다. 펜턴은 범죄 현장 근처 계단에서 그녀의 아름다운 옆모습을 보았다고 생각한다. 게다가 바우먼의 방에 그녀가 뿌리고 다니던 독특한 향수 냄새도 남아 있는 것 같았다. 펜턴은 결국 그녀를 보호하기로 마음먹는다. 하지만 두 번째 살인사건이 벌어지고, 펜턴은 호록스 경위와 함께 두 사건을 조사한다. 놀랍게도 호록스 경위는 펜턴이 한때 정의의 실현을 방해하려고 했던 일을 눈감아 준다.

저자는 힐러리 펜턴보다 나이가 그리 많지 않지만, 케임브리지대학교의 내부 사정에 훤했다. 그는 젊은 작가다운 에너지와 지식을 톡톡히 활용하고 서사에 대학 생활에 관한 농담을 곁들여서 활기 넘치는 케임브리지 미스터리를 완성했다. 책 마지막에는 "케임브리지대학교에 오래 머문 적이 없는" 독자를 위해 유쾌한 용어 해설도 덧붙였다. '학생 휴게실'은 이렇게 풀이되어 있다. "학생들이 대학 식당에서 회식한 후 포트와인을 마시러 모여드는 미스터리한 방. 이곳에서 학생들이 무슨 이야기를 주고받는지 알아낸 사람은 아직 아무도 없다. 하지만 세간의 평가를 들어보면, 학생들은 재기가 몹시 뛰어난 지적인 대화를 나눈다고들 한다." '시험 감독관'은 "경찰처럼 차려입은 교수"라고 정의되어 있다.

리처드 윌슨 웹은 잉글랜드 남서부의 서머싯에서 태어났다. 웹은 케임브리지대학교의 클레어 컬리지에서 공부했으니 『케임브리지 살인』을 쓸 자격은 충분한 셈이다(이 소설의 다른 제목은 『대학 살인Murder at the Varsity』이다). 웹은 프랑스와 남아프리카에서 살다가 미국으로 이주했다. 필라델피아의 제약회사에서 일자리를 찾은 웹은 휴대용 흡입기를 개발하면서, 그리고 추리소설을 집필하면서 창조력을 발산했다. 그는 마사 모트 켈리와 함께 Q. 패트릭이라는 필명으로 범죄소설을 두 편 집필했다. 이후 공동 집필을 그만두고 나서도 필명을 그대로 사용했고, 케임브리지대학교 생활에 관한 지식을 활용해서 혼자 『케임브리지 살인』을 썼다.

웹은 『케임브리지 살인』 이후, 메리 루이즈 애즈웰과 함께 작업해서 역시 Q. 패트릭이라는 이름으로 소설을 두 권 더 발표했다. 두 권 중 1935년에 출간된 『그린들 악몽The Grindle Nightmare』은 비범하지만 굉장히 암울한 시골 미스터리다. 이때 출판사에서는 웹의 정체뿐만 아니라 공저자의 존재까지 비밀에 부쳤다. "Q. 패트릭은 저자의 본명이 아니다. 미국은 그의 조국이 아니다. 글쓰기도 그의 본업이 아니다. (…) Q. 패트릭은 지킬 박사와 하이드다. 낮에는 동부의 중요한 기업 임원, 밤에는 섬뜩한 범죄소설 작가! (…) 저자 Q. 패트릭은 불가사의한 존재다! Q. 패트릭은 수수께끼다! Q. 패트릭은 미스터리다!"

웹은 영구 자가 휴 휠러와 함께 글을 쓰면서도 Q. 패트릭이라는 필명을 계속 사용했다. 두 사람은 '조너선 스태그'와 '패트릭 퀜틴'이라는 필명도 썼다. 1950년대에 웹이 작가 일을 그만두고 난 후에도 휠러는 패트릭 퀜틴으로 소설을 여러 편 발표했다. 하지만 훗날 휠러는 뮤지컬 〈리틀 나이트 뮤직A Little Night Music〉과 〈스위니 토드Sweeney Todd〉의 대본을 쓴 작가로 기억되었다.

52.『학장 사택에서의 죽음』¹⁹³⁶ – 마이클 이네스

"존슨 박사가 말했듯이, 학자의 삶은 하찮은 인물이 비범한 사람들을 해치게 이끈다. 세인트 앤서니 컬리지의 교수진과 학자들이 겪은 일은 아니다. 하지만 몹시 추운 11월의 어느 아침, 그들은 밤사이에 조사이어 엄플비 학장이 살해당했다는 사실을 알아차렸다. 이 범죄는 몹시 흥미롭고 기이한 동시에 효율적이고 극적이다. 아무도 누가 범인인지 알 수 없었으니 효율적이라고 할 수 있다. 또 범죄자가 살인으로도 모자라 과할 만큼 섬뜩한 짓을 저지른 탓에 소문이 삽시간에 퍼졌으니 극적이라고 할 수 있다."

저자 마이클 이네스는 인용문과 역설, 기괴한 범행 계획에다 유머까지 약간 가미한 글로 아주 독특하게 자신의 데뷔를 알렸다. 엄플비 학장은 총에 맞아 사망했다. 그런데 그의 시신 주변에는 인간의 뼈가 흩뿌려져 있었다. 게다가 학장 사택의 서재 벽을 덮은 오크 목판에는 씩 웃고 있는 사신의 머리 두어 개가 분필로 그려져 있었다.

유능하지만 상상력이 부족한 지역 경찰은 살인을 둘러싼 수수께끼를 풀지 못하고, 런던 경시청의 존 애플비 경위가 사건을 수사하러 온다. 애플비는 의심할 여지 없는 '신사'로 그려진다. "애플비는 단순히 현대적인 경찰 학교에서 치열하게 공부한 엘리트 경찰이 아니다. 그는 깊이 사색에 잠기는 습관과 신중한 사고방식, 완력뿐만 아니라 침착한 태도, 경계심까지는 아니지만 조심스러운 자세를 갖추었다. 이런 자질은 어쩌면 더 광범위한 교양 교육의 증거일 것이다." 애플비는 "문과 창문, 도둑맞은 열쇠" 같은 물질 증거보다는 "인간적이거나 심리적인 면"에 집중해서 사건을 해결하는 방식을 선호한다. 애플비의 수사가 진척되고, 소수의 대학 내부 인사들이 돌아가며 혐의를 받는다(소설에서 중심 역할을 맡은 여성은 한 명도 없다).

『학장 사택에서의 죽음Death at the President's Lodging』은 미국에서 『일곱 용의자 Seven Suspects』로 출간되었다. 원제 속 'president'에는 '대통령'이라는 뜻도 있어서, 백악관의 불미스러운 사건에 관한 소설이라는 오해를 피해야 했기 때문이다. 블레츨리에 있는 세인트 앤서니 컬리지는 가상의 대학교다. 하지만 대학 생활의 재미와 사소한 질투, 박학다식한 교수진은 굉장히 생생하게 재현되어서 마치 실제 같다. 이는 저자가 옥스퍼드대학교 내부인이었기 때문이다. 애플비 경위는 마침내 교수 휴게실이라는 적절한 장소에서 사건의 전모를 모두 밝힌다. 물론, 휴게실에 모여든 교수진들이 포트와인과 셰리주를 한 바퀴 돌릴 때까지 기다려야 했다.

마이클 이네스는 존 이네스 매킨토시 스튜어트의 필명이다. 스튜어트는 옥스퍼드대학교의 오리얼 컬리지를 졸업했고, 나중에 다시 옥스퍼드로 돌아와서 크라이스트처치 컬리지의 연구생(즉, 선임 연구원)이 되었다. 그가 1987년에 펴낸 회고록 『나와 마이클 이네스Myself and Michael Innes』에서 밝혔듯이, 1930년대 중반 "상류 사회에서 용인하는 기분전환거리는 공포소설 집필에서 추리소설 집필로 바뀌었다." 그리고 스튜어트는 "추리소설이 소소한 용돈 벌이 정도는 된다는 사실을 알고서" 소설을 쓰기 시작했다. 역시 옥스퍼드대학교를 졸업한 세실 데이-루이스가 니콜라스 블레이크라는 필명으로 추리소설을 쓰기 시작한 이유도 스튜어트와 똑같았다. 그는 물이 새는 지붕을 수리할 돈을 마련하려고 첫 번째 추리소설을 썼다.

애플비도, 그를 창조한 저자도 오랜 경력을 자랑했다. 이네스는 스릴러도 여러 권 펴냈다. 그중에는 1942년 작 『수선화 사건The Daffodil Affair』처럼 공상 소설의 경계에 걸친 작품도 있다. 그는 추리소설만큼이나 '순수' 소설과 논픽션도 수없이 많이 집필해서 본명으로 발표했다. 이네스는 추리소설에 관해 약간 방어적으로 보이는 견해를 밝힌 바 있다. "추리소설은 어쨌거나 순전한 오락물이다. 그러니 독자를 당황하게 할 뿐만 아니라 즐겁게 해주겠다는 야망을 저버려서는 안 된다." 애플비는 마침내 런던 경찰국장 자리에 오르며 기사 작위를 받는다. 그의 아들 바비도 아버지의 뒤를 따라서 탐정이 되고, 이네스의 후기작에서 활약한다.

12

정치놀음

전통적인 추리소설에서 정치인과 자본가들은 유산을 절실하게 탐내는 빈민들의 연로한 친척들만큼이나 자주 살해당한다. 정치인과 자본가, 적잖은 유산이 있는 노인들 주변에는 살해 동기를 품은 사람이 아주 많다. 은행가와 정치 엘리트들은 지난 세기 전반기에도 요즘과 마찬가지로 인기가 없다.

제1차 세계대전을 겪고 나서 경기 침체라는 재앙을 맞닥뜨리고 제2차 세계대전까지 눈앞에 둔 사람들은 추리소설을 읽으며 현실에서 도피하고자 했다. 작가들은 기꺼이 도피처를 제공하고자 했고, 제공할 준비를 마쳤으며, 제공할 능력을 갖추었다. 하지만 황금기 이전에도, 황금기 동안에도 작가들은 당대의 정치적·경제적 문제를 전후 비평가들의 생각보다 더 자주 다루었다.

프리먼 윌스 크로프츠는 1930년대에 저술한 소설에서 끊임없이 금융 사기를 다루었다. 1938년에 출간된 『앤드루 해리슨의 최후The End of Andrew Harrison』에서는 야비한 기업가가 밀실에서 자살한 것처럼 보이는 사건이 발생한다. 〈타임스〉의 논평가는 『앤드루 해리슨의 최후』를 비평하며 "고약한 대머리 귀족이 우리 할아버지 세대 작가들에게 꼭 필요한 요소였듯이, 산업 거물은 수많은 스릴러 작가에게 꼭 필요한 도구가 되었다"라고 분석했다. 이 논평가는 예시를 두 개 더 들었다. 하나는 F.J. 웨일리의 1939년 작 『서던 일렉트릭 살인Southern Electric Murder』이고, 다른 하나는 바실 프랜시스의 1939년 작 『쥐꼬리만 한 이익Slender Margin』이다.『서던 일렉트릭 살인』에서는 자동차 제조사들이 판로를 확보하려고 뇌물을 쓰고 산업 스파이를 보낸다.『쥐꼬리만 한 이익』에서는 동종 업계의 가게 주인들이 이윤을 더 많이 내기 위해서 경쟁을 벌인다.

추리소설에서 정치인들은 산업 거물보다 훨씬 더 끔찍한 수난을 당한다. 하지만 영국의 총리직을 세 번이나 지낸 스탠리 볼드윈과 미국의 우드로 윌슨 대통령은 추리소설을 향한 애정을 숨기지 않았다. 좌파 출판인 빅터 골란츠는 '총리의 추리소설 수집목록'이라는 시리즈의 출판도 지휘했다. 그는 수많은 영업 계책을 고안해냈지만, 이 사업으로는 큰 성공을 거두지 못했다. 황금기에는 저명한 정치 인사들도 추리소설을 시도해보았다. 줄리안 시먼스는『블러디 머더』에서 "1920년대와 1930년대에는 영국 작가 거의 전원이 (…) 의심할 나위 없이 우파였다고 말하는 편이 안전하다"라고 주장했다. 하지만 이 확신에 찬 주장은 틀렸다.

우파가 아니었던 작가를 나열해보자면 끝이 없다. 대표적인 인물을 꼽아보자면 G.D.H.와 마거릿 콜 부부, 항공부 장관이었던 고렐 경(그는 자유당에서 탈당하고 노동당에 입당했지만, 램지 맥도널드에게 협력했다는 이유로 노동당에서도 축출당했다), 전후에 노동부 장관이 된 엘렌 윌킨슨이 있다. 니콜라스 블레이크(세실 데이-루이스)는 범죄소설가 경력을 시작했을 때 마르크스주의자였다. 캐머런 매케이브(에른스트 빌헬름 율리우스 보르네만)도 마찬가지였다. 레이먼드 포스트게이트는 영국 공산당의 창당 당원이었고, 크리스토퍼 세인트 존 스프리그는 스페인 내전에서 프랑코 파시즘 정권에 맞서 싸우다가 죽음을 맞았다. 브루스 해밀턴과 패트릭 해밀턴 형제는 잠시 공산주의를 지지했다. R.C. 우드소프는 노동당 기관지 〈데일리 헤럴드Daily Herald〉에서 일하는 좌파 언론인이었다. 앤서니 원과 E.R. 펀션은 소설에서 자본주의에 무차별 사격을 가했다. 이들은 가끔 서사 전개를 다 제쳐두고 자본주의를 공격하기도 했다.

로버트 고어-브라운의 1927년 작 『하원의원 살인Murder of an M.P.!』에서는 정치인이 떼죽음을 당한다. 그런데 고어-브라운은 대대로 정치가를 배출한 집안 출신이다. 필딩 호프의 1929년 작 『하원의사당 미스터리The Mystery of the House of Commons』에서는 사회당 당원 세 명이 잇달아 목숨을 잃는다(호프는 그레이엄 몬터규 제프리스가 경력 초기에 사용했던 필명이다. 그는 나중에 '브루스 그레임'이라는 필명으로 왕성하게 활동했다). 앨런 토머스의 1933년 작 『내무장관의 죽음Death of the Home Secretary』과 헬렌 심슨의 1931년 작 『밴티지 스트라이커』에서도 정치인들이 살해당한다.

심슨의 소설은 미국에서 더 직설적인 제목으로 바뀌어서 『총리가 죽었다The Prime Minister is Dead』로 출간되었다. 이 작품을 보면 저자가 파시즘의 위협을 예리하게 인식하고 있었던 것 같다. 로널드 녹스의 풍자적인 단편 「추락한 우상The Fallen Idol」과 R.C. 우드소프의 1934년 장편소설 『보라색 셔츠의 침묵』, E.R. 펀션의 1938년 작 『독재자의 길Dictator's Way』에서도 파시즘에 대한 저자의 의식이 잘 드러난다. 결점이 뚜렷하지만 흥미로운 『독재자의 길』은 정치 깡패에게 자금을 대는 도시 자본가들까지 공격한다. 스탠리 카슨이 1938년에 발표한 『생매장 살인Murder by Burial』에서는 비밀 파시즘 조직이 기이한 문화재 협회로 위장하고 활동을 벌인다.

애거사 크리스티의 유쾌한 초기 스릴러처럼 고전 범죄소설에서 뚜렷이 혹은 은근히 드러나는 정치적 입장은 대개 단순했다. 앤서니 버클리가 1939년 작 『의사당에서의 죽음Death in the House』에서 다룬 정치적 요소도 막연하다. 버클리는 이 소설에서 의회에서 벌어진 불가능 범죄와 '독자에게 도전하기' 장치를 결합했지만, 수수께끼에는 버클리다운 재간이 부족하다. 조지 굿차일드와 칼 에릭 벡호퍼 로버츠가 1939년에 함께 펴낸『우리는 화살을 쐈다We Shot an Arrow』의 핵심 소재는 보궐 선거다. 두 저자는 공평하게 보수당과 노동당 후보를 모두 죽여버린다. 소설 속 인물들은 제2차 세계대전 직전에 열린 뮌헨회담과 임박한 전쟁의 위협에 관해서도 이야기한다. 그런데 작품에서 가장 흥미로운 부분은 따로 있다. 두 저자는 놀랍게도 직접 소설 속 중심 캐릭터로 출연한다. 이들은 현명하게도 다시는 이 실험을 반복하지 않았다.

앤서니 버클리는 1934년에 'A.B. 콕스'라는 이름으로 격렬한 비판을 담은 논픽션『오, 잉글랜드O England!』를 발표했다. 그는 "모든 시민에게 개인적으로 영향을 미칠" 이 책에서 "우리가 요즘 품고 있는 사회적·정치적 불만의 이유"를 검토했다. 그리고 "위대한 민족이 폭력 행위와 중세의 유대인 박해로 퇴보"하고 있다고 주장했다. 하지만『오, 잉글랜드!』는 그리 주목받지 못했다. 오히려 빅터 골란츠가 세운 출판사 '좌파 북클럽Left Book Club'에서 출간한 G.D.H. 콜의 사회·정치 저서들이 훨씬 더 관심을 끌었다. 정치인을 향한 버클리의 태도를 한 문장으로 요약하자면 '전부 빌어먹을 것들!'이다. 하지만 버클리는 타고나기를 보수주의자로 타고났다. 애거사 크리스티와 도로시 L 세이어즈도 마찬가지다. 정치적 신념을 명백하게 드러내는 저서를 집필한 작가들도 있었지만, 이들도 대체로 그저 재미있는 미스터리를 쓰는 데 집중했다. 어느 시대건, 정치적 교훈을 강조하는 범죄소설을 쓰는 일은 그다지 현명하지 못한 처사다.

1930년대가 되자 국제 정세가 점점 위협적으로 변했다. 당시 상황이 전통적인 추리소설에 미친 영향은 우리 생각보다 훨씬 더 컸다. 범죄소설 작가들은 정의의 본질이라는 문제에 오랫동안 골몰했다. 셜록 홈스와 에르퀼 푸아로를 포함해서 깜짝 놀랄 만큼 많은 명탐정이, 심지어 클린턴 드리필드 경까지(그는 경찰서장이다!) 긴 탐정 경력에서 한 번쯤은 살인을 저지르고 싶다는 의지를 드러냈다. 탐정들은 살인만이 진정한 정의를 실현할 수 있는 유일한 방법이라면 기꺼이 살인을 저지르겠다고 말했다. 1930년대, 추리 클럽을 이끄는 소설가들은 살인이 도덕적으로 정당화될 수 있는 상황을 자주 탐구했다. 밀워드 케네디나 헬렌 심슨처럼 대중의 기억 속에서 오래전에 사라졌던 이들뿐만 아니라 크리스티나 버클리, 존 딕슨 카 같은 작가도 이 흐름에 동참했다. 소설가들이 '이타적 범죄'에 갑자기 높은 관심을 보인 시기와 무솔리니와 히틀러가 부상했던 시기가 일치한 것은 우연이 아니다.

53. 『밴티지 스트라이커』[1931] – 헬렌 심슨

테니스 용어를 제목으로 삼은 이 독특한 소설은 미국에서 『총리가 죽었다』로 출간되었다. 이 소설은 헬렌 심슨의 작품 중에서 덜 알려졌지만, 미국의 혹독한 비평가 바전과 테일러에게서 찬사를 받았다. "엄격히 말해 추리소설이라고 보기는 힘들다. 하지만 정치와 살인, 영국식 생활과 영국인 캐릭터가 어우러진 재치 있고 주목할 만한 소설이다. 이 이상 이야기하면 원래 테마를 폭로하게 될 것 같으니 이쯤에서 줄이겠다. 하지만 그 테니스 경기는 꼭 보길 바란다. 그리고 책을 읽으며 이해했던 서스펜스가 테니스 시합에서 비롯한 특징이라는 사실이 파악되는지 한 번 생각해보길."

첫 번째 장의 이야기는 화이트채플에서 펼쳐진다. 더모 보인은 레이디 새라 베네딕트와 함께 권투 시합을 구경하다가 싸움에 휘말린다. 툭하면 격분하는 성질 때문이다. 그는 친구이자 의사인 제임스 스트링펠로우에게 전장에서 머리를 다친 탓에 걸핏하면 걷잡을 수 없는 분노에 휩싸인다고 털어놓는다. 그는 열정적인 스포츠맨이지만, 테니스를 제외한 다른 스포츠는 절대 하지 않는다. "테니스에는 신체 접촉이 없어서 내가 폭발할 일도 없기 때문이지."

국제 사무국에서 일하는 보인은 신임 총리 앨버트 에드워드 애스피널에게 긴급 소포를 전달하라는 임무를 받는다. 애스피널은 별 볼 일 없는 사람이지만, 선거에서 경쟁 후보였던 국제 사무국장 줄리언 브레이지어를 무찌르고 당선되었다. 명석하지만 혐오스러운 독불장군 브레이지어는 신임 총리를 향한 적대감을 거리낌 없이 드러내고 다닌다. 게다가 그는 하원 연설에서 충격적인 발언을 쏟아낸다. "영예로운 평화를 원하는 위대한 국가는 없습니다. 위대한 국가는 안전한 세력 확대를 원합니다."

이윽고 애스피널이 죽은 채 발견된다. 그는 머리를 강타당해서 사망한 것 같다. 더모 보인이 범인이라는 증거는 희박하지만, 그가 분노 조절 장애를 앓는 탓에 쉽사리 용의자로 몰린다. 저자 헬렌 심슨의 주요 목표는 난해하게 뒤얽힌 추리물을 쓰는 것이 아니었다. 심슨은 소설에서 복잡한 인간 행동을 탐구하고자 했다. 결말에서 스트링펠로우가 말하는 대사는 이 독특한 소설의 특징을 압축해서 보여준다. "만약 문제의 원흉을 찾고 싶다면 내무부아 런던 경시청을 찾아가게."

헬렌 드 게리 심슨은 시드니에서 태어나 유럽으로 이주했다. 심슨은 옥스퍼드대학교에서 잠시 공부하다가 작가의 길에 들어섰고, 시와 단편, 희곡을 발표했다. 1925년에는 범죄 요소가 녹아 있는 장편소설『무죄 선고Acquittal』도 출간했다. 심슨은 저명한 외과 의사 데즈먼드 브라운과 결혼했다.『밴티지 스트라이커Vantage Striker』의 플롯을 짤 때 틀림없이 남편에게서 의학 지식을 구했을 것이다. 심슨은 클레멘스 데인으로 훨씬 더 잘 알려진 극작가이자 소설가 위니프레드 애쉬턴과 추리소설을 함께 쓰기도 했다. 두 사람이 1928년에 함께 펴낸 첫 번째 책『존 경 입장Enter Sir John』에는 배우 겸 탐정인 존 사모레즈 경이 처음 출연한다. 이 작품은 널리 극찬받았다. 미국의 추리소설가 대실 해밋은 소설의 범죄가 "흥미롭게 고안되었다"라고 평했고, 앨프레드 히치콕은 이 작품을 영화 〈머더Murder!〉로 각색했다. 심슨과 데인은 출판인 C.S. 에반스가 플롯을 생각해냈다고 공을 돌렸다. 하지만 고마운 마음과 일은 별개다. 두 저자는 1930년에 발표한 후속작『인쇄소의 악마Printer's Devil』에서 출판인을 살해해버린다. 존 사모레즈 경은 이 책에서 조연으로 밀려났지만, 1932년 작『존 경 재입장Re-enter Sir John』에서 다시 주연 자리를 꿰찼다.

심슨과 데인 모두 추리 클럽의 창립 회원이 되었다. 하지만 두 사람의 관심은 범죄소설 장르에만 머물지 않았다. 심슨은 1935년에『죽은 연인을 위한 사라방드Saraband for Dead Lovers』를, 1937년에『염소자리 아래서Under Capricorn』를 펴냈고, 이 역사소설들로 더 큰 명성을 얻었다. 훗날『죽은 연인을 위한 사라방드』는 바실 디어든이,『염소자리 아래서』는 히치콕이 영화로 제작했다. 그러나 심슨은 추리소설을 향한 열렬한 관심을 단 한 번도 접은 적이 없다. 그녀는 친구인 도로시 L. 세이어즈와 함께 피터 윔지 경 가문의 역사를 가상으로 꾸며내서 글로 쓰기도 했다. 정치에도 열정적이었던 심슨은 와이트섬 의원 선거에 자유당 후보로 출마했다. 하지만 곧 제2차 세계대전이 발발하면서 선거 캠페인이 중단되었다. 전쟁이 끝난 직후에는 안타깝게도 암에 무릎을 꿇고 말았다.

54. 『보라색 셔츠의 침묵』¹⁹³⁴ – R.C. 우드소프

미국에서 『죽음은 보라색 셔츠를 입는다^{Death Wears a Purple Shirt}』로 출간된 이 책이 세상에 나온 시기는 오즈왈드 모즐리가 설립한 영국 파시스트 연합이 대규모 집회를 개최한 시기와 거의 정확하게 맞아떨어졌다. 런던 올림피아에서 집회가 열리자, 검은 셔츠를 입은 파시스트들과 좌파 반파시스트들이 단체로 싸움을 벌였다. R.C. 우드소프는 재치 있는 추리소설이 정치 구호나 폭력 대 폭력의 충돌보다 파시즘의 부조리하면서도 위협적인 본질을 더 설득력 있게 보여줄 수 있다는 사실을 증명했다.

우드소프는 가증스러운 베네딕트 공작과 그가 시작한 '영국을 해방하자' 운동을 추종하는 무리를 만들어내서 모즐리와 그의 추종자들을 풍자했다. 소설에서 베네딕트 공작의 신봉자들은 보라색 셔츠를 입는다. 베네딕트와 한패인 헨리 트러스콧이 도싯 해안에서 비밀 임무를 수행하던 중 구타당해서 죽는다. 경찰은 트러스콧처럼 파시스트인 앨런 포드를 체포한다. 그러자 포드와 별거 중인 아내가 그녀의 삼촌인 소설가 니콜라스 슬레이드에게 도움을 청한다.

『보라색 셔츠의 침묵^{Silence of a Purple Shirt}』의 줄거리에서 정치는 없어서는 안 될 요소다. 니콜라스 슬레이드는 포드에게 가혹하고 신랄한 비난을 한참 쏟아붓는다. "(…) 당신네 광대들이 아무리 노력해봤자, 여기는 러시아도 독일도 파시스트 이탈리아도 아닐세. 이런 허튼수작은 인제 그만두게." 슬레이드는 "기존 체제를 과도하게 지지하지 않았다. 사실, 그는 그간 펴낸 저서에서 기존 질서를 자주 풍자했다". 하지만 그가 보기에 보라색 셔츠단이 사회를 숨 막힐 듯 엄격하게 통제하는 암울한 상황이 펼쳐지느니 현재 상태가 그대로 유지되는 편이 더 낫다.

슬레이드는 영국이 '준법 국가'라는 의견도 단박에 묵살한다. "전쟁이 터졌을 때를 제외하면, 이 나라에서 사람들이 법률을 고의로 어기지 않은 적이 언제 있기라도 했는지 기억조차 나지 않네." 그는 영국 국교회에 소극적으로 저항했던 비국교도들, 여성 참정권 운동가들, "북아일랜드 얼스터의 폭압적인 봉기에 찬동해서 반란을 일으킨 육군 장교들"을 언급한다. 이뿐만 아니라 속도 제한 법규를 어긴 운전자들과 불법 복권에 가담한 자들까지 예시로 든다(앤서니 버클리는 과속하는 운전자들을 귀하게 여겼을 것이다). 관습에 얽매이지 않고 법과 정의를 색다르게 바라보는 이 견해는 소설의 결말에도 반영되어 있다. 살인을 저지른 자는 아무런 처벌을 받지 않을 뿐만 아니라, 대중의 존경까지 한몸에 받는다.

랠프 카터 우드소프는 교사로 일했던 경험을 첫 번째 추리소설 『사립학교 살인사건』에서 톡톡히 활용했다. 하지만 데뷔작을 발표하기 이전인 1920년대에 교직을 떠나서 기자 생활을 시작했다. 〈데일리 헤럴드〉에서 3년간 근무하며 매일 유머 칼럼을 썼다. 이 경험은 그의 두 번째 추리소설 『플리트가의 단검』에 영향을 미쳤다. 우드소프는 추리소설의 플롯과 추리 과정을 고안하는 것보다 통렬한 정치 풍자가 가미된 사회적 코미디를 쓰는 데 더 관심을 보였다. 그가 자기 작품 가운데 가장 좋아한다고 꼽았던 1932년 작 『런던은 멋진 도시London is a Fine Town』도 범죄소설이 아니다.

니콜라스 슬레이드는 어떤 면에서 보자면 그의 창조주 우드소프를 닮았다. 슬레이드는 대중 소설을 발표하며 작가 경력을 시작했다. 그런데 데뷔작이 거둔 성공은 슬레이드를 쫓아다니며 괴롭혔다. 그의 "이름은 누구나 다 알고 있지만, 그의 작품은 단 하나를 제외하면 누구도 읽지 않기 때문이다". 저자 우드소프가 십자말풀이를 푸는 데 열성이었듯이, 슬레이드는 아마추어 탐정 노릇을 즐긴다. 『보라색 셔츠의 침묵』의 미국판 커버에 새겨진 광고문은 슬레이드가 "불멸의 명탐정들이 모인 전당에서 한 자리 차지할 것이라고" 예언한다. 아무리 출판계가 과장법을 남발한다지만, 이 예언은 틀려도 너무 크게 틀렸다. 슬레이드는 오직 딱 한 작품에만 더 출연하고 수명을 다했다. 1939년에 나온 슬레이드의 마지막 출연작 『필요한 시체The Necessary Corpse』는 미국 갱단이 등장하는 그저 그런 스릴러다. 황금기 추리소설에서 갱단의 출현은 대체로 소설의 질이 떨어진다는 증거였다. 우드소프는 1935년에 추리 클럽의 회원으로 뽑혔으나, 이내 추리소설 장르를 버리고 "무위도식하러 서식스로" 떠났다. 그는 서식스에서 다시 교편을 잡았고, 체스 토너먼트에 참가하며 느긋한 생활을 즐겼다.

55. 『요양원 살인』[1935] – 나이오 마시와 헨리 젤레트

나이오 마시는 대수술을 받으면서 환자가 얼마나 취약한지 깊이 생각했다. 아서 코난 도일도 40여 년 전에 무시무시한 단편 「레이디 새녹스 사건The Case of Lady Sannox」에서 환자의 취약성을 다루었다. 마시는 환자가 수술대 위에서 속수무책이라는 생각을 고전적 추리소설 형식으로 발전시켰다. 소설에서는 내무장관 데릭 오캘러핸 경이 수술대에 오른다. 장관 주변에는 그를 증오하는 사람들이 수두룩하다. 예상대로, 장관은 진정제를 치사량 투여받고 목숨을 잃는다. 하지만 누가 약물을 투여했을까?

이야기는 런던 다우닝가 10번지의 총리 관저에서 시작한다. 오캘러핸은 관저에서 각료 회의를 열고, 정부를 타도하겠다고 결의한 무정부주의자들을 극단적으로 억압할 법안을 발의한다. 『네 명의 의인』(26쪽) 속 필립 레이먼 경처럼 데릭 오캘러핸 경도 정치적 암살의 목표물이 된다. 때마침 오캘러핸이 복막염 때문에 하원에서 쓰러지자 그의 정적들이 기회를 붙잡는다. 결국 오캘러핸이 사망하고, 냉혹한 '과격파'인 너스 뱅크스가 고인을 향한 혹독한 공격의 포문을 연다. "지난 10개월간 많은 국민이 영양실조로 사망했습니다. 그는 이 죽음에 직접적인 책임이 있습니다. 그는 프롤레타리아의 적입니다."

키가 크고 잘생겼으며 흠잡을 데 없이 예의 바른 로더릭 앨런 경감이 수사를 맡는다. 그는 동료들과 공산주의 지지자로 변장하고 블랙프라이어스의 레닌 홀에서 밤늦게 열린 회의에 참석한다. 너스 뱅크스는 앨런의 정체를 알아차리고 길길이 날뛴다. "당신네 족속들을 잘 알아. 경찰 나으리, 자본주의 제도에서 가장 마지막에 생겨난 것들. 지금 자리는 이리저리 힘을 써서 얻었겠지. (…) 새날이 밝아오면 당신은 사라질 거요. 당신네 전부."

마시의 유일한 공저를 함께 쓴 사람은 바로 의사다. 마시는 고향 뉴질랜드에서 수술을 받을 때 담당 의사인 아일랜드 출신 부인과 전문의 헨리 젤레트와 친해졌다. 마시는 수술을 마치고 요양하면서 책을 쓰기 시작했고, 젤레트가 필요한 의학 전문지식을 알려주었다. 두 사람은 소설을 연극 〈데릭 경 퇴장Exit Sir Derek〉으로 각색했다. 젤레트는 연극의 마지막 장에서 사용할 "깜짝 놀랄 만큼 사실적인 복부 모형"도 만들었다. 이 모형에는 "절개된 부위를 벌려놓는 견인기"까지 달려 있었다. 훗날 마시는 "환자 역할을 맡은 운 나쁜 배우가 실수로 외과용 겸자에 꽉 조이는 바람에 장면이 끝날 때까지 고통스럽게 누워 있어야 했다"고 회고했다. 마시와 젤레트는 다른 동료들과 협력해서 뮤지컬 〈저기 그녀가 간다There She Goes〉도 제작했다. 하지만 젤레트는 『요양원 살인The Nursing Home Murder』과 각색 작품 이후로는 범죄 장르에 도전하지 않았다.

『요양원 살인』은 용의자 집단이 한정되어 있는 깔끔하고 명쾌한 미스터리다. 마시는 섬세한 필치로 소설을 완성했다. 그러나 작품의 배경이 어지럽고 뒤숭숭한 시대라는 사실은 분명하게 드러난다. 너스 뱅크스와 세이지라는 화학자는 급격한 정치적 변동만이 사회의 병폐를 몰아낼 수 있다고 생각한다. 다른 등장인물은 우생학이 사회 문제를 해결해줄 것이라며 열정적으로 지지한다. 나이오 마시는 이 소설 덕분에 애거사 크리스티와 도로시 L. 세이어즈, 마저리 앨링엄과 함께 '범죄소설의 여왕' 자리에 올랐다. 마시의 전기를 쓴 마거릿 루이스는 "『요양원 살인』이 마시의 그 어떤 작품보다 더 많이 팔렸다"라고 말했다. 수술대 위의 죽음이라는 소재는 훗날 크리스티아나 브랜드가 『녹색은 위험』(262쪽)에서 다시 한번 탁월하게 활용했다.

나이오 마시는 뉴질랜드 크라이스트처치에서 태어났다. 그녀는 평생 연극에 열정을 쏟았고, 직접 쓴 추리소설 대다수에도 이 열정을 녹여냈다. 『요양원 살인』에서 로더릭 앨런은 수술실과 연극 무대가 유사하다는 사실을 깨닫고 오캘러핸의 죽음에 관한 진실을 알게 된다. 언론에서 '잘생긴 탐정'으로 불리는 앨런은 『범죄 수사의 원칙과 실천』이라는 책도 펴낸다. 1937년 작 『빈티지 살인Vintage Murder』에서는 어느 극단에서 살인이 벌어지고, 앨런이 이 사건에 개입한다. 그런데 그가 수사 도중 만난 뉴질랜드 경찰들이 "우리 모두 당신의 책으로 배웠습니다"라고 힘주어 말한다. 1938년 작 『범죄의 예술가Artists in Crime』에서 앨런은 화가 애거사 트로이를 만나고 마침내 결혼에 성공한다. 너스 뱅크스가 앨런의 앞날을 불길하게 예언했지만, 앨런은 살아남아서 거의 반세기 동안 탐정 경력을 즐겼다. 나이오 마시가 세상을 뜬 후, 1990년대에 BBC 방송국의 드라마 〈앨런 경위 미스터리The Inspector Alleyn Mysteries〉가 제작되어 인기를 끌었다.

13

과학 수사

과학과 기술은 범죄 수사에서도, 미스터리 장르에서도 결정적인 역할을 맡는다. 21세기의 여명이 밝아오던 무렵, 저명한 법정 곤충학자 재커리아 에르징클리오글루는 2002년에 펴낸 『구더기, 살인, 인간Maggots, Murder and Men』에서 아서 코난 도일이 "법의학계의 선구자"라고 평가했다. "그의 셜록 홈스 이야기는 범죄 수사에서 물적 증거가 중요하다고 강조했다. 중국과 이집트 경찰은 수년간 셜록 홈스 시리즈를 사실상 교육 안내서로 활용했고, 프랑스의 파리 경시청은 리옹에 있는 훌륭한 법의학 연구소에 코난 도일의 이름을 붙였다. 도일은 범죄 수사관들이 수사를 생각하는 방식 자체를 바꾸었다."

의사였던 도일은 외과 의사이자 에든버러대학교 의과대학의 교수인 조셉 벨 박사의 작업 방식을 모델로 삼아서 셜록 홈스의 추리 방식을 만들어냈다. 벨 박사는 진단을 내릴 때 자세히 관찰하는 일이 중요하다고 역설했다. L.T. 미드는 원래 여학교를 배경으로 삼은 소설 시리즈로 잘 알려졌지만,《스트랜드 매거진》에 '의학 미스터리'를 실으면서 코난 도일과 경쟁하기 시작했다.

미드는 의사인 로버트 유스터스와 꾸준히 공저했고, 그 덕분에 전문지식을 반영한 훌륭한 작품을 여러 편 쓸 수 있었다. 역시 의사였던 리처드 오스틴 프리먼도 20세기 초에 존 제임스 피트케언과 함께 소설을 써서 클리퍼드 애쉬다운이라는 필명으로 작품을 발표했다. 프리먼이 공저를 그만두고 혼자서 창조해낸 존 손다이크 박사는 과학 수사 방식에 가장 뛰어난 명탐정으로 자주 꼽힌다.

프리먼은 소설에 과학지식을 정확하고 진실하게 반영했다. 손다이크 박사의 사건 수사가 지닌 매력도 대개 과학적 정확성에서 비롯했다. 도로시 L. 세이어즈는 이 과학적 특성에 크게 감명받았지만, 애거사 크리스티는 별다른 감흥을 느끼지 못했다. 크리스티는 법의학적 세부 사항에 크게 주목하지 않았다. 다만 제1차 세계대전 동안 약품 조제실에서 근무하며 얻은 독약에 관한 지식을 창의적으로 활용했다. C.E. 벡호퍼 로버츠는 전문가에게서 조언을 얻어 과학 천재 A.B.C. 호크스 캐릭터를 만들어냈다. 하지만 호크스 시리즈에서는 과학적 사실주의보다 재미가 더 중요한 요소였다.

법의학자 버나드 스필즈베리는 1910년 크리펜 박사 재판에서 유죄를 입증할 증거를 제시하고 대중의 주목을 받았다. 이후 영국 대중은 법의학 지식을 더 많이 알고 싶다는 채울 수 없는 갈망을 느꼈지만, 이 목마름은 오늘날까지 해소되지 않았다. 세이어즈는 법의학에 심취했다. 피터 윔지 시리즈와 『사건 문서』에는 내무성의 화학 분석 전문가 제임스 러벅 경이 등장한다. 세이어즈의 다른 작품에서는 탐정이 용의자의 서재에 손다이크 박사 시리즈가 있는 것을 보고 그 용의자가 범인이라는 사실을 깨닫는다. 1930년 작 『맹독』에서는 비소 독살이 소설의 핵심이고, 단편 「증거에도 불구하고In the Teeth of the Evidence」에서는 법치의학이 이야기 전개에 한몫한다.

추리소설을 쓰기 오래전에 화학 교수로 이름을 날렸던 J.J. 커닝턴은 미드와 유스터스의 작품과 프리먼의 소설에 감탄했다. 그는 여기에 그치지 않고 직접 소설을 썼고, 경탄스러울 만큼 다채로운 전문지식을 몇 번이고 되풀이해서 작품에 녹여냈다. 1931년 작 『판쓸이 살인The Sweepstake Murders』에는 일종의 '포토샵' 같은 장치로 사진을 조작하는 음모가 나온다. 또 1937년 작 『작은 수술^{A Minor Operation}』에서는 등장인물이 브라유 점자 타자기로 만들어낸 암호를 이용해서 연애편지를 쓴다. 커닝턴이 자서전에서 밝혔듯이, "과학 연구를 진행할 때 연구원은 실제 탐정 같은 역할을 맡는다." 커닝턴이 보기에 과학자도 추리소설 작가도 논리적인 사고를 갖추어야 했다.

커닝턴은 후기작에서도 과학기술의 변화를 놓치지 않고 반영했다. 그가 1939년에 발표한 『카운셀러^{The Counsellor}』에는 새로운 탐정 마크 브랜드가 출연한다. 브랜드는 인기 있는 방송인이다. 그는 옥스퍼드 거리에서 사무실을 운영하고, 아르덴 라디오 방송국에서 〈카운셀러〉라는 프로그램을 진행한다. 그는 청취자들의 고민("사교, 재정, 윤리, 의료, 법률, 스포츠" 문제 전부)을 들어주고, 다재다능한 직원들의 도움을 얻어서 조언해준다. 브랜드 밑에서 일하는 직원 가운데는 해고당한 사무 변호사와 경마 예측 전문가도 있고 심지어 분석 화학자도 있다. 어느 날 브랜드는 행방불명된 젊은 여성을 찾기 위해 수사에 나서고, 결국 복잡하게 뒤얽힌 범죄 음모를 적발한다. 이때 커닝턴의 소설답게 전문적인 기술 지식이 미스터리를 해결하는 데 결정적 요소로 작용한다. 브랜드는 조수들에게 "작은 실물 환등기를 빌려서 설치"해놓으라고 지시하거나 사람을 일산화탄소로 중독시켜서 살해하는 방법을 설명한다. 커닝턴은 시대에 뒤떨어지지 않으려고 용감하게 도전했다. 하지만 마크 브랜드는 1940년에 복잡하지만 재미있는 '불타는 차 미스터리' 『네 가지 방어^{The Four Defences}』에 등장한 이후 더는 나타나지 못했고, 클린턴 드리필드 경이 귀환했다.

프리먼 윌스 크로프츠와 존 로드는 엔지니어로 일했던 경험을 효과적으로 활용해서 기발한 살인방법을 꾸며냈다. 다만 이들이 깊이 있는 캐릭터를 만드는 데는 그만큼 노력을 기울이지 않은 탓에, 줄리안 시먼스는 두 작가의 글이 "단조롭다"라고 낙인을 찍었다. 모든 평가가 다 그렇듯, 시먼스의 표현도 크로프츠와 로드의 작품 전체를 대변하지는 못한다. 양차 세계대전 사이에 과학과 기술이 발전하자, 새로운 아이디어를 찾아 헤매던 범죄소설 작가들은 열광하며 소설에 끌어들였다. 혁명적인 발명품을 살해 동기로 삼을 수도 있었고, 새로운 과학기술을 살해 방법에 적용할 수도 있었다. 교통과 통신 기술이 발달하며 세상이 점점 좁아지자, 크로프츠와 로드는 기차와 배, 비행기에서 사람을 죽이는 기상천외한 방법을 고안했다. 대표적인 작품은 로드가 1936년에 마일스 버턴이라는 필명으로 발표한『터널 속의 죽음Death in the Tunnel』이다. 이 소설에서 범인은 객차에서 사람을 죽여놓고 자살인 것처럼 꾸며놓는다. 또 크로프츠가 1931년에 출간한『영국 해협의 수수께끼Mystery in the Channel』에서는 프렌치 경감이 영악하게 꾸며낸 알리바이를 깨부수는 능력을 또 한 번 입증한다. 크로프츠의 1934년 작『크로이든발 12시 30분』에서는 불운한 비행기 승객이 기내에서 살해당한다. 하지만 살인범은 비행기에 타고 있지도 않았다.

프랜시스 에버턴도 엔지니어로 일하다가 범죄소설가의 길에 들어섰다. 가업을 이어야 한다는 압박 때문인지 그는 소설을 몇 편밖에 쓰지 못했다. 하지만 에버턴은 단순히 기발한 살해 방법을 꾸며내는 것 이상의 독창성과 재능을 보여주었다. 크리스토퍼 세인트 존 스프리그도 마찬가지였다. 스프리그는 항공학 분야 전문가였고, 수준 높은 전문지식을『조종사의 죽음』(242쪽)에서 더할 나위 없이 훌륭하게 활용했다.

미국 드라마〈CSI〉가 전 세계에서 인기를 끄는 오늘날, 과학기술은 여전히 범죄소설에서 결정적인 역할을 담당한다. 과학기술을 철저하게 다루어야 한다는 중압감이 어찌나 큰지, 어떤 작가들은 DNA 감식 결과나 컴퓨터 기술처럼 골치 아픈 문제를 다룰 필요가 없는 역사적 미스터리를 쓰는 데 집중하기로 선택했다. 요즘 대중 독자는 상상력 풍부한 의사와 과학자, 기술자들이 궁리해낸 기이하고 신기한 살해 방법을 예전만큼 갈망하지 않는다. 하지만 법의학은 여전히 소설가들의 마음을 사로잡고 있다.

56. 『사건 문서』[1930] – 도로시 L. 세이어즈와 로버트 유스터스

세이어즈의 소설 가운데 피터 윔지 경이 등장하지 않는 유일한 이 작품은 세이어즈의 유일한 공저이기도 하다. 범인의 정체를 둘러싼 미스터리의 핵심에 놓인 과학적 개념은 공저자 로버트 유스터스가 생각해냈다. 의사지만 추리소설 장르의 열렬한 팬이었던 유스터스는 오랫동안 탐정소설의 공저자로 활동했다. 하지만 『사건 문서The Documents in the Case』를 집필하는 과정에서 유스터스는 전문지식만 제공했을 뿐, 글은 세이어즈가 썼다. 이 소설에서 세이어즈가 서사를 구성한 방식에서는 윌키 콜린스의 『문스톤』이 미친 영향이 잘 드러난다. 그녀는 『사건 문서』를 집필하던 당시 콜린스의 전기도 쓰고 있었지만, 끝내 전기를 완성하지는 못했다.

소설의 첫머리에는 폴 해리슨이 길버트 퓨 경에게 보내는 수수께끼 같은 쪽지가 실려 있다. 해리슨은 동봉하는 서류 일체를 열린 마음으로 읽고 "돌아가신 부친의 집안에서 정확히 무슨 일이 일어났는지" 파악해달라고 부탁한다. 독자는 계속해서 이어지는 편지와 이따금 등장하는 쪽지를 보며 런던 근교를 둘러싸고 소용돌이치는 감정을 엿볼 수 있다. 매력적이고 충동적인 마거릿 해리슨은 나이도 더 많고 고루한 남자와 결혼해서 사는 삶이 갈수록 지루하게 느껴진다. 해리슨 부부의 집에는 하숙인이 두 명 살고 있다. 한 명은 잭 먼팅이라는 시인이고 다른 한 명은 하우드 래톰이라는 화가다. 마거릿은 점점 래톰에게 마음이 끌린다.

세이어즈는 톰슨-바이워터스 사건의 핵심이었던 인간관계를 각색해서 소설의 중심 이야기가 펼쳐지는 시작점으로 삼았다(래톰은 거들먹거리면서 교외 거주민들의 품위를 말할 때 바이워터스의 이름을 거론하기까지 한다). 하지만 소설 속 범행 방법과 범행의 궁극적 결과는 실제 범죄 사건과 다르다. 세이어즈는 다른 실제 사건도 참고했다. 『사건 문서』속 살인범의 경솔한 태도는 임신한 연인을 살해한 죄로 1924년에 교수형을 당한 패트릭 마혼의 태도를 닮았다. 하지만 '실제 범죄' 요소는 정교한 이야기를 엮는 실 한 가닥일 뿐이다.

세이어즈는 화자를 여러 명 등장시켰다. 특히 먼팅과 곤란에 빠진 가정부 애거사 밀섬의 시각에서 서술되는 이야기는 중산층의 가치, 개인적 책임, 남녀 관계의 본질 같은 주제를 솔직하게 다룬다. 세이어즈는 시점 실험보다 한결 더 대담한 시도도 감행했다. 그녀는 책의 결말에서 추리 플롯과 먼팅이 던진 질문 "인생이란 무엇인가?"를 하나로 묶었다. 먼팅은 디너 파티에 참석했다가 교구 목사, 부목사, 물리학자, 생물학자, 화학자처럼 박식한 이들과 인생의 의미를 논한다. 이들이 말을 주고받는 동안, 겉으로 완벽해 보이는 기발한 범죄 계획의 진실이 드러난다. 부목사가 먼팅에게 말하듯이, 진실을 파헤치는 과학적 수단은 "크리펜 박사와 무선 전신*보다 낫다". 그런데 부목사는 이렇게 덧붙인다. "다만 그 과학적 방법을 설명하는 과정이 필요하죠." 아마 세이어즈는 소설의 복잡한 구성이 걱정스러워서 이런 대사를 썼을 것이다.

로버트 유스터스는 유스터스 로버트 바턴의 필명이다. 의사였던 그는

---

* 크리펜 박사는 아내를 살해한 후 애인과 함께 변장하고 캐나다로 향하는 배를 탔다. 하지만 그들을 수상하게 여긴 승객이 무선 전신으로 당국에 신고한 덕분에 경찰은 크리펜을 체포할 수 있었다.

19세기 말부터 범죄소설 작가들과 함께 글을 쓰기 시작했고, 마침내 추리 클럽의 창립 회원이 되었다. 유스터스는 주로 L.T. 미드와 함께 작업했지만, 가끔 혼자서 소설을 쓰기도 했다. 또 에드거 젭슨과 함께 단편 「찻잎The Tea Leaf」도 발표했다. 불가능 범죄를 다룬 이 단편은 여러 단편집에 자주 수록되었다. 복잡하고 독특한 아이디어를 범죄소설 형식으로 실험해보는 일은 위험하다. 『사건 문서』가 이 사실을 분명하게 보여주었다. 이 소설이 과학적으로 부정확하다고 비판받았기 때문이다. 더 조사해보니 비판 자체가 잘못되었다는 결론이 나왔지만, 소설의 명성에는 금이 가버렸다. 세이어즈와 유스터스는 계속 함께 소설을 집필할까도 생각해봤지만, 세이어즈가 고민 끝에 각자 갈 길을 가는 것이 좋겠다고 결정했다. 그리고 피터 윔지 경이 곧바로 복귀했다.

57. 『사라진 젊은이』1932 – 프랜시스 에버턴

흥미진진하고 기이한 소설 『사라진 젊은이The Young Vanish』의 서두에서 사망 사건이 잇달아 터진다. 사건들 사이에는 아무런 연결고리가 없어 보인다. 하지만 올포트 경위는 어딘가 미심쩍은 마음을 떨치지 못한다. "노동조합을 이끄는 중요한 임원 여섯 명, 그것도 모두 온건파인 여섯 명이 겨우 몇 주 사이에 이런저런 사고를 당해서 목숨을 잃었다. 이것이 우연, 오로지 우연일 뿐일까?" "두 번째 총파업이 닥치기 직전"이었다. 그렇다면 우파를 지지하는 연쇄살인범의 소행일까? 아니면 사악한 러시아인들이 벌인 짓일까?

저자 프랜시스 에버턴이 만들어낸 탐정은 추리소설에 등장하는 탐정 가운데 가장 못생겼다. "어느 각도에서 바라보더라도, 올포트의 얼굴은 불의의 사고를 당해서 엉망이 된 것처럼 보였다. (…) 얼굴 전체를 살펴보면 눈이 툭 튀어나와 있다. 게다가 턱 한가운데 패인 보조개 때문에 괴기스러운 느낌마저 들었다. 뒤에서 바라보아도 별로 나을 것이 없었다. (…) 하지만 하늘은 그에게 못생긴 외모를 대신할 최고의 두뇌를 선물했다." 그러나 버몬지에서 또 시신이 발견되고, 올포트의 대단한 추리 능력도 난관에 부딪힌다. 이번에는 시신의 머리가 어느 노동자의 집 가스난로에 처박혀 있었다. 검시 결과는 자살이었지만, 올포트는 그렇게 쉬운 설명에 만족하지 못한다.

자동차에서 새까맣게 타버린 시신이 또 발견되고, 갈피를 잡기 어려울 만큼 뒤얽힌 줄거리가 숨돌릴 틈 없이 이어진다. 플롯의 복잡한 문제는 대개 전문적인 과학기술 문제다. 저자가 제시하는 단서도 성냥갑 세 개에 남은 흔적을 정리한 도표 따위다. 올포트 경위는 쉽브리지 스톡스 원심 주조라는 엔지니어링 회사의 전문가에게 조언을 구한다. 회사의 기술 담당자는 올포트에게 내연 기관의 실린더 블록에서 발견한 "금속 지문"에 관해 설명해준다. 그리고 올포트가 조사하는 사건은 "사법 기관이 금속·분광 사진술 분석에 도움을 얻은 첫 사건"이라고 덧붙인다.

책의 제목은 더비셔 글랩웰에 있는 어느 여관의 이름에서 따왔다. 이 여관은 소설에도 등장한다. 저자는 그저 이름이 똑같다는 이유로 소설 속 여관과 현실의 여관을 혼동해서는 안 된다고 주장했다. 하지만 두 여관의 연관성을 극구 부인한 탓에 오히려 소설 속 여관이 정말로 실제 글랩웰의 여관이 아닌가 의심스럽게 느껴진다. 게다가 에버턴은 "쉽브리지 스톡스 원심 주조 주식회사라는 명의로 등록된 기업이 실제로 존재한다"라고도 말했다. 이 회사의 경영진이 실은 에버턴의 가족이라는 사실을 고려해볼 때, 에버턴은 추리소설을 광고로 활용하려는 교활한 계획을 세우지 않았나 싶다.

프랜시스 에버턴의 본명은 프랜시스 윌리엄 스톡스다. 그는 노팅엄대학교에서 공학을 공부했고, 훗날 창의력이 풍부한 엔지니어로 널리 이름을 알렸다. 그는 발명품으로 특허를 여러 번 획득했고, 마침내 쉽브리지 스톡스의 사장이 되었다. 에버턴은 1927년에 발표한 데뷔작 『데일하우스 살인The Dalehouse Murder』에서 올포트 경위를 처음 등장시켰다. 영국의 소설가이자 평론가 아널드 베넷은 이 소설이 "아무리 낮게 평가하더라도, 코난 도일과 가스통 르루 이래로 읽었던 그 어떤 추리소설에 못지않게 훌륭하다"라고 열광적인 찬사를 보냈다.

에버턴은 1928년 작 『파멸의 망치The Hammer of Doom』와 1934년 작 『설명할 수 없는Insoluble』에서도 전문적인 과학기술 지식을 한껏 이용했다. 『파멸의 망치』는 배경이 주조 공장이고, 『설명할 수 없는』은 공업 화학이 중심 소재다. 도로시 L. 세이어즈는 『설명할 수 없는』이 "흥미진진해서 호기심을 자극하고 (…) 약동하는 생기로 가득하다"라고 평가했다. 하지만 에버턴은 1936년에 『살인자는 처벌을 면할 것이다Murder May Pass Unpunished』를 출간한 이후 추리소설 장르를 떠났다. 짐작건대, 오롯이 원심 주조라는 미스터리한 세계에만 에너지를 모두 쏟겠다고 결정한 듯하다.

58. 『조종사의 죽음』¹⁹³⁴ - 크리스토퍼 세인트 존 스프리그

호주의 주교 에드윈 매리엇은 언젠가 항공술을 배워서 교구의 끝에서 끝까지 날아보기를 희망한다. 그는 잉글랜드로 휴가를 온 참에 쾌활한 샐리 색벗이 운영하는 배스턴 항공 클럽에 가입한다. 그런데 비행 교관 조지 퍼니스 소령이 몰던 비행기가 땅으로 곤두박질친다. 사인 규명 심리가 열리고, 검시 배심원은 사고사라고 평결을 내린다. 그런데 사망한 퍼니스가 사교계에서 미모로 이름을 날린 레이디 로라 뱅가드에게 보낸 편지가 뒤늦게 발견된다. 편지 내용을 보아하니 퍼니스는 자살한 것 같다. 하지만 검시관이 퍼니스의 머리에서 총알을 발견하면서 상황이 다시 한번 새로운 국면으로 접어든다. 매리엇 주교는 누가 왜, 그리고 어떻게 퍼니스를 쏘았는지 궁금해서 견딜 수가 없다. 매리엇은 런던 경시청의 브레이 경위와 협력해서 마침내 범죄와 부정한 돈벌이를 적발한다. 하지만 퍼니스의 죽음을 둘러싼 진실을 파헤치는 과정에서 매리엇의 목숨마저 위태로워진다.

도로시 L. 세이어즈는 〈선데이 타임스〉에 기고한 논평에서 『조종사의 죽음Death of an Airman』은 "억누를 수 없는 열정과 활기가 끓어 넘친다"라고 묘사했다. 그녀는 "플롯이 대단히 기발하고 짜릿하며, 훌륭하게 구성된 퍼즐과 퍼즐 풀이가 풍성하고, 재미있는 캐릭터가 다채롭게 등장한다"라고 아낌없이 칭찬했다. 항공 클럽의 활동과 분위기도 사실적으로 묘사되어 있다. 다만 세이어즈는 이 작품이 매력적인 미스터리지만 페어플레이 추리소설은 아니라고 지적했다. 그래도 그녀는 저자 스프리그가 독자와 정정당당하게 경쟁하지 않는다는 사실을 커다란 흠으로 여기지 않았다. "항공 분야의 전문 사항이 미스터리 해결에 결정적 요소로 작용한다. 무지한 이 필자는 이런 분야에 문외한이지만, 확실히 저자 스프리그는 항공학에 조예가 깊은 듯하다. 저자의 자신만만하고 활기찬 문체 덕분에 독자는 어렵지만 흥미로운 문제를 빠짐없이 이해하고 유쾌하게 글을 읽어나갈 수 있다."

세이어즈가 짐작한 대로, 크리스토퍼 세인트 존 스프리그는 항공학 분야에 정통했다. 스프리그는 친척에게서 물려받은 유산으로 형제와 함께 항공학 출판사인 '에어웨이즈 출판 주식회사'를 차렸고, 정기 간행물《에어웨이즈Airways》를 비롯해 여러 비행 잡지를 발간했다. 스프리그가 이 출판사에서 발행한 초기 저작 중에는 1930년 작『비행선: 비행기 설계와 역사, 작동, 미래The Airship: Its Design, History, Operation and Future』와 1932년 작『플라이 위드 미: 기초 비행술 교본Fly with Me: An Elementary Textbook on the Art of Piloting』 등이 있다. 또 1934년에 출판한『영국의 항공사British Airways』에서 앞으로 국제 항공 교통 덕분에 전 세계가 하나로 연결될 것이라는 전망을 열광적으로 설파하기도 했다.

스프리그는 1933년에 발표한 추리소설 데뷔작『켄싱턴 범죄Crime in Kensington』를 시작으로, 추리소설을 모두 일곱 편 썼다(미국에서는 이 데뷔작이『시신을 넘겨라Pass the Body』로 출간되었다). 스프리그는 평소에 마르크스와 엥겔스, 레닌 같은 사상가들의 저술에 푹 빠져서 지냈고, 결국 영국 공산당에 가입했다. 그는 1935년에 어머니의 성을 사용해서 '크리스토퍼 코드웰'이라는 이름으로『나의 손This My Hand』을 발표했다. 이 범죄소설은 그가 황금기 전통에 뿌리를 두고 집필했던 기존 미스터리와 눈에 띄게 달랐다. 그는 코드웰이라는 필명을 사용할 때면 대체로 문학에 관한 진지한 저서를 쓰는 데 집중했다. 예를 들자면 1937년에 출간한 마르크스주의 시 비평서『환영과 현실Illusion and Reality』이나 1938년에 발행한『스러져가는 문화 연구Studies in a Dying Culture』가 있다. 그는 이 필명으로 시를 발표해서 크게 호평받기도 했다. 1936년 12월, 스프리그는 스페인 반프랑코파 군대의 국제여단에 입대해서 기관총 사수로 훈련받았다. 하지만 이듬해 2월 하라마 전투에서 전사하고 말았다. 쉼 없었던 정력적 생애 동안 다양한 영역에서 비범한 업적을 쌓았던 그가 서른 번째 생일을 맞기도 전이었다. 스프리그의 활기 넘치는 미스터리 중 마지막 작품인『기묘한 일 여섯 가지The Six Queer Things』는 1937년 그의 사후에 출간되었다.

59. 『A.B.C.의 다섯 수수께끼』[1937] – C.E. 벡호퍼 로버츠

과학자 탐정 A.B.C. 호크스는 이 얇은 (그리고 극도로 진기한) 단편집 『A.B.C.의 다섯 수수께끼A.B.C. Solves Five』에서 미스터리 퍼즐 다섯 개와 씨름한다. 호크스는 웨일스 출신의 '왓슨 박사' 존스톤과 함께 서식스의 오두막에서 생활한다. 하지만 두 사람이 집에 머무는 시간은 그리 많지 않다. 이 콤비는 호크스가 직접 설계한 떠다니는 실험실, 600톤짜리 요트 다이달로스 호를 타고 전 세계를 여행한다. 호크스는 "현존하는 영국 과학자 중 가장 걸출한 과학자"라는 명성을 누린다. 호크스와 존스톤이 볼셰비키 러시아의 항구도시 바툼에 정박했을 때 상륙 허가증을 발행하는 공무원이 위대한 과학자를 직접 만나 뵐 수 있어서 영광이라고 어설픈 프랑스어로 인사했을 정도다.

각 단편에는 독자의 마음을 사로잡는 이국적 정취가 가득하다. 여러 외국어에 능통하고 재주도 많은 호크스는 독일 베를린에서 인도 과학자 살해 사건을 조사하고, 스페인 세비야에서 투우사의 목숨을 구해주고, 그루지야에서 세계 평화를 위협하는 무리를 저지한다. 영국으로 돌아온 호크스는 화려한 매력이 넘쳐흐르는 배우 뮤리엘 팬턴을 비극에서 구해내기까지 한다. 도저히 믿기지 않지만, 팬턴은 한때 호크스의 연인이었다.

호크스는 1925년 《스트랜드 매거진》에 실린 단편 「해저 섬The Island under the Sea」에서 데뷔했다. 이 단편에는 바닷속으로 사라진 아틀란티스에서 온 이국적인 여인이 등장한다. 그런데 이 여인은 "유리와 수정으로 만들어진 거대한 조각" 속에 보존되어 있다. 저자 벡호퍼 로버츠는 다소 방어적인 어조로 이 공상 모험 소설의 서문을 썼다. 이 이야기는 "유명한 과학 교수와 함께 썼다. 그러니 독자들은 우리가 실제로 일어날 수 없는 일은 단 하나도 쓰지 않았다고 믿어도 좋다." 하지만 『A.B.C.의 다섯 수수께끼』에는 익명의 과학 교수에 대한 언급이 전혀 없다.

A.B.C. 호크스가 과학적 천재성을 발휘해서 범죄를 수사하는 이야기는 미스터리 단편 시리즈로 발표되었고, 1937년에 단편집 두 권으로 묶여서 출간되었다. 하나는 『A.B.C.의 다섯 수수께끼』이고, 다른 하나는 『A.B.C.의 수사A.B.C. Investigates』다. 1936년에는 시리즈의 유일한 장편소설 『A.B.C.의 첫 시도 A.B.C.'s Test Case』가 세상에 나왔다. 이 소설에서 호크스는 자동차 경주를 벌이던 준남작의 죽음을 수사한다. 용의자로 지목된 인물 가운데 심리학자는 영매를 통해 단어를 테스트해봄으로써 부활을 증명할 수 있다고 주장한다.

저자 C.E. 벡호퍼 로버츠는 런던의 독일인 가문에서 카를 에리히 베흐호퍼로 태어났다. 그는 가끔 이름을 '찰스 브룩파머'라는 영어식으로 바꾸어서 사용하다가, 결국 독일식 성에서 움라우트*를 빼고 '로버츠'를 덧붙였다. 벡호퍼 로버츠는 1914년에 제9 창기병 연대에 입대했고, 군 통역사로 근무하며 러시아 전문가가 되었다.

벡호퍼 로버츠는 법률가이자 정치가인 비컨헤드 백작 1세, 프레더릭 에드윈 스미스 밑에서 비서로도 일했다. 비컨헤드 경은 크리펜 박사와 함께 살해죄로 기소된 박사의 연인 에델 르 니브의 변호를 맡아서 무죄 판결을 받아낸 변호사다. 벡호퍼 로버츠는 비컨헤드 경의 이름인 프레더릭 에드윈에서 첫 글자를 따와 '이피션Ephesian'이라는 필명을 만들고 비컨헤드 경의 전기를 썼다. 그는 영향력 있는 신비주의 사상가 게오르기 구르지예프와 만나며 영적인 가르침에도 흥미를 느꼈지만, 결국 회의주의를 이기지 못했다. 1936년

---

* 독일어 등에서 'ö'나 'ü'의 글자 위에 붙은 발음 기호

에 발표한 소설 『반가운 소식Tidings of Joy』에서는 사기꾼 영매를 향한 경멸을 드러내기도 했다. 이 소설은 왕성하게 활동했던 추리소설 작가 조지 굿차일 드와 함께 집필한 작품이다. 벡호퍼 로버츠는 범죄소설과 희곡 몇 편을 공저한 굿차일드에게 『A.B.C.의 다섯 수수께끼』를 헌정했다(A.B.C. 호크스는 이 소설에서 직접 굿차일드의 이름을 짓궂게 언급한다).

벡호퍼 로버츠는 1934년에 월리스 사건을 각색해서 『배심원의 이견The Jury Disagree』을 완성했고, 1935년에는 1862년 스코틀랜드에서 벌어진 샌디퍼드 살인사건을 재구성해서 『친애하는 노신사The Dear Old Gentleman』를 집필했다. 그는 두 소설 모두 굿차일드와 함께 썼지만, 유독 열광했던 범죄학을 향한 개인적 관심을 작품에서 숨김없이 드러냈다. 그는 1941년에 변호사가 되었고 재판 기록을 편집했다. 그가 편집했던 문서 중에는 헬렌 던컨 사건 기록도 있었다. 헬렌 던컨은 1735년에 통과된 마녀 법령으로 영국에서 투옥된 마지막 사람이다. 학생일 때부터 글을 썼던 벡호퍼 로버츠는 소설가 C.S. 포레스터와 함께 영국의 간호사이자 인도주의자인 이디스 카벨의 일생에 관한 희곡도 한 편 썼다. 또 프랑스의 상징파 시인 폴 베를렌 전기와 영국의 보수주의 정치인들의 전기까지 집필했다(그는 『스탠리 볼드윈: 사람인가 기적인가Stanley Baldwin: Man or Miracle?』처럼 전기에 별난 제목을 붙이기도 했다). 그가 1944년에 갱을 주인공으로 내세워 집필한 유쾌한 스릴러 『돈 시카고: 범죄는 수지가 안 맞다Don Chicago: Crime Don't Pay』는 1945년에 영화로 각색되었다. 프랑스 남부 에즈에서 음주 운전 차량 때문에 교통사고를 당했던 벡호프 로버츠는 이 사고 경험을 소설 『반가운 소식』으로 발전시켰다. 하지만 그의 운은 1949년에 다했다. 그의 차가 유스턴역 근처 교통섬을 들이받으면서 그는 끝내 목숨을 잃고 말았다.

14

법의 그물망

고전 범죄소설에서 경찰 캐릭터는 대개 운이 나쁘다. 윌키 콜린스와 찰스 디킨스가 실존 인물을 모델로 삼아서 창조한 커프 경사와 버킷 경위는 유능한 탐정이다. 하지만 셜록 홈스 시리즈에서 런던 경시청의 평판은 형편없다. 아서 코난 도일은 셜록 홈스와 대비되는 평범한 레스트레이드 경감을 만들어 내서 홈스의 천재성을 강조했다. 수십 년 후, 애거사 크리스티가 도일의 방식을 그대로 따라서 에르퀼 푸아로와 재프 경위의 관계, (이 관계를 조금 더 변형시킨) 제인 마플과 슬랙 경위의 관계를 만들었다.

영국의 주요 범죄소설가 중 실력이 뛰어나서 시리즈의 주인공으로 자리 잡은 형사 캐릭터를 처음으로 만든 작가는 A.E.W. 메이슨이다. 메이슨은 아노 경위뿐만 아니라 '왓슨 박사' 같은 조력자 캐릭터 줄리어스 리카도도 만들어냈다. 메이슨이 아노 경위를 창조하고 얼마 후, 프랭크 프로스트가 소설 『그렐 미스터리』(255쪽)를 출판했다. 런던 경찰국에서 승승장구하며 전설적인 명성을 누렸던 프로스트는 '소설 속 형사'의 이미지를 노골적으로 경멸했다. 그리고 이 작품을 통해 경찰의 능력을 의심하는 이들에게 크게 한 방 먹였다.

제1차 세계대전은 사회의 다양한 면면을 바꾸어놓았듯이 추리소설도 바꾸어놓았다. 프리먼 윌스 크로프츠는 독자들의 마음을 쥐락펴락하는 복잡한 미스터리를 쓸 때가 무르익었다고 판단했다. 이뿐만 아니라 집요하게 사건을 파헤치고 세부 사항을 면밀하게 관찰하는 근면한 경찰 캐릭터를 내세울 때라고 생각했다. 『통』(61쪽)에서 지칠 줄 모르고 수사하는 번리 경위에게는 『스타일즈 저택의 괴사건』(72쪽)에서 에르퀼 푸아로가 보여준 쇼맨십 같은 것이 전혀 없다. 하지만 크로프츠의 접근법은 사실적이고 참신했다. 크로프츠가 다섯 번째 소설에서 프렌치 경감을 소개했을 무렵, 그는 이미 추리소설을 이끄는 주요 작가의 반열에 들어있었다.

크로프츠의 뒤를 이어 G.D.H.와 마거릿 콜 부부가 형사 캐릭터 윌슨 경정을 창조했다. 하지만 이들은 형사 캐릭터에서는 무미건조함이 곧 미덕이라고 완전히 오해했다. 윌슨 경정은 나중에 경찰직에서 물러나 영국에서 가장 존경받는 사설탐정이 된다. 하지만 윌슨은 역시 형사 출신으로 묘사되는 대실 해밋의 샘 스페이드만큼 매력적인 탐정은 못 된다. 결국, 콜 부부는 윌슨을 다시 런던 경시청으로 복직시켰다. 경찰 배지를 반납하고 사립탐정이 되어 운을 시험해본 형사 캐릭터는 윌슨 말고도 또 있다. 세실 M. 윌스는 윌슨 경위보다 더 흥미로운 인물인 제프리 보스코벨 경위를 창조했다. 보스코벨은 아내와 아들이 행방불명되자 경찰 제복을 벗는다. 그 역시 사설탐정이 되어서 관료제와 복잡한 규정에 구속받지 않고 자유롭게 수사를 진행한다.

작가 경력 초기에 크로프츠에게서 영향을 받았던 헨리 웨이드는 경찰 수사 업무와 경찰 내부 정치 문제를 빈틈없이 이해했다. 그 덕분에 웨이드는 재미를 희생하지 않고서도 사실적으로 추리소설을 집필할 수 있었다. 그는 점차 자신감이 붙자, 후더닛 플롯에 범죄 수사 과정을 능수능란하게 결합해서 눈을 떼지 못할 만큼 강렬하고 흥미로운 소설을 썼다. 그가 창조한 존 브래그 순경은 단편 여러 편과 장편소설 한 권에서 성실하게 활약한다. 하지만 웨이드의 추리소설 시리즈에서 가장 중요한 캐릭터는 뭐니 뭐니 해도 존 풀 경위다.

훗날 등장한 나이오 마시의 로더릭 앨런 경감, E.R. 펀션의 바비 오언 경사, 마이클 이네스의 존 애플비 경위, 마거릿 어스킨의 셉티무스 핀치 경위처럼 존 풀 경위는 '신사 경찰'*이다. 프랜시스 비딩의 1937년 작 『분노하지 마라 No Fury』에 등장하는 조지 마틴 경위도 비슷한 유형으로 볼 수 있다. 마틴 경위는 소설에서 "상상력과 심리학을 중요하게 생각하는 새로운 [형사] 유파"로 묘사된다. 야심만만하고, 침착하지만 투지가 강한 존 풀 경위는 정말로 현실에 있을 법한 경찰이다. 헨리 웨이드는 경찰 캐릭터뿐만 아니라 경찰 조직 내 경쟁과 갈등도 사실적으로 그렸다. 특히 프랭크 프로스트처럼 보잘것없는 배경에서 시작해 출세한 경찰과, 일부 동료들이 부당하게 느낄 정도로 교육 배경과 사회 지위의 덕을 보는 경찰 사이의 대립을 생생하게 묘사했다.

영국 경찰은 제1차 세계대전 때문에 인력 규모가 대폭 줄어들었다. 1920년대에 들어서면서 경찰의 전문성을 향한 의심과 부패에 대한 우려가 점점 커졌다. 1920년대가 끝나갈 무렵, 조지 고다르 경사가 나이트클럽 사장들에게서 뇌물을 받아 유죄를 선고받았고, 경찰은 큰 추문에 휩싸였다. 이 사건으로 경찰 조직에 혁신이 필요하다는 사실이 분명해졌다. 처음에 경찰 연합은 새로운 훈련 체계를 도입하자는 제안에 반발했다. 하지만 런던 경찰 국장으로 임명된 휴 트렌차드 경이 런던 북부 헨던에 경찰대학을 설립했다. 노동당 의원 어나이린 베번은 경찰대학 설립이 "전적으로 파시즘적인 사태"

---

* gentleman cop. 영국의 황금기 추리소설에 자주 등장하는 형사 유형으로, 크게 보아 '신사 탐정 (gentleman detective)'에 속한다. 이들은 행동 면에서나 사회 지위 면에서나 '신사'로 판단할 수 있다. 미국 범죄소설의 '하드보일드' 타입 탐정과 대조를 이룬다.

라고 맹렬히 비난했고, 경찰 잡지《폴리스 리뷰Police Review》는 트렌차드의 개혁이 "극단적인 '계급' 입법"이나 다름없다고 주장했다.

고전 범죄소설은 경찰 조직 내 이런 알력을 무시하고 지나치지 못했다. E.R. 펀션은 1938년에 발표한 『이방인이 온다Comes a Stranger』에서 시리즈의 주인공인 바비 오언 경사를 대변인으로 내세웠다. 옥스퍼드대학교를 졸업했지만 헨던의 경찰대학에서 훈련받지 않은 오언은 이렇게 말한다. "트렌차드 경은 경찰의 존재 이유가 오로지 사회 보호뿐이라고 생각했어. 그가 생각하는 사회는 부자들의 사회일 뿐이지. 그래서 경찰의 충성심을 유지하려면 부잣집 녀석들을 데려와야만 한다고 판단한 거지. (…) 트렌차드 때문에 경찰은 계급 간 적대 감정으로 분열하고 말았어. 사상 처음 있는 일이야…. 그런데 그들은 도대체 어느 지경에 이르렀는지 아무도 몰라." 애거사 크리스티도 『ABC 살인사건』(294쪽)에서 트렌차드의 개혁이 마뜩잖다는 의향을 넌지시 내비쳤다. 반면에 존 로드는 『헨던의 첫 번째 사건』(260쪽)에서 개혁을 더 긍정적으로 바라보았다.

세월이 흐르면서 경찰이 손수 범죄소설을 쓰는 일이 더욱 흔해졌다. 파란만장한 삶을 살며 교도소장과 런던 경시청의 부청장을 지낸 바실 홈 톰슨 경우 추리소설을 여덟 권 펴냈다. 톰슨이 펴낸 시리즈의 주인공인 리처드슨 형사는 눈 깜짝할 새에 순경에서 경찰서장으로 승진한다. 톰슨은 경찰 수사가 효과를 발휘하려면 팀워크가 중요하다고 강조했다. 그리고 팀워크를 바탕으로 펼쳐지는 효과적인 경찰 수사는 '경찰 드라마' 소설의 사례를 개척할 수 있다고 역설했다. 대단히 유능한 리처드슨 형사는 독불장군이 아니다. 시리즈의 마지막 두 권에서 리처드슨은 뒷자리로 물러나며, 더 젊은 경찰관들이 발품을 팔아 탐문 수사를 벌인다. 톰슨은 추리 클럽의 회원으로 뽑히지 못했다. 하지만 톰슨이 경찰직에서 사퇴하고 7년 후인 1928년에 런던 경시청의 부청장이 된 노먼 켄달 경은 1936년에 추리 클럽의 회원으로 뽑히는 영예를 얻었다. 그런데 켄달은 소설을 단 한 편도 쓴 적이 없다.

추리 클럽 회원들은 1936년에 공저 『6인의 범죄자Six Against the Yard』를 집필할 때 영국 경찰청 범죄 수사과에서 갓 은퇴한 코니쉬 경정을 참여시켰다. 도로시 L. 세이어즈와 마저리 앨링엄, 로널드 녹스 등 소설가 여섯 명이 '완벽 범죄'에 관한 이야기를 썼고, 코니쉬가 이야기마다 실제 경찰이라면 어떻게 범인을 잡아서 정의를 실현할 것인지 설명했다.

추리소설 작가들은 경찰의 수사 업무를 사실적으로 묘사하는 데 점점 더 많이 관심을 쏟았다. 이 흐름을 주도한 작가는 헨리 웨이드였다. 그는 1940년 작 『외로운 막달레나』의 결말에 영리한 반전을 심어놓고 경찰의 만행을 암시했다(경찰의 만행은 전혀 예상치 못한 내용이었기 때문에 반전이 훨씬 더 충격적으로 느껴진다).

제2차 세계대전이 끝난 후 모리스 프록터 같은 작가들이 쓴 '경찰 드라마' 소설은 점점 인기를 끌었다. 프록터는 프로스트나 바실 톰슨과 달리 요크셔에서 현직 경찰관으로 근무하던 중에 소설을 썼다. 그는 불쾌한 현실을 조금도 미화하거나 숨기지 않고 경찰관과 범죄자, 일상의 경찰 업무를 사실적으로 묘사했다. 사실주의 면에서는 웨이드조차 프록터의 호적수가 되지 못할 정도였다. 프록터는 소설을 쓰기 시작한 후로 곧 경찰직에서 물러나 전업 작가가 되었다. 하지만 그가 최일선의 경찰관으로 활동한 경험을 녹여낸 소설은 다른 범죄소설에 영향을 미쳤고, 더 나아가 지금까지도 설득력 있는 작품으로 남았다. 사실주의는 경찰 소설이 성공하는 데 필요한 핵심 조건으로 꼽히게 되었다. 다만 콜린 덱스터의 베스트셀러인 모스 경위 시리즈처럼,

경찰이 주인공으로 등장하더라도 엄격한 사실주의보다 독창적인 플롯을 강점으로 내세우는 작품의 명맥은 끊이지 않았다.

60. 『그렐 미스터리』¹⁹¹³ – 프랭크 프로스트

로버트 그렐은 대담한 탐험가다. 그는 미국의 금융계와 정계에서 성공을 거둔 후 영국으로 건너와서 여유로운 상류층 생활을 즐긴다. 사랑스러운 레이디 아일린 메러디스와 결혼을 앞둔 그렐은 사교 클럽에서 '독신남으로서 마지막 밤'을 보낸다. 그는 친구 랠프 페어필드 경에게 약속이 있다고 말하면서도 무슨 일인지 알려주지 않고 얼버무리고, 페어필드는 그런 친구의 모습이 당황스럽다. 두 시간 후, "이성을 잃은 채 숨을 가쁘게 몰아쉬는 하인"이 서재에서 숨진 그렐을 발견했다고 경찰에 신고한다. 게다가 이반이라는 러시아 출신 하인도 사라지고 없다. 하지만 보이는 것이 다가 아니다. 얼마 후 경찰은 사망한 사람이 사실은 그렐이 아니며, 그렐과 몹시 닮은 신원미상의 남성이라고 결론짓는다.

두 번째 장은 이렇게 시작한다. "런던 경시청의 범죄 수사과에서 30년 동안 근무한 사람이라면 어지간한 일에 충격받지 않는다. 이런 경찰이 동요하는 긴급사태는 거의 없다." 전직 경찰이었던 저자 프랭크 프로스트는 이 문장에 진심을 담았다. 저자는 주인공 헬던 포일의 언행에도 그 자신의 가치관을 고스란히 담았다. 범죄 수사과의 책임자인 헬던 포일은 경찰이 정의를 위해 가끔 "망원경으로 관찰한 것을 못 본 척"해야 하고 "사실상 불법인 일"을 저질러야 한다고 생각한다. 이 말 역시 저자 프로스트의 생각을 반영한다는 데는 의심할 여지가 없을 것이다. 현실에서 프로스트는 수많은 소설 속 탐정처럼 이단아였다.

브리스틀 출신인 프랭크 프로스트는 1879년에 런던 경찰국의 순경이 되었다. 그는 말단에서 차근차근 승진했고, 1906년에 범죄 수사과의 경정이 되어 6년 후에 은퇴할 때까지 자리를 지켰다. 프로스트가 세상을 떴을 때 〈타임스〉에는 칭찬 일색인 사망 기사가 실렸다. "그는 하나같이 유복하고 세상물정 모르는 시골 대지주처럼 묘사되는 형사에 대한 통념을 그다지 좋아하지 않았다. 명민하고 기지가 뛰어난 형사였던 그는 조국인 영국에서는 물론이고 친분이 있었던 수많은 외국 형사들 사이에서도 대단히 존경받았다. (…) 프로스트가 언젠가 한 번 급행열차에서 죄수와 사투를 벌인 적이 있다. 그는 겨우 죄수에게 수갑을 채웠지만, 죄수가 용케도 내던진 객차의 발난로에 맞아 죽을 뻔했다. 그는 '협잡꾼'과 유럽의 사기조직을 잡아들이는 데 특히 뛰어났다."

언어에 능통했던 프로스트는 외국과 관련이 있는 사건을 자주 맡았다. 전 노동당 의원이자 사기꾼 금융업자 재베스 밸푸어가 아르헨티나로 도주했을 때 체포해서 영국으로 데려온 형사도 바로 프로스트다. 외국인 범죄자 본국 송환 절차가 미적미적 지연되자, 프로스트는 그냥 밸푸어를 기차와 배에 집어넣고 영국으로 끌고 왔다. 프로스트는 키가 작았지만 떡 벌어진 몸집으로 유명했고, '강철 주먹의 사내'로 불리기도 했다. 어느 기자는 제복을 입은 프로스트가 "프로이센 육군 원수"처럼 보인다고 묘사했다. 프로스트는 국왕경찰 훈장까지 받았다. 1912년에 그가 은퇴할 때는 조지 5세가 그에게 경의를 표하며 연설했다.

제복을 벗은 프로스트는 경찰 경력을 톡톡히 활용해서 소설 두 편과 단편집 한 권, 런던 경찰국 역사서를 펴냈다. 그는 기자 출신인 조지 딜놋과 함께 작품을 썼다고 인정했다. 아마 『그렐 미스터리The Grell Mystery』도 딜놋이 대필했을 것이다. 『그렐 미스터리』와 1916년 작 『범죄자 연합The Rogues' Syndicate』은 무성 영화로 제작되었다. 프로스트는 말년에 서머싯에 정착해서 시 참사회원이자 치안판사가 되어 지역 사회의 주축으로 활동했다.

61. 『요크 공의 계단』1929 – 헨리 웨이드

은행 회장인 가스 프래튼 경이 요크 공작 기념비의 계단에 부딪힌 후 동맥류를 앓다가 목숨을 잃었다. 이 충돌은 명백한 사고처럼 보인다. 하지만 매력적일 뿐만 아니라 기민하기까지 한 아이네즈 프래튼은 아버지의 죽음을 둘러싼 정황이 어딘가 미심쩍다. 그녀는 런던 경찰국 범죄 수사과를 책임지는 부청장 리워드 매러다인 경에게 의혹을 털어놓는다. 배러드 경감은 사건 수사가 시간 낭비일 뿐이라고 생각하며 갓 승진한 존 풀 경위에게 수사를 넘긴다. 배러드는 존 풀처럼 "물러터진" 대학 졸업생을 얕잡아보고 "그가 대실패, 어쨌든 낭패를 겪는다고 해도 딱히 해를 입지 않을 것"이라고 생각한다. 하지만 현명한 매러다인 경은 풀이 형사로서 잠재력을 지녔다는 사실을 깨닫는다.

존 풀은 시골 의사의 아들로 태어나서 사립학교에 다녔고 옥스퍼드대학교에서 법학을 공부했다. 하지만 풀은 법학보다 범죄학에 마음을 빼앗겼고, 결국 '범죄학자 클럽'의 회원으로도 뽑혔다(아마 저자 헨리 웨이드는 당시 태동하고 있던 추리 클럽을 각색해서 이 클럽을 만들었을 것이다. 그는 추리 클럽의 창립 회원이다). 풀은 경찰 조직의 생리를 잘 알고 있다. 고위직은 "주로 육군이나 해군 출신에게 돌아간다. 아주 가끔 법정 변호사 출신이 고위직에 오르는 일도 있다. 자치구 경찰에서는 하급직이 출세하는 일이 더 흔하다". 풀은 승진이 쉽지 않다는 사실을 알지만, 언젠가 범죄 수사과의 수장이 되겠다는 야심을 품는다.

프래튼 경의 사망 사고 조사는 갈수록 복잡해진다. 존 풀은 범죄소설가 로버트 유스터스의 이름이나 유스터스와 L.T. 미드가 함께 쓴 소설을 지나가듯 언급한다. 그는 셜록 홈스와 에르퀼 푸아로, 아노 경위의 활약상을 담은 소설도 잘 안다. 그리고 프리먼 윌스 크로프츠가 창조한 프렌치 경감의 수사 방법이야말로 훨씬 더 "사실적"이라고 평가하기까지 한다. 실제로 저자 웨이드는 크로프츠에게서 영향을 받아 기발한 범죄 음모를 집요하게 파헤치고 해결하는 데 집중했다. 하지만 웨이드는 『요크 공의 계단The Duke of York's Steps』처럼 작가 경력 초기에 쓴 작품에서도 등장인물에 생기를 불어넣는 데 크로프츠보다 더 큰 관심을 보였다. 그는 작가로서 자신감이 붙자 점점 더 야심만만하고 규모가 큰 소설을 썼지만, 결코 사실성을 희생하지 않았다. 1936년 작 『암매장Bury Him Darkly』에서도 경찰 수사는 사실적으로 묘사되었다. 그 덕분에 크로프츠식으로 알리바이를 깨부수는 과정이 눈을 뗄 수 없을 만큼 흥미진진해졌다(이 작품에서는 존 풀이, 다시 말해 존 풀의 창조주 웨이드가 트렌차드의 개혁을 예상했다는 사실이 분명하게 드러난다). 이 소설의 초판에는 플롯에서 대단히 중요한 도로와 철로를 표시한 지도가 폴드아웃 페이지로 담겨 있다. 『이스라엘 랭크』(33쪽)와 비슷한 유형인 1935년 작 『추정상속인Heir Presumptive』에도 보너스 페이지가 들어 있다. 무척 재미있는 이 소설의 폴드아웃 페이지에는 기구한 운명을 맞이한 헨델 가문의 가계도와 데이비드 헨델 대위의 사슴 사냥 숲 지도가 그려져 있다.

헨리 랜슬럿 오브리-플레처 경은 범죄소설을 쓰기 시작하면서 헨리 웨이드라는 필명을 사용했다. 오브리-플레처는 준남작의 아들로 태어났고 이튼스쿨과 옥스퍼드대학교에 다녔다. 그는 제1차 세계대전이 발발했을 때 근위 보병 제1연대에서 복무했다. 평화가 찾아온 후로는 버킹엄셔 대표 크리켓 선수로 뛰었다. 이후 버킹엄셔 카운티 의회의 의원으로 활동했고, 카운티의 주장관과 주지사까지 역임했다. 웨이드가 맡았던 다양한 공직 가운데는 치안 판사 직무도 있었다. 『요크 공의 계단The Duke of York's Steps』과 1928년 작 『사라진 동업자들The Missing Partners』에서 확인할 수 있듯이, 헨리 웨이드는 동시대 범죄소설 작가들보다 현실의 기업계와 금융계를 더 잘 알았다. 또 웨이드는 소설을 쓸 때마다 제1차 세계대전이 영국 사회뿐만 아니라 개인에게 미친 영향을 중요하게 다루었다.

웨이드는 경찰의 수사 방법뿐만 아니라 '사내 정치'에도 깊은 흥미를 보였고, 여러 작품에 이 관심사를 반영했다. 기발한 추리물인 1934년 작 『서장님, 그대 목숨을 지키세요Constable, Guard Thyself!』에서는 경찰서장이 경찰서 안에서 살해당한다(웨이드는 이 소설에도 평면도를 포함했다). 존 풀은 경찰서장을 살해한 범인을 끝내 찾아낸다. 하지만 저자의 섬세한 인물 묘사 덕분에 풀은 비범한 슈퍼맨이 아니라 실수도 저지르는 인간적인 경찰로 그려진다. 『암매장』에서는 풀이 무분별하게 행동한 탓에 동료가 목숨을 잃는다. 이 소설은 여러 범인 중 한 명의 운명을 끝까지 확실하게 밝히지 않고 독자의 애를 태우며 마무리된다. 1933년 작 『염습지의 안개Mist on the Saltings』나 1938년 작 『사후 석방Released for Death』 같은 책에서는 헨리 웨이드가 작가로서 품은 야망이 뚜렷하게 드러난다. 웨이드는 미스터리한 노퍽 해안을 배경으로 삼은 『염습지의 안개』에서 질투심과 의심을 탐구했고, 『사후 석방』에서 석방된 죄수가 맞닥뜨리는 불운에 집중했다. 그는 자기 작품을 늘 비판적으로 바라보았고, 발전을 멈추지 않는 작가가 되겠다고 투지를 불태운 덕분에 성공을 거둘 수 있었다.

1946년 9월에 친구에게 보낸 편지에서 "[『사후 석방』의] 마지막 챕터 여섯, 일곱 개가 너무 형편없었네. 다리가 아픈 참에 방에 틀어박혀서 그 부분을 고쳐 쓰는 데 작년 한 해를 다 보냈다네"라고 썼다. 안타깝게도 웨이드가 다시 쓴 결말은 세상에 나오지 못했다.

존 풀은 25년 동안 웨이드의 소설에 꾸준히 출연했다. 풀이 가장 인상적으로 활약한 작품은 1940년에 출간된 『외로운 막달레나』다. 이 소설은 경찰이 햄스테드 히스의 매춘부 교살 사건을 수사하는 과정을 통렬하게 묘사한다. 이 작품이 쉽사리 잊을 수 없을 만큼 인상적인 이유는 단지 이야기가 정교하게 조직되었기 때문만은 아니다. 경찰이 언제나 훌륭하지만은 않다는 사실을 웨이드가 인정했기 때문이기도 하다. 소설이 출간된 시기를 고려했을 때, 또 웨이드가 사회 지배층이라는 사실을 고려했을 때 웨이드가 이 소설에서 보여준 태도는 아주 충격적이다.

62. 『헨던의 첫 번째 사건』[1935] – 존 로드

도로시 L. 세이어즈는 이 기발한 독살 미스터리를 아낌없이 칭찬하며 소설의 플롯이 "극도로 훌륭하다"라고 평가했다. 화학자 트렐팔은 별거 중인 아내에게서 이혼을 요구하는 협박 편지를 받는다. 얼마 후, 트렐팔이 동료 하우드와 함께 연구를 진행하는 실험실에 괴한이 침입하고 트렐팔의 서재에서 폭발이 일어난다. 이게 끝이 아니다. 트렐팔과 하우드는 레스토랑에서 저녁을 먹고 프토마인에 중독된다. 하우드는 회복했지만 트렐팔은 끝내 목숨을 잃는다. 플롯은 계속해서 복잡하게 꼬여간다. 트렐팔이 변호사에게 암호로 쓴 알쏭달쏭한 메시지를 남겼다는 사실이 밝혀지면서 이야기는 한층 더 흥미로워진다.

세이어즈는 이 소설을 논평하면서 추리소설 시리즈를 오래도록 쓰는 작가가 탐정 캐릭터의 노화를 어떻게 다루어야 하는지 고민했다. 탐정이 나이 들지 않도록 하는 방법도 있고, 자연스럽게 늙어가도록 내버려 두는 방법도 있다. 혹은 "탐정을 라이헨바흐 폭포에서 밀어버리고(보나 마나 나중에 그를 힘겹게 폭포 밑바닥에서 끌어올릴 것을 각오해야 한다) 더 젊은 라이벌을 후계자로 정하는 것"도 방법이다.

로드는 탐정 캐릭터의 노화라는 딜레마를 영리하게 해결했다. 이제까지 로드는 명석하고 성마른 명탐정 랜슬럿 프리스틀리 박사와 노련한 핸슬렛 경정 콤비를 주인공으로 내세웠다. 그런데 그는 『헨던의 첫 번째 사건Hendon's First Case』에서 젊은 경찰관 캐릭터를 새로 소개했다. 이 청년은 더 나이 든 프리스틀리와 핸슬렛 곁에서 트렐팔의 죽음을 함께 조사한다.

케임브리지대학교 출신이자 헨던 경찰대학의 제1기 졸업생인 지미 와그혼은 경찰서의 하급 수사관으로 발령받았다. (프랭크 프로스트처럼) 전통적인 방식으로 말단에서 경정 자리까지 오른 핸슬렛은 새로운 훈련 체계 도입에도 장점이 있다고 생각하지만, 경찰대학이 조직의 사기에 역효과를 미칠까 봐 걱정한다. 원래 런던 경찰국에는 육군의 '장교 계급'에 해당하는 직위가 없었기 때문이다.

로드는 경찰대학 도입이라는 시의적절한 주제를 선택해서 안목을 증명했다. 하지만 너무 많이, 너무 빨리 글을 쓰는 작가 특유의 결점 때문에 소설을 망치고 말았다. 암호에 관한 논의는 지루하게 변하고, 프리스틀리가 트렐팔의 메시지를 해독한 후로 미스터리는 엉성하게 마무리된다. 하지만 이 소설은 각자 다른 재주를 뽐내는 탐정 트리오의 매력을 한껏 자랑한다. 세이어즈가 지적했듯이, "추리 문제와 씨름하는 방법 세 가지는 서로 대조적이다. 하지만 경험과 상상력과 과학 수사가 합쳐져서 결실을 얻는다." 지미 와그혼은 『헨던의 첫 번째 사건』 이후로도 로드의 추리 시리즈에 계속 등장하지만, 핸슬렛 경정은 점차 존재가 희미해진다. 프리스틀리의 비중 역시 갈수록 줄어든다. 하지만 로드는 마지막까지 프리스틀리를 라이헨바흐 폭포에서 밀어버리지 않았다.

63. 『녹색은 위험』[1944] - 크리스티아나 브랜드

"키가 작은 그는 제법 다정한 남자로 보였다." 프레데리카 린리는 군 병원에서 수술 도중 사망한 조지프 히긴스의 사건 수사를 맡은 커크릴 경위를 이렇게 묘사한다. 커크릴 경위의 별명은 '쿠키'다. 용의자는 이 별명을 들으면 벌벌 떨기커녕 코웃음을 칠 것이다. 하지만 추리소설을 읽을 때는 절대 외모에 속아 넘어가면 안 된다. 『녹색은 위험』은 커크릴을 이렇게 표현한다. "커크릴 경위는 절대로 다정한 남자가 아니었다."

사망한 히긴스는 집배원이다. 첫 번째 장에서 히긴스는 켄트의 헤런 파크에서 편지를 배달한다. 이윽고 다른 등장인물 일곱 명이 모습을 드러낸다. 이 가운데 한 명은 '자칭 살인자'다. 첫 번째 장의 결말에서 살인자는 등장인물 중 하나가 일 년 후에 죽는다고 말한다. 『녹색은 위험』은 용의자 집단이 한정된 살인 미스터리다. 저자 크리스티아나 브랜드는 이런 형식에 특히 뛰어났다. 브랜드는 1941년에야 첫 번째 소설을 출판했지만, 그녀가 기발한 플롯으로 구성한 추리소설의 정신은 황금기에 속한다.

브랜드는 영리한 후더닛 미스터리와 독창적 살해 방법을 결합한 이 소설에서 독일군의 폭명탄이 매일같이 쏟아져 내리던 전쟁 중 광기에 휩싸인 영국 시골의 분위기를 기가 막히게 재현했다. 황금기 작가들 대다수처럼 브랜드도 경찰의 수사 업무를 세세하게 묘사하는 데 별 관심이 없었다. 커크릴은 현실에서는 좀처럼 찾아보기 힘들 것 같은 경찰이다. 저자가 직접 인정했듯이, 커크릴은 "가장 키가 작은 영국 경찰보다도 몇 센티미터나 작다는 점에서 특이하다. (…) 게다가 그는 너무 늙은 것 같기도 하다." 또 브랜드는 커크릴이 "사건을 수사할 때 물적 증거를 훌륭하게 다루는 탐정이 아니다"라고 시인했다. 하지만 커크릴은 성공한 추리소설 속 탐정의 전형적 특징을 빠짐없이 갖추고 있다. 그는 "관찰력이 뛰어나고 (…) 인간 본성을 깊이 이해한다. 그는 청렴하고 헌신적인 사람이다. (…) 무엇보다도, 그는 인내심이 뛰어나다." 토니 메더워는 2002년에 펴낸 『얼룩무늬 고양이와 커크릴 경위 사건집The Spotted Cat and other Mysteries from Inspector Cockrill's Casebook』에서 커크릴이 "범죄와 미스터리 장르를 통틀어서 가장 사랑받는 '경찰' 탐정 가운데 한 명"이라고 설명했다.

결정적으로, 커크릴은 마음이 쓰이는 캐릭터다. 그는 아내와 사별했고 외동아이도 먼저 떠나보냈다. 그는 무뚝뚝한 태도로 연민과 죄책감을 감추는 남자다. 커크릴은 마침내 살인범을 체포하면서도 인간적인 면을 감추지 않는다. "미안하오. (…) 내가 반드시 해야 하지만 정말로 하기 싫은 일이오." 예상치 못했던 살해 동기가 드러나는 결말 부분에서 브랜드는 마지막으로 한 번 더 아이러니한 반전을 꾀했고 가슴을 저미는 문단으로 소설을 매듭지었다.

『녹색은 위험』은 1946년에 영화로 제작되었다. 커크릴 역은 〈크리스마스 캐럴〉의 스크루지 연기로 유명한 알라스테어 심이 맡았다. 난해하게 꼬인 추리소설을 각색한 영화 가운데 크게 흥행한 작품은 드문데다 희극 배우 심이 경찰관 역을 우스꽝스럽게 연기했지만, 영화 〈녹색의 공포Green For Danger〉는 대성공을 거두었다. 『녹색은 위험』은 메리 크리스티아나 브랜드의 세 번째 작품으로, 아직 신입이었던 브랜드를 주요 범죄소설 작가의 반열에 올려놓았다. 브랜드는 1946년에 추리 클럽의 회원으로 뽑혔다. 또 같은 해에 불가능 범죄 이야기인 『어느 날 그의 집에서Suddenly at his Residence』를 발표해서 기량을 또 한 번 입증했다. 커크릴 시리즈 중에는 구성이 굉장히 탄탄한 '휴가지 미스터리' 『투르 드 포스Tour de Force』도 있다. 커크릴의 마지막 사건 '중국식 농담Jape du Chine'은 1963년에 완성되었지만, 끝내 출간되지 못했다(이 원고는 '중국 퍼즐Chinese Puzzle'로도 불린다).

브랜드는 동화 '유모 마틸다' 시리즈로 명성을 얻은 뒤 오랫동안 범죄소설을 쓰지 않았다. 1970년대에 다시 범죄소설을 쓰기 시작했지만, 전성기는 이미 끝나버린 뒤였다. 그러나 그녀의 재능이 모두 빛을 잃은 것은 아니다. 1979년, 미국에서 『독 초콜릿 사건』(83쪽)이 재출간되었을 때 브랜드는 추리 클럽의 동료 작가인 앤서니 버클리에게 바치는 헌사를 썼다. 이때 브랜드는 소설 속 미스터리를 해결할 새로운 방법을 고안해내서 탁월한 재능을 다시 증명했다. 버클리가 "아마 우리 중 가장 영리한 사람"이라고 평가했던 작가다웠다.

15

정의의 게임

법을 어기는 이들이 중심인물로 등장하는 소설은 정의에 관한 질문을 끝없이 제기할 수밖에 없다. 그런데 추리소설에서 법을 어기려는 존재는 범죄자뿐만이 아니다. 「애비 그레인지 저택」에서 셜록 홈스는 왓슨에게 속마음을 털어놓는다. "탐정 일을 하면서 한두 번쯤, 범죄자가 저지른 일보다 오히려 내가 범죄자를 발견한 일이 더 큰 해를 끼친다고 느꼈다네… 내 양심을 속이느니 차라리 영국의 법을 속이는 편이 더 낫지." 홈스는 화려한 탐정 경력을 이어가는 동안 때때로 범죄 행위를 보고도 못 본 척 넘어갔고, 심지어는 몸소 법률을 어길 의지를 보여주기도 했다. 고전 범죄소설의 숱한 탐정들도 자주 홈스의 전철을 밟았다.

대표적인 예로는 애거사 크리스티의 가장 훌륭한 추리소설 중 하나인 『오리엔탈 특급 살인』을 들 수 있다. 이 소설의 플롯과 주제 모두 '법이 아무런 힘도 발휘하지 못할 때 어떻게 정의를 실현할 것인가'라는 문제를 탐구한다. 래체트라는 악당이 오리엔탈 특급 열차에서 살해당하자, 에르퀼 푸아로는 사법 당국이 도덕적으로 정당해 보이는 결과에 이를 수 있도록 서로 다른 미스터리 해결책을 두 가지 제시한다. 크리스티는 독자들도 푸아로의 결정에 동의하리라고 믿었다. 크리스티의 1939년 소설 『그리고 아무도 없었다』도 『오리엔탈 특급 살인』과 상당히 비슷한 주제를 다룬다.

'이타적 범죄' 개념은 1930년대 추리소설의 최고작 대다수에서 되풀이되며 독자의 관심을 끌었다. 소설가들은 기존 사법 절차가 부적절한 것으로 드러났을 때 도덕적으로 올바른 정의를 실현하는 방법이라는 난제에 몰두했다. 이런 문제는 대학에서나 한가로이 토론하는 쟁점 이상이었다. 당시 국제사회에서는 긴장이 점점 고조되고 있었고, 히틀러와 무솔리니 같은 독재자가 가장 무자비한 방식으로 세력 기반을 확장하고 있었다. 따라서 본능적으로 법을 준수하는 이들이 도대체 언제 살인을 정당화할 수 있는가라는 문제와 씨름할 만한 이유는 강력했다.

고전 범죄소설은 사법 절차의 결점을 몇 번이고 반복해서 분석했다. 시드니 파울러의 1930년 작 『왕 대 앤 비커턴The King Against Anne Bickerton』에서는 사인 심리와 살인 재판 이야기가 길게 전개된다. 이 흥미로운 소설에서 저자는 사법 기관의 부당성을 향한 통렬한 비탄을 오래오래 쏟아냈다. 파울러의 본명은 시드니 파울러 라이트다. 그는 회계사로 일하다가 파산을 맞고 말았다. 어쩌면 이 불운 때문에 법률에 대한 파울러의 혐오가 깊어졌을지도 모른다. 파울러는 SF소설 작가로도 널리 이름을 알렸다.

소설가들은 재판 심리 절차를 상세하게 서술하기도 했다. 밀워드 케네디의 『죽음의 구출』(344쪽)에서 유력한 살인 용의자 필립 예일 드루를 신문하는 과정은 "검시관의 부검"처럼 인정사정없다. 당시에는 사인을 평결하는 검시 배심원단이 살인범이라고 생각하는 사람을 지목할 수 있었다. 하지만 배심원단은 신뢰하기 어려웠다. 크리스티는 『구름 속의 죽음』에서 미덥지 못한 배심원단의 모습을 재기발랄하게 묘사했다. 협박범이 비행기 안에서 살해당하자 살인 심리가 열린다. 그런데 외국인을 혐오하는 배심원단은 에르퀼 푸아로를 범인으로 지목한다.

F. 테니슨 제스는 실제 오심 사건에서 아이디어를 얻어 『핍 쇼를 구경하는 구멍』(346쪽)을 집필했다. 무고하지만 억울하게 살인죄로 기소되어 사형을 선고받은 사람을 구하기 위해 촌각을 다투는 이야기도 심심찮게 찾아볼 수 있다. 세이어즈의 『증인이 너무 많다』(75쪽)와 버클리의 『시행착오』(270쪽)는 전혀 다른 작품이지만 모두 무고한 사람을 구명하는 이야기를 다룬다. 세이어즈와 버클리는 변호사가 아니지만, 재판 장면을 능수능란하게 묘사했다. 헨리 웨이드의 『당신 모두의 평결The Verdict of You All』과 프랜시스 아일즈의 『살의』(329쪽)에서도 훌륭하게 재현된 재판 장면이 돋보인다.

법정 드라마는 범죄 장르에서 빼놓을 수 없는 요소다. 『스타일즈 저택의 괴사건』(72쪽)의 오리지널판에서 푸아로는 증언대에 서서 미스터리의 해결책을 밝힌다. 크리스티는 가스통 르루의 『노란 방의 미스터리』에서 이 장면을 빌려왔지만, 출판사 측에서 이 장면이 그럴듯하지 않다고 지적했다. 크리스티는 글을 고쳐쓰기로 했다. 그 결과 소설은 응접실에서 대단원의 막을 내렸고, 크리스티는 이 결말 형식으로 유명해졌다. 크리스티의 1940년 작 『슬픈 사이프러스』에서는 부유한 고모를 살해한 죄로 기소된 엘리너 칼라일의 재판을 둘러싸고 이야기가 전개된다. 구성이 탄탄한 이 소설은 푸아로 시리즈 최초의 법정 드라마로 꼽힌다. 한편, 크리스티의 작품 중 가장 유명한 법정 드라마는 「검찰 측의 증인」이다. 이 단편은 1925년에 「배신자의 손Traitor Hands」이라는 제목으로 미국 잡지에 실렸고, 이후 1933년에 단편집 『죽음의 사냥개』에 수록되었다. 이 단편은 연극과 라디오 드라마, TV 드라마, 영화로도 각색되었다. 각색작 중 가장 인상적인 작품은 폴란드 태생의 미국 영화감독 빌리 와일더가 1957년에 제작한 영화다. 주연은 성격파 배우 찰스 로튼과 양성적 이미지로 유명했던 마를레네 디트리히가 맡았다.

이든 필포츠는 1927년에 깔끔한 결말로 마무리한 법정 드라마 『배심원 The Jury』을 발표했다. 이제까지 크게 주목받지 못했던 이 소설은 프롤로그와 에필로그를 제외하면 서부 시골 지방의 순회 재판소 배심원 협의실에서만 사건이 일어난다. 다방면으로 재주가 뛰어났고 특히 성격 묘사에 능란했던 작가 제럴드 불렛도 1935년에 동명의 소설을 출간했다. 필포츠의 소설보다 더 유명한 불렛의 『배심원The Jury』은 아내를 살해한 혐의로 기소된 로더릭 스트루드의 재판 과정을 다룬다. 이 소설은 1956년에 영화 〈마지막 사형수는 누구The Last Man to Hang?〉로 각색되었다. 이때 불렛이 직접 시나리오를 썼다.

범죄소설에서 변호사들은 법률 그 자체만큼이나 자주 오류를 범한다. E.F. 벤슨의 『거래 일계표』(35쪽)와 프리먼 윌스 크로프츠의 『해독제Antidote to Venom』(316쪽 내용 참조)에서 변호사들은 신탁금을 횡령한다. 바로네스 오르치가 창조한 변호사 탐정 패트릭 멀리건은 의뢰인을 위해 정당한 결과를 성취하려고 분투하지만, 그가 선택한 방법은 부도덕하고 비양심적 행위의 경계에 아슬아슬하게 서 있다. H.C. 베일리가 레지 포춘에 이어 두 번째로 창조한 탐정 조슈아 클렁크도 마찬가지다. 사무 변호사 클렁크는 겉으로 독실한 체하며 찬송가를 즐겨 부르지만, 사실은 약삭빠른 인물로 "사업이 허락하는 한 희망을 크게 품어라"라고 설교한다. 존 딕슨 카가 창조한 명민한 아마추어 탐정 헨리 메리베일 경은 법정 변호사다. 걸출한 밀실 미스터리 『유다의 창』에서 메리베일은 예비 장인을 살해한 혐의로 기소된 지미 앤스웰을 변호한다. 그러나 난처하게도 피살자를 죽일 수 있었던 유일한 사람은 메리베일의 의뢰인밖에 없는 것처럼 보인다.

윌킨 콜린스부터 고렐 경까지, 수두룩한 소설가가 법정 변호사였다. 법률의 구멍과 흠을 잘 알았던 콜린스는 1875년 작 『법과 귀부인The Law and the Lady』

269

같은 소설 등에서 자주 법률 지식을 활용했다. 그러나 고전 범죄소설 작가들이 변호사업을 유지하면서 소설을 집필하는 일은 드물었다. 다만 이례적인 변호사 두 명이 눈에 띈다. 법정 변호사 시릴 헤어는 한창 소송을 벌이던 중에 출판사가 첫 번째 소설『죽음의 세입자^{Tenant for Death}』의 원고를 받아주기로 했다는 소식을 들었다고 한다. 헤어가 진실성을 담아서 만들어낸 불운한 법정 변호사 프랜시스 페티그루는 정말로 현실에서 마주칠 법한 변호사다. 하지만 시간이 지나면서 페티그루는 더 평범한 추리소설 시리즈 속 캐릭터로 변했다.

마이클 길버트 역시 성공한 사무 변호사였다. 법률과 법조인을 누구보다도 잘 알았던 길버트는 20세기 중반부터 수십 년 동안 단편과 장편소설에 법조계 경험과 지식을 녹여냈다. 그의 수많은 작품 가운데 법조계 생활에 대한 통찰력을 위트 있게 보여준 글로는『고 스몰본』(277쪽)이 압권이다.

64. 『시행착오』¹⁹³⁷ – 앤서니 버클리

황금기 추리소설 작가들은 에둘러서 '이타적 범죄' 개념에 접근했다. 하지만 앤서니 버클리는『시행착오^{Trial and Error}』에서 특유의 뻔뻔함을 발휘해 '이타적 범죄' 개념에 정면으로 달려들었다. 버클리는『시행착오』에서도 첫 문장으로 소설의 전체 분위기를 확립했다. "인간 생명의 존엄성은 지나치게 과장되었다." 51세의 온화한 독신남 로런스 토드헌터는 의사에게서 대동맥류 때문에 몇 달밖에 살지 못한다는 말을 듣는다. 토드헌터는 쓸모 있는 사람이 되고 싶었다. 그는 고민을 거듭하다가 인류를 위해 할 수 있는 가장 귀중한 헌신이 정치적 암살이라고 결론짓는다. "적당한 후보는 확실히 차고 넘쳤다. 히틀러를 살해하든, 무솔리니를 제거하든, 아니면 심지어 스탈린을 죽이든 인류는 똑같이 진보하리라." 그는 친구들에게서 조언을 구한다. 그런데 친구들은 독재자의 후계자들이 더 흉포할 수도 있다고 절망적인 의견을 내놓는다. "히틀러가 살해당하더라도 히틀러주의는 붕괴하지 않을 걸세."

그래서 토드헌터는 그가 주변에서 찾을 수 있는 가장 혐오스러운 인간을 제거하기로 마음을 바꾼다. 그의 목표물은 몹시 불쾌한 여배우 겸 매니저인 진 노우드다. 불행하게도 토드헌터는 너무도 뛰어난 살인범이었다. 진 노우드가 살해당한 채 발견되자, 토드헌트가 아닌 다른 사람이 체포된다. 토드헌터는 용의자가 무고하다고 주장하지만, 아무도 그 말을 믿어주지 않는다. 저자 버클리는 천연덕스러운 유머 감각을 뽐내며 법적 분쟁을 묘사했다. 게다가 애거사 크리스티가 아니면 누구도 맞수로 자처하지 못할 반전의 대가다운 솜씨를 여지없이 드러냈다. 버클리의 소설에 이따금 등장하는 앰브로즈 치터윅이 『시행착오』에서 중요한 역할을 담당한다. 특히 독자를 교묘하게 속이는 버클리 특유의 방식으로 막을 내리는 결말에서 치터윅의 활약은 결정적이다.

『시행착오』는 버클리가 프랜시스 아일즈라는 필명으로 출간한 『살의』(329쪽)에 못지않게 범죄에 냉소적이다. 아마 버클리는 앰브로즈 치터윅만 등장하지 않았더라면 이 소설도 프랜시스 아일즈라는 필명으로 발표했을지도 모른다. 아쉽게도 치터윅은 앤서니 버클리라는 이름으로 발표한 소설 두 권에 먼저 출연했다. 『시행착오』는 훌륭한 소설이지만, 버클리는 두 해 뒤에 소설 두 편을 마지막으로 발표하고 더는 범죄소설을 출판하지 않았다. 마지막 두 작품 중 하나는 앤서니 버클리라는 이름으로 펴낸 실망스러운 불가능 범죄소설 『의사당에서의 죽음』이다. 다른 하나는 프랜시스 아일즈라는 이름으로 펴낸 저평가 받은 작품 『그 여자로 말할 것 같으면As for the Woman』이다.

『시행착오』에 나오는 세부적인 법률 조항들을 보고 있노라면 여러 의문이 떠오른다. 버클리는 소설을 재출간하면서 이런 의문을 해소할 수 있는 설명을 서문에 덧붙였다. 그는 1864년 런던의 어느 펍에서 발생한 살인사건 때문에 빚어진 문제에서 아이디어를 얻었다고 밝혔다. "남자 두 명이 같은 시기에 투옥되었다. 그중 한 명은 펍에서 사람을 죽이고 유죄를 선고받았다. 그런데 다른 한 명도 똑같은 사람을 죽인 죄로 유죄판결을 받았다. 당국은 이 문제를 어떻게 처리해야 할지 몰랐다." 버클리는 이런 상황이라면 자력 구제*를 소설의 중심 내용으로 다루는 것이 합당하다고 주장했다. 또 만약 자신의 선택이 타당하지 않다면 "정말로, 정말로 유감이다"라고 덧붙였다. 어떻게 끝날지 도무지 예측할 수 없을 만큼 흥미진진하고 재미있는 『시행착오』는 법률 작용과 사법 기관에 대한 저자의 회의를 그 어떤 작품보다도 더 분명하게 보여준다.

65. 『12인의 평결』1940 – 레이먼드 포스트게이트

책의 제사에서 마르크스가 남긴 말을 발견하는 순간, 독자는 『12인의 평결Verdict of Twelve』이 평범한 범죄소설이 아니라는 사실을 일찌감치 짐작할 수 있다("인간의 존재를 결정하는 것은 인간의 의식이 아니다. 반대로, 인간의 사회적 존재가 의식을 결정한다"). 저자 레이먼드 포스트게이트는 이 소설에서 비체계적으로 작동하는 영국의 사법 제도에 집중했다. 하지만 이게 다가 아니다. 포스트게이트는 조마

---

* 자기 권리를 확보하기 위해 사법 절차를 따르지 않고 직접 힘을 사용하거나, 가해자를 처벌하는 일.

조마하게 애를 태우는 미스터리를 통해 인간 본성을 탐구하면서 독자의 마음을 사로잡는 이야기까지 만들어냈다.

책은 모두 4부로 구성되어 있다. 가장 긴 제1부는 살인 재판을 위해 소집된 배심원단 열두 명을 자세히 소개한다. 배심원단은 각계각층 사람들로 이루어져 있다. 이들 중에는 사람을 죽이고도 처벌을 교묘히 모면한 이도 있다. 배심원단의 개인적 배경은 그들이 검사 측과 변호사 측에서 제시한 증거를 대하는 태도를 좌우한다. 범죄에서 재판에까지 이르는 과정은 기나긴 회상 장면으로 서술된다. 주인공은 열한 살 먹은 꼬마 필립과 불쾌한 숙모 로잘리 밴 비어다. 필립과 로잘리는 서로를 증오한다.

제3부 「재판과 평결」은 배심원단의 오락가락하는 태도를 절묘하게 묘사한 장으로 유명하다. 포스트게이트는 배심원단이 피고의 유죄 여부를 결정하기 위해 협의실로 물러난 후 태도를 뒤바꾸는 과정을 '녹화 다이얼'을 이용해서 시각적으로 보여주었다. '녹화 다이얼' 장치는 각 배심원의 마음속에서 어떤 생각이 빚어지는지 요약해서 보여준다. 범죄소설에서 진정한 독창성을 성취하기란 극도로 어렵다. 배심원의 내면을 들여다보고 탐구하는 소설은 『12인의 평결』 이전에도 존재했다. 예를 들어보자면, 이든 필포츠의 『배심원』, 조지 굿차일드와 벡호퍼 로버츠의 『배심원의 이견』, 리처드 헐의 미스터리 중 최고작으로 손꼽히는 『선의Excellent Intentions』가 있다. 하지만 포스트게이트는 남다른 방식으로 배심원단의 숙의를 다루었다. 짧은 제4부는 아이러니하고 음울한 결말로 대미를 장식한다.

『12인의 평결』은 제2차 세계대전 초기에 출간되었다. 재판본에도 적혀 있듯이, 초판본은 "새 소설의 성공에 거의 도움이 안 될 환경"에서 태어났다. 하지만 미국 출판본은 시장에 나오자마자 《뉴요커New Yorker》에서 "올해, 그리

고 앞으로도 오랫동안 최고로 꼽힐 책"이라며 호평받았다. 레이먼드 챈들러
도 『심플 아트 오브 머더』에서 이 책에 찬사를 보냈다.

레이먼드 윌리엄 포스트게이트는 유복한 집안에서 태어났고, 옥스퍼드대
학교에 다녔다. 반전주의자였던 그는 징집되고도 입대를 거부해서 잠깐 감
옥살이를 했다. 포스트게이트는 신생 정당이었던 영국 공산당에 잠시 당적
을 두었지만, 장인인 조지 랜즈버리가 당수였던 노동당으로 전향했다.

포스트게이트의 누이 마거릿도 그와 정치적 신념이 같았고, 좌파 경제학
자인 G.D.H. 콜과 결혼했다. 콜 부부도 추리소설을 다작했지만, 작품의 질에
서나 사회적 통찰력 면에서나 『12인의 평결』에 비견될 만한 소설은 쓰지 못
했다. 포스트게이트는 가끔 추리소설 비평문을 쓰기도 했고, 1940년에는 재
미있는 추리소설 선집 『오늘날의 추리소설Detective Stories of To-day』을 펴냈다. 그는
1943년에 출간한 두 번째 소설 『문가의 손님Somebody at the Door』에서도 『12인의
평결』처럼 개인의 배경이 행동에 영향을 미치는 방식과 범죄를 야기하는 과
정을 탐구했다. 그는 이 작품에서 제2차 세계대전 중 침울한 일상을 생생하
게 그려냈고, 전시 상황이었기 때문에 가능한 독특한 범행 방법을 고안해냈
다. 포스트게이트는 전후 영국의 레스토랑 수준에 크게 충격받아 '굿 푸드
클럽Good Food Club'을 설립했다. 1951년에는 영국 최고 레스토랑을 선정해서 알
려주는 『더 굿 푸드 가이드The Good Food Guide』의 초판을 편찬했다. 그는 1953년
에 세 번째 범죄소설 『거래 원장은 남아 있다The Ledger is Kept』를 발표했다. 그러
나 아나나 다를까 눈부신 데뷔작을 뛰어넘는 데 실패했고, 결국 범죄 장르
를 향한 입맛을 잃고 말았다.

66. 『법정의 비극』1942 - 시릴 헤어

시릴 헤어는 사실적으로 묘사한 직장을 배경으로 삼은 범죄소설이라는 개념을 색다르게 변주하고 싶었다. 그는 몸소 겪은 경험에 의지해서 소설을 써보겠다고 마음먹었다. 열다섯 해 동안 변호사로 활동하고 판사 배속 사무관으로도 근무했던 헤어는 법조계 생활을 묘사하기에 더할 나위 없이 알맞은 작가였다.

『법정의 비극Tragedy at Law』의 등장인물은 배경만큼이나 사실적으로 제시되었다. 아마추어 탐정으로 활약하는 프랜시스 페티그루는 환멸로 가득한 법정 변호사다. 그는 업계에서 제법 성공했지만, 자기 자신의 결점을 뼈저리게 인식한다. 다른 명탐정들이라면 상상조차 하지 못할 태도다. 어쩌면 일부 법조인들도 이런 자기 비판적 자세를 엄두조차 내지 못할 것이다. 페티그루는 자기에게 미묘하고 섬세한 자질이 부족하다는 사실을 잘 안다. 이런 자질은 "덕성도 아니고 지능도 아니고 운도 아니지만, 이 자질이 없다면 덕성과 지능, 운을 모두 갖추었다고 하더라도 성공할 수 없다". 페티그루는 어딘가 상당히 현대적인 인물이다. 특히 그는 사형제도를 격렬히 반대한다. 하지만 고등법원의 냉혹한 판사 윌리엄 헤리워드 바버 경은 페티그루와 달리 사형제를 확대해야 한다고 주장한다. 페티그루는 바버 경의 의견을 "늘어난 교수대 밧줄 늘이기"라고 부른다. 아마 그 나름대로 으스스한 교수대 유머를 던져본 것이리라.

바버 판사는 소도시를 돌며 순회 재판소에서 준엄한 법의 심판을 내리던 도중 기이한 사건들에 휘말린다. 그는 협박 편지도 받는다. 분명히 누군가는 바버가 병에 걸려 고통스러워하기를 바란다. 추리소설을 제법 읽었다고 자부하는 노련한 독자라면 바버가 범죄의 피해자가 되리라고 예상할 것이다. 하지만 변호사인 바버의 아내가 남편의 목숨을 노린 흉계에서 그를 구한다 (페티그루는 한때 바버의 아내를 마음에 품었다). 살인사건은 이야기의 마지막에 가서야, 더 정확히 말하자면 모두 스물네 챕터로 이루어진 책의 스물한 번째 챕터가 되어서야 터진다.

페티그루는 헤어의 추리소설에 곧잘 등장하는 수사관인 말렛 경위와 힘을 모아서 미스터리를 해결한다. 미스터리는 (충분히 단서가 제공된) 법률의 맹점에 달려 있다. 취미로 탐정 일을 시작해서 살인사건에 뛰어든 아마추어 탐정들과 달리 페티그루는 사건 수사에 별로 열의를 보이지 않는다. 또 페티그루는 살인범을 사냥감으로 대하지 못한다. 살인범을 추적하는 과정에서 그에게 가할 고통을 굉장히 민감하게 받아들이기 때문이다. 그는 정의의 본질 역시 회의적으로 생각한다. 심지어 "단지 판사가 피고의 변호인에게 적대감을 느꼈기 때문에 피고에게 교수형을 내린 것이 아닌지" 궁금하게 여긴다. 소설은 씁쓸하고 아이러니한 반전으로 막을 내린다. 『법정의 비극』 속 반전은 프랜시스 아일즈의 주요 작품에 등장하는 그 어떤 반전과 비교해도 뒤지지 않을 만큼 훌륭하고 비범하다.

시릴 헤어의 본명은 앨프리드 알렉산더 고든 클라크다. 헤어가 1937년에 처음 발표한 범죄소설 『죽음의 세입자』에는 예리한 밀렛 경위가 출연해서 부정한 금융업자가 살해당한 사건을 조사한다. 프랜시스 페티그루는 『법정의 비극』 이후 장편 네 편에 더 등장하며, 어김없이 법률 전문지식을 활용해서 수수께끼를 풀어낸다. 페티그루는 갈수록 운이 트인다. 1946년 작 『그저 칼 한 자루로With a Bare Bodkin』에서는 전시에 정부 부처에서 일하다가 만난 젊은 여성과 결혼한다. 1954년 작 『주목 나무 그늘That Yew Tree's Shade』에서는 예비 판사가 된다. 전반적인 경향을 보자면 헤어의 소설, 특히 1951년에 발표한 크리스마스 미스터리『영국식 살인』은 황금기 추리소설에 속한다. 하지만 프랜시스 페티그루라는 캐릭터만 놓고 보자면, 시릴 헤어는 살이 있고 피가 흐르는 듯 생생한 캐릭터를 만들어낼 한 세대 후 범죄소설가들의 선구자라고 볼 수 있다.

67.『고 스몰본』[1950] – 마이클 길버트

시릴 헤어가 법정 변호사와 판사들의 세계에 관한 지식을 지극히 절묘하게 사용했던 것처럼, 헤어의 친구 마이클 길버트는 사무 변호사의 생활과 업무에 관한 지식을 멋지게 활용했다. 법조계를 배경으로 삼은 길버트의 추리소설 가운데 가장 훌륭한 작품들에서는 저자의 지식이 재기발랄한 효과를 자아내기까지 한다. 호니먼, 벌리 앤 크레인은 런던 4대 법학원으로 꼽히는 명망 높은 링컨스 인의 법률 사무소다. 그런데 느닷없이 증서 보관 금고에서 시신이 발견되며 사무소의 평화가 깨진다. 시신의 주인은 마커스 스몰본이다. 스몰본은 최근에 세상을 뜬 사무소의 시니어 파트너 변호사인 에이벨 호니먼과 함께 더 밸류어블 이커보드 트러스트의 공동수탁자다.

헤이즐리그 경감이 사건 수사를 지휘한다. 헤이즐리그는 마이클 길버트가『고 스몰본Smallbone Deceased』이전에 출간했던 장편과 단편에도 꾸준히 출연했다. 하지만 고전 범죄소설이 대개 그렇듯,『고 스몰본』에서도 재능있는 아마추어 탐정이 나타나서 경찰의 수사를 보완한다. 젊은 사무 변호사 헨리 보헌은 경찰이 지목한 용의자 중 한 명이 범인일 리가 없다고 주장한다. "바흐의 곡을 저렇게 노래하는 사람이라면 액자걸이용 철끈으로 살인을 저지를 수 없는 법이죠." 헤이즐리그는 이런 말을 듣고도 벌컥 화내지 않는다. "당신은 신식 훈련을 받은 형사들과 잘 지내겠군요. (…) 그들은 모름지기 수사란 분석과 최면의 결합이어야 한다고 생각합디다." 무척 재미있는 이 소설은 이렇게 뜻밖의 유머로 가득하다.

길버트가 한창 첫 번째 추리소설을 집필하던 도중 제2차 세계대전이 터졌다. 그는 작업을 중단할 수밖에 없었고, 1947년에야 『백병전Close Quarters』을 발표했다. 호평받은 이 데뷔작은 황금기 전통을 철저하게 따랐다. 대성당 경내에서 이야기가 전개되는 이 소설은 도표 세 개와 불가능해 보이는 살인사건, 독자가 풀어야 할 십자말풀이 퍼즐까지 갖추었다. 또 길버트는 이탈리아에서 전쟁 포로로 잡혀 있었던 경험을 살려서 1952년에 걸출한 불가능 범죄소설 『포로의 죽음Death in Captivity』을 완성했다. 이 작품은 몇 년 후에 영화 〈내부의 위험Danger Within〉으로 각색되었다.

마이클 프랜시스 길버트는 시간을 관리하는 요령이 뛰어났다. 그 덕분에 변호사 경력과 작가 경력 둘 중 하나를 포기하지 않을 수 있었고, 두 분야에서 성공을 거둘 수 있었다. 사무 변호사로서 길버트는 레이먼드 챈들러와 바레인 정부 등을 고객으로 상대했고, 런던의 일류 로펌에서 보조 시니어 파트너 자리에까지 올랐다. 작가로서 길버트는 혀를 내두를 만큼 다양한 장편 범죄소설은 물론이고 단편 수십 편과 라디오·TV 드라마 각본, 연극 대본까지 집필했다. 그는 추리소설 장르에 오랫동안 공헌한 바를 인정받아 영국 추리 작가협회에서 카르티에 다이아몬드 대거*를 받는 영예까지 누렸다. 추리소설 작가 겸 비평가 H.R.F. 키팅은 길버트가 그저 재미만 노리는 소설가라

---

* 추리작가협회가 '단검(dagger)'을 상으로 수여하기 때문에 상을 '대거'라고 부른다.

는 평가에 만족한다며 비난했다. 그러자 길버트는 "작가가 독자를 재미있게 해줄 수 없다면 도대체 무엇을 해야 하는가?"라고 응수했다. 수년 후, 키팅은 길버트의 사망 기사를 쓰면서 길버트가 겸손했다고 인정했다. 그리고 길버트가 "언제나 영국인의 삶을 날카롭게 포착해서 분명하게 그려냈고, 가끔은 인간 심리를 깊이 파고 들어가서 흔들리지 않는 도덕성을 보여주었다"라고 찬사를 보냈다.

마이클 길버트는 범죄소설뿐만 아니라 첩보 스릴러와 모험 소설, 경찰 드라마까지 썼지만, 이따금 법정 드라마로 돌아갔다. 주목할 만한 법정 드라마로는 1951년 작 『죽음의 깊은 뿌리Death Has Deep Roots』와 1974년 작 『인화점Flash Point』, 부당하게 저평가받은 1991년 작 『여왕 대 칼 멀린The Queen Against Karl Mullen』이 있다. 1971년에 출간된 『집행유예와 다른 법률 업무 이야기Stay of Execution and Other Stories of Legal Practice』는 길버트가 단편 형식에도 통달했다는 사실을 잘 보여준다. 매력적인 캐릭터 헨리 보헌은 단편 몇 편에서 활약했지만, 장편소설 출연은 『고 스몰본』 단 한 편으로 그쳤다. 아쉬운 일이지만, 비슷한 책은 절대로 두 번 다시 쓰지 않겠다는 길버트의 확고한 의지를 엿볼 수 있다.

16

증식하는 살인

많고 많은 연쇄살인마 중에서 지금까지도 가장 높은 악명을 떨치는 이는 잭 더 리퍼다. 하지만 잭 더 리퍼는 절대로 사상 최초의 연쇄살인범이 아니다. 심지어 문학적 상상력에 불을 붙인 최초의 연쇄살인범도 아니다. 비평가 겸 소설가 토머스 드 퀸시는 1811년 런던 이스트 엔드에서 벌어진 랫클리프 하이웨이 살인사건에서 영감을 얻어 에세이 『예술 분과로서의 살인』을 썼다. 의사 윌리엄 팔머가 19세기 중반에 수많은 사람을 독살한 파렴치한 사건은 아서 코난 도일의 「얼룩 끈의 비밀」과 도로시 L. 세이어즈의 『벨로나 클럽에서의 불미스러운 일』의 바탕이 되었다. 또 프랜시스 아일즈는 1932년 작 『범행 이전Before the Fact』에서, 도널드 헨더슨은 훌륭하지만 안타깝게도 아는 이가 거의 없는 1936년 작 『잡히지 않은 살인범Murderer at Large』에서 이 사건을 플롯과 캐릭터의 배경 요소로 사용했다.

하지만 연쇄살인을 다룬 센세이셔널한 문학작품의 수문을 연 것은 1888년에 벌어진 잭 더 리퍼 사건이다. 잭 더 리퍼를 다룬 초기작을 하나만 꼽아보자면 1897년에 출간된 연재소설 「지하철의 수수께끼A Mystery of the Underground」가 있다. 기자이자 소설가인 윌리엄 아서 던컬리가 '존 옥센엄'이라는 필명으로 발표한 이 소설에서 살인범은 지하철 승객들을 공포로 몰아넣는다. 초반 장면들은 눈을 떼기 어려울 만큼 흥미롭지만, 클라이맥스에서 드러나는 미스터리의 진상은 시시한 수준이다.

20세기 초, 『이스라엘 랭크』(33쪽)는 범죄자가 합리적인 동기에서 살인을 저지르는 과정을 보여주었다. 『하숙인』(44쪽)은 범인의 정체를 둘러싼 수수께끼를 제시하는 대신 서서히 서스펜스를 쌓아 올리는 방식으로 성공을 거두었다. 추리소설의 황금기가 도래한 후, 문제는 독창적인 후더닛에 연쇄살인범이 들어설 자리가 있느냐 없느냐로 변했다.

황금기 소설가와 독자가 벌이는 정교한 게임에서는 잭 더 리퍼처럼 정신 나간 사이코패스에 관한 이야기가 불가능할 듯 싶다. 하지만 작가들은 범인의 정체를 밝혀야 하는 추리물 형식에 연쇄살인을 포함할 방법을 두 가지 찾아냈다. 하나는 살인범의 광기를 교양 있는 문명인이라는 겉모습 아래에 감추는 방법이다. 다른 하나는 살인범에게 경찰의 눈을 속일 수 있는 비상한 재주와 이성적 범행 동기를 부여하는 방법이다. 예를 들어, 윌리엄 팔머처럼 경제적 이득을 노리게 할 수 있다. 1928년은 추리소설 역사에서 획기적인 해였다. 주목할 만한 연쇄살인 미스터리가 무려 세 편이나 나왔기 때문이다.

앤서니 버클리의 『실크 스타킹 살인The Silk Stockings Murders』에서 로저 셰링엄과 모르즈비 경감은 젊은 여성 네 명이 교살당한 사건을 조사한다. 이 소설은 버클리의 작품답게 혁신적이지만, 결코 버클리의 최고작이라고 볼 수는 없다. 사건마다 범행 동기가 다르게 제시될 만큼 내용이 지나치게 복잡해서 혁신성을 약화했기 때문이다. 미국에서는 S.S. 밴 다인이 『그린 살인사건』을 내놓았다. 엄청난 인기를 누리지만, 눈꼴 시리기로도 유명한 탐정 파일로 밴스가 그린 가문의 구성원이 한 명씩 살해당하는 사건을 해결한다. 소설에서 살해범은 살인사건에 관한 안내서를 교본으로 사용한다. 이후 무수히 많은 소설가가 이 장치를 재활용했다. 존 로드는 『프래드가의 살인범들The Murders in

Praed Street』에서 지극히 기발한 살해 방법과 당시에는 경탄이 나올 만큼 독창적인 살해 동기를 결합했다. 하지만 나중에 다른 작가들이 이 동기를 지나치게 자주 빌려 쓴 바람에 뻔하디뻔한 동기처럼 보이는 지경에 이르렀다.

얼마 지나지 않아 숱한 추리소설 작가들이 연쇄살인을 다루는 범죄소설에 손을 대기 시작했다. 영국에서는 닐 고딘(유머러스한 글로 더 잘 알려진 A.G. 맥도넬의 필명)과 글래디스 미첼이, 미국에서는 엘러리 퀸과 Q. 패트릭이 대표적이다. 이들의 작품은 연쇄살인을 중심 소재로 내세운 미스터리에서 '다음 희생자는 누구인가?'를 추측하는 일이 '누가 범인인가?'를 추리하는 일만큼이나 독자의 애간장을 태우며 호기심을 자아낸다는 사실을 증명했다.

J.J. 커닝턴은 1931년 작『판쓸이 살인』에서 다음번 희생자와 살인범의 정체를 놓고 독자들을 바짝 약 올렸다. 도박단 아홉 명이 거금을 손에 넣지만, 이들 중 한 명이 사망하고 소송전이 벌어지면서 배당금 지급이 미루어진다. 살아남은 여덟 명은 망자의 몫을 고려하지 말고 배당금을 받는 시기에 목숨이 붙어 있는 사람끼리 돈을 나누자고 의견을 모은다. 어리석은 합의였다. 도박단 중 두 명이 더 목숨을 잃기 때문이다. 이들은 명백히 사고로 죽은 것 같지만, 당연히 경찰은 사고사가 아닐 것으로 의심한다. 경찰은 동료의 죽음으로 이득을 본 생존자들을 용의자로 여긴다. 그런데 하필 생존한 도박단 가운데 '대지주 나리' 웬도버가 끼어 있다. 웬도버는 커닝턴의 드리필드 경 시리즈에서 조력자로 자주 등장했던 서글서글한 시골 신사다. 웬도버는 살인을 저지를 만한 인물은 아닌 것 같다. 하지만 다음번 희생자가 될 수 있지 않을까?

애거사 크리스티의『그리고 아무도 없었다』는 '다음 희생자는 누구?' 소설 중 최고봉 지위에서 아직도 내려오지 않았다. 열 명이 가짜 초대장에 속아 넘어가서 작은 무인도로 모인다. 이윽고 인디언 동요의 가사에 맞추어서 연쇄살인이 벌어진다. 한 명씩 차례차례 목숨을 잃으면서 숨 막히는 긴장감이 고조되고, 마침내 살아남은 사람은 아무도 없다. 이 소설은 그 누구도 부인하지 못할 전통 추리소설의 걸작이 되었고, 연극과 라디오 드라마, TV 드라마, 영화로 수없이 각색되었다. 크리스티가 제2차 세계대전이 발발한 직후에 이 명작을 출간했을 때는 '연쇄살인범'이라는 용어가 아직 등장하기 전이다. 하지만 대량 살인을 다루는 소설은 이미 추리소설 분야에서 영구적 요소가 되어 있었다.

68. 『완벽한 살인사건』[1929] - 크리스토퍼 부시

잭 더 리퍼 사건과 이 사건을 둘러싼 신화에서 핵심은 살인범이 런던 경시청을 조롱하려고 보냈다는 편지다. 잭 더 리퍼의 편지는 보통 '친애하는 경찰 서장님께 보내는 편지Dear Boss Letter'나 '지옥에서 보낸 편지From Hell Letter'로 잘 알려져 있다. 이 편지가 가짜냐 아니냐를 두고 여전히 의견이 분분하다. 하지만 연쇄살인마가 수사관을 약 올리기 위해 편지를 보낸다는 생각은 고전 추리소설의 게임 플레이 특징에 완벽하게 들어맞았다. 크리스토퍼 부시도 그의 가장 유명한 소설 『완벽한 살인사건The Perfect Murder Case』에서 살인범의 편지라는 장치를 상당히 능수능란하게 사용해 긴장감을 조성했다.

자칭 '마리우스'라는 자가 보낸 편지가 언론사 몇 군데와 런던 경시청에 도착한다. 편지는 "나는 살인을 저지를 계획이오"라는 문장으로 시작한다. 마리우스의 편지에는 페어플레이 정신이 깃들어 있다. "법이 승리를 거둘 공정한 기회를 허락함으로써 내가 저지를 일을 그저 잔혹하기만 한 일에서 인간적인 일로 끌어올릴 생각이오." 마리우스는 살인을 저지를 날짜를 알려준다. 또 "런던의 여러 지구 중 템스강 북부에 있는 곳"에서 사람을 죽일 것이라고도 밝힌다. 마지막으로 마리우스는 자기가 계획한 범죄가 "완벽한 살인"이 되리라고 선언한다.

이윽고 편지 두 통이 더 도착해서 살인이 벌어질 지역에 관한 단서를 추가로 알려준다. 런던 대중 사이에서는 센세이션이 일어난다. "신여성들은 호텔에서 살인 파티를 벌였다. 라가머핀 클럽에서는 교수형 집행 장면을 배경으로 그려놓고 특별한 댄스파티를 열었다. (…) 의대생들은 대규모 자선 행사를 기획했다. 노름꾼들은 틀림없이 어마어마한 돈을 내기에 걸었을 것이다. (…) 마리우스가 숭고한 일이 되리라 의도했던 사건은 빌어먹을 저속한 일이 될 것이다."

살인범이 사전 경고까지 해주었건만, 경찰 당국은 해럴드 리치레이가 자택에서 칼에 찔려 죽는 것을 막지 못했다. 정보 장교 겸 경찰 출신인 존 프랭클린이 재벌 기업 듀랑고스가 운영하는 흥신소의 의뢰로 사건을 수사한다. 듀랑고스의 재정 마법사 루도빅 트레버스가 프랭클린을 돕는다. 『낭비벽 심한 한량의 경제학』을 저술한 트레버스는 대개 "경제학을 열정적 취미로 여기는 딜레탕트"로 알려졌지만, 만만치 않은 탐정이기도 하다. 경찰이 어떻게든 수사를 진척시키려고 애쓰는 가운데, 존 프랭클린은 해답을 찾고자 영국 해협을 건넌다. 마침내 프랑스의 어느 섬에서 극적인 클라이맥스의 막이 오른다.

루도빅 트레버스는 『완벽한 살인사건』에서 프랭클린에게 밀려 조연 취급을 받지만, 부시의 추리소설에 꾸준히 출연하며 놀라울 정도로 오랫동안 탐정 경력을 즐긴다. 트레버스는 경력을 쌓아가는 동안 난공불락처럼 보이는 알리바이를 깨부수는 것을 전문분야로 삼았다. 꼭 사설탐정으로 활동하는 크로프츠의 프렌치 경감처럼 보일 정도다. 오랜 세월이 흐르는 동안 저자 크리스토퍼 부시는 시대에 뒤처지지 않으려고 분투했지만, 루도빅 트레버스는 상당히 평범한 사립탐정으로 변하고 말았다. 그러나 트레버스는 무려 1968년까지 총 서른여섯 편의 작품에 등장했으니, 명탐정은 못 되더라도 가장 끈질긴 탐정이라고 할 수 있을 것이다.

크리스토퍼 부시라는 필명으로 알려진 찰리 크리스마스 부시는 가난한 집안에서 태어났다. 그의 아버지는 밀렵으로 변변찮은 수입을 보충했다. 부시는 교사로 일하다가 전업 작가의 길에 들어섰고, 1937년에 추리 클럽의 회원으로 뽑혔다. 도로시 L. 세이어즈는 어느 비평문에서 부시의 작품이 "언제나 장인다운 기교가 돋보이고 재미있게 읽을 수 있다"라고 설명하며 부시의 강점을 정확하게 포착했다(동시에 부시의 한계도 암시했다). 극작가로 이름을 날렸지만 원래 추리소설가였던 앤서니 샤퍼는 부시의 작품에 훨씬 더 열광했다. "다른 책 천 권이 내 손에 든 부시의 책 한 권만 못하다."*

69. 『죽음은 이스트렙스를 걷는다』¹⁹³¹ - 프랜시스 비딩

로버트 엘드리지는 런던에서 기차를 타고 노픽으로 향한다. 그는 이스트렙스의 해안에 자리 잡은 리조트로 가는 길이다. 이스트렙스는 엘드리지가 남몰래 만나는 애인 마거릿의 고향이다. 엘드리지는 마거릿에게 푹 빠져 있지

---

* 'A bird in hand is worth two in the bush'라는 속담을 재미있게 바꾼 표현이다. 속담을 직역하자면 '손 안에 든 새 한 마리가 풀숲에 있는 새 두 마리 값어치를 한다'로, '남의 돈 천 냥이 내 돈 한 푼만 못하다'는 뜻이다. 크리스토퍼 부시의 성과 철자가 같은 'bush'에는 '풀숲'이라는 뜻도 있다.

만, 유부녀인 마거릿은 어린 딸의 양육권을 빼앗길까 봐 이혼을 꺼린다. 그런데 엘드리지가 감추는 비밀은 불륜만이 아니다. 로버트 엘드리지는 사실 본명이 아니며, 그는 악랄한 자본가 제임스 셀비다. 황금기 추리소설에는 21세기 현실만큼이나 이런 자본가들이 흔했다. 16년 전, 그가 경영하던 아나콘다 주식회사가 도산하며 수많은 무고한 투자자들의 인생도 함께 파탄 났다. 셀비는 남미로 도피했다가 몇 년이 지난 후 신분을 바꾸어서 영국으로 돌아왔다. 영국에 재정착한 그는 재기에 성공했지만, 과거의 피해자들에게 그 어떤 보상도 해주지 않았다. 그런데 공교롭게도 피해자 일부가 이스트렙스에 살고 있다.

엘드리지가 이스트렙스에 도착한 날, 주민 한 명이 칼에 찔려 사망한다. 프로더로 경위와 상당히 똑똑한 조수 러딕 경사가 수사를 진척시키기도 전에 헬렌 태플로라는 젊은 여성이 또 살해당한다. 결국, 런던 경시청에서 윌킨스 경감을 파견한다. 하지만 살인은 끊이기는커녕 연달아서 벌어지고, 경찰이 체포한 용의자는 무고한 것으로 드러난다. 연쇄살인이 지역 사회에 미친 영향, 특히 '이스트렙스 악령'이 불러일으킨 긴장감은 간결하지만 생생하게 그려진다.

마침내 경찰은 다른 용의자를 체포하고, 런던의 중앙 형사 법원에서 재판이 열린다. 하지만 이야기는 재판으로 끝나지 않는다. 『죽음은 이스트렙스를 걷는다Death Walks in Eastrepps』는 연쇄살인의 동기가 재미있고 독창적인 작품으로 유명하다. 비평가 빈센트 스타렛은 이 소설이 역대 최고 추리소설 10위 안에 들어갈 작품이라고까지 평가했다. 이는 1930년대 초반이 기준이라고 하더라도 지나치게 후한 평가다. 하지만 기발한 서사가 우아하면서도 재미있는 문체로 빠르게 전개된다는 사실만큼은 부인할 수 없다.

프랜시스 비딩은 소설가 듀오 존 레슬리 팔머와 힐러리 에이단 세인트 조지 손더스의 필명이다. 이들은 '데이비드 필그림'과 '존 소머즈'라는 필명도 사용했지만, 프랜시스 비딩이 가장 널리 알려졌다. 두 작가 모두 옥스퍼드의 베일리얼 칼리지를 졸업했다. 하지만 대학 동기는 아니고, 스위스 제네바의 국제 연맹에서 함께 근무하던 동료 사이였다. 두 사람이 오랫동안 함께 쓴 스릴러 시리즈나 1939년에 발표한 기발한 후더닛 『빠져나갈 가능성은 없었다He Could Not Have Slipped』 같은 작품에서는 국제 정세에 대한 이들의 통찰력이 빛을 발한다.

아쉽게도 프랜시스 비딩은 추리소설을 많이 남기지 않았다. 얼마 안 되는 작품 중 1927년 작 『에드워드 박사의 집The House of Dr. Edwardes』은 앨프레드 히치콕이 〈스펠바운드Spellbound〉로 훌륭하게 각색했다. 1935년 작 『노리치의 피해자들』에는 핵심 등장인물들의 사진이 실려 있다. 이 사진은 중심 수수께끼를 파헤칠 때 반드시 살펴봐야 하는 미묘한 단서다. 1932년 작 『고의적 살인Murder Intended』은 황금기 추리소설의 틀에 박힌 관습을 뒤집은 작품이다. 이 소설에서는 부유하지만 인색한 노파가 동전 한 푼 없는 상속인들을 살해한다. 팔머가 먼저 세상을 뜬 후로도 손더스는 계속 글을 썼고, 1951년에는 본명으로 『잠자는 바커스The Sleeping Bacchus』를 발표했다. 이 소설은 불가능 범죄를 다룰 뿐만 아니라, 프랑스에서 열다섯 해 먼저 출간된 피에르 부알로의 『바커스의 휴식Le Repos de Bacchus』을 새롭게 쓴 작품이라는 점에서 몹시 흥미롭다.

70. 『X 대 렉스』1933 - 마틴 포락

필립 맥도널드는 정통파 추리소설에 속하는 게스린 대령 시리즈로 성공을 거두었지만, 추리소설의 전형적인 공식을 피하려고 늘 분투했다. 또 맥도널드는 스릴을 자아낼 뿐만 아니라 지적 도전의식까지 불러일으키는 스토리텔링 기법을 구사하려고 고심했다. 연쇄살인마가 등장하는 소설이 짜릿한 흥분을 일으킬 수 있다는 사실을 알아본 그는 1931년에 이야기가 휘몰아치듯 전개되는 『광기 어린 살인마Murder Gone Mad』를 발표했다.

다시 2년이 흐른 후, 그는 다시 연쇄살인 이야기로 돌아왔다. 이번에는 이따금 사용하던 필명 '마틴 포락'을 썼다. 『광기 어린 살인마』와 마찬가지로 『X 대 렉스X v. Rex』에서도 이야기는 번개 같은 속도로 질주한다. 맥도널드는 계속해서 시점을 바꾸었고, 아주 짧은 장면과 끊임없이 일어나는 사건 사고를 효과적으로 활용했다. 또 위트 넘치는 장면도 군데군데 심어놓았다. 특히 연쇄살인이 한창 벌어지던 시기 영국에서 일어나는 일을 마치 만화경으로 들여다보듯 묘사한 장면에서 저자의 재기가 돋보인다. 이 때문에 출판인 빅터 골란츠는 "프랜시스 아일즈가 마틴 포락의 필명이 아니라고 부인"해야 했다.

『X 대 렉스』는 미국에서 『죽은 경찰 수수께끼The Mystery of the Dead Police』로 출간되었다. 신비롭고 미묘한 맛은 떨어지지만, 소설 속 범죄 사건들의 연결고리를 분명하게 보여주는 제목이다. 런던과 근교 도시에서 활개 치고 다니는 정체불명의 살인범은 상당히 기상천외한 방식으로 경찰관을 줄지어 살해한다. 예시를 하나만 들어보자면, 호객꾼이 몸의 앞뒤에 매고 다니는 광고판 아래에 총을 숨기는 식이다. 소설의 주인공은 정체를 종잡을 수 없는 니콜러스 레벨이다. 점잖은 악한 레벨은 경찰의 수사를 돕지만, 유력한 용의자이기도 하다. 독자는 범인이 써놓은 일기 덕분에 범행 동기를 어느 정도 파악할 수 있다. 범인의 일기는 훗날 수많은 소설가가 숱하게 빌려 쓰는 구조적 장치가 되었지만, 섬세한 범죄 심리학은 맥도널드의 특기가 아니다. 이 일기는 저자가 『광기 어린 살인마Murder Gone Mad』에서 저지른 실수를 만회하려는 시도로 보인다. 『광기 어린 살인마』에서는 정신 나간 살인마의 의식구조가 충분히 구현되지 못했다.

맥도널드는 이야기를 눈앞에 펼쳐놓듯 선명하게 묘사하는 능력이 뛰어났다. 다시 말해, 영화 시나리오를 쓰기에 더없이 적합한 작가다. 그는 할리우드에 진출했고, 자연히 소설에 에너지를 쏟을 여력이 줄어들었다. 『X 대 렉스』가 출간되고 이듬해, 맥도널드는 이 소설을 직접 시나리오로 각색했다. 이 시나리오를 토대로 영화 〈미스터 X의 미스터리The Mystery of Mr. X〉가 탄생했고, 로버트 몽고메리가 니콜러스 레벨 역을 맡았다. 이 영화는 1952년에 〈13시The Hour of 13〉로 리메이크되었다. 이번에는 영국 배우 피터 로퍼드가 레벨으로 분했고, 이야기의 배경은 빅토리아 시대로 바뀌었다.

맥도널드의 소설 중에는 『X 대 렉스』 말고도 영화로 제작된 작품이 여러 편 있다. 다만 늘 맥도널드가 시나리오를 쓰지는 않았다. 1938년 소설 『사라진 보모』를 각색한 동명의 영화와 더 잘 알려진 리메이크작 〈베이커가로 가는 23걸음〉은 다른 각본가가 시나리오를 썼다. 하지만 맥도널드는 시대를 초월한 고전 영화 목록에서 빠지지 않는 히치콕의 〈레베카〉와 윌콕스의 〈금지된 세계〉 작업에 참여하고 나서 시나리오 작가로서 불후의 명성을 거머쥐었다.

71. 『Z 살인사건』1932 - J. 제퍼슨 파전

리처드 템퍼리는 레이크 디스트릭트를 여행하고 나서 런던 유스턴역에 도착한다. 템퍼리는 다음 목적지로 떠나기 전에 근처 호텔에서 잠시 쉬기로 마음먹는다. 기차를 타고 오던 내내 코를 골며 자던 불쾌한 노인도 템퍼리를 따라서 호텔에 묵는다. 템퍼리는 아름다운 아가씨와 스치듯 만나지만, 그 여인은 이내 사라져버린다. 얼마 후, 노인이 안락의자에서 잠을 청하던 도중 총에 맞는다. 곧 경찰이 도착하고, 제임스 경위는 템퍼리를 심문하다가 범죄 현장에서 발견된 토큰을 보여준다. "에나멜을 칠한 작은 금속이었다. 진홍색이었고, 알파벳 'Z' 모양이었다."

잠깐 마주쳤던 아가씨에게 마음을 빼앗긴 템퍼리는 그 여자가 첼시에 사는 실비아 윈이라는 정보를 알아낸다. 템퍼리는 그녀가 무엇을 숨기고 있든지 살인범은 아닐 것이라는 직감이 든다. 템퍼리는 실비아 윈을 찾아 나서고, 제임스 경위가 그 뒤를 바짝 쫓는다(살인 용의자일 수도 있는 템퍼리를 대하는 태도로 보아 제임스는 놀라울 정도로 선량한 사람 같다). 그런데 템퍼리가 실비아 윈의 아파트에 도착해보니, 카펫에 진홍색 Z 표식이 떨어져 있다.

보아하니 범인은 범행 현장에 일종의 서명을 남기는 '시그니처 살인범'인 듯하다(이 소설이 출간될 당시에는 이 용어가 아직 없었다). 실비아 윈은 겁에 질려서 아는 바를 털어놓지 않으려고 버틴다. 템퍼리는 어떤 운명이 닥치더라도 그녀를 구하겠노라고 다짐하지만, 윈은 이번에도 달아나고 상황은 갈수록 복잡하게 꼬인다. 템퍼리와 윈은 기차와 택시로 영국 전역을 횡단하며 기묘한 추격전을 벌인다. 추격전 끝에 진실이 남김없이 밝혀지고, 황금기 추리소설을 통틀어 가장 사악한 범인으로 꼽힐 인물의 정체가 드러난다.

클라이맥스 장면 직전에 나오는 단락은 연쇄살인마 이야기가 제시하는 퍼즐 미스터리의 매력을 분명하게 포착했다. "고민해볼 만한 가설조차 없었다. 살인은 (…) 언제 어디에서든 일어날 수 있을 것 같았다. 아무런 동기도, 목적도 없어 보였다. 미리 정해놓은 범행 계획도 없어 보였다. 서른 시간 만에 비극적인 살인이 세 건이나 일어났다. 이제 수천 가구가 'Z 살인사건'을 안다. 무수한 입술이 불안에 떨며 질문을 속삭인다. '얼마나 더 많이 죽어 나갈까?', '다음번은 어디에서 일이 터질까?', '다음 희생자는 누구일까?'"

『Z 살인사건The Z Murders』 속 이야기는 서른여섯 시간 만에 끝난다. 휘몰아치는 전개 속도 덕분에 독자는 잠시도 책에서 눈을 뗄 수가 없다. 전체 줄거리는 멜로드라마 같고 중심 악당은 선정적으로 묘사되었지만, 한 치 앞을 내다볼 수 없어 손에 땀을 쥐는 장면이 꾸준히 등장한다. 그래서 꼭 프랜시스 더브리지의 소설을 읽는 것만 같다. 다만 더브리지는 엄격하게 기능적이고 실용적인 문체를 구사한 반면에, 파전은 문체를 갈고닦는 데 공을 들였고 미스터리에 유머와 로맨스를 곁들여서 읽는 맛을 더하려고 애썼다. 저자가 상상력을 한껏 발휘해서 완성한 문학적 표현은 당시 식상하고 평범한 스릴러 사이에서 돋보일 수 있는 좋은 방책이다.

조지프 제퍼슨 파전은 문학계에서 명망 높은 집안 출신이다. 파전은 한때 범죄의 세계에 몸담았으나 손을 털고 나와서 사설탐정이 된 X. 크룩을 주인공으로 삼아 단편을 많이 집필했다. 그는 1924년에 첫 번째 장편소설을 발표한 후 인기 있는 소설가의 대열에 들어섰다. 도로시 L. 세이어즈는 파전의 최고작이 "단어 하나하나가 모두 재미있다"라고 칭찬했다. 파전이 세상을 뜬 후로 그의 명성은 차츰 희미해졌다. 하지만 미스터리한 분위기가 물씬 풍기는 크리스마스 범죄소설인 1937년 작 『눈 속의 수수께끼Mystery in White』가 2014년에 재출간되어 뜻밖의 베스트셀러가 되었다.

72. 『ABC 살인사건』¹⁹³⁶ – 애거사 크리스티

에르퀼 푸아로 시리즈 초기에서 자주 화자 역할을 맡았던 아서 헤이스팅스 대위는 이 소설의 서문에서 ABC 사건이 푸아로에게 "그때까지 마주쳤던 그 어떤 사건과도 전혀 다른 문제"를 안겨주었다고 말한다. 그리고 키 작은 벨기에 탐정이 이 문제를 해결하며 "진정한 천재성"을 보여주었다고 덧붙인다. 『ABC 살인사건』은 크리스티의 걸작이다. 이제까지 수없이 많은 작가가 『ABC 살인사건』을 모방하는 식으로 이 작품의 가치를 인정했다. 다만 크리스티도 입이 떡 벌어질 만큼 훌륭한 중심 플롯을 구성할 때 G.K. 체스터턴의 단편 「부러진 검의 흔적^{The Sign of the Broken Sword}」 같은 작품에서 아이디어를 빌려왔다.

헤이스팅스는 남미에 있는 목장을 방문하고 잉글랜드로 돌아온 참이다. 그런데 푸아로에게 살인 예고장이 도착했다는 소식을 듣는다. 살인 예고장을 보낸 "ABC"라는 자는 "이번 달 21일에 앤도버를 주시하라"라고 경고한다. 편지에서 약속한 날, 앤도버에서 담배 가게를 꾸리는 노파 앨리스 애셔가 가게에서 두들겨 맞아 사망한다. 범행에는 아무런 동기가 없어 보인다. 그리고 'ABC 열차 여행안내서'라는 책자가 범죄 현장에서 발견된다. 푸아로에게 ABC의 살인 예고장이 또 도착한다. 이번에는 25일에 '벡스힐-온-시'에서 살인이 벌어질 예정이다. 그리고 25일이 되자, 웨이트리스 베티 바너드의 시신이 벡스힐의 해변에서 발견된다. 바너드는 허리띠로 목이 졸려서 사망했고, 시신 옆에는 또 ABC 열차 여행안내서가 놓여 있다. 푸아로는 30일에 처스턴에서 살인이 벌어질 것이라는 예고장을 다시 한번 더 받는다. 이번에도 은퇴한 이비인후과 의사 카마이클 클라크가 살해당하는 것을 막을 수 없었다.

헤이스팅스의 서술 사이에 실크 스타킹 외판원인 알렉산더 보나파르트 커스트가 등장하는 짧은 장면이 섞여 있다. 전쟁 중에 얻은 머리 부상 때문에 종종 발작을 일으키는 커스트는 눈에 띄지도 않고 대수롭지 않아 보인다. 그런데 살인사건이 세 번 벌어지는 동안 커스트가 범죄 현장 근처에 있었다는 사실이 드러난다. 그가 ABC 살인범일까? 만약 그렇다면, 범행 동기는 무엇일까?

크리스티는 다채로운 요소를 풍성하게 엮어서 타의 추종을 불허할 정도로 흥미진진한 후더닛 추리물을 완성했다. 알렉산더 보나파르트 커스트의 이니셜 'ABC'와 실크 스타킹 외판원이라는 직업을 보면 앤서니 버클리 콕스와 그의 1928년 작『실크 스타킹 살인』이 떠오른다. 살인범이 푸아로에게 보낸 편지는『완벽한 살인사건』(285쪽)에서 마리우스가 경찰에 보낸 편지를 연상시킨다. 또 알파벳과 연관된 살인사건은『Z 살인사건』(291쪽)에서 4년 먼저 일어났다. 첫 번째 살인의 정황은 밀워드 케네디가『죽음의 구출』(344쪽)의 토대로 삼았던 (아직도 공식적으로 해결되지 않은) 실제 범죄 사건을 상기시킨다.

『ABC 살인사건』의 테마는 크리스티가 가장 좋아하는 주제, '불신과 의혹이 가득한 분위기에서 살아가야 하는 공포'다. 소설에는 크리스티가 은근히 조롱하는 캐릭터도 두 명 등장한다 한 명은 톰슨 박사로, 런던 경시청을 돕는 '유명한 정신과 의사'다. 다른 한 명은 헤던 경찰대학 졸업생인 크롬 경위로, 가방끈이 긴 만큼 잘난 체하는 경찰이다. 소설의 클라이맥스에서는 범인의 외국인 혐오가 모두의 눈을 속인 결정적 요소였다는 사실이 명백하게 드러난다. 생생한 분위기 재현과 등장인물 조롱과 외국인 혐오 비판까지, 크리스티는 감탄이 나올 만큼 효율적으로 이 모든 일을 해냈다.

푸아로는 (전혀 감동하지 않은) 헤이스팅스에게 자기가 "인생의 순열과 조합"

에 언제나 마음을 빼앗길 것이라고 말한다. 틀림없이 크리스티가 푸아로의 입을 빌려서 털어놓은 그녀 자신의 생각일 것이다. 제인 마플이 따분해 보이는 시골 생활과 멜로드라마 같은 살인사건 사이에서 유사점을 포착한 덕분에 사건을 해결할 수 있었던 것처럼, 벨기에 탐정도 인간 본성을 이해할 수 있었기에 미스터리를 푸는 데 성공할 수 있었다. 크리스티 역시 피해자와 용의자, 살인범, 탐정을 포함해 세상 사람들이 행동하는 방식을 예리하게 꿰뚫어 볼 수 있었기 때문에 식을 줄 모르는 인기를 누리는 범죄소설을 쓸 수 있었을 것이다.

17

범죄 심리학

표도르 도스토옙스키의 『죄와 벌』은 범죄소설일까? 이 소설의 핵심은 주인공 라스콜니코프가 저지른 범죄와 그 결과다. 독일의 소설가이자 평론가 토마스 만은 『죄와 벌』이 "역대 가장 위대한 추리소설"이라고 역설했다. 퍼트리샤 하이스미스는 『죄와 벌』을 서스펜스 소설로 볼 수 있다고 주장했다. 줄리안 시먼스는 『블러디 머더』에서 도스토옙스키의 작품이 미스터리와 센세이션을 향한 관심을 드러낸다고 인정했다. 하지만 도스토옙스키에게 미스터리와 센세이션은 "일반적인 범죄소설가들의 관심사에서 벗어난 주제를 표현하는 데 동원한 수단"일 뿐이라고 덧붙였다.

W.H. 오든이 보기에 『죄와 벌』은 "살인사건을 다루는 예술작품"이며, 독자가 "자기 자신을 살인범과 동일시"하게 만든다. "아마 독자는 이 동일시를 깨닫지 못하는 편이 더 낫겠다고 생각할 것이다." 1940년대에 오든은 전통적인 추리소설과 프란츠 카프카의 『심판』도 대조했다. 오든은 이미 벌어진 범죄 사건을 해결하는 이야기가 중심인 전통 추리소설이 현실 도피 판타지라고 생각했다. 그리고 아무런 나쁜 짓도 하지 않았지만 고발당해서 유죄판결을 받는 『심판』의 주인공 요제프 K.가 "현실에서 도피하기 위해 추리소설을 읽는 사람의 초상"이라고 분석했다.

누구나 진정으로 만족할 만큼 범죄소설 장르를 명확하게 정의하는 일은 여전히 어렵다. 하지만 범죄소설 장르가 탐정이나 추리·수사 과정뿐만 아니라 범죄자의 행동과 심리에 집중하는 이야기도 아우른다고 말하는 편이 안전할 것이다. 재능 있는 소설가들 가운데는 독자들이 풀어야 할 지적인 수수께끼를 만드는 데 별 관심이 없는 이들도 있다. 이들은 오랫동안 인간의 정신 상태를 탐구해왔고, 그중에는 살인범도 포함된다. 이런 작가들은 적어도 죄와 죄의식이 주인공에게 미치는 영향에 관심을 보인다는 데서 도스토옙스키와 카프카와 같다. 이들의 작품은 대개 재미있는 만큼 대단히 진지하며, 독자가 깊은 생각에 잠기게 한다. 어떤 작품은 가해자보다는 피해자의 심리에 초점을 맞춘다. 전통적인 추리소설 작가들처럼 이 작가들도 실제 범죄 사건에서 자주 아이디어를 얻는다. 때로는 실제 사건의 요소들을 완전히 바꾸기도 하고, 때로는 상상력과 (다양한 시점 같은) 여러 문학 기법을 사용해서 미스터리한 미해결 사건을 새롭게 '풀이할 방법'을 떠올리기도 한다.

에드워드 7세 시대에 출간된 『이스라엘 랭크』(33쪽)는 범죄자의 심리에 집중한 탁월한 소설이다. 마리 벨록 로운즈가 실제 살인사건에서 아이디어를 빌려온 『갑옷의 틈』은 여주인공이 마주하는 위험을 점점 더 뚜렷하게 그려내면서 효과적으로 서스펜스를 고조시킨다. 제1차 세계대전이 끝난 후, A.P. 허버트는 『강가의 집』(303쪽)을, C.S. 포레스터는 『지급 연기』(306쪽)를 발표했다. 두 소설 모두 날카로운 문체가 돋보이며 분량이 짧고 다소 냉소적이다. 그리고 '누가 범인일까?'가 아니라 '범인이 잡히지 않을 수 있을까?'라고 질문하며 독자를 약 올린다. 허버트와 포레스터는 곧 다른 영역으로 관심을 돌리고 범죄소설을 떠났다. 조안나 캐넌도 비슷한 유형의 훌륭한 소설 『벽옥 성벽은 없다』(308쪽)를 세상에 내놓은 뒤로 범죄소설에 흥미를 잃었다. 하지만 지그문트 프로이트의 연구를 향한 세상의 관심은 점점 커졌다(프로이트도 추리소설 팬이었다). 범죄소설가들은 갈수록 열정적으로 범죄 심리학을 다루며 통찰력을 보여주었다.

허버트는 『강가의 집』에서 범죄 이야기를 서술할 새로운 방식을 생각해 냈다. 이후 퍼트리샤 하이스미스나 루스 렌델처럼 재능 있는 작가들이 이 방법을 헤아릴 수 없을 만큼 다양하게 발전시켰다. 그래서 추리소설 장르의 역사가들이 『강가의 집』에 거의 주목하지 않았다는 사실이 더욱더 의아하다.

앤서니 버클리는 『두 번째 총성』의 서문에서 장차 추리소설은 서술 방식을 실험하는 쪽으로 나아가거나 아니면 캐릭터와 분위기를 강조하는 방향으로 나아갈 것이고 주장했다(이 서문은 훗날 자주 인용되었다). 버클리가 보기에 추리소설은 이미 "추리 혹은 범죄 요소를 포함한 소설로 발전하고 있으며, 정밀한 퍼즐이 아니라 심리적 요인으로 독자의 마음을 사로잡는다. 퍼즐이라는 요소는 당연히 사라지지 않을 것이다. 하지만 시간과 장소, 범행 기회에 관한 퍼즐이 아니라 캐릭터에 관한 퍼즐이 될 것이다".

버클리는 『두 번째 총성』이 "살인사건을 수사하는 이야기가 아니라 살인에 관한 이야기"라고 밝혔다. 하지만 이 소설은 범죄 현장을 그린 지도와 개성 강한 탐정 로저 셰링엄 등 전통적인 추리소설을 대표하는 요소를 자랑한다(지도에는 사건 추리에 결정적인 시각에 핵심 인물들이 있었던 위치가 강조되어 있다). 하지만 버클리가 프랜시스 아일즈라는 필명으로 집필한 『살의』(329쪽)와 『범행 이전』에는 이런 요소들이 모두 빠져 있다. 버클리는 실제 범죄 사건을 토대로 삼아서 두 소설의 줄거리를 썼고, 무엇보다도 심리에 집중했다. 『살의』에서는 살인범의 심리를, 『범행 이전』에서는 어쩔 수 없이 범죄에 희생되는 피해자의 사고방식을 파헤친다.

프랜시스 아일즈의 작품은 다른 작가들에게 크나큰 영향력을 미쳤다. 앤서니 길버트와 린 브룩, 밀워드 케네디 등 1920년대 후반에 소설을 쓰기 시작한 추리소설 작가들뿐만 아니라 C.E. 벌리어미와 리처드 헐, 브루스 해밀턴처럼 1930년대에 장르에 진입한 신진 작가들도 심리 요소가 중심인 범죄 소설을 시도해보았다.

해밀턴은 1931년 작 『규환 추적Hue and Cry』에서 사고로 사람을 죽이고 법망을 피하는 사내의 불운을 이야기한다. 틀림없이 『규환 추적』은 축구 경기로 시작하는 혹은 노동자 계급이 모여 사는 철도 도시를 배경으로 삼은 유일한 황금기 소설일 것이다. 마치 크루와 더비를 합쳐놓은 듯한 도시에 사는 축구 선수 톰 페이턴은 술에 취해서 부유한 감독을 죽인다. 그는 소설이 끝날 때까지 법망을 피하려고 고군분투한다. 해밀턴은 톰 페이턴을 입체적으로 묘사했고, 불경기를 필사적으로 헤쳐나가야 하는 평범한 사람들의 심정을 헤아리며 생생하게 표현했다.

도널드 헨더슨의 1943년 작 『볼링 씨 신문을 사다Mr. Bowling Buys a Newspaper』는 아내를 살해한 후 한바탕 살인을 저지르고 다니는 사내의 좌충우돌을 담고 있다. 레이먼드 챈들러는 『심플 아트 오브 머더』에서 이 소설이 "살인범을 비극적이고 희극적으로 이상화"했다며 칭찬했다. 헨더슨은 이 소설을 연극 무대에도 올렸다. 1956년에는 BBC 방송국이 TV 드라마로 각색했다. 1946년 소설 『굿바이 투 머더Goodbye to Murder』에서는 셀마 윈터턴이 행복을 추구하다가 살인을 저지른다. 이 작품도 『볼링 씨 신문을 사다』처럼 기발한 블랙 유머로 가득하다. 하지만 안타깝게도 폐암이 저자의 전도유망한 경력을 가로막고 말았다. 도널드 헨더슨은 배우로 활동하다가 각본가가 되었다. 그는 여러 필명을 사용해서 소설을 모두 열일곱 권 발표했다. 대표적인 작품으로는 1936년에 'D.H. 랜델스'라는 이름으로 출간한 『판사 각하His Lordship the

^{Judge}』가 있다. 헨더슨은 파란만장한 삶을 살았다. 제2차 세계대전이 터지기 직전에 몇 달 동안 텐트를 쳐놓고 노숙해야 했을 만큼 찢어지게 가난했던 적도 있고, BBC 방송국에서 단역으로 일했던 적도 있다. 1941년에는 폭격으로 무너진 주택의 잔해에 파묻히기도 했다. 갑작스러운 죽음만 아니었다면 그는 프랜시스 아일즈가 닦아놓은 문학적 토대를 더 넓게 쌓았을 것이다.

1950년대 대서양 양안의 범죄소설 작가들, 이를테면 셸리 스미스와 줄리안 시먼스, 퍼트리샤 하이스미스, 헬렌 맥클로이, 마거릿 밀러 등은 인간 마음의 어두운 구석을 살펴보는 대담한 소설을 쓰며 장르의 경계를 더 멀리 밀고 나갔다. 이들은 가끔 교묘한 플롯 장치를 활용하기도 했지만, 이런 장치는 주로 인간 행동을 탐구하기 위한 수단일 뿐이었다. 1933년에 출간된 로저 이스트의 『살인 리허설^{Murder Rehearsal}』과 1947년에 출간된 존 프랭클린 바딘의 『필립 반터의 최후^{The Last of Philip Banter}』를 비교해보면 그동안 추리소설 장르가 얼마나 많이 변했는지 알 수 있다. 이스트의 작품에서 소설가 탐정을 존경하는 비서는 소설가가 지금 진행 중인 작업이 아무 연관도 없어 보이는 최근의 사망 사건 세 건과 아주 유사하다는 사실을 알아차린다. 이후 이야기는 활기차게 이어지다가 깔끔한 반전으로 매듭지어진다. 바딘의 작품에서는 갖가지 문제로 애를 먹는 광고 회사 직원이 원고를 한 편 발견한다. 그가 직접 쓴 것인지 아닌지 확실하지 않은 이 원고는 현실에서 벌어질 사건을 예언하는 듯하다. 그런데 이 소설은 범인의 정체나 범행 동기가 아니라 심리적 붕괴를 탐구하는 데 집중한다. 로저 이스트는 소설을 많이 쓰지 않았지만, 1935년 작 「위생 검사관 25명^{Twenty Five Sanitary Inspectors}」 등 유쾌하게 즐길 수 있는 추리소설을 펴냈다. 로저 데스트 버포드가 본명인 그는 외교관 겸 시나리오 작가라는 굉장히 희귀한 경력을 자랑한다. 이스트의 『살인 리허설』은

확실히 재미있다. 그런데『살인 리허설』과『필립 반터의 최후』중 잊을 수 없을 만큼 인상적인 작품은 바딘의 작품이다.

전후 세대 작가들이 주도한 흐름은 루스 렌델이 이어갔다. 렌델은 50여 년 동안 소설가로 활약하면서 1977년 작『활자 잔혹극』과 1987년 작『치명적 반전』같은 작품으로 심리 미스터리의 수준을 한 단계 끌어올렸다. 렌델은『치명적 반전』같은 걸출한 소설 여러 편을 '바바라 바인'이라는 필명으로 출간했다. 한편 렌델은 레지널드 웩스퍼드 경감이 등장하는 '킹스마컴 크로니클' 시리즈도 펴냈다. 이 후더닛 시리즈는 오랫동안 크게 사랑받았다. 심리 미스터리가 추리소설의 고전적인 형식을 대체했다고 주장하는 이들도 있지만, 이는 지나치게 단순한 생각이다. 심리 미스터리와 고전적 추리소설은 한 세기 동안 공존했으며, 앞으로도 그럴 것이다. 노련하고 원숙한 작가라면 기본적으로 고전적인 형식을 따르면서도 사회와 인간 본성 모두에 관해 흥미로운 이야깃거리를 쓸 수 있다는 말이 진실에 더 가까울 듯하다. 도로시 L. 세이어즈가 1930년대에, 현대에 와서는 렌델이 킹스마컴 크로니클 시리즈의 후기작에서 이 사실을 증명했다.

73.『강가의 집』¹⁹²⁰ – A.P. 허버트

해머턴 체이스는 "고풍스럽고 품위 있는 주택들이 800미터쯤 늘어서 있는 동네다. 햇볕이 잘 드는 템스강 강변에 각양각색의 주택이 모여 있다. (…) 마을에서는 어디에도 비할 데 없는 독특한 개성이 묻어난다." 이곳 주민인 휘터커 부부가 여느 때처럼 저녁 모임을 연다. 젊고 잘생긴 시인 스티븐 번과 임신한 그의 아내 마저리, 이들의 친구이자 이웃인 공무원 존 에저턴, "해머턴 체이스에서 유일한 미혼이자 여전히 결혼 적령기인" 아름다운 뮤리엘 태런트가 모임에 참석한다. 모임을 마치고 집에 돌아온 번은 새로 들어온 매력적인 가정부 에밀리 건트와 미소를 주고받는다.

며칠이 지나고 어느 날 저녁, 아내가 외출하고 없는 사이 스티븐 번이 에밀리 건트에게 키스하려고 어설프게 다가선다. 건트가 저항하며 소리 지르자 번은 조용히 시키려고 두 손으로 건트의 목을 붙잡는다. 그런데 손에 너무 힘이 들어가 버린 탓에 건트가 질식해서 목숨을 잃는다. 번의 안락한 생활이, 갖은 노력 끝에 거머쥔 모든 것들이 순간의 어리석은 실수 때문에 무너질 위기에 놓인다. 건트의 시신이 여전히 바닥에 누워 있는데 누가 현관으로 들어온다. 마저리 번이 아니라 존 에저턴이다. 번은 충격에 빠진 에저턴을 설득해서 함께 건트의 시신을 강물에 던진다.

하지만 건트의 시신이 발견되고, 사인 규명 심리가 열린다. 그런데 당국은 건트의 목에 난 손가락 자국을 보고 스티븐 번이 아니라 존 에저턴이 범인이라고 의심한다. 번은 극도로 이기적으로 굴며 아무것도 모르는 체 뻔뻔하게 행동한다. 그러나 에저턴은 친구를 배반할 수 없어서 진실을 말하지 않는다. 가련한 존 에저턴은 마을에서 따돌림을 당하고, 마음에 품고 있었던 뮤리엘 태런트를 넘볼 수도 없는 처지가 된다. 시간이 흐르고 스티븐 번은 둘째를 얻는다. 그는 시인으로서 크게 성공하겠다는 야심뿐만 아니라 뮤리엘 태런트를 향한 흑심까지 품는다. 매력적인 모습과 위협적인 모습을 시시각각으로 오가는 템스강은 사건 전개에서 중심 역할을 맡으며 긴장을 고조시킨다.

장황하게 말이 많은 변호사 딤플을 재치 있게 묘사한 풍자스러운 장면 덕분에 날카롭지만 때로는 서정적으로 변하는 서술이 힘을 얻는다. 그러나 소설의 중심은 스티븐 번과 존 에저턴, 불운하게 막을 내릴 두 사람의 우정이다. 범죄의 진상은 모두 드러나 있다. 따라서 과연 정의가 실현될 것인지, 어떻게 실현될 수 있는지가 핵심 문제로 떠오른다.

앨런 패트릭 허버트는 다방면으로 재주가 뛰어났다. 허버트는 1930년에 출간한 가장 유명한 로맨스 소설 『강 위의 집시The Water Gypsies』에서 템스강을 향한 애정을 다시 한번 보여주었다. 법정 변호사 자격을 얻었지만 한 번도 변호사로 일하지 않았던 허버트는 유머 잡지 《펀치》에 기고한 『기만적 사건 Misleading Cases』에서 법률 제도의 무수한 결함을 풍자했다. 1960년대에 BBC 방송국이 『기만적 사건』을 드라마로 각색했을 때 허버트는 앨런 멜빌과 마이클 길버트와 함께 각본가로 직접 나섰다. 다양한 사회 운동에도 적극적으로 뛰어들었던 그는 이혼 법률 개혁을 요구하는 운동에도 참여했다. 또 15년 동안 옥스퍼드대학교 선거구의 무소속 하원의원을 지냈고, 1945년에는 기사 작위를 받았다.

요즘에는 허버트의 소설 『강가의 집The House by the River』보다 1950년에 개봉한 각색작 〈하우스 바이 더 리버The House by the River〉가 더 유명하다. 독일 출신의 거장 프리츠 랑이 제작한 이 영화는 저평가된 '고딕 누아르'의 대표작으로 꼽힌다. 영화 음악은 전위적인 곡으로 유명한 미국 작곡가 조지 앤타일이 만들었다. 허버트는 1930년에 '스테이시 비숍'이라는 필명으로 기상천외한 탐정소설 『어둠 속의 죽음Death in the Dark』도 발표했다. 밀실 미스터리라는 고전 전통을 따른 이 소설은 독립 출판사 파버 앤 파버의 편집자였던 T.S. 엘리엇이 직접 편집을 맡았다.

74. 『지급 연기』¹⁹²⁶ – C.S. 포레스터

윌리엄 마블은 덜위치에 사는 중년의 은행원이다. 그에게는 아둔한데다 씀씀이도 헤픈 아내와 자식 둘, 커다란 빚이 있다. 마블의 수중에 땡전 한 푼 없는 지금, 그의 좁아터진 집에 뜻밖의 손님이 찾아온다. 손님은 마블의 조카인 짐 메들랜드다. 외국에서 살다가 막 잉글랜드로 들어온 메들랜드는 영국에 아무런 연고가 없다. 돈을 제법 물려받은 메들랜드는 어리석게도 마블 삼촌에게 빳빳한 지폐가 꽉 들어찬 지갑을 보여준다. 마블은 메들랜드에게 투자 이야기를 꺼내 보지만, 조카는 삼촌을 경제적으로 도울 생각이 없다. 그러자 마블은 재빨리 결단을 내린다. 그는 아내를 먼저 재운 다음 조카가 마실 위스키에 독을 탄다. 그리고 조카의 시신을 정원에 묻는다.

마블의 아내는 아무것도 의심하지 않는다. 그저 이제야 마블의 운이 트였다고 생각할 뿐이다. 마블은 마권 업자를 꼬드겨서 함께 조카의 돈을 투기한다. 그런데 이 투기에서 대박이 터지며 마블은 난데없이 감당하지 못할 돈벼락을 맞는다. 마블은 술을 진탕 마시기 시작하고, 돈을 노리는 재봉사와 바람을 피운다. 하지만 그는 냉혹한 분별력을 모두 잃지는 않아서, 조카의 시신을 파묻어둔 집을 함부로 버리고 이사해서는 안 된다는 사실을 잘 안다. 마블은 비밀이 들통날 것이라는 공포에 시달린다. 『지급 연기^{Payment Deferred}』는 짧지만 눈길을 사로잡는 인상적인 작품이다. 저자 포레스터는 날카롭고 냉소적인 문체로 마블이 차츰 무너져가는 모습을 표현했다. 그는 젊은 작가다운 미숙한 티를 모두 지우지는 못했지만, 손을 떼지 못할 만큼 흥미진진한 소설을 완성했다.

세실 루이스 트로턴 스미스가 본명인 세실 스콧 포레스터는 생전에 소설가로 성공했고, 지금도 높이 평가받는다. 하지만 포레스터의 범죄소설은 오랫동안 과소평가되었다. 포레스터의 작품 중 1938년 작 『아프리카의 여왕The African Queen』 같은 모험 소설이나 역사적 해양 소설인 호레이쇼 혼블로워Horatio Hornblower 시리즈가 훨씬 더 유명하기 때문이기도 하다. 포레스터는 『지급 연기』를 '순수' 리얼리즘 소설이라고 생각했다. 그는 이 소설에 추리와 수사 과정이 전혀 나오지 않기 때문에 에드거 앨런 포나 윌키 콜린스, 아서 코난 도일, G.K. 체스터턴의 미스터리 계보에 속하지 않는다고 여겼다.

『지급 연기』는 연극으로 각색되었고, 찰스 로턴이 주연을 맡은 영화로도 제작되었다. 포레스터는 이 소설 이후로도 몇 년 동안 범죄 심리학을 탐구하는 작품에 손을 댔다. 1930년 작 『단순한 살인Plain Murder』은 직장 생활을 둘러싸고 사건이 전개되는 최초의 범죄소설 가운데 하나다. 광고 대행사가 배경인 이 작품은 세이어즈의 더 유명한 소설 『살인은 광고된다』보다 3년 먼저 탄생했다. 놀랍게도 포레스터의 세 번째 범죄소설 『쫓기는 자The Pursued』는 출판사의 부주의로 원고가 분실되었다가 2011년에야 출간되었다. 포레스터는 이 소설에서 평범한 가정주부와 폭력적 남편의 성관계를 솔직하게 다루었다. 그가 이 작품을 1935년에 썼다는 사실을 고려하면 대담한 선택이다. 포레스터의 앞선 범죄소설과 마찬가지로, 이 작품도 양차 세계대전 사이에 영국의 하위 중산층이 경제적으로 쪼들린 채 밀실에 갇힌 듯 숨 막히게 살아가는 모습을 설득력 있게 표현했다. 그 덕분에 영국 시민 수백만 명에게는 결코 '황금기'가 아니었던 그 시절의 분위기가 생생하게 느껴진다. 이 작품을 읽고 있으면, 당시 그토록 많은 영국인이 추리소설로 도피해서 위안을 얻으려고 했다는 사실이 그리 놀랍게 느껴지지 않는다.

75. 『벽옥 성벽은 없다』¹⁹³⁰ - 조안나 캐넌

조안나 캐넌도 C.S. 포레스터처럼 오랫동안 성공적인 문학 경력을 누렸다. 『벽옥 성벽은 없다No Walls of Jasper』도 『지급 연기』처럼 더 나은 삶을 절실하게 바라서 범죄를 저지른 나약한 인물의 심리를 파헤친다. 하지만 캐넌의 소설은 포레스터의 소설만큼 성공하지 못했다. 아마 캐넌이 이야기의 특징이나 핵심을 전혀 암시하지 않는 제목을 붙인 탓일 것이다. '벽옥 성벽은 없다'는 험버트 울프의 시에 나오는 구절이다. 울프는 한창때 존경받는 작가였지만, 지금은 그저 함축적인 시구 "뇌물을 쓰거나 억지를 부리려고 해서는 안 되네 / 신이시여, 감사합니다! 바로 그 / 영국의 저널리스트 / 하지만 그자가 무엇을 할지 지켜보는 것 / 뇌물을 받지 않고. 그럴 이유는 / 전혀 없다네"로만 기억될 뿐이다.

조안나 캐넌은 이 소설에서 겉보기에는 인습에 충실한 중산층 시민이 지루한 생활을 견디지 못하고 최악의 범죄를 계획할 수도 있다는 사실을 뚜렷하게 보여주었다. 출판사에서 일하는 줄리언 프레블은 호감 가지만 학대받으며 살았던 필을 아내로 맞아서 아들을 둘 낳았다. 프레블은 넉넉한 재정과 남부럽지 않은 사회 지위를 갈망하지만, 어느 것도 얻지 못했다. 그런데 프레블이 일하다가 만난 매력적인 여성 소설가에게 홀딱 반하면서 위기가 찾아온다.

문제의 소설가는 신시아 베클러다. 베클러는 실제 영국 소설가인 조젯 헤이어와 닮았다. 헤이어는 막대한 성공을 거둔 역사 로맨스 소설로 가장 잘 알려졌다. 하지만 헤이어의 1941년 작 『카스카의 질투Envious Casca』 같은 밀실 미스터리도 인기를 끌었다. 제1차 세계대전이 벌어졌던 시기에 캐넌은 헤이어와 친분을 쌓았고, 『벽옥 성벽은 없다』를 헤이어에게 헌정했다. 캐넌은 신시아 베클러를 부정적으로 표현했다. 하지만 이 소설을 높이 평가했던 헤이어는 현명하게도 자신을 닮은 소설 속 인물을 불쾌하게 여기지 않았다. 신시아 베클러는 헤이어와 닮은 만큼이나 달랐기 때문이다.

줄리언 프레블의 아버지는 부유하지만 밉살스러운 사람이다. 고전 범죄소설에서 부유하지만 밉살스러운 캐릭터의 운명은 으레 살인 피해자이기 마련이다. 아들이 아버지의 죽음으로 문제를 모두 해결할 수 있으리라고 생각하는 순간, 아버지의 운명이 결정된다. 하지만 아니나 다를까 프레블의 계획이 틀어진다.

조안나 캐넌은 옥스퍼드대학교 트리니티 컬리지 학장의 딸로 태어났다. 남편이 전장에서 심각한 부상을 입고 돌아온 바람에 캐넌은 가장이 되어서 집안 살림을 지탱해야 했다. 캐넌은 1930년대 중반부터 조랑말이 등장하는 동화를 써서 인기를 얻었다. 오늘날에도 캐넌은 주로 이 동화 시리즈로 기억된다. 그녀는 1939년에 처음으로 추리소설 『경찰 신고^{They Rang Up the Police}』를 쓰고 런던 경시청의 가이 노티스트 경위를 소개했다. 노티스트 경위는 다른 작품에도 한 번 더 출연했지만, 제2차 세계대전이 터지면서 캐넌은 범죄소설 집필을 그만두었다. 캐넌은 1950년에 새로운 탐정 프라이스 경위를 만들어냈다. 프라이스는 매력이라고는 눈을 씻고 찾아봐도 없는 인물이지만, 그가 처음 등장하는 『살인 포함^{Murder Included}』은 캐넌의 범죄소설 중 가장 인기 있는 작품이 되었다. 한편, 캐넌의 자녀 네 명도 어머니를 따라서 모두 작가가 되었다. 특히 맏딸 조세핀 풀랭-톰슨은 어머니처럼 조랑말 동화와 추리소설을 모두 썼다.

76. 『악몽』¹⁹³² – 린 브룩

『악몽Nightmare』은 린 브룩의 새 출발을 알리는 중요한 작품이다. 이 작품 이전에 브룩은 극도로 복잡한 추리소설 전문가로 자리매김했다. 그리고 브룩의 기존 추리소설 시리즈에서는 필립 맥도널드가 창조한 게스린 대령을 희미하게 연상시키는 고어 대령이 늘 주인공으로 활약했다. 하지만 『악몽』은 '관습에서 탈피'하려는 의도가 분명하게 드러나는 야심만만한 작품이다. 이 소설을 발행한 콜린스 출판사의 설명을 들어보자. "완전히 독창적인 소설. 커다란 흥미를 자아내고 논쟁을 불러일으킬 작품이다. 살인범이 된 평범한 인물의 성격을 파헤치고, 인간 심리를 탐구하는 가장 매혹적인 소설이다. (…) 우리 출판사가 출간한 책 중 가장 주목할 만한 작품으로 손꼽히리라고 믿는다."

출판사가 이렇게 호언장담했지만, 안타깝게도 『악몽』은 독자층에 아무런 감흥을 주지 못했다. 게다가 브룩의 범죄소설 중 처음으로 미국 출판업계에서 거절당한 작품이 되었다. 마케팅 관점에서 생각해보자면, 프랜시스 아일즈의 『살의』(329쪽)처럼 저자의 본명 대신 새로운 필명을 써서 책에 참신한 첫인상을 부여하는 편이 더 현명했을 것이다. 기존의 고어 대령 시리즈처럼 지적인 추리물을 기대했던 독자라면 누구나 이 음울하고 충격적인 소설을 읽고 깜짝 놀라거나 당황했을 것이다.

『악몽』에서 브룩은 캐릭터의 상호작용을 사실적이고 설득력 있게 표현했고, 서사의 흐름을 전혀 방해하지 않으면서도 당대 시골의 과열된 분위기를 충실하게 묘사했다. 아일랜드 출신 작가 사이먼과 매력적인 엘사 윌리 부부는 심술궂은 이웃들에게 고통스럽게 시달린다. 엘사가 끝내 병을 얻어 세상을 뜨자, 사이먼 윌리는 인생을 망쳐놓은 이들에게 앙갚음하겠다고 맹세한다.

소설의 밑바닥에는 성적인 암류가 거세게 소용돌이친다. 윌리 부부의 이웃 가운데 중년 남성 두 명은 엘사를 향한 강한 욕정을 남몰래 품고 있다. 윌리 부부를 못살게 굴었던 마저리 프로십은 "프로이트와 피임, 동성애, 토테미즘, 무한대 같은 것들"에 관해 이야기를 나누기도 한다. 이 대화가 끝나고 어느 중년 남성이 프로십을 강간하려다가 실패하는 기이하고 충격적인 대목도 나온다.

『악몽』은 침울한 세계관과 복수 비극을 매력적으로 결합한 작품이다. 하지만 위트와 강렬한 대단원이 빠져 있다. 아마 이 탓에 브록의 실험작은 『살의』와 달리 성공을 거두지 못한 것 같다. 낙담한 브록은 더 전통적인 추리소설로 돌아갔다. 1940년에는 최후의 카드마저 꺼내 들었다. 그는 마지막 소설 『담비: 고어 대령의 가장 기묘한 사건The Stoat: Colonel Gore's Queerest Case』에서 마침내 고어 대령을 부활시켰다.

린 브록은 앨리스터 맥앨리스터의 필명이다. 그는 '앤서니 워턴'과 '헨리 알렉산더'라는 필명도 사용했다. 맥앨리스터는 더블린에서 태어났고 아일랜드국립대학교에 다녔다. 그는 졸업 후 대학에서 사무장으로 일하다가 극작가의 길로 들어섰다. 1914년에 영국 육군에 입대해서 기관총 부대에서 복무했고, 전쟁터에서 부상을 입었다. 이후 영국 첩보 기관에서 근무하기도 했다. 그는 1925년에 처음으로 추리소설을 쓰고 고어 대령을 창조했다. 고어는 시리즈 초기에서 아마추어 탐정으로 활동하다가 나중에 가서야 본격적인 사설탐정이 된다. T.S. 엘리엇은 린 브록의 소설을 높이 샀지만, 꼬일 대로 꼬인 플롯이 단점이라며 안타까워했다. 그리고 엘리엇은 고어 대령이 이따금

'멍청'하게 군다고도 지적했다. 아마 브록은 무엇이든 다 아는 명탐정 개념
을 참신하게 바꾸어보려고 했겠지만, 엘리엇은 이 시도를 애석하게 여겼다.

18

도서 미스터리

'도치 서술inverted 혹은 back-to-front' 추리물은 범죄 행동 탐구와 추리 이야기를 하나로 묶는다. 이 형식을 최초로 시험해본 작가 가운데 가장 중요한 인물은 손다이크 박사의 창조주 리처드 오스틴 프리먼이다. 단편집『노래하는 백골』의 서문에서 프리먼은 추리소설에서 '누가 범인인가?'라는 질문에 초점을 맞추는 것이 잘못되었다고 주장했다. "현실에서 범죄자의 정체는 그를 잡아야 한다는 현실적 이유 때문에 가장 중요한 문제다. 반대로 소설에는 그런 이유가 전혀 없다. 나는 소설이 단순한 행위가 불러온 예기치 못한 결과와 뜻밖의 인과 관계를 드러내서, 그리고 겉으로는 일관성도 없고 연관성도 없어 보이는 사실들의 집합을 잘 정돈된 증거로 발전시켜서 독자의 관심을 끌어야 한다고 생각한다. 독자는 (…) '어떻게 증거와 범인을 발견할 것인가?'라는 질문에서 호기심을 느낀다. (…) 영리한 독자라면 최종 결과보다 중간 과정에 더 흥미를 느끼는 법이다."

프리먼은 독자가 범죄 사건을 목격하게 하고, 독자에게 범인의 정체라는 비밀을 털어놓을 뿐만 아니라 사건 추리에 사용될 수 있는 정보를 모두 알려주는 일이 과연 가능할지 자문해보았다. "독자가 모든 사실을 안다면, 소설가가 더 말할 이야기가 남아 있을까?" 프리먼은 '그렇다'라고 대답했다. 그리고 이 주장을 입증하기 위해 실험적인 소설을 썼다. 「오스카 브로드스키

사건The Case of Oscar Brodski」은 프리먼이 실제 범죄 사건을 바탕으로 쓴 드문 작품이다. 프리먼이 참고한 사건은 소설이 나오기 40여 년 전에 노팅엄의 집세 수금원 헨리 레이너가 살해당한 일이다. '범죄의 메커니즘'이라는 제목이 붙은 전반부는 가상의 살인범이 벌이는 사건들을 따라 전개된다. 사일러스 히클러는 오스카 브로드스키를 죽이고 다이아몬드 꾸러미를 훔친다. 그는 살인을 자살이나 사고사로 위장할 속셈으로 화물 열차가 들이닥치기 직전에 시신을 선로에 놓아둔다. 그런데 히클러는 실수로 브로드스키의 펠트 모자를 자기 집에 두고 있다가 나중에 벽난로에서 태운다. 후반부 '추리의 메커니즘'에는 손다이크 박사가 등장한다. 손다이크는 이번에도 꼼꼼하게 과학 수사를 펼치며, 지역 경찰의 의심을 물리치고("나는 머리가 잘려나간 남자의 식습관이 도대체 왜 중요한지 모르겠소.") 미스터리를 해결한다.

수많은 비평가와 독자가 『노래하는 백골』을 칭송했다. 하지만 1928년에 도로시 L. 세이어즈는 추리소설의 발전 과정에 관한 긴 에세이에서 "프리먼을 뒤따르는 작가는 거의 없고, 프리먼마저도 이 작법을 버린 듯하다. 상당히 애석한 일이다"라고 말했다. 하지만 프리먼은 1925년에 이미 도서 추리 형식의 단편 「죽은 자의 압박The Dead Hand」을 장편소설 『늑대의 그림자The Shadow of the Wolf』로 발전시켰다. 1930년에도 도서 추리물 『포터맥 씨의 실수Mr. Pottermack's Oversight』을 펴냈고, 1932년에도 도서 추리 형식이 포함된 『악당이 실패할 때When Rogues Fall Out』를 내놓았다. 아무래도 세이어즈의 말이 프리먼을 자극한 듯하다.

세이어즈의 말은 다른 작가들도 자극한 것 같다. 곧 다양한 소설가가 프리먼의 도서 추리 형식을 받아들여서 자기만의 방식으로 바꾸기 시작했다. G.D.H.와 마거릿 콜 부부와 프랜시스 비딩, 프리먼 윌스 크로프츠가 대표적이다. 비딩은 1932년에 추리소설의 관습을 재미있게 비틀어놓은 『고의적 살인』을 발표했다. 크로프츠는 특히 도서 추리 형식에 열렬한 관심을 보였고, 1934년에 도서 추리물을 두 편 출간했다. 『크로이든발 12시 30분』은 구성이 탄탄한 도서 추리물의 대표작이다. 크로프츠는 이 작품 이후 도서 추리 형식을 한층 더 발전시켜서 『사우샘프턴 워터의 수수께끼Mystery on Southampton Water』를 내놓았다. '솔렌트 해협의 범죄'라는 별명으로도 잘 알려진 이 소설의 배경은 독특하게도 시멘트 제조회사다. 크로프츠가 1938년에 발표한 『해독제』는 특히나 야심만만한 책이다. 크로프츠는 그 자신의 독실한 종교적 신념에서 착상을 얻어 인간을 구원하는 신앙심의 힘이라는 중심 테마에 도서 미스터리를 결합했다. 소설의 주인공인 조지 스터리지는 영국에서 두 번째로 큰 동물원의 책임자다. 그는 풍족한 삶과 훌륭한 평판을 누린다. 하지만 모든 것을 다 갖춘 사람은 없는 법이다. 스터리지는 아내 클래리사를 증오한다. 클래리사는 남편의 수입과 상관없이 원래 부유했지만, 이기적이고 비열하다. 설상가상으로 스터리지는 도박에 중독되고, 막대한 손해를 본다. 게다가 그가 다정하지만 외로운 미망인과 외도하면서부터 지출은 점점 늘어나기만 한다. 하지만 스터리지의 암울한 인생에도 희망을 품을 구석이 하나 있다. 늙고 병약한 친척이 장차 스터리지에게 부동산을 물려주겠다고 약속해둔 것이다. 이쯤 되면 독자는 조지 스터리지가 친척을 살해하리라고 예상할 것이다. 하지만 크로프츠의 가장 혁신적인 소설은 독자의 예상대로 흘러가지 않는다. 어쨌거나 살인은 벌어진다. 크로프츠는 너무도 교활하고 독창적인 살해 방법을 독자가 이해할 수 있도록 도표까지 제시해놓았다.

도서 추리라는 서술 기법을 반복하다 보면 이야기가 틀에 박히듯 정형화될 위험이 따른다. 의미심장하게도, 도서 추리 형식의 최고작들은 시리즈의 일부가 아니라 독립적인 작품이다. 주목할 만한 예는 각본가 프레더릭 노트가 쓴 시나리오 〈다이얼 M을 돌려라〉다. 이 작품은 TV 드라마로 먼저 제작되었다가, 다시 연극 무대로 옮겨져서 성공을 거두었다. 앨프레드 히치콕도 1954년에 이 시나리오를 바탕으로 동명의 영화를 제작했다(1998년에 리메이크 〈퍼펙트 머더〉가 나왔다). 버논 스웰의 1957년 영화 〈식별끈Rogue's Yarn〉도 도서 추리 형식이다. 이 작품은 히치콕의 〈다이얼 M을 돌려라〉보다 훨씬 덜 알려졌지만 재미있게 볼만하다. 시나리오는 스웰과 어니 브래드퍼드가 썼다. TV 드라마 중에도 도서 추리물이 있다. 미국에서는 피터 폴크 주연의 〈형사 콜롬보〉가 1960년대 후반부터 오랫동안 방영되며 폭발적 인기를 끌었다. 더 최근 영국에서는 이드리스 엘바가 주연한 드라마 〈루터〉 시리즈가 흥행에 성공했다.

제2차 세계대전 이후, 추리 클럽의 회장을 맡았던 작가 두 명이 손에 꼽을 만큼 훌륭한 도서 추리물을 썼다. 하나는 줄리안 시먼스의 1967년 작 『자기 자신을 죽인 남자The Man Who Killed Himself』다. 이 소설의 주인공 아서 브라운존을 보고 있노라면 『살의』(329쪽) 속 비클리 박사가 떠오른다. 공처가 브라운존은 자신의 저속한 측면을 발산할 수단으로 이슨비 멜런 소령이라는 제2의 자아를 만들어낸다. 소설의 초반부는 가볍고 우습지만, 브라운존이 자기를 쥐고 흔드는 아내를 살해할 계획을 세우면서 분위기가 어두워지기 시작한다. 사이먼 브렛의 1984년 작 『예상 밖의 일A Shock to the System』도 시먼스의 소설만큼 흡입력이 대단하다. 브렛의 미스터리는 대부분 시리즈물이지만, 이 소설은 드물게 어느 시리즈에도 속하지 않는 독립적인 작품이다. 이 책은 1990년에 영화 〈쇼크 투 더 시스템〉으로 각색되었다. 시나리오는 브렛의 동료 범죄소설가이자 시나리오 작가인 앤드루 클레이번이 썼다.

77. 『늙은 선원의 최후』[1933] — G.D.H.와 M. 콜

블레이크어웨이 가족은 햄스테드 히스에 있는 커다란 저택에서 산다. 힐다 블레이크어웨이는 운전기사가 모는 검은 패커드 자동차를 타고 딸과 함께 램본 근처의 시골 별장으로 떠난다. 집에 남은 남편 필립은 그가 얼마나 운이 좋은지 곰곰이 생각해본다. "부유하고, 결혼생활도 행복하고, 건강하고, 자신만의 매력이 무엇인지도 알고, 자기가 사교 능력이 뛰어나다는 사실도 잘 알고 있다." 한 해 전만 해도 그는 사업에 실패한 수출업자였다. 하지만 성공한 건축가 남편을 먼저 떠나보낸 늘씬하고 우아한 여성과 결혼하면서 인생이 달라졌다. 의붓자식들과 서먹한 사이이기는 하지만, 이것 말고는 달리 걱정할 일이 없었다.

그런데 필립의 과거를 알고 있는 존 제이 선장이 나타나면서 상황이 달라진다. 필립은 그 늙은 선원이 대서양 건너편에 있는 줄로만 알았다. 하지만 그가 이웃에 산다는 사실을 알고 난 후부터 한시도 마음을 놓을 수 없다. 필립은 자기 집에 제이 선장이 나타나자 결단을 내리고 아내와 집사를 집 밖으로 내보낸다.

존 제이는 당연히 죽은 채로 발견된다. 필립은 제이가 자기 집을 털려고 해서 총을 쏘았다고 해명한다. 처음에는 필립의 설명이 그럴듯해 보였고, 경찰 당국도 필립의 말을 믿는 것 같았다. 하지만 집사가 필립을 수상쩍게 여긴다. 게다가 제이가 죽은 줄 모르는 그의 딸이 아버지의 소재를 수소문한다. 필립은 점차 압박감에 시달리고, 런던 경시청의 윌슨 경정이 나타나면서 긴장이 점점 고조된다.

저자 콜 부부는 이야기에 풍자적인 표현을 가미해서 재미있는 소설을 완성했다. "BBC는 방송에서 세련된 악센트로 훌륭한 영어를 끈덕지게 구사하면 점차 영국 전역의 대중이 유서 깊은 윈체스터 칼리지에서 교육받은 교양인처럼 변하리라는 희망을 차마 버리지 못한다. 민주주의가 이보다 더 고귀하고 이상적인 포부를 품을 수 있겠는가?" 콜 부부는 정치 문제에 관해서도 지나가듯 슬쩍 언급했다. 또 사회주의자였던 콜 부부는 필립을 창조주의 신념을 거부하는 인물로 만들어놓은 대신("나는 이 안락한 생활이 너무나 만족스럽다"), 필립의 운전 기사에게 사회주의 신념을 심어주었다.

조지 더글러스 하워드와 마거릿 콜 부부에게 추리소설 집필은 부업이었다. 콜 부부는 직접 쓴 추리소설을 학술 저서나 정치적 저작보다 하찮게 여겼다. 마거릿 콜은 자서전과 남편의 전기를 쓸 때도 그들의 추리소설을 간략하게만 언급하고 넘어갔다. G.D.H. 콜은 저명한 경제학자다. 그가 가르친 제자 중 휴 게이츠켈과 해럴드 윌슨은 훗날 노동당 당수가 되었다. 콜 부부는 1918년에 결혼했고, 페이비언 협회에서 함께 일했다. 나중에 옥스퍼드로 이사한 두 사람은 이곳을 1937년에 발표한 중편 밀실 미스터리 「대학의 수치Disgrace to the College」의 배경으로 삼았다.

프리먼 윌스 크로프츠의 팬이었던 G.D.H. 콜은 1923년에 단독으로 『브루클린 살인사건The Brooklyn Murders』을 출간했다. 하지만 이 작품 이후부터는 늘 아내와 함께 추리소설을 집필하고 공동으로 출판했다. 다들 콜 부부의 추리소설을 '따분하다'고 평가한다. 시리즈의 주인공 윌슨 경정이 우둔한 탓에 소설 자체가 지루하다는 인상이 더욱 강해졌다. 콜 부부는 서둘러서 소설을 쓰는 경우가 잦았고, 부주의함을 미처 숨기지 못할 때도 많았다. 하지만 두 사람은 가끔 흥미로운 실험에 적극적으로 나서기도 했다. 1935년 작 『탠크레드 박사의 출발Dr. Tancred Begins』과 1936년 작 『유언장Last Will and Testament』으로 구성된 두 권짜리 펜덱스터 사가가 대표적이다. 이야기가 이어지는 이 두 소설은 25년의 시차를 두고 벌어진 범죄 사건을 다룬다. 이 시리즈에는 새로운 탐정 벤저민 탠크레드 박사가 등장하지만, 그는 월슨 경정과 비교해도 딱히 더 나을 것이 없는 인물이다. 하지만 『늙은 선원의 최후End of an Ancient Mariner』는 콜 부부가 도서 추리 형식을 발전시키는 데 시간과 노력을 더 쏟지 않은 것이 안타까울 정도로 훌륭한 소설이다.

78. 『어느 살인자의 초상』1933 - 앤 메레디스

앤 메레디스의 첫 번째 소설 『어느 살인자의 초상Portrait of a Murderer』은 에이드리언 그레이가 크리스마스에 자식에게 살해당했다는 말로 시작한다. "순식간에 우발적으로" 벌어진 일이었다. 메레디스는 복잡한 후더닛 퍼즐이나 정교한 경찰 수사 과정으로 독자를 몰입시키는 대신, 인물의 심리를 탐구하고 예리한 사회적 논평을 던지는 데 집중했다. 경제적으로 쪼들리는 중산층인 그레이 가족은 상류층은 물론이고 하류층보다도 훨씬 더 불행하다. "그레이 가족은 늘 근엄하게 행동했다. 자제할 줄 모르는 하층민처럼 굴고 싶지 않았기 때문이다. 또 그들이 세상의 따가운 눈초리를 꿋꿋하게 견딜 수 있다고 믿지도 않았기 때문이다."

저자는 먼저 가족 구성원을 한 명씩 차례대로 소개한 후, 이들 중 한 명이 쓴 일기를 통해 에이드리언 그레이를 살해한 사람의 정체를 밝힌다. 범인은 머리를 굴리다가 금융업자 매부에게 덤터기를 씌우기로 한다. 사인 심리를 맡은 배심원단은 억울하게 누명을 쓴 희생양이 고의로 살인을 저질렀다는 평결을 내린다. 다행히 그레이 집안의 또 다른 사위인 젊은 변호사가 배심원의 평결을 미심쩍게 생각하기 시작한다. 저자의 능란한 글솜씨 덕분에 독자는 과연 배심원의 오심이 뒤집힐 수 있을 것인지 끝까지 알 수 없어서 긴장감을 늦추지 못한다.

도로시 L. 세이어즈는 이 책이 R. 오스틴 프리먼의 획기적인 도서 추리물과 같은 급이라고 평가했다. 특히 저자 메레디스가 살인범의 "철저한 자기중심주의"를 강렬하고 설득력 있게 묘사했다고 보았다. "자기 자신보다 자기가 벌인 짓거리에 대한 이기주의 (…) 이 이기주의에는 자기 자신을 정당화하는 잔혹한 장엄함이 깃들어 있다. 그는 자기가 비범하기 때문에 불쾌한 친척들보다 더 나은 삶을 누려야 마땅하다고 생각한다. (…) 그는 바로 그런 존재다. 그래서 독자는 그의 냉담한 결단과 마지막 행동을 이해할 수 있다. (…) 그는 어마어마한 비열함과 똑같이 어마어마한 관대함을 결합한다. (…) 이 책은 강력하고 인상적이다. 플롯 구조에 훌륭한 필연성이 담겨 있어서 진정으로 비극적인 특성까지 갖추었다."

앤 메레디스는 루시 베아트리스 맬러슨의 필명이다. 맬러슨은 '앤 메레디스' 이전에 'J. 킬머니 키스'와 '앤서니 길버트'라는 필명으로도 추리소설을 펴냈다. 킬머니 키스라는 이름으로 발표한 작품은 대체로 정치인 탐정 스콧 에저턴이 활약하는 시리즈다. 맬러슨은 스릴러를 쓰려고 시도했지만 이내 포기하고 더 순수문학에 가까운 작품에 도전해보기로 마음먹었다. 그녀는 새로운 문학 정체성 '앤 메레디스'를 사용해서 도스토옙스키와 프랜시스 아일즈에게 영향을 받은 소설을 썼다. 그 결과 탄생한 『어느 살인자의 초상』은 호평받았다. 하지만 맬러슨은 "러시아의 천재 작가 도스토옙스키의 작품을 어렴풋하게 본떠서 책을 쓰더라도 슬럼프의 영향을 영영 떨치지 못할 것"이라는 사실을 알아차렸다. 그래도 맬러슨은 계속해서 앤 메레디스라는 필명을 사용했다. 1940년에는 회고록『페니 세 개Three-a-Penny』도 메레디스라는 이름으로 발표했고, 마침내 앤서니 길버트라는 필명을 썼을 때만큼이나 성공을 거두었다.

맬러슨은 1936년에 앤서니 길버트라는 이름으로『전문가의 살인Murder by Experts』을 출간하며 맥주 통에 빠져 사는 사무 변호사 아서 크룩을 세상에 소개했다. 크룩 시리즈는 1974년까지 오랫동안 이어졌다. 크룩 시리즈 중 1941년 작『붉은 옷의 여인The Woman in Red』은 1945년과 1987년에 두 차례 영화로 각색되었다. 하나는 〈내 이름은 줄리아 로스My Name is Julia Ross〉고, 다른 하나는 미국의 대표적인 뉴시네마 감독 아서 펜이 원작을 과감하고 효과적으로 변형한 리메이크 〈한겨울The Dead of Winter〉이다. 그런데 이들 영화에는 원작의 주인공 아서 크룩이 등장하지 않는다.

79. 『막다른 사건 부서』1949 – 로이 비커스

『막다른 사건 부서Department of Dead Ends』는 런던 경시청의 '막다른 사건 담당 부서'에 관한 단편집이다. 첫 번째 단편 「고무 트럼펫The Rubber Trumpet」에 이 부서의 역사가 나온다. 막다른 사건 부서는 "여유로웠던 에드워드 7세 시대에 만들어졌고, 다른 부서가 거절한 사건을 도맡았다. (…) 다른 부서가 막다른 사건 부서에 사건을 넘길 때 제출해야 하는 서류는 단 하나다. 해당 사건을 담당한 팀의 상관이 사건의 정보가 터무니없다고 진술서를 쓰기만 하면 된다. 이성과 상식을 기준으로 판단해보건대 이 부서의 사건 파일은 잘못된 정보의 보고다. 사건 수사는 대개 어림짐작으로 진행된다. 한 번은 우연히 살인범의 이름으로 말장난을 하는 바람에 그 살인범이 교수형을 당하게 된 적도 있다."

이 익살맞은 이야기는 기술적인 정확성과 세심함이 돋보이는 R. 오스틴 프리먼의 도서 추리물과는 하늘과 땅만큼 다르다. 그러나 저자 로이 비커스는 이 우스꽝스러운 아이디어가 깊이 고민하고 계획한 결과라고 분명히 밝혔다. "막다른 사건 부서의 기능은 논리적 연관성이 없는 인물과 정보를 서로 연결하는 것이다. 즉, 막다른 사건 부서는 과학적 수사의 안티테제다." 하지만 『막다른 사건 부서』에 수록된 이야기 열 편은 프리먼의 획기적인 단편집과 어깨를 나란히 할 만큼 훌륭한 도서 추리 단편이다. 엘러리 퀸은 이 단편집을 소개하는 글에서 비커스의 단편이 프리먼의 『노래하는 백골』에 실린 단편처럼 "논리적으로 구성된" 글은 아니라고 솔직하게 인정했다. 그리고 작품 속 "증거는 과학적이지도 않고 반박할 수 없을 만큼 확실하지도 않다"라고 덧붙였다. 실제로 『막다른 사건 부서』에서는 우연이 결정적으로 작용한다. 하지만 퀸은 비커스의 단편이 더 흥미로우며 손에 땀을 쥐게 할 정도로 서스펜스가 가득하다고 주장했다.

호감이 가지만 감정을 잘 내비치지 않는 레이슨 경위가 이끄는 막다른 사건 부서는 "늘 요행을 노리며 도박을 한다". 가끔은 이런 도박이 성공한다. 조지 먼키와 고무 트럼펫 사건이 좋은 예다. 이 사건에서 막다른 사건 부서의 형사들은 "잘못된 추론으로 올바른 결론에 도달"한다. 저자는 이렇게 우스꽝스러운 상황을 효과적으로 활용해서 독자가 쉴 새 없이 페이지를 넘기도록 유도했다. "고무 트럼펫은 조지 먼키와도, 먼키가 살해한 여자와도, 먼키가 여자를 살해한 상황과도 아무런 논리적인 연관 관계가 없었다."

「공개적으로 살해당한 남자The Man Who Murdered in Public」의 첫 문장도 똑같이 능란하게 독자의 흥미를 자극한다. "누가 네 사람을 살해했다는 정보만 주어진다면, 그 살인자에 관해서 도대체 뭐 얼마나 알 수 있을까?" 저자 비커스는 '배스의 신부들'* 사건에서 「공개적으로 살해당한 남자」의 아이디어를 얻었다. 또 다른 단편 「공처가 살인범The Henpecked Murderer」의 주인공 앨프리드 커마텐은 크리펜 박사가 모델이다. "커마텐은 크리펜이 저지른 사소한 실수들을 대부분 답습했다. 그에게는 자기가 저지른 죄 때문에 고통받는 사람이 생기지 않기를 바라는 (…) 마음이 전혀 없었다. 이 도덕적 결함은 그 나름대로 벌을 불러왔다."

로이 비커스는 윌리엄 에드워드 비커스의 필명이다. 그는 1934년부터 막다른 사건 부서 이야기를 쓰기 시작해서 모두 서른일곱 편을 완성했다. 비커스는 이 시리즈로 상상력이 풍부하고 굉장히 재미있는 글을 쓸 줄 아는 작가라는 명성을 얻었다. 그런데 막다른 사건 부서 시리즈는 여러 필명을 사용했던 비커스의 무수한 저작 중 극히 일부분일 뿐이다. 비커스는 글을 지나치게 많이 썼다. 그 탓에 그의 작품 상당수, 특히 생활고에 시달리던 경력 초기에 발표한 작품은 꽤 엉성하다. 하지만 비커스가 전성기에 쓴 작품은 정말로 강렬하다. 비커스의 최고작에서는 생생한 감정, 무엇보다도 그가 질색했던 사회적 속물근성을 향한 감정이 선명하게 드러난다. 비커스는 막다른 사건 부서 시리즈의 「출세주의자 사건The Case of the Social Climber」과 1949년에 출판한 장편소설 『속물 살인사건Murder of a Snob』 등에서 속물근성을 주제로 다루기도 했다.

---

* Brides of the Bath. 조지 조셉 스미스라는 자가 신분을 속인 채 여러 여성과 중혼하고 그중 세 명을 살해한 사건이다. 그는 1915년에 살인죄로 교수형을 당했다.

19

아이러니스트

C.S. 포레스터의 『지급 연기』(306쪽)는 아이러니한 결말로 마무리된다. 이 대단원은 프랜시스 아일즈가 쓴 『살의』(329쪽)의 마지막에서 되풀이되었다. 포레스터의 책도 연극과 영화로 각색될 만큼 성공했지만, 아일즈의 소설은 비교가 안 될 만큼 강한 인상을 남겼다. 포레스터의 소설에서 살인의 결과는 침울하게 묘사된다. 반대로 아일즈의 작품은 플롯이 탄탄하게 구성되었을 뿐만 아니라 저자 특유의 냉소적인 유머가 흘러넘친다.

앤서니 버클리 콕스는 앤서니 버클리라는 필명을 사용할 때면 실제 범죄 사건을 토대로 삼아 교묘한 퍼즐 미스터리를 고안한다. 대표적인 예는 1926년에 발표한 『위치퍼드 독살 사건The Wychford Poisoning Case』이다. 이 소설은 1889년 리버풀의 면직물 중개상 제임스 메이브릭의 죽음을 둘러싼 기이하고 논란 많은 사건을 각색했다. 그런데 콕스는 프랜시스 아일즈라는 필명을 쓸 때면 수수께끼를 고안하는 데서 한발 더 나아갔다. 아일즈는 범죄자와 피해자의 사고구조를 꿰뚫어 보는 통찰력을 증명했고, 번뜩이는 냉소적 위트를 발휘해서 우울하고 음산한 전망을 강조했다. 콕스는 범죄자 재판을 예리하게 관찰하고 연구했다. 그는 에디스 톰슨이 1922년에 남편 살해 죄목으로 교수형을 당한 일이 부당하다고 생각해서 깊이 괴로워했고, 그녀는 "간통죄로 사형"당했다는 결론을 내렸다. 콕스는 아이러니야말로 사법 기관이 때때로 잘못 작동해서 재앙을 불러일으킨다는 믿음을 표현하기에 완벽한 도구라고 생각했다.

『살의』가 대성공을 거두자, 이에 자극받은 다른 작가들도 아이러니한 반전을 가미한 범죄 이야기를 쓰기 시작했다. 그중 한두 명은 아이러니를 효과적으로 사용해서 정치적 주장을 펼쳤다. 1930년대에 공산당에 가입한 브루스 해밀턴이 좋은 예시다. 해밀턴은 기묘하지만 매우 독창적인 1937년 작 『렉스 vs 로즈: 브라이턴 살인 재판Rex v. Rhodes: The Brighton Murder Trial』 같은 소설의 플롯에 사회·정치적 관점을 녹여냈다. 그는 당시 인기 있었던 시리즈인 '유명한 재판 사건' 기록문 스타일로 소설을 구성했다. 그리고 직접 재판 기록문의 편집자인 척 가장한 채 이야기의 배경이 좌파와 극우파가 충돌하고 마침내 공산주의가 승리를 거둘 몇 년 후 미래라고 밝혔다. 공산주의자 로즈는 극우파 조직의 브라이턴 지부를 이끄는 수장을 살해한 죄로 기소되었다. 그는 유죄가 확실해 보인다. 피살자 밑에서 일하던 폭력배 같은 청년 두 명이 로즈의 유죄를 입증할 주요 증인이다. 소설의 핵심은 '무슨 일이 실제로 일어났는가'가 아니라 '로즈가 과연 재판에서 이기고 살아날 수 있는가'이다.

밀워드 케네디도 1936년에 실험적인 소설 『영광은 이렇게 지나가고Sic Transit Gloria』를 발표했다. 소설의 줄거리는 코앞까지 다가온 세계대전의 그림자에 짓눌린 영국 사회의 우울한 분위기를 반영한다. 제임스 서던은 글로리아 데이가 자살한 것인지 살해당한 것인지 알아내고자 한다. 수사 끝에 서던은 정치적 목적을 위한 살인의 도덕성을 깊이 고민하기에 이르고, 마침내 "정의로운 역할"을 맡는다. "배심원은 부당한 결론을 내릴 수밖에 없었을 것이다. 만약 법률이 정의를 보장하지 않는다면 도대체 무슨 소용이란 말인가? 사람들은 부당한 사형 판결이 살인이라며 목소리를 높였다. 하지만 사법 기관이 살인범에게 정당한 처벌을 내리지 못하는 것도 마찬가지로 잘못이 아닌 가?" 살인의 당위성에 관한 질문 '경우에 따라서는 살인이 이타적인 행위가 될 수 있지 않을까?'는 황금기 추리소설에서 끝없이 반복되는 요소였다. 살인의 정당화 가능성에 대한 의문은 애거사 크리스티와 존 딕슨 카의 소설에도 불쑥 나타났고, 프랜시스 아일즈와 그 후계자들 같은 아이러니스트들의 작품에서 특히 두드러졌다.

레이먼드 포스트게이트의 신랄하고 아이러니한 『12인의 평결』(272쪽)처럼 리처드 헐의 『선의』도 배심원의 숙의를 중심 소재로 다룬다. 하지만 헐은 작품에 한 번도 정치적 관점을 담은 적이 없다. 헐은 사회나 계급 제도보다 언제나 개인에 초점을 맞추었다. 그는 아이러니, 믿을 수 없는 화자, 복잡한 이야기 구조를 사용해서 입이 떡 벌어질 만큼 독창적인 방식으로 악의적 인물의 불운을 탐구했다. 대체로 헐은 1934년에 펴낸 첫 번째 범죄소설 『백모 살인사건』을 뛰어넘는 성공작을 내놓지 못했다는 평을 듣는다. 하지만 그의 후기작 중에도 범죄자의 행동을 재치있고 파격적으로 탐구한 작품이 여러 편 있다. 이 작품들도 더 많이 주목받아야 마땅하다.

『12인의 평결』과 『선의』, 앤서니 버클리의 『시행착오』(270쪽) 모두 법률 제도의 불완전함을 다룬 것은 우연이 아니다. 불안의 시대인 1930년대에는 사법 제도의 오류라는 테마가 끝없이 되풀이되었다. 1930년대에 출간되어 오늘날까지도 추리소설 역사상 가장 훌륭한 작품으로 꼽히는 크리스티의 『오리엔탈 특급 살인』과 『그리고 아무도 없었다』의 플롯도 사법 제도의 한계에 대한 불만을 드러냈다.

사법 시스템의 모순을 탐구하는 데 열정을 쏟은 소설가들에게 아이러니는 단순한 문학 도구 이상이었다. 아이러니는 곧 무기였다. 아이러니한 반전의 대가 콕스는 1939년 이후로는 앤서니 버클리라는 이름으로도, 프랜시스 아일즈라는 이름으로도 책을 출간하지 않았다. 자연스럽게 그의 영향력도 서서히 희미해졌다. 하지만 제임스 로널드의 1940년 작『출구는 이쪽입니다 This Way Out』에서는 콕스의 영향력을 뚜렷하게 감지할 수 있다. 크리펜 박사 사건을 각색한 이 소설에서는 평범한 사람이 자극받아 살인마로 변한다. 이 작품은 1944년에 찰스 로턴이 주연을 맡은 영화〈용의자The Suspect〉로 제작되었다. 법정 변호사였던 에드워드 그리어슨이 1952년에 발표한 훌륭한 소설에서도 콕스의 영향력이 느껴진다.『노래의 명성Reputation for a Song』은 드높은 명성을 자랑했던 남자가 인정사정없이 나락으로 떨어지는 과정을 보여준다. 소설에서 법은 불의를 막기는커녕, 오히려 불의를 저지르려는 자들에게 이용당한다. 줄리안 시먼스가 주장했듯이, 아이러니스트들에게는 지구력이 부족했을지도 모른다. 하지만 이들이 생산해낸 최고의 작품에서 빛을 발하는 냉소적 독창성은 여전히 눈을 떼지 못할 만큼 강력하다.

80.『살의』1931 – 프랜시스 아일즈

앤서니 버클리 콕스가 프랜시스 아일즈라는 필명으로 펴낸 첫 번째 책의 배경은 데번의 외딴 시골 마을이다. 이 마을에는 애거사 크리스티가 창조해낸 세인트 메리 미드만큼이나 주민들의 하찮은 경쟁과 가십이 가득하다. 하지만『살의』는『목사관 살인사건』과 천양지차다. 프랜시스 아일즈의 데뷔작과 제인 마플의 데뷔작 사이의 간극은 첫 단락의 분위기에서부터 뚜렷하게 드러난다.『살의』의 첫 문단을 살펴보자. "비클리 박사는 아내를 살해하기로 마음먹은 지 몇 주도 채 지나지 않아서 계획을 행동으로 옮기러 나섰다. 살인은 진지한 일이다. 사소한 실수가 재앙으로 번질 수 있다. 비클리 박사는 재앙을 무릅쓸 생각이 없었다."

의사 비클리는 결혼생활에 괴로워하는 몽상가다. 겉으로는 마을의 주축인 그는 온화한 겉모습으로 가학적인 구석을 감춘다. 비클리는 아내가 아닌 다른 여자에게 홀딱 반하고, 자기를 움켜쥐고 흔드는 아내를 제거하는 데 미래의 행복이 달려 있다는 결론을 내린다. 비클리의 범죄는 실제 살인사건인 허버트 로우즈 암스트롱 독살 사건*을 연상시킨다. 또 결말의 반전은 C.S. 포레스터의 『지급 연기』(306쪽)에 얼마간 빚진 듯하다. 그러나 『살의』는 냉소적인 위트 덕분에 그 어떤 작품과도 다른 소설이 되었다. 냉랭한 위트는 아이러니한 어조와 완벽하게 어울린다. 독자는 공감하며 동일시하고 싶은 인물을 찾기 어려울 텐지만, 위트 때문에 책을 내려놓지 못할 것이다. 프랜시스 아일즈는 이 작품을 아내에게 헌정했다. 하지만 그는 소설을 출간한 지 1년도 채 지나지 않아서 이혼했다. 심지어 그는 비클리 박사에게 자기 자신의 성격적 특성을 부여하기까지 했다.

평단은 『살의』에 열광했다. 콕스는 『살의』를 발표하고 이듬해에 역시 프랜시스 아일즈라는 필명으로 야심만만하고 비범한 소설을 내놓았다. 이번에는 윌리엄 팔머 박사 사건에서 아이디어를 얻었다. 『범행 이전』도 『살의』처럼 독자의 눈길을 사로잡는 단락으로 시작한다. "어떤 여자들은 살인자를 낳고, 어떤 여자들은 살인자와 동침하고, 어떤 여자들은 살인자와 결혼한다. 리나 에이스가스는 결혼하고 거의 8년 만에 자기가 살인자와 결혼했다는 사실을

---

* 허버트 로우즈 암스트롱은 영국에서 살인죄로 교수형을 당한 유일한 사무 변호사다. 그는 경쟁 변호사를 비소로 독살하려고 했으나 미수에 그치고 체포되었다. 이후 자신의 아내를 살해했다는 사실도 추가로 밝혀져서 살인죄로 기소되었다.

깨달았다." 독자는 소설의 도입부에서 비밀을 모두 알게 된다. 그러나 친절하지만 가망이 없을 정도로 순진해 빠진 리나에게 도대체 무슨 일이 벌어지는지(무슨 일이 벌어지기라도 하는지) 알고 싶은 충동에 저항하지 못할 것이다. 음울한 결말은 기억에서 떨쳐내기가 어렵다. 히치콕이 1941년에 각색한 〈서스피션〉의 엔딩은 원작과 아주 다를 뿐만 아니라 그리 강렬하지도 않다.

프랜시스 아일즈의 세 번째 소설 『그 여자로 말할 것 같으면』은 아일즈의 마지막 소설이 되었다. 작품의 제목은 1922년에 톰슨-바이워터스 사건을 담당한 판사의 경멸적인 발언에서 따왔다. 이 작품 역시 눈을 씻고 찾아봐도 공감할 만한 인물이 없기로 유명하다. 아일즈는 이 소설에서 살인이 어떻게 우발적으로 벌어질 수 있는지 탐구했고, 어떤 사람의 유죄 여부는 도덕성의 유무만큼이나 운에 좌우된다고 암시했다. 이상하게도 출판사는 이 소설을 잘못 이해해서 '러브 스토리'라고 홍보했다. 아일즈에게 어울리는 이 아이러니한 곡해는 저자가 끝내 소설 집필을 완전히 포기하는 데 영향을 미쳤을 것이다. 아일즈는 『그 여자로 말할 것 같으면』을 삼부작의 첫 번째 작품으로 구상했지만, 다시는 차기작을 내놓지 않았다.

81. 『가족 문제』¹⁹³³ - 앤서니 롤스

C.E. 벌리어미는 가장 먼저 프랜시스 아일즈의 자취를 따른 범죄소설가들 가운데 하나다. 재능 있는 작가였던 그는 '앤서니 롤스'라는 필명으로 1932년에 첫 번째 소설 『목사의 실험The Vicar's Experiments』과 두 번째 소설 『로벨리아 그로브Lobeilia Grove』를 발표했다. 『목사의 실험』은 사람을 죽이는 성직자의 뒤를 쫓으면서 그의 불운을 기록하고, 『로벨리아 그로브』는 전원주택에서 벌어

진 살인 두 건을 이야기한다.

이듬해에 『가족 문제Family Matters』가 출간되자 도로시 L. 세이어즈가 〈선데이 타임스〉 비평문에서 열광적으로 반응했다. "캐릭터들이 정말로 살아 숨 쉬는 존재 같다. 소름 끼치는 가정의 분위기는 유독한 공기처럼 독자를 엄습한다." 소설 속에서 "커딩엄 가족의 여러 구성원과 친구들은 (…) 가장 하찮고 짜증스러운 인물을 제거하려고 노력한다. 그 인물은 성격으로나 습관으로나 자기를 살해해달라고 졸라대는 것 같다."

앤서니 롤스가 『가족 문제』를 한참 쓰고 있던 시기, 월스트리트의 주가가 폭락했던 검은 목요일 사태와 뒤이은 불경기의 영향은 누구나, 어디에서나 느낄 수 있었다. 다들 황금기 추리소설이 1930년대의 경제 현실을 한 번도 다루지 않았다고 생각하지만, 이런 통념은 지나치게 단순한 생각이다. 물론, 당대 추리소설 작가들은 대체로 영국이나 다른 지역에서 살아가는 수백만 명이 고통스럽게 견뎌야 했던 역경을 자세히 다루지 않고 회피했다. 그들의 주요 목표는 독자가 현실에서 도피할 수 있는 탈출구를 제공하는 것이기 때문이다. 하지만 그들이 상상해낸 줄거리나 캐릭터는 현실 세계에서 일어나고 있는 일에 영향을 받을 수밖에 없었다.

로버트 커딩엄은 일자리를 잃은 지 오래되었다. 그가 판타지 세상에서 위안을 얻으려고 하자, 젊고 아름다운 아내 버사는 절망에 빠진다. 그런데 버사 커딩엄에게 매력을 느끼는 남자가 두 명 나타난다. 로버트 커딩엄을 살해할 동기를 품은 사람이 늘어난 셈이다. 하지만 로버트 커딩엄을 독살하려는 시도는 일찌감치 틀어지고, 세이어즈의 표현대로 "가장 독창적이고 소름 끼치도록 웃긴 상황"이 빚어진다. 세이어즈는 소설 속 의학적 내용이 올바른지 아닌지 알 수 없지만, "이렇게 설득력 있는 작가가 하는 말이라면 무엇이든지 믿을 작정"이라고 단언했다. 그리고 "시적인 불의를 품은 아이러니하고 충격적인 결말"에 경의를 표했다. 이 결말은 틀림없이 프랜시스 아일즈가 시작한 전통을 따른 것이다.

콜윈 에드워드 벌리어미는 예술을 공부했고, 1914년에 기독교 사회주의 운동가 찰스 킹슬리에 관한 저서 『찰스 킹슬리와 기독교 사회주의Charles Kingsley and Christian Socialism』를 발표했다. 벌리어미는 제1차 세계대전 동안 중동에서 복무하다가 고고학에 흥미를 느끼기 시작했고 고고학에 관한 논픽션을 썼다. 그는 1934년에 앤서니 롤스라는 이름으로 펴낸 네 번째 범죄소설 『스카웨더Scarweather』에도 고고학을 향한 관심을 드러냈다. 그는 어떤 소설을 쓰든 풍자 실력을 어김없이 발휘했다. 풍자는 그의 소설을 강력하게 뒷받침했다. 벌리어미는 도입부에서 보여준 가능성을 충실하게 실현할 만큼 강렬한 플롯을 만드는 데 자주 실패했지만, 풍자로 실수를 보완했다.

벌리어미는 오랫동안 작품 활동을 중단했다가 1950년대에 다시 범죄소설의 세계로 돌아왔다. 이번에는 본명으로 미스터리를 여섯 편 더 발표했다. 제2차 세계대전 이후 처음 내놓은 1952년 작 『망자들의 우두머리Don Among the Dead Men』는 『목사의 실험』과 줄거리가 비슷하다. 이 소설은 벌리어미가 전후에 출간한 작품 중 가장 성공했고, 1964년에 영화 〈유쾌한 악당 녀석A Jolly Bad Fellow〉으로 각색되었다. 〈친절한 마음과 화관〉의 시나리오를 쓴 로버트 해머가 각본을 맡았고, 007시리즈의 테마곡으로 유명한 영화음악가 존 베리가 사운드트랙을 만들었다. 배우 캐스팅은 그다지 대단하지 않았지만, 해머와 베리 덕분에 영화는 깊은 감동을 자아낼 수 있었다.

82. 『중산층 살인』[1936] - 브루스 해밀턴

『추측 항법Dead Reckoning』으로도 알려진 『중산층 살인Middle Class Murder』에는 『살의』의 영향력이 뚜렷하게 드러난다. 저자 브루스 해밀턴은 등장인물에 '버클리'나 '콕스' 같은 이름을 붙이며 프랜시스 아일즈, 즉 앤서니 버클리 콕스에게 은근히 경의를 표현하기도 했다. 하지만 앤서니 버클리 콕스가 염세적인 보수주의자였던 반면, 브루스 해밀턴은 잠시 공산당원이었던 경력이 있다. 해밀턴은 소설에서 아내를 살해한 주인공을 묘사할 때도 사회·정치적 맥락을 부여했다.

소설은 팀 케네디가 아내 에스더의 가짜 자살 유서를 쓰는 인상적인 장면으로 시작한다. 에스더는 사고로 외모가 흉하게 망가졌을 뿐만 아니라 장애까지 얻었다. 케네디는 서식스의 부유한 마을에 사는 성공한 치과의사다. 겉보기에 그는 매력적이고 호감 가는 사람이지만, 사실은 지극히 자기중심적인 인물이다. 케네디가 "안락의자 살인범 학교를 졸업하고 진짜 살인범으로 발전"하는 과정은 아이러니하게 서술된다. "이 중류층이 장차 사회에 위협을 가할 악한 무리라고 진지하게 받아들이는 경우는 거의 없다. 그래서 다들 이 계층이 제멋대로 하게 내버려 두는 편이, 심지어는 이들을 극진히 대하는 편이 안전하다고 믿는다. 이런 생각은 추리소설이라는 꾸며낸 이야기가 만들어냈다. (…) 전반적으로 중산층은 살인을 저지르는 데 필요한 강인함이 없다. 대체로 상상력은 풍부하지만, 계급 전통에서 벗어난 행위는 무엇이든 두려워한다. 게다가 중산층은 교수형이라면 호들갑을 떨며 민감하게 반응한다. (…) 요컨대, 중산층의 자기 존재에 대한 사색은 품위 있는 사람들의 시다. 이들도 이 사실을 잘 안다."

저자 해밀턴은 중산층이면서도 중산층의 일반적 특징과 극명하게 대비 되는 지극히 예외적 존재를 주인공으로 내세웠다. 이 인물은 "(…) 가장 무시무시한 범죄가 훌륭한 평판을 잃고 경제적으로 파탄 나는 일보다 오히려 더 낫다고 여길 것이다. 그러면 그는 진정한 중산층 살인범, 지독하리만큼 위협적이고 지독하리만큼 매혹적인 인물이 되는 것이다".

팀 케네디는 허영심과 자만심이 강하고 지나치게 고집이 세다. "그는 다른 사람에게 그 어떤 진실한 감정도 느끼지 못했다." 그는 매력으로 이런 결점을 감춘다. 케네디가 지독하게 이기적인 사람이라고 짐작하는 사람조차 아무도 없다. 케네디보다 한 세대 전에 나타난 현실의 중산층 살인범 크리펜 박사가 너무나 매력적이었듯이, "누구든 케네디를 좋아하지 않을 수가 없었다". 가련한 에스더가 부부의 성생활에 다시 불을 붙여보려고 애쓰자, 더 젊은 여자 앨마 셰퍼드에게 푹 빠져 있던 케네디는 아내가 역겹다고 느낀다.

케네디는 아내의 죽음을 자살로 위장하려던 계획을 포기해야 했지만, 용케도 사망 사고를 일으키는 데 성공한다. 검시관은 케네디가 "아내의 건강과 행복에 애정 어린 관심을 쏟은 헌신적 남편"이라고 말한다. 프랜시스 아일즈의 후계자가 쓴 작품다운 아이러니한 대목이다. 그런데 앨마 셰퍼드를 향한 케네디의 구애가 복잡하게 꼬인다. 케네디의 사업과 금전 문제가 점점 심각해질 뿐만 아니라, 중산층 전문직 남성에게 가장 굴욕적인 일까지 벌어지기 때문이다. 케네디는 공갈 협박범에게 시달리는 신세로 전락한다. 저자 해밀턴은 케네디가 추락하고 파멸하는 과정을 냉소적으로 서술한다.

아서 더글러스 브루스 해밀턴은 아서 코난 도일의 대자다. 안타깝게도 그는 재주가 더 뛰어났던 동생 패트릭 해밀턴의 형으로만 기억되는 듯하다. 그는 1972년에 손수 동생의 전기까지 출간했다. 그러나 브루스 해밀턴도 역시 재능있는 소설가다. 해밀턴은 1930년에 훌륭한 데뷔작 『교수형 선고^{To Be} Hanged』를 발표했다(이때 대부 코난 도일의 글을 인용하며 존경을 표했다). 그는 차기작을 집필할 때마다 새로운 시도를 마다하지 않았다. 해밀턴의 마지막 소설 『물이 너무 많다^{Too Much of Water}』는 탁월한 후더닛 미스터리다. 용의자 집단이 한정된 서인도 제도행 여객선에서 사건이 벌어지는 이 소설은 해밀턴의 '만년 2등' 경력을 상징하는 작품이라 할 만하다. 해밀턴이 이 소설을 출판한 해는 1958년이다. 이때쯤 추리소설 시장의 유행을 주도한 작품은 『물이 너무 많다』처럼 탄탄한 후더닛이 아니라 해밀턴이 이미 20여 년 전에 썼던 형식, 범죄 심리학에 집중하는 음산한 책이었다.

83. 『나 자신의 살인범』¹⁹⁴⁰ – 리처드 헐

신뢰할 수 없는 화자 활용의 대가, 프랜시스 아일즈가 아니면 누구도 감히 겨루어볼 수 없는 아이러니한 반전을 자유자재로 다루는 범죄소설가 리처드 헐은 『나 자신의 살인범^{My Own Murderer}』에서 자기 자신을 뛰어넘었다. 도덕 관념이라고는 없는 사무 변호사 캐릭터이자 화자에게 자신의 본명 '리처드 헨리 샘슨'을 붙였기 때문이다. 헐의 특징이 고스란히 묻어나는 소설의 첫 문단은 프랜시스 아일즈의 전통을 계승한 최고작의 전체 분위기를 분명하게 보여준다. "앨런 렌윅이 베인스를 살해하기 전에도 나는 렌윅에게 그다지 끌리지 않았다. 어떤 면에서 보자면 참 이상한 일이다. 내가 그에게 너무도 많은 것을 해주었기 때문이다. (⋯) 사무 변호사와 고객의 관계는 이런 상황에 놓여서 스트레스를 받는 경우가 극히 드물다."

앨런 렌윅은 하인을 죽였다. 그가 애니타 킬너라는 유부녀와 바람을 피운 사실을 두고 하인이 협박하며 돈을 뜯어내려 했기 때문이다. 렌윅의 압박을 못 이긴 샘슨은 런던에 있는 자기 아파트에 렌윅을 숨겨준다. 그리고 렌윅이 법망을 피할 수 있도록 복잡한 술책을 꾸며낸다. 예상대로 계획이 엇나가고, 샘슨은 자기가 결연한 웨스트홀 경위에게 쫓기고 있다는 사실을 알아차린다.

샘슨이 자기 자신마저 기만하는 재주에는 한계가 없다. 심지어 그는 자기가 적들보다 늘 한 걸음 앞서 있다고 믿는다. 끝을 모르는 이 자기기만은 『나 자신의 살인범』이 발산하는 매력의 핵심이다. 샘슨의 순진한 모습을 보면 헐의 데뷔작 『백모 살인사건』 속 에드워드 포웰이 떠오른다. 뚱뚱하고 욕심 많은 청년 포웰은 자기보다 상당히 더 똑똑한 큰어머니 밀드레드를 살해하기로 작심하고 그 나름대로 완전 범죄를 계획한다. 리처드 헐도 프랜시스 아일즈처럼 밉살스러운 캐릭터를 만들어내는 데 전문이다. 헐은 미국 비평가 하워드 헤이크래프트에게 불쾌한 사람이 이야깃거리가 더 많은 법이며, 자기는 혐오스러운 인물들이 재미있다고 설명했다. 헐은 인간 본성의 어두운 측면을 풍자적이면서도 혁신적으로 표현할 새로운 방법을 찾아내려고 항상 고민했다. 그는 작품의 구조도 즐겨 실험했고, 때로는 '도서' 추리라는 테마를 변주하기도 했다. 아르헨티나의 문인 보르헤스가 찬사를 보냈던 헐의 1938년 작 『선의』는 살인 재판이 처음 열리는 장면으로 시작한다. 그런데 피고의 신분은 드러나지 않으며, 피살자가 극도로 추악한 사람이었다는 사실이 밝혀진다. 이런 상황이라면 어떻게 최선의 정의가 실현될 수 있을까? 광고 회사가 배경인 1936년 작 『살인은 쉬운 일이 아니다Murder Isn't Easy』는 믿을 수 없는 화자를 기발하게 활용한 좋은 예시다. 니콜라스 블레이크는 이 작품을 비평한 글에서 헐은 "캐릭터를 만들어내는 재능이 훌륭하다"라고 칭찬했다.

헐은 사생활을 대중에게 공개하지 않으려고 했던 점도 프랜시스 아일즈와 닮았다. 그는 특유의 천연덕스러운 유머 감각을 발휘해서 자기 사진을 홍보에 이용하면 책이 안 팔릴 것이라고 말했다. 헐의 작품은 1930년대에 큰 인기를 끌었지만, 헐의 사생활에 관해서는 알려진 바가 거의 없다. 헐이 공인 회계사이며 런던의 사교 클럽에서 지내는 독신남이라는 사실 정도만 알려졌을 뿐이다. 그는 1946년에 추리 클럽의 회원으로 뽑혔고, 나중에 클럽의 총무가 되었다.

제2차 세계대전이 끝난 후에도 헐은 아이러니가 풍부하게 담긴 기발한 아이디어를 계속 떠올렸다. 하지만 그는 아이디어의 잠재력을 완전히 실현하는 일이 갈수록 어렵다는 사실을 깨달았다. 헐의 1947년 작『마지막 첫 번째Last First』는 추리소설의 결말을 가장 먼저 읽는 독자를 위한 소설이다. 마지막 챕터로 시작하는 이 책은 미스터리를 끝까지 유지하지만, 기가 막힌 콘셉트를 제대로 활용하지 못했다. 1950년 작『신경과민A Matter of Nerves』에서는 정체가 정확히 드러나지 않은 살인자가 이야기를 서술한다. 훌륭한 아이디어지만, 헐은 이번에도 아이디어의 가능성을 충분히 실현하지 못했다.

20

팩트에서
픽션으로

범죄소설 작가들은 언제나 실제 범죄 사건에서 아이디어를 얻었다. 다만 대체로 실제 사실에 상상력을 넉넉하게 가미했다. 에드거 앨런 포는 미국에서 메리 로저스라는 젊은 여자가 살해당한 사건을 각색하고 무대를 프랑스로 옮겨와서 뒤팽 시리즈의 두 번째 이야기 「마리 로제 수수께끼」를 완성했다. 윌키 콜린스는 런던 경시청의 잭 위처 경위가 콘스턴스 켄트를 체포했던 '로드 사건'*에서 『문스톤』의 서브플롯을 빌려왔다. 아서 코난 도일은 몸소 수많은 범죄 사건을 조사했다. 가장 유명한 사건은 '에달지 사건'**이다. 도일은 아마 이 사건의 악한 애덤 워스를 모델로 삼아서 셜록 홈스의 숙적인 모리어티 교수를 만들어냈을 것이다.

요즘에도 범죄소설 작가들은 이야기를 구성할 때 실제 범죄 사건을 자주, 효과적으로 사용한다. 하지만 이 기법은 황금기 추리소설에서 가장 널리 활

---

* the Road case. 1860년 6월, 로드 힐 하우스에 사는 4살 소년 프랜시스 켄트가 저택의 별채에서 목이 베여 죽은 채로 발견되었다. 경찰은 처음에 유모를 체포했지만, 런던 경시청의 위처 경위는 당시 16세였던 이복 누나 콘스턴스 켄트를 의심하고 체포했다. 노동자 계급 출신인 형사가 명문가의 젊은 아가씨를 체포한 일을 두고 영국 사회에서 큰 논란이 벌어졌고, 결국 콘스턴스 켄트는 아무런 재판도 받지 않고 석방되었다. 그녀는 1865년에 동생을 살해했다고 자백했다. 콜린스는 이 계급 차이를 소설의 서브플롯으로 활용했다.

** the Edalji case. 조지 에달지는 가축 살해 혐의로 기소되어 노역형을 받았다. 이는 명백한 오심이었고, 아서 코난 도일이 직접 사건을 수사해서 에달지의 나쁜 시력 때문에 범행을 저지를 수 없었다는 사실을 밝혀 냈다. 에달지는 결국 석방되었고, 이 사건을 바탕으로 1907년에 영국 항소법원이 설립되었다.

용되었다. 그도 그럴 것이, 추리소설의 황금기가 악명 높은 범죄의 시대와 겹치기 때문이다(다만 범죄의 황금기가 훨씬 더 길었다). 조지 오웰은 『영국식 살인의 쇠퇴』에서 이렇게 지적했다. "살인의 전성기는 (…) 대략 1850년에서 1925년 사이인 듯하다. 오랜 세월이 지나도 명성이 건재한 살인범들은 다음과 같다. 러글리의 팔머 박사, 잭 더 리퍼, 닐 크림, 메이브릭 부인, 크리펜 의사, 세던, 조지프 스미스, 암스트롱, 바이워터스와 톰슨."

이렇게 유명한 사건은 범죄소설계를 이끄는 소설가들의 눈길을 잡아끌었다. 예를 들어, 프랜시스 아일즈는 팔머 사건과 암스트롱 사건, 바이워터스-톰슨 사건의 내용을 은근슬쩍 갖다 썼다. 실제 범죄 사건을 열정적으로 연구했던 마리 벨록 로운즈는 『하숙인』(44쪽)에서, 토머스 버크는 오싹한 단편 「오터몰 씨의 손The Hands of Mr Ottermole」에서 잭 더 리퍼의 위업을 반영했다.

오웰은 『영국식 살인의 쇠퇴』에서 언급한 악명 높은 살인 아홉 건을 분석했다. 잭 더 리퍼를 제외하고 여덟 건 중 여섯이 "독살 사건이고, 범죄자 열 명 중 여덟이 중산층이다. (…) 두 건을 제외한 나머지 사건 전부 섹스가 강력한 살해 동기였다. 또 적어도 네 건에서 사회적 체면(안정적 지위를 얻고 싶다는 욕망, 혹은 이혼 같은 스캔들로 사회적 지위를 잃고 싶지 않다는 욕망)이 살인을 저지른 주요 이유 가운데 하나였다. 전체 사건 중 절반 이상에서 살인범은 유산이나 보험 증권 같은 돈을 노렸다. 하지만 그들이 노린 돈의 액수는 거의 언제나 많지 않았다."

오웰이 분석한 사건들은 심리적 요소가 강했기 때문에 가정을 이야기의 배경으로 삼아서 용의자 집단을 한정하는 황금기 미스터리로 각색하기에 알맞았다. 도로시 L. 세이어즈는 앨런 브록의 1934년 작 『추가 증거Further Evidence』를 비평하면서 이렇게 주장했다. "모든 범행 동기 가운데 사회적 체면은 (소설에서 가장 덜 강조되었지만) 사실 가장 강력한 동기다. 사회적 위신은 살인 그 자체부터 가장 기묘하고 괴이한 비행과 경범죄까지, 수많은 비정상 행위의 근본 원인이다." 사실 세이어즈도 체면을 잃고 싶지 않다는 욕망 때문에 사생아를 낳았다는 사실을 숨겼다. 체면에 대한 집착은 고전 범죄소설에서 두드러지는 특징이다. 앤서니 롤스의 『로벨리아 그로브』 속 교외에 거주하는 의사는 친구에게 이렇게 말한다. "자네는 이런 곳에서 위신이 얼마나 중요한지 몰라. 이 하찮은 이들에게 훌륭한 평판은 이상이자 종교, 잔혹한 신이라네."

실제 범죄 사건에 관심이 아주 컸던 세이어즈는 실화를 각색한 소설의 문체를 늘 의식했다. "실제 사건을 '기반으로 한' 소설에서는 스타일이 이상할 정도로 단조롭다는 결점이 자주 보인다. 스타일은 대개 경찰 보고서와 법정 속기의 2차원적 개요이거나 《펀치》의 유치하리만큼 밝은 '심플 스토리'다." 세이어즈는 문체 선택의 어려움을 극복한 소설을 높이 평가했다. 캐서린 미도우즈가 크리펜 박사 사건을 바탕으로 집필한 1934년 작 『사리풀Henbane』에 대한 세이어즈의 평가를 살펴보자. "인간의 격정과 고통을 다룬 훌륭한 소설이다. 실제 사실을 고스란히 옮긴 기록이기 때문에 더없이 설득력이 강하다." 미도우즈는 두 번째이자 마지막 소설인 1938년 작 『금요일 시장Friday Market』에서 프랜시스 아일즈의 『살의』처럼 허버트 로우즈 암스트롱 사건을 각색했다.

1931년에 열린 윌리엄 허버트 윌리스 재판은 오웰이 에세이에서 언급한 살인사건들보다 시기가 더 늦지만, 이 사건들만큼이나 충격적이다. 이후 조지 굿차일드와 C. 벡호퍼 로버츠의 『배심원의 이견』을 비롯해서 윌리스 사건을 토대로 삼은 소설이 여러 권 탄생했다. 그런데 세이어즈가 지적했듯이

『배심원의 이견』은 "사건의 재해석"이 아니다. "두 저자가 중심 사건을 바꾸고 새로운 내용을 더해서 완전히 새로운 상황을 만들었기 때문이다." 월리스는 1931년에 살인으로 유죄판결을 받았다. 하지만 1심에서 증거를 잘못 해석한 탓에 항소에서 판결이 번복되었고, 영국 전역이 이 결과에 떠들썩하게 반응했다. 부지런한 소설가 존 로드는 이처럼 증거를 잘못 해석할 가능성에서 아이디어를 얻어 소설을 두 편이나 썼다. 1944년 소설 『베지터블 덕 Vegetable Duck』에서 지미 와그혼 경위는 월리스 재판에 관한 견해를 밝힌다. "만약 월리스가 정말로 아내를 죽였다면, 살해 동기가 아주 모호하다고 해도 경찰이 파악하지 못했을 리가 없습니다. 그는 섬세한 사람이에요. 멍청한 아내와 함께하는 일이 견딜 수 없다고 생각했죠. 월리스 부부는 형편이 그리 넉넉하지 않아서 별다른 오락거리를 즐기지도 못했습니다. 그래서 매일 밤 둘이서만 집에 틀어박혀서 지냈죠. 다른 손님은 아무도 없어요." 참고로, 소설의 제목은 다진 고기를 채운 호박 요리를 가리키는 말이다. 이 별미를 준비할 때 기발한 방식으로 사람을 죽일 기회를 얻을 수도 있다.

로드는 월리스 사건의 특이한 면을 1948년 작 『통화 The Telephone Call』의 출발점으로도 삼았다. 로드는 월리스가 리버풀의 자택에서 부지깽이로 아내를 두들겨 패서 죽였다고 생각한 것 같다. 도로시 L. 세이어즈도 장문의 에세이에서 월리스 사건의 사실을 분석했다. 이 글은 추리 클럽이 1936년에 펴낸 『살인의 해부 The Anatomy of Murder』에 수록되었다. 세이어즈는 월리스가 유죄라고 믿지 않았다. 월리스가 아내 줄리아를 살해했다는 주장은 심리학적으로 타당하지 않다고 생각했기 때문이다. 수년 후, 연구자들이 다른 범인의 신원을 밝혀냈다. 하지만 영국의 범죄소설가 P.D. 제임스는 2013년에 월리스가 진범이 맞다고 주장하는 글을 발표했다. 모든 증거와 정보를 고려해볼 때 월리스는 무고한 것 같다. 하지만 이 복잡하고 수수께끼 같은 사건은 여전히 우리의 마음을 사로잡는다. 레이먼드 챈들러가 이 사건의 매력을 잘 포착했다. "월리스 사건은 그 어떤 살인 수수께끼에도 비할 수 없는 유일무이한 사건이다. (…) 나는 이 사건이 불가능 살인이라고 생각한다. 월리스도, 누가 되었든 다른 사람도 도저히 살인을 저지를 수 없었을 것이기 때문이다. (…) 월리스 사건은 타의 추종을 불허한다. 앞으로도 언제나 그럴 것이다."

실제 범죄에서 사건 내용과 캐릭터를 빌려오는 범죄소설 작가들은 주의해야 한다. 밀워드 케네디는 『죽음의 구출』로 이 교훈을 뼈저리게 느꼈을 것이다. 『죽음의 구출』은 허구적 요소를 최대한 배제하고 실제 사건을 다루는 방식의 절정을 보여준다. 20세기 하반기로 접어든 후에도 퍼트리샤 하이스미스부터 밸 맥더미드까지, 줄리안 시먼스부터 제임스 엘로이까지 수많은 작가가 케네디의 처참한 실수를 피하면서 실제 범죄 사건을 효과적으로 활용했다.

84. 『죽음의 구출』[1931] – 밀워드 케네디

그 어떤 황금기 추리소설도 『죽음의 구출Death to the Rescue』만큼 실제 사건을 각색할 때 따라오는 위험을 분명하게 보여주지는 못할 것이다. 밀워드 케네디는 야심만만하고 실험적인 줄거리를 생각해냈고, 추리소설의 미래를 깊이 숙고하며 이 책을 친구이자 추리 클럽 동료 작가인 앤서니 버클리에게 헌정했다. 이야기의 중심 화자는 그레고리 에이머라는 인물이다. 에이머는 자만심 강한 부자이며, 젊은 여성들에게 흑심을 품은 중년의 독신남이다. 어느 날 새 이웃들에게서 무시당한 에이머는 집요하게 이웃의 과거를 캐고 다닌다. 그는 이웃이 20여 년 전의 미해결 노파 살인사건과 관련 있다는 사실을 우연히 발견한다. 곧 심리가 열리고, 술독에 빠져 사는 콧대 높은 배우 게리 분이 유력한 용의자로 떠오른다. 하지만 당국은 게리 분을 잡아들이지 않는다. 그러자 에이머는 사건을 점점 더 깊이 파헤치고 갈수록 정교한 가설을 생각해낸다.

에이머는 마침내 진실을 알아차리지만, 자기 자신의 이익을 위해 교활하게 움직인다. 이때 갑자기 서술 시점이 바뀌고, 형세는 아마추어 탐정에게 유리하도록 절묘하게 역전된다. 이윽고 밀실 살인이 발견된다. 범행 방법이 하도 교묘한 탓에 경찰은 진상을 파악하지 못하고 자살 사건으로 결론짓는다. 소설은 강력한 아이러니로 막을 내린다. 그런데 에이머가 자신의 수사 기록 때문에 명예훼손죄로 걸릴까 봐 누누이 불안감을 토로하는 데서 저자가 의도하지 않았던 아이러니까지 생겨났다.

『죽음의 구출』이 출간되고 6년 후, 저자 밀워드 케네디와 출판사 빅터 골란츠 주식회사, 인쇄사 카멜롯 프레스 주식회사는 미국 배우 필립 예일 드루에게 명예훼손으로 고소당해서 고등법원에 출두해야 했다. 1929년 6월, 드루는 잉글랜드 레딩에 일주일간 머물면서 카운티 극장을 방문했다. 그런데 그가 레딩에서 지내던 시기에 인근의 담배 가게 주인이 살해당했다. 드루는 사건과 관련해서 경찰의 심문도 받았고, 심리가 열렸을 때 출석해서 증언까지 했다. 사법 당국은 드루에게 살인이 발생한 날 행적에 관해 다그치듯 추궁했다. 법정은 사인 불명 판결을 내렸고, 드루는 기소되지 않았다. 하지만 이 사건과 드루는 영국 전역에 센세이션을 불러일으켰다.

1934년에 『죽음의 구출』의 보급판이 출간되었고, 드루도 이 책을 알게 되었다. 그는 책을 읽어본 후 게리 분 캐릭터 묘사가 자신의 명예를 훼손했다고 느꼈다. 명예훼손 소송은 재판 없이 합의로 매듭지어졌다. 케네디는 1929년 살인사건 심리의 상세한 사항을 토대로 소설을 썼다고 시인했다. 케네디는 "누구도 게리 분이 필립 예일 드루라고 생각하지 못하도록 캐릭터와 사건을 다르게 구성했다"라고 주장했지만, 결국에는 그 주장이 사실이 아니라고 인정했다. 피고 측은 드루에게 사과하고 배상금을 지불했다. 또『죽음의 구출』은 발행을 정지당했다. 안타까운 일이다.『죽음의 구출』은 케네디의 다채롭고 재치 있는 범죄소설 중에서도 가장 눈에 띄는 작품이기 때문이다.

케네디는 이 아찔한 일을 겪은 후로 창작력이 시들해졌다. 그는 고전 추리소설의 전통을 따른 탐정소설을 1940년에 마지막으로 출간했다. 하지만 '독자에게 도전하기' 장치를 갖춘『누가 올드 윌리였을까Who Was Old Willy?』는 아동 도서다. 케네디는 제2차 세계대전이 종식된 후에도 스릴러를 몇 편 썼다. 하지만 직접 책을 쓰기보다는 주로 다른 작가의 책을 비평하는 데 에너지를 쏟았다.

85.『핍 쇼를 구경하는 구멍』1934 – F. 테니슨 제스

추리소설가이자 유명한 역사가, 범죄학자인 F. 테니슨 제스는 실제 범죄 사건을 바탕삼아 소설을 쓰기에 제격인 작가다. 제스는 1920년대 가장 악명 높았던 범죄 재판 가운데 하나의 주인공이었던 여성을 소설에서 되살려냈다. 남편을 살해한 죄로 1923년에 애인 프레더릭 바이워터스와 함께 교수형을 당한 에디스 톰슨은 제스의 소설 속 줄리아 앨먼드의 모델이 되었다.

줄리아 앨먼드는 상상력이 풍부하고 희망찬 미래를 그리는 여학생이다. "그녀는 당연히 출세할 것이다. 그녀는 한 번도 이 사실을 의심한 적이 없다.

그녀는 자기가 출세하리라는 사실을 알았다. 이곳, 학교에서 자기가 어떤 대우를 받는지 알기 때문이다. 그녀는 가장 예쁘거나 가장 똑똑한 학생은 아니지만, 학교에서 중요한 인물이었다."

앨먼드는 자라면서 몇 차례 좌절과 실망을 겪지만, 용기를 잃지 않는다. 남자친구가 전쟁터에서 목숨을 잃자 앨먼드는 신사 용품 회사에서 일하는 홀아비 허버트 스털링의 청혼을 받아들인다. 그러나 앨먼드는 남편과의 성생활이 불만스럽다. 신혼여행에서 스털링은 앨먼드를 다정하게 대하지만, "그녀의 몸과 마음은 여전히 탈진해 있었다". 얼마 안 가서 그녀는 다른 남자들에게 눈길을 보내고, 몇 년 전부터 알고 지냈던 청년 레너드 카를 만나서 불같은 사랑에 빠진다. 어느 날 밤, 술에 취한 레너드 카가 줄리아와 허버트 스털링 부부를 뒤쫓아가서 연적에게 달려든다. 레너드 카가 날린 치명타에 스털링은 결국 목숨을 잃는다. 그런데 줄리아 앨먼드는 "믿을 수 없게도" 레너드 카와 함께 체포되어서 살인 혐의로 재판을 받는다.

소설의 줄거리는 톰슨-바이워터스 사건과 마찬가지로 전개된다. 순진해빠진 에디스 톰슨은 실제로 어리석게 행동했다. 하지만 앤서니 버클리 같은 이들은 톰슨의 사형 선고가 오심이라고 주장했다. 버클리는 사건을 담당했던 판사의 경멸적 발언을 프랜시스 아일즈라는 필명으로 발표한 소설의 제목으로 쓰기도 했다. 버클리와 절친했던 소설가 E.M. 델라필드도 1924년에 톰슨-바이워터스 사건을 기반으로 첫 번째 소설 『교외의 메살리나Messalina of the Suburbs』를 썼다. 한편 도로시 L. 세이어즈는 『사건 문서』(238쪽)에서 에디스 톰슨의 성격을 닮은 여주인공 마거릿 해리슨을 만들어냈다.

『핍 쇼를 구경하는 구멍A Pin to See the Peepshow』은 1973년에 TV 드라마로 제작되어 흥행했다. 시나리오 작가 일레인 모건이 각본을 썼고, 프란체스카 애니스가 줄리아 앨먼드로 분했다. 모건은 가슴 저미는 마지막 장면을 쓰면서 "어떤 고결한 이유로든 사형제도를 다시 도입해야 한다고 생각하는 이들은 반드시 마지막 장을 읽어야 한다"라고 주장했다. 톰슨 사건에서 여러 요소를 빌려와 2014년에 『게스트』를 펴낸 새라 워터스도 제스의 『핍 쇼를 구경하는 구멍』에 찬사를 보냈다. "『핍 쇼를 구경하는 구멍』은 (…) 강렬한 내러티브와 (…) 파멸할 운명을 맞은 부도덕한 여주인공에 대한 끈질긴 헌신, (…) 충실하고 정확한 사실 재현, 엄청난 인간애로 톰슨의 비극을 껴안았다."

프라이니위드 테니슨 제스는 원래 예술을 공부했지만 저널리스트가 되었다. 제스는 극작가 H.M. 하우드와 결혼했고, 직접 희곡을 쓰기도 했다. 제스가 쓴 희곡 중 일곱 편은 영국 공연계의 중심 웨스트 엔드에서 연극 무대로 옮겨졌다. 범죄 심리학에 매료되었던 제스는 『영국의 유명한 재판Notable British Trials』 시리즈 가운데 여섯 권을 편집했고, 1924년에 『살인과 살해 동기 Murder and its Motives』를 발표했다. 또 악의 '냄새를 맡는' 재주를 지닌 프랑스 탐정 솔랑주 퐁텐 캐릭터도 창조했다(퐁텐의 재주는 어떤 탐정에게든 값을 매길 수 없을 만큼 귀중한 능력이다).

86. 『흙에서 재로』¹⁹³⁹ - 앨런 브룩

모드 애쉬는 아편을 팔다가 낯선 사람과 친해지고, 곧 다른 친구 조지 브룩스를 소개받는다. 그녀는 조지 브룩스의 초대로 낡은 방앗간에서 함께 차를 마시고, 병약한 남편 딕 애쉬와 함께 사는 자신의 집에 세 들어 살라고 그에게 제안한다. 매력적인 모드 애쉬는 집안 살림이 지긋지긋하다. 그런데 그녀의 눈앞에 나타난 조지 브룩스는 잘생겼을 뿐만 아니라 언변까지 좋다. 그녀는 한동안 브룩스의 구애를 물리치지만, 이내 그의 매력에 무릎을 꿇는다. 그런데 모드 애쉬는 브룩스에게 다른 여자가 있다는 사실을 알아차리고 괴로워한다. 그리고 얼마 후, 남편 딕 애쉬가 갑작스럽게 사망한다.

이야기의 중심은 수수께끼 같고 한 치 앞을 예측할 수 없는 에이다와 조 스트레인지 부부의 결혼생활로 옮겨간다. 이윽고 조 스트레인지의 차에 화재가 발생한다. 불을 끄고 나니 차 안에 시신이 한 구 있다. 죽은 사람은 누구일까? 수사에 나선 케네디 경위와 눈치 빠른 조수 바인 순경은 조 스트레인지가 자살한 것처럼 꾸민 일이라는 결론에 이른다. 그런데 조 스트레인지는 어디에서도 보이지 않는다.

저자 앨런 브룩은 『흙에서 재로Earth to Ashes』의 머리말에서 "몇 년 전에 있었던 유명한 살인 재판"에서 착상을 얻었다고 밝혔다. 하지만 소설의 내용은 실제 사건의 사실과 완전히 다르다고 강조했다. 브룩이 말한 사건은 앨프리드 아서 라우즈가 저지른 '자동차 방화 살인'이다. 순회 외판원이었던 라우즈는 상습적인 바람둥이였다. 그는 1930년 본 파이어 나이트에 아무런 면식도 없던 사람을 살해한 후 자기 자동차 모리스 마이너에 시신을 넣고 불을 질렀다. 영국 전역이 이 사건에 떠들썩하게 반응했다. 게다가 내무부의 병리학자 버나드 스필즈베리 경이 법의학 증거를 제시하고 담당 검사 노먼 버켓이 매섭게 반대 심문을 펼친 덕분에 재판 자체도 아주 유명해졌다.

라우즈는 살인을 저지르기 한 해 전에 출간된 그레이엄 세턴의 스파이 소설 『'W' 계획'W' Plan』을 읽고 범행 계획을 짰을지도 모른다. J.J. 커닝턴과 밀워드 케네디 등 황금기 추리소설 작가들도 시신을 차에 넣고 불에 태워서 신원을 알아볼 수 없게 만든다는 아이디어를 활용했다. 도로시 L. 세이어즈도 단편 「증거에도 불구하고」에 이 범행 수법을 사용했다.

앨런 세인트 힐 브룩의 첫 번째 책이 『불꽃놀이Pyrotechnics』라는 사실을 고려해보면, 그가 자동차 방화 사건에 강렬한 흥미를 느낀 것은 지극히 당연한 일인 듯하다. 사실, 브룩의 집안은 17세기 말부터 불꽃놀이 제조회사 브룩스를 경영했다. 브룩스의 사업은 요즘에도 번창하고 있다. 브룩은 실제 사건에서 빌려온 요소를 다채롭고 창의적으로 사용해서 소설의 플롯을 짰다. 그는 동료 범죄소설 작가 더글러스 G. 브라운과 함께 지문에 관한 책을 함께 펴내기도 했다.

도로시 L. 세이어즈는 브룩의 1934년 작 『추가 증거』를 높이 평가했다. "이 소설은 여러 사건에서 영감을 얻었다. (…) 그 사건들에서 배심원단의 결론은 명확했고 아마 옳았겠지만, 저자는 알려진 정보를 모두 다루기 위해 또 다른 설명을 제시할 수도 있었을 것이다." 브룩의 목표는 "실제 사건들에 존재하는 공백을 모두 채워서 유사한 사건을 구성하는 것"이었다. 세이어즈는 브룩의 작품이 "추리소설과 심리학적 범죄 연구 사이를 기묘하게 오간다"고 생각했지만, 감명받지 않을 수가 없었다.

1935년, 브룩은 미해결 사건인 루어드 사건*을 바탕으로 『범행 이후After the Fact』을 집필했다. 세이어즈는 이 소설에 전작만큼 큰 감흥을 느끼지 못했다. "[브룩은] 실제 살인사건의 정황을 재현했다. (…) 하지만 (…) 직접 생각해낸 해결방법을 제시했다. 저자의 미스터리 해결책은 실제 사건의 사실과 크게 관련 없을뿐더러, 실제 정보를 더 자세히 설명하기 위한 것도 아니다." 브룩이 제2차 세계대전 이후 1952년에 펴낸 『경시청의 브라운 삼대The Browns of

---

* Luard case. 1908년 8월 24일, 캐롤라인 메리 루어드가 켄트 아이팀의 외딴 여름 별장에서 총에 맞아 숨진 채로 발견되었다. 범인이 누구인지 끝까지 밝혀지지 않았지만, 1910년에 열차 승객을 살해하고 교수형을 당한 존 딕먼의 소행일 수도 있다는 가설이 제기되었다.

』에는 탐정 삼대가 등장한다. 브라운 집안의 탐정 할아버지와 아버지, 아들은 콘스턴스 켄트 사건을 연상시키는 빅토리아 시대 미스터리와 씨름하다가 마침내 수수께끼를 해결한다.

87. 『프랜차이즈 저택 사건』[1948] – 조세핀 테이

프랜차이즈 저택은 외따로 떨어진 드넓은 시골 저택이다. 최근에 프랜차이즈 저택을 물려받은 매리언 샤프는 나이든 어머니를 모시고 저택에서 생활한다. 그런데 『프랜차이즈 저택 사건』은 몇 해 앞서 우후죽순으로 쏟아졌던 시골 저택 살인 미스터리와 판판으로 다른 소설이다. 사실, 이 소설은 살인이 발생하지 않는 범죄소설 중 성공을 거둔 드문 예다. 샤프 모녀는 열다섯 살 소녀 엘리자베스 케인을 유괴했다는 혐의를 받는다. 케인은 샤프 모녀가 자기를 유괴했을 뿐만 아니라, 채찍을 휘두르고 굶기면서 자기를 하녀로 부리려고 했다고 주장한다. 정황 증거 때문에 케인의 주장은 진실처럼 들린다. 매리언 샤프는 고루하지만 인정 많은 지역 변호사 로버트 블레어에게 변호를 부탁한다. 블레어는 샤프 모녀가 무고하다고 확신한다.

　저자 조세핀 테이는 『프랜차이즈 저택 사건』에서 살인사건을 빼버렸을 뿐만 아니라 기존 추리 시리즈의 주인공이었던 런던 경시청의 앨런 그랜트 경위마저 단역으로 강등시켰다. 그 대신 로버트 블레어가 주인공 자리를 차지했다. 테이의 과감한 모험은 성공했고, 블레어가 의뢰인을 위해서 승산 낮은 싸움을 벌이는 과정에서 긴장감이 고조된다. 하지만 이 소설에 눈부신 명성을 가져다준 것은 인간성을 설득력 있게 묘사하는 저자의 재능이다. 소설은 연민과 인정이 느껴지지만 현실적인 결말로 막을 내린다. 조세핀 테이는 이렇게 강력한 책이라면 '이후 그들은 행복하게 살았습니다' 식의 손쉬운 해피엔딩보다 더 깊이 있는 결말로 끝나야 마땅하다는 사실을 깨달았던 것 같다.

『프랜차이즈 저택 사건』은 1951년에 영화로 만들어졌고, 이후 TV 드라마로도 두 차례 각색되었다. 영화에서는 마이클 데니슨이 로버트 블레어를 연기했고, 1988년 드라마에서는 패트릭 말라하이드가 주연을 맡았다. 플롯의 바탕은 19세기 중반에 엘리자베스 캐닝이 실종되었던 기이한 사건이다. 하녀로 일했던 열여덟 살 캐닝은 1853년에 한 달 가까이 행방불명되었다가 나타나서 건초 창고에 붙잡혀 있었다고 주장했다. 그녀가 납치범이라고 주장했던 메리 스콰이어스와 수재나 웰스는 재판에서 유죄판결을 받았다. 하지만 런던 시장 크리스프 개스코인 경이 수사를 맡아서 캐닝의 주장이 거짓이라는 사실을 밝혀냈다. 캐닝은 '위증죄를 저질렀으나 고의가 아니었고 부도덕하지 않다'라는 판결을 받았고, 코네티컷으로 이송되었다.

영국 대중은 이 사건에 격분하며 소동을 일으켰다. 캐닝의 실종은 지금까지 확실하게 설명되지 않았다. 테이의 소설이 세상에 나오기 3년 전, 미국 소설가 릴리언 데 라 토레가 『엘리자베스가 실종되었다Elizabeth is Missing』에서 이 사건을 다루었다(릴리언 데 라 토레는 탐정 새뮤얼 존슨 박사가 활약하는 단편으로 가장 유명하다). 그 이전에는 웨일스 출신의 소설가이자 신비주의자 아서 메이첸이 1925년에 캐닝 사건에 관한 책 『캐닝 수수께끼The Canning Wonder』를 펴냈다.

스코틀랜드 출신인 조세핀 테이의 본명은 엘리자베스 매킨토시다. 매킨토시는 생애 대부분을 병든 아버지를 보살피는 데 할애했고, 다작했던 동시대 작가들과 달리 추리소설을 많이 쓰지 않았다. 매킨토시는 고든 대비어트라는 필명으로 희곡을 써서 명성을 떨쳤다. 그녀의 희곡을 무대로 옮긴 연극 중 가장 성공한 작품은 〈보르도의 리처드Richard of Bordeaux〉다. 1932년에 이 작품이 상연되었을 때, 영국 연극계의 메이저 스타 존 길거드가 주연을 맡아서 이름을 날렸다. 테이는 1929년에 고든 대비어트라는 이름으로 첫 번째 추리소설 『줄 서 있는 남자The Man in the Queue』를 발표하고 앨런 그랜트 경위를 소개했다. 그랜트는 1936년 작 『양초 1실링A Shilling for Candles』에서 귀환한다. 하지만 히치콕의 각색작 〈영 앤 이노센트〉에는 그랜트가 등장하지 않는다. 사실 이 영화는 원작과 닮은 점이 별로 없다. 테이는 범죄소설을 모두 여덟 편밖에 출간하지 않았다. 마지막 소설 『노래하는 모래The Singing Sands』는 테이가 세상을 뜬 후인 1952년에 출간되었다. 테이의 작품은 하나같이 탁월한 문장 덕분에 지금도 여전히 인기 있다. 테이의 대표작으로 꼽히는 1951년 소설 『시간의 딸』에서 그랜트 경위는 400년 전 리처드 3세가 저질렀다는 미해결 범죄 사건을 수사한다. 이 작품은 실제 범죄를 다룬 소설 가운데 가장 유명한 작품으로도 꼽힌다.

21

유일한 작품

어떤 소설가는 추리소설에 도전해서 성공을 거두었지만, 두 번 다시 추리소설을 쓰지 않았다. 왜 그럴까? 이 수수께끼는 때때로 쉽게 풀리지만, 가끔은 답을 알아내기가 쉽지 않다. 일부 고전 범죄소설은 저자의 '외동'이다. 다시 말해, 어떤 작가들은 범죄 장르의 작품을 단 한 편만 썼다. 잊지 못할 범죄소설을 단 한 편만 쓴 작가는 그리 드물지 않다. 에드워드 7세 시대에 출간된 『눈 속의 자취』(31쪽)와 황금기 초기에 등장한『붉은 저택의 비밀』(63쪽)도 각각 고드프리 벤슨과 A.A. 밀른의 유일한 범죄소설이다.

아서 브레이의 1913년 작『우표가 남긴 단서: 사랑과 모험 이야기The Clue of the Postage Stamp: A tale of love and adventure』는 우표 수집가뿐만 아니라 범죄소설 수집가까지 애타게 손에 넣고 싶어 하는 극히 드문 소설이다(하지만 소설의 팬이 이 작품을 발견하는 일은 거의 없다. 심지어 영국 국립 도서관에도 소장본이 없다). 이 작품은 런던과 더블린에서 출간되었다. 책은 그림이 인쇄된 종이로 싼 판자에 제본되었고, 앞면에는 가짜 우표가 붙어 있다. 독자의 관심을 사로잡을 혁신적인 장치라고 할 만하다. 하지만 저자 브레이에 관해서는 아무것도 알려진 바가 없다. 심지어 '아서 브레이'가 필명인지 아닌지도 알려지지 않았다.

『푸른 손The Azure Hand』은 S.R. 크로켓의 유일한 범죄소설이다. 이 독특한 작품은 저자가 세상을 뜬 후인 1917년에 출간되었지만, 아마 10년 전에 완성되었을 것이다. 스코틀랜드 출신인 크로켓은 전성기였던 빅토리아 시대에 인기 있는 작가였다. 그는 문학 독자들의 취향이 점점 변하자 두터운 독자층을 잃고 싶지 않다는 마음에 범죄소설을 시도해봤을지도 모른다. 만약 그렇다면, 왜 생전에 책을 발표하지 않았는지 의문스럽다.

저명한 작가들은 경력 초기에 시험 삼아 추리소설에 도전해본 후 다른 장르로 관심을 돌리기도 했다. T.H. 화이트와 제임스 힐튼도 재미있는 추리소설을 딱 한 권 집필했다. 이들이 추리소설 장르를 떠나서 집필한 작품이 얼마나 인기를 끌었는지 생각해본다면, 이들이 추리물을 단념한 것을 수긍할 수 있다. 『항해 중의 죽음』(135쪽)은 C.P. 스노의 유일한 추리소설이 될 뻔했다. 하지만 스노는 오랫동안 이어졌던 성공적인 작가 경력의 마지막에 범죄소설로 돌아갔고, 데뷔작과 아주 다른 형식의 후더닛을 썼다. 다만 마지막 작품 『니스칠 한 겹』에는 그의 젊은 시절에 번득였던 기지가 부족하다는 것이 문제였다.

『살인 혐의Foul Play Suspected』는 어쩔 수 없이 존 베이넌의 유일한 추리소설이 되고 말았다. 존 베이넌의 본명은 존 윈덤 파크스 루카스 베이넌 해리스다. 그는 1935년에 이 가벼운 스릴러를 발표하고 나서 주인공인 런던 경시청의 조던 경위가 다시 등장하는 추리소설 『삼이은 삼이Murder Means Murder』과 『죽음 위에 또 죽음Death Upon Death』을 썼다. 그런데 베이넌은 제2차 세계대전 전후에 이 두 작품을 갖고 출판사의 문을 두드릴 때마다 번번이 퇴짜맞았다. 이 두 작품은 끝내 세상에 나오지 못했다. 환멸을 느낀 베이넌은 1954년에 문학 잡지 《존 오 런던 위클리John O'London's Weekly》에서 SF소설이 추리소설을 대체할 것이라고 주장했다. "너무 오랫동안 너무 많은 살인이 벌어졌다. (…) 요즘 출현한 로켓은 탐정을 무너뜨릴 공격 무기로 보일지도 모른다." 베이넌의 예언은 틀린 것 같다. 하지만 그는 이 칼럼을 쓰던 시기에 '존 윈덤'이라는 필명으로 『트리피드의 날』 같은 공상 과학 소설을 발표했고, 베스트셀러 작가가 되었다.

1933년 작 『하우스 파티 살인House Party Murder』은 콜린 워드의 유일한 추리소설이다. 이 소설은 영국의 명망 높은 출판사 콜린스 크라임 클럽에서 발행되었을 뿐만 아니라 미국에서도 출간되었다. 또 평가도 상당히 좋았기에 후속작이 나올 만했다. 하지만 저자는 어느새 대중에게 잊히고 말았다. 가손 쿡슨도 마찬가지다. 회계사였던 쿡슨은 1938년에 범죄소설 장르에 처음이자 마지막으로 도전했다. 『살인에는 배당금이 없다Murder Pays No Dividends』에서는 금융 사기에 대한 저자의 전문지식이 빛을 발한다.

저자가 미스터리 후속편을 썼지만, 출판사에서 거절하는 경우가 가끔 있다. 또 그저 인생이 소설 집필을 방해하는 일도 종종 있다. 『의뢰받은 죽음』(153쪽)을 쓴 존 부부나 아이비 로우의 사연이 그렇다. 아이비 로우는 1916년에 망명한 러시아 혁명가 막심 리트비노프와 결혼했다. 그리고 1930년에 결혼 전 성을 사용해서 유일한 추리소설 『주인님의 목소리His Master's Voice』를 발표했다. 그런데 소설이 출간된 해에 리트비노프가 스탈린 집권 러시아의 외교 인민 위원이 되었다. 결국, 로우의 짧았던 범죄소설 작가 경력은 완전히 멈추고 말았다.

1933년 작 『미라 사건』은 문장이 훌륭하고 재미있는 옥스퍼드 미스터리다. 저자 더모트 모라는 이 소설을 시작으로 성공적인 범죄소설 작가의 길을 걸을 수도 있었을 것이다. 하지만 모라는 〈타임스〉 사설과 영국 왕실의 원로 인사에 관한 (그리고 이들을 대변하는) 책을 쓰는 데 전념했다. 진보적 학교를 배경으로 삼은 1941년 소설 『리버티 홀 살인사건Murder at Liberty Hall』은 앨런 클러튼-브록의 유일한 추리소설이다. 앨런 클러튼-브록은『흙에서 재로』(348쪽)를 쓴 앨런 브록과 다른 사람이다. 더모트 모라처럼〈타임스〉기고가였던 클러튼-브록은 1945년부터 10년간〈타임스〉의 예술 비평가로 활동했다. 언론계를 떠난 그는 1955년에 케임브리지대학교의 순수 예술 석좌 교수가 되었다. 그는 같은 해에 옥스퍼드셔에 있는 자코뱅 시기 대저택 찰스턴 하우스도 물려받았다(현재 이 저택은 내셔널 트러스트가 관리한다). 하지만 '대저택 살인' 미스터리를 쓰고 싶다는 마음은 들지 않았던 것 같다.

스탠리 카슨의『생매장 살인』에는 저자의 전문분야였던 고고학에 관한 지식이 돋보인다. 카슨의 고고학적 통찰력은 1931년 콜체스터에서 저명한 고고학자 두 명이 휘말렸던 실제 사고를 바탕으로 한 엉성한 플롯을 보완한다. 스탠리 카슨은 옥스퍼드대학교 뉴 칼리지의 연구원이었고, 콘스탄티노플 영국 아카데미 발굴팀의 책임자를 역임하기도 했다. 카슨이 취미 삼아 단 한 번 써본 범죄소설보다는 동료 윌리엄 아치볼드 스푸너 목사와 얽힌 일화가 오히려 더 유명하다. 스푸너는 '새로운 고고학 동료 스탠리 카슨'을 환영하기 위해 티 파티를 열고 카슨을 초대했다. 카슨이 자기가 바로 그 스탠리 카슨이라고 알려주자, 스푸너는 이렇게 대꾸했다고 한다. "신경 쓰지 말게. 어쨌든 이렇게 오지 않았나."

엘렌 윌킨슨은 유일한 추리소설『표결 신호종 수수께끼』(364쪽)를 발표했을 때 이미 세간의 이목을 끄는 정치 운동가였다. 빌리 휴스턴은 1935년에『48시간Twice Round the Clock』을 출간했을 때 윌킨슨보다 훨씬 더 유명한 배우였다. 휴스턴이 얼마나 유명했던지,『48시간』커버 앞면에는 그녀의 사진이 두 개나 실렸다. 스코틀랜드 렌프루셔 출신인 휴스턴의 본명은 새라 맥마흔 그리빈이다. 그녀는 자매 카테리나 발라리타 베로니카 머피 그리빈과 함께 세심하게 예명을 골라서 각각 이름을 빌리 휴스턴과 르네 휴스턴으로 바꾸었다. 두 사람은 뮤직홀 퍼포먼스 듀오 '휴스턴 시스터즈'를 결성했다. 휴스턴 시스터즈는 노래하고 춤추고 만담하면서 15년 동안 어마어마한 인기를 누렸다(대개 빌리가 여자 역할을, 르네가 남자 역할을 맡았다). 휴스턴 자매는 극장에서 따로 사운드트랙을 틀어주는 짧은 뮤지컬 영화에도 출연했고, 이듬해에 진짜 '유성 영화' 〈재즈 가수The Jazz Singer〉에도 출연했다.

빌리 휴스턴의 소설은 시골 저택 살인 미스터리다. 먼저 프롤로그에서 가증스러운 과학자의 시신이 발견된 후, 범인이 범죄를 계획하고 준비하는 과정과 미스터리를 푸는 이야기가 이어진다. 훗날 헨리 웨이드가 경찰 드라마를 다룬 걸작 『외로운 막달레나』에서 이 구조를 차용했다. 휴스턴은 "전국의 분장실"에서 아이디어를 짜고 글을 썼다. 출판사는 『48시간』이 "평생의 야심과 범죄학을 향한 깊은 관심이 담긴" 작품이며, "저자에게 이 작품이 거둘 성공은 극장을 가득 메운 관객의 우레 같은 갈채보다 더 큰 의미로 다가올 것"이라고 설명했다. 하지만 휴스턴이 소설 출판으로 얻은 기쁨은 그리 오래 가지 않았다. 휴스턴은 남편인 배우 리처드 쿠퍼와 하루가 멀다고 싸움을 벌였다. 1938년 어느 날, 쿠퍼는 휴스턴과 말다툼을 벌인 직후 음독자살했다. 휴스턴은 유명한 호주 언론인과 재혼했고, 평온한 가정생활을 바라며 연기와 소설을 모두 포기했다. 르네 휴스턴은 연기자 생활을 단념하지 않았고, 〈앨리스 같은 도시A Town Like Alice〉와 〈계속 편히 계세요Carry On at Your Convenience〉 등 다양한 영화에 출연하며 높은 인지도를 즐겼다.

드물기는 하지만, 이미 명성을 확고하게 다져놓은 소설가가 추리소설을 한 편 발표하는 경우도 있다. 1937년 작 『피투성이 기사』가 대표적이다. 저자 마거릿 리버스 라미니와 제인 랭슬로는 이 작품을 발표하기 이전에 성공을 거둔 작가다. 두 저자는『피투성이 기사』에서 에르퀼 푸아로와 피터 윔지 경, 레지 포춘, 프리스틀리 박사, 프렌치 경감을 패러디했다. 파이크 양에게 '진짜' 탐정이 어떤지 보여주고 싶었던 조카들이 프렌치를 제외한 명탐정 4인조를 각각 한 명씩 초대한다. 소설의 중심 내용은 요리사의 실종을 둘러싼 미스터리다. 플롯이 충분히 발전되지 않은 탓에 책의 분량이 과하다고 느껴지지만, 두 저자의 글쓰기 스타일이 잘 어우러져서 유쾌한 작품이 탄생했다. 마거릿 리버스 라미니는 원래 여러 대회에서 우승을 차지한 배드민턴 선수였다. 이후 그녀는 소설가로 전향해서 인기 있는 작품을 내놓았지만, 추리소설은『피투성이 기사』가 유일하다. 라미니의 대표작으로 꼽을 만한 1932년 작『달 방문The Visiting Moon』은 불행한 결혼생활에 괴로워하는 사람들 이야기를 재치 있게 풀어낸다.『피투성이 기사』가 출간되었을 때 독자들은 제인 랭슬로라는 이름을 처음 들어보았을 것이다. 제인 랭슬로가 사실 필명이기 때문이다. 랭슬로는 라미니의 이복 자매인 모드 다이버다. 다이버도 인기 있는 주류 소설을 여러 편 발표한 작가다. 다이버는 히말라야에서 태어났고, 인도에서 오랫동안 살았다. 그 덕분에 인도 아대륙의 식민지 생활을 소설의 배경으로 자주 활용했다. 마거릿 리버스 라미니와 모드 다이버는『피투성이 기사』를 발표했을 때쯤 이미 소설가로서 전성기가 지난 후였다. 두 사람은 다른 작가의 소설을 흉내 낸 작품으로 그들 자신을 가볍게 조롱하며 즐거워했다.『피투성이 기사』는 이복 자매가 함께 쓴 유일한 추리소설은 아니라고 하더라도, 틀림없이 독특한 작품이다. 하지만 두 저자는 두 번 다시 범죄 장르를 실험해보지 않았다.

88. 『펨벌리의 어둠』¹⁹³² – T.H. 화이트

"1932년, 이제 독창적인 추리소설은 불가능해 보인다." 『펨벌리의 어둠^{Darkness} ^{at Pemberley}』의 초판본 커버 앞면에는 이런 선언이 적혀 있다. "하지만 산문도 훌륭하게 쓸 수 있는 시인이 쓴 '과학적' 추리소설과 스릴러를 결합한 이 작품이라면 독창성을 성취해내지 않았을까?" 이렇게 대담한 수사학적 질문은 1930년대에 가장 주목할 만한 추리소설 중 대다수를 출간한 빅터 골란츠의 전형적인 광고 문구다. 하지만 "클라이맥스는 고성능 자동차를 타고 잉글랜드를 질주하는 스릴 넘치는 추격 장면"이라는 문구에서 독창성이 사그라들고 말았다.

결점이 분명하지만 매혹적이고 독특하며 비범한 『펨벌리의 어둠』은 특이하게도 여러 소설 형식을 뒤섞었다. 저자 화이트는 전통적인 추리소설이라는 첫인상을 주는 범죄 현장 평면도 세 개와 밀실 미스터리에다 기이한 탈주자 수색까지 한데 묶었다. 이것으로도 모자랐는지 케임브리지대학교 배경에 『오만과 편견』 속 펨벌리 저택과 비슷한 시골 저택까지 섞었다. 『펨벌리의 어둠』은 젊고 미숙한 작가의 글답게 활기와 에너지가 끓어 넘치는데다 작품의 질도 고르지 않다. 하지만 저자의 글솜씨는 성공적인 문학 경력을 예언한다.

불쾌한 인물인 비던 교수가 케임브리지대학교의 세인트 버나드 칼리지에서 총에 맞아 숨진 채로 발견된다. 그런데 시신이 놓인 방은 잠겨 있었다. 이윽고 대학생의 시신도 발견된다. 아무래도 대학생이 교수를 살해하고 자살한 것처럼 보인다. 범죄는 당연히 기발하지만, 불러 경위는 신속하게 사건을 해결하고 범인과 맞선다. 불러가 얻는 보상은 범인의 지체 없는 자백이다(범인은 다른 사람이 아무도 없는 곳에서 자백한다). "이렇게 끝내서 미안합니다. 알다시

피 벽에도 귀가 있으니까요…. 게다가 우리처럼 과학적인 범죄자들은 좀 까다롭기 마련이죠." 하지만 나쁜 소식이 있다. 범인이 세 명이나 잇달아서 죽였다고 털어놓지만, 불러는 그의 유죄를 입증할 수 없다.

실망한 불러는 경찰 배지를 반납하고, 오랜 친구 두 명을 만나러 더비셔로 떠난다. 그는 펨벌리 저택에서 사랑스러운 엘리자베스와 찰스 다아시 남매(『오만과 편견』 속 "그 유명한 엘리자베스"의 후손)에게 비참했던 마지막 사건 수사에 관해 이야기한다. 찰스 다아시도 쓰라린 불의를 겪고 손수 정의를 실현하고자 나섰다가 실패한 경험이 있다. 1930년대의 범죄소설가 대다수처럼 T.H. 화이트도 사법 제도가 정의를 담보할 수 없을 때 발생하는 도덕적 난제에 강한 호기심을 느꼈다. 이윽고 불러와 다아시 남매는 제정신을 잃었지만 지극히 교활한 살인범에게 위협받는다. 그리고 엘리자베스 다아시의 표현대로 "네 명의 의인이 벌인 듯한 일"에 인물들이 휩쓸리면서 개연성이 극도로 떨어지는 반전이 여러 차례 벌어진다. 소설은 기어이 터무니없이 끝나지만, 골란츠의 호언장담대로 독창성을 거머쥐었다.

친구들에게는 '팀'이라고 불리는 테런스 핸베리 화이트는 케임브리지대학교 퀸스 칼리지에서 영어를 공부했다. 화이트는 『펨벌리의 어둠』에서 모교를 세인트 버나드 칼리지로 바꾸었다. 그는 교사로 일하면서 글을 쓰기 시작했고, 다양한 장르를 실험해보았다. 1931년에는 로널드 맥네어 스콧과 함께 가벼운 스릴러 『사망한 닉슨 씨Dead Mr. Nixon』를 펴냈다. 또 1935년에는 불가능 범죄 미스터리가 포함된 색다른 소설 『흙으로 돌아가다: 스포츠 데카메론Gone to Ground: The Sporting Decameron』을 발표했다. 화이트는 1938년에 아서 왕의 소년 시절에 관한 이야기인 『아서 왕의 검The Sword in the Stone』을 출간하고 인기 작가로 발돋움했다. 『아서 왕의 검』은 21년에 걸쳐 완성된 4권짜리 『과거와 미래의 왕The Once and Future King』 시리즈로 발전했다. 유명한 뮤지컬 제작 듀오 앨런 제이 러너와 프레더릭 로우는 이 시리즈의 구성 요소를 빌려 가서 뮤지컬 〈카멜롯〉과 동명의 영화를 제작했다. 더 최근에는 J.K. 롤링이 이 시리즈에서 받은 영향을 해리포터 시리즈에 반영했다.

89. 『표결 신호종 수수께끼』[1936] - 엘렌 윌킨슨

황금기 추리소설 중 웨스트민스터 정계를 배경으로 삼은 소설은 놀랄 만큼 많다. 아마 정치인이 살인 피해자로 인기 있었기 때문일 것이다. 하지만 『표결 신호종 수수께끼The Division Bell Mystery』만큼 의회 권력의 중심부에 관한 내부 지식을 탁월하게 활용한 작품은 없다. 저자 엘렌 윌킨슨은 이 소설을 쓰기 전에 이미 하원의원을 지냈고, 장차 장관이 될 터였다.

내무장관은 우아셀이라는 수상쩍은 자본가와 함께 만찬을 든다. 그런데 하원의 표결을 알리는 종이 울리는 바람에 장관은 손님을 두고 자리를 뜬다. 장관이 잠시 자리를 비운 사이, 우아셀이 총에 맞는다. 처음에는 자살처럼 보였지만, 곧 경찰은 (우아셀의 아름다운 딸 아네트도) 우아셀이 자살하지 않았다고 확신한다.

보수당 하원의원이자 장관 보좌 의원인 청년 로버트 웨스트는 당의 명성과 권력을 지키려고 필사적으로 애쓴다. 웨스트는 어느덧 아네트 우아셀에게 홀딱 반하고, 직접 수사에 나서기로 마음먹는다. 그는 우아셀 스캔들 때문에 정부가 붕괴하기 전에 수수께끼를 해결하고자 시간과 싸움을 벌인다.

오랜 친구, 호감 가는 기자, 무신경한 경찰관, 정중한 금융업자, 사교계 안주인 등 다양한 인물이 나타나서 웨스트를 돕거나 방해한다. 장면은 숨 돌릴 틈 없이 전환되고 플롯은 멈추지 않고 전개된다. 그 덕분에 소설은 번개 같은 속도로 질주한다. 그러나 미스터리 해결책은 약간 용두사미처럼 느껴진다. 독자는 저자와 정정당당하게 승부를 겨루지 못할 뿐만 아니라 미숙한 초동수사 장면을 보면서 어리둥절할 것이다. 그래도 이런 단점만 제외하면 『표결 신호종 수수께끼』는 정말로 재미있는 소설이다. 엘렌 윌킨슨은 재능 있는 연설가답게 읽기 쉽고 재미있는 문체로 글을 썼다. 또 그녀의 세계관은 로버트 웨스트의 가치관과 아주 다르지만, 주인공을 호의적으로 묘사했다.

엘렌 시슬리 윌킨슨은 맨체스터의 노동자 계급 집안에서 태어났다. 10대 시절에 사회주의를 받아들인 윌킨슨은 교사 자격을 얻었지만 진로를 바꾸었고, 1915년에 노동조합 관련 업무를 담당하는 공무원이 되었다. 윌킨슨은 노동당 당적을 그대로 유지한 상태로 영국 공산당의 창립 당원이 되었지만, 얼마 후 공산당을 떠났다. 그녀는 1924년에 하원의원으로 선출되었고, 노동당이 총선에서 참패했던 1931년까지 의원직을 지냈다. 4년 후 윌킨슨은 재로우 지역구의 의원이 되어서 웨스트민스터로 돌아왔다. 재로우 시민들이 1936년에 실업과 빈곤에 항의하며 '재로우 행진'을 벌였을 때 적극적으로 지지하며 나서기도 했다.

윌킨슨은 정치적 신념과 불에 타는 듯 붉은 머리카락 색깔 때문에 '레드 엘렌'이라는 별명을 얻었다. 제2차 세계대전 동안 그녀는 전시 내각의 내무장관을 맡았던 허버트 모리슨 밑에서 정무 차관으로 일했다. 이때 50만이 넘는 가구를 공습 대피소인 '모리슨 대피소'로 대피시키고 배치하는 일을 감독한 덕분에 '대피소 여왕'이라는 별명도 얻었다. 윌킨슨은 전후 노동당 내각에서 교육부 장관을 역임했지만, 1947년에 신경안정제 과다복용으로 세상을 떠났다. 그녀가 모리슨과 연애에 실패하고 자살을 시도했다는 소문이 돌았다. 하지만 검시관은 그녀가 오랫동안 건강이 심각하게 나빴으며 사고로 목숨을 잃은 것이라고 결론 내렸다. 윌킨슨은 소설 두 편과 정치 관련 책을 여러 편 남겼다.『표결 신호종 수수께끼』는 윌킨슨의 유일한 범죄소설이다.

90.『제1박에 맞춘 죽음』¹⁹⁴¹ – 시배스천 파

추리소설의 배경에서는 종종 음악이 울려 퍼진다. 눈부시게 뛰어난 소수의 미스터리 중에서는 음악이 드라마틱한 최고조에 이르기도 한다. 도로시 L. 세이어즈는 1934년 작『아홉 번의 종소리』에서 종 연주법을 플롯과 테마의 중심으로 삼았다. E.C.R. 로락도 1935년 작『오르간이 말하다』에서 음악 지식을 톡톡하게 활용했고, 세이어즈에게서 찬사를 받았다. 시릴 헤어의 1949년 작『바람이 불 때When the Wind Blows』에서는 모차르트의 〈교향곡 제38번 D 장조 '프라하'〉를 잘 알아야 수수께끼를 해결할 수 있다. 조지 A. 버밍햄(본명은 제임스 오언 하네이 목사)의 1930년 작『찬송가 수수께끼The Hymn Tune Mystery』에는 음악 암호가 등장한다. 그러나 음악 미스터리 중 가장 비범한 작품은 틀림없이 시배스천 파의 유일한 추리소설『제1박에 맞춘 죽음Death on the Down Beat』이다.

매닝풀 시립 관현악단의 역겨운 지휘자가 리하르트 슈트라우스의 교향시 〈영웅의 생애〉를 공연하는 도중 총에 맞아 사망한다. 저자 파는 이 독특한 소설을 위해 서간체 형식을 선택했다. 또 시골 저택의 평면도 대신에 오케스트라 단원의 배치를 보여주는 도표를 제시했고, 무려 네 페이지에 걸쳐 음악 부호를 설명했다. 배치표와 부호 설명문에는 플롯에 대한 중요한 정보가 담겨 있으니 눈여겨보아야 한다.

이야기는 주로 앨런 호프 경위가 아내에게 보내는 편지 내용으로 서술된다. 경찰이 지각없이 외부인에게 사건 정보를 발설하는 이 편지 외에도 신문에서 오려낸 기사 조각과 관현악단 단원들이 주고받은 숱한 편지 모음이 살인에 관한 실마리를 던져 준다. 사망한 지휘자 노엘 그램피언 경에게는 적이 많았다. 그런데 범인은 놀랍게도 물리적 단서를 거의 남기지 않았다. 호프 경위는 사건 관련 서류에서 이리저리 주워 모은 정보 토막들로 마침내 올바르게 추리하기 시작한다.

간접 서술 방식 때문에 주요 용의자들의 성격과 특성을 파악하기가 어렵지만, 관습에서 벗어난 『제1박에 맞춘 죽음』은 분명히 매력적인 작품이다. 그 덕분에 소설이 출간되자마자 팬들이 생겨났다. 성공한 작곡가이기도 했던 에드먼드 크리스핀 역시 『제1박에 맞춘 죽음』의 팬이다. 니콜라스 블레이크는 시사 주간지 《스펙테이터The Spectator》에 기고한 비평문에서 파의 접근법이 지닌 강점과 한계를 설명했다. "음악가라면 악보를 이용한 추리와 지방 관현악단이라는 배경을 모두 재미있게 감상할 것이다. 소설 속 음악 비평가 두 명 사이의 재미있는 불화는 말할 것도 없다. 하지만 추리소설 팬이라면 소설의 템포가 다소 변덕스러우며 살인범에 대한 마지막 단서가 지나치게 피상적이라고 생각할 듯하다."

빅터 골란츠와 어니스트 벤이 프랜시스 아일즈와 글렌 트레버의 진짜 정체를 감추었듯이, 『제1박에 맞춘 죽음』의 출판인 J.M. 덴트도 저자의 정체를 비밀에 부쳤다. 책 커버의 뒷면에는 "시배스천 파는 누구일까?"라는 문구가 선명히 새겨져 있다. 광고문은 이 작품이 "추리소설 장르에 뭔가 새로운 것"을 제공한다고 힘주어 말한다. "'시배스천 파'는 유명한 음악가의 필명이다. 그는 범죄 수사 지휘자로서 새롭게 명성을 얻을 것이다. 그가 만든 플롯은 독창적이다. 게다가 그는 드문 재능을 갖춘 작가다. 이 소설은 보통 추리소설보다 (말장난을 용서해달라) 훨씬, 훨씬 더(farr, farr better)* 낫다." 이 문구가 그저 과장 광고이기만 한 것은 아니다.

하지만 『제1박에 맞춘 죽음』은 전시에 등장했던 수많은 소설과 같은 운명을 맞았다. 이 소설도 거의 아무런 흔적조차 남기지 않고 사라져버렸다. 그리고 (아마도 실망했을) 시배스천 파는 결코 앙코르 무대에 나타나지 않았다.

시배스천 파의 본명은 에릭 월터 블롬이다. 그는 스위스의 독일어 사용 지방에서 태어나 영국으로 이주하고 정착했다. 블롬은 음악 저널리스트이자 비평가가 되어 명성을 쌓았고 〈옵서버〉의 음악 비평 책임자 자리에 올랐다. 또 총 아홉 권으로 구성된 불후의 작품 『그로브 음악과 음악인 사전Grove's Dictionary of Music and Musicians』의 다섯 번째 판본을 편집했다. 이 책은 블롬이 은퇴한 이듬해인 1955년에 출간되었다. 블롬이 세상을 뜨자 〈타임스〉가 사망 기사를 냈다. "그는 짓궂은 위트를 자랑했다"라고 적힌 기사에는 블롬의 유일한 소설에 관한 언급이 빠져 있다. 하지만 블롬의 유머 감각과 음악을 향한 사랑이 유쾌하게 녹아 있을 뿐만 아니라 독창적이기까지 한 이 책은 잊혀서는 안 되는 작품이다.

---

* '훨씬 낫다'의 원래 철자는 'far better'이지만, 출판인은 저자의 성 'Farr'이 'far'와 발음이 같다는 사실을 이용해서 말장난했다.

22

대서양 건너편

최초의 추리소설을 쓴 작가는 미국인 에드거 앨런 포지만, 포가 추리소설을 발표하자마자 미국에서 모방작이 물밀 듯이 쏟아진 것은 아니다. 19세기에 가장 성공한 미국 추리소설은 애나 캐서린 그린의 1878년 작 『레번워스 살인사건』이다. 줄리안 시먼스는 『블러디 머더』에서 이 소설이 "따분하리만치 감상적"이라고 무시했다. 심지어 영국 총리 스탠리 볼드윈이 이 책을 무척 좋아했다는 말을 듣고는 "정치인의 문학 취향에 대한 우울한 선입견을 확인해주는 사실"이라고 비아냥거렸다.

20세기로 접어든 후, 미국 출판계는 아서 B. 리브가 창조한 컬럼비아대학교 과학자 크레이그 케네디가 '미국의 셜록 홈스'라고 대대적으로 선전했다. 크레이그 케네디는 오히려 손다이크 박사에 훨씬 더 가까운 인물이지만, 손다이크만큼 잘생기지도 않고 꼼꼼하지도 않다. 케네디는 거짓말 탐지기나 자이로스코프, 휴대용 지진계 같은 기술 혁신과 관련된 미스터리를 조사한다. 하지만 당대의 화젯거리를 다룬 소설이 늘 그렇듯, 작품 속 혁신적 기술은 곧 시대에 뒤떨어진 것이 되고 말았다. 자크 푸트렐은 성미가 고약하고 이지적인 '사고 기계' 밴 두젠 교수를 창조했다. 푸트렐은 타이태닉호에서 죽음을 맞기 전까지 수준 높은 밴 두젠 교수 시리즈를 몇 편 발표했다. 메리 로버츠 라인하트는 1908년 작 『나선 계단의 비밀』처럼 '위기에 빠진 여자' 소설을 써서 엄청난 인기를 끌었다. 미국 시인 오그덴 내시는 라인하트의 소설 스타일이 "내가-그걸-알기만-했더라면" 식이라고 조롱했다. 하지만 라인하트는 멜로드라마풍 서스펜스를 쓴 무수한 소설가에게 영향을 미쳤다. 그중 가장 재능이 뛰어난 작가는 웨일스 출신의 에델 리나 화이트다.

멜빌 데이비슨 포스트는 부도덕한 변호사 랜돌프 메이슨을 만들어냈다. 아마추어 금고털이 A.J. 래플스처럼 메이슨도 나중에 법질서 수호 기관의 편에 합류하는 바람에 재미없는 캐릭터가 되고 말았다. 포스트의 작품 중 메이슨 시리즈보다 더 중요한 추리물은 역사 미스터리 시리즈다. 남북 전쟁이 발발하기 몇 년 전 웨스트버지니아 시골을 무대로 펼쳐지는 이 시리즈는 마침내 단행본 『엉클 애브너의 지혜』로 묶여서 1918년에 출간되었다. 엉클 애브너는 신실한 종교적 신앙에 따라 움직인다. 하지만 브라운 신부와 비교하자면 애브너는 활동가에 훨씬 더 가깝다. 「황혼의 모험」에서 애브너는 폭도가 무고한 사람에게 린치를 가하는 것을 막고 정황 증거에만 의지하는 일이 얼마나 위험한지 훈계한다. 「도움도프 살인사건」에는 유명한 불가능 범죄 퍼즐이 나온다. 무엇보다도 시대와 장소를 생생하게 그려낸 포스트의 단편은 세월이 오래 흘러도 힘을 잃지 않을 것이다.

이사벨 오스트랜더는 1919년에 『재에서 재로Ashes to Ashes』를 펴냈다. 도로시 L. 세이어즈는 이 책을 읽고 크게 감명받아서 "사냥꾼이 아니라 사냥감의 관점에서 서술한 거의 유일한 추리소설"이라고 평가했다. 오스트랜더도 푸트렐처럼 젊은 나이에 생을 마감했고, 이제는 대중의 기억 속에서 거의 완전히 사라지고 말았다. 프랜시스 노이스 하트는 1927년에 『밸러미 재판The Bellamy Trial』을 발표했다. 살인 재판에서 발생한 미스터리를 다룬 이 소설은 크게 성공했고, 줄리안 시먼스는 "강렬한 클라이맥스와 법정의 최면 효과가 독자의 혼을 쏙 빼놓는다"라며 극찬했다.

하지만 오스트랜더도 하트도 S.S. 밴 다인만큼 미국 추리소설계에 강력한 충격을 주지는 못했다. 밴 다인이 창조한 탐정 파일로 밴스는 부유하고 박학 다식하지만 속물적인데다 자의식 과잉이다. 하지만 그가 등장한 초기 소설 은 어마어마하게 팔려나갔다. 파일로 밴스 시리즈 덕분에 S.S. 밴 다인도 돈 방석에 올랐고 널리 이름을 떨쳤다(밴 다인은 원래 코카인에 중독되었던 실패한 순수 소설 가다). 밴스 시리즈 중 첫 번째와 두 번째 작품은 실제 범죄 사건이 모티브다. 시리즈를 각색한 영화의 흥행에도 힘입어 한동안 밴스 시리즈의 인기는 하 늘 높은 줄 모르고 치솟았다. 하지만 밴 다인의 인위적이고 허세 넘치는 스 타일은 장기적인 성공을 거둘 수 있는 비결이 아니었다. 결국, 밴 다인이 이 른 나이에 세상을 뜨기도 전에 그의 명성은 시들어버렸다.

엘러리 퀸의 작품에서는 저자와 이름이 똑같은 탐정이 교묘하게 고안된 퍼즐을 풀어낸다. 퀸의 책은 밴 다인의 소설보다 훨씬 더 긴 수명을 누렸다. 퀸이 시리즈를 이어가면서 복잡다단한 플롯보다는 인물의 성격 묘사에 조 금 더 공을 들였기 때문이다. 렉스 스타우트가 창조한 네로 울프는 1934년 작 『독사』에서 길고 성공적인 경력의 첫걸음을 뗐다. 울프는 '안락의자 탐정' 의 가장 좋은 예시일 것이다. 울프가 맥주를 음미하고 난초 컬렉션을 감상 하는 동안, 원기 왕성하고 호감 가는 '왓슨 박사' 아치 굿원이 발품을 팔아 야 하는 탐문 수사를 맡는다.

얼 스탠리 가드너가 창조한 변호사 페리 메이슨은 이제 누구나 다 아는 유명인사가 되었다. 메이슨 시리즈가 40년 동안 이어졌고, 라디오 드라마와 TV 드라마, 영화로도 각색된 덕분이다(그중 TV 드라마가 가장 흥행했다). 시리즈의 첫 번째 소설인 1933년 작 『비로드의 손톱』은 하라프 출판사의 직소 퍼즐

판본으로 출간되었다. 하라프는 같은 해에 J.S. 플레처의 『유일한 증인의 죽음Murder of the Only Witness』도 직소 퍼즐 판본으로 출간했다. 이 판본에는 소설 속 수수께끼 해결책을 보여주는 직소 퍼즐이 포함되어 있다.

영국의 황금기 '게임 플레이' 미스터리는 동시대 미국에서 일반적이었던 '하드보일드' 범죄소설과 극명한 대조를 이룬다. 비정한 하드보일드 소설에서 주인공은 대개 사설탐정이다. 또 저자는 대체로 《블랙 마스크Black Mask》 같은 싸구려 펄프 잡지에 글을 실으며 수습 작가 시절을 보냈던 소설가들이다. 하드보일드 범죄소설이 지금까지도 식을 줄 모르는 인기를 자랑하는 탓에, 우리는 제2차 세계대전이 발발하기 전에는 미국에서도 구성이 탄탄한 추리물이 번창했다는 사실을 자주 잊어버린다.

존 딕슨 카와 C. 달리 킹은 기발한 불가능 범죄 이야기의 대가다. 영국 독자는 이들의 작품을 유달리 환영했다. 하지만 불가능 범죄를 다루며 인상적인 미스터리를 완성한 미국 작가는 카와 킹 둘만이 아니다. 대표적인 작가만 몇 명 꼽아본다면 클레이턴 로슨과 조지프 커밍스, 헤이크 탤벗, 앤서니 바우처가 있다. 'H.H. 홈스'라는 필명으로도 글을 썼던 바우처는 영향력 있는 편집자이자 비평가, 번역가이기도 하다. 지금까지 범죄소설 장르에서 가장 유명한 행사로 꼽히는 세계 미스터리 박람회 '바우처콘'도 앤서니 바우처의 이름을 딴 것이다. 탐정 찰리 챈의 창조주 얼 데어 비거스나 루퍼스 킹, 밀턴 프로퍼, 토드 다우닝 같은 작가도 추리소설로 성공을 맛봤다.

1936년에 'Q. 패트릭'이라는 필명으로 뭉친 리처드 윌슨 웹과 휴 휠러는 1938년에 '사건 파일' 두 건을 만들었다. 하나는 『펜턴과 파 사건 파일File on Fenton and Farr』이고, 다른 하나는 『클라우디아 크랙 사건 파일File on Claudia Cragg』이다. 하지만 이들은 곧 엘러리 퀸이 주도하는 흐름을 뒤쫓았고, 변하는 독자층의 취향에 소설 작법을 맞추었다. 두 사람은 기존 필명을 살짝 바꾼 '패트릭 퀸틴'이라는 이름으로 하드보일드에 더 가까운 스타일을 시도했다. 하지만 이때도 기발한 범죄 시나리오를 포기하지 않았다. 대표적인 예가 1946년 작 『악마를 위한 퍼즐Puzzle for Fiends』이다. 시리즈의 주인공 피터 딜루스는 공격을 받아서 기절했다가 낯선 곳에서 깨어난다. 아무것도 기억하지 못하는 딜루스에게 가족이라고 주장하는 사람들이 나타난다. 그들의 말에 속아 넘어간 딜루스는 자기가 다른 사람이라고 생각한다.

대실 해밋의 『데인 가의 저주』(377쪽)와 타운슬리 로저스의 눈부신 작품 『붉은 오른손』(385쪽) 같은 일부 예외를 제외하면, 하드보일드 소설은 독창적인 후더닛과 닮은 점이 거의 없었다. 당연히 십자말풀이 단서 같은 것도 기대할 수 없었다. 영국의 황금기 추리소설 속 잉글랜드 시골 저택과 가장 가까운 배경은 아마 레이먼드 챈들러의 1939년 작 『빅슬립』에 나오는 스턴우드 맨션일 것이다. 바로 이 작품에서 최고의 탐정 필립 말로가 데뷔했다("나는 말쑥하게 차려입은 사설탐정이 갖추어야 하는 것은 전부 갖추고 있었다. 나는 400만 달러짜리를 방문하러 가는 길이었다."). 챈들러는 펄프 잡지에 글을 실으며 소설가 경력을 시작한 동시대 작가들 가운데서 가장 유명해졌고, 오늘날까지도 무너지지 않는 명성을 자랑한다. 사실, 챈들러의 동료 작가들은 하나같이 훌륭했다. W.R. 버넷의 1929년 작 『리틀 시저Little Caesar』와 1940년 작 『하이 시에라High Sierra』, 제임스 M. 케인의 1934년 작 『포스트맨은 벨을 두 번 울린다』와 1943년 작 『배액 보상Double Indemnity』, 호레이스 맥코이의 1935년 작 『그들은 말을 쐈다』와 1948년 작 『내일이여 안녕Kiss Tomorrow Goodbye』 등 강렬하고 대개 폭력적인 작품들은 속도감과 긴박감이 잘 느껴져서 영화로 각색하기에 제격이었다. 이런 작품은 머리를 써야 하는 미스터리가 아니라 본능과 감정을 건드리는 힘을 지닌 소설이다.

코넬 울리치의 '감정 스릴러'도 마찬가지다. '윌리엄 아이리시'와 '조지 호플리'라는 필명으로도 글을 발표했던 울리치는 결코 기억에서 지울 수 없는 상황을 만들어내는 재주가 뛰어났다. 1942년에 윌리엄 아이리시라는 이름으로 발표한 소설『환상의 여인』이 대표적이다. 이 작품에서 아내가 살해당한 비참한 남편의 알리바이는 세상에 존재하지 않는 것 같은 여인에게 달려있다. 끝내 사형 선고를 받는 그는 그 여인이 환영이 아니라는 사실을 증명하고 진범을 밝히기 위해 촌각을 다투어야 한다(울리치는 '시간과 벌이는 싸움'이라는 장치를 사용하는 데 탁월했다). 울리치의 소설을 각색한 영화들은 필름 누아르 장르를 확립하는 데 이바지했다.

베라 캐스퍼리의 1943년 소설『로라Laura』와 케네스 피어링의 1946년 소설『빅 클락』도 명작 영화로 각색되었다. 캐스퍼리와 피어링 모두 두 작품에서 다양한 화자를 활용했다. 여러 화자의 서로 충돌하는 시점은『문스톤』이나『사건 문서』(238쪽)에서만큼이나 강력한 효과를 만들어낸다. 피어링은 1942년에 추리물 장르의 경계에서 살짝 벗어난 비범한 소설『클락 기퍼드의 시신Clark Gifford's Body』을 발표했다. 이 소설에도 화자가 당황스러울 만큼 많이 등장해서 제각각의 목소리로 사건을 이야기한다. 소설의 줄거리는 파시스트가 정부를 장악한 그리 머지않은 미래에 이상주의자 한 명이 정부를 전복하고자 나서는 이야기다. 동시대에 출간된 추리소설 중『클락 기퍼드의 시신』과 (아주 조금이나마) 비슷한 작품은 브루스 해밀턴의『렉스 vs 로즈: 브라이턴 살인 재판』뿐이다.

20세기 초에 미국에서 명성을 얻은 범죄소설 작가들 대다수는 남자다. 하지만 20세기가 반환점을 돌 무렵, 여성 작가들이 존재감을 나타내기 시작했다. 레이먼드 챈들러는 출판인에게 엘리자베스 생제이 홀딩을 "최고의 서스펜스 작가"라고 설명했다. "그녀는 지나치게 애를 쓰지도 않죠. 그래서 짜증이 나요. 그녀가 만든 캐릭터는 경이로워요. 게다가 그녀에게는 내적 평정심 같은 것도 있죠. 그게 참 매력적이에요." 챈들러는 홀딩의 1946년 작『무고한 더프 부인The Innocent Mrs. Duff』을 바탕으로 시나리오를 쓰려고 했지만 결국 포기했다. 하지만 홀딩의 1947년 작『막다른 벽The Blank Wall』은 더 운이 좋았다. 이 소설은 1949년에 영화 〈이 무모한 순간This Reckless Moment〉으로 각색되었다. 또 2001년에는 원작과 상당히 다른 리메이크작 〈딥 엔드〉까지 만들어졌다.

물론, 1930년대와 1940년대 미국에서는 홀딩 외에도 두각을 보인 여성 범죄소설가가 여럿 등장했다.『죽음의 무도Dance of Death』는 헬렌 맥클로이의 눈부신 데뷔작이다. 정신과 의사 바실 윌링도 바로 이 소설에서 데뷔했고, 40년 넘게 탐정 경력을 이어갔다. 엘리자베스 달리는 고전적인 미스터리를 열여섯 권 집필했다. 달리의 추리 시리즈에서 탐정으로 활약하는 헨리 게미지는 고서적 판매상이다. 수많은 달리의 팬 중에는 애거사 크리스티도 있다.

헬렌 유스티스는 1946년에 첫 번째 장편『대등한 남자The Horizontal Man』를 발표했다. 요즘에는 이 작품이 대저택 살인사건에 관한 미스터리만큼이나 구식으로 보이지만, 출간 당시에는 병적인 심리를 파헤친 설득력 있고 독창적인 작품이라고 극찬받았다. 유스티스는 범죄소설가 경력을 이내 포기했다. 하지만 캐나다의 마거릿 밀러는 1940년대에 재미있는 추리소설을 여러 편 펴냈다. 밀러의 작품은 1950년대에 줄을 지어 등장할 걸작들의 탄생을 알리는 전주곡이 되었다.

1950년, 미국의 여성 범죄소설가를 모두 통틀어서 가장 영향력 있는 작가가 무대에 등장했다. 오랫동안 유럽에서 생활한 퍼트리샤 하이스미스는 고국에서 진가를 제대로 인정받지 못한다고 생각했다. 하지만 하이스미스의 소설은 대실 해밋과 레이먼드 챈들러의 작품만큼이나 장르의 지평을 바꾸어 놓았다. 아이러니하게도 만년에 하이스미스는 추리 클럽의 회원으로 뽑힌 소수의 미국 소설가 중 하나가 되었고, 이 가장 유서 깊은 작가 모임에 들 수 있어서 아주 기뻐했다.

91. 『데인 가의 저주』[1929] - 대실 해밋

콘티넨털 탐정 사무소에서 일하는 주인공은 『붉은 수확』의 갱단이 우글거리는 퍼슨빌에서 어둠의 세력을 일망타진하며 피비린내 나는 여정을 마치고 돌아왔다. 그는 『데인 가의 저주』에서 전혀 다른 유형의 수수께끼를 조사한다. 『붉은 수확』은 부패한 정치인과 타락한 경찰에 초점을 맞춘다. 반면에 『데인 가의 저주』는 도난당한 보석과 불길한 성배의 신전, 비극에 시달리는 가족을 둘러싼 음산하고 정교한 고딕 건축물이라 할 수 있다.

주인공은 도난당한 다이아몬드를 찾아달라는 의뢰를 받고 과학자 에드거 레게트의 집을 방문한다. 하지만 얼마 지나지 않아 다이아몬드 도난은 레게트 가를 에워싼 훨씬 더 큰 드라마의 한 부분일 뿐이라는 사실이 분명해진다. 이 드라마는 무려 25년이나 이어지고 있다. 소설의 1부는 살인범의 정체를 폭로하면서 끝난다. 살인범은 에드거 레게트의 딸 가브리엘에게 경고한다. "너는 (…) 데인 가의 모든 사람이 지닌 검은 영혼과 썩은 피에 저주받았어." 이야기가 반전을 거듭하며 전개되고, 사람들이 계속 죽어 나간다. 마침내 가브리엘 레게트의 목숨마저 위험해지자, 주인공은 데인 가의 저주를 깨고 가브리엘을 구해야 한다.

콘티넨털 탐정 사무소 소설 두 권 모두 펄프 잡지 《블랙 마스크》에 연재되면서 생명을 얻었다. 서로 다른 미스터리 이야기를 네 편 엮어놓은 독특한 구조를 보면 『데인 가의 저주』가 원래 연재소설이었다는 사실을 분명하게 확인할 수 있다. 대실 해밋은 소설을 쓰면서 감탄이 나올 만큼 야심 찬 콘셉트를 구상했다. 해밋은 하드보일드 추리물에 S.S. 밴 다인의 기이한 황금기 소설에서나 찾아볼 법한 기상천외한 플롯을 결합하려고 했다. 해밋이 흠잡을 데 없이 솜씨 좋게 콘셉트를 살렸다고 보기는 어렵다. 『데인 가의 저주』는 괴상한 멜로드라마가 되어버렸다. 하지만 이상하게도 눈을 뗄 수 없을 만큼 흥미롭다.

해밋은 『데인 가의 저주』가 "이야기도 (…) 스타일도 전부 멍청한" 책이라고 무시했다. 일부 비평가도 해밋과 의견이 같았다. 해밋의 전기까지 쓴 줄리안 시먼스도 마찬가지였다. 시먼스는 해밋이 "총잡이, 협잡꾼, 사기꾼에 관해 쓰는 데" 훨씬 능숙하다고 생각했다. "그의 기법은 가문의 저주와 에로틱한 사이비 종교와 그다지 어울리지 않았다." 하지만 역시 해밋의 전기를 쓴 범죄소설가 윌리엄 F. 놀런은 더 호의적으로 평가했다. "상징주의와 신비주의, 알레고리로 가득한 [『데인 가의 저주』는] 해밋의 콘티넨털 탐정 시리즈 중 가장 낭만적이다."

대실 해밋은 펄프 잡지 소설가로 작가의 길을 걷기 시작했다. 핑커턴 전미 탐정 사무소에서 일한 경력이 있는 해밋은 소설을 쓸 때 과거 경험에 크게 의지했다. 한동안 추리소설을 비평하기도 했던 해밋은 앤서니 버클리가 창조한 로저 셰링엄을 이렇게 평가했다. "경찰은 도저히 해결할 수 없는 미스터리를 풀고자 나선 (…) 익살스러운 아마추어 가운데 (…) 가장 재미있다. 음, 어쨌거나 가장 덜 짜증스럽다." 또 그는 버클리의 두 번째 소설 『위치퍼드 독살 사건』이 '정정당당하지 못한' 해결책을 제시했지만, 활기차고 유쾌한 작품이라고 인정했다. 미국 비평가 제임스 샌도는 형식이 같은 『데인 가의 저주』와 『독 초콜릿 사건』이 공교롭게도 같은 해에 출간되었다고 강조했다. 두 소설 모두 하나의 수수께끼를 해결할 방법을 여러 가지 제시한다. 해밋과 버클리의 접근법은 서로 달랐지만, 두 작가 모두 장르의 관습과 고정관념에 저항했다.

해밋은 『데인 가의 저주』를 출간하자마자 차기작을 금세 내놓았다. 1930년 작 『몰타의 매』와 1931년 작 『유리 열쇠』 모두 쉽사리 잊지 못할 사설탐정소설이다. 1934년에 출간된 『그림자 없는 남자』는 분위기가 더 밝아졌지만, 전작만큼이나 대성공을 거두었다. 이 작품을 각색한 영화도 여러 차례 만들어졌고, 모두 인기를 끌었다. 해밋은 『그림자 없는 남자』를 발표하고도 30년 넘게 살았지만, 알코올 중독에 시달리며 건강을 해쳤고 다시는 소설을 쓰지 못했다. 그러나 그는 이미 불멸의 작가 대열에 들어서 있었다.

92. 『별난 태런트 씨』¹⁹³⁵ – C. 달리 킹

『별난 태런트 씨The Curious Mr. Tarrant』는 불가능 범죄를 중점적으로 다룬 단편집 중 손에 꼽힐 만큼 유명한 작품이다. 탐정 트레비스 태런트의 활약상을 담은 '에피소드' 여덟 편을 두고 엘러리 퀸은 "우리 시대에서 상상력이 가장 뛰어난 이야기"라고 평가했다. 대중은 당대 미국 소설이라고 하면 '하드보일드' 범죄소설을 주로 기억하지만, 가장 훌륭한 황금기 미스터리 일부는 다름 아닌 미국 소설가들의 작품이다. C. 달리 킹의 작품이 이 사실을 분명하게 보여준다. 그런데 『별난 태런트 씨』의 출판에 얽힌 사연은 작품 자체만큼이나 특이하다. 『별난 태런트 씨』는 일부 비평가나 독자들에게서 환영받았지만, 1977년이 될 때까지 저자의 조국인 미국에서 출간되지 못했다.

트레비스 태런트는 젊고 부유한 딜레탕트다. 태런트는 인과율이 "세상을 지배"한다고 믿는다. 태런트는 "온갖 기이한 대상에 관심"을 보이고, 그에게 닥쳐오는 사건들은 도가 지나치다 싶을 만큼 이상야릇하다. 그는 뉴욕의 최신식 아파트에서 살며, 집사도 한 명 부린다. 일본인 집사 가토는 원래 고국에서 의사로 일했지만, 미국으로 건너와서 첩자 노릇을 하는 중이다. 가토의 정체를 알게 된 태런트는 무심코 이 사실을 입 밖에 낸다.

이 단편집의 '왓슨 박사'는 사람 좋지만 지독하게 우둔한 지미 펠런이다. 펠런은 「고문서 저주 에피소드The Episode of the Codex Curse」에서 태런트를 처음 만난다. 이 에피소드에서 값을 매길 수 없을 만큼 귀한 아스텍 고문서가 경비원까지 세워둔 박물관 진열실에서 온데간데없이 사라진다. 저자 킹은 호기심을 자극하는 도입부를 쓰는 재주가 빼어났다. 하지만 수수께끼를 해결할 때는 서두를 쓸 때만큼 침착한 태도를 유지하지 못하고 곧잘 애를 먹는다. 「'토먼트 4세' 에피소드The Episode of "Torment IV"」에서 킹은 유령선 메리 실레스트*에서 착상을 얻은 미스터리를 유달리 터무니없는 방법으로 해결한다. 하지만 고전적인 밀실 미스터리 「못과 진혼곡 에피소드The Episode of the Nail and the Requiem」는 상당히 훌륭한 작품이라서, 자연히 태런트 이야기 중 단편집에 가장 자주 수록되었다.

불가능 범죄 미스터리는 단편 형식이 가장 알맞다. 독자가 불신을 유예하

---

* Mary Celeste, 혹은 Marie Celeste. 미국 선박 메리 실레스트호는 1872년에 탑승객이 불가사의하게 증발해버린 상태로 바다 한가운데서 발견되었다. 이후 '메리 실레스트 현상'은 어느 장소에 있어야 할 사람들이 미스터리하게 사라져버린 현상을 가리킨다.

는 시간, 다시 말해 독서의 즐거움을 위해서 사실주의에 입각한 비판을 멈추어놓는 시간이 훨씬 더 짧아야 불가능 범죄 이야기가 성공할 수 있기 때문이다. 킹은 장편소설을 쓸 때면 장황하게 문장을 늘어놓지만, 단편 형식인 태런트 시리즈를 쓸 때는 특유의 수다스러움을 삼갔다. 『별난 태런트 씨』는 콜린스 크라임 클럽 출판사에서 발행되었다. 영국 초판본은 요즘 손에 넣기 힘들기로 악명 높다. 도로시 L. 세이어즈는 킹의 작품이 영리하고 기발하다며 칭찬했고, C.E. 벡호퍼 로버츠는 킹이 "추리소설계의 올더스 헉슬리"라고 추어올렸다. 하지만 킹은 조국에서 인기를 얻는 데 실패했다. 미국에서는 킹의 책을 두 권 이상 발행한 출판사가 한 곳도 없었고, 그는 늘 여러 출판사를 전전해야 했다.

찰스 달리 킹은 예일대학교를 졸업했고, 제1차 세계대전 동안 야전 포병대에서 중위로 복무했다. 킹은 잠시 사업에 손을 대기도 했지만, 곧 심리학으로 완전히 관심을 돌렸다. 『의식의 심리학The Psychology of Consciousness』 같은 심리학 저서도 여러 권 썼다. 1932년에 첫 번째 추리소설 『바다의 오벨리스트Obelists at Sea』를 펴냈고, 1934년에 곧바로 『길 위의 오벨리스트Obelists en Route』를 내놓았다. 1935년 작 『창공의 오벨리스트』는 넋을 잃고 빠져들 정도로 독창적인 황금기 고전이다. 오벨리스트 시리즈에는 뉴욕 버전 '홈스와 왓슨' 듀오, 경찰 마이클 로드와 이름이 우스꽝스러운 심리학자 러브 리스 폰즈 박사가 등장한다. 이따금 취미 삼아 추리소설을 썼던 미국의 역사소설 작가 프랜시스 밴 윅 메이슨은 1937년 작 『캐슬 아일랜드 사건The Castle Island Case』에 '소형 몰래카메라'로 찍은 사진 단서를 삽입했다. 이 사진 가운데 한 장에 킹의 모습이 담겨 있다.

킹은 조국에서 인상적인 성과를 거두지 못한 데 낙담했는지 1940년 이후로는 장편 추리소설을 발표하지 않았다. 그 대신 킹은 학술 서적, 특히 '수면의 전자기 연구'에 몰두했다. 하지만 엘러리 퀸의 설득에 마음이 바뀐 킹은 트레비스 태런트를 부활시키고 《엘러리 퀸 미스터리 매거진Ellery Queen's Mystery Magazine》에 단편을 실었다. 또 '제러마이아 펠런'이라는 이름으로 판타지·SF 잡지에도 단편을 한 편 기고했다. 에피소드 열두 편이 담긴 『별난 태런트 씨 완전판The Complete Curious Mr. Tarrant』은 2003년이 되어서야 세상에 나왔다. 킹은 1946년에 태런트 시리즈 장편소설도 한 권 완성했다. 킹 특유의 이상야릇한 제목을 자랑하는 『드무아젤 드 와이 에피소드The Episode of the Demoiselle d'Ys』는 당연히 지금까지도 수수께끼로 남아 있다. 킹의 조국에서도, 그 어디에서도 출간되지 못했기 때문이다.

93. 『재앙의 거리』¹⁹⁴² - 엘러리 퀸

엘러리 퀸은 뉴잉글랜드의 소도시 라이츠빌을 찾아온다. 자기를 엘러리 스미스라는 가명으로 소개하는 퀸은 가구를 모두 갖춘 월세 집을 찾는다. 그는 조용한 마을에 정착해서 다음 소설을 진척시키고 싶다. 하지만 명탐정의 숙명은 평온한 삶을 허락하지 않는다. 당연히 퀸은 마가 꼈다는 '재앙의 집'으로 들어가면서 운명을 시험한다. '재앙의 집'의 주인은 라이트 가문이다. 마을 이름이 이 집안의 이름을 따서 지어졌을 정도로 라이트 가문은 부유하고 유력하지만, 대대로 말도 많고 탈도 많았다. 곧 엘러리 퀸도 해결될 듯 말 듯 애타는 수수께끼와 마주한다.

3년 전, 라이트 가문의 딸 노라는 뚜렷한 이유도 없이 갑작스럽게 짐 하이트에게 버림받았다. 두 사람이 결혼하기 직전이었다. 그런데 라이츠빌을 떠났던 짐 하이트가 느닷없이 마을에 나타나고, 노라 라이트에게 다시 청혼한다. 이번에는 결혼이 성사된다. 그러나 얼마 지나지 않아서 둘의 관계가 엉망으로 변한다. 모든 징후는 짐이 아내를 살해할 계획을 품고 있다는 사실을 가리킨다. 짐이 붉은 크레용으로 휘갈겨 쓴 쪽지로 미루어보아, 그는 새해 첫날에 아내를 죽일 작정이다. 새해 첫날, 정말로 죽음이 라이츠빌을 덮친다. 하지만 독살당한 사람은 노라가 아니다.

소설의 저자 엘러리 퀸은 애거사 크리스티와 도로시 L. 세이어즈, 프랜시스 아일즈의 작품에서 여러 요소를 빌려오고 여기에 독창성과 글솜씨를 더해서 기발한 플롯을 완성했다. 퀸은 라이츠빌 생활도 생생하게 그려놓았다. 또 파란만장한 라이트 가문 내부에서 소용돌이치는 격정도 선명하게 묘사했다. 『재앙의 거리』는 수준 높은 문학성과 스타일 덕분에 엘러리 퀸이 쓰고 출연하는 기나긴 미스터리 시리즈에서 기념비적인 작품이 되었다. 엘러리 퀸의 초기작들은 고도로 복잡하게 구성된 황금기 페어플레이 퍼즐 미스터리다. 이 작품들은 독자에게 어디 한 번 탐정 엘러리 퀸보다 먼저 수수께끼를 풀어보라고 도전한다. 심지어 1929년에 출간된 데뷔작 『로마 모자 미스터리』에는 '추론의 문제'라는 부제가 달려 있다. 그러나 1936년 작 『중간의 집』부터 퀸은 세이어즈나 버클리 같은 작가들이 주도한 흐름을 좇아가기 시작했다. 당시 세이어즈나 버클리 등은 순수한 지적 게임에 흥미를 잃고 다른 테마에 눈길을 주고 있었다. 엘러리 퀸의 전기작가 프랜시스 M. 네빈즈가 말했듯이, 퀸은 "본래의 지적 엄격함 내부에 주류 스토리텔링의 덕목을 더 많이 담아냈다".

퀸은 라이츠빌 시리즈 세 권 중 첫 번째 소설인 『재앙의 거리』에서도 진화를 거듭했다. 이번에는 변화 속도가 더 빨라졌다. 퀸은 작품의 부제를 '소설'로 바꾸고 '독자에게 도전' 장치를 빼버리면서 이제는 퍼즐 수수께끼가 작품에서 유일한 최우선 사항이 아니라고 암시했다. 1949년에 출간된 연쇄 살인범 미스터리 『꼬리 많은 고양이』처럼 라이츠빌 시리즈 이후에 탄생한 엘러리 퀸 소설은 기존 공식의 제약에서 벗어나겠다는 인상적인 저항을 보여주었다. 퀸은 시대도, 독자의 취향도 변했다는 사실을 기민하게 인식하고 있었다.

엘러리 퀸은 사촌 형제 프레더릭 더네이와 맨프레드 베닝턴 리가 함께 사용한 필명이다. 더네이의 본명은 데니얼 네이선, 리의 본명은 이매뉴얼 벤저민 레포프스키다. 두 사람은 '바너비 로스'라는 필명으로도 황금기 미스터리 네 권을 썼다. 대체로 더네이가 소설의 플롯을 구상했고, 리가 글쓰기를 대부분 도맡았다. 추리물 장르의 열렬한 팬이었던 더네이는 어마어마하게 많은 범죄소설 선집을 폭발적인 속도로 쏟아내기도 했다. 더네이의 앤솔러지 중 대표적인 책을 하나만 꼽아보자면 1941년에 출판한 기념비적 모음집 『101년의 오락거리: 1841년~1941년의 위대한 추리소설101 Years' Entertainment: the Great Detective Stories 1841–1941』이 있다. 더네이는 《엘러리 퀸 미스터리 매거진》의 발간도 진두지휘했다. 창간 역사가 70년이 넘는 이 잡지는 오늘날까지도 가장 중요한 미스터리 단편 잡지로 손꼽힌다. 엘러리 퀸의 소설은 1억 5천만 부가 팔렸다고 한다. 더네이와 리가 대필 작가들이 엘러리 퀸이라는 이름으로 책을 출판하도록 허용하는 바람에 '엘러리 퀸' 브랜드의 명성은 조금 흐려졌다. 하지만 이 사촌 형제 듀오가 범죄 장르에 길이길이 막대한 영향력을 끼친 작품을 탄생시켰다는 사실만큼은 틀림없다.

94. 『붉은 오른손』1945 – 조엘 타운슬리 로저스

『붉은 오른손』은 첫 문장부터 독자를 "오늘 밤의 음침한 미스터리" 속으로 끌고 들어간다. 이 음침한 미스터리의 세계는 그로테스크한 동시에 초현실적이다. 이니스 세인트 에메를 살해한 자는 어디에 있을까? 그는 도대체 세인트 에메의 오른손으로 무엇을 했을까? 앞으로는 또 무슨 일을 벌일까? 세인트 에메는 약혼녀 엘리너 다리와 함께 뉴욕에서 버몬트까지 차로 여행하는 중이었다. 그는 운전 중에 기이하게 생긴 부랑자를 차에 태운다. 그리고 얼마 후, 세인트 에메는 살해당한다.

환각 속에서 벌어진 듯한 사건을 서술하는 화자는 헨리 N. 리들 주니어 박사다. 뇌 전문 외과 의사인 리들 박사는 자기 눈으로 직접 본 증거조차 섭사리 믿지 못한다. 그런데 사건의 목격자일 수도 있는 리들 박사는 신뢰할 수 없는 화자일 수도 있고, 사건의 용의자일 수도 있다. "뭔가 섬뜩한 것, 믿기 어려운 원인 때문에 키가 작달막한 붉은 눈의 운전자와 숨이 끊어진 남자를 태운 채 질주하던 그 차"를 보지 못했다는 리들의 말은 사실일까? 리들은 정말로 괴이한 현상 때문에 세인트 에메를 살해한 그 부랑자를 보지 못했던 걸까?

소설의 배경은 코네티컷의 시골 마을이다. 이 마을은 위험하고 불길한 곳처럼 보인다. 단지 마을의 늪에서 오른손이 잘려나간 시신이 발견되었기 때문만은 아니다. 마을의 곳곳에는 스웜프 로드(늪지대 도로)나 데드 브라이드그룸스 폰드(죽은 신랑의 연못)처럼 으스스하고 흉흉한 이름이 붙어 있다. 저자 로저스가 흥분해서 열광적으로 쏟아내는 묘사도 괴기스러운 분위기를 더한다. 맥코머로 교수, 맥켈치, 유니스테어, 힌터지 같은 등장인물의 이름도 마찬가지로 불길해서 쉽게 뇌리에서 사라지지 않는다. 서정적인 문체는 독자의 마음을 한층 더 강렬하게 움켜쥔다. 리들 박사는 도무지 설명할 수 없는 사건을 정리하고 이해해보려고 애쓰지만, "멀리서 사냥개 떼가 으르렁거리는 소리"와 "메뚜기가 푸드덕거리는 소리, (…) 내 얼굴에서 미친 듯이 날개를 퍼덕이던 잿빛 새"가 얽힌 기억에 고통스럽게 시달린다.

저자 로저스는 잡지 《뉴 디텍티브the New Detective》에 실렸던 중편소설을 개작해서 장편 『붉은 오른손』을 완성했다. 『붉은 오른손』은 특히 프랑스에서 대단한 인기를 끌었다. 에드거 앨런 포와 존 딕슨 카의 작품에 비견될 만한 소설이라는 평을 얻었을 뿐만 아니라, 프랑스에서 가장 명망 높은 범죄·추리소설 문학상인 탐정 문학 그랑프리까지 받았다. 불가능 범죄소설 팬들의 대부인 로버트 애디는 『붉은 오른손』의 미스터리 해결책을 요약해보려다가 실패했다고 인정했다. "조금씩 조금씩 제공되는 미스터리 풀이 내용을 여기서 완전히 설명하기란 불가능하다. 이 소설의 미스터리 해결책은 아찔하게 느껴질 정도로 기발하다." 깜짝 놀랄 만한 우연의 일치가 자주 나온다는 사실을 고려해볼 때, 독자가 불신과 비판을 잠시 멈추어놓고 있어야만 소설이 성공할 수 있다. 하지만 이야기와 문장이 워낙 훌륭한 덕분에, 잠시 불신을 유예할 가치는 충분하다.

너무도 많은 범죄소설가들이 그랬듯, 조엘 타운슬리 로저스도 시인으로 작가 경력을 시작했다. 그리고 로저스도 결국 시를 떠나 펄프 잡지에 실을 소설을 쓰는 데 전념했다. 로저스는 1923년에 첫 번째 장편 『원스 인 어 레드 문Once in a Red Moon』을 발표하고, 20년이 지나도록 두 번째 장편소설을 쓰지 않았다. 1945년에 두 번째 장편 『붉은 오른손』을 출간한 후 장편소설을 두 권 더 썼지만, 모두 단편이나 중편을 확장한 작품이다. 로저스는 미스터리와 SF,

모험 등 다양한 장르의 단편소설을 굉장히 많이 썼다. 그러나 대중에게 로저스의 이름을 각인시킨 작품은 수많은 단편이 아니라 『붉은 오른손』이다.

95. 『열차 안의 낯선 자들』1950 – 퍼트리샤 하이스미스

퍼트리샤 하이스미스는 "『열차 안의 낯선 자들』의 플롯이 자라난 싹"을 이렇게 설명했다. "두 사람이 서로의 적을 살해하기로 합의하고 완벽한 알리바이를 고안한다." 바로네스 오르치도 비슷한 아이디어를 구석의 노인 시리즈 중 한 편에서 활용했다. 하지만 하이스미스가 오르치의 작품을 읽어봤거나 들어봤을 것 같지는 않다. 하이스미스는 전통적인 추리소설에 관심이 그다지 많지 않았다. 또 자기 작품 가운데 유일한 후더닛 형식인 『산 자들을 위한 게임A Game for the Living』이 실패작이라고 인정했다. 그러나 하이스미스의 데뷔작 『열차 안의 낯선 자들』은 바로네스 오르치의 그 어떤 작품보다도 범죄 장르의 발전에 훨씬 더 커다란 영향을 미쳤다.

건축가 가이 헤인즈는 부정한 아내 미리엄을 만나기 위해 여행을 떠난다. 헤인즈는 다른 여자와 다시 결혼할 수 있도록 아내를 없애버리고 싶다. 그런데 열차 안에서 우연히 만난 찬스 앤서니 브루노가 헤인즈의 사연을 듣고 서로 살인을 교환하자고 제안한다. 브루노는 헤인즈에게 아내를 죽여줄 테니, 그 대신 자신의 아버지를 없애 달라고 요구한다. 헤인즈는 브루노의 계획을 진지하게 받아들이지 않고 떠난다. 그런데 브루노는 정말로 미리엄을 살해하고, 혐의를 피하는 데도 용케 성공한다. 과연 헤인즈는 브루노와 맺은 거래를 성사시킬 수 있을까?

하이스미스는 후기작에서도 서로에게 끌린 두 남자의 불안하고 충격적인 관계를 자주 탐구했다. 하지만 후기작 중에서 눈부신 데뷔작에 필적할 만한 소설은 거의 없다. 소설의 중심 문제만 놓고 본다면 『열차 안의 낯선 자들』은 애거사 크리스티나 엘러리 퀸이 만들어낸 인공적 세계보다 도스토옙스키의 『죄와 벌』에 훨씬 더 가깝다. 모든 것이 불확실했던 당시의 전후 시대는 유죄와 무죄의 모호한 경계선을 탐구하는 범죄소설을 맞이할 준비가 되어 있었다. 하이스미스는 추리물 장르에 그다지 관심이 없었지만, 미스터리 단편 전문 잡지인 《엘러리 퀸 미스터리 매거진》에 자주 글을 실었다(하이스미스가 쓴 가장 강렬하고 비범한 작품 가운데는 단편이 많다). 심지어 1975년에 추리 클럽의 회원으로도 뽑혔다. 하이스미스의 섬세하면서도 야심만만한 글은 루스 렌델처럼 재능 있는 후배 작가들이 신선한 시각으로 추리소설을 쓸 수 있는 길을 마련해 놓았다.

『열차 안의 낯선 자들』이 출간된 직후, 앨프레드 히치콕이 그리 높지 않은 액수로 판권을 사들였다. 히치콕이 레이먼드 챈들러의 시나리오로 1951년에 제작한 영화 〈열차 안의 낯선 자들〉 역시 그 자체로 서스펜스 영화의 고전이 되었다. 그런데 결코 기억에서 지우지 못할 것 같은 클라이맥스의 회전목마 장면은 하이스미스의 원작에 등장하지 않는다. 사실, 이 장면의 원천은 에드먼드 크리스핀의 『움직이는 장난감 가게』(201쪽)에 나오는 보틀리 장터 장면이다. 그러나 크리스핀의 이름은 영화 크레딧에 오르지 않았다.

퍼트리샤 하이스미스는 어려서부터 평탄하지 못한 삶을 살았다. 그녀가 세상에 태어나기 열흘 전, 부모님이 이혼했다. 그녀는 '메리 퍼트리샤 플랭먼'이라는 이름으로 태어났지만, 어머니와 재혼한 계부의 성을 따랐다. 그녀는 재혼한 어머니와도, 계부와도 사이가 나빴다. 게다가 연애에서도 잇달아 실패를 겪었다(하이스미스는 동성애자였고, 연애 상대도 주로 여자였다). 그러나 하이스미스는 직접 겪은 정서적 불안을 장편과 단편소설에 유례없이 심오하고 강렬하게 녹여냈다.

단연코 하이스미스의 걸작으로 꼽을 만한 네 번째 장편『재능있는 리플리』는 살인자가 주인공으로 등장하는 5부작의 첫 번째 작품이다. 이 시리즈의 주인공 리플리는 매력적이지만 도덕 관념이라고는 찾아볼 수 없는 인물이다. 1955년 작인『재능있는 리플리』는 오늘날까지도 안티히어로가 주인공인 범죄소설의 가장 중요한 예로 꼽힌다. 하지만 리플리의 전신이라고 할 수있는 안티히어로 어니스트 랠프 고스가 4년 먼저 태어났다. 1951년 작『웨스트 피어The West Pier』에서 시작하는 고스 시리즈 3부작은 1987년에 드라마 〈매력적인 남자The Charmer〉로도 제작되었다. 고스를 창조한 작가는 앞서 소개한 바 있는 브루스 해밀턴의 동생, 안타깝게도 저평가받은 소설가이자 극작가 패트릭 해밀턴이다.

23

코스모폴리탄
범죄소설

비평가 하워드 헤이크래프트는 1941년에 발표한 『오락을 위한 살인』Murder for Pleasure』에서 "유럽 대륙의 추리소설은(심지어 프랑스 추리소설이라고 해도 몇 편을 제외하면 모조리) 영국과 미국의 작품보다 현저히 질이 낮다"라고 주장했다(1972년에 줄리안 시먼스의 『블러디 머더』가 출간되기 전까지는 이 책이 가장 중요한 범죄 장르 역사서였다). 헤이크래프트는 "기원과 전통"에서 그 이유를 찾을 수 있다고 생각했다. "미국에서는 문학 역사상 최고의 작가 중 한 명으로 손꼽히는 소설가가 추리소설의 토대를 닦았다. 영국에서는 디킨스와 콜린스, 코난 도일처럼 문학계의 거성이나 그에 버금가는 작가들이 추리소설을 발전시켰다. 하지만 프랑스에서는 삼류 글쟁이가 가장 먼저 추리소설을 쓰기 시작했다. (…) 나머지 유럽 대륙 국가들로 말할 것 같으면, 추리소설이 발전하는 데 없어서는 안 될 정치적·법적 배경, 그러니까 확고한 민주주의가 아예 없었다. 그래서 기껏해야 진정한 소설의 저급한 모방작이나 만들어낼 수 있을 뿐이었다."

오늘날에는 외국의 범죄소설을 번역한 작품이 유행이다. 하지만 헤이크래프트의 생각과 달리 황금기에도 영어가 모국어가 아닌 범죄소설 작가들이 활발하게 활동했고, 주목할 만한 작품을 집필했다. 물론, 과거 영국과 미국 독자의 취향은 요즘보다 더 편협했다. 그러니 출판사도 외국 소설을 번역하며 비용을 추가로 들일 이유가 거의 없었다. 심지어 요즘에도 매혹적인 외국 범죄소설의 영어 번역본은 좀처럼 찾기 힘들다. 확실히, 유럽 대륙이나 그 밖 다른 곳에서 활약했던 셜록 홈스의 라이벌은 대체로 아서 코난 도일의 명탐정만큼 매력적이지 않았다. 그들이 맡은 사건도 애거사 크리스티와 도로시 L. 세이어즈, 엘러리 퀸 등 영미권 고전 범죄소설을 이끌었던 대가들의 작품 속 사건만큼 강렬한 인상을 남기지 못했다. 하지만 영미권 바깥에서 탄생한 초기 범죄소설은 망각 속에 묻혀 있었던 영국 황금기의 보석만큼 힘껏 현대 독자의 마음을 사로잡을 것이다.

헤이크래프트는 러시아 문학계의 거물 안톤 체호프를 언급하지 않았다. 아마 체호프가 범죄 장르에 잠깐 발을 들여놓았다는 사실을 몰랐을 것이다. 2008년 영국에서는 체호프가 경력 초기에 집필한 단편 범죄소설을 모은 『묘지에서 보낸 하룻밤A Night in the Cemetery』이 출간되었다. 이 선집에 담긴 단편은 체호프의 가장 훌륭한 작품과 비교하자면 시시한 수준이지만, 그래도 제법 흥미롭다. 체호프의 1884년 작 『사냥 모임The Shooting Party』은 반전이 돋보이는 플롯을 자랑한다. 훗날 애거사 크리스티가 『사냥 모임』의 반전과 비슷한 장치를 사용했다. 노르웨이 작가 스타인 리버턴의 1909년 작 『철 전차The Iron Chariot』와 스웨덴 소설가 사무엘 아우구스트 두제의 1917년 작 『스미르노 박사의 일기Dr. Smirnos Dagbok』도 훗날 크리스티가 사용할 장치를 앞서서 보여주었다. 두제가 셜록 홈스를 모델로 삼아 만들어낸 변호사 탐정 레오 캐링은 무려 열세 권이나 되는 장편소설에 출연했다.

하지만 노르웨이와 스웨덴에서도 리버턴과 두제를 코난 도일의 맞수로 여기지 않았다. 스웨덴의 소설가이자 비평가인 욘-헨리 홀름베그는 2013년에 단편집 『어두운 색조A Darker Shade』를 내면서 "스웨덴 범죄소설가 중 처음으로 세계 무대에서 성공을 거둔 프랑크 헬러는 (…) 1920년대에 유럽 전역만이 아니라 미국에서도 상당한 인기를 누렸다"라고 지적했다. 하지만 홀름베그는 이렇게 덧붙였다. "[헬러를 제외하면] 1940년대 이전에 범죄소설을 쓴 스웨덴 작가는 비교적 적은데다, 그마저도 다른 작품을 베끼거나 했다. 따라서 비평가들은 이런 작품에 주목할 가치가 없다고 여겼다."

유럽 대륙의 다른 나라에서도 상황은 비슷했다. 셜록 홈스의 인기에 자극받아 추리소설을 썼던 유럽 소설가들은 아주 많았다. 헝가리 출신의 오스트리아 작가 발두인 그롤러도 그 가운데 한 명이다. 그롤러는 빈에서 활약하는 명탐정 이야기를 모두 열여덟 편 써서 1909년경에 여섯 권짜리 시리즈 『탐정 다고베르트의 모험Detective Dagobert's Deeds and Adventures』을 출간했다. 독일의 파울 로젠하인도 홈스의 아류인 미국인 탐정 조 젠킨스를 창조했다. 젠킨스 시리즈는 꽤 높은 인기를 자랑했고, 그 덕분에 영미 대중 독자의 취향이 오늘날보다 훨씬 더 편협했던 시기에 영어로 번역되기까지 했다. 오스트리아 빈 태생의 프리드리히 글라우저는 스위스식 독일어 방언으로 슈투더 경위 시리즈를 썼다. 글라우저의 흥미로운 추리물 시리즈는 황금기 영국의 범죄소설 팬들에게 소개되지 않았다. 하지만 20세기 말에 마침내 번역본이 영국 문학 시장에서 출간되어 상당한 성공을 거두었다.

프랑스에서는 상황이 다소 달랐다. 가스통 르루의 1907년 작 『노란 방의 미스터리』는 밀실 미스터리다. 기자 겸 아마추어 탐정 조제프 룰르타비유가 활약하는 이 작품은 크게 인기를 끌었다. 헤이크래프트는 『노란 방의 미스터리』 속 결정적 반전이 (소설이 집필된 당시에는) 독창적이었다고 인정했다. 또 그는 르루가 "당대 작가 대다수와 달리, 독자와 공정하게 경쟁하는 데 충실"했다고 평가했다. 그리고 르루가 지당하게도 '신기한 우연의 일치'에 의존하는 이야기를 미심쩍게 바라보았다고 덧붙였다. 르루와 같은 시대에 활동했던 모리스 르블랑은 아르센 뤼팽을 창조했다. 세월이 흐르고 시리즈가 오래 이어지면서 자유분방한 무법자 뤼팽은 법률을 준수하는 시민으로, 그래서 매력이 퇴색한 인물로 변하고 말았다. 헤이크래프트는 르블랑이 소설에서 변장술과 가명을 지긋지긋할 만큼, 심지어 가스통 르루도 못 따라갈 정도로 과도하게 사용했다며 불평을 늘어놓았다. 하지만 헤이크래프트는 르블랑이 "체념하고 저자의 방식을 받아들이는 독자에게는 읽을 가치가 충분한 책을 선사하는 작가"라고 생각했다.

헤이크래프트는 벨기에 소설가 조르주 심농을 높이 샀다. 하지만 심농처럼 프랑스어로 추리소설을 쓴 스타니슬라-앙드레 스티멍이나 노엘 뱅드리, 피에르 부알로는 전혀 언급하지 않았다. 요즘에도 뱅드리를 아는 영어권 독자는 거의 없다. 그러나 뱅드리는 1930년대에 독창성으로는 존 딕슨 카의 작품과 맞먹을 만한 소설을 열 편 넘게 썼다. 뱅드리가 창조한 무슈 알루는 카가 창조한 앙리 방코랭처럼 불가능 범죄를 해결하는 재주가 뛰어난 수사 판사다. 피에르 부알로도 1930년대에 범죄소설의 세계로 발을 들여놓았다. 하지만 그는 '토마스 나르세작'이라는 필명으로 활동한 피에르 아이로드와 함께 소설을 쓰기 시작하고 나서야 영어권 독자에게 널리 주목받았다. 부알로와 나르세작은 전후에 미스터리한 분위기가 잔뜩 어린 소설을 썼다. 프랑스의 거장 앙리-조르주 클루조의 〈디아볼릭Les Diaboliques〉이나 앨프레드 히치콕의 〈현기증〉처럼 부알로-나르세작의 소설을 각색한 영화는 대성공을 거두었다. 그러나 부알로-나르세작의 초기작 일부는 아직 영어로 번역되지 않았다.

남미의 추리소설 세계도 유럽과 크게 다르지 않았다. 도널드 A. 예이츠는 1972년에 출간한 『라틴 블러드Latin Blood』에서 칠레 소설가 알베르토 에드와르드스가 에드거 앨런 포와 아서 코난 도일의 성공에 자극받아 '칠레의 셜록 홈스' 로만 칼보를 창조했다고 지적했다. 예이츠는 엘러리 퀸에게서 영향을 받은 아르헨티나 작가 아벨 마테오도 언급하면서 라틴아메리카 추리소설을 향한 회의적 시각을 드러냈다. "내가 봤을 때 추리소설은 앵글로색슨 배경을 반드시 갖추어야 하는 것 같다. (…) 피카레스크 소설*이 스페인어로 쓰여야 하는 것과 마찬가지다." 하지만 마테오와 같은 아르헨티나의 작가, 호르헤 루이스 보르헤스와 아돌포 비오이 카사레스는 라틴아메리카의 독특한 정취와 풍미를 담은 추리소설의 흐름을 이끌었다.

'에도가와 란포'라는 필명으로 잘 알려진 히라이 다로는 일본 추리소설의 아버지로 불린다. '에드거 앨런 포'를 변형한 필명 '에도가와 란포'는 그 자체로 영어권 추리소설에 보내는 찬사다. 란포는 1923년에 첫 번째 미스터리 단편 「2전짜리 동전」을 발표했다. 존 아포스틀루가 1987년 저서 『일본의 범죄소설Murder in Japan』에서 말했듯이, 「2전짜리 동전」은 "일본어로 쓰인 첫 번째 추리소설로 널리 인정받는다. 하지만 일본 범죄소설은 (…) 1923년 이전에도 많이 탄생했다. 사실, 일본 범죄소설의 역사는 17세기로까지 거슬러 올라갈 수 있다." 에도가와 란포의 작품은 후배 작가들에게 크나큰 영향을 미쳤다. 제2차 세계대전 동안 일본 정부는 미스터리 집필을 금지했지만, 란포는 종전 후 1947년에 '일본 탐정작가클럽'을 창설했다. 이 클럽은 훗날 '일본 추리작가협회'로 명칭을 바꾸었다.

영미권 밖의 범죄소설가들은 불확실한 출발선에서 시작했지만, 또 대체로 영미권 소설을 모방하면서 범죄 장르에 진입했다. 그리고 빠르게 자신감을 키웠다. 이들의 작품은 갈수록 중요해졌다. 심지어 줄리안 시먼스는 『블

---

* 16세기 중반부터 17세기까지 스페인에서 유행한 소설 양식. 대체로 악당 주인공의 범행을 중심으로 유머러스한 사건이 이어지다가 악당의 회개로 끝난다.

러디 머더』의 한 장을 통째로 심농에게 할애했다. 심농의 작품은 앨런 헌터와 길 노스, W.J. 벌리, '벤저민 블랙'이라는 필명으로 범죄소설을 쓴 존 밴빌 같은 영어권 소설가에게 영향을 미쳤다. 스위스의 일류 극작가로 꼽히는 프리드리히 뒤렌마트는 이따금 본업을 제쳐두고 범죄소설을 썼다. 뒤렌마트의 추리소설 중 1950년 작『판사와 형리』와 1958년 작『약속』은 베스트셀러가 되었을 뿐만 아니라, 영화로도 만들어져서 흥행에 성공했다. 마이 셰발과 페르 발뢰는 1965년부터 열 권짜리 마르틴 베크 시리즈를 출간했다. 셰발과 발뢰는 '스칸디나비아 누아르' 장르를 개척한 지극히 중요한 선구자다. 그리고 이제는 헨닝 망켈과 스티그 라르손, 요 네스뵈 같은 스칸디나비아 범죄소설가들이 세계적인 인기를 누리고 있다. 마쓰모토 세이초와 나츠키 시즈코는 기발한 플롯에 깊이 있는 성격 묘사를 결합한 새로운 추리소설의 흐름을 이끌었다. 이들 소설의 특징은 일본 미스터리의 트레이드마크가 되었다. 심농과 뒤렌마트, 셰발과 발뢰, 세이초와 시즈코 같은 소설가들의 작품은 그 어떤 작품과 견주어봐도 전혀 열등하지 않다. 다만 이 작가들이 전 세계 범죄소설의 선구자들에게 빚을 졌다는 사실은 아직 충분하게 인정받지 못한 것 같다.

96.『사망자 여섯 명』1931 - 스타니슬라-앙드레 스티멍

로버트 루이스 스티븐슨부터 애거사 크리스티까지, 다양한 작가가 톤티식 연금 제도를 범죄소설의 소재로 활용했다. 출자자 중 사망자가 생길 때마다 배당을 늘려서 가장 마지막까지 생존한 사람이 전액을 받는 이 제도는 '다음 사망자는 누구?' 유형의 미스터리를 쓰기에 더없이 이상적인 출발점이다. 스티멍의 『사망자 여섯 명Six Dead Men』도 바로 이런 미스터리다. 청년 여섯 명이 다섯 해 동안 전 세계에서 재산을 모은 뒤 파리에 모여서 전 재산을 똑같이 나누기로 합의한다. 그리고 당연히 한 명씩 살해당해 없어진다. 뱅세슬라 보로바이트칙 경위, 별칭 뱅스가 영문을 알 수 없어 곤혹스러운 수수께끼를 풀어야 한다. 뱅스는 마지막 장에서 미스터리의 진상을 남김없이 밝힌다. 그는 고전적인 방식으로, 다시 말해 수수께끼 같은 방식으로 설명을 시작한다. "가장 처음에 의심이 갔던 대상은 사라진 침대보였습니다."

『사망자 여섯 명』의 성공 요인은 빠른 전개 속도와 몇 번이고 충격을 낳는 수차례의 반전이다. 스티멍은 애거사 크리스티가 훗날 걸작 『그리고 아무도 없었다』에서 사용할 핵심 트릭을 한발 앞서서 활용했다. 『그리고 아무도 없었다』와 비슷한 줄거리를 크리스티보다 먼저 (다른 방식으로) 사용한 작가도 있다. 기자 그웬 브리스토와 시나리오 작가 브루스 매닝 부부는 귀청이 떨어져 나갈 만큼 크게 라디오를 틀어놓는 이웃을 처리할 우스꽝스러운 계획을 세우다가 『보이지 않는 주인The Invisible Host』의 줄거리를 구상했다고 한다. 스티멍의 소설보다 한 해 앞서 출간되었던 『보이지 않는 주인』은 다소 덜 알려졌지만, 1934년에 영화 〈아홉 번째 손님The Ninth Guest〉으로 각색되었다.

『사망자 여섯 명』은 프랑스나 외국의 우수한 범죄소설에 수여하는 모험소설 그랑프리를 받았다. 그리고 저자 스티멍은 '유럽 대륙의 에드거 월리스'라는 별명을 얻었다. 《뉴요커》에도 스티멍의 기사가 실렸다. 그러자 퓰리처상을 받은 작가 스티븐 빈센트 베네가 기사를 보고 『사망자 여섯 명』에 관심을 보였다. 그는 미국 출판사에 스티멍의 소설을 추천했고, 바네의 아내 로즈메리가 번역을 맡았다(베네는 한때 이름난 시인이었지만, 요즘은 단편 「악마와 다니엘 웹스터The Devil and Daniel Webster」의 저자로 주로 기억된다. 이 작품을 각색한 영화는 오스카상을 탔다).

스타니슬라-앙드레 스티멍은 조르주 심농과 여러 면에서 닮았다. 스티멍과 심농 모두 벨기에의 프랑스어 사용 지역인 리에주에서 태어났다. 둘 다 어려서 학교를 그만두었지만, 일찌감치 조숙한 글재주를 자랑했다. 또 두 사람 모두 범죄소설가로 이름을 날리기 전에 저널리스트로 일했다. 하지만 두 사람의 닮은 점은 여기까지다. 스티멍의 소설은 인물이나 배경을 그다지 강조하지 않으며, 오히려 독창성으로 더 유명하다. 스티멍은 영리하고 교묘한 미스터리 퍼즐을 고안했다. 그는 황금기 전통을 따라서 플롯을 구성하고 페어플레이 추리소설을 쓰는 데 공을 들였다. 또 당대 추리 클럽 작가들의 기법과 흡사한 문학 장치를 실험해보는 데 주저하지 않았다.

뱅스 경위는 25년이 넘는 세월 동안 이따금 스티멍의 소설에 출연했다. 하지만 스티멍의 대표적인 미스터리 중 하나로 꼽히고 훗날 앙리-조르주 클루조의 데뷔 영화로 각색된 1939년 작 『21번가의 살인자The Murderer Lives at Number Twenty-One』에는 뱅스가 등장하지 않는다. 클루조는 스티멍의 심리 범죄소설인 1942년 작 『정당방위Legitimate Défense』도 각색해서 세 번째 영화 〈오르페브르가Quai des Orfèvres〉를 만들었다. 스티멍의 소설 중 그의 생전에 영어로 번역된 작품은 단 두 권뿐이다. 아마 이 때문에 앵글로색슨 지역 평론가들이 스티멍을 소홀히 여겼을 것이다. 하지만 스티멍은 유럽 대륙에서는 적잖이 이름을 날렸다. 포르투갈의 초현실주의 소설가이자 시인 아돌포 카자이스 몬테이루는 『21번가의 살인자』를 번역하면서 스티멍의 글에 녹아 있는 초현실주의적 특성에 열광했다.

스티멍의 첫 번째 범죄소설은 『트렌트 마지막 사건』(52쪽)처럼 유머러스한 의도를 품고 있다. 또 스티멍은 1928년에 '상테'라는 필명을 쓰던 동료 저널리스트 에르멍 사르티니와 함께 범죄 장르의 관습을 패러디한 『앤트워프 동물원 미스터리The Mystery at Antwerp Zoo』도 발표했다. 프랑스의 한 출판사가 이 작품을 진지하게 받아들여서 출간을 허락했다. 스티밍은 『앤트워프 동물원 미스터리』이후로도 사르티니와 함께 미스터리를 세 편 더 썼지만, 결국 사르티니와 갈라서고 독립했다.

97. 『수상한 라트비아인』¹⁹³⁰ – 조르주 심농

세상에서 가장 유명한 경찰 캐릭터 중 한 명은 원래 잡지 《리크 에 라크Ric et Rac》에 연재되었던 이 짧고 경쾌한 소설에서 탄생했다. 쥘 매그레 반장은 '라트비아인 피에트르'로 알려진 수수께끼 같은 사기범을 뒤쫓고 있다. 경찰 파일에는 피에트르가 "극도로 영리하고 위험하다"라고 적혀 있다. 매그레는 피에트르가 기차를 타고 파리로 오고 있다는 정보를 입수하고 파리 북역으로 향한다. 기차가 도착하고, 매그레는 열차 화장실에서 시신이 한 구 발견되었다는 소식을 듣는다.

보아하니 총에 맞아 숨진 그 남자는 피에트르 같다. 하지만 매그레는 의심을 모두 지우지 못한다. 그는 직감을 따르기로 마음먹고, 피에트르가 타고 온 열차에서 내린 승객 한 명을 쫓아간다. 그 승객은 호화로운 마제스틱 호텔로 들어선다. 자기 자신을 '오펜하임'이라고 소개하는 그는 부유한 모티머-레빙스턴 부부와 굉장히 친한 사이처럼 보인다. 그런데 당혹스럽게도 오펜하임은 경찰 파일에 묘사된 피에트르의 모습과 너무도 닮았다. 그가 피에트르라면, 살해당한 남자는 도대체 누구일까?

수사 도중 매그레의 동료 한 명이 살해당하자, 매그레는 지칠 줄 모르고 진실을 찾아 나선다. 범인의 정체에 관한 반전은 소설이 출간된 1930년에도 이미 낡을 대로 낡은 장치였다. 하지만 매그레 시리즈의 매력은 미스터리 퍼즐이 아니라 간결한 문체, 그리고 무엇보다도 인물 묘사다. 심농은 언제나 평범하다는 점에서 비범한 형사를 치밀하게 묘사했다. "그의 골격은 서민적이다. 그는 거구에 통뼈이고, 외투 소매 아래로 강철 같은 근육이 선명하게 불거졌다. 이 근육 때문에 새로 산 바지도 금방 닳아서 구멍이 생겼다. 그는 그저 서 있는 것만으로도 존재감을 뚜렷하게 발산했다. (…) 자만심까지는 아니었지만 단순한 자신감 이상의 태도였다. (…) 파이프는 단단한 턱뼈에 꽉 물려 있었다. 그는 마제스틱 호텔 로비에 있다는 이유만으로 파이프를 내려놓을 사람이 아니었다."

심농은 명쾌하고 간결한 필치로 배경을 묘사했다. 매그레가 사냥감을 궁지로 몰아넣을 때 휘몰아치는 비바람은 음산한 줄거리에 황량한 분위기를 더해준다. 매그레는 신분을 숨기려고 위장하지만, "매그레는 변장을 해도 여전히 매그레였다. 눈빛이나 뿌리 깊은 버릇 같은 것들." 매그레는 여러 페르소나 안에 깃들 수 있는 피에트르의 능력을 수상하게 여기며 고민하던 순간에 사건을 해결한다. 매그레가 탐정으로서 지닌 자질은 그다지 매력적이지는 않지만 효과적이다. "그가 주의 깊게 관찰하며 기다리고 있었던 것은 벽에 간 균열이다. 다시 말해, 상대가 감추고 있던 인간적 면이 드러나는 순간이었다."

매그레는 무려 장편 75편과 단편 28편에 출연했다. 줄리안 시먼스는 매그레 시리즈에서 "사실적인 인물·배경 묘사와 선정적인 플롯의 대조"가 두드러진다고 분석했다. "우리는 존 딕슨 카의 작품에서 당연하게 받아들이는 것을 심농의 작품에서 발견하면 당혹스러워한다. (…) 심농 작품의 정수는 독자가 그처럼 믿기 어려운 것을 기꺼이 받아들이게 하는 데 있다." 소설 속 매그레 반장은 프랑스인이지만, 조제프 크리스티앙 심농은 벨기에에서 태어났다. 심농은 저널리스트로 일하면서 필명으로 소설을 쓰다가, 나중에 소설에도 본명을 사용하기 시작했다. 그리고 마침내 입이 떡 벌어질 만큼 다작한 범죄소설가로 입지를 굳혔다. 심농은 매그레 시리즈 외에도 '로망스 뒤르', 즉 심리 소설을 써서 대성공을 거두었다. 심농의 대표적 심리 소설로는 1938년 작 『파리 급행The Man Who Watched the Trains Go By』과 1940년 작 『집 안의 낯선 자들The Strangers in the House』, 1948년 작 『더러운 눈Dirty Snow』이 꼽힌다.

98. 『이시드로 파로디의 여섯 가지 사건』[1942] – H. 부스토스 도메크

아르헨티나 최초의 추리소설로 일컬어지는 단편집 『이시드로 파로디의 여섯 가지 사건』은 호르헤 루이스 보르헤스와 아돌포 비오이 카사레스의 초기 공동 저작이다. 수록된 미스터리 여섯 편은 황금기 추리소설 중 가장 훌륭한 작품들의 전통을 따르면서도 몹시 익살스럽다. 소설 속 탐정 이시드로 파로디의 성 '파로디'*마저 장난기 어린 분위기를 한결 더 강화한다. 작품의 서문은 저자 H. 부스토스 도메크의 친구이자 "아르헨티나 학술원의 회원"인 헤르바시오 몬테네그로가 썼다. 몬테네그로는 "피가 얼어붙을 정도로 소름 끼치는 탐정소설의 잔혹함"에 경의를 표한다. 그는 에드거 앨런 포와 M.P. 쉴, 바로네스 오르치뿐만 아니라 셜록 홈스와 무슈 르코크, 맥스 캐러도스에 관해서 이야기한다. 심지어 존 딕슨 카와 린 브록에 관한 말도 빼놓지 않

---

* '파로디(Parodi)'는 '패러디'를 가리키는 스페인어 '파로디아(parodia)'와 발음이 비슷하다.

는다. 몬테네그로는 조금도 서슴지 않고 『이시드로 파로디의 여섯 가지 사건』이 "무엇으로도 매수할 수 없는 범죄 클럽이 런던의 열렬한 추리물 팬들에게 추천하는 작품과 비교해도 뒤지지 않는 수준"이라고 단언한다.

독자는 서론을 다 읽기도 전에 몬테네그로가 가공의 인물이라는 사실을 추론해낼 것이다. 곧이어 몬테네그로는 작품 속 캐릭터로도 등장한다. 서문과 마찬가지로, 아델리나 바도글리오라는 교사가 H. 부스토스 도메크의 생애를 짧게 요약한 글 역시 아이러니한 주장으로 끝난다. "[이 단편집에 실린 이야기는] 상아탑 안에 갇힌 비잔틴 사람이 만든 금줄세공 작품이 아니다. 진정으로 이 시대를 살아가는 인물의 목소리가 담긴 작품이다. 그는 인간의 심장 박동에 귀를 기울인다. 그의 관대한 마음에서는 그 자신의 진실이 마치 거센 물살처럼 쏟아져 나온다." 작품 속에는 당대 아르헨티나 사람들에게만 통하는 농담이 풍부하다. 일부 농담은 현대 영국 독자가 읽으면 의미가 제대로 살지 않거나 전혀 유머러스하지 않을 것이다. 인종 차별을 경멸했던 보르헤스와 카사레스는 오히려 몬테네그로를 반유대주의자로 만들어서 희화화했다. 사실 『이시드로 파로디의 여섯 가지 사건』이 출간되기 이전, 나치를 추종했던 극단주의자들이 보르헤스는 혈통을 감춘 유대인이며 '진정한' 아르헨티나인이 아니라고 주장했다.

이시드로 파로디는 첫 번째 단편 「황도십이궁」에서 오심의 희생양으로 나온다. 보르헤스와 카사레스에게 오심은 아르헨티나의 부정부패를 전형적으로 보여주는 사례다. 14년 전, 카니발 퍼레이드에 참가했던 정육점 주인이 건달에게 머리를 얻어맞고 목숨을 잃었다. 그런데 경찰은 "무정부주의자, 그러니까 괴짜라고 소문난" 파로디에게 누명을 씌웠다. 파로디는 살인사건과 아무 관련도 없는 이발사일 뿐이다. 그러나 파로디에게 내야 할 방세가 일 년

치나 밀려 있던 경찰서 서기가 음모를 꾸몄다. 갱단까지 거짓으로 증언하는 바람에 파로디는 징역 21년을 선고받았다. "그는 이제 사십 줄에 들었다. 살 집도 제법 늘었고 점잖을 빼며 무게도 잡는다. 반들반들한 민머리에 유달리 총기가 빛나는 눈이 돋보인다."

파로디는 감방 밖으로 한 발자국도 나가지 않지만, '안락의자 추리'의 달인인 것으로 드러난다. 별의별 사람들이 파로디를 찾아와서 기상천외한 문제를 털어놓고, 파로디는 감방에 앉아서 사건을 해결한다. 어니스트 브래머의 기억력에 헌정한 단편 「타이안의 기나긴 탐색」 속 수수께끼는 포의 「도둑맞은 편지」에 나오는 퍼즐을 변형한 것이다. 프란츠 카프카에게 헌정한 단편 「타데오 리마르도의 희생자」에서 등장인물의 이름은 체스터턴의 브라운 신부와 윌키 콜린스가 창조한 잊지 못할 악당 포스코 백작의 이름을 땄다.

호르헤 프란시스코 이시도로 루이스 보르헤스는 아르헨티나에서 가장 저명한 문인이다. 보르헤스는 다양한 추리소설을 비평하면서, 또 「죽음과 나침반」이나 「끝없이 두 갈래로 갈라지는 길들이 있는 정원」처럼 지극히 흥미롭고 크게 찬사받은 단편을 쓰면서 추리소설을 향한 애정을 드러냈다. 보르헤스와 절친했던 아돌포 비오이 카사레스 역시 이름난 작가이자 번역가다. 보르헤스와 카사레스는 자주 함께 글을 썼고, 주로 '부스토스 도메크'라는 필명을 사용했다. 1943년, 두 사람은 아서 코난 도일과 애거사 크리스티, 엘러리 퀸은 물론이고 아르헨티나의 동료 작가들이 쓴 범죄소설을 수록한 선집도 출판했다.

24

앞으로 나아갈 길

범죄소설은 20세기 전반기에, 그리고 그 이후로도 끊임없이 진화를 거듭했다. 장르 자체가 더 큰 세상의 변화에 반응하기 때문이다. 에드거 앨런 포와 윌키 콜린스, 아서 코난 도일의 선구적 작품은 이 책에서 살펴봤던 고전 범죄소설이 등장할 길을 닦아놓았다. 마찬가지로, 추리 클럽의 초기 회원과 그들의 동시대 작가들이 쓴 소설은 후배 작가들에게 영향을 주었다. 물론, 고전 범죄소설에서 분명하게 드러난 사고방식과 태도 일부는 아무리 좋게 봐도 시대에 뒤떨어졌으며, 최악의 경우에는 차마 견딜 수 없을 정도다. 그러나 고전 범죄소설의 영향력만큼은 부정할 수 없다.

애거사 크리스티의 작품은 지리적 배경이 이례적일 만큼 다양하지만, 언뜻 보기에는 편협한 지역주의에 물들어 있는 것 같다. 그러나 크리스티의 미스터리 속 인물들이 보여주는 행동에는 보편적 인간성이 녹아 있다. 크리스티의 소설은 바로 이 보편성 덕분에 오래도록 전 세계 독자의 마음을 사로잡을 수 있었다. 우리는 살면서 퇴역한 대령이나 가정부를 한 번도 만나보지 못했더라도, 크리스티가 창조한 퇴역 군인과 변덕쟁이 가정부에게서 인간성을 발견할 수 있다. 고대 이집트가 배경인 1944년 작 『마지막으로 죽음이 오다』는 크리스티의 강점과 한계를 모두 뚜렷하게 보여준다. 인물은 깊이 있게 묘사되지 않았지만, 인물의 행동을 추동하는 감정은 현대에서도 강력한 힘을 발휘하는 것 같다. 이 소설은 미래의 트렌드를 내다볼 줄 아는 크리스티의 재능을 여지없이 보여주는 작품이기도 하다. 『마지막으로 죽음이 오다』가 처음 세상에 나왔을 때, 문학 시장에서 역사 미스터리는 찾아보기 힘들었다. 하지만 요즘 서점 선반에는 역사 미스터리가 빽빽하게 들어차 있다.

황금기 미스터리는 심리학을 자주 언급했다. 심리학을 겉핥기식으로 다루는 작품이 대다수였지만, 앤서니 버클리는 '캐릭터라는 수수께끼'를 범죄소설 장르를 탐구하기 위한 중심 테마로 여기고 캐릭터의 심리를 깊이 파고들었다. 하지만 이 수수께끼는 다른 형식의 수수께끼와 달리 독자의 마음을 끌어당기는 매력을 잃은 듯하다. 독자와 벌이는 게임을 중요하게 생각했던 황금기 소설가들은 교묘한 서사 구조를 실험했다. 크리스티와 버클리, 니콜라스 블레이크는 전통적인 명탐정이 등장하는 소설에서도 신뢰할 수 없는 화자를 능수능란하게 활용했다. 리처드 헐의 구조 실험은 대개 제대로 된 주목을 받지 못했다. 그러나 헐의 재치 넘치고 창의적인 소설은 범죄 이야기를 서술하는 방식이 거의 무한하다는 사실을 증명했다. 『문스톤』처럼 장르의 선구적 작품부터 시작해, 영리한 소설가들은 다중 시점을 절묘하게 사용해서 서로 다른 효과를 거두었다. 로버트 플레이어는 『천재 탐정 스톤』에서 독자의 눈을 속였고, 세이어즈는 『사건 문서』(238쪽)에서 소설의 테마를 확장했으며, 키친은 『생일 파티』(155쪽)에서 등장인물의 내면을 꿰뚫어 볼 수 있는 창을 마련했다.

1920년대의 진취적 기상이 물러나고 사회에 더 음울한 분위기가 퍼지자, 범죄소설가들도 자기를 둘러싼 세상의 변화에 응답했다. 1940년대 초반에서 중반 무렵, 황금기는 사실상 막을 내렸다. 이때쯤이면 도로시 L. 세이어즈와 앤서니 버클리, 로널드 녹스, R.C. 우드소프, 루퍼트 페니 등이 추리소설 집필을 완전히 그만둔 후였다. 이들이 비워둔 자리는 새로운 작가 세대가 채웠다. 신진 작가 중 일부는 아주 독창적인 미스터리를 써냈다. 새로운 작가 무리의 선두에는 크리스티아나 브랜드와 마이클 길버트, 에드먼드 크리스핀이 서 있었다. 훗날 극작가로 더 유명해진 일란성 쌍둥이 형제 앤서니와 피터 샤퍼도 1950년대에 잠시 추리소설의 흐름을 이끌었다. 그리고 P.D. 제임스와 로버트 바나드, 콜린 덱스터 등 뛰어난 이야기꾼들이 다시 이들의 자리를 물려받았다. 이 후배 작가들은 강렬한 플롯의 가치, 독자를 즐겁게 해주는 글을 쓰는 데 들이는 수고의 가치를 이해했다.

제임스와 바나드, 덱스터 등과 함께 등장한 새로운 작가 그룹에는 셸리 스미스와 마고 베넷도 있었다. 스미스와 베넷은 정치·사회 문제에 관해 크리스티나 세이어즈와 극명하게 다른 관점을 보여주었다. 스미스와 베넷은 1940년대에 소설계에 발을 내디뎠다. 베넷이 1945년에 발표한 데뷔작 『모자를 바꾸어 쓸 시간Time to Change Hats』은 첫 글자부터 기존의 추리소설과 뚜렷하게 다르다. 베넷 특유의 위트가 담긴 기발한 이 소설은 "나의 채권자들에게"라는 헌사로 시작한다. 심지어 첫 문단은 이렇다. "사설탐정이 되기란 쉽지 않다. 유일하게 인정받은 방법은 송장과 친구가 되는 것이다. 그런데 내 친구들은 비협조적이었다." 베넷과 스미스는 1950년대 영국에서 가장 훌륭한 범죄소설로 손에 꼽는 작품들을 썼다. 대표작을 하나씩만 들어보자면, 스미스의 1953년 작 『어느 오후의 살인An Afternoon to Kill』과 베넷의 1955년 작 『날지 않았던 남자The Man Who Didn't Fly』가 있다. 스미스의 소설은 황홀할 정도로 훌륭하고, 베넷의 소설은 데뷔작과 몹시 다르지만 똑같이 독창적이다.

줄리안 시먼스가 『블러디 머더』에서 스미스와 베넷을 높이 평가한 덕분에 두 작가의 명성은 오래도록 시들지 않았다. 시먼스의 경력도 두 사람의 경력과 대체로 비슷했지만, 훨씬 더 길게 이어졌다. 시먼스는 친구 러스벤 토드와 함께 풍자적 미스터리의 플롯을 한 번 짜본 후에 처음으로 범죄소설을 시도했다. 시인이자 화가였던 토드는 산문을 전혀 쓰지 않았다. 하지만 나중에 'R.T. 캠벨'이라는 필명을 써서 돈벌이용 미스터리 몇 편을 단숨에 완성했다. 토드의 미스터리 시리즈 속 주인공인 존 스텁스 교수는 존 딕슨 카가 창조한 기디언 펠과 헨리 메리베일 경과 굉장히 닮았다. 제2차 세계대전 당시 징집되어 2년간 복무했던 시먼스는 제대 후에야 미리 써놓았던 첫 번째 소설 원고를 출판사에 보냈다. 그리고 마침내 1945년에 『비실체적 살인사건The Immaterial Murder Case』이 세상에 나왔다. 시먼스는 데뷔 소설의 재판을 절대로 허락하지 않았다. 작품의 질이 형편없어서이기도 했고, 토드가 책에 실을 시먼스의 캐리커처를 그리지 않겠다고 거절했기 때문이기도 했다. 하지만 시먼스가 데뷔작 이후에 내놓은 소설은 대체로 빼어났다. 그러나 시먼스의 소설보다는 현대의 심리 범죄소설을 향한 그의 공개적 지지가 훨씬 더 큰 영향력을 발휘했다.

시먼스는 고전적 형식을 따른 후더닛, 실제 범죄 사건을 토대로 삼은 소설, 역사 미스터리, 셜록 홈스 패스티시 등 다양한 작품을 썼다. 시먼스와 동시대 작가였던 마이클 길버트도 제2차 세계대전이 발발하기 전에 첫 번째 소설을 완성했지만, 전쟁이 종식된 후에야 원고를 출간할 수 있었다. 길버트도 시먼스처럼 다재다능했고, 글솜씨가 굉장히 훌륭했으며, 재미있는 이야기를 쓰는 데 불굴의 의지를 보였다. 그러나 시먼스도 길버트도 누구나 다 아는 유명한 작가가 되지 못했다. 아마 독자가 절대로 잊지 못할 시리즈 캐릭터를 만드는 데 실패했기 때문일 것이다. 하지만 두 작가 모두 앞장서서 완성도 높은 영국 범죄소설의 가능성을 탐구했다.

시먼스는 세상을 뜨기 전, 자신의 개혁 운동이 "하이스미스, 르 카레, 셰 발, 발뢰 같은 작가들이 이제 진지한 소설가로 대우받는다는 (…) 의미에서 성공했다"라는 데 만족했다. 현명했던 시먼스는 자신의 개혁 운동이 완전한 성공을 거둔 것도 아니고 앞으로도 완전한 성공을 거두지 못하리라는 사실을 잘 알았다. 하지만 시먼스는 고전 범죄소설의 다양성과 우수성, 내구성을 과소평가했다. 고전 범죄소설이 최근에 인기를 회복했다는 사실을 알면 시먼스도 다른 수많은 이들처럼 틀림없이 깜짝 놀랄 것이다.

99. 『야수는 죽어야 한다』[1938] - 니콜라스 블레이크

박학다식한 명탐정이 전통적인 방식으로 수사를 펼치는 이야기와 심리 범죄 이야기를 하나로 결합하는 일은 가장 완숙한 작가에게도 기량을 시험하는 만만치 않은 도전과제다. 재능이 출중했던 젊은 작가 니콜라스 블레이크는 여유만만하고 자신감 넘치는 태도로 트릭을 멋지게 활용했고, 『야수는 죽어야 한다』는 평단에서 아낌없는 찬사를 받았다. 이 소설은 두 번이나 영화로 각색되기까지 했다. 소설의 첫 단락은 프랜시스 아일즈의 그 어떤 작품 속 첫 문단과 견주어도 뒤지지 않을 만큼 인상적이다. "나는 사람을 한 명 죽일 것이다. 그의 이름은 모른다. 그가 어디에 사는지도 모른다. 그가 어떻게 생겼는지도 전혀 모른다. 하지만 그를 찾아내서 죽일 것이다." 이렇게 살인을 다짐하는 자는 성공했지만 아내와 사별하고 외아들을 홀로 키우는 추리소설 작가 펠릭스 레인이다. 그런데 레인의 어린 아들이 차에 치여 목숨을 잃는다. 뺑소니 사고였고, 경찰은 달아난 운전자를 찾아내지 못한다. 그러자 비탄에 빠진 아버지는 직접 죄인을 찾아내서 자기만의 방식대로 정의, 혹은 징벌을 실현하기로 마음먹는다.

소설의 1부는 필릭스 레인의 일기에서 뽑아낸 내용으로 구성되어 있다. 1부는 레인이 뺑소니 운전자를 찾아내기 위해 움직이는 과정을 보여준다. 2부에서 레인은 사냥감에 더 가까이 다가간다. 3인칭 시점으로 서술되는 2부의 화자는 탐정 나이젤 스트레인지웨이즈다. 블레이크의 추리 시리즈에서 늘 주인공으로 활약하는 스트레인지웨이즈는 4부로 구성된 이 소설의 3부에서 처음으로 등장한다. 그가 모습을 드러냈을 때는 이미 살인이 저질러진 후다. 스트레인지웨이즈는 필릭스 레인이 살인을 저질렀는지 아닌지 밝혀내야 한다. 그는 에필로그에서 이번 사건 수사가 "내가 맡았던 사건 중 가장 불행한 사건"이라고 말한다.

저자 블레이크는 같은 해에 프리먼 윌스 크로프츠가 『해독제』에서 실험했던 형식을 아주 다른 방식으로 시험해보았다. 블레이크와 크로프츠 모두 수수께끼 같은 범죄를 더 전통적인 방식으로 수사하는 이야기에 '도서 추리' 형식을 결합했다. 하지만 블레이크는 크로프츠와 달리 도덕적 교훈을 힘주어 부각하는 이야기를 쓰려던 게 아니었다. 또 그는 소설 속 범죄자가 고도로 복잡하고 정교한 방법으로 살인을 마음껏 즐기도록 내버려 둘 생각도 없었다. 이 덕분에 블레이크의 작품이 크로프츠의 소설보다 더 현실적으로 느껴지는 것 같다. 여기에 인물을 치밀하게 묘사하는 블레이크의 뛰어난 재능도 한몫했을 것이다.

니콜라스 블레이크는 세실 데이-루이스의 필명이다. 데이-루이스는 너무도 유명한 시인이기 때문에, 우리는 그가 뛰어난 범죄소설가이기도 했다는 사실을 자주 잊어버린다. 블레이크가 1935년에 출간한 첫 소설 『증거의 문제A Question of Proof』는 사립학교가 배경이다. 바로 이 소설에서 부유한 사설탐정 스트레인지웨이즈가 데뷔한다. 블레이크는 데뷔작을 내놓자마자 이듬해에 눈부시도록 훌륭한 불가능 범죄소설『그대, 죽음의 껍데기Thou Shell of Death』를 곧장 발표했다. 1939년 초, 마르크스주의 작가이자 추리소설의 팬이었던 존 스트레이치는 추리소설에 관한 글에서 니콜라스 블레이크를 걸출한 추리소설 작가 중 한 명으로 꼽았다. 스트레이치는 이 글에서 1930년대가 추리소설 장르의 '황금기'라고 선언했다. 이런 견해를 글로 발표한 사람은 아마 스트레이치가 처음일 것이다.

니콜라스 블레이크는 제2차 세계대전이 끝난 후로도 계속해서 우수한 범죄소설을 썼다. 그리고 스트레인지웨이즈는 변하는 시대에 적응했다. 특히 출판사를 배경으로 이야기가 펼쳐지는 1957년 작『종장End of Chapter』에서 스트레인지웨이즈의 변화가 눈에 띈다. 1968년에 니콜라스 블레이크, 다시 말해 세실 데이-루이스는 영국 왕실이 가장 뛰어난 시인에게 내리는 '계관 시인' 칭호를 받았다. 그리고 바로 그해, 그는 마지막 범죄소설『아무도 모르는 상처The Private Wound』를 출간했다. 저자의 고향인 아일랜드를 배경으로 삼은 『아무도 모르는 상처』에는 스트레인지웨이즈가 등장하지 않는다. 그러나 어떤 이들은 자전적 요소가 두드러지는 이 작품을 블레이크의 소설 중 최고로 꼽는다.

100.『살인의 배경』1942 – 셸리 스미스

제목을 보면『살인의 배경Background for Murder』은 전통적인 후더닛보다 훨씬 더 깊이 있는 범죄소설일 것만 같다. 그리고 저자 셸리 스미스는 정말로 심오한 범죄소설을 완성했다. 스미스의 첫 소설인『살인의 배경』은 젊은 작가다운 패기를 자랑한다. 그리고 이와 동시에 미숙한 작가들에게서 흔히 발견되는 특징 한두 개도 보여준다. 스미스는 전통적인 추리소설의 장치를 사용했다. 소설에는 범죄 현장의 평면도가 삽입되어 있고, 탐정은 용의자 목록을 작성한다. 탐정은 각 용의자의 동기와 기회, 유죄일 가능성도 빼놓지 않고 기록한다. 스미스는 황금기 미스터리의 자기 지시적 전통도 충실히 따랐다. 그녀는 소설에서 홈스와 왓슨, 푸아로의 '회색 뇌세포', 도로시 L. 세이어즈의 1927년 소설 『부자연스러운 죽음』, G.K. 체스터턴 등을 부지런히 언급했다.

그런데 소설의 화자인 사설탐정 제이컵 케이어스는 익살스럽고 풍자적인 방식으로 이야기를 서술한다. 서술 방식에서는 레이먼드 챈들러처럼 더 '사실주의적' 미국 작가들에게서 받은 영향도 묻어난다. 게다가 이 작품은 정신병과 낙태, 문란한 성행위를 전형적인 황금기 미스터리보다 더 자유롭게 다룬다. 그 결과, 『살인의 배경』은 장르의 전통을 반영하면서도 독자적인 방식으로 즐거움을 주는 책이 되었다.

정신병원의 원장인 모리스 로이드 박사가 사무실에서 부지깽이로 두들겨 맞아 죽는다. 지역 경찰이 사건의 갈피조차 잡지 못하자, 런던 경시청은 제이컵 케이어스에게 수사를 의뢰한다. 그런데 경시청이 케이어스에게 수사를 맡긴 진짜 이유는 따로 있다. 경찰은 혹시라도 발생할지 모르는 스캔들을 우근슬쩍 덮어버리고 싶었던 것이다. 케이어스는 로이드 박사가 혐오스러운 인물이었으며, 로이드의 임신한 아내를 포함해 수많은 사람에게 살해 동기가 있었다는 사실을 곧 깨닫는다. 케이어스가 작성한 용의자 목록에는 모두 열다섯 명의 이름이 오른다. 용의자는 대체로 정신병원의 의사거나 환자다. 케이어스는 사건을 파헤치면서 범인이 아닌 인물을 목록에서 지워나간다. 살인이 두 번이나 더 발생하고, 마침내 케이어스는 진실을 모조리 밝혀낸다. 케이어스가 진료실에서 진상을 낱낱이 설명하는 장면은 푸아로가 용의자로 가득 찬 서재에서 범인의 정체를 폭로하는 대목과 흡사하다.

그런데 소설 중간에서 제4의 벽이 깨지고, 케이어스가 독자에게 직접 말을 건넨다. ("망할, 도대체 이 케이어스라는 작자는 뭘 하려는 거야? 여러분은 이렇게 생각했을 겁니다. 분위기에 대한 그의 반응을 이렇게 미묘하게 설명해야 할까요? 그냥…, 우리의 시신으로 되돌아갑시다. 아니면 크리스티 여사의 최신작을 제게 건네주시죠. 네, 좋습니다.") 셸리 스미스는 소설의 분위기를 중요하게 생각했다. 소설의 중심 테마는 온전한 정신과 정신 이상 사이의 불확실한 경계이며, 소설의 배경이 이 테마에 한층 더 힘을 실어준다. 스미스의 관점은 진보적이지만, 소설이 출간되고 70여 년이 지난 요즘 정신병 설정은 케케묵은 내용처럼 보인다. 하지만 수많은 고전 범죄소설이 그랬듯, 『살인의 배경』도 당대의 사고방식을 들여다볼 수 있는 지극히 흥미로운 통찰력을 제공한다.

셸리 스미스는 자신만만하고 기량이 뛰어난 작가다. 그런데 스미스의 사생활에 관해서는 알려진 바가 거의 없다. 스미스의 본명은 낸시 허마이오니 쿨랜더다. 스미스의 자매 바바라 쿨랜더도 취미 삼아 '엘리자베스 앤서니'라는 필명으로 범죄소설을 썼다. 스미스는 프랑스에서 교육받았고, 20대에 마르크스주의 경제학자 스티븐 보딩턴과 결혼했지만 나중에 이혼했다(보딩턴은 훗날 관심 분야를 바꾸어서 컴퓨터와 사회주의에 관해 저술했다). 스미스가 1945년에 발표한 두 번째 책 『죽음의 스토킹Death Stalks a Lady』은 에델 리나 화이트의 작품에 비견될 만한 '위기에 처한 여성' 미스터리다. 1947년 작 『그는 살해당했다He Died of Murder!』에서 런던 경시청 소속이 된 제이컴 케이어스가 불가능 범죄를 해결하러 돌아온다. 하지만 케이어스는 이 소설 이후 스미스의 작품에서 단 한 번도 모습을 비추지 못했다.

스미스가 1953년에 출간한 『어느 오후의 살인』은 기가 막힌 클라이맥스를 자랑한다. 1956년 작 『주여, 자비를 베푸소서The Lord Have Mercy』는 고전적인 시골 미스터리를 참신하게 바꾼 멋진 작품이다. 스미스는 1961년에 『러닝맨의 발라드The Ballad of the Running Man』를 발표한 후 범죄소설을 단 두 편만 더 쓰고 펜을 놓았다(『러닝맨의 발라드』는 나중에 영화로 만들어졌다). 그러나 셸리 스미스는 동시대 작가 마고 베닛과 함께 전후 영국 범죄소설계를 진두지휘했다. 스미스의 작품은 황금기 '범죄소설의 여왕들'과 P.D. 제임스나 루스 렌델 등 후세대의 우수한 여성 작가들을 잇는 가교 구실을 충실히 해냈다.

101. 『살인자와 피살자』¹⁹⁴² – 휴 월폴

'기묘한 이야기'라는 부제는 휴 월폴의 사후에 출간된 이 오싹한 소설에 딱 알맞다. 『살인자와 피살자The Killer and the Slain』는 월폴의 수많은 작품 가운데 환상 소설의 풍미가 곁들여진 다섯 번째 소설이다. 월폴은 이 소설보다 먼저 출간된 환상 소설적 작품 네 권을 모아 선집을 출간하면서 이렇게 설명했다. "선악을 믿는 것은 요즘 유행이 아니다. 어쨌든 아무도 선악을 대문자로 쓰며 대단하게 여기지 않는다. (…) 서로 반대되는 두 세계를 조화하는 일은 대단한 위업이다. 내게는 너무도 어려운 일이지만 시도해볼 만한 가치는 충분하다." 월폴은 모두 다섯 번 시도했고, 마지막 시도의 결실은 가장 매혹적이었다.

화자 제임스 오자스 탤벗은 유년 시절에 이름 앞글자가 똑같지만 성격은 정반대였던 동급생에게 괴롭힘당했던 이야기를 들려준다. 탤벗을 괴롭혔던 제임스 올리펀트 턴스틸은 성격이 사악하게 비틀려 있고 이기적이다. 턴스틸은 자기가 탤벗을 보호해준다고 생각했지만, 사실 그는 탤벗의 약점을 쥐고 제멋대로 가지고 노는 불량배일 뿐이다. 탤벗은 턴스털을 끔찍이 증오했지만, 턴스털이 다른 곳으로 이사를 가면서 평화가 찾아왔다.

성인이 된 탤벗은 아름답지만 쌀쌀맞은 이브와 결혼하고 해안 마을에서 골동품 가게를 꾸린다. 주로 이브가 가게를 맡아서 운영하고, 탤벗은 소설 집필에 몰두한다. 그런데 성공한 화가가 된 턴스털이 탤벗의 인생에 다시 나타난다. 턴스털은 이번에도 탤벗을 쥐고 흔들고, 심지어 이브에게 추파를 던지기까지 한다. 절망에 빠진 탤벗은 끝내 턴스털을 살해하기에 이른다. 그런데 예상 밖의 악몽 같은 일이 벌어지고, 마치 지킬 박사와 하이드 같은 이야기가 펼쳐진다. 탤벗은 자기가 턴스털과 점점 닮아간다는 사실을 깨닫는다.

『살인자와 피살자』는 눈을 뗄 수 없을 만큼 흥미진진한 소설이다. 독특하게도 잔혹한 본성과 살인적 집착을 다루는 이 작품은 스코틀랜드의 시인 겸 소설가 제임스 호그가 1824년에 출간한 『의로운 죄인의 일기와 고백 The Private Memoirs and Confessions of a Justified Sinner』을 아주 희미하게 연상시킨다. 휴 월폴은 제2차 세계대전이 터지기 수년 전에 이 작품의 줄거리를 구상했다. 하지만 영국이 한창 독일군의 공습을 받던 시기에야 소설을 쓰기 시작했다. 피도 눈물도 없는 박해자의 위협이 만들어낸 악몽 같은 분위기 덕분에 『살인자와 피살자』는 진정으로 강력한 힘을 내뿜는 책이 되었다.

휴 월폴은 널리 이름을 떨친 소설가였고 1937년에 기사 작위도 받았다. 특히 레이크 디스트릭트를 배경으로 한 역사소설 4부작 『헤리 가 연대기 The Herries Chronicles』는 엄청난 인기를 끌었다. 하지만 월폴의 명성은 그의 생전에 시들기 시작했고, 다시는 완전히 회복되지 못했다. 월폴은 할리우드에서도 한동안 일했고, 유명한 영화제작자 데이비드 O. 셀즈닉이 찰스 디킨스의

『데이비드 카퍼필드』를 각색한 영화를 만들 때 시나리오를 썼다. 월폴은 이따금 발표했던 '선정적 싸구려 소설' 덕분에 추리 클럽의 창립 회원으로 초대받았다. 그는 추리 클럽의 첫 번째 릴레이 소설 「막후에서」를 쓰는 데도 참여했다. 줄리안 시먼스는 월폴의 1931년 작 『검은 서커스 위로^{Above the Dark Circus}』를 '최고의 범죄소설 100선'에 포함하고 "공포와 잔인함을 다루는 [월폴의] 감각 덕분에 이 책은 묘하게 독특한 작품이 되었다"라고 평가했다. 『살인자와 피살자』에는 『검은 서커스 위로』에서보다 훨씬 더 어두운 감정이 소용돌이친다. 호르헤 루이스 보르헤스도 『살인자와 피살자』를 무척 좋아했지만, 이상하게도 이 책은 아직 제대로 된 주목을 받지 못했다.

102. 『2월 31일』¹⁹⁵⁰ – 줄리안 시먼스

줄리안 시먼스는 제대하고 나서 카피라이터로 일했다. 시먼스는 광고 회사에서 일했던 경험을 살려서 1947년에 발표한 두 번째 소설 『존스라고 불린 남자^{A Man Called Jones}』의 배경을 광고 회사로 정했다. 3년 후에 발표한 네 번째 소설 『2월 31일^{The 31st of February}』 역시 배경이 광고 대행사다. 하지만 이 소설들의 유사점은 이것으로 끝이다. 시먼스는 등단 이래 발표한 소설 세 편을 마치 세상에 존재하지 않는 작품처럼 취급했다. 그러나 네 번째 소설은 달랐다. 『2월 31일』은 시먼스에게 새 출발을 의미하는 작품이었다. 그리고 전후 범죄소설가들이 앞으로 나아갈 길을 알려주는 길잡이 작품이기도 했다.

시먼스가 세상을 뜬 후, 그의 방대한 저작을 모두 포함한 저서 목록이 출간되었다. 이 책에 실려 있는 시먼스의 회고록에는 이런 대목이 나온다. "틀림없이, 당시 나는 '순수' 소설에서 할 수 있는 일을 캐릭터 발전이라는 방식을 통해 범죄소설에서도 전부 해보겠다는 생각을 품기 시작한 것 같다. 그리고 이와 동시에 사회의 형태와 상황에 관해서 뭔가 말해보겠다는 생각도 품은 것 같다. (…) 소설에는 풀어야 할 수수께끼가 있다. 카피라이터 앤더슨이 아내를 죽였을까, 아니면 아내가 그냥 지하실 계단에서 떨어졌을까? 그런데 이 수수께끼는 앤더슨이 살아가는 악몽 같은 세계의 비전과, 그리고 끝내 자기를 집어삼킬 사건들에 대해 앤더슨이 보이는 반응의 기계적 특성과 일치한다."

1949년에 가볍고 유쾌한 세 번째 소설 『싱거운 시작Bland Beginning』을 내놓았던 시먼스는, 네 번째 소설에서 압박을 받으며 자신감이 산산 조각나는 남자를 탐구했다. 주인공 앤더슨에게 압박을 가하는 존재는 대체로 크레스 경위다. 크레스 경위를 보고 있노라면, 시먼스가 『카라마조프 가의 형제들』 속 종교재판소장 이야기에 흥미를 느꼈다는 사실을 알 수 있다. 소설이 결말에 이를 무렵, 크레스는 앤더슨에게 "신처럼 굴었다"라고 비난받는다. 그러자 그는 투지 넘치는 태도로 자신의 행동을 옹호한다. "경찰은 신이오. 혹은 신이 지상에 보낸 대리인이오. 정의는 이성적이어야지, 비논리적이어서는 안 됩니다. 우리가 정의라는 목표에 도달하는 길을 법률이 가로막고 있다면, 반드시 법률을 무시해야 하오." 어쨌든 소설 속 명탐정들은 대체로 크레스와 비슷하게 생각했다. 하지만 크레스의 대사는 이처럼 권력을 장악한 자가 부패할 수도 있다는 사실을 암시한다. 독자는 책장을 덮고 나면 깊은 생각에 잠기게 될 것이다.

『2월 31일』은 크게 찬사받았다(하지만 바전과 테일러처럼 전통주의 비평가들은 이 작품을 마뜩잖게 여겼다). 시먼스는 『2월 31일』을 쓸 때까지만 해도 여전히 글솜씨가 서툴렀다. 그러나 이 소설은 시먼스의 자신감도, 기량도 점점 높아지고 있다는 사실을 분명히 보여주었다.

줄리안 구스타브 시먼스는 훌륭한 시와 역사서, 전기, 문학 연구서도 썼지만, 주로 범죄소설 작가로 기억된다. 시먼스는 1976년에 애거사 크리스티의 뒤를 이어 추리 클럽의 회장이 되었다. 시먼스가 1972년에 출간한 범죄 장르 역사서 『블러디 머더』는 세상에 나온 지 40년이 넘었지만, 여전히 중요하고 영향력 있는 장르 연구서로 평가받는다. 시먼스는 이 책에서 추리소설이 범죄소설로 발전했다고 주장했다. 하지만 그의 의견과 달리 장르의 변천 과정은 그렇게 분명하고 단순하지 않다.

안타깝게도 『블러디 머더』가 성공을 거두면서 시먼스가 소설가로서 성취한 업적은 빛이 바래고 말았다. 하지만 시먼스는 범죄 심리에 관한 탐구와 사회적 관행에 대한 고찰을 눈부신 플롯과 결합했다. 1967년 작 『자기 자신을 죽인 남자』, 1968년 작 『꿈이 실현된 남자The Man Whose Dreams Came True』, 1973년 작 『로저 라이더를 무너뜨릴 음모The Plot against Roger Rider』 모두 이런 특징을 품은 역작이다. 1983년 작 『애너벨 리의 이름The Name of Annabel Lee』에서는 시먼스가 직접 전기까지 썼던 에드거 앨런 포를 향한 열광적 애정이 잘 드러난다. 1990년에 출간된 후기작 『죽음의 가장 어두운 얼굴Death's Darkest Face』은 특히나 혁신적이고 성공적인 작품이지만, 이상하게도 평단의 주목을 받지 못했다. 시먼스에게서 높이 평가받은 퍼트리샤 하이스미스는 그에게 이런 칭찬을 돌려주었다. "그는 일류 작가다. (…) 그의 서스펜스 소설은 이 장르가 어디까지 확장될 수 있는지 분명하게 보여준다." 범죄소설가라면 이런 평을 비문에 새기기 위해 목숨이라도 내어놓을 것이다.

선별 참고문헌 목록

이 책을 쓰며 참고한 1차 자료는 본문에서 언급한 작가들의 소설이다. 이 책에서 논한 주제들을 다룬 문헌도 방대하게 존재한다. 관련 주제를 더 살펴보고 싶은 독자를 위해 참고문헌을 엄선해서 신는다. 필자가 고전 범죄소설을 연구하면서 실제로 참고한 저서들이다. 목록에 포함된 문헌 대다수는 고전 범죄소설을 조사할 때 좋은 출발점이 되어줄 것이다.

시먼스, 줄리안, 『블러디 머더: 추리 소설에서 범죄 소설로의 역사』, 을유문화사, 2012.

제임스, P.D., 『탐정소설을 말하다』, 세경, 2013.

Adey, Robert, 『Locked Room Murders』, London, Ferret Fantasy: 1979, rev. ed. Crossover Press, 1991.

Bargainnier, Earl. F. ed., 『Twelve Englishmen of Mystery』, Bowling Green, Ohio: Popular Press, 1984.

Barnes, Melvyn, 『Francis Durbridge: A Centenary Appreciation』, Stowmarket: Netherall Books, 2015.

Barnes, Melvyn, 『Murder in Print: A Guide to Two Centuries of Crime Fiction』, London, Barn Owl Books, 1986.

Barzun, Jacques and Taylor, Wendell Hertig, 『A Book of Prefaces to Fifty Classics of Crime Fiction 1900-1950』, New York: Garland, 1978.

Barzun, Jacques and Taylor, Wendell Hertig, 「A Catalogue of Crime」, New York: Harper & Row, 1971, rev. ed. 1989.

Binyon, T.J., 「Murder Will Out: The Detective in Fiction」, Oxford, O.U.P., 1989.

Clark, Neil, 「Stranger than Fiction: The Life of Edgar Wallace, the Man who Created King Kong」, Stroud: The History Press, 2014.

Cooper, John and Pike, B.A., 「Detective Fiction: The Collector's Guide」, Aldershot: Scolar Press, 1988, rev.ed.1994.

Craig, Patricia and Cadogan, Mary, 「The Lady Investigates: Women Detectives and Spies in Fiction」, London: Gollancz, 1981.

Curran, John, 「Agatha Christie's Murder in the Making: Stories and Secrets from Her Archive」, London: HarperCollins, 2011.

Curran, John, 「Agatha Christie's Secret Notebooks: Fifty Years of Mystery in the Making」, London: HarperCollins, 2009.

Dean, Christopher, ed., 「Encounters with Lord Peter」, Hurstpierpoint: Dorothy L. Sayers Society, 1991.

Donaldson, Norman, 「In Search of Dr Thorndyke」, Bowling Green, Ohio: Popular Press, 1971, rev. ed. 1998.

Drayton, Joanne, 「Ngaio Marsh: Her Life in Crime」, Auckland: Collins, 2008.

Edwards, Martin, ed., 「Taking Detective Stories Seriously: The Detective Fiction Reviews of Dorothy L. Sayers」, Witham: Dorothy L. Sayers Society, 2017.

Edwards, Martin, 「The Golden Age of Murder」, London: HarperCollins, 2015.

Evans, Curtis, ed., 「Mysteries Unlocked: Essays in Honor of Douglas G. Greene」, Jefferson, North Carolina: McFarland, 2014.

Evans, Curtis, 「Masters of the 'Humdrum' Mystery: Cecil John Charles Street, Freeman Wills Crofts, Alfred Walter Stewart and the British Detective Novel, 1921–1961」, Jefferson, North Carolina: McFarland, 2012.

Gilbert, Michael, ed. 「Crime in Good Company: essays on criminals and crime writing」, London, Constable, 1959.

Girvan, Waveney, ed., 「Eden Phillpotts, an Assessment and Tribute」, London: Hutchinson, 1953.

Greene, Douglas G., 「John Dickson Carr: The Man Who Explained Miracles」, New York: Otto Penzler, 1995.

Haste, Steve, 「Criminal Sentences: True Crime in Fiction and Drama」, London: Cygnus Arts, 1997.

Haycraft, Howard, ed., 「The Art of the Mystery Story: A Collection of Critical Essays」, New York: Simon & Schuster, 1946.

Haycraft, Howard, 「Murder for Pleasure: The Life and Times of the Detective Story」, New York: D. Appleton-Century Company, 1941.

Herbert, Rosemary, ed., 「The Oxford Companion to Crime and Mystery Writing」, New York: Oxford University Press, 1999.

Hubin, Allen J., 「Crime Fiction 1749-1980: A Comprehensive Bibliography」, New York: Garland, 1984.

Jones, Julia, 「The Adventures of Margery Allingham」, Pleshey: Golden Duck, 2009.

Keating, H.R.F., 「Crime & Mystery: The 100 Best Books」, London: Xanadu, 1987.

Keating, H.R.F., 「Murder Must Appetize」, London: Lemon Tree, 1975.

Kestner, Joseph A., 「The Edwardian Detective, 1901-1915」, Aldershot: Ashgate, 2000.

Lewis, Margaret, 「Ngaio Marsh: A Life」, London: Chatto & Windus, 1991.

Light, Alison, 「Forever England: Femininity, Literature and Conservatism Between the Wars」, London: Routledge, 1991.

Lobdell, Jared, 「The Detective Fiction Reviews of Charles Williams, 1930-1935」, Jefferson, North Carolina: McFarland, 2003.

Mann, Jessica, 「Deadlier than the Male」, Newton Abbot: David and Charles, 1981.

Meredith, Anne, 「Three-a-Penny」, London: Faber, 1940.

Murch, A.E., 「The Development of the Detective Novel」, London, Peter Owen, 1958.

Osborne, Charles, 「The Life and Crimes of Agatha Christie」, London, Collins, 1982.

Panek, Leroy, 「Watteau's Shepherds: the Detective Novel in Britain, 1914–1940」, Bowling Green, Ohio: Popular Press, 1979.

Pedersen, Jay P., ed., 「The St James Guide to Crime and Mystery Writers」, Chicago: St James Press, 1991.

Quayle, Eric, 「The Collector's Book of Detective Fiction」, London: Studio Vista, 1972.

Queen, Ellery, 「Queen's Quorum: A History of the Detective-Crime Short Story」, US, Biblo & Tannen, rev.ed. 1969.

Reynolds, Barbara, 「Dorothy L. Sayers: Her Life and Soul」, London: Hodder, 1993.

Routley, Erik, 「The Puritan Pleasures of the Detective Story」, London: Gollancz, 1972.

Scott, Sutherland, 「Blood in their Ink: The March of the Modern Mystery Novel」, London, Stanley Paul, 1953.

Stewart, A.W., 「Alias J.J. Connington」, London: Hollis & Carter, 1947.

Symons, Julian, 「The 100 Best Crime Stories」, London: Sunday Times, 1956.

Thomson, H. Douglas, 「Masters of Mystery: A Study of the Detective Story」, London: Collins, 1931.

Turnbull, Malcolm J., 「Elusion Aforethought: The Life and Writing of Anthony Berkeley Cox」, Bowling Green, Ohio: Popular Press, 1996.

Van Hoeven, Marianne, ed., 「Margery Allingham: 100 Years of a Great Mystery Writer」, London: Lucas, 2003.

Various authors, 「Meet the Detective」, London: George Allen & Unwin, 1935.

Walsdorf, John J., 「Julian Symons: A Bibliography」, Winchester and New Castle, Delaware: St. Paul's Bibliographies and Oak Knoll Press, 1996.

Watson, Colin, 『Snobbery with Violence: English Crime Stories and their Audience』, rev. ed. London: Eyre Methuen, 1971, rev. ed. 1979.

Whittle, David, 『Bruce Montgomery/Edmund Crispin: A Life in Music and Books』, Aldershot: Ashgate, 2007.

제프 브래들리가 30여 년 동안 편집하고 발간한 비정기 잡지《CADS》는 고전 범죄 소설에 관한 흥미로운 정보로 가득했다. 페이스북 그룹 '황금기 추리Golden Age Detection'의 회원들에게서도 아주 많이 배웠고, 고전 범죄 소설을 전문으로 다루는 훌륭한 블로그도 큰 도움이 되었다. 필자의 블로그 'www.doyouwriteunderyourownname.blogspot.com'에 참고한 블로그의 목록을 올려두었다.